长 篇 小 说

白祭坛

岳立功◎著

海天出版社
HAITIAN PUBLISHING HOUSE
·深圳·

图书在版编目（CIP）数据

白祭坛 / 岳立功著. — 深圳 : 海天出版社,
2021.7
ISBN 978-7-5507-3101-1

Ⅰ. ①白… Ⅱ. ①岳… Ⅲ. ①长篇小说—中国—当代
Ⅳ. ①I247.5

中国版本图书馆CIP数据核字(2021)第004010号

白祭坛
BAIJITAN

出 品 人 聂雄前
责任编辑 果凤双
责任技编 梁立新
责任校对 叶 果
封面设计 蒙丹广告

出版发行 海天出版社
地　　址 深圳市彩田南路海天综合大厦 （518033）
网　　址 www.htph.com.cn
订购电话 0755-83460239（邮购、团购）
设计制作 深圳市龙瀚文化传播有限公司 Tel:0755-33133493
印　　刷 深圳市华信图文印务有限公司
开　　本 787mm×1092mm 1/16
印　　张 27.75
字　　数 495千
版　　次 2021年7月第1版
印　　次 2021年7月第1次
定　　价 58.00元

目录

下卷

引子

湘西，曾被称为“中国的盲肠”。我的反映湘西辛亥悲壮历史的长篇小说《红城垣》改编成电视连续剧《喋血边城》后，朋友写过一篇博文推介，名字叫《毛泽东说的“中国盲肠”，为何如此迷人？》，反响盛广。湘西之迷人，在于它的奇山秀水，淳朴、剽悍民风；在于它的神秘，说它有用“符节”令亡灵昼伏夜行的赶尸、令仇者肝胆俱裂的“放蛊”，以及“落花洞女”等凄美故事；而更重要的是那方土地曾隐藏着多少惊心动魄，却神秘、鲜为人知的著名人物和历史事件。

其中的筸军尤为值得一提。

无湘不成军，无筸不成湘。湘军，是中国最著名的一支近代军队，而在这支著名军队里，更有一个神秘传奇的职业兵团，那就是出自湘西，被称为“湘军常胜威虎营”的筸军。名城凤凰，古称镇筸，明嘉靖三十三年（1554），负责弹压湘西苗疆的镇筸参将从麻阳移驻至此；清顺治三年（1646），镇筸参将升为副将；康熙三十九年（1700），沅州镇由芷江移防筸城，改称“镇筸镇”；康熙四十三年（1704），统领湖南三府一州军务、政务并直辖三厅的辰沅永靖兵备道亦由芷江移驻筸城。于是就在毛泽东眼里的这个退化无用的器官中，远在六百多年前，耸立起了一片巍峨的城池，还有穿山越水、横亘千里的南方长城。乾嘉年间苗民起义后，这个辰沅永靖兵备道道署所在地成了湘西的政治、军事、文化中心。清政府在已损毁的南方长城沿线修建汛堡、屯卡、碉楼、炮台、关门一千几百座，其中筸城境内修筑了八百余座，征得屯田六万亩，养屯丁四千，战丁一千，苗兵二千，共计七千人之多，加上朝廷绿营总镇约四千人的兵额，当时筸城十万左右的人口，就有一万人常年兵役在身。屯丁分田到户，且耕且守，战丁专事操练，由屯田佃租中拨粮关饷，一代又一代的筸城人就这样被屯田捆绑在封建朝廷的战车上，以致当兵吃粮成了世代传统。这座小小边城诞生和养育的筸军，是一个由同乡原籍世代习武的族裔组织的职业兵团。在历史洞穿20世纪的门槛的时候，这个职业军团里出现了一次令世人震撼的“军政大爆炸”——清咸同之际的20年里，小小筸军中竟然连续出了几个如今军区司令一级的显赫人物，及至20世纪上半叶，小城又出了一个中华民国首任内阁总理。据统计，从清道光二十年（1840）至光绪元年（1875）短短的36年间，就从筸军里选拔出

20位提督，其中7个成为朝廷重臣封疆大吏，21个总兵，43个副将，31个参将，73个游击等三品以上军官。民国时期，竿军又诞生了7个中将，27个少将，230个旅团以上军官。

当竿城古城还处在边防要塞位置的时候，军旅的粗犷气质影响着一代又一代的湘西人。竿城人尚武成习，血性偾张。大大小小的战争在竿城这座小山城里，制造了许多军人世家，制造了竿城人特殊的地方荣誉感。当然，湘西竿军绝不仅仅是挥舞着铁血大旗冲锋陷阵的猛夫，古城的文脉渗透在他们的血液和骨子里。诞生于清末的竿军，其领军代表是被称为“爬墙世家”的田氏家族。竿军的第一代掌门人叫田兴恕。这位“五短身材，琵琶腿”的“马草客”，在攻打太平军时，挥一把长刀第一个徒手攀缘上高高的南京大城墙。田兴恕16岁当兵，22岁时当上副将、总兵，24岁任贵州提督、诏赐钦差大臣，25岁兼任贵州巡抚，军权、民政集于一身。田的故居门口至今还留有一副对联：人杰地灵文经武纬，物华天宝提督军门。1862年，因不满传教士在贵州的非法活动，田兴恕先后将天主教传教士文乃尔及教民四人凌迟处死。在法国大使馆的压力下，1865年，田兴恕被革职发配新疆，“永不赦免”，到了兰州，所幸被陕甘总督左宗棠接收。左宗棠奏请光绪帝，请求将田释放回原籍。1873年，田兴恕回到故乡竿城。四十年后，他的儿子田应诏盘一根假辫子从日本留学归来，在辛亥革命时担任光复南京的敢死队长，子继父业，口衔鲫鱼刀继续“爬墙”，其后又在家乡领导推翻清朝的起义，组织义军攻克清政府负隅顽抗在中国的最后一个堡垒——竿城的朱道台，成为国民党中将，湘西镇守使。1920年，经历护法护国南北战争后，田应诏厌倦风云，将大权交给了从西藏归来的年轻弟子陈渠珍。这一年，七省联军总司令唐继尧在湘西委任的五总司令、大小军阀为争夺地盘，扩充势力，互相残杀、火拼。接手统率竿军的陈渠珍在激战中纵横捭阖，独占鳌头。到20世纪30年代其武力达到全盛时期，竿军武装号称三万之众，成为一支割据一方的骁勇土著武装部队。湘西地处四省边境万山丛中，这支始于湘军，如今却特立独行、尾大不掉的部队割据一方，骁勇善战，成为一支令湘省主席何键、黔省主席王家烈，甚至是委员长蒋介石也又爱又恨，头疼不已的军队。

这是一支骁勇善战的著名部队。但自从他们某一天举火把，吹牛角号、高唱湘西古代军歌浩浩荡荡开出湘西之后，竟像是突然间一夜蒸发——奇特的竿军像绚丽的礼花，骤然迸放，骤然熄灭，给世人留下无数惊叹与悬疑。当其后的某年某月某日，这支骁勇部队曾经的最高统帅回到竿军的诞生地时，只看见整个城市周遭处处是刚刚堆垒起的坟茔，孤儿寡母，哀声动地。那时正是三月，满坡满岭的白色刺莓花全开了，粉嘟嘟的，像召唤亡灵的经幡。粉蝶飞舞如旋转的纸钱。广袤的湘西，恰如一座白色的大祭坛。听说是“老统领”回来了，眼睛发绿的人们全部从低矮的茅屋瓦舍间奔跑出来，大声呼号：“还我儿子啊，还我丈夫！”面对如浪涛般汹涌而来的人群，头发花白、身材枯槁的老统领没有逃避，只是全身哆嗦着一把跪下了。面对父老乡亲，他跪在了黄澄澄的大太阳下。

这是一个多么震颤人心的瞬间，它逼着人去追寻探索，湘西怎么了？这支号称天下无敌的军队后来到底怎么着了？它的消亡有什么神秘的缘由和深刻的隐痛？好奇心逼着我深入民间乡野追根溯源、皓首穷经。在采访交谈中，我发现其中的每一个故事都令人扼腕慨叹！

一位历史学家曾经说过，鸦片战争之后，中国便进入了历史的“三峡”，中华民族在探索救民救国的道路上，每一场巨大的变革，每一次历史转折的关头，湘西人都积极参与，并挺立潮头。湘西人用鲜血和生命摧毁了腐朽清王朝在湘省最后、最顽固的堡垒——辰沅永靖兵备道，厮杀在反袁护法、南北战争的交界前沿战场。其后，贺龙红军威震四海，湘西健儿浴血抗日战场。在抗击日本帝国主义的嘉善等战役中，七千竿军为国捐躯近半。那些被打残的湘西士兵，回到故乡，舔干了自己的伤口，又重新开赴前线——1938年4月整编后的几支湘西革屯军分别调入暂五师、暂六师参加长沙会战、雪峰山湘西会战，血洒疆场，为国捐躯。抗日战争的最后一战——发生在雪峰山的湘西会战，湘西人浴血奋战保家卫国，与全国军民一道给了日寇致命的“最后一击”——湘西一战，再无日寇！中华人民共和国成立后，一万多湘西儿郎又奔赴抗美援朝战场，立下过可歌可泣的战功。在著名作家魏巍《谁是最可爱的人》一文中写到的十分惨烈的松骨峰战斗牺牲的烈士中，就有近一半是湘西去的所谓“土匪”。在松骨峰和老秃山战斗中，一万湘西子弟为国捐躯近半，其中的很多人，甚至连军籍和姓名都没有留下。

在振兴中华的历史进程中，湘西人勇敢地承担了历史的责任和超负荷的艰辛，做出了自己的贡献。然而多年以来，在我们的荧屏和其他艺术作品中，却很难见到这样的真实，某些人还一直对湘西怀着一种历史和现实的误读。

当我终于知道了其中的原委，并打算把自己所了解的那些只鳞片爪转述给大家时，才感到自己的笔头是那样的笨拙，思想是那样的浅薄。因为要讲述这一段鲜为人知的历史，就必须追索到更加久远的年代，它的背景，它的土壤，而湘西是那样的博大、那样的精深，任何人站在它的面前都会觉得自己如此渺小而由衷地感到敬畏。但是我不能把它们憋在肚子里，憋在肚子里它们一定会发酵，会爆炸。所以，我提起了笔，虽然是战战兢兢的。我一定要说，不吐不快！我希望用自己的笔努力揭开湮没近半个世纪的湘西神秘历史面纱，还原她豪迈、惨烈、苦痛的真实的历史面目。

很早的时候，我就决心以这个庞大的题材来构筑"湘西三部曲"，它们分别是《黑营盘》《红城垣》和《白祭坛》。所谓三部曲，其实就是以湘西近代历史背景为题材的三部独立作品，可以完全独立，当然从历史背景上看也可以找到它们之间的种种联系。三部曲的第一部《黑营盘》早在20世纪90年代就出版了，第二部《红城垣》在前些年才出版，并被改编成了电视连续剧《喋血边城》。

"为什么我的眼里常含泪水，因为我对这片土地爱得深沉。"

多年的绵延写作，每当铺开稿子，思绪徜徉于那方遥远的山水，我的眼睛就变得朦胧迷离。当然，我的叙述，不是完全的历史。这是一部小说，是一部非写实类作品，是我的"湘西三部曲"的最后一部。

上卷

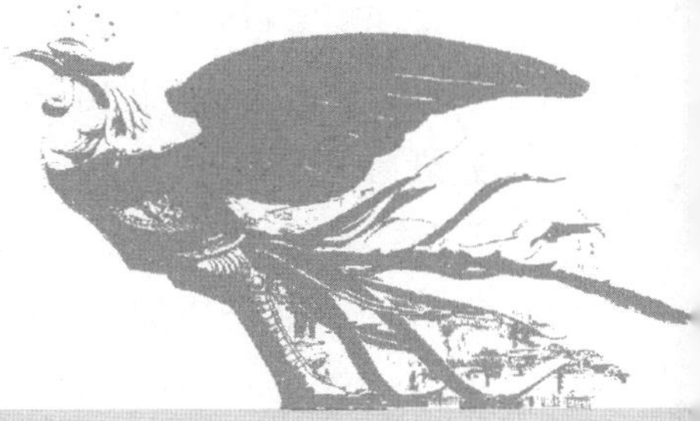

第一章

胡琴紧拉慢唱，桂花香得熏人。激越的锣鼓声，很响的浏阳九子鞭，从沅水边一座徽式古建筑中传出。中秋要到了，热闹的堂戏将如期上演，戏班子在抓紧时间做最后一次彩排。洪城地处湘黔交界处，三面临水，是一个两江汇流的三角形地带，有“小重庆”之称，出口货物以木材、桐油、鸦片烟为主，是当时湘西的经济中心。洪城的商务增加了地方的财富与市面繁荣，同时也增加了军人的争夺机会。眼下，洪城的军政虽由“湘西王”陈玉轩掌握，但因为偏远，历来的各种势力对此地的掌控都松弛乏力。民国以来左右过贵州政局的贵州军人王殿轮、王小珊、周西成、王家烈全以洪城为发祥地。湖南军人周则范、蔡钜猷、陈汉章全以洪城为根据地负隅自固。周、陈二人并且同样是在洪城被刺……历史的戏剧总会繁复、连绵地继续上演。

翻越厚重的城墙，乐声在薄暮的郊野飞翔。美美与共，按说，美乐对美景，然而在城墙根黑蝙蝠翅膀般的树影下，却正孕育着一个惊悚的震颤。“洞子挖好了，进得一口棺材了。”一个从土洞里伸出的光头说。伙伴使劲把他拉拽出来，说：“要得，那就赶紧装药塞进去。”城墙根的大土穴已经悄悄在夜间挖掘多日，到了煞尾阶段——几个黑衣人把一具棺材费力地推搡进洞。棺材里填满了炸药。夜幕降临，城门紧闭，有兵弁在城楼子巡弋而过。“韩爷不来吗？”光头问。伙伴说：“他带杀手进城了。我们就安心等天黑，听信号。”光头说：“就我们几个能顶用？”伙伴神秘地说：“谁说就我们几个？告诉你，这一回可是大仗火！走吧，快走，莫让哨兵发现了。”拍拍手中的硝药末子，黑衣人悄悄潜进了一片黑松林。

这是1933年秋天，湘西洪城一个傍晚。

这场演出，班子齐扎：有四川酉阳班、贵州铜仁大洪班，还有浦市和沅陵的戏班子。都说浦市的花脸王李万高、铜仁的净行三生花脸史棒棒都会来，还说湘西老镇守使也会来看戏。老镇守使田昭全多年带兵，是著名湘西竿军的创始人和舵把子，今年事已高，只是挂个闲职，但虎死不倒威，地方上的人对他的敬畏不下于县太爷。这一天，周围九乡十八寨的乡里人也进了城，江西会馆周边热闹异常：炸油香卖酸菜萝卜焖狗肉牛杂碎的摊子，夹路罗列。这一天，城里富贵人家的小姐闺女也可以出来走动，三寸金莲，人面桃花、宝马雕车、环佩叮咚，荤腥尘雾之中混合着脂粉气。江西会馆又叫万寿宫，规模甚巨。本地人因历史原因黩武轻商，多不善经营，“江西庄”人便渐次垄断了地方商业。本届商会会长裴三兴便是江西庄人。洪城商会裴会长到！洪城恒发商号王老板到！……依惯例，但凡有重要宾客到来，总会有人大声吆喝，响一挂浏阳九子鞭。此时，一阵噼噼啪啪之后，有两顶大轿在会馆前落了地。有人便朗声喊：“万景福孙老板到吔！”烟尘中，一个穿香云纱长衫，腰间挂了个老虎爪子烟荷包的胖子下了轿。他叫孙大万。丫头去打开跟随而来的那轿门，搀扶着满面笑容，一身珠光宝气的年轻女子下了轿。金姑娘本名金莲，是孙大万的独生女儿，也是个戏迷。孙大万进场时，戏班子已在祭台：一个扮王灵官的戏子活活将雄鸡的脖子用牙咬断，把带血的鸡毛贴在台前台后。金姑娘挽着父亲的一只手，由茶倌引导着走向包厢。戏台两边的包厢全满座，洪城所有排得上号的老板闻人几乎全齐了。一间包厢里，一个胖子正与几个女人边嗑瓜子边谈笑；另一间包厢里，几个遗老在谈政治，说起陈统领提倡的新生活，也说起洪城新会长的人选。“孙老板，”一个包厢里有人喊，“来，先进来喝杯茶。”孙大万一看，是“恒发”老板王大发，还有几个熟人，便对女儿说：“你先去包厢。我跟老朋友说说话。”孙大万进了包厢便说，“这么热闹，几位在谈些什么？”“在商言商，就是扯扯下河那边桐油、棉布花纱的行情。”王大发说，“万公，您坐下喝茶。您来了，我们就有正事扯。”“是吗？”孙大万便坐下了，问，“什么事？”王大发说：“你晓得，裴会长就要退了。刚才我们几个还在扯，都觉得你来接替最合适。”孙大万没立即作答，知道这话不是瞎编。湖南成立省、县参议会后，裴三兴将升任县参议员，商会会长的空缺自然得有人填补。以往在洪城，除了裴老会长，商界只有两个人还算得角色：一个是自己，另一个是“天顺昌”的游老板。不期，三年前的一次“海事”中，姓游的竟然死掉了。在这个骨节眼上换届，会长还能跑到哪儿去？孙大万踌躇满志，但也不便过于张扬，只是淡淡地说：“一切顺其自然吧。行，你们继续扯，我再不过去，女儿要生气了。”孙大万同几个人道别，穿过拥挤的人群往二楼的包厢去。来到楼梯口，忽然又听到一个人叫“孙老板”，是一个略带嘶哑的声音。孙大万循声回首，竟完全呆住了：怎么会是游贵生？！他不是死掉了吗！三年前，清浪滩出了一桩“海事”，一只大油船被江心的大石头一磕成了两截。货物全落了水，八个水手还两个失踪，老板也没找到，应该也死了。但此刻，这个人却神秘地活着回来了！孙大万有些愕然。正思想时，那个人朝他缓缓走过来。灰旧长衫，面色憔悴，几乎认不出来了。心中不免升起一阵悲凉之情，孙大万忙伸手过来。游贵生也伸出了手，两人紧紧握着。孙大万自己也感到诧异——对这位仇敌如今竟没有一点怨恨了。

打过招呼，孙大万去包厢里坐定，茶博士泡了茶来。他四处环顾了一下，问：“镇守使还没有来吗？”茶博士将茶壶的长嘴收回，微微一笑说：“好像还没到吧。”他的笑有点神秘。孙大万没在意，端起盖碗茶抿了一口。紧锣密鼓，戏开了场。头一出是辰河高腔《师公骂鬼》。这戏是引子，一对唢呐模拟人声作帮腔，丑行出来插科打诨，搞得笑语连台。戏毕，丑行下场，换了一班人马。尖锐的胡琴紧拉慢唱，那自然是京剧。洪城流行阳戏、辰河高腔，京剧在洪城属于“舶来品”。戏为《宝剑记》之一折叫《林冲夜奔》。林冲上场一亮相，裴会长等便带头一阵喝彩。孙大万没喝彩，心想这角嗓子不怎么样啊，还有点伤风感冒的意味。孙大万便问女儿，是不是在沅陵看过此君的戏？金姑娘眨巴着眼睛，想了想，说：“我没见过，应该是新来的。”孙大万正在皱眉，台下响起一阵爆竹声来——还确如伤风之具传染性，一时间台前台后台左台右各处同时起爆，万寿宫的瓦皮子也像被掀了起来。折子戏结束，“林冲”谢幕，然后去台侧小桌上捧来一块折叠的红绸布。一个打小锣的随即走了过去，扬嗓喊了几个人的名字。商会裴会长、县党部梁书记长都上台给了赏银。“孙大老板，禄位高升啊！”检场人接着大声喊过，台上的“林冲”便将一幅红绸“哗”地抖开，露出孙大万的字面。台下一阵喝彩。孙大万忙起身微笑拱手致意。“林冲”跳下戏台，端一面锣盘过来讨赏。孙大万急忙去衣兜里摸出几块银元来，往锣盘里放了两个。“林冲”却朝孙大万拱了拱手，说：“莫小气，孙老板，都着了啊！”细听那声音，孙大万竟然惊吓得头上汗直飙。原来这“林冲”不是别人，而是堂堂湘西镇守使。孙大万素知他有这份癖好，却没想到他长进如此。“林冲”微微一笑，即将那赏钱用力往台上掼去，检场用锣盘稳稳接住，惹得台下一片喝彩。镇守使田昭全解下戏剧头盔，朝众人拱手。一个年轻英俊的副官立即从幕后出来，笔挺地双手接过那个头盔，然后转身离去。镇守使？！众皆惊愕，惊愕之余全场便响起一阵狂热的掌声。有几个戏迷甚至攀爬上戏台来，场面有些混乱。见状，那年轻军官急忙忙从侧幕边钻出来，挡住有些混乱的人群。这军官叫覃啸天，是镇守使的副官。覃啸天护卫着镇守使从侧幕边走下戏台，送往左首的一间包厢去。桌上，赢湖细点、时鲜水果，四盘四碗很是丰盛。包房位置较高，可以与戏台平视并鸟瞰全场。覃啸天走到木栏杆边往下看。正戏已经开始，是沅陵班子的京剧《三岔口》。观众不少，罗列的长板凳上都是人挨人。覃啸天表情严肃，感到担子特重。洪城地处湘黔交界处，舟船来往，人员鱼龙混杂，还时有土匪进城骚扰。老镇守使偏偏选这么个地方视察，而且还要去看堂戏。一名武将，偏还是个文青。他曾留学东洋，故其喜好中西合璧，能指挥西洋乐队，也爱“玩票”唱京戏。蚂蟥听不得水响，这老人家哪儿闹腾哪儿去。可是不好伺候。你看今天这乱糟糟的，出点乱子如何得了？覃啸天大睁着眼睛，目光似机关枪般往场子中四处扫射。

《三岔口》演毕，暂告休息。头上罩了发网未及卸妆的戏子们都忙不迭从台上跳下来，去熟食摊子吃面喝酒。穿开裆裤的伢儿则扒着台柱赤脚儿撑上至台子上取枪把子对杀，逗得台下扣花围裙的女人们一阵阵笑。“各位，大家安静，安静！”幕布晃动了一下，裴会长从后台钻出来，说，“乘着中场休息，洪城商会有个活动。下面，隆重有请老镇守使田大人给大家训话！”台上台下一阵吆喝。“各位父老乡亲，感谢洪城人民的盛情！”田昭全靠近包厢口，前倾地探出半个身子演讲，说，“古人有云，从来武力不足恃。自护国护法军兴以来，我们湘西饱受战乱：五总司令逐鹿混战，川军借道烧杀抢劫，四大鳌鱼匪霸横行……湘西人民遭受了极大痛苦和损失。好在而今秩序初定，边地无惊。本人年迈老朽，已把一切交付给陈统领。为医治创伤、休养生息，我完全赞同陈统领偃武修文、保境息民的大湘西自治主张。”他的文言文应该没几个人懂，但剧场里还是一片掌声。受掌声鼓舞，镇守使扬嗓继续说：“就说教育吧。如今我们湘西十县，国民学校225所，学生才7000多，且大多校舍破烂、设备简陋。根据陈统领的规划，凡原无小学的乡村，今年必须新办一所。儿童从6岁起入学，不肯入学者，先劝导，后罚款，直至强迫入学！各位，对照大湘西自治规划，咱洪城可是差得远呐。我跟吴镇长探讨过，要在全境再增加5所小学校，让洪城无论哪个旮旯的孩子都有书可读！”又是一片掌声。田昭全停了停，突然放大了嗓门：“各位，今天我在这里发个呼吁，希望洪城各界同仁一心一德，慷慨解囊，共襄盛举！”

说到这里，会场先沉寂了一阵，随后才出现了有些稀落的掌声。也难怪，不花钱的掌声容易，要花钱，就得掂量掂量了。沉默了一段时间，裴会长带头站了起来说：“本人年迈，对家业管理不力，以致经营不善，财政亏空，所以已经提出请辞商会会长职务。”这话让场内一片哗然。裴三兴擦擦额头，继续说，“尽管如此，但本人仍愿响应统领号召，尽绵薄之力。我愿意捐款八百块。”剧场反响热烈。其后，王大发剔着牙，站起来说，我就跟随会长，捐个一样的数，八百块；再后，一些商家及普通民众也纷纷认捐，几十上百的都有，也有捐几块钱的。大数小数报过，众人把目光投向了孙大万。良久，孙大万不疾不徐地站起来，抖直了香云纱长衫，说：“都捐了。好，我也最后表个态吧。讨个好意头，我就捐个八百八吧。”众人一阵狂热鼓掌。闹嚷嚷的捐款眼看就要结束，游贵生一直怏怏地靠在一处角落里。虽然他家道经历磨难，但到底也算洪城一户名门，许多人便把目光又投向他那边去。“各位。”裴会长见状，忙出面替他解围，说，“大家都晓得这些年游老板受苦了，能得个人回来就好。我看这一回，他就免了吧。”“对啊……也是……该免。”众人交头接耳。其实这一回，本来大家也没打他的米。“好了。各位都尽了力。我代表商会对众人的义举表示赞赏和敬佩。下面就继续看戏看闹热！”裴会长挥着手，打算让台上启幕开锣。“等等！”歪在墙角的游贵生却突然站了起来，慢慢地说，“谢大家。谢谢理解同情。但大家都捐了，我也总得意思意思。”裴会长有些惊讶，说：“好啊！有这份心就好。贵生，莫勉强，意思意思就好。你打算捐多少？”游贵生说：“我离家几年，对家乡贡献很少，这一回，我也讨个好意头，就捐个九百块吧。”啊？九百块！众人皆惊。裴三兴则是完全呆在那儿，竟忘了做记录。旁边的一个长衫客忙扯扯游贵生抹布样的旧衫子：“游老板，九百块，你没搞错吧？”“各位，我游贵生没糊涂。我愿捐银九百块。长长久久嘛！”游贵生语气坚定，又对裴会长说，“会长，您记上吧。”整个会场的人都瞪大了眼睛。裴三兴这才回过神来，大声地说：“游老板真是好角色。今儿的头牌归你了！”会场上一片吆喝掌声。“好！好”！镇守使也站了起来，大声说，“游老板不错，他如此慷慨，关心乡梓，我代表统领部和乡亲们感谢他！”不久，日戏结束，裴会长拱着手走过来说：“各位接到帖子的老板，是镇守使特意点名的。商会备了一点薄酒，请诸公去隔壁的醉仙楼。大家陪镇守使一起喝酒聊聊天。喝完酒再回来看夜场戏。”受邀的闻人老板便三三两两凑在一起边走边闲谈。“大发，他游贵生啥时候回来了？”孙大万问。“好像有半个月了吧。万公，你不晓得？”王大发说，“喔，对了，你去了汉口十几天，可能还不晓得。”孙大万“喔”了一下。“真是瘦死的骆驼比马大啊。”王大发吐掉瓜子壳，道，“性子没变，只是老了，头发白了一半。”孙大万说：“都五十好几了，也是要见老了。”王大发话便恭维道：“孙老板，您倒是没见老，十几年前就喊您孙老，如今倒是越见年轻了。”确实，孙大万六十有余，头发虽略见花白，精神却很是矍铄，饭量好，面色也红润。“是吗？哈哈哈哈。”孙大万被说得很是开心，“我这是不想事，所以心宽体胖。”“心宽则体胖，说是这么说的。”王大发接着孙大万的话，说，“可正像信佛的人要真正做到心无尘埃，难！就像这游老板，你要他心宽不想事，成吗？”另一个老板接着说：“游贵生这一回吃软饭拉硬屎，明显就是冲着会长职位来的。”孙大万说：“是啊，先前，我们都看走眼了啊。”王大发急忙说：“他游贵生回来又怎么样。会长一职一定非孙公莫属。”几个小老板急忙附和：“万公，这一回可真的是民意。”孙大万说：“你们的好意我已心领了。今天这架势还看不明白，有人想抢，就由他去吧。”又走了一段路，王大发突然喊："哎，万公，走这边啊！""家里有客，我就失陪了。"孙大万心中不悦，借故推辞走了。

醉仙楼就在隔壁，一袋烟工夫可到。这间洪城最大的酒楼大堂极宽，挤满了酒客。大堂正中，四君子蜡染画屏风围了一个大包厢。"来，请镇守使坐上席！"在会长的安排下，进入包厢者个个依主次坐定。大堂靠窗的小桌边，围坐着三个喝茶汉子。桌上扑着个破斗笠。一只手极敏捷地从衣襟下抽出，把一个乌黑的东西藏在了斗笠下。"朱哥，看清楚，就那胖子。"一个脸上有刀疤的人轻声对戴黑包帕的说。黑包帕轻轻说："放心，你去吧。"刀疤脸点点头后匆匆离开。

酒楼旁边不远的一间吊脚楼上的茶楼包间，蓝印花布门帘突然被人一把撩开。刀疤脸进来，朝一个络腮胡汉子拱手道："韩寨主，那老家伙到了！"几个黑衣人轰地一齐站起来。"莫忙！"络腮胡子按了按手，说，"财喜不催忙人。各位兄弟，来，再搞三杯，暖暖身子，筋骨才得利索。"络腮胡子叫韩章，是洪城郊外乡下大马的寨主，是个出名的匪首。三杯酒落肚，他把身子探到窗边瞧瞧，突然牙关紧咬，脸上几道骨棱一阵滚动，手中的酒杯往地上猛地一砸。昏黄的石板小街上移动着几个匆忙的人影。韩章居中，两个大汉一左一右，后面有三五小匪跟随。夕阳把影子拉得很长。听到脚步声，一伙在路边的"卖菜人"抬头来看。韩章丢了个眼色，"卖菜人"便一把将筐上的菜掀去，一把把尖刀或斧头从筐底抽出来，追着那团黑影子而去。人越滚越多。长影子停在一处巷口。韩章仰脸向不远处的江西会馆观察：除了门口有两个警戒的枪兵外，已经无人出入。唱曲声咿咿呀呀，时高时低。会馆包厢的一扇窗口，突然伸出一条白毛巾，摇了摇，然后挂在了窗口。就在这时，东城门楼子就突然爆发出一阵惊天动地的轰隆声。红光如蘑菇云照亮了半边天。韩章从阴暗处一把跳到当街，高喊："弟兄们——搞事了！""逮呀——"黑衣人呐喊着跟随韩章而去。听到喊杀声，会馆门口的官兵一阵惊慌，匆忙举枪阻击。"杀呀——杀呀——"几路匪兵从不同巷杀奔过来。抵挡过一阵，几个官兵慌忙退进门内，死死关紧了厚重的大门。韩章的队伍风风火火赶到，见大门紧闭，便狠狠劈了一下手。一根粗大的树桩由几个壮汉抱着撞了过去。咚咚咚咚——轰隆！会馆大门轰然坍塌。黑衣人呼呼隆隆跟着韩章杀了进去。几个官兵在一堵照壁后顽强阻击。韩章绕过照壁，冲上阶梯的时突然愣住了。会馆大厅竟然没有一个卫兵，只有几个躲在旮旯里瑟瑟发抖的男女。韩章冲过去，攥住一个女人的衣领怒问，他们人呢！女子战战兢兢地指指二楼。韩章判断一下，刀锋直指二楼。冲上二楼，韩章一下子呆住了：三楼的楼廊，长枪短枪如树林般密布。“打！”一个官兵军官把手一挥。三楼打出一片火光。几个土匪倒在血泊之中。“顶住！冲！”韩章狂喊。黑衣人便前赴后继冒死冲上了三楼。三楼上一阵绞肉机般的拼杀，一时间血肉横飞。

洪城风云突变。爆炸声、枪炮声传到了醉仙楼里。“情况不好！”覃啸天匆匆进到包间，对镇守使轻声耳语。“土匪进城了！”酒楼老板急急跑过来说，“大人，快，从边门走。”几个卫兵便护卫着镇守使从屏风间撤出去。大堂里一片混乱。窗户散席，那个在闷头喝酒的黑衣汉子，猛地把手伸进了破笠之下。一支乌黑的手枪高高举起。砰的一声，正要转移的镇守使缓缓倒在地上。覃啸天大惊，一把压在镇守使的身上：“大人，伤到哪儿了？”田昭全摸摸耳朵根的血：“还、还好。”砰！覃啸天跃起举枪反击。砰砰砰！几个卫兵一齐朝窗边的小桌开枪。小桌上杯盘翻飞，汤菜四溢。食客大叫，惊惶四散，推搡着夺路逃命。“拐子，你们顶住，我去追他。”杀手伸手将一角头帕扯下蒙住脸，往前硬冲上去，边开枪边在歪倒的桌子间曲折行进。“老七，你赶紧带着镇守使往后门撤退。这里，我来顶。”覃啸天倚着一张大桌子还击。在双方枪战的时候，不断有匪兵进来增援，火力愈发生猛。见镇守使已经撤走，覃啸天不敢恋战，打了几枪后也跟着退了出去。杀手追到边门旁，看见那老头被一个兵扶着钻进了一片马桑林。

卫兵老七扶着镇守使在马桑树林子里狂跑，一颗子弹飞过来，身边的石头火星直冒。见杀手跟得很紧，老七将镇守使使力一推：“我顶，大人你快走。”老镇守使趔趄了一下，便往林子深处逃去。老七趴在石头后，见没有动静，便探出头来观察。砰！躲在草丛里的杀手扣动了扳机，老七中弹。天灵盖被掀掉了，飞得老远。马桑林子很密，有些昏暗，镇守使踉踉跄跄慌不择路。他身子发福，有些臃肿肥胖，跑跑停停，不时扶住树干大口喘气。杀手追了过来，用脚踢了踢老七的尸体，伸出手指打算去探探鼻息，忽然就看见前边不远的那个肥胖身影。杀手急闪躲到大石头后观察，突然起身举枪瞄准。感觉有动静，田昭全猛然一回头，凭感觉开了一枪。砰！子弹带着哨音般呼啸而去，但明显脱靶，杀手身边的一棵大树干被揭去了一块皮。杀手就站在树边。奇怪的是，那家伙既没有开枪，也没有躲闪，竟然是傻傻地愣在那儿了。田昭全乘机又开了一枪。也许是慌乱，又或许是生疏了，近在咫尺却依然脱靶。田昭全大惊，头上冷汗直飙，慌忙夺路而逃。眼睁睁看着胖镇守使消失在林子深处了，那杀手却还在石头边发呆。此时，身后的林子有一阵绊动杂草树枝的哗哗声。“朱哥，朱哥——”拐子边喊边往这边赶。杀手没作回答，停顿了一阵才开始往前追。出林子，追到一片茅草地，杀手举目四望，已经不见了老镇守使的影子。他缓缓地往前走，像是闲庭信步，溜达了百来米距离，却突然看见在一蓬茅草里拱着个撅起的大屁股。他走过去朝那屁股踢了一脚。镇守使面色如土，抬头看见是个握着手枪的蒙面人，十分惊慌。“朱哥，我们来了。”后边的林子里赶过来的人在远远地喊。杀手没理会，右手使劲一把将田昭全提拉起来，轻声而有力地说：“你，还不赶紧跑？”田昭全完全不知是怎么一回事，对着眼前的黑布蒙面人，懵住了。“等死啊，你！”杀手狠狠地推了他一把。田昭全这才如梦方醒，拔腿便跑。砰！黑衣杀手朝天放了一枪，枪口是照着天空的。他假意去追，追进一片灌木林子，看见胖老头又跑不动了，佝偻着趴在地上大口喘气。杀手回头看，见拐子等闹腾的声响是越来越近了，于是几步上前，愤怒地盯着田昭全。“我、我……实在跑不动了。谢谢你。你不用救我。”佝偻在草地上的镇守使喘着大气。“跑不动？谁让你吃这么胖的？”黑衣杀手气愤地说，“想保命，跑不动也得赶紧跑！”“不骗你，我……是真的……”镇守使喘着粗气。杀手又回头瞥了一眼，看见了林子远处有越来越近的晃动的人影，说：“行，那你就赶快，快……朝我开枪！”“朝你开、开枪？”田昭全又是一愣。“是的，朝我开枪！”那人眼色坚定。田昭全依然呆着，眼神充满疑惑。“还愣在那儿干啥？你手上拿的是吹火棒吗？”黑衣杀手声音严厉。田昭全看了看手上的枪，看见黑衣杀手蹲下，指着右边大腿说：“来，瞄准，就照这儿打！”“你……你为什么要救我？”田昭全惶惑地问。“我不是救你。”黑衣人说，“我也是湘西子民、筸军后代，我不想筸军就这么完了。”田昭全虽然还是有些犹豫，但最终还是缓缓地举起了枪，但手抖动得很厉害。“开枪呀，你是傻包呀？”那人又在催促。田昭全为使手不致抖动，便改为双手握枪。但他还是没有勇气开枪，猛一转身，转过身便踉踉跄跄地跑了。“嘿！”黑衣杀手气得直跺脚。他回头一瞥，见拐子等已出现在林子边缘。砰！黑衣杀手举起枪，照着自己的右腿开了一枪。田昭全惊慌回头，看见那个蒙面人身子扭动了几下，歪斜着撑住一棵马桑树。田昭全打算过去扶他。那人竟朝他举起枪来，厉声地吼：“你，别过来！”听到声音，田昭全感觉有些熟，突然失声惊呼：“你……是朱……鹤吗？”“什么猪呀牛的？你赶紧走！”那人突然举起枪来对准了他。田昭全只得止步，慢慢地往后退。“镇守使，快些走！”那人的表情很是痛苦，喃喃地说，“多保重，筸军有麻烦……湘西恐怕……有大麻烦……”说着就扭动着身子倒下了。这时，两个匪兵已经从旁边的林子里赶过来。田昭全见势不妙，赶紧提脚跑进了一片茅草地。“朱哥，你怎么啦？”拐子赶过来，使劲扶住倒在地上的人。黑衣人咬着牙：“那狗日的，开黑枪。好在没大事，一点飘皮伤……”“血流不止，还说是飘皮伤？”拐子抽出刀，割下一截头帕去给他包扎。

黑衣人说："莫管我，快去追、追……"两人正打算追，突听得后面的林子里一阵砰砰砰砰的枪声，处处是官军黑色的人影。拐子对另一个士兵说："官兵围过来了。你护送朱哥。我去追。"拐子提着枪往前猛追，追了一阵，就仿佛看见不远处草丛里有一团黑色的人影。砰！他拉动枪栓，对着草丛就是一枪。镇守使肩上挨了一枪，急忙钻出草丛，踉踉跄跄地往前奔跑，实在是疼痛难忍就歪歪斜斜地倒下了。那儿恰巧是一处斜坡，于是就顺着斜坡往下翻滚。覃啸天领着兵打退了追赶过来的土匪，突然听得不远处的后坡有枪声，忙带着卫兵沿着坡脚的小路赶。田昭全从斜坡上滚下来，碰巧滚落到覃啸天的脚边……

夜色已经完全扑落下来了。"大人，往这边。"覃啸天扶着镇守使逃进了一道小巷。远处尚有激烈交火的枪声，贴在巷内墙壁上的几个人立即匆匆闪身出来，向巷口急急而去。受伤的镇守使被人扶着，一瘸一瘸地走。两个卫兵警惕地往回看看来路，快速缩进另一条小巷。突然，一团火光闪现在巷子口，众人一惊。巷子口进来一个提灯笼的长衫人。覃啸天眼明手快猛地就冲了上去，一把捂住那人的嘴，问："晓得那是谁吗？"长衫人抬眼看，猛地一把跪在地上说："小的有眼不识泰山，请镇守使大人恕罪。"覃啸天说："晓得就好。赶紧起来，把大人送到安全的地方去。"长衫人爬了起来，战战兢兢地说："好，好的。你们快跟我走。"他们穿过曲折的巷子，来到了一座卧着大石头狮子的高大门楼。雨中，几个模糊的身影从石狮后趸身进了大门洞。一只手叩动门环：啪啪啪啪，啪啪啪啪……好一阵，门"吱呀"开了一条缝。门卫挑盏灯探头："管家大爷！"管家说："快点开门。"门卫发现后面跟着几个荷枪的人，犹豫了一下才打开了门，问："管家，你这是……"管家道："莫啰唆，快带我去通报老爷。"覃啸天四下看看，关了门。管家来到书房。那时，早退的"万景福"孙老板正在闷闷不乐地抽着大烟，听说后，把烟枪扔了，震惊地问："他们在哪儿？""在西厢房歇着。"孙大万厉声地说："你好大的胆子！土匪正在各家搜查，这不是引火上身？"管家说："老爷，不管怎么说，他可是湘西的镇守使啊。若是出事了，陈统领不会放过我们！"孙大万沉思。管家有些着急，说："老爷……你看……"孙大万说："给他们搞几套衣服，派几个家丁赶紧送他们出城去！"一个人提着有"孙"字的油纸灯笼在前，覃啸天等护着田昭全出了城门。刚刚出城，就听到大街上有一阵嚷嚷声，覃啸天看见正有一群黑衣兵追过来。"快，你俩扶镇守使走，我来掩护。"覃啸天吩咐卫兵护着镇守使舍弃石板路官道，从田坎路拐进一片黑松林，自己则带着三个卫兵阻击掩护。

一群黑鸦般的兵追出城门，胡乱开枪，火力甚猛，有两个卫兵被撂倒。覃啸天不敢恋战，沿着官道边打边撤。听着那在寒夜中呼啸的子弹声，覃啸天很是奇怪，这哪是土匪草寇呢？他们使的家伙比正规部队还厉害呀？覃啸天没时间细想，乘混乱赶忙缩到一大蓬芭茅草丛中去。黑暗中，摸索过来几个黑色身影。死了，死了，他们全被老子们打死了！有人在喊。一个领头的过来，说，看还有没有没断气的，逮个活的回去。好咪。我过去看看。一个人边说边猫着腰往芭茅草丛靠近。覃啸天趴在草丛里，看见一团黑影拨开刺蓬往这边移动着。他屏住呼吸，瞄准了那家伙的脑袋，扣动了扳机。砰的一响，那人重重一摔，应声倒地。抓住他！抓住他！捉活的！那些逃窜的匪徒集结了更多的人马包围了过来。砰！受伤的覃啸天开枪还击，但不敢恋战，边打边撤。匪兵人多，速度也很快。眼看就要被人追上了，覃啸天发现自己已经来到了一条大河边的高坎旁边。江面黑乎乎的，偶尔有些闪光。岩坎应该是很高，也看不清脚下是水面还是乱石头岗子。覃啸天走投无路，情急之中便一跃而起。风声在耳畔呼啸，还砸断了几根灌木的枝丫。最后，他听到了“嘭通”的一声，知道自己是落进滔滔的江流之中了。“跳河了。他跳河了！”追兵哇哇叫着过来。砰砰砰砰！一阵乱枪朝黑暗的水面齐射。覃啸天从深水中上浮，钻出头来，深深地吸了一口气。“在那里！在那里！”随着喊声，一阵乱枪包围着射过来。覃啸天一个猛子扎进水里，在水中浮浮沉沉地顺水往下漂。黑衣兵便跟着沿河边一路追。

覃啸天顺流而下，漂到了一处河湾。河湾里停泊着一大片大小木船。有的船桅上还挂着红色的冬瓜灯笼，那是一些花船。覃啸天的脑袋从一条花船边的水中拱出来。他甩了甩头上的水，用手抹了把脸。他听到栈桥上有纷纷跑过的脚步声。脚步声过去，一支火把亮堂地照了过来。举火把的是一个大络腮胡汉子。他气势汹汹闯过来，踩着跳板上了船。这个大络腮胡汉子就是韩章。覃啸天巴着船桡仔细观察。哗，一盆脏水兜头盖脑浇下来，带着尿臊，覃啸天忍不住啐了一口。一个追过来的匪兵一愣，停住脚步，突然大叫：“在……在这儿……”喊声传来，韩章一震，迅速跑出船舱，低头看却没看见什么。“在哪儿呀？”韩章厉声问。“我刚才是看见了的，现在又不见了……”匪兵哆哆嗦嗦说着。“他跑不远的。”韩章把手一劈，大声喊道，“把这附近全包围起来，搜！”一艘花船上，匪兵突然破门而入，一个弹琴女子惊骇地尖叫一声，几个男人惊慌地从躺椅上起身。另外的一个船舱，追兵撩开门帘闯进来，一对光身子男女惊叫着坐起来，女的急忙扯被子护住胸脯。

洪城如此纷乱，却还是有一处安静的角落——在连绵的乌篷船边，靠河坎的大吊脚楼下泊着一只大商船。商船描龙绘凤，霸气十足。完全没有顾及周遭的嘈杂，一个女孩正在客房里静静看书。这是个头发乌黑、目光明亮的少女，皮肤白皙，脸上有一对很逗人的小酒窝。她叫游萱萱，是“天顺昌”的老板游贵生的女儿。萱萱在大口岸常德读书。学校放秋假，便搭船回来。大船快要拢岸，远处一条小木划子贴着水面飞将过来。船老板透过迷蒙的夜色，问：“小佬，出了什么事？”小佬是萱萱的老弟，长着一副玩世不恭的面孔，此刻的表情却很正经，因用力划桨而浑身透湿。小佬喘着大气说：“我爹讲了，莫急着拢岸下货，先把船弯在吊颈岩。”船老板说：“弯在吊颈岩过夜怕不保险。为的什么事？”小佬说：“有土匪进城了。叫我姐就歇在船上。看看动静。莫急，明天再下货不迟。”船老板点了点头说：“晓得了。回去跟你爹讲，船上伙计多，来几个土匪奈我不何。”小木划子便调转了头，消失在茫茫夜色中了。船老板指挥着把船弯到吊颈岩。那里停泊着许多乌篷船，船桅上多挂着小小的红灯笼。地方人都把这些船叫花船。花船很挤地依偎着河岸，船老板便让水手把船靠边停下，放下锚铁，用绳索将大船固定，然后带了个伙计下船去城里“探水”。萱萱归心似箭，但遇到这种情况也是没法，只好靠着窗往河下看风景。河边陡峭的悬崖上曲折排列着许多吊脚楼，千柱落水，蔚为壮观。虽说是城里闹匪事，但这一片乌篷船仍是那么处变不惊，散淡地拥挤在那里。见惯了动荡的山里人知道生活总还得过下去。是烧夜火的时候，一些船篷飘出了青烟。青菜下锅的嗤嗤声、女人的笑闹声填满了河谷。夜色越来越浓重，花船也变得更喧闹。萱萱把木窗关紧，隔绝了喧闹，但有些无聊，便翻出一本书来看，正读得入神，突然感觉船边有响动。她出了客房来到舷边，惊讶地看见一队匪兵在乌篷船间穿梭，似乎在搜捕什么人。萱萱有些害怕，忙转回房间去关紧了门。她摸索着走到梳妆台前，把书放在一边，点亮煤油灯，开始对着镜子卸妆。她伸手去解耳环，忽然看见镜子里反射出门后隐伏的一条黑影。“啊——”萱萱惊悸地叫一声，倏地站起来，手中的耳环滑落在地。她急转身，厉声问：“你……你是谁？！”那人影却突然蹿过来猛地捂住她的嘴，低声恫吓道：“莫出声！”萱萱慌乱中瞄了那人一眼，那人一身水湿，穿的是湘西地方部队的军服，听口音，是湘西人。这人是覃啸天。他是从水里爬上船的。覃啸天没说话，眼睛一直盯着门外。外面纷乱的脚步声和呵斥声越来越强烈，好像兵们已经上了船。

韩章带着几个兵上到了大船，鹰隼般的眼睛左瞄右扫。在火把的光焰下，他发现了舱板上有一串水湿的脚印。萱萱休息舱的门“嘭”的一声被从外面踢开。只穿着碎花小衣、正在洗脸的萱萱“哎呀”一声，碰翻了脸盆，水洒了一地。韩章走进来，站定。“喂！你干吗？”见有人闯进来，萱萱忙到铺上取了外衣穿上。韩章没回答，四处瞄着。萱萱把衣服穿好，系着纽襻。韩章突然说：“妹子，有人到过你的房间！”萱萱四下看看，装成诧异：“没有啊！我一个黄花姑娘，你可别乱讲！”“莫装，你把他藏在哪了？”韩章挥了挥手，“你俩进来，仔细搜！”“你们要干什么？”萱萱陡然生气，大声警告，“不要乱来！军爷，晓得这是条什么船吗？”“什么船？莫非你这是蒋大委员长的船？哈哈哈哈……”韩章大笑。“这不是委员长的船，但洪城游大老板的私家货船你就能随便搜？”萱萱责问。“游老板？”韩章迟疑了一下，问，“莫不是天顺昌的游贵生？”“正是。游贵生就是我爹。”“喔，对不起，你就是游大小姐啊。”韩章拱了拱手，说，“游大小姐，我对你爹很是敬仰，但我们这是在执行公务，对逃犯是一定要搜捕的。”“逃犯？什么逃犯？”萱萱说，“这船上就是我一个人，我是你们要抓的逃犯吗？”韩章有些不相信：“这船上果真就没来过其他人？”“没有。”“那我怎么看见有一串水脚印在你这间舱房断了？”“哦？水脚印！我还当是什么，嗨，你没见我刚到水房打水回来？”萱萱把脚举起来。韩章看见萱萱光着脚丫，没脾气了。萱萱懒洋洋地道：“军爷，还有事吗？本姑娘可是要睡觉了。”韩章没好气地哼了声，对身边的士兵说：“走！”兵们跟韩章退出去。

萱萱过去探身往门外看看，把门掩了，伏在门边听，脚步声踢踢踏踏地远去了，无声了，才急忙返身进房。萱萱把一个地铺的被褥卷起，推到一边，打开舱板。舱里很黑，模糊一片，没有声音，好像那个人又神奇地消失了。但她的瞳孔分明渐渐看清了舱底板上卧着一团模糊的东西。她的第一个动作是退回来，可是就在那一刻，那团东西略略动弹了一下，还发出一声轻轻的呻吟。她急忙跳下去，眼前的景象使她大吃一惊——年轻人满身鲜血，面色惨白，嘴唇干焦，喃喃地哼哼着。萱萱听得他发出的像是“水”的声音，于是急忙去取了茶壶倒一碗水给他灌了下去。“你叫什么名字，到底发生了什么？”萱萱关切地问。受伤的年轻人艰难地说：“我……叫覃啸天……”萱萱说：“没事。他们……走了。”覃啸天这才注意看萱萱。萱萱低下头，回避着他的目光。覃啸天努力站起来，从暗舱口艰难地爬出来，走向门口，往外听听，欲开门出去。“你还不能走！”萱萱失声叫道。覃啸天没说话。萱萱轻轻地说：“他们可能……还没走远。”覃啸天还是没说话。萱萱声音更小地说：“为了……安全，今晚上……你就暂时住在这儿吧。”“妹子，那你为什么要救我？”覃啸天很是感激。萱萱说：“被土匪追捕的，应该都是好人。”“你说的没错，我不是坏人。我是一名竿兵。我……谢谢你的搭救之恩。”覃啸天还是打算走。萱萱说：“你现在走真的是很危险的。”“这个我晓得。”覃啸天说，“我很感谢你，也很留恋这里，但我是一个湘西军人，我感觉湘西有难了，得马上走，去阻止这种不幸。”见年轻汉子态度坚决，萱萱不再阻止，用一块帕子包了点吃的递到他的手里。汉子道谢后下了船，消失在夜色中……

第二章

山野寂静。阳光懒懒地照着。在离洪城和竿城几乎是等距离的一个地方，叫作蛤蟆洞。那里山高林密，地处偏僻。林中有一处阔达的乡村大庄园。庄园后面是一片缓缓的草坡。草坡上，一个须发有些杂色的老头，眯眼躺在一张竹躺椅上晒太阳。他身材高大，却不魁梧，皮肤松垮垮的，满脸胡子。似乎听到有响声，他微微睁开眼，见到了孙女儿俯望着自己的一双大眼睛——这是他二儿的孩子。“乖孙女儿，是你呀？”老头微微一笑。孙女儿没作声，用一双明亮的眼睛看着他。眸子有些迷离。老头盯着孙女儿，问：“满妹，你在看阿爷呐？”“爷爷，好多人都讲你老了。”叫满妹的孙女儿说，然后突然问，“老了，那就会死吗？”“人家讲是人家讲。乖孙女儿，你也觉得爷爷老了吗？”老头问。孙女儿看着他脸上的沟壑，点了点头。“你爷爷可不老。”为了证明，老头一把从椅背上站了起来，还很有力地用双臂做了个打拳的姿势。孙女儿呆呆地望着他。老头说：“乖孙女，你笑一个啊！”孙女儿还是没笑，听到有鸟叫，便抬起眸子朝天上看。天上突然飞过来一只鹰。那鹰很大，本地人叫磨鹰。草坡上有觅食的小鸡，磨鹰在低空滑翔旋转。老头看了看孙女儿游弋的眼神，勾腰顺手捡起一个圆圆的石子。他瞄都没瞄，便挥臂将石子朝天上打去。“嘎，嘎——！”那磨鹰竟被击中了，尖声地哀叫着滑落下来。磨鹰掉进了一片茂密的林子里。孙女儿的眼睛里充满了惊奇。老头望着孙女儿问：“乖孙女，你说爷爷老了吗？”孙女儿说：“爷爷不老。”“这就对了。哈哈哈哈！”老头畅怀大笑，大胡子乱抖。他猎狗般一跃而起，拔腿便往磨鹰坠落的林子里追了过去。“嘎！嘎！”受伤的磨鹰在灌木林子里低飞奔逃，落进了一片荒芜的茅草丛。“哈哈，老子看你还往哪里跑？”老头从绑腿里抽出一把鲫鱼刀，豹子般敏捷地钻进了茂密的草丛。

老头拨开草丛仔细搜寻，没看见受伤磨鹰的身影，却突然隐约听到一阵传来的呻吟声。他急忙停住，蹲下往草窝里看。果然，草丛里有一个受伤的人。那人倒在一蓬刺窝里，衣衫褴褛，满脸是血。“喂，你是谁？你怎么了？”老头大声问，一边拨开草丛往前走，“你莫急，莫怕，忍着，我来救你了。”但当老者慢慢接近草丛中的伤者的时候，那个倒在地上的人却突然跃起，发疯般向前狂奔。“喂，莫跑！快站住！”老者大声吆喝。但那人却跑得更快了，只是步履有些蹒跚。他的衣服被撕破了几道口子——那竟是筸军士兵的军服！这种军服老头实在是太熟悉了。军服是绿色的，但色泽极不匀称，是用一种叫“兵嘎子”树的果实汁液染成的，不经久，易褪色。他知道那个伤者是筸子兵，所以更应该救他。他大声喊着继续往前追。追着追着，老头竟发现那人的背影很是熟悉，一下子愣住了，下意识地大声喊叫了一声：“啸天——”奔跑的身影也突然愣住了。覃啸天回头，停住了，脚一软，“嘭”的一头栽倒在地上了。“啸天，啸天！”老头上前蹲下一把扶起儿子，“你怎么搞成这个样子了？”啸天微微睁开眼，想说什么。但这时远处突然传来一阵闹腾。老头眯眼往远处看，有几匹黑马正往这边奔驰过来。“怎么回事？那是些什么人？”老头问。“爹，一言难尽。”覃啸天喘着气，说，“他们追来了，你快先找个地方把我藏起来吧。”听着远处渐渐逼近的追杀声，老头于是将儿子藏在一处草堆里。追兵过来，只看见一个在竹椅子上睡觉晒太阳的老头，问了几句，便往前追去了。

老头把啸天带回自家的封火筒子大屋，摆上酒菜为儿子压惊。啸天的爹叫覃飞，曾是“湘西王”手下的一名骁将，某一日却突然归隐山林，回到他的老家“日出而作，日落而息”。很久没见到自己的儿子了，没想到这次的见面是这样的狼狈。父子坐定，母亲唐五凤送上酒菜，说：“啸天，看你都瘦了。多吃点。”覃啸天忙欠起身子，说：“辛苦了。娘，近来可好？”“好着哩。啸天，你多吃点。”母亲说。覃啸天喝过些酒，话也多了起来。他道出了这次落难的原委，长叹一声说：“陈统领眼下遭受夹击，很难呐。”覃飞没有作声。“爹，你一直说老统待你如父兄，可是你为什么不出山去帮帮他呢？”覃啸天说。“唉，儿子，你不晓得，你爹当年也跟你一样热血沸腾，只是见得多了，心都冷了。”覃飞放下碗，拿起一根竹兜脑烟袋抽叶子烟。烟圈缓缓升腾着。啸天见劝不住父亲，不再多说，把嘴巴一抹，起身道：“爹，你再想想吧。我吃饱了，也要走了。”“啸天，你的伤还很恼火呢，为什么就要急着走？”母亲忙劝道。“娘，那点伤不要紧。”覃啸天说，“我得赶紧回筸城去，我有要紧的事要向统领报告。”覃飞没说话，满意地看着儿子，重重地拍了拍啸天的肩膀。覃飞叫人备了一匹马，让一个马弁一直把受伤的啸天送到筸城。

筸城，这座湘西边隅的小城是一个古怪的地方。它的存在和影响不在交通、物产及经济活动，而在于军事。它的城垣是红色的，本地出红砂岩，粗糙巨大的红色石头便以糯米灰浆砌筑成一座笨重的城池。城池并不孤立，以它为中心向四方展开的有五百左右碉堡、二百左右营汛。清朝时的辰沅永靖兵备道、辛亥革命后的湘西镇守使皆驻节在此。当年他们曾指挥数万持刀戟盾牌的绿营军、管辖从苗人手里夺来的十五万亩屯田。石头城在当初的显赫地位可见一斑。时光飞逝如白驹过隙，那大石头堆成的碉堡营汛多已废弃坍塌，然而小城的军事地位没有削减。那支由当初屯垦戍边军人与本地土著民族联姻结合创造的土著部队，渐渐便扩充成一支相当于常规军的兵力。他们以红色石头城为发祥地势力逐渐强大，便不复囿于小小圈子的努力终致震颤朝野。

覃啸天没歇气，便赶到了城中一处山崖上的陈公馆汇报，但他只是叫了一声“报告”后便一直被晾在那儿。里间，一个面色清瘦、蓄着山羊胡子的半大老头正趴在桌上忙碌书写。这个老头就是赫赫有名的竿军领袖，人称“湘西王”的陈玉轩。手臂缠着绷带的覃啸天没有作声。他知道老统领多年来形成的习惯，不允许别人打断他的思考和正在做着的活计。办公室很简朴，但很有书卷味。墙壁上一副“大海有真能容之量，明月以不常满为心”的行书对联，是清朝状元刘琨的字。老统领持身有常，仪表严肃，每日拂晓前即起床，稍一洗漱，即出坐大办公厅，副师长、参谋长以下僚属均按时齐集静候。待他耳听手批，咨启已毕，共进早点后，各归所司办事。他的自用信笺上，印有两行字：“畏天理如刑法，以方寸为严师”，大办公厅两边的侧门上嵌有“接时”“观化”两方小匾额，再联系到他平日常讲的“保持湘西一片清净地”的语义，可以想见他的自负和那雄杰倔强的气概。

“有哪样事，简要地讲。”一直到做完了手中的活计，陈玉轩合上书，满意地拍了拍自己的手，才慢慢转过身来。覃啸天于是汇报了洪城被袭的事，说到田镇守使受伤，自己失职，请求处置。“这个不怪你。镇守使已经安全回来了，我也已安排药师给他治疗，应该问题不大。”边说着，老头又开始了他的忙活，“洪城是块肥肉啊，哪个都想咬一口，不奇怪。”的确，洪城是个重要的水码头，当时贵州、云南出产的特货（鸦片烟）经常取道四川、湖南、广西运出外销，所经之处，必须缴纳很重的“特税”。南京政府为了统一特税征收，设有一个“两湖特税清理处”的专门机构。总处在汉口，长沙设有“特税清理分处”，洪城设有“特税检查所”。按“特税”章程规定，每年取道洪城从贵州运出的特货在三万担以上，特税收入达三五百万。洪城并不完全能被陈玉轩掌控，三省边的各路大小军阀，匪首无不垂涎于此，故而常常是皇位轮流坐。近些年，凭借地利之势，陈玉轩开始管辖了这块风水宝地。“陈老统，我感觉……”覃啸天还想说点什么，但老头又一次打断了他，“几个小土匪哪值得那么大惊小怪？谷副师长已经带兵开拔，马上就会夺回洪城的。”老头说罢回转了头，“啸天……辛苦了，身体没事吧？”啸天拍拍自己的身体，说："老统领，我一点都没事。"陈玉轩说："那好。我正要派一支增援部队过去。你对那边情况熟，就跟着队伍过去吧。"

沅水极清，数十船只有规则地排列着，与码头连成一个扩展的扇面。"萱萱，我们家有一艘大油船要运油下德州，你是不是一起搭船转学校去？"那天，萱萱在家准备好行李，就去河码头玩。没几天，她又要去德州上学了。一个托着个鸟笼子的年轻人过来找她。他叫孙平，是洪城油号老板孙大万的儿子，是萱萱的学长，比她高两个年级，这个假期已经毕业。孙平原本的意思是想去省城继续深造，但父亲让他在家提前继承家业。孙大万腰缠万贯，膝下也就这么个秤砣崽。执拗不过，孙平只好当起了二掌柜。他并不喜欢经商，所以总像个公子哥儿，玩世不恭。"什么时候的船？"萱萱问。"初十走。"孙平的声音很轻微。"好啊，时间正好。"萱萱高兴地说，"等我问一下我爹。有信我回头告诉你。"萱萱是乖乖女，什么事情都要问她爹。孙平走了，萱萱便上到一只货船上。她爹正坐在船舷边上抽烟，良久，把眼白从老花镜框下露出来，说："回德州？就他们孙家有船？"萱萱听她爹这么说，知道他不答应，就没再作声。"又是姓孙的那小子出的主意吧？"游贵生接着问。知道父亲不乐意，萱萱"嗯"了一声走了。游贵生就是这样的一个人：性情执着，这是往好里说，或者就叫倔，固执甚至是偏执。这让他吃过不少亏，但他改不了。他听别人说孙大万的儿子一直在追萱萱，心里就不乐意。倒不是他儿子不好。孙平高高大大，脑子灵活，对人也有礼貌，是个不错的孩子。只是他只要一想起孙平是孙大万的儿子，心里就像吃了一只苍蝇。再者，他太喜欢这个宝贝女儿，好像嫁给谁都不放心。萱萱从小很受宠爱，一家人都很惯她，宠她。萱萱自小冰雪聪明，成绩好，人又长得乖。初中毕业后，她本来是要考高中，将来到北平上北大、清华的，但家庭突遭变故，父亲押货去德州，在清浪滩出了海事，货品损失不说，几个失踪家属轮番索赔，萱萱的哥哥水生拆东墙补西墙勉力将各处摆平，苦爬硬攒撑着这个风雨飘摇的家。水生倒是还开通，再苦也不让妹妹辍学，让她去德州上了师范。德州是个大码头、大口岸，有个省立女子第二师范学校。五四运动影响到湖南时，谈男女解放，自由平等，剪发恋爱……一时间，德州很出了几个出格的女学生：有因肺病死去的川东王小姐，有芷江杨小姐……萱萱也是这样的女孩子，书虽读得不怎么多，却为《新青年》一类刊物煽起了青春的狂热，带了满脑子进步社会理想和个人生活幻想。上学才一年，她的装束就更新潮入时了，喜欢穿白短袖衬衣配黑纺绸裙，还有长筒白麻丝袜，像个"五四"青年。萱萱走了，晃悠悠走过一头搭着河岸的跳板。阳光柔和，在她的发际镶出一道金边。游贵生望了望女儿，女儿真的长大了，长成一个很美丽的大姑娘了！“女大不中留”，这样想着，游贵生的心里突然感到一丝悲哀。

他坐下来继续累账。账房先生过来，夹着一摞厚厚的账本。账房叫游福全，是贵生的堂弟。游贵生问：“桐油股子收得怎样？”游福全说：“今年虽收得迟了点，幸好你带回了些钱，我们把货都给补足了。”游贵生说：“好啊，那就抓紧租船装船，早点发运。”游福全应答着走了。游贵生拿过账本查看了一阵，转回到家。泡了一壶茶还没喝，突然门外传来一声朗声的大喊：“游老把式你好啊！”游贵生回头，见门前立着个络腮胡壮汉——洪城新任的长官团长韩章，后头还跟着两个兵。游贵生心中不由得一惊。他知道土匪攻城那天晚上女儿曾救过一个“竿子兵”，所以心里就一直有些忐忑，这回突然见到团长找上门来，心想一定会有大麻烦。“啊，是韩大团长，快进来坐。”游贵生连忙让座。着黔军蓝色军官服的络腮胡子坐下了，硕大的身躯压得竹椅嘎嘎作响。游贵生一直有些奇怪，这络腮胡子其实就是个洪城乡下马峦山的土匪，怎么却成了黔军？唉，这年头真是什么怪事都有。“韩大团长真稀走啊，伙计，拿杯子过来，我这刚泡了一壶好茶。”游贵生不敢得罪大团长，忙吩咐上茶。“好茶！好茶！”韩章坐下喝了一口。游贵生怯怯地问：“韩大人过来有事？”“没事，没啥事。”韩章大大咧咧地说，“今天天气不错，就到处逛逛。”“是的，天气不错，今天天气是不错。”游贵生急忙附和。“我军进驻洪城呢也有十来天了，忙得猴儿跳圈似的，总算闲下来了，就想出来走走。”韩章放下茶碗道，“说实在的，我在城里没什么熟人，想来想去，还只有跟你游家还算得上有点沾亲带故。”“啊，这我可还不晓得呢。”游贵生狐疑地问，“大人此话怎讲？”“哈哈哈哈！”韩章又是一阵大笑，“游老板真是贵人多忘事！我问你，你婆娘是不是姓石？”“是啊，没错。我婆娘是姓石。”“山江苗里满家坨人？”“是啊。是啊。你韩大团长连这个也晓得。”“哈哈哈哈！游老把式，不瞒你说，我屋婆娘也姓石，也是山江苗里人呢。所以说，我韩章在洪城还只有你这么一个挂角亲戚呢？”“谢谢大团长，不敢高攀，不敢高攀。”游贵生又给他添了茶，“今后大人有什么用得着的地方，尽管直说。”韩章说：“也不会太麻烦你老把式的。”卫兵连忙插嘴说：“我们韩团座还真的有事要你帮忙。”“是吗，有什么事尽管说，能帮到的，一定尽力。”“那就好，我也明人不做暗事，就直话直说了。”韩章说，“你恐怕也晓得，眼下我们刚进城，开销大，上头的拨款又迟迟未到，可能得让洪城各位大小商家出手帮帮忙。这件事还想你这个亲戚出面承个头。”游贵生一时语塞。“怎么样？有什么难处吗？”韩章盯着问。游贵生微微一笑：“韩大人，不怕你笑话，也许你还不晓得，前几年我家出了海事，是好不容易捡得一条命回来的。命是捡回来了，可是家道是着实的败了。我要是承头，讲话也是没人肯听的了。”“啊，是这样。”“真的，韩大人，我可一句假话也没讲。”“嗯，我也好像听说过这么一回事，就不知倒霉的还是你们家。”“是，就是我们家。韩大人，你看这样吧，承头的事呢，你还是另请高人，捐款嘛，我还是会尽量出一点的。”“那好。游老板打算出多少呢？”“不敢。我现在真的不是什么老板了。韩大人，我们家就捐两百个大洋如何？”“不错。有钱出钱，有力出力。两百块大洋虽不算多，也是你的一份心。”韩章让副官记下了数字，便从竹椅上撑起来，一拱手，“打搅了。”副官跟在络腮胡子后头问：“团总，现在去哪儿？”韩章把手一指：“走，去会会他姓孙的。”

中午时分，儿子水生回来了，听管家说起韩章过来摊派的事，便说：“爹，土匪又来刮油了？听讲你又捐了。”“没办法，算是打发叫花子吧。”游贵生说。“真是一帮土匪。”水生骂过，又说，“爹，你也莫老是大手大脚，家里钱可不多了。”“还剩多少？”游贵生叫管家把账本拿来看。一本封皮破旧的账本，游贵生翻了几页，问：“现洋就剩这么一点了？”水生点点头。游贵生拍着账本：“我看你去年的结余……好像这账不对头啊。”“怎么就不对呐……”水生有些生气。管家福全忙止住水生，解释说：“哥，你是几年没在家了。洪城如今可不比往年，经济不景气，买货多是给一半赊一半的。去年的结余只是个数字。”游贵生说：“该收的就要收。你得去催。”“你去催，人家说，我认账，但钱没有，命一条，你拿岩头打天去？”水生这样顶撞，然后接着说，“爹呀，这次回来，你这里扔钱那里捐款，那老毛病又犯了。那一年大旱，不就是你充能，开仓放粮赈灾，接济难民，没落得一点好，反倒是得罪了孙大万，结果家里遭难，你自己也差点连命都送脱了。”“这几年，可真是难为你操心了。”游贵生似乎有些内疚。那一年，船被石头磕破打散了，激流中，游贵生捞到了一匹漂浮在身边的桨，浮沉漂流了十几里拢了岸。到得岸上后才晓得死了几个人，哪敢回来，只得远走高飞各处躲灾，日子久了，听说风头消停了，才悄悄回来。他知道儿子水生这几年不容易，但他不甘心从此消沉，于是放大嗓门说，“但既然老天不肯收我，这世上就有我存在的理由。我一回来，就看到了无数双怪异的眼睛，惊讶的、幸灾乐祸的、敌视的，也有很多是可怜我的。我不怕敌视，却更怕可怜。我要的是一个人的尊严。人活一张脸，树活一张皮，我会重新站起来的。这次，我把钱捐了，怎么样，我看你们谁还敢可怜我？”“老爷，你这次回来，心里很窝火，我都晓得。”游福全也过来劝，“只是，办事总得量体裁衣。你晓得吗？你在外这几年，水生是如何吃苦霸蛮才维持下这个家吗？老底赔光了好歹才摆平那些事，家里还有娘有妹有老弟。你回来，不能再把这个家给败了啊。”游贵生听着，有些伤感，眼泪在眼眶里直打转转，过去拍了拍儿子的肩膀，说：“对不起。该怎么做，爹晓得的。”又对水生说，“盘点一下，把钱给团防送去。”“嗯。”水生答应着走了。游贵生问：“福全，我问你，这边去年的油桐年景怎样？”游福全说：“哥，本地去年真的是风调雨顺，我下乡时见满山满岭全都红灿灿的，今年的油桐应该是个大年。”“好啊，看来老天有眼。”游贵生兴奋地道，“你安排一下，我马上就下乡去。”账房先生问：“哥是要下乡收点桐油篓子？”“是啊。在洪城不搞桐油生意，哪样能发财？”“搞桐油生意可是要下大本钱的啊。”游福全说，“这几年，我们都只做本小利微的事，能勉强维持就算不错的了……”“这个我晓得。”游贵生说，“但是我游贵生大难不死，就必须重振家业。”知道老板性格固执，账房先生只好说：“好的。我就去安排。”“水生，水生。”第二天，游贵生回到家，未进门就大声喊。水生跑出门问：“爹，有什么事？”游贵生说：“去叫你娘给我包几件换洗的衣服。”水生问：“爹，你又要出门？要去哪里？”游贵生说：“你只管去做，莫问那么多。”妻子给他准备了一个包袱和十个银元，游贵生只拿了三个。游贵生看准了隔年的洪油行情，打算下乡去收点油篓子。

他先去了一个叫大马的寨子，那是个高山上的寨子，离洪城约三十里。韩章原先便是这里一霸，如今已被黔军收编当了团长。大马有游贵生的一个远房亲戚，在小溪边开了一座碾坊和榨油坊。去年天气好，风调雨顺，油桐果子结得多，也运不出去。但这地方人谨慎、保守，只认现钱，不愿意“放泡”。贵生手里没有那么多现钱，亲戚便说让他到山里属于竿城的一个叫牛练塘的寨子去看看，那地方更偏僻些。离开碾坊，进山走了十来里，转过一处山湾，游贵生突然看见半坡上有一间很大的封火筒子屋。荒郊野岭的竟然突兀地出现这么一间豪华的大院，使人疑在梦境。他问过路的樵夫，樵夫说那是一个姓覃的退伍军官的宅邸。牛练塘这地方，油桐果然多得几乎掉在草丛里烂成了肥料，但还是没人相信他，游贵生仍旧碰得一鼻子灰。出来半个月，游贵生蓬头垢面像个野人。他在溪边喝水看见水中影子，自己都觉得狼狈，于是去到一家小小的剃头铺剃头。没有零钱，他赌气索性把一块银元全扔给了剃头匠。剃头匠吓得大张着口。有个人过来理发，这人很喜欢去城里看大戏，认出了他，说他可是洪城的大老板，富甲天下，捐钱几千块大洋眼睛都不眨。剃头匠听过如见到了财神，便一定要杀鸡宰羊盛情接待他。一传十十传百，许多农户都过来看“财神”，表示愿意给他“放泡”——先提货，后付款。游贵生匆匆回到家里，忙嘱咐福全赶紧下乡调货。游福全匆忙赶到乡下，一个礼拜后赶了回来，对游贵生说："哥，照您的意思放泡买了几百个油篓子，但还有几十户人家要现钱……"游贵生说："上次结账不是说还有几百块的吗？""那些也都是应收账，都还没到账呢。"游贵生于是说："水生，赶紧去各处想想办法，能借就多借点。""多借点？"水生说，"爹，你可是抬根灯草，说得轻巧。如今兵荒马乱的，家家都是现金为王，放在手里拧出水。哪有你这样全去借钱买油篓子的？""儿子，胆小不得高官做。"游贵生信心满满，"越是别人不敢出手，我们就要抢着上。你不晓得吧，如今下河缺货啊，行情看涨，一天一个价。"水生说："爹的话是有些道理。可是我们……是再也翻不得船哪！"

东拼西凑，游贵生好歹还是把货备足了。他让福全雇了几只大船。油篓子装得满满的，河水几乎漫盖了船舷边的水线。游贵生一心只想着赶紧动身把船发运等着数大把的钱，打算大干一场，没想到开张剃头碰到了连鬓胡。

第三章

得知洪城被土匪攻陷，老统领命副师长谷子琪带部队急行军，将洪城团团围住。谷子琪是竿城本地人，少时家穷，后在德州省立师范毕业从军，作战勇敢，也颇有头脑，所以很得老统领的赏识，从排长连长一直升到副师长。但正因为脑子聪慧，他有些恃才自傲，特立独行。在老统领看来，瑕不掩瑜，所以，凡有重大军事行动，总是首先想到他。谷子琪带兵围住洪城后，没有贸然深入。他发现守城的士兵皆戴着头帕，端着的是旧式步枪，有的还背着鸟铳，确定城内不外乎一伙打家劫舍的土匪。谷子琪指着不远处的一个山包说道："那儿叫小南岭，是攻城的必经之道。陈营长，你带两个连，天黑之前一定要设法攻占它。今晚上我们一定要发起攻城。"营长陈范领命后离开，回到自己营部所在地，给两个连长交代了分兵合围部署。待两支队伍包抄出发后，观察了一阵，陈范突然抽出了腰间的手枪，朝天开了一枪。"冲啊！"竿军呐喊着纷纷跃出掩体，从正面向小南岭发起冲锋。

洪城正街一间封火筒子屋大院，是韩章的团部。竿军来得太突然，匆忙间，韩章只穿着一件衬衣。洪城的空气里飘着硝药的香气，他瞪着满是血丝的大眼睛，拿着望远镜向城门方向观察：远处浓烟笼罩，近处不时有炮弹在指挥部旁边的街道或民房上空炸响。木格子窗棂“哗哗”震颤，残破的糊窗白引纸纷纷坠落。一个下级军官上楼跑进屋来，他浑身伤痕，报告说：“小南岭情况危急，弄不好就要丢了。”韩章气急败坏，一把揪住那人的领口，叱问道：“小南岭易守难攻，让你们一定守住，这么一会儿就快要丢了？”“敌人火力猛，竿子兵又个个不怕死，如有神助，刀枪不入。我们一个连的弟兄们全都阵亡啦！”“娘卖的，都是一群饭桶，废物！”韩章手一松，把那人一把推倒在墙角落，顺手抽出腰间的手枪，顶住了他的太阳穴。“团座饶命！”那人牙关打颤说，“竿军人多势众，家伙精良。你看，我、我们手上的是些什么，老套筒，鸟铳，莫说是抵抗竿军，就是打野兔也不一定打得死啊。”韩章想想也有道理，抽回了枪口。“团座，你不是说黔军马上会有好枪好炮调给我们吗？”那人慌忙爬起来说，“请团座立即拨发新武器吧，我愿带兵重新夺回西门，将功赎罪！”韩章没有说话，脸黑黑的。他走到一部老式电话机旁，一阵猛摇：“喂，喔，柏师长，我可终于找到您了。”韩章兴奋而急切地在电话中说，“我是韩章呀。柏师长，这边情况很不妙，竿军的大部队就要攻城了！”电话那头的黔军师长柏辉在大声骂道：“慌什么慌？我命令你们全力顶住。”“顶住？就靠我们这点兵……”韩章说，“师长，不是原先都说好的吗？我们只是先锋，你们的大部队就会过来，如今……”电话里的声音吼道：“大部队正在集结，你以为是扮家家，需要时间，懂吗？现在，你们得好好顶住。”“师长，竿军兵多火力足，恐怕顶不住……”韩章几乎是哭丧着脸。“顶不住？让你当这个团长是专门吃干饭的？”柏师长怒吼着，“顶不住也得顶。丢了城，你想想自己有几个脑袋！”对方“啪”的一声把话筒扔了。“说话像放屁，狗日的黔军！”无奈，韩章也扔了话筒。他随即抽出腰间的枪骂道：“都愣着干吗？统统都跟老子一道上前线去。”韩章领着自己的警卫连赶到小南门阵地。阵地上浓烟滚滚。他看见山包包的林子里、堑壕中，到处都是歪斜着的士兵尸体。他拿起副官递过来的望远镜，不远处敌方的阵地似乎很平静，但是他知道一场新的雷暴正在酝酿。果然不久新一波攻击就发动了。夜色扑落下来的时候，竿军师长谷子琪命令发动总攻。轰轰轰！几门山炮同时照着城门洞开火。天上起了火烧云。又一阵猛烈的炮火中，城墙被炸开了一道大豁口。韩章哪里抵挡得住，匆忙放弃了小南岭，狼狈撤退回城中指挥部去。不久，一个包扎着手臂的军官急匆匆跑上楼来。韩章见是西门的守兵连长，忙问：“西门那边情况怎样？”“团……团座……”连长闪烁其词。韩章厉声问：“我是问你情况到底是怎样？”“报、报告……西、西门已经失守了！”连长说。“娘卖的！”韩章大声吼道，“赶紧回去，组织巷战抵抗。”连长领命离开。“怎么办？怎么办？”副官在旁边一直催问。韩章没有回答，只是一个劲摇电话，终于接通了。他大声与对方说话，争执，甚至吼叫，但到后来，他的声音变小了，无力地轻轻把话筒放下了。副官担心地问：“团座，怎么了？他们难道真的见死不救？”韩章冷冷地说：“柏师长说援兵马上就会到，如果实在坚持不了，就暂时放弃洪城。”“放弃洪城？那我们还能够打回来吗？”副官问。“你问我？老子又去问哪个？”韩章无可奈何地说，“娘的，真不知道他狗日的黔军葫芦里卖的什么药？什么招安，改编，分明是给老子下套子，让我们给他们当炮灰。”副官说：“团座，难道我们用这么多兄弟的命换来的这座城就这么随随便便扔了？”“没办法呀。说得好好的，我们先攻下城，他们的援兵武器立马就到。结果呢，全是话夫子。”韩章说，“骂娘也没有用。赶紧下令撤退，莫把老子的那一点点本钱都全赔光了！”新收编的黔军守城团座韩章见竿军来势汹汹，请示柏辉后撤出了刚刚到手还没焐热的洪城。

王家烈不久前刚刚夺回黔省主席宝座，湘省主席何健便催促他履约攻击“湘西王”。屁股尚未坐稳，虽说不太情愿，但有约在先，也只好开始行动。知道这次行动有些仓促，也明白“湘西王”并不是吃素的，于是他派少将师长柏辉、中将参军王田率两个团开始包抄湘西后路：王田部队的目标是先攻下黔东的铜仁，拿下后再进攻竿城；柏辉的任务则是直接袭扰湘西。柏辉接到任务后犹豫再三，最后的打算是先扫清湘西的外围——从地处相对边缘、兵力较薄弱的洪城下手，于是设法招安了地方匪首韩章，并暗中派一部分黔军部队掺杂，以土匪闹事的名义展开对洪城的攻击占领。韩章一直盘踞在城外龙头山一带，熟悉地形，兵们不怕死，作为先头部队倒是不错的。柏辉派人与韩章多次联络，许以黔军团长大位。韩章落草多年，混迹江湖，但一直有心接受招安，成为国军正规队伍，以便洗白自己山大王的匪寇形象，所以双方一拍即合。密约达成后，柏辉与之详细商讨了攻打洪城的计划，还特意给韩章送去了一批德式钢枪和一些子弹。韩章十分卖力，也确实一举攻陷了洪城，只是柏辉那边准备不充分，后援跟不上，故而让韩章栽了个大跟斗。

进驻洪城后，担心韩章会杀回马枪，谷子琪要求各部队加强警戒。覃啸天因熟悉洪城情况，被派到先头部队担任副官。翌日，在城头视察的覃啸天发现郊野有异动：茂密的山林里，时不时会有树木枝丫晃动和偶尔的骚响，于是立即去汇报。谷子琪不敢怠慢，带着陈范等一起来到了城楼上。谷子琪用望远镜观察了很久，说：“没错。林子里有埋伏。看来，悍匪没有逃远，打算反扑。敌人既然准备反扑，一定会更加疯狂。”谷子琪说，“陈营长，你赶紧安排人手修理加固好郊外原有的壕沟，及时补充弹药和干粮。”陈范接令后便指示覃啸天带一支部队到小南岭备战。两天之后，覃啸天感觉密林里显然已经有队伍在集结，于是带着两个士兵趁夜色悄悄接近了那片树林。覃啸天趴在草丛里仔细观察，果然有情况：应该是有一支规模不小的部队宿营在这里。这时，有一团黑影拨开刺蓬往这边缓缓移动。他屏住呼吸，对身边的两个士兵做了个包抄的手势。缓缓移过来的人的身影越来越大，呼吸声似乎也能清晰听到。那人晃荡着，绊到了什么硬东西。啸天突然直起身子，飞起一脚将那人踹倒了。"啊——救命——"那人挣扎着大喊。但手枪狠狠地往那人脑袋上一拍，那人就不再出声了。砰！不远处的林子里响起了枪声——敌人还是听到了，开枪追过来。覃啸天急忙拾起那人扔在草窝里的枪。吠！正儿八经的德式钢枪哎！啸天有些怀疑，瞥了一眼那个仰躺在地上的兵，黑家机布衣，四块裤。他俯下身子，一把扯开那人的外衣。眼前的情景让他脊背上嗖地冒出冷汗：内衣竟是黔军的军服！他感觉到事态严重：也许陈老统和镇守使一直担心的大事终究还是发生了——竿军要被人抄后路了！正思考时，一串呼啸的子弹密集飞了过来。"走！赶紧撤！"覃啸天下了命令。

在韩章部队悄悄杀回洪城南郊的那天晚上，黔军柏辉师长麾下的四团主力偷渡沅水，与韩章部一道合围了洪城。轰轰轰！城外的黔军开始了对洪城的炮击。炮弹划过，尖锐的呼啸声直捣耳鼓。"没错。是黔军，就是黔军。"谷子琪判断后，踱步良久，然后问，"对新的情况，各位有何意见？"瘦参谋长凑上近前："师座，如果这一次遭遇的真是黔军主力，那我觉得洪城虽好但眼下不可久留。"谷子琪半天不作声，来到地图前凝眉思考。瘦参谋长又说："师座，尺蠖之屈以求伸也。打仗不在乎一城一地之得失，保存实力，现金为王啊！""好。我们就做两手准备吧。陈范！"谷子琪无可奈何，突然大喊，"你赶紧去小南岭亲自指挥。如果黔军发动攻击，一定要死守小南门一天的时间。"随后陈范就带着几个军官出城赶往小南岭了。"各部门赶紧做好撤退准备。"谷子琪对其余官兵命令道，"今天午夜，全部撤出洪城。"陈范带着大部队匆匆穿越城门，沿街向西门方向跑。走在路上的裴镇长望着眼前的景象，很惊诧，便急行着追赶，追到队伍前头，忙问："陈营长，你这是把部队带到哪儿去？"陈范一见他，皱眉抱怨："哎呀，裴镇长，我们一直在找你，你去了哪里？""我出城去了亲戚家。发生了什么事？"陈范说："土匪又要攻城了。这一回，攻城的可能还有黔军……部队恐怕得马上撤。"裴镇长纳闷地问："黔军？黔军有那么厉害吗？你们……怎么说撤就撤？"陈范说："黔军这次是有备而来，我们估计不足，只能先撤出去。老镇长，放心，我们一定还会打回来的。""哦。那样就好。"裴镇长说，"我们都盼着你们早些回来啊。""会的。"陈范说，"对不起了。有劳镇长大人费心，赶紧布告市民，尽量减少损失。”不久，街上铜锣乱响，喊声一片：“乡亲们，土匪又要攻城了，各家各户做好防备啊！”但一天过去，黔军没见有什么动静，覃啸天急急来到指挥部：“大部队已经全部从西门撤退至后山。师长，你也赶紧撤吧。”谷子琪点点头，对身边的副官说：“东西都收拾好了，那就走吧。”覃啸天问：“师座，我们这是要往哪里走？”“玉屏。”谷子琪说罢，大步走出了指挥所。竿军刚走，韩章的部队就跟着屁股后头攻城了。

竿军没有反击，韩章不费吹灰之力便捞回了一座城。黎明之前，天空尚一片黑暗，厚重的城门“吱呀呀”打开了。士兵在正街两侧排开警戒线，松明火把像两条长长的龙灯。韩章得意洋洋地骑在一匹大马上，带领着部队进城了。一个着长衫的老者领着几十个地方商人百姓过来迎接。老者举手敬礼：“欢迎韩团长再次莅临洪城。”“多谢！多谢！”韩章拱手还礼，然后猛一拍马屁股往城里奔去，大笑道：“哈哈哈哈。洪城，老子韩章又回来了！”进了城，韩章便让手下的弟兄们喝酒吃肉，狂欢庆贺。

不久柏辉带着黔军大部队赶到，见韩章乐哉悠哉地缩在城里烂醉如泥，把韩章一顿臭骂。韩章只得紧急集合部队出城，跟在竿军后头猛追。两天两夜，奔逃的竿军终于甩脱了韩章部的穷追猛打，来到了玉屏河畔的罗家山。

终于可以喘口气了，竿兵们宰杀了一头猪，还到处捕捉在街道和菜地里乱飞的鸡，把镇子里所有的酒都买光了。他们大块吃肉、大碗喝酒、唱阳戏、猜拳、行酒令……一直闹腾到半夜。只是，这天夜里，柏辉的第八团已经乘着夜色抵达了玉屏河。快天亮的时候，醉酒和不醉酒的人都随随便便倒在地上，靠着墙脚睡着了。

装载黔军的几条木排悄无声息地划过了玉屏河。木排捣碎山影抵达岸边，全副武装的士兵便纷纷跳上沙滩，占据了河边的几处高地。柏辉一挥手，手榴弹轰隆隆的爆炸声，机枪的嘟嘟声山鸣谷应。竿兵们从梦中惊醒，慌不择路。蜷缩在一家地主花架子床上的谷子琪是被炸弹的巨大声响震醒的。在黑暗中摸索着把裤子笼上，便冲到院子，指令陈范带一个营进行阻击。他自己则带着大部队向江口、松桃方向撤退。天未大亮，有些黑，黔军不怎么熟悉地形，故而大部分竿兵都跑掉了。担任阻击的陈范退到一小山垭口，交代覃啸天组织士兵赶紧构筑工事。没过多久，黔军就赶过来了，还拖来了几架山炮。炮弹纷飞如雨，本来就十分简陋的临时工事有的被炸塌，有的被夷平，官兵情绪恐慌。一个士兵首先跳出战壕，向后方逃跑。陈范忙大喊：“弟兄们！不能退，谷师长带的大部队还没有完全转移呢。”但无济于事，越来越多的士兵向后方逃去。砰！陈范鸣枪警告。旁边一个兵刚要跳出战壕，一下就被陈范抓住衣领，用枪顶住他的脑袋："谁敢跑，老子就地毙了他！"士兵们只好跳进堑壕去。这时，一颗炮弹落了下来，浅浅的堑壕被填埋成了平地。没被埋着的兵们慌忙爬出来疯狂溃逃。"卧倒！卧倒！"陈范痛心地大叫。这时，一个通信兵过来报告说："营长，大部队已经完全转移，师长命令你们相机撤离。""大部队已经撤离，大家边打边撤。"陈范下达命令后，阻击队胡乱放过一阵枪，飞快地潜伏进一片灌木林。

竿兵的突然蒸发让呈散兵线追击过来的黔军士兵一下子迷茫了。"妈的，竿军都跑掉了。""不会吧，应该没那么快，那边像是有人，也许就在这一片林子里。""好。过去搜。"躲藏在灌木林草窝里的竿军阻击队员，听到了山林里有杂乱的声响，似乎越来越近。覃啸天问："营长，怎么办？"陈范没有作声。副营长说："怕他个卵。拖刀子，近战，杀一个够本，杀两个就赚了！"覃啸天说："敌军人数明显占优，硬拼太吃亏！"副营长说："那就等着敌军过来活捉？"陈范突然说："你们看过空城计没有？"啸天和副营长全一愣。两人都晓得陈营长平素爱唱戏，是大票友，但弄不清他今儿要唱的是哪一出。"敌人现在并不清楚我们是不是撤走了，是瞎子摸象。你俩带队伍悄悄撤走，在过去五里地的猫儿洞那边等我。"陈范说，"好久没唱戏了，我今天就给他们吼几嗓子。""营长，这样……"覃啸天很不放心。"你们赶紧撤吧。"陈范说，"快。我去把他们引走。"陈范边说就边撩起裤腿往地上拉尿。"好。营长千万小心点。"覃啸天说罢，轻轻一挥手，"全体撤退！向大部队所在阵地撤退。"待众人悄悄地退到身后的林子里去，陈范突然弓下腰，抓了一把尿湿的黑土往脸上一顿涂抹。他脱掉外衣，猛地窜出了林子，大声嚎叫："包龙图打坐在开封府哪……尊一声，驸马爷，细听端的……"黔军在林子里胡乱搜索，却突然听到有人嘶哑着喉咙在唱戏。他们看见一个头发凌乱、赤着上身、满脸泥污的汉子，用竹棍作马，疯疯癫癫来回游荡吼叫。"妈的。原来是个疯子。"一个黔军军官说，"老子们上当了，走，往那边去搜。"黔军又在另一片林子里胡乱搜索起来。

覃啸天等悄悄逃出林子，撤退到五里外的猫儿洞，不久，满脸尿泥的陈范果然安全回来了。大家兴高采烈，加快速度向师部所在的白水洞靠拢。来到白水洞，覃啸天急忙跑到谷子琪身边汇报："陈营长真机智。他一个人打赤膊装疯唱阳戏就把黔军引走了。"谷子琪说："嚯，陈范这个票友还真唱了一出空城计啊？"正说着，远处尘土飞扬——一支黔军大部队已经斜插了过来。"师座，我们怎么办？"覃啸天问。"跑是跑不成了，立即组织就地反击。""能顶住吗？""凭我们的实力，居高临下在这里顶着，黔军一时半会总是莫奈我何。"谷子琪说，"只是若无援兵过来，我们恐怕最终会被他们全部慢慢消耗掉。”啸天说：“可得赶紧让老统领派兵啊。”

“我也正这么打算。”谷子琪从衣兜里取出一封信，“啸天，你来得正好。你想法赶紧突围出去把信送到老统领手里，让他晓得这一回黔军出动要抄我们的后门了。”

“师座放心。”覃啸天把信收了，整理了一下行装，一把跃出战壕。“等等！”谷子琪大声喊。覃啸天停住：“师座还有什么事？”“你这样去猴年马月能回到竿城。”谷子琪招了一下手，“去把我的马牵来！”勤务兵牵过来一匹马。这是一匹屁股很宽的棕马。覃啸天有些犹豫：“师座，这……”谷子琪吼道：“莫啰唆，赶紧上马，走！”覃啸天在马臀上狠狠拍了一巴掌，棕色的大马扬蹄飞奔起来。覃啸天追上几步，一翻身跨上了马背。他冲出大约五百米的距离，便被敌人发现了。“瞿瞿瞿！”一排连续的子弹飞过来。这一排子弹来到的时候，他的马已经飞快地跑出了二十米。覃啸天勒住了马头，左右巡视了一下。隔着雾尘，他估计在他右边的林子里大约有几十个土匪，而左边的林子里，人数更多，起码在一百人以上，而且似乎是黔军。他打算往相对薄弱的右边方向突围。但这时，右边林子里的土匪已经开始发起冲锋，他们呐喊着，大多数都高举着亮晃晃的腰刀。左边林子里的敌军更是列成波浪式阵型开始冲锋。覃啸天一下子便陷进了混乱的包围圈里。覃啸天判断了一下，只剩下一条出路，那就是冲断从右边冲锋过来的土匪们稀疏的队伍，往玉屏河边退去。

“娘卖的，接招吧！”他抽出马刀，大喊了一声，拍马冲进了土匪的人围子。他左砍右杀。马头照着一排匍匐在地正面射击着的匪兵冲过去。他猛地一拉缰绳，棕色大马昂起了马头，飞身从匪兵的头顶上飞越而过。“砰砰砰砰！”匪兵们一阵惊慌后，纷纷回头猛力射击。随即，机枪便像发疟疾一样颤抖着从林子里，从土坡上一梭接着一梭地追着狂射。“打死他！打死他！追啊！”一群群黑影呐喊着紧追不舍。覃啸天弓着身子，紧贴着马背，没命地用鞭子猛戳马屁股。棕马因疼痛而不歇止地狂奔。猛烈的风一阵一阵从东方刮过来。沙土像褐色的云雾罩住了原野。往高空飞腾的雾气罩住了太阳。风吹乱了他的军衣、马尾和马鬃。眼睛被风沙刺得流泪，就是在不远的地方也很难看清东西。他一切都不顾，也不管方向，只是不断喊叫着拼命地挥动鞭子，让马加快奔跑。到后来，那马就突然倒下了。覃啸天被甩得老远。跌倒在地的覃啸天啃了一嘴泥。他勉力坐起来，发现周围很是安静——他十分庆幸，自己终于平安了。他起身走回来，看见那匹壮实的棕马侧倒在黄土地上。马的眼睛是很亮地睁着的，马嚼子下堆着一摊白色的泡沫。覃啸天的眼睛顿时便湿润了。他用手使劲将棕马张开的眼睛抹闭上，敬了一个礼，缓缓离开了……

第四章

仓库里，桐油篓子堆叠着直顶到了天花板。游贵生望着发愁，见游福全匆匆进来，忙问："船都定拢了吗？"管家欲言又止："船倒是定拢了。只是……""船钱不够？"游贵生说，"就先去借点周转一下嘛。"游福全说："荣丰、鸿记、同生昌我都去过了，如今都有点麻烦。""有什么麻烦？"游贵生愤愤道，"还怕我赖账不成？""大哥的信誉当然是没说的。只是洪城这一仗打得……"游福全远远指着被轰掉的城墙垛子，说，"如今一个个都像惊弓之鸟，怕出啰壳。沅水水路情况不明，现在发船怕会有麻烦。""可是这货若再压着是会压死人的。"游贵生狠狠地说罢，背着手出了仓库门，去了正街。

市井的确萧条了许多。游贵生经过几家开着铺板的门店，跟店老板打招呼闲扯，说起由于水路不顺畅，上河地方棉花百货看涨的行情，都叹如今生意难做，巴望过几天安生日子。"能好的，哪样都是会好的。"游贵生用这样的话安慰别人，同时也安慰自己。说是说，但越说心中似乎越有些慌，冷汗竟不自觉地爬上了背脊。游贵生穿过有些冷清的街巷，经过城门往河码头走。匪军在码头上加设了检查站。河边泊着几只刚从德州那边回来的货船。几个伙计正从晃悠悠的木跳板上下来。一个长衫客好像在跟他们打听什么。"回吧，都回吧。路上不安全，恼火。"伙计说。"到底是哪一段出了啰壳？"长衫客问。"夹角岩，枫香岭，尤其是青浪滩，那一带土匪可是闹得凶。狗日的，连个空船都差点被他们抢。"有一个人也说："回吧，都回吧。恼火。往下运货，我看还是过几天再讲。"

土匪骚扰，水路不畅，生意一下子变得难做了。游贵生一心扳本，前一段下乡收了不少的桐油篓子，要是再不发运，可就会赔大了。急得像热锅上的蚂蚁，他回到家里，又找来管家商量，但半天还是没个结果。正争论着，突然听到外边远处一阵鞭炮声。两人出门往河边看。河边的江西会馆门口，一抬大轿落地。几个乡绅拱手相迎。轿帘掀开，下轿的是络腮胡子韩章。今天他穿着崭新的黔军黑色军官服，纽扣闪着耀眼的光。韩章杀回洪城，如今是堂堂正正的黔军驻洪城大团长了。"狗日的，一个土匪头子换一身皮子就人模狗样的了！"游贵生不屑地骂道。"也是，狗仗人势。"游福全也骂，却突然停住，提议说，"哎，不如去找找这个韩团长吧。""去找土匪？不行，不行。”游贵生说，“我感觉他蹦跶不了几天，这洪城呀到底还是老师长的。”“可你晓得老师长就一定能打回来？”游福全说，“就算是能，如果一月两月回不来，我们不就死翘翘了。”游贵生想想，觉得也有道理，但还是有点过不了自己的心理关。游福全说：“洪城是块肥肉，旗子换得快，我们做生意的管不得那么多。”游贵生想想说：“可是，他韩团总能答应吗？”“什么答应不答应。不就是个钱吗？”游福全说，“再说，韩团总不是说过他跟我们老游家还是亲戚吗？”游贵生说：“就那么一说而已，只怕是顺口打哇哇。”游福全说：“你没试，怎么晓得他是不是顺口打哇哇？”确实也没有别的办法，为发运桐油股子，游贵生只得放下身段去找韩章。

那天，游贵生特意收拾了一番，绸长衫外罩一件玄青羽绫马褂，但还没进门就被枪兵给拦住了。游贵生便在外面的小场坪里跟一个黔军小军官理论，声音很大。这吵闹声被络腮胡子韩团长听到了。韩章说：“啊，是游老板，就叫他进来吧！”游贵生进屋把事情详详细细说了。“这个事没问题的。”韩团长倒是很爽快，说，“怎么说，我们还算是亲戚嘛。这个忙，我一定帮，只是，你晓得，要派兵，总得……”游贵生忙说：“团总的意思我明白，来回十天，我给这个数怎么样？”“哈哈哈哈。没问题。”络腮胡子大笑，“游老板到底是个大生意人。其实我这也是没办法，对你也就是适当收取一点保护费而已……”“不用说了，老总，下午我就叫账房送钱过来。”游贵生千恩万谢地拱手离开了。交了钱，韩章便派了一个排的枪兵过来押船。游贵生终于松了一口气。

管家急忙安排搬运工把屯在仓库里的桐油篓子全搬运到船上去，足足装满了十八条大船。发运那天，天气很好，船队在浏阳九子鞭的硝药烟尘中启航，顺风顺水，浩浩荡荡，烘托出洪城久违的热闹景象。这一回，因为水路很久都不畅顺，洪城物资短缺，“天顺昌”运回来的全都成了抢手货。

第二天，游家的百货店里突然摆出了许多新鲜的商品，洪城立刻热闹起来了。听说“天顺昌”来了很多时髦货，金莲也忍不住想去看看。孙游两家到底原本有些隔膜，那天，金莲快到商店的时候，又有些迟疑，就躲在不远处的一棵大树后边往小店看，见萱萱正跟她娘说着什么，而后提着个银包出来。待萱萱走远了，金莲从树后转出来，下决心地往小店走。在店里忙碌的萱萱娘笑着说：“金莲，是你呀。唉，我们家从德州进了些新衣服，你怎么都一直不来捧场呀？”金莲说：“你家财发大了，还用得着我们这点小买卖。”“一个小店能发什么财。”萱萱娘这样说，“金莲，你看上什么衣服，我打折给你。”“说话算数？那我可要拣贵的拿了。”金莲去衣架边翻看，“这些服装式样都很新潮啊。德州进的？”金莲动手翻看服装，看中了一条黑色紧身旗袍。萱萱娘忙介绍：“这种旗袍是大口岸大小姐最爱穿的，最能显条子。来，这里边有镜子，你试试看。”金莲去把那件旗袍换上了，走出试衣间。萱萱娘忙做出无比惊讶状：“天哪，你这整个一个仙女下凡嘛！”“姨，我可不爱听恭维话。”萱萱娘笑着说：“哪里哪里，是真的好条子嘛。”金莲又去照镜子，自言自语道：“嗯，我看还行。”“那我给你包上？”萱萱娘忙说，见金莲像是还有些犹豫，又说，“你是老朋友，进价给你，不赚你的钱。”“不用打包。我就这么穿上了。”金莲掏出钱来，“该多少是多少，我不稀罕你的便宜。”

孙大万那天在家里收拾花圃。他婆娘从外边进来就念叨：“真是不像话，不像话。洪城简直乱套了，不成体统了。”孙大万说：“什么像画不像画，像画就该往墙上挂了。你又管什么闲事？”婆娘说：“游家开的油号，却卖起衣服来了，这难道不违法犯禁？卖的还全是些奇装异服，把洪城的风水都带坏了。”这时，金莲回来了，屁股绷得紧紧的。孙大万一看，傻了眼。她娘也吃了一惊：“金莲，我的祖宗，你怎么外面都不穿件罩裤？”金莲说：“罩什么裤？娘，你好老土啊。这是上海新式旗袍，最时髦的货，抖伸得很。”孙大万说：“时髦货？金莲呀，你快些给我换掉，这……都是些什么东西！”金莲十分强硬地白了父亲一眼：“什么东西？洋东西，好东西。我喜欢就穿上，你们爱看不看。”她娘说：“金莲，好女儿，快把它换了，要不，罩上条裤子也行。”“我偏不！”金莲手叉着腰，头一扬，“我拿自己私房钱买的，自己打扮自己，犯了什么法？”说罢，长哭一声，冲进房里去了。孙大万无可奈何，把气往婆娘身上撒，道：“你这个当娘的得上点心！以后你不要让她再去游家的店，学坏样。”“至于吗？不就是去买件衣吗？”婆娘说，“老孙，是不是老游头又跟你扛起来了？”“你猜得没错。”孙大万狠狠地说，“他老游头死里逃生，可一点也不记事，一回来就跟我作对。”婆娘问：“怎么讲？”孙大万说：“最近他到处活动拉票要当商会会长。”婆娘说：“会长不是已经定了你吗？”“只是初定。但游贵生能量大，难说不被他搅黄了。”婆娘说：“这么说，到手的鸭子莫要飞了？”“没那么轻巧。对付他，不难。”孙大万说，“罢了。哎，跟你说点正事吧。眼下风气不好，你还是早些给金莲物色个人家。”“这事，我想过也打听过，只是眼下还没有感觉合适的。”婆娘说，“婚事不能儿戏，弄不好会害了金莲一辈子。”“这倒也是。”孙大万说，“女大不中留，这事你这当娘的得上心，得抓紧。”

在竿城北门外的一间黝黑的大筒子屋里，老镇守使病恹恹地躺在床上。一个中年妇女端了一大碗汤药来到床边，拿起调羹，用嘴唇试了试凉热，舀了一勺送到田昭全嘴边。“老爷，来，吃药了……”妇人眼中含泪。老镇守使微微摇摇脑袋，嘴歪到一边，拒绝吃药，好一阵才抖动着嘴唇说：“人死如灯灭，草死一把灰。该留该走都是命数，不可强求的……”“老爷……”妇人眼泪夺眶而出。田昭全看着妇人，伸出一只手，用手指拂去挂落在她面颊上的眼泪：“阿彩，莫哭。我这一生，四海闯荡，大块吃肉，大碗喝酒，脚下一跺，远近百里，也要抖上几抖，我好不快活！更加上老天造化，一生有你这个知音陪伴，我死，不足惜啦。”“老爷……”那个叫阿彩的妇人想说什么，田昭全不让她说话。老镇守使叹息一声：“我不怕死；我害怕的是我死以后，我们的筸军，我们的湘西父老兄弟怎么办？我不晓得……”阿彩抹抹眼泪：“这几年，你把位子交给了陈统领，他不是干得很好吗？”田昭全摇摇头：“唉……陈玉轩是个有本事的人，可是他心太大，太野，我担心会出啰壳。”“他不是都搞好几年了，也没见有什么大的麻烦？”“那是因为我还在。他是个经常要人敲打的木鱼。我担心，如果我死了，他能不能把握得住……”“老爷，你莫那么想。这几天，你的伤不是好了很多吗？”“阿彩，你是一颗菩萨心，总是巴望人家都好。可是，这次的伤我自己晓得，阎王叫你三更走，不会留你到五更。”“老爷？！”阿彩的声音有些颤抖。“阿彩，你不要安慰我。好些年了，你跟着我，一直也没给你个正当名分，我真的很对不起你……”田昭全一直内疚的是自己这一生很亏欠两个女人。他跟阿彩青梅竹马，但因为门第观念，也因为政治的关系，他俩有缘无分。田昭全东渡日本后回到湘西领导筸城推翻清王朝最顽固的势力——湘西镇筸道台朱立俊。为了策反手握重兵的湘西镇台周瑞龙，田昭全当上了周家的乘龙快婿。周镇台后来的确也发挥了临门一脚的关键作用。周镇台的女儿湖翠是个冰雪聪明的姑娘，虽然明知田昭全并不怎么爱她，但一直紧跟伴随，还在反正暴动遇阻的时候，点燃炸药用生命救出了自己的丈夫。阿彩在反正中，替田昭全保管的“反正檄文”被叛徒营兵王京山发现，被迫成了王京山的妻子。当叛徒的王京山反正后被处决，阿彩成了寡妇。多年以后，田昭全与阿彩相见，旧情复萌，但他们的关系一直处于地下。这次田昭全枪伤严重，自感情况危急，所以也没再顾及那么多，大胆地让人把阿彩叫了来。“快莫这么说。”阿彩连忙止住他，“老爷对我很好，我不在乎什么名分……”“阿彩，你是个活菩萨，你的心总是那么好。”田昭全内疚地说，“可是我的良心一直在谴责我自己。我这人，太自私，顾虑太多。临死之前，我一定要把这件事情办好。我要明媒正娶，堂堂正正，大大方方地把你娶进门。”“老爷……”阿彩很激动，眼中噙着泪花。“怎么，你不愿意吗？”田昭全望着她。“愿意，我愿意的。”阿彩接连点头，“只是，老爷你还是好好养息，先把病治好最要紧……”“不，不，你既然愿意，那就一定要加紧办。去，去叫管家过来……咳咳咳……”田昭全大声咳嗽起来。阿彩急忙扶他半坐起，给他捶背。田昭全咳着咳着，突然“噗”地吐出了一口鲜血……

“本方案依据《中华民国临时约法》第一、第二条之规定，为了实行三民主义、增进人民福利而制定，共分11章、75条、73项。《条例》规定以乡为单位，设立乡自治公所和乡议会……”那一段，陈统领正忙着筹划实施他的大湘西自治方案。陈玉轩写到这里，停下笔，仔细推敲。这时，师参谋长戴涛来了。“统领，我给你带来了一样好东西。”戴涛进屋后把一本手抄本《大湘西自治方案》放在陈玉轩的书桌上。“这不是我送给昭公的抄本吗？”陈玉轩说，“他病了，也没机会征求他的意见。也不知他老人家看过没有。”“看过了的。”戴参谋长说，“您看，他在这书上还密密麻麻批了很多字。对你的大湘西自治方案，昭公很是赞赏啊。”“是吗？何以见得？”陈玉轩明显有些惊喜。“昭公特意给你写了一幅字。”戴涛边说，边把夹在书里的一卷字轴打开。字轴上面写着四个楷书大字：“民治精神”。“没想到，昭公在重病之中还那么关心我们的方案啊！”陈玉轩一阵慨叹，“唉，自筹划以来，三月不知肉味呀。有昭公的肯定，我们的辛劳也算是没有白花了。”戴涛说：“昭公多年的梦想同你一样，也是希望能给湘西留一块清净之地嘛。”“是啊。”陈玉轩说，“老戴，自护国护法军兴以来，军阀连年混战，湘西人民遭受极大痛苦，急需医治创伤。当今之世，谁使湘西人民安居乐业，谁就能得到湘西人民的拥护。湘西地处偏隅，眼下各大小军阀尚无心染指，正是建设湘西医治创伤的大好机会。这个方案可是我们治理湘西的百年大计，我们当以革命之精神，克服困难，尽早付诸实施。”“放心，我这一段时间都在加紧办这件事。”戴涛送上一份名单，说，“这份名单，请您审查。”陈玉轩看了看，那是一份“湘西十县乡自治委员会”委员名单。

正仔细一个个名字审核，门口突然闹腾了起来。“统领交代过，他今天很忙，任何人都不接待。”覃啸天冲出黔军的重围，快马赶回竿城汇报并请求支援，却又被卫兵挡在门外。覃啸天哪管这个，推开卫兵就要往里闯。卫兵厉声吼：“走，再往前闯，我就要开枪了！”覃啸天吼道：“开呀，你狗日开枪呀！”戴涛站起大声叱问：“什么事？”卫兵进来：“报告，有个犟崽子说有急事，公然硬闯司令部！”“一定是覃啸天那头小豹子。”戴涛看着陈玉轩，“他来，恐怕真有什么急事。”陈玉轩说：“行，破例，就让那头小豹子进来吧。”“报告统领……”啸天进了屋，便大声报告。“啸天，你也胆子忒大了。”陈玉轩面色严肃，“不晓得我和戴涛正在商量大事吗？”“晓得的。”覃啸天说，“但前方战事紧急，一刻也耽误不得。我还是冒死冲出重围来报告的。”“有这么严重？”陈玉轩说，“难道闹洪城的几个土匪毛贼你们都对付不了？”“老统，我感觉这次攻打洪城的不仅仅是几个小土匪所为。”覃啸天像根柱子立着，言辞恳切。“啊？”陈玉轩于是抬起头来，“那你说是哪个搞的？”“是黔军！”覃啸天肯定地说，“是王家烈的部队干的……”“黔军？！”陈玉轩的表情陡然变化，甚至有片刻的晕眩。如果真是这样，这个问题实在是太严重了！好一阵，陈玉轩定定神后说：“应该不可能吧？黔军自己窝里斗得不可开交，还有闲空来招惹我们？”“这次攻打洪城的部队，火力强大，进退有据，完全不是一般土匪毛贼的做派。”啸天说，“统领，我们还得到了新的线索证据。”“有什么线索证据，你赶快说。”陈玉轩急急发问。覃啸天于是详细汇报了自己被敌所困之后的经过和发现。他拿出了那片从匪军衣领上揪下的徽标，陈玉轩感到事态有些严重。

覃啸天又从口袋里取出一封信来呈交过去：“统领，现在谷副师长被困在通往玉屏的路上，谷副师长请统领赶紧派兵增援。”陈玉轩读着信，脸色发白，隔了好一阵，才说：“啸天，你先去休息。等我和参谋长商量过后，看看如何处理。”“是！”啸天揣了信，转身离开。待覃啸天一走，陈玉轩急忙说：“情况紧急，走，老戴，我们去作战室！”这一回，老统领终于有些着急了。他打算赶紧与参谋长商量新的作战部署，待要走时，一个副官匆匆进来附在陈玉轩耳边说了几句话。陈玉轩脸色顿时变得惨白。

闻讯的陈玉轩匆匆跟着副官穿街走巷曲曲折折走进了北门外的一间黝黑的大筒子屋。进屋时，他看见老镇守使正病恹恹地躺在床上。他握住田昭全伸过来的、有些变得枯萎的手，坐在床边，关切地轻轻叫了一声：“昭公。”田昭全面皮青白，声音很是微弱：“玉轩，你忙得很，过来干什么？”“不忙。过来看看您。”陈玉轩说，“将士们让我给您带好儿，祝愿您早日康复。”“喔，那……代我谢谢大家。”田昭全努力要坐起来。陈玉轩忙扶住他：“昭公？！您快莫动，躺好，您的身体还没复原，一定要好好休息……”但田昭全还是固执地自己撑着坐了起来，喘着气说：“玉轩，你扶着我。”“昭公，您这是……”陈玉轩有些诧异。“扶我起来，我有话要给你说。”田昭全的身体是那么的虚弱，但语气是那么的坚定。陈玉轩只好努力把他扶着站起来。“往那边。跟我走。”田昭全努力把身子立稳后，用手指了指卧室后边的小门。陈玉轩发现，才没多久，镇守使肥胖胖的身体已经变得很松垮。衣裤显得过大，像木脑壳戏里的人。陈玉轩心中升起一股悲凉之情。

陈玉轩扶着他摇摇晃晃地往后边走，跨过小门，穿过一条光线暗淡的长长甬道，来到一间密室。密室里很是黑暗，陈玉轩过了好一阵子才慢慢适应。田昭全摸索着从怀里掏出一包洋火，点燃了木桌子上的桐油灯。在昏黄的灯光中，陈玉轩看清了，这里是老镇守使家的祭祖大屋，极深极阔的大殿内，立着一个用纱帘覆盖着的巨大神龛。田昭全大口喘着气，在神龛前一把跪了下来。陈玉轩也急忙跪下来。三炷香高举过花白的头顶，田昭全虔诚地磕头叩拜。突然，有风从高高的木格子窗外吹进来，掠起神龛上的纱帘。田公牌位之上，有一幅提督巡抚田青树的巨大绘像，花翎顶戴、八字胡，神色威严，但目光深邃，像是忧患地看着自己的儿孙后代。神龛间还供了一尊古拙威武、漆金描银的虎头刀架，上盖红绸，似乎是供着一柄大刀。陈玉轩想那一定是田家祖传的大刀——彰显田家祖上的荣光、竿军荣光的大刀。陈玉轩跪在地上。当把额头贴在有些阴湿的地面上时，他似乎突然听到一阵隐约的轰隆声，远远地，像是听到了这块土地上从远古传来的金戈铁马之声，于是惊愕地抬起头。斜射进来的阳光让大殿的烟雾显现出斑斓神秘的色彩。他突然看见神位上的祖先竟然复活了——那位白发飘摇的竿军爬城师祖竟出现在斑斓的烟尘之中……

无湘不成军，湘军，是中国最著名的一支近代军队，而在这支著名军队里，更有一支神秘传奇的职业兵团，那就是出自湘西——主要是古城镇竿的“竿军”。竿军第一代掌门人叫田青树，就是田昭全的父亲。这位“五短身材，琵琶腿”的苗人子弟，在攻打太平军时，挥一把长刀第一个徒手攀缘登上了高高的南京大城墙——在烟尘中伏跪在地上的田昭全突然回想起当年的一切。那时，他盘一根假辫子从日本留学归来，在辛亥革命时担任光复南京的敢死队长，子继父业，他口衔鲫鱼刀继续“爬墙”，在家乡领导推翻清朝的暴动，成为国民党中将，湘西镇守使。只是革命的胜利总是迟迟不见到来，1920年，经历护法护国南北战争后，七省联军总司令唐继尧在湘西委任的五总司令、大小军阀为争夺地盘，扩充势力，互相残杀、火拼。田昭全终于厌倦风云，将军政大权交给了从西藏归来的竿军年轻子弟陈玉轩。田昭全看着伏跪在旁边的弟子。陈玉轩倒是个难得的将才，接手统率竿军后在激战中纵横捭阖，独占鳌头，取得了独霸湘西的初步胜利；到20世纪30年代其武力达到全盛时期，竿军武装部队号称三万之众，成为一支割据一方的骁勇土著武装部队。但这支骁勇善战的部队却树大招风，成为一支令湘省主席何健、黔省主席王家烈，甚至是委员长蒋介石也又爱又恨，头疼不已的军队！

陈玉轩知道老镇守使把自己带到这里，就是要让自己明白肩头的担子有多重。老镇守使叩完头，哆嗦着爬起来。陈玉轩去扶他：“田老，您慢点，您的身体……”

“是的。我自己有感觉。我……恐怕不行了，阎王爷要招我去了。”老人抖抖地说。“莫这么想。您的病会好的。”陈玉轩安慰道，“我给您再想法去请个名医来看看……”“不用了。这城中的药我全都吃过了。”田昭全说，“玉轩，人固有一死，我当坦然待之。只是，我尚有二事不能放心。”“田老，有什么您只管说。”陈玉轩忙说。“你晓得，我是老年得子，不容易，我若死了，留下他们孤儿寡母，没了依靠……”“田公待我恩重如山，您的妻儿我会全力照顾。”陈玉轩说。“另外一件，是我最关心也最担心的。”老人停顿了一下，继续说，“咱们湘西不大，可管好耕种好这一亩二分田难啊，太不容易。玉轩，你要记住以前的教训，不要让外来势力插足吞并。尤其是省里的何健，他可是一只饿虎，随时都要吃人，我们随时都要注意。”“这个，我晓得。”“另外，我最担心的是何健与贵州的王家烈勾结起来图谋湘西……”听到这话，陈玉轩的心像突然被黄蜂蜇了一下。“昭公，我也一直担心这事。”陈玉轩说，“不瞒昭公，最近我们发现何健确有勾结王家烈图谋湘西的举动。”“那……你可得千万小心了。”田昭全也是一惊，“多年以来，我们自恃湘西的后方万山壁立，坚如磐石，其实却是我们真正的软肋。”陈玉轩说：“昭公，我一直对此有所预防。黔军很有可能抄我们的后背，但他们自己内部矛盾重重。只要我们把自己做强，对黔军分化进击，湘西不会有大问题的。”“好的。有准备就好。”田昭全听着，不断点头，“你记住这件事，我也就瞑目了。”田昭全而后又哆嗦着移到祖师神龛之前，划亮一根火柴。点燃一支蜡烛，嘴里喃喃着：“列祖列宗，请保佑你的儿孙吧！保佑我们的土地年年风调雨顺，五毒不侵……”他又划亮一根火柴，但火柴却蓦然熄灭。大堂间竟然起风了！仿佛是这一片赤诚打动了冥冥中的神意，一股风飘然而起，大殿中经幡卷动，还突然将覆盖在神龛上的红绸卷起，红绸高高飘去。田公祖先的大刀映着从窗外斜射进来的阳光，终于露出了它古拙威严的真面目。那雪亮的刃口熠熠生辉，是如此庄严神圣！“田公显灵了！竿军有救了！田公显灵了！湘西有救了！”田昭全的眼睛里充溢着欣喜，突然兴奋莫名地大声呼喊。他手舞足蹈有如神魔附体。但呼喊间忽然一口痰堵住他的喉咙，不禁猛咳起来，还全身痉挛不止。陈玉轩急忙叫人，且一边替他捶背。管家和几个下人匆忙进来，把他抬回了房间，大夫也急着赶了过来。一番抢救，田昭全好不容易才苏醒过来。“昭公，您……”陈玉轩惊喜地望着苏醒过来的老镇守使。田昭全却微微挺起身子，一把紧紧抓住了陈玉轩的手，喃喃地说：“我听说洪城被我们夺回了，又丢掉了。洪城……要紧，那是湘西的金饭碗啊，一定要拿回它，拿回它……”“放心。洪城一定会是我们的。”陈玉轩点点头，又说：“昭公，眼下养病要紧，您老就莫操太多的心。您是筸军的祖师爷，筸军能有今天可是全凭着您啊。筸军不能没有您！您老要好好地保重，安心养病。一切我都会好好安排，您等着我的好消息。”

离开老镇守使，陈玉轩立即来到统领部的作战室。作战室的正中央立着一架古老的沙盘。那是清末道台府留下的一架巨大的舆图沙盘，上有“湘西苗疆全图”字样。陈玉轩用指头指着那万山丛中的几个点：“这次洪城遭袭看来是一场经过精心策划的巨大阴谋。”戴涛说：“是的，去年春，王家烈兵谏迫使毛光翔交权，当上了贵州省主席。他跟何健素来关系密切，这一回他屁股坐稳了，恐怕就真的要跟何健穿上连裆裤了。”“哼，旧账新仇，难道他王家烈这一回还真的要动手了！”老统领头皮突然发麻。

像一条看不见的鸿沟，何健与陈玉轩之间的裂隙由来已久。何健自从主政湘省之后，眼见“湘西王”陈玉轩实力坐大，感觉必须下狠手剪除这个后患，于是一直催促陈玉轩剿灭红军。陈玉轩虽明知其借机消耗筸军兵力的权谋，但何健总是假委员长的旗号发令，同时，红军的活动也常常侵犯到自己的利益，所以一段时间里，还是下了些气力同红军正面交火的，虽然损失惨重，但也有过不错的战绩。何健就每次都来电对筸军的损失表示安慰，并答允补充武器弹药，其结果却总是空头支票。1930年7月1日，鄂西红军占领湖北公安城，贺龙率部赶去，红四军与红六军会师，共同组成红二军，一时实力大增，不久连克石首、藕池，进而夺南县、占华容、下津市、围澧州。湖南当局震动，何健电请川军赖心辉部与湘军各路武装共同会剿。几次激战，红二军被打散，所剩部队撤往洪湖与鹤峰。在这次围剿中，筸军的两个主力团损失惨重，但何健竟然一点补充都不给，陈玉轩十分恼火。战事结束后，陈玉轩急调部队回到老巢，将两个领兵团长臭骂了一顿，说他们没有领会好出兵意图，与红军硬拼消耗实力，中了何健“借刀杀人”之计。从此后，陈玉轩对于“剿共”就更消极了。为了与何健对抗，陈玉轩特意派谷子琪去南京中央军校参加培训，目的是联络蒋介石的侍从室主任贺贵严。贺贵严是他过去的一个老部属，陈玉轩希望能借贺贵严之口向蒋介石进言，直接寻求政治上的支持。眼见陈玉轩在湘西的实力渐渐壮大，何健深感不安。某日，陈部一个上校副官处长忽然找上门来，神秘兮兮地对他说：“何公要解决陈玉轩，我有一好计策。”何健忙问什么计策，那人说：“陈玉轩不怕前门进虎，只怕后门进狼，不畏前攻，只恐后袭。”何健大喜，接受了他的建议，着手与贵州军阀王家烈联系。其时，王家烈被蒋介石特定为国民党“四大”军代表，恰好经由长沙去南京开会，何健盛情款待了他，两人密谈了很久。何健说："湘黔两省唇齿相依，许多事情需要互相支持。"王家烈点头说："确实是这样，应该好好合作。譬如这烟土，我可以从贵州多组织烟帮过境来湖南，特税增收就对贵州有利。而武器弹药方面我们目前很匮乏，期望能得到你的支持。""武器一事，我会给你想办法。我要衡阳兵工厂马上给你们造一批重机枪，再到南京买一批弹药枪支给你如何？""好好好。那就太感谢了。"王家烈说，"有了这批武器，我打败毛光翔就不在话下。到时候我主黔省军政，我们之间就更好合作了。""没错。说得好。"何健停了一下说，"只是，我还有个小小的要求。""什么要求尽管说。""你若主政黔省，还望能出兵湘西帮我解决陈玉轩。怎么样？""为什么要打他？""他在湘西坐大称雄，搞独立王国，我这个主席还如何管理湖南？""好。只要主席帮我打败毛光翔，我一定帮你解决湘西问题。"果然，得到何健武器补充后的王家烈部队实力迅速壮大，率部打到贵阳，在蒋介石的支持下，迫使毛光翔交出了省主席和25军军长大权。王家烈掌握黔省大权后，也不食言，开始策划从后门进攻湘西。只是，虽然夺得了黔省大位，但内部处处深藏隐忧。被逼下台的毛光翔暗中勾结军中要员密谋倒戈夺权，王家烈也不敢贸然进攻湘西，便先招安了熟悉洪城的土匪头子韩章，让他作为急先锋，试探着突进。眼下看，这一招效果还不错。

陈玉轩真切地感到了事态严重，赶紧召集连以上军官开会。会议在陈公馆的议事厅举行，却有两个连长迟到。"站好！立正！"陈玉轩本来就心情不佳，见状陡升无名之火，厉色喝令。两个连长怯怯地站住了。陈玉轩道："我是怎么教导你们的，作为一名军人……来，你俩各人给我背诵一遍《军人良心论》。"《军人良心论》是陈统领殚精竭虑制定的道德治军纲领，是其"保境息民，十县自治"大业的重要保证。陈玉轩为此博览群书、字字推敲终于成篇，并令全军将士人人熟读背诵，务必融化进自己的血液中。只是，剃头担子一头热，许多官兵并不热心。而且地方军官士兵大多文化不高，对那些半文半白、拗口深奥的句子哪能背得。匆匆赶来参会，不期却被统领突然要求背书，两个连长呆若木鸡，一脸茫然。陈玉轩环顾四周，训斥道："我费尽心机，引经据典著成此书，你们竟然视若废纸！来，杨参谋，你背背看。""是。"杨参谋起身敬礼，稍稍停顿了一下，开始流利地背诵起来："军人、团体之生活也，唯能让，然后能和，和则团体斯固，团体固方能战，战而能胜……""好，背得不错。"陈玉轩大声肯定说，"你们各位一定要记住了：有良心的人拿枪才是军人，没有良心的人拿枪是什么？那就是土匪。这是为什么呢？因为军人存心是处处求人民的利益，不顾自己的牺牲；土匪存心是处处求自己的利益，不顾别人的痛苦。各位听明白了吗？""老统，听明白了！"众人一齐呐喊。"明白就好。我为什么要跟各位啰嗦这些，因为我们眼下面临的形势十分危急。”陈玉轩说，“这一回可是真的危急。危难之时更要牢记我们的责任。好，下面由参谋长说说情况。”戴参谋长先给大家分析了当前的形势：“这一次，据可靠情报，这一回黔军收买了洪城土匪作为内奸，突然发难攻击洪城。被我军击退之后，王家烈派了师长柏辉率三个团明火执仗地开始进攻，打算抄我们的后院。如今，竿城形势十分危急！”“打啊，不能让黔军的阴谋得逞。”“我们没有退路了，不打就只有等死。”讨论时，多数军官主张立即出兵夺回洪城要塞，会场上又一时群情激奋。“夺回洪城，出兵黔东确实是当务之急。”但第一团团长周西青站了起来，提出了异议，“我若出兵，必是倾其所有。既然这次行动是湘军与黔军的勾结，何健倘若以重兵从东进攻，我军将腹背受敌，将之如何？”众皆沉默，觉得周团长的话不无道理。“周团长所言极是。”见众人皆有些犹豫，团长向自云说话了：“我若出兵，可能会遭何王联军的东西夹击，但据眼下的形势来看，应无可能。”戴涛道：“对。现在红军在湘边四周骚扰，国军屡战不利，弄得委员长寝不安席。何健正欲投蒋，必以主力进攻红军，暂时无法配合黔军向我进攻。”向自云道：“我看黔军眼下也是内部矛盾重重。而且蒋介石又加紧了图黔的步伐，使王家烈难以集中力量进攻湘西。所以，此时派兵夺回洪城是一个好时机。”

“王家烈很难缠的。”团长周西青提起了一件往事，“去冬贵阳之战我军失利，这虽是小事，但教训尤须记取。今王家烈挥师东下，意在玉公，我们不可轻敌，必须重拳出击。依愚之见，此次行动不如玉公亲征。”团长向自云站起来大声说：“杀鸡焉须用牛刀。统领，我愿带兵前往。我们是玉公的部队，是铁军、钢军。而王家烈的队伍是个么子？他们就是些泥巴军、豆腐军。我们一定会把他们打个稀巴烂。”众人一阵哄笑。向自云又催促道：“统领，您下命令吧！”但陈玉轩没有说话。看来他有些为难。“我去！”“下令吧！”众军官正在嚷嚷时，一个副官匆匆进来，附在陈玉轩耳边说了几句话。陈玉轩顿时变得有些脸色惨白，立即跟着副官离去了。

田家的封火老宅子大门口挂起了白事装饰，黑帐白花黑纱灯，门梁上白纸写着“当大事”。鼓乐班子唱些无关痛痒的哀婉俚词，有扎白色孝带的竿军士兵站岗护灵，有乡邻等偶尔进出。棺材摆在灵堂正中，挽幛花圈布满宗祠，阿彩和她十岁的儿子重孝在身，在旁边打坐守夜。大门外巷道上，便装的陈玉轩坐一顶滑竿而来，到离门口不远的地方下轿。陈统领及夫人跨进大门，士兵见了忙躬身施礼。陈玉轩微微颔首，走进灵堂，到老镇守使棺材前鞠了三躬，鞠躬后一挥手，一个侍从用木制托盘送来一副挽联，是陈玉轩的亲笔字。上书：

富贵与功名相同，前佐东征，后为西狩，以只身任风雨飘摇，耿耿此心，公所鉴也；

患难无生死之异，大则继命，私者托孤，有此心唯天日可表，遥遥后事，我自任之。

陈玉轩走过来。阿彩连忙施礼。“阿彩，节哀顺变，放心吧，你和孩子有我们呢。”陈玉轩劝慰着，看着这光景，忍不住一阵心酸，忙退到灵棚的后边去。他来到僻静处，终于忍不住嚎啕起来。参谋长戴涛见状急忙跟了过去，担心地说：“统领，您……不要太伤心，眼下还有好多事等着您安排处理呢！”陈玉轩止住泪，抬头仰望着天际，抽泣地说：“不伤心，我不伤心……生亦风光，死亦哀荣，我这老哥子也算死得其所了。”戴涛也附和着说：“是啊，昭公出身高贵、饱读诗书、留学东洋、东征西狩，昭公他们的努力还是没有白费，帝制终于推翻，人们还是见到了天日。”陈玉轩说：“只是，革命尚未成功，同志仍需努力。孙中山说得太好了。给湘西留一片清净地是昭公的理想，也是我的理想。”戴涛说：“统领有如此胸襟，昭公应该是可以放心安息了。只是，前方战事吃紧，您得赶紧从伤痛中走出来。”这时有副官过来，递给参谋长一沓稿纸。陈玉轩问：“什么东西？”戴涛看了看说：“统领，我见你这一段太伤心疲惫，所以一直没有及时告诉你。前方又来了情报，情况还是不妙。”“有什么情况你快说。”戴参谋长把几份战况报告递给了陈玉轩。陈玉轩立即翻了翻。“统领，看来得赶紧调兵支援。先前开会，大家都很踊跃，统领为什么不趁热打铁？”陈玉轩想了想说：“我们的兵力倒是还有，只是我一直在考虑派谁去领兵更合适。眼下这几个，嚷嚷得凶，尤其是那个向自云，这一回出兵可容不得有失啊！”参谋长也缄默了。这时忽然听得灵堂间一阵嘈杂声闹嚷嚷传来。“出了什么事？我去看看。”参谋长忙说。陈玉轩说：“你去吧。我一个人先在这里安静会儿。”

参谋长绕过一片树丛，看见一个背影急匆匆地走进了灵棚。看不真切，只知道这是一个身材十分魁梧的乡下汉子，头包五花苗帕，着对襟衣、青绑腿、水草鞋，来后便径直走到昭公的牌位前，一把跪在地上叩头烧香，而且顿时便嚎啕大哭起来，那哭声嚎啕声是那样的响亮，连灵棚的竹席棚顶都被震颤得嗡嗡作响。“覃飞？！”匆匆来到灵棚前的参谋长一下愣住了，感觉这声响动静是那么的熟悉。他立即便明白那是谁来了。参谋长又惊又喜，急忙绕到树丛后去，对着陈玉轩大声喊，“统领，你快过来，你看是谁来了？”陈玉轩回过头问：“谁？你说是谁来了？”参谋长大声说：“覃飞，是覃师长回来了啊！”“覃飞？！”自己最想念的骁将终于回来了！陈玉轩兴奋得一下子站了起来。

黑色的烟云盘绕在峡谷中，竿军的一处阵地已被炮火炸得支离破碎。竿军正利用战斗间隙修整工事，补充弹药，抬运伤员和死者。谷子琪得知遭遇黔军主力部队围逼后，为保存实力，主动退出洪城。黔军师长柏辉见竿军溃退，命令强力追击。谷子琪部退至麻阳一带，构筑防线死守——因为这里是湘西大本营的生命线——敌军如果跨过麻阳河，湘西的心脏竿城就完全暴露在敌人的眼皮之下了。谷子琪命令在一个叫白水洞的地方构筑工事，拼力死守。此次王家烈所派进攻湘西部队分为两路：除柏辉这一路正面进攻部队外，另一路则先取竿城后背要地铜仁。谷子琪退守后，柏辉向王家烈报告了战况，王家烈决心“毕其功于一役”，即电令铜仁部出击，对守卫白水洞的谷子琪部进行包抄夹击。

谷子琪部腹背受敌，战斗打得很是惨烈。“陈营长，陈营长去哪儿了？”副师长谷子琪从树林一角走出来，大声嚷嚷着。他两眼布满血丝，脸上黑花花的。闻讯，正在搬石头垒工事的营长陈范扔下石头赶过来了。“你可来了。”谷子琪叱问道，“陈范，我问你，为什么缩头乌龟一样不攻出去？”陈范解释说：“师长，白水洞今天又整整打了一个上午，我军几近弹尽粮绝，士兵个个筋疲力尽，必须及时休整……”“休整？你晓得现在是怎样的关键时刻吗？”谷子琪大声吼道，“敌军攻势有增无减。侦察兵报告，王家烈调集的黔军后续部队已经陆续赶到。”陈范说：“敌强我弱，所以我们不能硬碰硬拼消耗啊。”“正因为敌强我弱，所以我们必须主动出击，让敌人摸不清我们的底细。都躺在壕沟里，没人一样，敌军就会长驱直入，我们岂不是等死？”谷子琪严厉地说，“陈范，你听着，冲出去也许是死，蹲在这里，丢了阵地你以为就能活吗？”陈范说：“师长，扪心自问，我绝不是贪生怕死之辈，但是，这样硬拼下去，就要拼尽打光啦！”“你说的情况，我都晓得。但是，我告诉你一句话，王家烈从我们的后院发难，事关湘西生死，皮之不存毛将焉附，就算死，也要死守住麻阳河！谁当逃兵老子枪毙谁！”谷子琪大声命令道，“陈范，你晓得，我谷子琪如果杀起人来，一点都不会手软！”“师长，你说的这话是什么意思？”陈营长目瞪口呆，“你，你当真把我看成是贪生怕死之辈吗？”谷子琪说：“不是贪生怕死为何竟临阵动摇军心？”“好！师长，你既然做如此之说，那我陈范愿以自己一腔血，换得竿军将士平安归！”没让任何人反应，陈范就拔出手枪，一跃跳出战壕往前冲。“陈营长！你——”众官兵一片惊呼。陈营长毫不犹豫地往前冲，对准隐蔽的敌人射击。“砰——”旷野里传出一声闷响，从远处某棵大树后飞过来一颗子弹。听到这猝起的枪声，谷子琪一哆嗦，下意识地闭上了眼睛。等他回过神来睁开眼睛时，他看见陈营长已经中弹倒地躺在一片血泊中。“一齐开火！”谷子琪大声喊。众官兵一齐开火。谷子琪猫着腰便扑出掩体，两个士兵急忙跟上。在枪林弹雨中，他们奋力将负伤的陈营长抢了回来。陈范满脸血污，眼睛微微闭着。“陈营长，你这样又是何苦呢？”谷子琪抱紧了他，痛心地说。而后又焦急地大声喊：“快，赶紧包扎。如果伤重，就想办法把他运回竿城去！”众官兵一拥而上，抬走了陈营长。

看着满目狼藉，谷子琪心如刀割。他疲惫了，浑身像散了架，踉跄地退后两步，一阵眩晕。“师长，啸天回来了！”忽然，远处有传令兵兴奋地跑着大声喊。谷子琪兴奋地抬头往前看，他看见前往竿城搬兵的覃啸天黑色的军马正飞快地奔驰过来。

“啸天，你回来了，真是太好了。”谷子琪急忙迎上前去。覃啸天翻身下了马背，没有作声。谷子琪急切地问：“啸天，援兵怎么还没来？”“暂时没有援兵来。”覃啸天说，“统领说他眼下正急着处理一些紧要的事，会尽快安排调兵，让你想办法先顶住。”“唉！”谷子琪眉头发皱，长长地叹了一口气。覃啸天问：“师座，现在这边情况怎样？”“昨夜、今晨两战，又有战斗减员300余。战场形势十分不妙。”谷子琪的眼睛无神地望着苍穹，“啸天，如果没有新的兵员补充，明日今时，可能就是我们的最后时刻了。”“师座，你一定要体谅统领的苦衷。这一向，打击他的事太多了……”覃啸天说。他心情凝重，欲言又止。谷子琪看出些端倪，急忙问：“竿城出了什么大事？”覃啸天：“师座，本来统领不让我告诉你，只是我想，反正迟早也要让你晓得的……”谷子琪急了：“什么事？到底是什么事？”覃啸天缓缓地说：“昭公他……走了。”“啊？！”谷子琪突然一把跪倒在地，失声痛哭。众士兵闻讯，皆情不自禁地全跪倒在自己守护的土地上。

不远处突然炮声隆隆。炮弹飞过他们的头顶，落在一片杂木林子里。“轰隆隆”又一排炮火飞了过来，在谷子琪、覃啸天身边不远处——新挖掘的工事旁炸响了，卷起漫天尘土，两个传令兵奔扑过来，用身体护住他俩。爆炸过后，谷子琪、覃啸天抖落掉身上的灰土，忙跳进战壕里去。覃啸天举起望远镜观察。望远镜视野里，一片土坡已被炮火笼罩。啸天突然说：“师长，有些不妙。是轿子坡阵地接上火了，看来黔军是要发起总攻击了！”谷子琪忙拿过覃啸天手中的望远镜。望远镜里远处的墨绿色的丛林里突然出现了一道长长的敌军散兵线。“准备战斗！”谷子琪突然拔出手枪，跃出了壕沟，对趴在掩体里的士兵大声呐喊，“替昭公报仇，弟兄们冲呀！”士兵们便一个个从掩体里冲了出来。“轰隆隆”的炮火又炸响了。炮火就在冲锋的士兵们的面前爆炸，炸飞了一天泥土。许多士兵在猛烈的爆炸中倒下了，谷子琪也被一阵气浪刮倒。他努力爬起来，把几个手榴弹捆成一捆，缚在自己腰上。

“师长，你这是干什么？”覃啸天大声责问，“你可是总指挥官啊！”“指挥官？哈哈……”谷子琪傻笑着说，“一个光杆司令还说什么指挥官？”覃啸天劝说道：“师长，还没到山穷水尽呢，你何必自暴自弃？”“我不是自暴自弃。我谷子琪临行前跟统领说过的，夺不回洪城我就战死沙场，不再去见他陈老统了。”谷子琪说着，又往前冲。无可奈何的覃啸天也只好跟着他往前冲去。他俩在尖利的枪声和飞扬的尘土中奔跑，当来到一道壁立的土坎边时，前方的枪炮声却突然停了。两人诧异地相互看看。“怎么回事？”谷子琪问。“不晓得。等等看，也许他们在策划新的大动作吧。”覃啸天说，忙举起望远镜看，说：“不对。进攻的黔军好像在撤退。”谷子琪忙接过望远镜向山下眺望，突然说：“啸天，通信兵好像过来了。”“是的。骑在马上的就是包子。”覃啸天眼睛很尖。

披着硝烟与战火的通信兵骑马飞奔过来。包子跳下马，小跑着往前，突然立正、敬礼，神情十分兴奋：“谷师长！”谷子琪问：“什么事？”通信兵说：“好消息，一团全线反击，打退了敌人，收回全部阵地！”谷子琪一惊：“车团长那边不是打得很恼火的吗？”通信兵说：“他那边是很恼火，但陈统领派出的援兵到了！”“援兵？！”谷子琪有些不敢相信，忙举起望远镜，朝黑烟弥漫的远方阵地看。他看见无数身着竿军军服的士兵在黑烟中冲锋，一个大块头的黑脸汉子骑着一匹高头大马冲在最前面。这些壮士突然出现在敌人侧背，把敌人打了个措手不及。“啸天，你看，那是不是你爹？”谷子琪兴奋地把望远镜递给了覃啸天。覃啸天望着那匹在硝烟中驰骋的战马，欣喜地说：“对，没错，是我爹。我爹他，终于还是出山了。”“老爹——”覃啸天兴奋得一把站起来，大声狂喊。喊声山鸣谷应。谷子琪一纵身跃下了高高的土坎，带头往前冲去了：“好啊！弟兄们，一齐跟我冲！”谷子琪乘势发动反攻，一鼓作气势如虎。

玉屏黔军的阵地上，正在顺利挺进的黔军柏辉部突然遭遇到顽强抵抗。“师座，怎么办？竿军援兵太多，火力越来越猛了。”黔军参谋长说。师长柏辉想了想，说："没办法，先退出去吧。""退出去？"参谋长迟疑地问，"可是上峰才来过命令，一定要死守……""哼，他们坐在贵阳城里花天酒地，晓得个啥？"柏辉说，"兵书云，乱命不应服从。赶紧下令，放弃洪城，全线撤退，要不然我们就会全军覆灭了。"柏辉率八团和四团，连夜撤出了洪城，退守到玉屏一带。见竿军穷追不舍，黔军在一处石凹里临时开了个会。柏辉对韩章说："命令你部前往猫猫岩，占领有利地形，作好阻击，掩护大部队撤退。"韩章于是急忙带着部队往猫猫岩赶去，负责撤退断后任务。此时竿军的覃飞部也已经赶到。于是，谷部从右侧，覃部从正面，互相配合，向黔军的后卫部队发起猛攻，战斗异常激烈，双方伤亡惨重。硝烟弥漫的战壕边缘，突然冒出一架望远镜。韩章趴着往不远处的竿军阵地观察。一个军官弯着腰来到韩章身边。韩章忙问："情况怎么样？""韩团长，柏辉师长派人送来消息，已经电请王军长继续派兵过来支援。"军官小心翼翼地说，"但王军长说所有可以派出的兵都派出来了。他准备向湘省的何主席搬救兵。""向何健借兵？"韩章十分愤怒，"哼，等得他们来，黄羊只怕都早过坳了。""不会的。何健的主力部队19师的驻地就在离洪城不到五十里的地方驻防。湘军可是我们的盟友，应该不会见死不救，会帮忙的。王军长让我们坚持……坚持。""喔……"韩章无语，半信半疑。"师长还说，据侦察报告，敌军又有大批援军抵达。他提醒我们，要格外警惕。"韩章："晓得。"突然远处传来一个孤零零的兴奋的喊声："团长，韩团长——"韩章循声望去。一个传令兵手舞足蹈地跑过来，喊岔了声："团长、团长，援军到了，我们的援军到了！"韩章眉宇间骤然一亮，兴奋起来："援兵来了，他们在哪儿？""在那边呢。"传令兵引韩章和军官登上小土岗。传令兵用手一指："团长，你看那边——"韩章欣喜地看去，有些失望。传令兵所说的援军，不过是穿着杂色的二十几个民间青壮，他们面容悲怆，步履缓慢地朝阵地走来。"娘卖的！"韩章的情绪倏然黯淡，感觉自己这一回是完全被人涮了。被黔军莫名其妙地封了个团长的头衔，便被作为尖刀人物安排去攻打洪城，洪城攻下了，没享过几天福，就被个什么狗屁团长接管了，自己又成了顶在前头的炮灰。

韩章看见不远处的山岗上突然冒出许多黝黑的头——那里是友邻部队的驻地。但他立刻感觉不对路：那迷蒙的杂色军衣说明那应该是敌军，果然他看清了一排排拉开散兵线的竿军士兵，密密麻麻，像蚂蚁爬。在竿军出现的地方，在一片灌木丛的后面，突然腾起一阵烟，然后是第二缕，第三缕……烟腾起后不久，隆隆的炮声便随风送过来了。当那片灌木林子后又一次腾起烟雾时，这边的阵地前沿则飞溅起了一阵掺杂着碎石的泥尘。这股泥尘一下子撂倒了三个人。离韩章最近的一个传令兵，大叫了一声便倒下了。韩章感觉自己是完全被人抛弃了。原先作为尖刀，他的左翼和右翼都是有友邻部队的，这些部队，让他感觉有强大的可以依附的翅膀。但现在这些翅膀突然收缩了，自己就像被人托上天然后重重地摔下来。在日头发光的地方，他看见了一个人——那就是自己的克星覃飞。覃飞骑着一匹高头大马，鹰一样的眼睛令人胆寒。“团长，援军的影子都没看见，情况不妙啊，我们怎么办？”瘦参谋也失望了，焦急地问。韩章拿下望远镜，思忖着说道：“你说呢？”瘦参谋说出自己的判断：“团座，看来，他们真是要把老子们甩了……凶多吉少了。”“娘的。他要老子，老子才不上他的当。”韩章愤愤地，挥动了一下手。“团座的意思是……”“当狗日的正规军也没劲，还不如回山当土皇帝去。”韩章愤怒地将扣在头上的军帽一把扯下，狠狠地扔进了路边的草丛……

柏辉率领的黔军对何健的湘军盟友完全失去了信心，于是一面佯装抵抗，一面沿着沅水的右岸后退。河边道路狭窄，蒿草夹路遮天，黔军的五千部队，被陈玉轩的几支竿军穷追猛打，狼狈而仓皇。一路上又不断受到地方乡民的骚扰阻拦，甚至在他们撤退的路上都装着猎野猪的套子。在一处河渡口，他们被竿军追上。柏辉便布置后卫力量顽强抵抗，但那种顽强只是一种假象。

“报告覃团长，鸡公渡交火激烈，黔军的大部队已经沿着沅水右岸撤退。我们怎么办？”先头部队一位团长驰马回来报告。“没有什么怎么办，攻下渡口，继续追！”覃飞在马上大声道。“团长，那边的情况不明，恐怕遭受敌人下套子。”“有什么套子？他们这是虚张声势。我们才不会上当。”覃飞坚定地说，“老统领交代过，穷寇必追，这一回要狠狠地把他们打痛，要一直打到他贵阳城去。”

山野里，处处是猎猎的战旗，处处是飞驰的马队。在竿军最危难的时刻，退隐多年的老团长覃飞在陈玉轩的力邀之下出山，担任对黔军作战前敌战团团长。陈玉轩也临时放下手中“大湘西自治”筹备计划，担任总指挥，亲赴前线。其时，正面攻击湘西的黔军柏辉师长所部占领洪城后，紧追谷子琪部到达竿城生命线麻阳，黔军另一支先期攻陷铜仁的部队也合围过来。陈玉轩率领覃飞等大部队驰援谷子琪，在白水洞与敌激烈交火，黔军损失惨重。柏辉的部属罗俊成、邓国洲溃败逃至贵阳，被王家烈当场枪毙。廖怀忠不敢再回贵阳，于是带了一个团反水，投诚陈玉轩。于是，师长柏辉带领残部退回了贵州。

一场攸关竿军生死的鏖战终于暂时结束了——湘西的“后门”洪城又回到了陈老统的手中。

第五章

覃飞高大的、微微有些佝偻的身影出现在洪城。厚重的翻毛牛皮靴重重地叩击着大街小巷的青石板路。"湘西王"陈玉轩重新夺回了洪城，派覃飞担任团长进驻防务管辖。洪城地处湘西雪峰山脉，当沅、巫两水汇合之处。由于沅江汇纳黔东南和湘桂边陲许多条河流，经洪城下贯长江。此处乃湘、黔、川、桂边陲与长江流域等广袤地域的交通枢纽。油、木、鸦片及其他商品的大量吞吐交易，的确是个金饭碗。覃飞一到任便领了一拨军官卫兵对洪城进行视察，视察过后，开始着手整顿地方商业秩序，成立了洪城百货保商局，标榜保护商旅，增加税额，并将原有税卡一律裁并，革除积弊。犁头嘴是洪城最大最古老的水码头，市井上一直有"汉口千猪百羊万担米，比不上洪城犁头嘴"的民谣。覃飞决定在犁头嘴设立一个大型的检查站，严格出入税收管理。

"停船检查！"那一天，检查站班长龙五斤看见下河过来了一艘大船，猴子似的一下就窜了出来，挥舞着一杆小旗大声高喊。一只五桅大帆船开过来，缓慢地靠岸。龙五斤踩着晃悠悠的跳板上到大船上。一个长衫客笑容可掬地说："军总，抽支烟。"龙五斤没理会，问："运的什么？""洪油。你看上边全码的是油篓子。""报税了没有？""报了的。如今是覃团长主管洪城，谁还敢偷税？"长衫客从怀里拿出报税单，并把几块银元塞在他手里说，"老总，我们得加紧赶路。"龙五斤把银元收了，旗帜又一挥："放行！"长衫客一迭连声地道谢，指挥着把船开走了。龙五斤随后便轻巧地一跃，跳上一块凸起的岩头上，从兜里摸出些黑色的粉末，放在鼻子前闻，打了一个很响的喷嚏。龙五斤个头不高，身子瘦小，但干练敏捷，所以熟悉的人都爱叫他的绰号——猴子。

这一天，团长覃飞带着几个副官匆匆赶往河码头，走下石阶时，路边一个年轻军官横过来大声喊："报告，老爹……覃、团座好！"随行的几个军官都笑了。覃飞也笑了："行了，稍息吧。啸天，这边情况怎样？""还好。水路顺畅，商旅兴旺，税收可观。""哈哈哈哈。"覃飞大笑，"我要的就是你最后这句话。犁头嘴，可是个金饭碗。你得给我好好看着。"竿军夺回洪城后，为防止黔军觊觎，特意派老团长覃飞驻城把守。覃啸天被升任为营长，主要负责犁头嘴区块的防务及税收。覃飞扬扬手："好了，时间紧，我们赶紧走。"覃啸天追过去："团座，这么急。莫不是又有仗火打？我也要去！""你呀，蚂蟥一点听不得水响。"覃飞也笑了，满意地看着自己的儿子，"想打仗，是个好兵。只是这一次你爹不是去干仗。陈统领要开大湘西自治会，让我去发表点意见。""哦，晓得了。"覃啸天回答后，便往挂着块木牌子的"犁头嘴检查站"走去。他突然听见有"瞿——"地一声响亮的哨声传来，接着是一声大喊"停船检查！"覃啸天看见一个长衫客笑容可掬地与龙五斤交涉着。长衫客从怀里拿出报税单，并把几块银元塞在龙五斤的手里。龙五斤瞄着单，从眼角余光里发现了正从远处缓缓走过来的覃啸天，把银元一把推回去，大声地说道："莫跟我来这一套。"他翻了一下，说，"没事，税单齐全，放行！"龙五斤退步挥旗指挥，却碰到了一个人。"娘卖的。"龙五斤开骂，回头却突然换成了笑脸，"覃营长，对不起，实在对不起。罪过、罪过……"覃啸天说："猴子，你干得好。"龙五斤忙急着检讨："不敢，不长眼睛，以后再不敢了。"覃啸天说："我不是说你娘骂得好，而是表扬你的工作。一档归一档。""哦。"龙五斤笑了。"犁头嘴可是金饭碗，工作就要认真，尤其不能徇私舞弊。"覃啸天问，"五斤，为什么都叫你猴子？你爬树很厉害？""哪里，都说我瘦，就叫猴子了。"说这话，五斤有些腼腆。覃啸天走进检查站，翻看了一下税单账本，说："怎么就你一个人上班？""我们拢共有一个班的人，都是轮班的。"龙五斤说着，往外看，"喔，他们来了。"过来了两个来值班的士兵，龙五斤作介绍。士兵急忙敬礼。龙五斤和值班士兵作了简单交接，说："营长，对不起，我要下班了，回去困觉了。""等等。"覃啸天跟着走出了检查站的木屋，说："走，我跟你去看看你们的兵房。""要得。只是……"龙五斤有些为难，"首长，那里肮里肮脏，实在见不得客。""没事，去看看。我也不是什么客。"覃啸天说，"我看看你们的住宿条件，如果太差，就得改进改进。""那好啊，难为首长关心。"龙五斤指着远处河边的一溜吊脚楼说，"兵房就在那边的河街上。"

河边是一条青石板巷子，临河一边全是用柱子支撑在悬崖上建成的吊脚楼。一走进巷子，覃啸天就感觉这地方像是有些熟悉。仔细在脑海中搜寻了一下，记忆终于突然被点燃了：哦，这不就是自己当初被土匪追赶经过的地方吗？想着想着，覃啸天的脚于是就不自主地沿着那通河的狭窄巷道往下走。"营长，不要下，往前边走。"龙五斤喊道。"我晓得。"覃啸天说，"来，先下河边看看。"龙五斤有些奇怪，也有些迟疑，但还是跟着覃啸天往河边去了。不规则的坡脊造就了不规则的河湾，河边于是便形状不规则地停靠着一长排小小乌篷船。船上不时有年轻或年老的妇人的身影出现。向晚时分，炊烟四起，满江都覆盖着宝蓝色的烟。"这地方很漂亮啊！”覃啸天并没有看见那晚所见到的那种高桅大船，便向那一溜乌篷船走过去。“漂亮吗？”龙五斤说，“也许看惯了也不觉得。”龙五斤正打算走，一个衣着光鲜的妇人匆忙地追赶了过来：“哟，五斤大哥，怎么好久都不来坐坐哪？最近从下河又来了新鲜货……”龙五斤有些发窘，急忙对她使眼色：“哎，对不住，我这儿最近来了贵宾，忙得很哪。”“哦，这位官爷就是您说的贵宾吧，真的是一表人才，气度不凡！”妇人说，“难得，这位大军爷，不如一起上船坐坐，喝点茶，听听小曲儿。”“五斤，走吧。”覃啸天感觉情况不妙，赶紧拖了龙五斤就走。龙五斤忙回头大声对妇人说：“有事，今天真的有事，下回吧……”覃啸天离开了河湾，去到龙五斤所住的兵房看了看，就离开了。

没有见到那艘高桅的大船，他想那晚也许不是这个地方。他一边想，一边怏怏地在沿河狭窄的石板街上往回走。石板巷子很长，越走越窄。“黑子——黑子！”走着走着，覃啸天突然听到有人在背后喊。“哎！”黑子是覃啸天的小名，他于是停下了，应答了一声。他没有转身，因为他不能确定那一定是在叫自己，而且那分明是一个女子的声音。在洪城，他没有熟悉的女人。正踌躇间，一阵骚响，一个毛茸茸的东西猛地一下从他的胯下钻了过去。他冷不丁吓了一跳，吓得不轻。定神一看，原来是一只小黑狗。“黑子——黑子！”又有人在叫。一个女孩从石板巷子的转弯处跑出来。覃啸天愣住了，他并不认识她。“啊……”那女孩也站住了，脸红红的，像个做了错事的孩子。“啊，你是叫我吗？”覃啸天问，“妹子，我好像并不认识你。”女孩紧咬着嘴唇。那只小黑狗已经跑了回来，在女孩的面前很闹腾地摇头摆尾。女孩忍俊不禁，“扑哧”一笑：“大哥，你也叫黑子？”覃啸天这下晓得自己闹出大笑话了，脸上红一阵白一阵的。他抓下头上的军帽，用以掩盖手足无措的窘态。“嘻嘻嘻……”那女孩没再管他，领着她的小狗嬉笑着跑开了。女孩跑着经过面前的时候，覃啸天突然感觉那女孩生动的笑容很熟悉。姑娘头发浓密，双唇丰满，虽算不上大美人，但她一笑，露出的牙齿比出壳的杏仁还白。这笑使人一见之下不免惊异，永远忘不了。对，就是她！虽然今天她穿的是学生装，但应该就是她——我曾经的救命恩人！“妹子，你等等！”覃啸天毫无顾忌地追赶了上去。姑娘闻声，在一家院子门前的台阶上停住。这是一户殷实的人家，白墙青瓦，大院子，院子墙头有花枝逸出。萱萱有些狐疑地望着跟过来的军人：“大哥，你……有什么事吗？”覃啸天也站住了，生怕她因害怕而逃走，说：“没，也没什么事。”“那……你认识我吗？”“我不认识你，但要谢谢你。”覃啸天说。“嘻嘻嘻嘻。”萱萱一阵笑，“谢谢我？为什么？”“我要感谢你救过我的命。”萱萱有些奇怪，并在努力回想。“你忘了吗？”

覃啸天很肯定地说，“大约两个月前，在河边，一只大船上……”“喔，我想起来了。那个被土匪到处找的人就是你？”萱萱睁着放亮的大眼睛。“是啊，我一直在找你，想当面谢谢你。”“不用那么客气。土匪很可恶，在洪城是谁也都会帮你的。”“话是这么说，但我不会忘记，不然就猪狗不如了。”“哈哈哈哈！”萱萱大笑。“我叫覃啸天，现就在洪城当兵。”覃啸天说，“看样子，你还是个学生？”“是的。我在德州读女师。我叫萱萱。”“萱萱？很好听的名字。看样子你们家一定是书香门第。”“过奖了。我爹就是个吃水上饭的人。”两人正说着，突然院子里一阵响，大门猛地被人一把推开，一个十四五岁的伢儿泥鳅般地溜了出来。但没等他溜下台阶，一只从门边伸出来的手便把他捉住了。一个中年汉子抓住孩子的衣袖，大声喝道：“拿来，快些拿出来！”那孩子张开双手：“爹，没有呀，我什么都没拿……”汉子不容分说，便伸手去儿子身上一阵搜索，从裤头上搜出几张皱巴巴的钱：“这是什么？小佬，你狗日的胆子真大，竟敢玩鬼偷老子的钱？看老子今天抽死你！”“爹！”

汉子举手便要打，被萱萱一把拦住。小佬趁机泥鳅一样地溜走了。汉子打算要追，忽然看见萱萱旁边还站着一位军人，便停住了，笑笑说：“不好意思，让客人见笑了。”覃啸天也笑笑：“没什么，调皮，如今的伢儿都这样。”游贵生又望了望军人，问女儿：“萱萱，这位大哥是你的熟人？”“我们还刚认识。”覃啸天忙主动回答说，“大叔，你女儿救过我，是我的救命恩人呢！”“大哥太言重了。”萱萱说，“爹，你还记得那一夜吗？土匪攻城，他被土匪追到我们家的船上……”“多亏你女儿救我。”覃啸天说，“大叔，我叫覃啸天，当时，是老镇守使的副官……”游贵生大惊：“啊！真是有眼不识泰山。覃副官快请进屋里坐！”“谢谢了。”覃啸天想想，犹豫了一下，“今日我还有些公务，还是改日再专门来拜访致谢吧。”“那也要得。今天有大帮船要拢岸，我也忙得很。”游贵生对女儿说：“萱萱，你快些去找找小佬。讲好今天有船要拢岸，让他跟我一起去接船的。”萱萱说：“人都跑得没见影子了，我现在到哪里去找他？”“他还能去哪儿？”游贵生说，“你就去赌档看看，他一定就在那里。”“哎。一天到晚就晓得赌赌赌，找到有他好看的！”萱萱答应着，对覃啸天说，“对不起，我要走了。”覃啸天说：“你去吧，有空我还会来看你们。”“你忙，不用那么客气。”萱萱说罢走了。一只黑狗从屋里钻了出来摇着尾巴跟了过去。“哇，真是个好水灵的妹崽！”望着萱萱的背影，覃啸天还有些恋恋不舍，边走边回头。

在城隍庙前坪的一棵大树下，有一个简易的赌档。好多人都挤着看。“哗啦啦啦”，一只手熟极而流地摇着骰盅。龙五斤紧张的双眼紧紧盯着摇晃的骰盅，小佬一只脚踩在桌沿上，手摇骰盅。“砰”的一声，骰盅被扣在桌上。所有人屏住了呼吸，赌档内一时鸦雀无声，龙五斤死盯着骰盅，大声念叨着：“大！大！大……”“我倒是想摇个大，让猴哥好歹也赢一把。”小佬把脸凑了过来，一脸坏笑，说话间，他不紧不慢地揭开了盅盖。“一二三，小！”人群一阵欢呼。“娘卖的！”龙五斤懊丧得一拳砸在桌上。“哈哈……”小佬呼啦扫拢桌上大把的铜钱，将钱扫落自己的口袋，“猴哥，对不起了啊。”“小佬，小佬——”萱萱隔着人群大声喊，“爹叫你赶紧去接船哩。”“哎，来了来了。”小佬一拍龙五斤，“猴哥，兄弟还有事，改日再陪你玩。”“哎，赢了就跑？小佬，没这规矩吧？”龙五斤想一把揪住他，但小佬泥鳅般一下子就溜走了。小佬跟着姐姐急忙忙往码头赶，赶到筲箕湾的时候，河下二码头果然已经拢了一帮船。水手们陆续走下船，在河街上笑嘻嘻地和街上妇女谈天，一面剥橘子吃一面说话。这两姐弟多少也算得上是地方名人，人人皆对他们很是尊敬，都亲切地打招呼。“巴子，我哥没跟你们回来吗？”见到一个青皮后生，小佬便问，“我爹等他船回来，好装橘子下省办皮货。他到了德州不？”“不晓得。”巴子说，“这要问朱家满满，他们在辰州同一帮船。”又等了一阵，见远处天际尚白，没见有帆船的白影，俩人有些不耐烦，准备往回走。“小佬，今日稀走啊！”是一个年轻水手。“啊，是棍子老表，在干吗呐？”小佬问。棍子很神秘地凑近他，轻轻说：“走，我带你去一个好地方。”小佬想想便对萱萱说：“姐，我有点事，你一个人先回去吧。”萱萱有些气，却也没有办法：“你去去马上就回码头来啊，等会爹来了，不见你影子，不脱你层皮才怪。”“晓得。”小佬扯着那人便跑走了。

一个时辰以后，游贵生拿着根竹兜脑烟袋，双手背在身后，跟着萱萱来到码头。天已垂暮，临近各船上到处是炒菜落锅的声音，飘着辣子大蒜的气味。有的船上八马五魁大喊大叫的，有人在猜拳。这时，远远的暮霭中出现了一帮船朦胧的影子。“爹，那是我们家的船吧。”萱萱眼睛尖，大声说。河上有烟有雾，游贵生看得不真：“是吗？你确定？”“那还用得着猜。”萱萱说，“看，打头的那只船是猪儿家的，接着那个，帆上有块大补巴，是天顺屋的……”“没错，是了，是了。”游贵生兴奋地一把冲着站起来，便往前跑。自打上一回赌宝找韩团长冒险发运桐油股子起，游贵生的生意就一直很顺。这个宝算是赌对了！其后，游家又发运了几船桐油，虽然经过不少周折，但都运到了德州大码头，货洋两讫，除了现洋，还运回了许多时鲜货品。游贵生大喜，忙吩咐给伙计发饷，并摆酒庆功。

见过以后，萱萱的影子就总在眼前晃。覃啸天打算买点礼物送到萱萱家去，又怕唐突碰壁，便写了一封信：

萱萱，我很想要感谢你，你却一直不肯给我机会。我晓得自己只是个粗人，一个当兵的。近些年来，一直混迹在军营中，看惯了杀戮和死亡，心里硬得像块石头，但是自从见到你，便感觉有了许多亮光……

可如何才能送到呢？他犯愁了。他几回都去萱萱家外的石板路上溜达，却一直没碰到她。那天，龙五斤有事在河街走，远远看见覃营长在一户人家门口流连——他知道那是小佬家。但又没有了退路，只得与之大碰头。龙五斤说：“覃营长也认识小佬啊？”“小佬……哦哦哦……”覃啸天很是尴尬，只好支吾过去，“认识，认识呀。”分明是假话，龙五斤有些疑惑不解。啸天很是苦恼，回到住处，将信从口袋取出，一把撕碎了。夜晚，覃啸天满脑子都是萱萱的影子，睡不着，他又爬起来回忆着把那封信重写了一遍，结果还是没有想到送信的办法，最后还是揉成团扔进字纸篓里了。翌日，龙五斤去给营长打扫卫生，去倒字纸篓时看到满地的纸上都是“游萱萱”字样，忽然想起在小佬家门口逗留的覃营长来，于是会心一笑。“营长，咱洪城味道人可不少。”龙五斤故意在覃啸天面前说小佬赌博“出千”的笑话。覃啸天就问：“小佬是谁？”“小佬，你不是认得吗？”龙五斤说，“上次在河街我碰到你在他屋外头……”覃啸天想不起来：“不认识，也许是我说错了。”“小佬呀人称烂污崽，他可是洪城的名角，”龙五斤说，“他有个姐姐，漂亮得很，叫作游萱萱。”“哦，想起了。”覃啸天就笑，“那他真的是个烂污崽。我还碰到他偷他老子的钱。”覃啸天知道了龙五斤与萱萱的弟弟玩得好，爱屋及乌，于是待龙五斤也很好。见时机开始成熟，覃啸天就乘机说出让龙五斤帮忙递信。龙五斤自然满口应允。只是，龙五斤找到小佬，却被满口拒绝。在家里，他最怕的就是他姐。

龙五斤苦思冥想最终还是想出了一个好办法。一天小佬又去河边接船，经过大树边的那处赌档，他从人头间往里探了探，心痒痒的，但还是折身走了，刚走没几步，被一个从一棵大树后钻出来的人一把抱住了。小佬一愣，抬头，连忙赔笑：“啊，原来是龙哥。”“喂，上回一赢钱你就跑，太不地道了吧？”龙五斤横在路上，“今天我过来了，要扳本。”小佬推说得上码头接人呢，但龙五斤竟突然从口袋里掏出一块银元。看见银元，小佬的眼睛顿时亮了，满脸堆笑：“龙哥下这么大血本，我还能说什么？龙哥今天想怎么玩？”龙五斤咬咬牙：“老子跟你赌铁骰子！”“铁骰子？”小佬伸手摸摸龙五斤的额头，“你没发烧吧？那可是我碗里的菜吔。”龙五斤大声道：“莫啰唆，逮起！”俩人便来到赌档。小佬说：“要架势了。龙哥，你押大押小。”龙五斤想了想，前几次都是押大亏得当裤子，于是说：“这回我押小。”“好唻，麻里麻里吽……”小佬闭上眼睛，边摇边神神叨叨地念，而后将骰盅反扣在桌上。担心他出千弄鬼，龙五斤急忙用一只手重重地压住骰盅盖。“龙哥，轻点，莫把桌子压垮了。”小佬故意笑着打趣，边说边趁机把右手伸进赌桌下，轻轻一抖，一块磁石从衣袖中落到手上。他飞快地把磁石悄悄往桌底一敲。小佬把手缩回，却被龙五斤一把抓住了，狠狠捏着。小佬疼得直咬牙，却不敢叫出声。“哟，怎么了，气色突然这么差，病了？”龙五斤一脸关心的样子。“龙哥，算你狠，这回你赢了。”小佬讪笑着打算走。“嗨，有那么轻巧的事？”龙五斤的眼睛恨恨地盯着他，“你，跟我走！”看着龙五斤严厉的眼神，小佬不敢抗拒，只好乖乖地跟着他，心里直打鼓，不知龙五斤会如何修理自己。

小佬怯怯地跟着龙五斤来到河边一处偏僻的马桑林子边。“龙哥，今天是我不对，我跟你赔个不是吧。”一停下来，小佬急忙先作检讨。龙五斤铁着脸：“狗日的你赌桌上出千，就赔个不是？”“龙哥，是我错了嘛。只要你莫讲出去，你说要怎么罚都行。”小佬乞求地说，眼睛不时瞟着挂在龙五斤腰间的“猪脚拐拐”，两腿筛糠般发抖。“莫那么胆子小，我不会毙了你。你犯的不是死罪。”龙五斤口气变得有些舒缓，说，“没事，真的。听到没有，脚莫抖啊！”“是，是，我不抖。龙哥，你说吧，要怎么处置我都认，只求你莫把这事张扬出去……”龙五斤就让小佬去送信。小佬起先不肯，后来还是无奈地答应了。

萱萱读到信，心潮澎湃，忍不住就写了一封回信。萱萱给弟弟小佬一点钱，让小佬把信送给龙五斤转交覃啸天。

覃啸天，我对军人其实没有什么成见。在学校里，老师给我们讲过湘西的军人。他们勇敢、坚强。我知道竿城人尚武成习，血性偾张。军旅的粗犷气质影响着一代又一代。这里的男人血管里总是响彻着马蹄和枪炮的声音。一个男人，如果能有幸为国家、民族流血出力那是无比荣耀的事情……

过了几天，啸天又回了信。

萱萱，你的话都说到我的心坎上去了。是的，我的老家在山江，是苗人的集中居住地。孩子们从小就习惯了看兵营里的士兵舞枪弄棒，喜欢看大人猎取野猪或豹子宰杀了来分肉，喜欢看杀人割下耳朵挂在墙上……他们在这样的环境里长大，大大小小的战争在竿城这座小山城里，制造了许多的军人世家，制造了竿城人特殊的地方荣誉感。我总是盼望着有一天，自己能像我们英雄的老祖宗彭翼南等一样，为国家，为湘西建功立业。

几次通信后，萱萱感觉自己是真的爱上这个湘西军人了。萱萱打算给啸天一件信物。煤油灯下，萱萱坐在桌前纳鞋底，到底是学生，她的手十分笨拙。萱萱娘突然进来，萱萱惊慌失措，忙把鞋底藏在身后。萱萱娘望着她的神情问：“萱萱，你在做什么呢？”“没有呐，娘！”萱萱很慌乱，话还没说完，脸却先红了。“还说没有呢？手都出血了。”萱萱娘指着鞋底，“你这个宝宝女什么时候做过女红？是不是有了中意的人了？”“没、没有。娘，你莫乱讲啊。”萱萱有些慌乱着急。萱萱娘去墙边把插在隙缝里的一支“毛蜡烛”取下，抖了些粉末药给女儿敷上，说：“什么乱讲，你有心思娘早都看出来了。给娘说说看，是不是那个覃啸天？”“娘，你瞎说什么呀？”萱萱脸红得像火烧云，过了一会儿，突然问，“娘，你对啸天怎么看？”“啸天倒是不错，年轻能干，只是……”萱萱娘脸上不禁泛起一丝忧色，“他是个当兵的……就怕老爷不同意……”萱萱没作声，显然她也早就意识到了这一点。见女儿不悦，娘忙说，“萱萱，这样吧，抽空我再去你爹那里套套口风，若老爷松了口，那可就是你的福气来了。”“当当当当——”这时，屋外远处突然锣声大作。“娘，怎么哪？”萱萱紧张地问。“有土匪！”娘说，“像是西门边。”锣声过后，门外驰过一列马队。西门边又传来一阵阵枪声。许多人都涌到门外去朝远处看。不久，枪声停息了，有锣声慢悠悠地响起。有人嘶哑着嗓子喊：“平安无事啰——”

第六章

连续的几场仗火，使洪城的市井萧条冷落，加上还不时遭到土匪袭击，家家都人心惶惶，伟记、隆记、瑞丰祥等几家大的铺面都关门歇板，只有一些日用杂货小店开门，但顾客也不怎么多。还有几处卖油炸糕、灯盏窝的。覃啸天等几个人去码头迎接那些去竿城开军政首长会的团长回洪城。翻毛皮靴经石阶“夸夸夸”上到街口，覃飞就看见了靠西门城墙边一处熏黑的瓦房，问：“这地方什么时候着火了？”

身边的几个军官都一片哑然。覃啸天忙报告说："前两天这里遭土匪韩章报复骚扰，放火烧了几间房子，好在没死人伤人。""韩章？"覃飞皱着眉头，"他不是被黔军招安了吗？""收编了，又反水了。"脸上有几颗白麻子的随行保安队队长说出了事情的原委：黔军曾许韩章为团长，让他作攻打洪城的先锋，损失惨重，到头来黔军却和竿军讲了和。到手的鸭子飞了，还弄得鸡飞蛋打，韩章很是气愤，重新上山继续为匪，又三天两头对洪城进行骚扰。"喔。"覃飞哼了一声表示知道了，而后便大步往河街里走去，走了几步，突然停下，对白麻子说，"我好像记得你讲过上回黔军攻城洪城有内鬼？你们保安队给我好好查一下。""是。"保安队队长说，"我这也只是估计。你看，那天老镇守使来视察上会馆，看戏吃饭，按理保安是搞得很严密的，可是餐馆散席间竟然埋伏有枪手，另外，就在守卫的眼皮子底下，城墙脚下竟然让土匪们挖出了个丈把长的大洞……""是啊！"覃飞突然紧咬了一下牙，几道骨棱一阵滚动。"内鬼一定要查出来！"覃飞继续往团部走，一边对团参谋长、啸天及几个副官断断续续发出训示："你们看看这个城楼子都破成什么样子了。"覃飞用手指着摇摇欲坠的风铃，"洪城经历浩劫，百废待兴，任务重啊。""是的。我们正在努力狠抓恢复生产，只要税收上去了，洪城会变样的。"团参谋长说，"只是，这土匪三天两头老骚扰，要恢复生产难呐。""对，韩章这股土匪一定要剿灭。"覃飞像是突然想起来什么，良久才说，"后天竿城有个重要会议，我有机会面见陈统领。你抓紧统计一下，如果剿匪，看看购买弹药、补充给养，大概要多少开销，打个报告。""好。只是……"参谋长面现难色。"怎么啦？""团长你明天就走，恐怕时间会有点急。""那后天拿出来行不行？"覃飞问。参谋长想了想说："后天应该问题不大。"覃飞说："那就这样吧，我明天得走，啸天你就迟一天，拿到报告后就马上赶到竿城去。"

两天之后，覃啸天骑着一匹黑马，揣着报告连夜跑了近二百里地，疲惫地赶到了竿城。进城时天已大亮了，处处有年节般的爆竹和横幅彩旗。竿城的喜庆气氛让啸天疲倦顿消。尽管覃啸天没命地挥动鞭子，黑马跑得全身毛皮流油，但还是迟到了一会儿。来到军务处，一个络腮胡子的军需官帮着他牵了马，笑呵呵地说："啸天，你怎么这时候才来？""洪城事多，路上又不太顺。"覃啸天笑着说，"哎，陈营长，你这个本地菩萨怎么也迟到？""这一回统领高兴，说要大搞。大搞可是要烧钱的呐。捉襟见肘，忙得我头都大了。"陈范叫了一个小兵说，"快带啸天去会场，开完会，有大酒宴。啸天，快去吧，再迟点，莫说大块吃肉，恐怕肉臊气都闻不到了。""没事，有酒就行。"覃啸天笑着回答。

爆竹声声，炸得满地红纸屑。洪城会馆的戏台上，摆了一张长桌——竿军与黔军的停战协定将在这里签署。过了不久，王家烈又派师长柏辉率领三个团东伐铜仁，企图得手后再攻湘西。铜仁地属贵州，但铜仁守军却不是王家烈的人。得知柏辉领兵进犯，铜仁守军车团长急忙写信向陈玉轩求助。陈玉轩除了派覃飞率领三个团去增援外，还派周西青率第三旅作为后援，一同向铜仁进兵。覃飞、周西青分别在猫儿山、尖尖岩等地与柏辉部黔军展开激战，大战数日，柏辉渐觉抵挡不住，请求王家烈派兵增援。此时，王家烈却因蒋介石派了何浚来黔逼其改组省政府，已感处境十分困难，想再请何健援手，但何健驻扎湘西边境的十九路军推说因奉命防守湘赣边区红军，无法前来配合作战。王家烈见何健屡次爽约，遂决定与陈玉轩休战求和，并达成了停战协议。在洪城会馆的戏台的长桌上，双方代表签字，交换文本，握手言欢。

"弟兄们辛苦了！"庆功宴上，陈玉轩在雷动的掌声中致祝酒词，"我们勇敢的军队夺回了洪城，还穷追猛打直逼到贵阳王家烈的老家。如今，王家烈终于认输了，愿意修好睦邻，决定与我们休战。"掌声响起。人们狂喊乱叫。陈玉轩举起了酒碗继续说，"这一仗，打得好，黔军的五个师如今都已归顺竿军了。我们的兵力也已经由独立19师时的六千人发展成三万多人了。"掌声像暴风雨般席卷校场坪的上空。"王家烈同意向我们赔款20万元。今天还特派了柏师长过来，给大家送来几担酒。"陈玉轩继续说，"各位，那可不是包谷烧，而是贵州著名的茅台美酒啊！来，各位，大家一起举杯，干！"众举起酒碗："好酒，好酒，喝啊！""各位，我还要宣布一个更大的好消息。"陈玉轩举着杯子，继续说，"'大湘西自治大会'明天就会在竿城隆重召开，这可是我们湘西人期盼多年的美梦啊！"

湘西一直是兵家必争之地，多年以来战乱不绝。靖国之役后，七省联军总司令唐继尧在湘西委任了张学济、胡瑛、谢重光、林德轩及田昭全等五大军司令，开始了在湘西互相火拼残杀的时期。火拼之后，所余较强的是驻扎沅陵的张学济和驻芷江、会同等县的周则范部。周部第四梯团长廖湘芸与上司有隙，某日借结婚为掩护，诱杀了第三梯团长杨玉生，并集结大部队星夜由烟溪直捣芷江围攻司令部，将周则范刺杀于溆浦。周则范遇刺，周部第一、二梯团长蔡钜猷等决定联手为周报仇，将廖湘芸部击败，并以廖湘芸与张学济往来密切、刺杀上司乃为张所驱使为由，发兵讨张，决定乘胜向张学济部队驻地沅陵进攻。蔡钜猷担心自己力量不足，派特使前往竿城，力邀湘西镇守使、陆军中将田昭全联合驱张。田昭全已经有些厌倦风云，决定把权力交给年富力强的陈玉轩。陈玉轩接手时，满腔抱负，觉得这是一统湘西的好机会，于是接受了蔡钜猷的邀约，联合逐张。陈玉轩派心腹副师长谷子琪领部队围堵张学济部，骁将覃飞所部将张围堵在来风渡口一个叫中堡垅的地方。“此地中堡垅，应是一只笼，我叫张学济，真像一只鸡。如今鸡进了笼子，就只有等着被人杀了。”四面受敌，张学济无法突围陷入绝望，在寒风凛冽的来风渡口长叹一声，说罢持枪自杀身亡。陈玉轩在激战中独占鳌头，取得了独霸湘西的初步胜利，进入了武力全盛时期，手下武装部队达到了3万多人。陈玉轩不是草莽枭雄，对湘西有着长远的企图心。在肃清匪患、安定民心的基础上，陈玉轩开始着手进行政治、文化、经济方面的改革。有一天，他的一位旧友从西安回来，向他谈起山西自治的好处。旧友介绍说，阎锡山在护法战争中秉承北洋政府旨意，派商震率部来湖南参战，结果全军覆灭，从此之后阎即以“保境安民”为宗旨，悉心致力于本省的自治，各项事业蒸蒸日上，获得了“模范省”的称号。陈玉轩听后，对此极感兴趣，于是在统领部第一次召开的决策会议上，就提出了要学习阎锡山治理山西的办法，后来又派参军长带二十多人前往山西考察。参军长回来后立即向陈玉轩汇报。陈玉轩听了汇报后说：“伯川（阎锡山字）的自治虽好，但不全面，虽然注意到了地方管理和振兴实业，但兴学设教不如赵尔巽，慈善事业感不足。我们应取川边、山西及我省之长，以成湘西完美之自治。”为了这个“湘西完美之自治”，陈玉轩专门聘请了一位姓瞿的留日高材生帮助策划。经过数年的呕心沥血，经历无数的坎坷和风雨，“大湘西自治大会”终于得以顺利召开，陈玉轩心满意足、踌躇满志。

“大湘西自治大会”接连开了三天。第一天是湘西县民意代表大会。这一天很是热闹，大湘西十县的闻人巨贾几乎都被网罗过来。“啊，田玉衡你来了？”挂着醒目大红横幅的箭道坪学校礼堂前，戴参谋长等笑容可掬地站在门首同赶来的代表握手寒暄，“你可是永顺的常驻代表啊，要好生搞。”一个豆夹条似的教书先生走过来，笑着说，“戴兄，咱没迟到吧？”“刚好。都说您是教书出身，时间观念最强的呐。”参谋长笑道，“快请进。先签个到！”田代表进去了，戴涛一转身：“哈！方记者今天好酷！”报馆的方先生戴着博士帽，拄着文明棍过来了。方先生说：“大湘西代表会议，湘西最大事啊，岂敢马虎！”“大记者讲得好。来来来，请，请！”“吹，是老犟来了！”老团长覃飞也在门口迎客，看见一个江湖汉子晃悠悠过来，急忙上前一把抓住，还打趣说，“老犟，你如今可是龙山县的民意代表，往后说话办事可莫再那么犟。”“当然，当然。”老犟笑着，被人迎进了屋。又一个仙风道骨的白胡子老者出现，覃飞忙上前恭迎：“金八爷，您老到了！请！”“飞蜈蚣辛苦。不必客气。”老者年长，说话百无禁忌，直呼覃飞的绰号。“请请请！”覃飞不敢生气，还急忙上前搀扶着他往里走。老者却说："你不用扶我。你以为我老了，屙尿打湿鞋了是不是？"覃飞赔笑道："哪里哪里，您老英雄着哩！"老者说："那就不要扶也不要送，我自己走。"覃飞笑道："那好。八爷好好走。我去外边接客去了。"会场布置得很庄严，也很喜庆。"各位，请安静，大会现在开始。"会议由戴参谋长主持。戴参谋长首先宣布并介绍了坐在主席台上的由十县民众代表、县长、驻军长官三十多人组成的自治委员会委员名单。他们分别是：陈玉轩任主任委员，以永顺的樊生梅、保靖的余焕然、乾城的王文治、永绥的符亭猛、大庸的田众、麻阳的张洞之、古丈的许炳元、凤凰的藤文昭、龙山的符丙延、桑植的谷梅桥为十县民众代表。戴参谋长又很简单地说了几句开场白，就宣布："下面，请湘西自治委员会主任陈玉轩讲话！"场下爆发出一阵热烈的掌声。

"各位朋友，兵法有云：不战而屈人之兵，善之善者也。"师长陈玉轩虽是个武将，但酷好读书，被称为儒将。他的话文绉绉的，"混战多年的湘西，今已平定，为政之道，以教化为大，教化立而奸邪止，教化废而奸邪并出。"陈玉轩宣讲着，眼睛因激动而放光："目前必须偃武修文，与民休息，渐民以仁，摩民以谊，节民以礼。否则，法出而奸生，令下而诈起，如以汤止沸，抱薪救火。"陈玉轩接着阐述了"大湘西自治"的必要性和可能性，说到了"自治委员会"的性质，还讲解了委员会下机构的设置、经费来源等等，获得了代表们热烈的掌声。

会后，竿城大庆三天。因其民族杂糅多教并存，竿城的庆典的确热闹而多彩：舞狮子、玩蚌壳、彩龙船，还有孩子们爱玩的草把龙。除这些，天王庙祭神，苗巫歌舞娱神，唱傩戏还"桃花愿"是更富特色的节目。在箭道坪广场设置了热闹的灯会：荷灯、漱灯、跑马灯、鳌山灯等，名目繁多，争奇斗巧。晚上，陈统领还破例把老镇守使送给他珍藏的日本电影机搬了出来。虽是无声影片，在偏远的竿城，可真是件新奇事。那一晚，竿城可说是万人空巷。两根竹竿间悬挂着一块大白布。白布上演绎着神奇的故事。那时，银幕上出现了一大户人家的婚礼，新郎新娘蹦蹦跳跳走路，逗得观众大笑。覃啸天在看鳌山，忽听得欢声笑语，走过一队玩蚌壳的队伍——一个俊俏女子扮蚌壳精，两张巨大的蚌壳页呼扇呼扇，很富诱惑。覃啸天突然一愣，似乎突然看到一个熟悉的身影——那不就是曾经在洪城救过自己的女孩吗？他便急忙去追，刚出门口就被围观的人挡了路。覃啸天追着玩蚌壳灯的队伍，在人群里穿梭寻找。玩灯的队伍在一处空地开始表演，扮蚌壳精的女孩朝他笑了笑，那两个小小的酒窝大大的眼睛，不分明就是萱萱吗？覃啸天想仔细看，但那两瓣蚌页却合上了。围观的人很多，覃啸天被挤出了人围子。他又一次挤了进去，旁边一个下手举着火把将一把松香粉猛地一撒，冲天飞起了一团火。锣鼓声中蚌壳页打开，覃啸天仔细看那蚌壳精却不是萱萱。一个穿白花边衣的女子从旁边一闪而过，覃啸天忙去追，还急急地一把拉住她，那人回头朝覃啸天嫣然一笑，也不是。“对不起！”覃啸天歉意地扬扬手倒退了几步。他四处环顾，处处是欢乐涌动的人头。他的头完全被弄晕了。没有找到那个姑娘，覃啸天也自觉好笑：怎么可能是萱萱呢，萱萱的家可是在洪城，而这里却是竿城啊。覃啸天感觉是自己想萱萱想疯了。他也觉得奇怪，自己一个铁血军人，一个堂堂男子汉，怎么就突然陷在儿女情长的泥潭里不可自拔呢？只是他一路往回走，萱萱的影子还是在他的脑海里挥之不去。

覃啸天怏怏地回到自己的住处。“啸天，你爹到处找你呢。”一个团长见到他便说。“什么事？”啸天问。团长说：“军部有个紧急会议。”“不是放假吗？又开的什么会？”覃啸天问。团长说：“是临时通知的紧急会，好像是说上头来了人，是省主席的特派员。”覃啸天于是急忙忙往军部赶。会场设在“聊天一楼”。气氛很是严肃，连一根针掉在地上也能听见。长条桌上手坐着一个戴眼镜的人。满屋子的人就这个人不认识，覃啸天想这应该就是特派员了。确实，这人就是省府特派员刘益章。个子很高，面目清瘦，目光有些迷离闪烁——刘益章似乎还没找到状态。他深知这是一趟尴尬之旅。神秘湘西——他来到的这个陌生地方可是历来的化外之地，是连皇帝老子也管不了的地方啊。早在1927年唐生智因与蒋介石反目，南京政府以“通敌叛国”罪将唐免职，并派李宗仁、程潜、朱培德率军进行讨伐；唐生智被迫通电下野。原35军军长何健，曾是程潜的旧部，又是醴陵同乡，被委任为湘鄂政务委员会主席兼湖南省主席，并完整地保留了他的35军建制。何健虽牟取了湖南政权，但根本无力顾及遥远的湘西。利用这一有利时机，“湘西王”陈玉轩抓紧整顿扩大和充实自己的实力。1929年4月，蒋桂战争结束后，蒋介石与何健产生了矛盾。陈玉轩还开始受到了蒋介石的特别器重，何健自然深感不安，开始着力收拾陈玉轩。但“湘西王”也不是好捏的软柿子，几番较量竟都打成了平手。几经计议，最终选择了联合黔军彻底消灭陈玉轩的毒计。只是，这一狠招还是被陈玉轩强力化解。偷鸡不成蚀把米——黔军的五个师如今竟然全归顺了竿军。竿军的兵力一下子竟从6000人发展成3万多人了。面对如此局面，何健竟一时无计可施，急忙让参谋长刘益章作为特派员赶到湘西善后安抚。特派员刘益章明知这是一次尴尬之旅，但还是得硬着头皮上，于是趁着三月的料峭春寒急匆匆上路了。

覃飞迟到了，不敢声张，便坐在门边的一处角落，听到戴参谋长开始详细向特派员汇报这次战事。陈玉轩微闭着眼睛，不知是在思考还是在打瞌睡。戴涛通报完成后，陈玉轩微微睁开眼睛，说："好，下面请省府刘特派员作重要指示！"众人便一齐鼓掌。"惭愧，惭愧，算不得什么指示。我只是奉何主席之命来慰问看望大家的。"刘益章站起身，正了正金丝眼镜框子，说，"各位，自湘西战事开打以来，何主席就一直很关切竿军的安危，只是他最近又受命为追剿军总司令，驻守湘赣边境，而无力驰援，在此深表歉意。十九师的官兵们这次作战神勇，真不愧'英雄竿军'的光荣称号。何主席让我代表他向全体官兵表示慰问和祝贺。"众人都鼓起掌来。刘特派员被掌声激励，提高了嗓门："何主席说将给你们追加6万元嘉奖！""好！"众人一阵吆喝鼓掌。刘特派员继续说："另外，还奖励德造九子步枪200支，见血封喉子弹10万发！"听到有钱有枪有子弹，掌声更是热烈。但随即便有人插话说："好事是好事，刘特派员，我只担心这又是个话平伙。""那怎么会呢？何主席的话也是君无戏言啊。"这帮土佬果然完全不懂礼仪，刘特派员想发火，却只能忍住，微笑着道："这一回的仗是的确打得漂亮，应该奖励。"他停顿了一阵，接着话锋一转，很严厉地说，"但一切散兵游勇总是难以持久的。我希望竿军能尽快融入省军的队伍。"众一阵议论，闹腾起来。"好，好了！各位请安静！"刘益章轻轻敲了敲桌子，话题一转，"好，下面，我通报一下当前的形势。眼下，朱毛共匪闹得很凶，形势不容乐观啊！贺胡子领导的红三军团正在由鄂西转向湘西进攻，声势不小，最近向后攻占了鹤峰、桑植一带，境况堪忧。何主席希望你们立刻行动起来，堵剿、截击贺匪。至于具体的任务，我将同陈师长具体协商安排。今天只是先给大家提个醒，大家要振作起来，同仇敌忾，将共匪一举全歼！"会议开了约两个小时。散会后，陈玉轩让戴涛安排一名副手陪同刘特派员去各处视察，自己则关在屋子里思考对策。后来，他叫人发下通知，连夜秘密召开高层军事会议。

惨白的白炽光照得这里像是装着一屋死人。会议一直开到很晚，戴参谋长讲述和分析了眼下的形势，语调有些沉重："何健可是一只饿老虎，随时都要吃人。"缩在太师椅上，似乎要睡着了的陈统领突然插话："这是老镇守使临终前叮咛过的话，大家一定记牢了。""是的。老镇守使说的话没错。"戴涛强调说，"这一回黔军向洪城发难，就是何健跟王家烈共穿连裆裤的结果。"众人一阵沉默。这时，一个副官匆匆进来，在陈玉轩的耳边轻轻嘀咕了几句。众人发现陈玉轩的脸上漾起了一阵久违的笑容。"好，好，好。"陈玉轩站了起来，众人很是诧异。"各位，好消息，好消息。我们的特派代表谷副师长从南京转来了。"陈玉轩兴奋地大声说，"各位，谷副师长这一回可立了大功，他带回了一块响当当的牌子。""什么牌子？"众人都急忙问。"蒋委员长已经任命我们为国民革命军新编第34师了。"陈玉轩显得异常兴奋。“好啊！好啊！我们再也不用受他何健的鸟气了！”众人一阵雀跃狂欢。筸军是清末时湘西土著部队的称呼。民国之后，筸军用的牌子是老省长赵恒惕给的，叫“湘西巡防军”，所以陈玉轩一直被人叫作“老统领”。后来，筸军就一直用着唐生智的武汉国民政府所给的国民革命军第十九独立师的牌子。其实当初在唐生智给这块牌子的时候，陈玉轩就很不感冒：“给我这么个牌子，我担心他们会把我调出湘西，再把我们给吞掉。”后来武汉来人劝他说：“老统领，如今时势如棋，有个职务总比无职务好。”陈玉轩觉得也有道理，心想，有一个招牌，一可以装门面，二可以作护身符，还可以用它来干我们湘西人自己的事。只是经过一段较长期的检验过后，陈玉轩却发现这牌子用处不大，反倒麻烦不小。虽然筸军被叫作独立师，但这个番号到底不是正规的，带有游击性质，过不得硬，而且有了牌子就得受人掣肘，在隶属上就得让何健伸一只脚进来。陈玉轩一直在想，“看来，没牌子不行，但牌子不硬也不行，若是不搞到一块中央的金字招牌，我们就永远抵不住何健的闷棍。”于是陈玉轩使出了浑身解数，老天不负有心人，今天，这么一块响当当的牌子还真的到手了！

湘西这一段时间喜事连连，送走了省府特派员，陈玉轩还一直沉浸在兴奋之中。“目前必须偃武修文，与民休息，渐民以仁，摩民以谊，节民以礼。否则，法出而奸生，令下而诈起，如以汤止沸，抱薪救火。”陈玉轩在大会上的这段发言，绝不是从什么历史古籍中翻录来的辞章，也不是什么顿悟之后的神来之笔，它完完全全是无数的血——无数湘西人无辜流淌的鲜血胶结成的惨痛教训啊！陈玉轩知道，大会的顺利召开仅仅是一个好的开端，往后的麻烦事还多着哩。万事开头难，开了头，一步一步走，总会有希望。“老戴，你赶紧下去收集基层对大会的反应。”陈玉轩交代戴涛，说，“为了将来，我们要好好总结一下。”戴参谋长于是下到基层，几乎跑遍了湘西十个县镇。

十数天后，他刚回到筸城，就被陈玉轩叫去了统领府汇报。“对我们大会提出的那些方案，下面的反应怎样？”陈玉轩很急切。“大多数官兵和民众都是赞成的，他们说只有赋民以权、实施自治、休养生息、强调法治，湘西才有希望。”“对。说得好。”陈玉轩说，“还有些什么？”戴涛有些欲言又止。“哎，有何意见，直说无妨。”陈玉轩说。戴涛结结巴巴地说：“当然，也有些人似乎有些不屑。”“具体说说。”“有人说，统领常说强邻进逼宜固藩篱，现在却把房子砖墙扯掉，忙着在房内摆花挂字，以后会有好戏看。”“我晓得这话是谁说的。”陈玉轩突然便有些气愤，“燕雀岂知鸿鹄之志。此人是魏延，脑壳后头有反骨。所谓以后有戏看，戏就在他身上。我推行自治，量他螳臂当车，起不了作用。”戴涛没想到此话一出，老统领就认准了是副师长谷子琪说的，可见谷子琪虽然一直是陈玉轩精心培育的二把手、接班人，但二人之间的裂缝已经渐渐变大了。谷子琪师范毕业，有文化、脑子灵活，故而常常恃才自傲，特立独行。老统领惜才，一直对他很重用。在陈玉轩看来，谷子琪的缺点是好走上层路线。前一段去南京活动，弄回了那块34师的牌子后便越发居功自傲。老统领要搞“湘西自治”，谷子琪很不以为然。俩人裂缝加深，在眼下这百废待兴的时候，这可不是什么好事。

刘益章没好气地匆匆结束了湘西之旅，返回长沙后，立即驱车赶到省府向主席何健汇报。听到湘西土著部队被委员长授予“国民革命军新编第34师”一事，何健大笑着说：“拿那么个牌子又有什么用？他陈玉轩未免也太幼稚了。我可是湘省主席，32军军长啊！他孙悟空的筋斗翻得再远，还能跳出如来佛的手心？”“主席，陈玉轩确实有点幼稚，但俗话说无知者无畏。”刘益章听出了主席笑声中的些许苦涩，说，“没牌子的时候，他陈玉轩就独来独往，有了块牌子，那就更不知道他会弄出什么新鲜名堂来了。”“那倒也是。这个湘西土佬，他这个人可常常是不按规矩出牌的。”刘益章进一步劝说：“眼下，剿共压力大，我觉得，这会儿主席没必要跟他撕破脸干。”“嗯。剿共事大，弄得不好，委员长那儿难交差啊。”何健想了想：“那你的意思呢？”刘益章建议还是先稳住他，别摸他的倒毛，从长计议。“看来眼下也只能是这样了。”何健点了点头，过了一阵，说：“去叫军需长过来，让他划算一下，把奖金先拨发下去，别让那个土佬又讲我们言而无信。”

拿那么个牌子又有什么用？何健的想法还真的错了，“湘西王”陈玉轩可不是盏省油的灯。得到了蒋介石的直接委任后，陈玉轩立即将“国民革命军新编第34师”的牌子在竿城公开挂出来，大张旗鼓招兵买马，干得风生水起。几年间新编34师的编制竟扩充到6个旅、16个团。陈玉轩还将屯务军改为屯务处，自兼处长，严格增控节支，又将7县的屯务军大队改成了5个独立营，使湘西的战力得到进一步扩充。陈玉轩志满意得，这样的时刻，他唯一感到压力的就是缺钱，这么一支庞大的军队，开门七件事，哪一样都离不开钱啊！

特派员走了，竿城的石板街巷里，处处是爆竹残余的红绿纸屑——绵长的狂欢节眼看也已接近了尾声。覃飞急得像热锅上的蚂蚁，因为请求统领召见的事一直没有着落。几次请见后，才终于得到批准，那天一个副官把他引进了“聊天一楼”。

“覃飞，找我什么事？”陈玉轩在忙着批阅文件，只是微微把头抬了抬。“报告统领，自清朝被推翻之后，原来屯守在各营盘碉卡的部分绿营兵凭借自己手里拥有的枪支落草为匪，占山为王。他们在乡间你拼我杀，乡民生灵涂炭，局面十分混乱。近日，惯匪韩章竟然乘混乱突袭我营汛碉楼，还不时骚扰洪城，搅得人心惶惶。”陈玉轩抬头问：“你这说的是韩章？”“对，就是这个家伙。韩章近来很是嚣张。”“你打算如何处置？”陈玉轩问。“好办，这家伙就是草包一个。”覃飞说，“韩章我太熟悉了。原本我跟他家就住得不远，还一起拖过几天杆子。这家伙吹牛不打草稿，动不动号称兵马万众，其实至今也兵不过千。他盘踞的牛头山虽易守难攻，但亦多有破绽。若给我三千兵马围剿，牛头山十日可破。”“我粗粗看了一下，你的计划甚好。”陈玉轩停顿了一下，说，“只是古曰，兵马未动，粮草先行，请问军械与粮饷何在？”覃飞突然变得茫然无以应答。陈玉轩接着说：“对这种大规模军事行动，按旧例各营级以上军官及马兵出征，士兵每百名需配夫役60名。军粮之运送，遇山高路险需人力背负，每米一担用夫2名，军火运输以50斤用夫一名，大炮过重，却不可或缺，每炮用夫约为10人。再加上枪械粮草购置，人员军饷，奖励抚恤……”“正是考虑到要钱，所以我叫军需长草拟了一份初步预算，请统领过目。”覃飞把一份报告取出，递交了上去。“大约需拨银十万三千两。”陈玉轩瞟了一眼总数，“啊，覃飞，你嘴巴不小啊！”“钱是花得多点。”覃飞说，“但只有彻底剿灭匪首韩章才能根除后患，洪城也才能长治久安。”“你讲的无不道理。可你跟我要钱，我跟哪个要钱去？”陈玉轩说。覃飞一时无语。“覃飞，晓得我派你去洪城是去干什么的吗？”陈玉轩突然问。“守城、剿匪。”覃飞回答。“守城、剿匪，这个当然。”陈玉轩继续说，“可你要晓得洪城可是个大码头，是个金饭碗。你去那里更主要的任务是给我搞钱。”“搞钱？”覃飞有些茫然。“你覃飞如今倒好，捧着个金饭碗却到处去当叫花子！你如今也来要钱？”陈统领显然是来了火，连丑话都骂出来了，“我告诉你，老子如今可没有钱，只有卵子掉面前！”覃飞想笑又不敢笑，只好说：“统领，那……我把这报告收回去吧。经费的问题，我们自己再想想别的办法解决。”“是嘛，这才像我的老将的样子。”陈玉轩微微笑了，“覃飞，我们这次夺回洪城，出兵贵州铜仁，虽然打得他王家烈告饶求和，可是你晓得我们付出了多少代价吗？这仗我们是赢了，但我们也被搞得民穷财尽。仅给黔军5000来人支付的军粮就达400多万斤，支付的菜金及军费多达60余万元。”“这个，在下确实不知。”覃飞说，“我太欠考量了。”“你这样想就对了。唉，没钱逼死英雄汉呐！为了钱，这两年我可是费尽了心思。”陈玉轩诚恳地说，“我搞了个湘西银行自己印票子，就是担心受外来势力的控制。眼下运作得也还算不错，币值稳定。只是这次打出了湘西，我把那修缮‘聊天一楼’的钱都砍了。我们花出去的都是真金白银，哗哗的，花得老子心慌啊！”“老统，覃飞明白了。”覃飞说，“可是刘特派员不是交代了，还要围堵贺胡子吗？那经费如何办？”“让我们去剿贺胡子？他何健抬根灯草，讲得轻巧！”陈玉轩语带讥讽地说，“看吧，看他给好多钱我们就办好多的事。他何健就是个话夫子，不从我们这鸡脚上刮油就万佛了，你还想要他的钱？”“是的。他的话信不得。”覃飞说。“覃飞，如今什么都靠不住，还得靠自己。”陈玉轩说，“你回去好好想想主意，给我广开财源。竿军的底气，可是全看你们洪城哪！”覃飞说：“我们也想过，要赶紧把洪城的税收搞起来。”“好，反正，洪城全交给你了。”陈玉轩说，“匪患事大，一定得剿。至于如何筹款，你可得自己想办法！”

第七章

挨城墙的石板巷响起了马蹄声。老团长有事无事总喜欢遛他的一匹马。马是红皮毛色。覃飞遛马其实也是巡视。守城的老战兵听到马蹄声，忙缩回脚，拿竹烟袋脑壳“壳壳”地敲猪儿炮。兵弁们听到动静，都慌忙爬起来，笼上四块裤，披上号衣，脸花花地挤在城楼垛子后边，齐声大喊：“平安无事！平安无事！”老团长例行公事完毕，继续遛他的马。兵弁们又呵欠连天挤在城楼阴凉的一隅摆古扯谈，抓虱挠痒，木木地抬头望天。天总是老样子，先前还有些浮云，如猫如狗，往后却空捞捞的。太阳又大又毒。没有风，城楼屋檐角的风铃纹丝不动。马蹄声穿过城门洞到河坝坪去，歇在河滩上。马便把脖子伸长，“吱吱”地在河中吸水，搅得水中城墙的倒影一阵倾斜晃动。

咚咚咚锵！远处隐隐传来锣鼓声。“这么热闹，什么喜事？”覃飞用力扯紧缰绳，不让马踹进浅水里去。“啊，团座，我还没来得及告诉你呢。为庆祝大湘西自治会的顺利召开，孙大万老板特地请了沅陵的戏班子来洪城唱大戏。”副官说，“他还特意给你发了请帖。放在团部办公室了。孙老板说，演戏前还想请你先讲几句话，说说竿城大会的情况。”“看来这个孙老板还是挺会来事的。”覃飞笑了，“有大戏看，好啊。前一段，洪城人心惶惶，大伙看看戏，都好好开心开心！”

“弟子入则孝，出则弟，谨而信，泛爱众，而亲仁，行有余力，则以学文……”那天傍晚，萱萱在书房里念经般读经。游贵生文化程度不高，很希望女儿能知书识礼，新学堂读的那些离经叛道的东西，游贵生也看不惯，这回放春假，就把萱萱关在家里逼她读《论语》。在坪场地上，小佬无聊地用小棍玩牛屎虫。听到远处有锣鼓声传来，小佬便轻手轻脚往姐姐的书房走去，透过虚掩的房门，看见父亲游贵生正守在旁边，一边喝茶抽烟，一边听着姐姐朗读，于是无奈地离开了。这时管家进来，对游贵生说了几句话。

“萱萱，我有事要出去一下。你给我听好了，今儿哪儿也不准去！”游贵生出门前，特意严厉地作了交代。萱萱虽极不乐意，但也没有什么办法，只好继续念“经”，念着念着，一个呵欠，便趴在桌上睡去了。见父亲已经走远，走廊上的小佬忙把身子转过来，轻轻敲书房的窗。萱萱惊醒，见有张大脸贴着窗户格子，问：“小佬，干什么？”小佬轻声地说：“姐，校场坪有人唱大戏吔！”“有人唱大戏？”萱萱欣喜地站起。小佬忙发出嘘声，萱萱便踮着脚尖出了书房：“小佬，你晓得吗，是哪里来的戏班子？”“听讲是沅陵辰州来的，要唱辰河高腔《说岳》。”“那可是很有味的啊，走，我们走。”“不读书，你不怕爹骂？”“管他呢！”萱萱扯着小佬的手便往外跑。俩人悄悄出了门，转了几条巷子来到一处场坪。

天断黑，夜色扑落下来了。一个搭在土坎上竖了两根杆子做成的临时舞台，一桌二椅，背后是一片林子。台下围满了观众。

锵锵锵锵！锣鼓正酣。舞台上，一个英武的武生正与手持两个铜锤的大花脸开打。有人在大叫：“好！逮起！逮起！”武生便追着大花脸打，众又叫“好”。“小佬，快走，去找个好位子坐……”进到校场坪，萱萱忙叫小佬，身边却没见了他的影子，又找了一阵没见到，便就地找了个地方蹲下看戏。恰巧，覃啸天那天没事，也过来看戏。他蹲在旁边的斜草坡头，见舞台上打得欢，便咧着嘴笑，拼命拍手。锣鼓声激越，大花脸被打翻在地。“逮得好！”覃啸天兴奋地拍手大叫，不期脚下一打滑，便顺着斜草坡往下滚。萱萱见有人滑倒，急忙把手伸过去。情急之下啸天忙拉住那伸过来的手，却一把将那人也一道扯下了小坡。两个大活人搅在一起往草坡下滚，到坡脚才停住。“哈哈哈哈。”见是虚惊一场，覃啸天大笑。萱萱被覃啸天压着，气得要命，用劲踹了一脚：“滚开呀，笑你个头！”“萱萱，是你？”覃啸天突然愣住了，见是萱萱，急忙爬起，尴尬地红着脸逃跑。萱萱爬起来，厉声地喊：“覃啸天，你回来！”“嘿嘿嘿，萱萱，对不起。”覃啸天悻悻地歪着折回来，“你叫我有事？”萱萱一屁股坐下，指指旁边的草地：“老实待着，陪我看戏。”

锣鼓声更是激越。搭在校场坪的舞台很大，台下靠前处设有几张贵宾席，贵宾席桌子上摆着烟茶瓜子。作为地方军政长官，团长覃飞穿着很整齐的军装坐在正中间的太师椅子上，旁边是老板孙大万和他的儿子孙平。“团总大人，来，喝袋烟。这是新到的大前门，香，味道纯。”满脸红光的孙大万把一支纸烟递过去。“嗯。”覃飞鼻子哼了一下，他一直在很认真地看戏，只是把烟叼在嘴巴上。“傻小子，赶紧给团总点烟呀！”孙大万用眼睛瞪着孙平。他很想儿子成才出头，所以，凡有大的活动，总把孙平带在身边。“啊。”孙平忙划燃火柴。“喔。”身材魁伟的老军人吸着烟，眼睛却一直盯着台上。

这一天，“留园”主孙大万组织洪城商家大户凑份子，延请沅陵赵家班演出京剧《岳母刺字》。戏台上，一个英俊的武生在唱：“宗元帅为国家呕血丧命，又谁知朝中所用非人，来至在自家门忙下鞍镫，展愁眉换笑脸问母安宁。”一个白发老旦和一青衣出来，与武生见面。在很长的拖腔声中，有人喊好，“好！”啸天也跟着大声喊。覃飞看得很入神，不断点头。萱萱问：“啸天，听不懂吧，他们唱的什么？”啸天没正眼看她，目不转睛地盯着舞台，突然问：“哎，萱萱，那个武生是什么人？”“嗨，连人都没搞清，你瞎吆喝些什么？”“词词听不蛮懂，但那调调好听啊。”啸天说着，又问，“那个武生是不是岳飞啊？”萱萱说：“当然呐，那就是岳飞嘛。”“啊，他就是岳飞？”啸天说道，“那我就晓得了，他是抗金兵的英雄，就像罗荣光一样。”“罗荣光？”这一回轮到萱萱不懂了，“哎，罗荣光是哪个？”“罗荣光都不晓得吗？罗荣光是我们湘西的老祖宗，他的墓就建在洪城后头坡上。他驻守天津大沽口炮台，抵抗八国联军，是湘西的大英雄。”“是不是罗公祠里供的那个菩萨？”萱萱问。“没错。那个黑脸菩萨就是罗荣光。”啸天说着又问，“喂，这戏演的是哪一出？”“这戏全本是《说岳》，现在演的一出是《岳母刺字》。”萱萱解释说，“这一出讲的是南宋时，金兵南犯。元帅宗泽病重，将印信交岳飞代管，临终前三呼‘渡河’，呕血而死。后来，杜充奉旨代帅，一反宗泽所为，岳飞不满，私自跑回家探望母亲。岳母责以大义，促其归营抗敌，并于岳飞背上刺‘精忠报国’四字，以坚定他的抗金心志。”“哇，萱萱，你太牛了，晓得这么多？”啸天很钦佩地看着她。“这个戏洪城人哪个不晓得，年年都会演的。”萱萱说，“你看，岳母就要刺字了。”

戏台上，老旦出场后大声起唱：“叫鹏举站草堂听娘言讲。好男儿理应当天下名扬。娘怕儿保国家难坚志向，因此上刺字永记在心旁，叫媳妇取笔砚儿双膝跪在堂上……”“老团总，这戏怎么样？”孙大万一边给覃飞添茶，一边问。覃飞说：“戏不错，就是看着憋屈。”“是有些憋屈。”孙大万忙说，“但是，团总，奸人总归是没有好下场的。前年我去过一回杭州，那里有座岳王坟，秦桧那狗日的就一年四季跪在那里，是人都照他吐口水。”“是啊，奸人可恶。”覃飞很有感慨，突然说，“我看你们洪城就有奸人。”孙大万不得头脑，有些吃惊：“团总这话我有些不懂。”覃飞说：“你没听说吗？上回土匪韩章攻打洪城，城墙脚底都被人挖空了，就是没人听见，而且，土匪又如何晓得老镇守使在会馆里看戏？”“是是是，应该是有内鬼的。”孙大万急忙附和。覃飞道：“哼，那狗日的韩章如今还三天两头过来骚扰，老子非一把剿了他不可！”孙大万说：“团总，您既然提起这事，我就给您提个醒。您可得提防点一个人，听说他跟那个土匪头子是亲戚。”“韩章在洪城有亲戚？”覃飞说，“韩章的老家跟我家倒是离得不算远，怎么没听说他在洪城有亲戚？”“反正街坊上都有人这样风传，但也不晓得是真是假。”孙大万说，“不过，韩章夺城的那些日子里，游贵生倒像是跟他关系热络，走动热络。”“喔。”覃飞点了点头，“多谢你的提醒。”两人便没再说话，有些冷场的意味。

这时戏台上，老旦继续唱着，拔下金簪给岳飞的背上刺字，声音高亢激昂。众人便拍手叫好。覃飞便也拍了拍手，点头赞道：“嗯，这老太婆唱得好！”孙大万忙说：“团总，你说这唱得好，你可知她贵庚几何？”覃飞瞧了瞧，摇摇头。孙大万说：“团总，她可不是什么老太婆。这丫头今年还不到十九岁。”“啊？那她真可算得有功力了。”覃飞赞许，又突然问，“怎么，你跟她很熟？”“熟。他们戏班子的人我都熟。”孙大万微微一笑，“团总莫不是对这小丫头有兴趣？”“哈哈哈哈。”覃飞突然大笑，“孙老板真会开玩笑。”舞台上戏剧在继续。岳飞率领着岳家军，大破金军“铁浮图”和“拐子马”，把金兀术打得大败，金人惊呼“撼山易，撼岳家军难”。不久，出来了一个白脸奸臣和两个喽啰，白脸奸臣命令两个喽啰带领锦衣侍卫，拿了火牌去途中将岳飞拿问进京。岳飞被喽啰押了上来。岳飞十分英武，朗声表白：“想我岳飞一生立志，将身许国，直捣黄龙。不料圣上叫吾歇兵养马，又批金牌十二道调我回来。贼人诬我克扣军饷，试问那十三座大营，三十余万人马，若有克扣军饷之事，怎能安然如堵？我岳飞一点忠心，惟天可表！”“哼，不用大刑，你定不招。”白脸奸臣大声道，“来人，将他衣衫剥了！剥皮拷伺候！”禁卒便押着岳飞，将其衣服脱掉。白脸奸臣问：“有招无招？”众人：“不招。”白脸奸臣道：“用刑！”岳飞被打得遍体鳞伤，带彩翻斜猫作痛苦状。白脸奸臣又厉声道：“岳飞你若不招，大刑还在后面！”几个打手便一拥而上……

覃啸天很是入戏，看着看着，他的表情越来越愤怒。他咬牙切齿，眼冒金星，突然猛地站起来，一把将别在腰间的手枪掏了出来……“啸天，你……疯啦？”萱萱赶忙一把扯住啸天的手腕。“打、打死……”覃啸天瞄准了白脸奸臣一声大喊。“啪”的一声，一颗子弹跳出弹膛朝舞台上飞去。“哐当”一响，吊在台前横木左边的一盏煤气灯在空中爆裂。飞蛾蚊虫狂奔乱舞，全场顿时黑了一大半。扮奸臣的演员一惊吓得跌倒在地。几个看场子的汉子便急急往这边围过来。“啸天，你闯祸了，赶紧走！”萱萱一把拉着啸天就走。一阵哗然，众人的目光全往这边看，瞥见有些昏暗的灌木林子后跑过的一对年轻男女身影。坐在舞台下正席上，游贵生模糊地看到了这一对熟悉的身影，孙平也看到了他最不愿看到的一幕。

“萱萱呢？”一回到家里，游贵生便大声问老婆。老婆表示不得而知。游贵生说：“嗨，叫你看住她，怎么又让她乱跑？”“没办法，脚长在她身上。”萱萱娘说，“再说，难得有一回唱大戏，管那么严干吗？”“不管行吗？你晓得她去干什么了吗？”“干什么了？她还能干什么呢？”“你这个女儿什么事干不出？她跟着一个当兵的在瞎闹。”“啊，你说的那个当兵的是不是覃啸天？”妻子说，“应该就是覃啸天吧。”游贵生说着，突然问，“哎，这么说，你是早晓得他俩的事了？”“也不是早晓得。啸天不时过来耍，准是对萱萱有那么点意思。”妻子说，“都是过来人，未必你就一点没察觉？”“察觉是有点察觉。但没想到他们竟一下子玩得疯起来了。嗨，真的气死我了。”“老头子呀，萱萱也年纪不小了。谈对象也是迟早的事。我看啸天这孩子还不错，不像别的当兵的。”“啸天条件倒是不错。只是想不到他是那么个牛皮性子。”“牛皮性子？我怎么感觉他还好呢。”“嗨，今天你是没去看戏。你晓得他闯出了什么大祸吗？”“看戏？他闯祸了？”“是啊，台上在演戏，演岳飞抗金兵被害。他小子看着看着竟然朝着台上开枪。”“开枪？伤着人了没有？”“倒是还好，打碎了一盏煤气灯。”“哈哈哈哈……”妻子听着竟然忍俊不禁，“有味，有味。我看啸天这孩子将来会有出息。”“有出息？我看他迟早会惹祸。”游贵生责备道。妻子说：“俗话说得好，男儿无性，纯铁无钢；女儿无性，杂草漫秧。我觉得人还是要有点性子的好。”游贵生没再说什么。想起多年来一直受孙大万的气，游贵生觉得若挂上覃家这门亲事，其实也还算是不错的。

透过花架藤蔓间隙的阳光斜斜地照过来。那天，萱萱坐在自己房门外的游廊上看书。游贵生经过那里，萱萱没有察觉。游贵生走了几步，停住，回过头说：“萱萱，可真想不到啊，没几年这个覃啸天还出息了。”自从上次萱萱听娘说要探探父亲对自己与啸天关系的看法，萱萱一直在等待，但是很多天过去了，娘都没有再跟她说起这件事，萱萱的心有些冷了。萱萱心里高兴，假装不知：“一个当兵的还能出息到哪里去？”“你竟然连这事都不晓得？”“什么事？”游贵生说：“说是他作战勇敢，像头小豹子，好像是给他升官当营长了。”“是吗？”萱萱心里高兴，却不显山露水，只是继续看书，头也没抬，“我不晓得耶。也好久没见过他。”“他们家如今可是热闹了，听讲上门祝贺的人不老少。”游贵生说，“这么大件事，有空，你还是该去问候一下。”“哦。”萱萱似乎并无表情。游贵生见女儿反应平淡，感觉自己像是剃头挑子一头热，于是摇摇头，离开了。看见游贵生的背影消失在月门洞子里，萱萱终于抑制不住兴奋地一把冲着站起来，撒脚就往自己的闺房里跑。乒乒乓乓，萱萱把柜门打开，寻找着。她摆上一张凳，站上去，将柜顶上的一口木箱搬了下来。她打开箱盖，里面放着一双崭新的布鞋。萱萱用一块蓝印花布将鞋子仔细包好。她看看镜中的自己，打算出门，又折转了回来。犹豫着，她打开衣柜，取出一件洒满细碎红花的衣服换上，照了照镜子，理理发梢，飞快地跑出门去。

潮湿，闷热。这一年的晚春，是个春情躁动的季节。北方尚是料峭春寒，夏的脚步已匆匆来了。天晴一阵雨一阵，路边的野花红艳艳、粉嘟嘟，谢一拨又开一拨。在这样的日子，灰黑的柴门矮矮的围墙就再也圈不住女人的心和身子了。萱萱在小巷里飞跑。她穿出城门洞子来到城外河边。路边汪汪的水田里，鸭子在禾蔸间觅食。两只绒毛小鸭子在争抢一条蚯蚓，蚯蚓很滑，身子一挣，一道绛红从鹅黄的小啄间滑溜下来，钻进稀泥里就没影儿了，绒毛小鸭盯着黑油油的泥地，表情惶惑。萱萱忍俊不禁。萱萱是洪城最漂亮、最爱笑的姑娘。她一笑，薄薄的红唇间露出贝壳般的皓齿，那富有弹性的脸蛋上会有两个浅浅的、粉红色的梨窝。

妹心多呲妹心多，好比山鬼捡田螺，
捡了一个丢一个，不知哪个肉最多？

一首野歌子从河边林子里飘过来。萱萱一瞧，林子里有一只搁浅的破船，几个小后生仔在溪沟里用捞斗捞虾米。他们竟然全都赤条条的。一个乳臭未干的少年撮着嘴在唱歌。那野性的歌，分泌着浓郁多汁的肉欲。萱萱没搭理他们，加快了脚步。她故意把胸脯挺高，那紧紧箍住结实身躯的上衣里，有两只小小的、石头一样坚硬的东西天真地鼓胀着。河上，一只小渔船划破了平静的水面。一只红嘴水鸟在飞。有个渔夫在唱山歌：

小小鲤鱼紫红鳃，下江游到上江来，
深有千道青丝网，浅有百座钓鱼台，
你游水而上哟为谁来？

这歌很好听，萱萱却没有心思听。她急急地上了跳岩桥，奔跑着在跳岩桥中间停住，四围环顾。她终于看见了覃啸天。覃啸天呆坐在河边一轮巨大的水车转轮下。“啸天——”萱萱忍不住大声喊。听到喊声，河边水车下的覃啸天惊喜抬头，大声回应：“萱萱，萱萱——”啸天因心情急切而一脚踹进了溪水里，裤脚都打湿了。萱萱则快步跨踏着跳岩桥，跑到离岸边不远处，就直接往河边沙滩跳了下去。“萱萱，你——”刚刚从溪水里抽脚走上沙滩的啸天，看见萱萱竟然从跳岩顶上跃了下来，十分担心。萱萱落地的时候，身子有些歪斜。啸天便一把扑下地去。好在萱萱没事，只是跌倒在一处柔软的草滩上。“萱萱，怎么样，没事吧？”啸天关切地问。萱萱坐了起来：“没事。”“你呀，胆子比天大，哪像个丫头！”啸天还心有余悸。“怎么？你不喜欢胆子大的？”萱萱娇恬地。“哪里哪里。我只是担心呢。”啸天急忙解释。他突然看见草地边的沙土上掉落着一个包袱，忙说，“看，东西都差点掉河里了！”啸天起身去拾捡。萱萱却一把扑过去，将包袱抱在怀里。“什么宝贝？这么金贵。”啸天问。“不告诉你。”萱萱说，“你闭上眼睛，我数一二三……”“好的，好的。”啸天说，“我闭上眼睛了啊！开始，一、二、三……”覃啸天迫不及待地睁开眼，看见萱萱手中捧着一双崭新的布鞋。“这是送给我的？”啸天十分欣喜。“是啊。”萱萱把布鞋递到啸天的面前，“我不怎么会做，也不晓得合脚不合脚。来，试试吧。”目光相接，两人顿时都有些不自在。覃啸天望望崭新的布鞋，又望望满脸羞涩的萱萱，点点头。他兴奋地跳进溪水里洗了洗脚，上岸，两人便在草地上坐下了。筒车咿呀呀旋转歌唱着。萱萱问：“怎么样？大小合适吗？”“合适得很。”覃啸天高兴地活动着脚关节，“萱萱，太谢谢你了……”萱萱娇羞而深情地紧盯着覃啸天。覃啸天激动地一把搂住她。萱萱甜甜地倒在他的怀里。覃啸天呼吸突然加速，打算吻她，但一只小扁担船划了过来。两人不好意思地急忙分开。那渔佬在唱：

小小鲤鱼紫红鳃，下江游到上江来，
冲破千道青丝网，绕过百座钓鱼台，
不为冤家哟不得来！

看戏回来后，孙平竟然变成时而沉默时而暴躁起来了。“杂种，你等着！”有一天，孙平在红砂岩上磨利了一把杀猪的尖刀，红着眼冲出门去。母亲从床上滚下地来也没拉住他。父亲孙大万晓得后，派了他的四个长工家丁扯脚去撵，到虹桥上才把他截回来。“畜牲！你要干什么？为一个女人去送命？”父亲在院子里踱着步子骂，他壮硕凶恶如一头豹子。儿子坐在石凳上，不还嘴，他噬咬着一根干草。“女人我们洪城有的是，光长得漂亮有什么用？”他指着自己被桐油光过的豪华大宅，“不是你老子苦扒苦做，你们能住上这样的好房子，能有酒喝？能天天有肉吃？孙平，老子告诉你，安下心来，好好做生意。生意好，财神旺，你还怕找不到好婆娘？滚吧！快去铺子里带上账本，马上去河边收货，今天德州有船过来。”孙平站起来却不往外走，折转身。“你……哪里去？”父亲喝住他。孙平站住了，平静地说：“回去，我想睡觉。”

后来，孙平就病了，不吃不饮，躺在椿木床上，脸色发白，像水漂过的纸，眼睛直直的。他娘急忙放信去请草药师。扎银针、吃药、拔火罐，十八般武艺全用上了，病势却不见轻。孙平迷迷糊糊一睡着，脑壳里就有许多支离破碎的形象，锣鼓、铜锤花脸、白脸奸臣、猝去的一声枪响、林子里一双男女牵手奔跑的模糊身影……霓虹、青山佛台、殿堂，还有那黑髯阎罗、手挥朱笔在销魂簿上的涂抹。惊醒时，一身冷汗，里衣都湿透了。母亲很勤勉地守护他，听到他在梦里说昏话，便用湿帕子敷在他的额上。“百药无效。”一个重金请来的郎中无奈地摊着手说，“伯娘，本医才疏学浅，还是赶紧另请高明吧。”孙平娘可急了，忙请老“闺蜜”周夫人来商量。周夫人信佛，她援引经书说，业有三报，一者现报，二者生报，三者后报。孙家因为一夜暴富过，家中曾生出许多孽障，现报生报早已陆续显现，后报会要孙家的后代承担，孙平这辈子恐怕得经历些风浪吃不少苦；但孙平也有大富大贵可享，并不是背运。孙平娘于是赶紧去请了一个外号“小天师”的道士来驱邪捉鬼。“小天师”绰号叫麻巴癞，既麻又癞，脸上还有块疤子，长相奇丑，肚里还尽是鬼。他跟着个苗巫背了半年草鞋，支离破碎学得几句口诀，会几手苗拳，便去扯了一丈红大布，缝个袍子，当起“天师”，吃起快活饭来。虽然，洪城人如今大多也已知道生病必须打针吃药的道理，但一种习俗的消灭不像杀一只鸡或兔，它像一座冰山，浮在水面的部分融了，大头还在下边。孙平躺在床上昏头昏脑，只见人进人出忙得不可开交。火盆前椿木方桌上垫着花纸，纸上放着酒碗，两只角又各插一面纸旗。屋里烟熏火燎，他很想呕吐。他娘走进来，抱着只大鸡婆。鸡鼻孔用鞋索穿着。“平儿，驱了邪，就好了。”娘的脸上带着一种不常见的光泽，轻轻说。接着，孙平听见了牛角号尖锐的叫声，听到了铜铃声。烟雾里，一个穿红袍的人，头戴破笠，眉间涂着朱红，赤足跳跃舞蹈、咏唱着含糊不清的歌句。每一句之末，都有多人附和。竹梆声，杯盘敲击声，吆喝声不绝于耳。他先是感到沉闷窒息，接着是恐怖战栗，脑壳里像筑了炸药，似乎已在引爆，立即会接火，把全身炸成碎片。孙平抖抖地伸出手来，乞求道："莫吵啊！我……受不……你们都走……走吧！"苗巫并不止歇，反跳跶至床前，口眼歪斜，一手举碗，喝下一口，并不咽下，反朝天喷将出去。透过窗棂的光把水雾变幻成光怪陆离的色彩，宛若霓虹。他又把嘴挨近了碗边，一股浓烈的腥臭喷扑过来。孙平赶忙闭了眼，四处一片黑暗，如在地狱。他拼足气力，一把掀掉被子，蓬头赤脚跳下地来，没站稳，重重地跌在火塘边，桌子撞倒了。水和酒一齐倾入火塘，满屋尘烟飞扬。众人都惊痴了。当人们明白了过来，发现孙平已经跑出了堂屋。苗巫用系了黄表布的师刀往外一指，发出吓人的一声吼。众人便蜂拥而出。孙平蓬着头，赤着脚跑。衣服被人扯住，撕断了纽襻，半敞着。几只觅食的鸡惊惶地飞起，落在菜篱和青石瓦脊上了。不知从哪儿来的力气，他往屋后的山林跑，穿过一片菜地，一片小桃树林。后头有喧声和紧追不舍的脚步声，他有些乏力。回头一瞥，父亲正径直跳下水田，从泥泞中包抄过来。孙平突然发现前面的山路上有过路人，大声喊起来："救、救……我啊！"那是个个头很高的后生，一身军装。这后生闻声掉转头来，还没弄清是怎么回事，便被一个蓬头男子抱住。"大哥，做做好事，救救我吧！"孙平跪在地上。过路客刚把男子扶起，抬头却发现眼前还立着个肥壮魁梧的汉子，突然认出了，于是笑道："是孙老板呀，到底是怎么一回事呀？""不关你的事！"孙大万面无表情，"把他交给我，啸天，走你的路吧！"听到覃啸天三个字，蓬头垢面的孙平抬起头来。"啊——"孙平突然发疯般地用头向覃啸天的肚子猛力一顶。覃啸天猝不及防，失去重心，仰面倒地。"啊——"孙平扑了上去，压住啸天，挥拳猛打。他有些声嘶力竭地道："打死你，老子要打死你！"覃啸天挨了几拳，敏捷地挣脱，顺势翻身，骑在孙平的腰上，左手用力地按住那疯子的颈部，攥紧了拳头使力砸将下去……但他高高挥起的拳头在半空中突然停住了。他按住孙平颈部的手十分发烫，顺手一摸，孙平整个额头全是滚烫的，像火子一样发热。覃啸天站了起来，低头看了一眼无力地躺在地上喘息的孙平，道："他病了，烧得厉害，得赶紧治！""正在给他治呢，可他跑了。"孙大万走过来，拉住孙平的手，"儿子，听话！驱了邪，一切都会好的。"啸天还想劝说，但一片喧闹声使他没来得及。一个破笠跣足、披红袍的丑老头子从田坎上跳跃了过来。他舞着师刀，喃喃唱道："五六月早已过去，九十月到了，满田五谷都熟了，男挑女背吃不完，东方树鬼、西方岩鬼，请领受吧！"边唱边把碗里的液体往地上泼洒。覃啸天突然明白了，他追上去喝道："站住！"孙大万站住了，鄙夷不屑地盯着对方。覃啸天说："你们这不是治病，会害了他的。不能再耽搁啦，赶紧送医院吧！"他语调不高，但诚恳而坚定。孙大万看着他，目光温和了许多……

孙平最终还是被送到了医院。孙平迷迷糊糊，发现自己为一片白色所包裹，像躺在晚冬的山野里，只是天上没有寒星。这样躺着很舒服，可太孤寂了，静得只能听到自己心脏的跳动。受不了，他想爬起来，回家去，手脚一齐用劲，牙齿咬得咯咯响，但不济于事，似乎身子和地面已融成整体，爬起就得连整个地球也一齐扳动。糟！我被冻僵啦？他感觉到了一种拼命向他逼上来的恐怖，于是，他呻吟了一声。“我的儿……宝贝儿肉呀……”见孙平醒过来，他娘因激动而哭泣起来。几夜没合眼，他娘白胖富态的脸明显地消瘦了，眼圈有一道黑。孙平醒过来，知道自己是躺在洪城的教会医院里。黑暗的地狱，歌咏的苗巫，积雪的原野……像梦，都逝去了。

孙平经过诊治，脸色红润了，每餐已经能够吃得一大碗饭。有医生许可，也能够披着印了红十字和号码的白大褂子到户外散步。孙平的病和胡话，起先，他娘听不明白。听多了，便摸到了些门道，晓得儿子的病与大戏以及一个女人有关。她于是又去找老“闺蜜”周夫人商议。周夫人说：“应该给少爷订一门亲了。”他娘看儿子的意思是看上游家的闺女了。但游家会同意吗？没办法，只好硬着头皮，托了媒人去打探。

曲曲折折从云贵高原流下来的沅江，宽阔浩荡。但从洪城汇入沅江的支流却不大，上游河床浅，水极清，两岸遮盖着茂密的橘林，野花烂漫。一大早，萱萱出门晨练，回来时见堂屋大桌上搁了两个大红包封，便问：“娘，这是哪个送的？”娘知道女儿的脾气，吞吞吐吐地说：“孙老板家的。他家孙平……”萱萱生了气：“娘，你怎么每天尽折腾这些事？你尽早把它退回去。”娘说：“娘也没答应过啥。只是，孙平这孩子不错，也可以作考虑……”萱萱说：“娘，我的心思你也晓得。我还年轻，嫁人还早，你可莫撵我。”萱萱匆匆忙忙扒了几口饭，扔下碗，便提着洗衣篮出门去河边洗衣。她在巷子里一路疯跑。巷子两边的房子都不高，多是单层泥坯草屋或木板房，颓墙断瓦，有些破败。最显赫的建筑是一处宗亲祠堂，还有一个发黑的石头大碉楼。潮湿多雨使得藤蔓疯长、野花杂陈。在洪城，萱萱总感觉十分压抑，可一出村子，明山秀水，带着野花香味的风从远处吹来，她就似乎把所有的烦恼都丢光了。媒人回来了，却说游家人说萱萱姑娘年纪还小，毕业了再考虑这些事。“真是狗坐撮箕——不识抬举！”孙大万非常生气，心想：“游家人不吃点苦头，他真的不晓得自己姓什么！”

过不了几天，一个上午，团参谋长走进了洪城驻防团团总办公室。“参谋长，有什么事？”覃飞在忙着办理公务。参谋长扬着一封信：“团座，游贵生通匪之事，又有了新的举报材料。”“啊，把信拿过来。”覃飞接过信翻看了一下问，“是什么人举报的？”参谋长说：“是留园庄的人送来的。”“留园庄？”覃飞想起了什么，“那就是说，这举报来自孙老板？”参谋长说：“应该是这样。”覃飞翻看了一下：“这事你是怎么看？”参谋长说：“我感觉有道理。韩匪攻陷洪城那一段时间，沅水上下都不安宁，没哪个敢动船，唯有他姓游的敢动船下德州。举报信上说，游家的船是韩章派兵当保镖。”“这个举报很重要。”覃飞急着筹钱，正好举报的是一条不算小的肥鱼，心中窃喜，便下令道，“赶紧派人查实一下，差不多就可以抓人。”

第八章

那一天，天气晴明，犁头嘴河下二码头拢了一帮船，十好几只，分成几个帮口停泊在河中。水生在忙碌着叫人卸货，这一回，他的船又运回了一些下河地方的时鲜货。复查关上办事人便拿了长长的铁钎子，踩着晃悠悠的跳板上船作例行检查。“水生，你们家厉害，进的可都是时髦货。”复查关的抽出铁钎子站在船舱边歇气。“谢大人的吉言。”水生忙放下手中的活，笑着说，“怎么样，没啥事吧？”“你们游家的船还有什么不放心的？”复查关的笑道：“好了。没事，过。”水生说：“要走了啊，急啥，抽根烟。”复查关的说：“你忙吧，你没见那边又拢了一拨船，我也忙呢。”“那您好走，改天过来喝酒。”水生送走关上人，又开始忙碌起来。过了一会儿，一个伙计匆匆跑上了跳板，嚷着要找小老板。水生远远瞧见那人：“没见我正忙着呢。有什么事？说。”“老板，你先莫忙着卸货，你下到船舱来，我有紧要事要跟你讲。”见伙计很神秘的样子，水生只好放下手中的活，下到船舱去。那人把他引到船舱一处角落，轻轻在他耳边说：“出大事了。你爹昨天被团防的人抓走了！”水生的脑袋里“嗡”的一声响，忙问：“为的什么事？”“我也不晓得。”伙计说，“福叔叫你赶紧回去。”“好，好的。”游水生简单安排了一下船上的工作，便急忙忙赶了回去。

屋里的气氛很悲凉。堂叔管家告诉他，“覃团长张布告要捉拿通匪的内奸，有人举报说你爹与土匪韩章的关系值得怀疑。”“娘卖的，是哪条疯狗乱咬人的？”水生怒火中烧。“这个……还搞不太清楚。”游福全说，“我估摸又是那孙大万搞的鬼。”“搞鬼，搞鬼，他们有什么凭据？”“如今的官府哪管你什么凭据不凭据。”游福全说，“唉，也怪你爹。我多次提醒他，做事不要那么张扬，可他就是不听。”

“现在讲这些也是没有用的了。”水生说，“福叔，屋里的事你就多操点心，我去打探一下情况，看看该如何搞。”“要得。你就放心去吧。救你爹要紧。”游水生便急匆匆去找人打探情况。“你爹是条汉子，在狱中遭受严刑拷打，但他宁死不招。”一个管班房的朋友说，“但嘴硬可是最要命的，水生，你快些想办法吧！”“没有别的熟人，还能有什么好办法呢？”朋友说：“没有别的办法，赶紧拿钱去赎吧。”水生：“用钱真能赎回我爹吗？”朋友说：“能的。水生，这事，瞎子都明白，你还看不清吗？团防如今缺钱。这样干，摆明就是要讹钱啊。”水生忙说好好。朋友又说：“要快。如今这班房里折腾人的手段可多，时间拖久了，到时就算有钱，捞出来只怕也只得个废人了。”

水生于是又急忙返回家去找堂叔管家游福全。那时游福全正在累账。游福全听说后叹了一口气：“唉，水生，别的事都好说，偏偏你爹碰上个这样的事。如今呀，只要沾上个‘通匪’二字，那就没得法……”“叔，你应该晓得，我爹是冤枉的……”“我晓得有什么用？要人家官府认才算得的。”“叔，没有别的。你给我支点钱吧。一定要想办法把爹救出来。”“支点钱？你打算要多少？”“先给我一千块吧。”“一千块？”游福全皱着眉头，“我们的家底你又不是不晓得，哪来的那么多钱哪？”游水生说：“我爹原本就有些底子，这几年，他虽然漂在外边，可经我手赚回来的也不算少。现在是要救命，要这点救命钱你说没有？”游福全说：“好吧，好吧。我去想想办法。看看如何搞。”水生说：“好，叔，那你什么时候给我个准信？”游福全说：“你也莫太着急，我凑拢了钱就去找你。”

游福全也三十大好几了，还没成家。他也是个耐不住寂寞的人，便找了个相好同居。那一天，他快快地回到住处。相好见他一脸苦瓜相，便问发生了什么事。游福全便把这事跟相好说了。这个相好长得也不怎么样，马脸，却一直瞧不上游福全，跟着他也就是图几个钱。相好听罢就埋怨道：“这点家业，让你哥这么个折腾，岂不几下就要全败光了。”游福全说：“我也是这么想的呀，可是没办法呀，我是我哥带过来的。我哥他到底帮扶过我，没有他也没有我的今天……”“今天，什么今天？倒霉的今天，落难的今天啊？”相好生气道，“古话还说，夫妻本是同林鸟，大难临头各自飞，何况他游贵生只是你一个堂兄弟。你不自救，那就只有等着他把你拖下水了。两个死人，看你谁救谁？”游福全说：“我也是这么想的，可如今该怎么办呢？”“没有别的办法。你先支点钱应付一下水生。”相好说，“莫把家底全掏空了，不能让水生由着性子叫。”“晓得，我晓得的。”游福全于是去清仓倒库地找钱。

给水生支了点钱后，游福全说：“屋里实在没什么现钱了。这点钱你先拿着去打点一下，不够的我再去想办法。”水生走后，游福全也急忙四处去打探，大半夜才回到家里。相好问：“打探的情况怎么样？”游福全叹了口气：“麻烦，麻烦大了。天顺昌这回恐怕会保不住了。”相好说：“那你赶紧想办法呀。”“有什么办法呢？”游福全苦着脸。相好骂道：“你那脑壳是猪头呀，赶紧想办法把剩下的钱转走，不要再去填这个无底洞了。”“啊，啊，是啊。”游福全被相好的话一下子点醒了，“没别的法子了。明天一大早我就去安排。”担心“天顺昌”破产，游福全于是将大量现款转移走了，还费时作了一套假账。

听说萱萱的爹被抓，覃啸天便急忙去找父亲。“爹，听讲你把天顺昌的老板给抓了。”啸天急匆匆跑进覃飞的办公室。覃飞坐在办公桌边忙活，头也没抬：“没错。”“为什么？”覃啸天问。覃飞说：“有人举报他私通土匪。”“有人举报？”覃啸天说，“你们有什么证据？”覃飞仍忙着，没作声。“没有证据，你们就随便抓人，那跟土匪又有什么两样？”覃啸天怒吼起来了。覃飞还是没有作声，过一会突然说：“啸天，是谁让你来做说客的？”“没有什么人让我来当说客。”覃啸天说，“我只是感觉这事不公平……”“不公平？内鬼勾结土匪黔军攻打洪城，死了多少人，连老镇守使的命都给搭上了，这样的恶魔不惩处就公平吗？”啸天正想反驳，父亲吼道：“啸天，你的那点事，我都晓得。是不是游贵生的妹崽让你来的？”“爹，既然你都晓得，那我也不瞒你。”覃啸天说，“我对游老板的妹崽有好感，但这与今天的事完全没有关系……”“没有关系？说得轻巧。”覃飞厉声道，“啸天，你一个男子汉不要被儿女私情迷住了。”覃啸天忙说：“爹，我也不是要你开后门，只是你不能偏听偏信……”“这个你放心。我是会秉公办事的。”覃飞道。覃啸天又争辩了几句，就被覃飞打断。“没看见我正忙着吗？”覃飞火气更大，“你作为一名军人，尽好自己的职责就行。跨界的事你不要管！”水生得知覃啸天没有办法，知道只能花钱才能救父亲，但堂叔总是哼哼哈哈的，从那里得不到钱，只好到处东拼西借，最后耗银数千，上下打点，才将遍体鳞伤的贵生救出。

贵生出狱了，回家后看到景况惨不忍睹，便去询问游福全和水生。“捞出你来，你晓不晓得水生来这儿支取了多少钱啊！”游福全说了一个惊人的数字。“我是支了一些钱，但哪有那么多。”水生说，“你总说没钱，后来花的全是我去外头借的。”“好啊，你们两父子都不相信我，我还在这忙乎个啥？”游福全把手一摊，“哥，我不干了。你还是另请高明吧。”游福全把一份辞职书放在了桌上。游福全辞职，只留给贵生一具空壳，全家一时陷入了极度困顿的境况。游贵生躺在床上养伤。萱萱给父亲喂药，游贵生却抿着嘴不张口。“爹，莫犟了。你不吃药会拖成痨病的。”“萱萱，这点伤，我扛得住。你……扶我起来。”游贵生边说就边撑起身子。萱萱急忙放下碗，按住他：“爹，你这是要干什么呀？”“我不能死人一样这样老躺着。我要去一趟乡下，那边还有两家人欠我点尾款，我得去要回来，不然家里这日子怎么过？”“去乡下叫哥去嘛，你这个样子能下得乡？”“你哥已经被我害得够惨了，如今家里全靠他外出打零工混生活啊。”萱萱说：“实在不行，我去一趟也成……”“一个女娃，去讨账？再说，这事复杂，别的人谁去都整不明白。”游贵生坚持要起来，萱萱只好努力去扶他。游贵生咬着牙，往床边挪，但起立不支，“哐”的一声摔倒了，半晌没吱声。“爹——”萱萱惊恐万状，“爹，你怎么了？爹——”游贵生好一阵才慢慢睁开眼，一把抱住女儿，泪如泉涌：“萱萱，爹对不住你，害得你书也读不成啊！”游贵生就坐在地上死命地击打自己。萱萱急忙扯住他。这时，屋外远处突然传来一阵鞭炮声。

风把浓浓的硝药味吹送进来。爆竹声响彻在洪城河街的上空，满地红屑，空气中弥漫着硝药的刺鼻味。在河街的西头，一家叫“金龙商行”的商铺挂牌开业了。这是游福全的公司，里间有一间办公室，一处卧房；外间作为门面，挂起了一些时装，南货，五花八门。门面虽说不大，但来看热闹的不少。一个中年长衫客在门前迎接客人。他的身边有个较年轻的女子。男人双手抱拳朝客人不断拱手说“欢迎大驾光临”，然后很绅士地一只手轻按在腹部，弯腰，另一只手往前一伸“里边请”。巴子等年轻仔都赶来凑热闹，他挤在人群中鸭一样地伸着脖子看，突然吃惊地大声说：“喂，那老板不是游福全吗？”旁边一个矮个子赶紧努力踮起脚看：“是吔，就是游福全嘛。狗日的他自己开店了，真的发达了。”巴子便挤过去，满脸堆笑：“福全叔，恭喜啊！”“啊，是巴子呀。你好！”游福全扔过一支“二炮台”香烟过去，巴子接住，咧着嘴笑，伙伴们都羡慕地看着他。一顶大轿在鞭炮声中从石拱桥出口的石阶上悠悠晃晃地下来，众皆伸头看。那轿子在游福全的门店外停住，从车上风风火火跳下一个着花缎子长衫的胖子。他双手抱拳，嗓门粗大洪亮：“游老板，恭喜恭喜，发财发财！”游福全忙迎了上去：“哟，是恒发的王大老板呀！稀客，真是难得你大驾光临呀！”“游老板新店开业，再忙也该过来捧场呀。”胖子王大发说着，朝那个女子瞧了一眼，在游福全肩上重重拍了一下：“你小子艳福不浅呀！”游福全忙说：“喔，我忘了介绍了。这位是我们商行的管家张三妹。三妹，这位是洪城有名的恒发大老板王大发先生。”“久闻王老板大名。”张三妹很大方地同胖子打招呼，“请老板以后多多关照。”“那是当然的呐，游老弟的事，就是我的事。以后有什么事，就直接找我。”一会儿，又来了管税务的、管城防的、管水运的一些客人，也还有一些水手和街坊朋友。开业庆典搞得很简单，个把小时迎来送往后，游福全便把铺门一关，带着胖子老板等几个重要的客人去家里了。在那里，游福全的相好三妹特地操备了一桌丰盛的酒席。

家道中落，无事可做的水生整天地歪靠在河边的老榕树底下，坐在雾蒙蒙的橙黄的阴凉里，无聊地往溪里扔石子。石子落进溪里，“噗”的一声，水中腾起一串串美丽的气泡，挨到水面就破裂了。天气闷热，一条大黄狗从窝棚的破茅扇下钻出来，在他面前龟裂的土坡边停住了。阳光炙热，它伸缩着火红的舌头，涎水如注。这是一只流浪狗，与水生有着同样的命运。它从老远跑来，一声不吭地长久蹲卧在水生的身边，陪伴他、慰藉他疲劳的寂寞。水生摸了摸它脏兮兮的头，长叹了一口气。他无聊地困在草坡上睡着了。河水静静地流。山色树影变幻莫测。水生在各处零星打了几天短工，当惯了小老板，到底体力不行，到后来就没人请他了。一声悠长的号子声惊醒了水生。他爬起来，望见远处有一条木船停靠在河湾边的简易码头上。

码头边堆着如小山般的麻布大包。几个骡马客在往马背上驮货。一位叫大头的工头在过秤。水生从一块石头后面绕出来，排在队伍的末尾。几个工人都回头朝他看。一个肌肉结实，块头很大的壮汉排在他的前面，回头问他：“你……也来扛包？”“来试试。这活儿很来钱吧？”水生说。壮汉取出张纸卷着“喇叭筒”烟卷，说：“还行，若舍得力气，一天也能挣个十块八块的，比种田强得多。”“嗨，莫光顾着说话，到你了！”后头有人在催。水生跟了上去，弓下了身子。工头看着他有些单薄的身子，问：“你，哪来的？干过这活儿吗？”水生觍着脸：“干、干过的……来吧，帮帮忙。”大头：“不行不行，出事我可负不了责。实在要干，你去问我们老板。”“哎哎哎，窝工呀，怎么回事？”两人还在争执，有个粗粗的嗓门吼着过来了。水生抬头，见远处沙坝上晃过来一个托着个鸟笼子的公子哥儿。工头说：“大少爷，你来得正好。我看他身子薄……”“哦，原来是水生兄弟。”托着鸟笼子的公子哥儿瞟了水生一眼。水生这才认出来，这老板原来是孙大万的大公子孙平。自从看《说岳》戏回来发现自己心爱的人竟然跟一个兵痞子相好，孙平急火攻心，回家后竟然变成沉默寡言起来，再后来就病了。他娘请了小天师过来作法念咒捉鬼也没见好转，最后还是去了教会医院吃药打针才勉强好些，但还是病恹恹的样子。他娘就把他送到下河城郊养息。那地方空气好，风光养眼，那里有他们家的一个小码头。旷日长闲，孙平便养鸟遛狗打发日子。“怎么回事？怎么回事？”孙平万万没想到会在这里，以这样的方式碰到萱萱的哥哥。因妒生恨，孙平暗自发笑，大声道：“怎么竟弄成这个样子了？想出来赚几个活钱？”水生点了点头。孙平的手往大麻布袋上拍了拍，腾起一阵灰：“天下的钱很多，唯独这钱不好赚啊！”“晓得。”水生心中没把握，但不想认输。他走过去把身子又靠在了麻袋山上。孙平：“慢！水生兄弟，不是我为难你，其实这钱给谁赚都是赚，只要有力气就行，但得先考试考试。”水生：“怎么考？”孙平：“平素扛包呢，一次扛一包，而考试呢就得加码扛两包……”工头忙去扯孙平的衣服，轻声地说着什么。孙平没理会他：“怎么样，敢吗？”水生：“要加那么多？”孙平：“这都不懂，保险系数啊！”水生想了想：“行。”孙平指着那晃悠悠的跳板：“好，是条汉子！我可跟你再说清楚，扛两包，得打这儿过跳板搬到船上去。”水生把身子往那麻袋山上一靠：“给我上吧！”众人都瞪圆了眼。孙平伸手帮忙将一个大麻袋艰难地扯动掀起一角来。大包缓缓地挪移到水生的肩膀上。水生蹲在地上用力支撑住了，说：“加码吧。”“来，给他加！”孙平朝大头偏了偏脑袋说，但大头迟疑着。孙平便厉声地骂：“你没长耳朵？”大头只好过去与孙平齐力抬起一包，准备往上头加。“少爷——”一声很严厉的喝声突然传来。孙平转过身子，见是搭档“恒发”的管家杨子才，笑了：“啊，杨叔，你来了？”杨管家轻轻说：“少爷，这样子搞，怕会整出事的。整出事可是个大麻烦。”孙平有些恼怒地道：“有什么事有我担，这事你少插嘴！”“没事的，让他给加上吧。”水生平静地说。“像条汉子！”孙平喊，“快些，赶紧加！”又一个大包加上了水生的肩。水生两手各抓住麻袋的一角，双脚缓缓用力向上把身子直立起来；立起时，脚步有些摇晃；他咬紧牙关，终于把步子站稳了，慢慢地，一步一步地走到了船舷边。众人发出一阵欢呼……

那天，萱萱提着背篓从灶屋出来，听见生病躺在床上的父亲直咳嗽，忙将背篓放在小桌上。“爹！你怎么啦？”萱萱从灶房奔过来，给他拍背，“爹，你好点了吗？”“没事。”游贵生眼睛红红地看着女儿，“萱萱，你还要出去啊？”“爹，我没事。这几天生意不错，能多赚一点是一点。”游贵生喃喃道：“妹儿，你哪曾干过这个，可真是为难你了。”“没事，什么不是人干的。爹，你好好休息。”萱萱走几步又回头，“哦，哥回来记得告诉他饭菜热在锅子里。”萱萱把背篓上了肩，出门。她埋着头，背着背篓在街上走，瞟见街边似乎有人在指指点点。萱萱转出城门，在一处不显眼的角落摆下了临时摊子。“醋……萝卜哎，卖醋萝卜呀——”她左顾右盼，终于鼓起勇气喊道。有几个人过来买醋萝卜，都说味道一般般。于是很久都没有人过来光顾。“醋……萝卜哎，卖醋萝卜呀——”萱萱于是扯起嗓子喊。一个戴破草帽的汉子过来，蹲在摊子前。“大哥，买醋萝卜吗？很好吃的哩！”“买，我全买了！”

那汉子将整个醋萝卜罐子一把提将起来，撒腿便走。“哎！大哥，大哥，你还没给钱哩？”萱萱急忙去追。那汉子停住腿，一回头，萱萱大惊，“哥？！”水生阴着脸：“赶紧跟我回去！挣钱养家，不是你一个学生女娃娃的事。”

一天傍晚，水生拿着张出工票去一个柜台在出纳那里换了钱，高兴地边走边数着。几天的伙食钱又有了着落，他高兴地急忙往回赶，来到城门洞，突然听到有人喊：“游大少爷！”这是个久违的名号。水生惊诧回头，是一位长衫先生。水生想想记起了原来是王大发家的管家，忙道：“哦，杨先生。您好，以后就叫水生就好，这样的称呼我有点受不起。”“那天在码头上的事我都看见了，我说水生你真是个好样的。”杨子才说，“你们家遭冤屈的事我也晓得了，只是力不从心，帮不到什么忙。”“叔，有你这句话，我们就感激不尽了。”水生很感激地说，“我还年轻，有一双手，总归饿不死。”“水生，莫再去扛包，那不是你干的活。”杨子才说，“我们这边正有个缺，缺个跑街，就过来跟我干如何？”“真的吗？”水生喜出望外，“杨先生，你可是我的大救星啊！”于是，水生便去了王大发的恒发商行。水生跟着账房先生杨子才当“跑街”，十分勤快，杨子才很喜欢他。

转眼到了月末，是结算发薪的日子。“水生，你这个月的薪水还不老少哎。”杨子才在抽屉里数钱。恒发商行的柜台上，桐油灯昏黄的光晕下，水生在一张案桌前签字按了指印。“全凭杨叔关照。”水生高兴地接过钱。“哪里，薪水按单计数，这些，全是你脚板起泡跑出来的。”杨子才说，“水生，你勤劳精明，不错，将来没准比你爹更强。”“谢先生夸奖。”水生收了钱打算离开，又被杨子才叫住。水生问：“先生还有事？”“还有几个人没来领钱，你给我顶一会儿。钱都归归一一包好了。你按名字发放就行。”杨子才说，“我有点急事要先走一步。”“好的。”水生便留下了，说，“杨先生有事你先忙去吧。”

夜色中，杨子才离开恒发商行铺子，经过一座石拱桥，下到沿河街。他在河边狭窄的巷子里急忙忙行走，走了一段路，在一处路口停了一会儿，然后，舍大路沿着一条斜斜的岔路往山上走。走了一段路，来到一间靠山壁的小院子。院门有些残破，是虚掩着的。杨子才悄悄进了院子，挨近小屋屋檐下时，他干咳了一声。“背时的！”听到有一个女人嗲声作答。小女子叫荷香，是杨子才的相好。杨子才一脚跨进门，反手把门闩了。女人迎上来，用两条水蛇样的细长手臂环住了对方。亮窗放下来，油灯昏暗了……一阵激情过后，杨子才双手环抱在脑后头靠在床枋上。“怎么啦？今儿怎么不高兴？”荷香凑近问。“没什么。”杨子才摇摇头。“那你是……想家了？想老婆了？”荷香问。杨子才仍没作声。荷香说：“要是真的想家了，你就请假回去，我不会拦着你。”杨子才一手搂住她：“荷香，你为什么要这样好啊？”荷香娇恬地说：“人心都是肉长的，你对我好我当然要对你好啰。”“你呀，明明晓得我在老家已有妻儿，我们不会有什么结果，却那么通情达理，从不给我添麻烦。”杨子才抚摸着她的浓密如黑夜瀑布般的长发，“我呀，还真的舍不得你……”荷香一听，盯着问：“怎么？你难道真的要回老家？”杨子才又不说话了。“回去？”荷香突然生气地说，“你要是真的回去，你就别再回来了！”杨子才仍旧没有吱声。荷香便趴在床上嘤嘤地饮泣起来。“莫哭莫哭，就是怕你伤心，我才一直没告诉你。”杨子才搂着荷香颤抖着的肩，说，“荷香，事情是这样的。我老爹他……上个月初三……走了。”“是吗？”荷香惊愕，“这样的大事干吗瞒着我？百善孝为先，你干吗还待在这里不回去？”“路太远，家里晓得我赶不赢，就到月底才告诉我。”“哦，是这样。”荷香停住了哭泣，“那你赶紧走就是，我不会拦你。记得早去早回就是。”“唉——”杨子才长长地叹了一口气，“荷香，你也许不晓得我们江西老家那边的风俗，奔丧守孝时间起码得一年。”“那么久啊？”荷香这一回真的茫然了。杨子才说：“是啊，所以我最放心不下的就是你。”荷香缄默了很久，说：“既为人子当得尽孝。哥，你就安心去吧。我会等你的，一年两年……哪怕是十年八年，一辈子我都会等你。”杨子才把她搂得更紧了，泪水悄悄地从眼角扑落下来……

第二天，放工的时候，水生打算回家，被杨子才叫住：“水生，你等等。”水生回头：“杨先生，有什么事？”杨子才问：“今晚你家里有没有事？”“是不是店里要加班？”水生问，“可以的，我家里没什么紧要事。”“店里倒没事要加班。”杨子才说，“我想请你一起去小酒馆喝点酒。”“这如何使得？”水生大惑不解，说，“先生真想喝酒，那好，今儿我请。”“不用你请。我既然说过请你，自然该我做东。”“先生不要这么说。”水生说，“你可能也记得，我也几次想请你喝点酒，吃个饭，但每回你都说没空。说实在的，我到恒发来，什么都是你教我，你就是我的师傅。拜师酒我都还没请过你呢。”“不必争了。”杨子才关了铺板，“走，去快活楼。”

本来该是痛快饮酒，痛快吃肉，但喝酒时，水生见账房先生杨子才总是愁云锁面。水生说：“先生，今儿见你喝酒好像不怎么开心，是不是这酒不合你的口味？”“没有呐。”杨子才又猛灌了自己一杯，“水生，说句实在话吧，今天叫你过来喝酒，我还真有点事要请你帮我。”“嗨，杨先生有什么事，只管交代就是，何必搞得这么麻烦？”水生说，“先生在最困难的时候帮我，就是我的再生父母。只要我水生办得到的，你交代下来，我一定会尽力办好。”“不是店里的事，是我私人的事。”杨子才说，“这事办起来不算难，但是挺麻烦。而且不是一句两句能讲得清楚，所以，我想咱俩慢慢喝酒慢慢聊。”“啊，是这样。”水生又给杨子才的酒杯里添了些酒，“好。先生就慢慢说。”

通过交谈，水生得知：原来，杨子才在老家江西的父亲去世了，打算回家奔丧守孝，时间不是一日两日，起码得一年时间。杨子才要回老家，这边却落下个牵挂。他放心不下的是河街小情人荷香。荷香对杨子才不错，杨子才也对荷香百般爱怜，荷香的一应日常开销都是靠杨先生的接济。杨子才这一走，他担心荷香生活将没有着落，所以他决定把多年积蓄入股王大发的商行“恒发”。他与王老板已经协商好，红利按月先结，到年底多退少补。他打算用这每月之红利给荷香作为生活费，想麻烦水生按月领钱帮他送过去。水生在心里感觉杨子才真的是自找麻烦，也感慨这老头子用情甚真，所以水生满口答应了。“这样，我就能安心走了。”杨子才举起酒杯，“水生，我真的很感谢你！”水生也举起了杯子：“先生放心，我会尽力帮你照顾好荷香。”

第九章

“快！往码头靠，开过来！”那天雾很大，龙五斤挥舞着小旗，又截停了一艘船，“运的什么东西？”“是从下河口岸进来的南杂货，有醴陵的瓷器、浏阳的花炮，还有几十包海带……”“报税了没有？”“报了。”长衫客从怀里拿出报税单。龙五斤接过看看，没有放行，却吩咐士兵道，上去看看。“哎哎哎，老总，问也问过了，单也查过了……”长衫客忙拦住，把几块银元往他手里塞，“老总，我们得加紧赶路……”“你少来这一套！”龙五斤把他的手一推，便自己带头上了船，拿着铁钎子进了货仓，往大包里扎。“里边有东西。”龙五斤从一个大麻布包里抽出铁钎，说，“打开看看。”一个兵便用刀割断了绳子。两个士兵揪着麻袋往船板上倾倒，起先倒出一些杂物，而后便“哐啷啷”倒出几支手枪来。那人慌忙过来：“哎。老总，你听我解释。”“还有什么好解释的？”龙五斤没理会他，自顾对岸上的士兵喊，“统统给我下来，整条船好好检查！”一个士兵把几块船舱板子取开。龙五斤用手电往里照。手电光下，舱板下有几只长木箱。士兵把木箱抬放在舱板上。木箱被撬开，里面竟全是硬邦邦的烟土。那人又走过去：“哎，老总，老总……”龙五斤没理会他，命令一士兵：“把船开到小码头去！”一个士兵便去驾驶舱，要接手方向盘。大副不肯，两人扭斗争执。“干什么？干什么？”一个年轻军官突然立在码头上。龙五斤抬头，说：“覃营长，你来得正好，快下来一下！”覃啸天慢慢地上了船，龙五斤急忙报告说：“船上查出了好多烟土。”“喔？”覃啸天走过去看了看木箱，“好家伙，胆儿够大！”龙五斤问，“团长，你说怎么处理？”“这还用说嘛？”覃啸天大声喊，“把船扣了，开到小码头去！”船员和士兵们又争执起来。驾驶舱里甚至为争夺方向盘而发生了扭斗。船上一片混乱。“砰——”覃啸天朝天放了一枪。船上顿时安静了下来。船驾驶室里一个士兵趁大副松手之际，挥拳一下打在大副的鼻梁上，鲜血直流。船舱里一下又闹腾起来。“把他铐了！”覃啸天厉声地喊。两个士兵便过去扭住他，用铐子铐了他的双手。那老板这时走到覃啸天身边，突然态度变得傲慢：“你就是覃营长？”“没错。证据确凿，你还有什么话要说？”“鄙人姓何，叫何再兴。”长衫老板拿出一张名片，“我是本省省主席的亲戚。”“何主席的亲戚？”覃啸天责问，“何主席的亲戚就可以走私鸦片？”何老板笑着说：“也不能说有鸦片就是走私。”“不是走私，又是什么？”“覃营长，本来我是不想给你露底的，但你们追逼太甚，我也只好给你摊牌了。”何老板又从口袋里掏出一封信，“喏，我这儿有何主席的亲笔手书一封，请覃营长过目。”覃啸天接过那封信，取出来看，脸色在变化。何老板说：“怎么样？覃大营长，可以放行了吧？”“不可以。”覃啸天说，“这船还是得先扣起来，等把情况弄清楚了再说。”覃啸天走到驾驶舱边大声喊：“开船！”何老板气得脸色铁青，看着货船缓缓地开动了。覃啸天立即把情况报给父亲覃飞，覃飞不敢做主，急忙向陈统领汇报请示。

那一天，陈玉轩正在统领府批文件。戴参谋长匆匆进来，递给他一份电报：“统领，这是省主席何健发来的一份加急电报。”“什么事？”“湘鄂川黔赤匪闹得越来越厉害，委员长指示，欲攘外必先安内，何健现在已经是追剿军总司令啦。电报说，何健将亲自率部进剿赤匪，着令我师在赤溪河一带修筑工事，动员民防总团力量，堵住赤匪逃窜之路。”“晓得了。电报放那儿吧。”老师长没有动，淡淡地说。戴涛把电报放回桌上，打算走，这时，电话铃声响了起来，陈玉轩懒得动，戴涛于是去接电话，听了一会儿，说：“统领，是覃飞从洪城打来的，说有重要事情要向您请示。”“哼，他覃飞还能有什么好事，不是要枪就是要钱。”陈玉轩有些不耐烦。戴涛把话筒递到陈玉轩面前，意思是你还是接吧，陈玉轩很不情愿地接过了话筒。他听着，脸色变得很是兴奋：“好啊好啊，扣起来好，老子们可正缺钱呢！几大箱烟土的钱就可以武装一个排了。”覃飞在电话里说：“师座，可他说有何主席的手书。但我感觉他那是假的。”“假的，肯定是假的。”陈玉轩说。覃飞说：“我也很怀疑这家伙搞假，但恐怕也不能排除有真的可能。”陈玉轩说：“那就把军火大烟头扣起来，人放他走。”

犁头嘴的码头上，刀疤脸老板还在跟龙五斤争执。龙五斤被他纠缠得有些没有办法，突然看见陡坎石板路上一个人影，忙说：“哎，我们营长来了，你还是问他去。”何老板见覃啸天从石板路上下来，忙转过身递烟：“覃营长，你可是来了，怎么样，我们能走了吧？”覃啸天：“可以呀。”何老板喜出望外：“真的，那可是谢谢你了！”覃啸天对龙五斤说：“五斤，给何老板写张收条，所有的军火烟土全扣留，人和船可以让他们走。”何老板发呆了一阵，突然追上去：“姓覃的，你也胆子太大了吧？连何主席的东西也敢扣？”“在辰河的码头，只要没有正规的手续，所有物资都得扣，这是规矩。”覃啸天从口袋里掏出一封信，说，“何老板，我们是不会为难你的。喏，这是洪城覃团长写的信，你要真的是何主席的亲戚，就拿这封信回去交差。”龙五斤过来，把一张条子递给何老板，然后对覃啸天说：“军火早已经转到我们的稽查船上了，你看……”覃啸天：“走，把船开到仓库去。”何老板急了，一把拦住覃啸天：“姓覃的，你可要想好这样做的后果！”覃啸天生气地道：“喂，你可不要抬着不走打着走。”何老板竟去拉扯他。覃啸天推了他一把。何老板仰面跌倒在地，脚被石头碰出了血，眼看着河里的那条稽查船开走了……

“陈玉轩胆子真的越来越大了，连老子的东西都敢扣？”何健拿着一张条子，手气得直抖。“是啊！那帮家伙态度十分刁蛮，还说什么管他猴主席猪主席，到了老子的地盘就统统得扣。”何老板忙添油加醋，“扣船还打人，你看我脚现在还是瘸的。”何健愤愤地说道：“行了，你先回去，这事我自会处理的。”何老板离去了，何健立即把参谋长叫了过来，大发雷霆。

“是啊，这个陈玉轩真的是越来越不像话。特别是自从他派人跑到南京得了那块新编34师师长的委任，就越发不把主席你看在眼里了。”刘益章说，“他牌子一挂，就大肆招兵买马，还专门在南京设了个办事处呢。”“他再厉害也不过是一个山沟沟的土财主。跟老子过不去，活得不耐烦了吧？”何健还是很愤怒，“赶紧拍个电报，命令他陈玉轩亲自把军火船押送过来！”“主席，何必跟他这个山里的蛤蟆动气？”刘益章却劝道，“陈玉轩就是想搞独立王国，是早已有二心的了。只是他那儿山高皇帝远，连委员长也让他三分，甚至完全不顾你的脸面，硬是给他个师长当。你若硬下命令，恐怕真会逼得他狗急跳墙。”何健想了想问：“那，你的意思？”刘益章说：“还是先写一封信去，说这些烟土是为购置军需物资的，看看他的态度再说。”“也行。”何健说罢，铺开纸来，“哈哈哈哈！”

陈玉轩读到何健的回信，突然大笑。“统领为何发笑？”戴涛在旁问。“我笑他何健也有软弱的时候。”陈玉轩道。戴涛忙说：“是啊，他何健的话从来都是命令式，这一回真是软趴趴的。”陈玉轩说：“好，他软我也软。你就回一封软趴趴的信给他，就说眼下竿城亦须加强防卫，军火奇缺，这些烟土军火我陈玉轩就先作‘借用’一下吧。哈哈哈哈！”

何健读罢这封“软趴趴”的信，一把撕得粉碎：“哼，这家伙真的要反了！长此下去，一大财源断了，我们的军费如之奈何？”刘益章想了想道：“主席，财源还是断不了的，只是，恐怕得给他分一杯羹。”“哦，此话怎讲？”刘益章说：“既然事情都已经挑明了，不如干脆和他协商一起办个厂，也让陈玉轩吃点甜头，其实大头还是我们赚。”“要得。先喂点蜂糖给他。”何健突然狠狠地说道，“那辣子水等他慢慢地接着喝。”

萱萱一家围坐在长方形的餐桌前吃饭。游贵生夹了一块鱼，漫不经心地说：“萱萱啊，想来想去，你和啸天不合适，我已经要回了庚帖。”萱萱没有任何反应，她知道这是为什么，淡淡地说：“晓得了。”萱萱娘听了，却感觉很意外，问：“老爷，亲事办得好好的……这是为什么？”“不要问为什么。”游贵生说，“反正，这门亲事我们高攀不起。萱萱，放心，以后爹另外给你寻一门好亲事。”萱萱的表情有些呆滞。游贵生敲了敲菜碗：“都呆着干啥？吃饭！”萱萱娘端碗吃饭，担忧地望着女儿。萱萱慢慢扒饭，米饭塞进嘴里，很久也咽不下去。游贵生看也没看她一眼，夹了口菜，大口吞咽起来。

感觉这些天覃啸天神情都有些反常，父亲覃飞把他关在家里，不让他出门。黄昏的时候，他娘唐五凤去叫啸天吃饭，没人答应。他娘推门进屋，不见人影，只看见满地烟蒂。木格子窗户敞开着。他娘急忙去把这事告诉了覃飞。“满世界跟我去找。好好给我盯住他。”覃飞也急了，忙叫一队便衣去四处寻找。暮色一扑落下来，沅水河里便飘动起星星点点的小船灯。每逢十五，一些洪城的怀春少女会来到河边，把写好心愿的字条安放在纸船上，放飞心愿。是时，砸窗逃出的覃啸天坐在河边一块石头上，不停地抽烟。有几个放船灯的女孩窃窃笑闹着从他身后走过，蛾儿雪柳暗香去，他似乎毫无感觉。这一段时间，覃啸天几次想法子去找萱萱，可萱萱总是躲着他。他依稀感觉，这事也许跟萱萱父亲被抓去坐牢有关。他很恨自己一点忙都帮不到。但也不敢肯定这就是萱萱的意思，或许又还有其他的隐情呢。啸天很希望知道答案。其实，萱萱也同样苦恼着。父亲悔婚，萱萱知道缘由，从理性角度，自己是不能嫁给仇人的儿子的；但从情感上说，啸天可没有什么错，自己是爱他的，那么为什么要分开？见萱萱这一向总是愁眉不展，闺蜜芳芳几天前就邀她十五去放船灯。“唉，事情都这样了，放那个又有什么用？”萱萱不想去。“你老实讲心里是不是还想着啸天？”芳芳劝她，“既然想，放灯去。有菩萨保佑，你的话啸天就一定能听见。”想想后萱萱答应了。吃罢夜饭，两人就结伴往河边去，一出东门的城门洞，远远地就看见满河湾里早已是星光点点，如银河降落。河边石阶边，芳芳把自己的船灯放进了水里，微闭眼睛一会儿把眼睁开，一直望着那一星灯火缓缓漂走漂远。芳芳站起来，回头见萱萱还痴呆呆坐在一块石头上，于是催促，“萱萱，快呀！”萱萱尽管不怎么有心思放灯，但还是慢慢走到河边蹲下来，犹豫着。“点灯呀！”芳芳说，“萱萱，亏你还是个见过大世面的，怎么就那么古板？你若真心爱他就要勇敢去追。”“芳芳，洪城可不是德州、长沙，更不是北平啊。”萱萱苦笑着摇头，但还是划燃了火柴，把船灯放进了河中。她用手指轻轻拨着河水，那盏船灯立即向河中心漂去……许许多多的河灯不停从覃啸天眼前漂流而过，没有见到“萱萱”的名字。坐在大石头上的啸天突然就想：哎，今天萱萱在哪儿呢？正这样胡思乱想之时，却突然看见了一盏十分显眼的灯，上面似乎是写着“萱萱”两个字。仔细看，没错，就是那日思夜想的两个字！“萱萱？”覃啸天高兴地一把从大石头上站起来，拔腿往河下跑，挽起裤脚，“嗵”的一声踹进浅溪里。他在溪水里追、追……终于捞住了那盏美丽的船灯。覃啸天把船灯捧在手里，看见船灯里摆放着一封折叠成心形的信，急忙取出来打开。信上写着两个字——“啸天”。啸天一下子似乎就找到了问题的答案。萱萱的心没有变，那就大有希望。“萱萱——萱萱！”啸天抬头四顾，大声叫喊。此时，萱萱刚刚与芳芳道别，独自一人在一处斜坡上往家的方向走。行走的萱萱闻声猛一回头——她看见了站在溪水里捧着河灯的啸天。萱萱眼眶突然就湿润了。这一刻她陡然意识到自己其实已经是离不开啸天了。“啸天——啸天——”她情不自禁地大声喊起来，有些声嘶力竭。见覃啸天急急地从溪水里抽脚跳上岸，向自己一路狂奔。萱萱于是也疯狂地往坡下跑。两人越来越近，步子却慢了下来，最后便停住了。四目凝视，竟一时无言相对。“萱萱……”还是啸天鼓起勇气，说，“萱萱，让你受苦了。是我、我们家……对不住你。”“莫那么说。也不是你的错。是命，是命运让我们不能在一起。”萱萱苦笑一声，泪刷刷直流，“啸天哥，我俩如果有缘……或许下辈子会在一起。”“萱萱……”啸天想说一些安慰的话。“莫说了。什么都莫说了……”萱萱这样说。说完，她埋着头回转了身，慢慢离去。

远处划过来一只鹭鸶船，船老板在唱歌。那歌在星光迷离的河面上飘荡，有些凄美：

两个斑鸠飞过湾，一个回头两个单；
两个成双般般好，两个打单为哪般？

斜坡上，急急往回走的萱萱听到了那直逼心灵的歌，停住了。她横转头，看见覃啸天还呆立在那棵老柳树下，于是朝那边挥了挥手；覃啸天竟像个呆子般毫无反应。啸天，我晓得你心里苦啊！这样想着，泪水从萱萱的脸颊上滴落了下来。“萱萱，亏你还是个见过大世面的，怎么就那么古板？你若真心爱他就要勇敢去追。”她突然记起来芳芳的话。这话像火苗一样再次点燃了她炽烈的情感，萱萱突然爆发般地大声呼喊起来：“啸天，啸天，啸天哥——”她好像什么都不顾了，几乎是拼命般地往斜坡下，朝着覃啸天的方向跑去……“萱萱！萱萱！”听到喊声，覃啸天如梦惊醒，拔腿往斜坡上追去。两人在一片芭茅林子边搂抱在一起了。啸天跑得太急，竟然一脚踩虚，拉着萱萱的手，两人就翻滚、跌落进下斜坡去。斜坡下全是密密匝匝的芭茅。两人躺倒在被滚压而变得柔软平整的芭茅叶茎上。月亮已经悄悄升起，微风袭来，四围修长的芭茅秆上，叶片翻动如银色长河。两人拥吻了很久。啸天又一次搂住萱萱露出白皙肩胛的肩膀时，感觉她的身子似乎在微微发抖。啸天问：“萱萱，你冷吗？”“冷。”“来，挪过这边来，这边风小。”两人挪动了一下位置，并肩坐着。“萱萱，还冷啊？”啸天说，“萱萱，你的身子在发抖！”“不冷。”萱萱说，“可我有些害怕。”“怕什么？”“啸天哥，你真好！认识你，我这一生值得了。但只恐怕我俩这辈子真的是有缘无分……我家你们家都不会同意的。就算不同意，我想好了，今晚我一定要和你在一起。我晓得，过了今夜，我也许就再也见不到你了。”覃啸天勾头看，萱萱的眼睛里有一汪水，突然说：“不！萱萱，你莫怕。我一定要娶你。”“娶我？莫说昏话了。”萱萱说，“进了你家的门，你爹一定会杀了我。”“我爹他不是我。”啸天说，“我晓得他不会同意，正如你爹不同意一样，但是我决定了，明天，我就带你走……”“带我走？”萱萱说，“为一个女人，你大营长也不要了？”“营长算个屁？”啸天说，“我们走！离开这鬼地方。”萱萱说：“离开，我们能到哪里去？”啸天站起来朝远处一指：“翻过这座山，蹚过这条河，那边就是红军的领地。有个姓朱的红军，我管他叫叔叔。萱萱，我们去找他去。”“好！我也恨死这个地方了！跟着你，就算死，我也愿意。”“快莫说那样的话。我们都年轻，到哪儿也饿不死。萱萱，放心，我一定会让你过上好日子。”萱萱温存地倒在啸天的怀里：“啸天哥，我们永远不分开，到天边边我也跟着你。”“就这样吧，萱萱，时间也不早了。我们都赶紧回去安排一下，做点准备。”啸天把手指放进嘴里，轻轻吹了个鸟鸣声，说：“明晚，还在这里，你等我，听到阳雀叫，我就会带你走。”“啸天哥，你真好！”萱萱一把搂紧了他。但说话这会儿，树叶的枝丫有一阵突然的嗦嗦声，但细看也没见有什么异样。

第二天傍晚，河边浓密的芭茅里，萱萱挽着个小包袱，等待着那一声啼春的鸟叫，只是等了很久，一直也没有听到。后来，她有些焦急，便走到一个高处往啸天家的院子方向看。她突然发现远处的山路上，覃啸天牵着他的马在一片血红的晚霞下慢慢地走。她感觉啸天将马遛到接近河边的时候，就会扔下马，蹚水涉过小溪。但她很是失望：啸天牵着马来到河边，竟然又慢慢地回身晃荡着走进了那座黑色石头大屋子。厚重的大门缓缓地关闭了。“难道他完全忘记了？说过的话，就像风吹过？”萱萱有些失望了。她坐在草地上没走。不是没有完全死心，而是这沉重的打击使她没有了半点力气。过了很久，天色渐渐地暗下来了。就在萱萱几乎完全死心的时候，突然，一声阳雀叫声悠扬地传来，身后的灌木丛“哗哗哗”一阵响。“啸天？！”萱萱惊诧回头，十分惊喜。覃啸天豹子一样奔扑过来，一把牵住萱萱的手：“来，往这边，我们赶紧快些走。”两人急忙忙行走，哪管荆棘藤蔓，哪管天黑路滑。就在将要走出灌木林子的时候，突然有锣声响起，不远处陡然燃起了无数火把。萱萱大惊说：“麻烦。啸天哥，有人来追我们了。”覃啸天说：“莫慌，萱萱往这边，走！”夜色降临，四路里的火把像一张大网围过来。林中杂草丛生，藤萝倒挂。啸天拉着萱萱走，不时用手扯开藤萝开路。终于来到了一处较开阔的草地，两人便撒腿奔跑起来。奔跑间，萱萱突然打了一个趔趄，啸天一把紧紧拉住她的手：“小心！”“我没事。”萱萱站稳了，说，“我们走！”他们奔跑着来到一处高坎，突然，一块倒三角形的巨大阴影覆压了下来。一个黑色高大的身影矗立在高坎之上——那是覃啸天的爹。“畜生！”父亲把乌黑的枪口对准啸天……

“你呀，竟然要为着一个女人去私奔？”覃啸天被抓回，遭到父亲的严厉训斥，“男子汉要志在四方，你算是让我太失望了！我们的湘西、我们的洪城百废待兴，有多少重要的事等着我们去干呢。”啸天争辩着，被父亲骂得狗血淋头。骂够了，没力气了，覃飞才说：“啸天，你赶紧清点一下，带上简单行李。”“什么事，还要带行李？”啸天问。“老师长的命令来了。临时有紧急任务。”父亲说，“你跟着我即刻去竿城报到。”“是……”啸天软绵绵地回答。父亲严厉地道：“大声回答！”“是！”

啸天鼓足劲回答，但还是感觉全身一点力气都没有。昨天，他还一直在心里暗暗想，这一回要和父亲好好斗一斗，拼他个鱼死网破，但是他没能做到。覃啸天感觉得到，自己比父亲有文化，见识也广博很多，只是比不上父亲的匪性与血性。

当年，父亲为了自己心爱的女人，杀寨主，放火烧掉天王庙……何等的利落爽快！可为什么轮到自己，却怯弱得不如一个女人？他有些恨自己，却无可奈何。

第十章

知道儿女情长往往会断送一个军人的前程，为了斩断儿子与游家的热络，也为了锤炼儿子，在接到统领的紧急命令后，覃飞要求把儿子覃啸天一起带过去。但让覃飞万万没想到的是，这一回他们父子俩被委以的临时任务竟然是去打红军——那一段，贺龙的部队在永城一带十分活跃，省府决定派兵下来清剿，担心两军在混战中侵蚀自己的地盘，老统领紧急调兵去加强永城一带的防守。永城是湘西的军事要地，离竿城有数百公里距离，有点天高皇帝远的味道。驻防地局势复杂：河对面是贺龙红军经常活动的地方。

团部设在一间旧封火筒子屋。覃飞没读过几天书，文化程度不高，但来到永城就是坐在火药桶上了，丝毫不敢怠慢，所以办公桌上经常摆放着一摞一摞的报纸，以便随时了解各种信息。覃飞每天上班的第一件事就是读报。这天，他读到报上的一篇文章。文章称：“红四方面军部队发展迅速，目前已经扩展到3000余人。”又云：“贺龙红军攻打鹤峰、桑植县城……”读着报纸的覃飞心情复杂而紧张。红四方面军的军长贺龙曾经在老统领的手下干过几年，和覃飞也算是老交情，虽然其后大家各自“分道扬镳”，但其实旧情还在。这些年来，贺胡子的红军在永城一带颇为活跃，但西水河就像一道双方默契的分界线，互不侵犯，倒也相安无事，只是形势变化如白云苍狗，往往也难免有碰撞摩擦。正如报上所说，如果贺龙攻打鹤峰、桑植，那就难免引发冲突。这个分寸确实不好把握！覃飞来到永城，的确有些战战兢兢。

“报告！”这天，覃飞又在翻看报纸，一个副官进来报告。“有什么事？”覃飞问。副官递过一份电报，说：“报告团长，省军汪辰部队发来一份电报。”“汪辰？”覃飞问：“他有什么事？”副官说：“汪辰说他领兵来桑植一带剿匪，与红四方面军在西水河上游遭遇交火，打得难分伯仲，请求团长出兵给予支援。”覃飞便一下子怔住了，恰巧，两天前他刚刚收到了一封信，那是红四方面军朱鹤团长写来的，说是他带兵将路过永城去桑植一带休整，只是过道，请勿惊扰。真的是不是冤家不碰头！覃飞思绪杂乱。他去脸盆架子洗了一把脸，想让自己清醒些。面对突如其来的情况，覃飞也不知道该如何处理。他对着镜子叹了口气，说：“你赶紧让参谋长通知召开团部紧急会议。”覃飞在团部紧急军事会议上，述说了事情的来由。他说请求支援的两边都是朋友老熟人，这事应该如何办？会场上便吵吵嚷嚷，有的说汪辰是省军，如果不施以援手，恐怕在何健那里交代不过去；有的说，贺龙的部队眼下正在风头上，出兵恐怕会损失惨重，还有的说朱鹤的部队并无骚扰侵犯之意，何必没事惹麻烦……林林总总，但似乎全没说出个道道来。众人为此还争得不可开交。“安静！”覃飞猛地一拍桌子，几乎是咬牙切齿在骂，“你们这些个废物，平素吃荤喝辣，拉屎都要比谁堆得尖。一到关键时候，就狗屁都不是。都先回去好好想想，拿出自己的方案来。散会！”覃飞拂袖而去。众人面面相觑。覃啸天见父亲把自己关在屋里生闷气，就顺便问了一下情况。覃啸天因为级别不够，没去参会，父亲就把事情原委说了一遍，还把那些军官臭骂了一通。“各位军官的种种所言其实并非胆怯，也都有其道理。”覃啸天听过后说，“爹，此事事关重大，弄得不好会出大麻烦。”覃飞觉得儿子倒是长进多了，还能意识到此事的重要性，于是问：“那依你看，该如何处理？”“不是我看该如何处理。”啸天说，“而是你要设想一下，如果老统领在这里，他会如何处理。”“喔。”覃飞似乎有所感悟，又问，“那你估计老统领遇到这事会如何处理呢？”“老统领经常挂在口头上说：但尝闻羽毛不丰者不可以高飞，文章不成者不可以诛罚。”覃啸天说，“老统领一贯的想法都是保靖息民，湘西自治。陈老统又说过，湘西历为边陲，地瘠民贫。胜则数载难医创伤，败则将会一蹶不振。湘西诸县是我们军队的家，若陷战争，城将不城！皮之不存，毛将焉附？爹，眼下虽红军当伐，省军当助，但我们竿军武器落后，战斗力太差。无论相助哪一方，都将遗患无穷。”“啸天，你刚才说的正是我最大的心病啊。”覃飞说，“只是，若不出兵协助汪辰，又如何向省里交代？”覃啸天说：“我们可以表态支持省军，甚至提供尽可能的协助，这样就不会授人以口实；围堵红军嘛，我们当然也要做出个样子，朱鹤叔叔不是你的老朋友吗，我想你的这位老朋友也不至于太为难你。”“好，好。儿子呀，你果然大有长进。”覃飞大笑，说，“儿啊，我看就依你的办！”“只是……”覃啸天欲言又止。“还有什么想法？说。”覃飞催促。“没有了。”啸天说，“这事到底是个大事。你最好还是向老统领请示一下。”“这是自然的。”

覃飞说，“我晓得老统领的脾气，遇事我们自己得先拿出个方案，不然会被他骂得狗血淋头的。”覃飞于是打电话向统领部作了汇报。“好，好。往天都说你只有匹夫之勇，看来你的脑子也开点窍了。”陈玉轩在电话里说，“覃飞，我们竿军如今虽然挂上了34师的牌子，听起来响当当，说来惭愧，其实还是一支绿营旧部队，若要硬拼岂不是以卵击石，自取灭亡？我想何健之所以让我们去围堵红军，名义上是遵照委员长的命令，实际上是想消耗我们的实力，而一旦成功就可以安心地向我们开刀了。我们不能做这样的冤大头。”

估计朱鹤带领的红军随时可能“借道”永城，汪辰的省军也可能会随时进行堵截，覃飞不敢怠慢，立即带着一支部队来到酉水河边驻守。那天，覃啸天在一棵大树后用望远镜往对河瞭望。他看见父亲覃飞骑马带着两个马弁走过来，急忙立正行礼。“啸天，那边的情况如何？”覃飞问。覃啸天说：“省军和红军都还没有什么动作，可能还在河那边对峙僵持。”覃飞接过望远镜瞭望了一下，说：“这酉水河很宽，估计他们都不会打过河这边来。只要他们不打过河来，我们就好好看热闹吧！”覃啸天回答：“是，啸天明白！”覃飞夹马跑了几步，又回头叫道：“啸天，你过来。我带你去看看地形。”“是。”覃啸天于是也上了一匹马，追了上去。

父子俩带着几个马弁上了一处高坡。峡谷很深，河水在峡谷深涧的底部急湍流淌。坡对面也是一座高山。覃飞说：“啸天，记不记得老家蛤蟆洞的那座山。”覃啸天想了想说：“你说是天星山吧。和这儿一个样——两山看得见，见面要半天。”“没错。没错。”覃飞说，“这是座无名的山，天星山可是有名。我们英雄的老祖宗吴八月就牺牲在那里。”“晓得。”啸天说，“我是听爹摆这个故事长大的，我会像我们英雄的老祖宗一样去建功立业。”“好。”覃飞隔着马用鞭梢拍了拍啸天的肩，“像我覃飞的儿子。”突然，一个兵从前面匆匆跑来，报告说对面坡发现情况。啸天一听就急着要跳下马。“慌乱什么？”覃飞淡淡地说，“对面坡嘛，远着呐。”那兵就指着对面坡，果然那边坡顶树林间似乎影影绰绰行进着一支部队。“是红军？！”有个兵突然大叫，匍匐在地。“哈哈哈哈。”覃飞大笑，“红军嘛，怕什么，你们以为真的是红眉毛的妖精？莫怕，拿望远镜来，我看看他们是哪个部队的。”那个卫兵爬起来，把望远镜递给了他。“没错。是红军。”覃飞举起望远镜。镜头里出现了一面红旗，一匹白马，马上有一个军官。那军官也勒住了马头，也举起了望远镜。“老花眼了。看不真。”覃飞无奈地放下了望远镜。“覃飞——飞蜈蚣——”那边山的人突然大声喊话了。覃飞等一众皆一愣。啸天说：“爹，那边人好像认识你，在叫你呢。”覃飞又赶紧举起望远镜来，看了一阵，终于辨清了，也大声喊：“朱鹤——你是朱鹤老弟啊？”“是的。我是朱鹤。”那边的回答声，映山映谷。覃啸天就手搭阳棚，仔细看那边山的人，暗自发笑，心想前不久还想着带萱萱跑，那个模糊的目标就是这位叫朱鹤的红军。很小的时候，其实自己是见过这位叔叔的，但是已经毫无印象，今天倒是见到他的尊容了，不赖，果然仪表堂堂。“怎么回事，朱鹤，你不是在黔军里干吗？”覃飞隔河大声喊，“啥时候成贺胡子的兵啦？”“兄弟，一言难尽。有机会喝酒再谈。”朱鹤喊着问，“喂，老统领还好吗？”“还好，就是差点没被你们烦死。”覃飞回道。“哈哈哈哈。”朱鹤大笑，停住后突然问，“喂，你后边马上的后生是你的大崽吧？好靓仔。”“没错。还是你眼睛尖。”“这年头眼睛不尖不行呐。”朱鹤笑道，“老兄。今儿，是不是要过山来追我们？”“走你的吧。”覃飞也笑着喊，“放心，会有捉到你的日子。”“哈哈哈哈。”朱鹤一拍马屁股，“老兄弟，后会有期。”覃飞也放下了望远镜：“啸天，还记得朱鹤叔叔吗？”“记得。小时候他老让我骑在他颈根上玩。”覃啸天说。覃飞此时竟长叹了一口气，说：“真是想不到啊，生死患难的好兄弟也会有在战场上兵戎相见的时候。”父子俩皆缄默不语，也不扬鞭，任由马儿缓缓地往前走。

覃飞回到指挥部掩体。估计双方可能不会打过河这边来，但他还是有些担心，于是就蹲在一处掩体里，时不时用望远镜观察。河对岸一直是沉寂的，冷不丁会有炮弹爆炸的巨响。“开火了！狗日的他们打起来了！”一个卫兵听到炮声就大喊。旁边的一个兵就扯了扯他：“轻声点。怎么一点没长记性？”“他们再不动手打，我都快闷死了！”那小兵边说边伸直腰杆往对河看。“嗦——”一颗炮弹带着哨音从他们上空掠过。“轰隆”一声——炮弹在堑壕边炸响了。小兵满脸黑灰，帽子被刮得老远。“狗日的，他们要跟老子们干？”他吐掉满嘴沙泥，把枪驾到了沟堑沿上。覃飞跳到堑壕里来了，问：“怎么回事？”小兵说：“团长，那些狗日的看样子是要跟我们干啊？”“镇静点，耐烦看看。”覃飞说，“说不定是颗走火的流弹呢。”果然，河的对面炮声越来越密集，河这边却冰消无事。覃啸天在小兵头上摸了一把：“没啥事，盯着点，莫大惊小怪！”但不久河那边的枪声越来越密集，炮声也越来越响。覃飞觉得有些不对头，便从掩体里伸出头来观察。瞿！突然一颗炮弹划着弧线飞过来，恰巧就落在啸天的掩体边。一个卫兵赶紧将他推倒，往他身上一扑。覃飞爬起来，看见卫兵没事，放心了。他抖落身上的泥土，骂道：“他娘的，炮弹不要钱买呀？怎么眼神老走火？”一个连长说：“团长，我看情况好像有些不妥吔。”“是吗？”覃飞疑惑地问，“有何不妥？”连长说：“他们的炮手眼神再差，也不至于老是走火呀！”正说着，又一颗炮弹飞过来，轰然落下。覃飞身子一偏，跌倒在地上。这时，啸天匆忙穿过硝烟跑过来："报告团座，情况有些不妙！"覃飞爬起来："不是说好了井水不犯河水吗，有什么不妥？""不是红军。"覃啸天说："看来，省军是要向河这边进攻了。""妈的，想趁机占老子们的地盘，没门！"覃飞把枪一挥，"走！叫弟兄们做好准备，打他狗娘养的！"覃飞带头进入了前沿掩体。望远镜里黔军蚂蚁般在缓缓向小河边移动。"打——"覃飞一挥手，众士兵一齐向河对岸开火。对方也开始猛烈还击。这时，覃啸天看见林子中突然出现了一个飞快的身影。有一个士兵跑步过来，说统领部有快信送到。覃飞忙说："赶紧叫他过来。"不一会儿，士兵把信使带了过来。覃飞忙问："快说说师部有什么指示。"信使说："师部指示，立即撤出部队，给红军让出一条路。""让道？"覃飞很是生气，"井水不犯河水就得了，还不战自退？咱筸军的面子往哪儿搁？"信使递过一封信："这是戴参谋长的信，请团长拆阅。"覃飞拆信看了看，把信递给啸天："啸天，你也看看。"覃啸天仔细看了两遍。"啸天，你意见怎样？""参谋部的意见有道理。"覃啸天说，"让开大道，红军就能较快穿越我们的边境过去，离开湘西。要打，让他们去别的地方打去。""行，那就遵照参谋部的意见办。"覃飞命令，"急行军乘夜撤退，我们到后头坡观战看戏去。"覃飞于是带领众士兵长途急行军，率部退到离西水河三公里的一处高地。

翌日凌晨，河上起了大雾，红军趁势就渡过了西水河。没多久，省军追赶了过来。河边上炮声隆隆，一股股黑烟腾空而起。太阳出来，雾罩子就散开了。望远镜里可以清晰看见林子里、坡头上、河滩边，红白双方的散兵线时而交织时而分开。"好耍，好耍得很！比沅陵戏班子演得还好！"覃飞坐在一块大石头上，翘着二郎腿大笑。就这样，覃飞领着部队看了一整天的戏。到夜晚双方偃旗息鼓。覃飞和士兵也在山坡上就地宿营戒备。第二天双方继续干仗，到中午时分，似乎红军开始占了些优势，组织起反攻，将省军逼着退回西水河那边去了。又过了一段时间，远处的枪声渐渐消停了，硝烟也散了。"娘卖的戏散了。没味了。"坐在石头上的覃飞似乎意犹未尽。啸天从坡脚跑上来，手里拿着一份电文，气喘吁吁地说道："团座，参谋部来电。"覃飞问，"什么内容？"覃啸天念，眼下省军已经全线溃败，参谋部命令我们立即乘势掩杀！"乘势掩杀，这词用得好！"覃飞大笑道，"命令，立即集合，打下山去。"覃飞领着部队从山坡上杀将下来，来到西水河边，四路里空荡荡没见一个人影，只有河边的筒车在吱嘎吱嘎不知疲倦地唱。一只蓝羽的翠鸟猛地将头扎进水里，叼起一尾小鱼，水面上，一道银光忽闪忽闪。还有几只乌鸦在河边叫。覃飞带着人下到河滩。众人这才看见沙滩上、草丛中到处都是死尸和丢弃的武器。"快快快，手脚放麻利点！”覃飞忙指挥着士兵拾捡散落在地上的武器。“快过来帮手！”一个士兵正大汗淋漓地搬动沉重的枪械。他的身边有一匹已经被沉重枪械压得腰部下坠得很厉害的马。另一个兵走过来，帮着把几支枪加放在马背上。大马因过重的负荷而大口地喘气……一些士兵在死人的身上取下手枪和皮带、挂表等。

“统领，省府派人来了。”一天，戴涛急匆匆来到统领府，说。“啊？！”陈玉轩不禁一惊，“这么快？是不是为的那批烟土的事？”“没错。刘益章一来就说起这事。”戴涛说，“莫非那人还真的是何健家的什么亲戚。统领，是不是我先去应付一下……”陈玉轩想了想，说：“不用。怕什么？你让他直接来见我。”没多久，刘益章被领进了聊天一楼。一阵寒暄过后，刘益章便急着发难：“陈统领，你也太不给我们省主席面子了啊！”陈玉轩笑笑：“益章兄请喝茶，消消火，有事慢慢说。”刘益章故作生气状：“我明白地告诉你，上次你们扣押的货可真的是省府的东西啊。”陈玉轩喝了一口茶：“我呢也没有说那些货不是省府的。”“那你为什么要把货扣下？”刘益章责问道。“信上说得很清楚，我们只是暂时借用一下嘛。”陈玉轩用碗盖在杯口划拉了几下，说，“你看，何主席三天两头让我们协助围堵赤匪，我们要人没人要枪没枪如何搞？参谋长，我们经费可是紧张得很呐。”刘益章说：“夸张了吧！你们自从挂了独立34师的牌子，中央不是每月都给你们拨了三万块吗？”“唉，这个呢你就莫提了。”陈玉轩说，“中央是答应了，可这点钱老是被你们省里卡着。”“也不是省里卡着。”刘益章擤了擤鼻子，说，“这事嘛……我给你解释一下，中央说是补你们三万块，但那钱其实是从中央给何主席三路军的钱里扣的。”“不会吧。”陈玉轩毫不退让，说，“这个我可是很清楚，我们那经费是单独立项的……”“说是那么说，唉，好了，不纠缠这些了。”刘益章说，“眼下大家都有困难，就更应该和衷共济，共克时艰。何主席也交代过了，那批货你们想借那就先借着。只是主席也说了下不为例。”“那当然。”陈玉轩忙说，“一定，一定。来来来，喝茶喝茶。”气氛算是缓和了下来。刘益章喝了口茶，用舌尖舔了舔干裂的嘴唇，说：“老陈呀，你这样的借法呢有一回就没二回，要解决根本问题，还得开源节流，想想生财的办法。”“我们这地方穷乡僻壤，该想得到的都想过了。”陈玉轩继续叫苦，“参谋长，我们的难处，还是得靠省里多多关照。”“那是当然的。”刘益章说，“何主席其实是一直很挂牵你们。此次遣我过来是要告诉你一个好消息。”“好消息？”陈玉轩不明白。刘益章故作神秘，附在陈玉轩耳边轻轻说：“省里打算跟你们合伙开家吗啡厂一起赚大钱，如何？”“开家吗啡厂？”陈玉轩一时不相信自己的耳朵了，“何主席说的？”“没错。何主席说的。”刘益章说，“值得那么大惊小怪吗？”在湘西干得风生水起的陈玉轩眼下最头痛的就是缺钱，但万万没想到何主席会用这样的方式让自己赚钱。“这倒不失是个好主意。”陈玉轩说，“有省府出头，那钱确实有得赚。只是那洋玩意不是制土膏，技术复杂，听说很不好弄。”“这个你放心。”刘益章说，“老陈，上海红帮中颇有地位的湖南人谢宝逊你听说过吗？”“哦，略有耳闻。”“那人可真叫神通广大，是专做吗啡生意的，主席跟他是至交。”刘益章说，“到时我们会出面请他过来，什么设备技术的统统不要你们操心。”“啊，这样就好，这样就好。”陈玉轩似乎还有些犹豫，“可是……”“别可是了，这次来湘西，我呀一路上看着满山的罂粟花都心痒得很呐。”刘益章大声说，“老兄，你呀，别守着金山哭穷，放着河水不洗船呐！”这一次何健突然主动示好，陈玉轩大感意外，脑子一时还是蒙的，但想想如果这事能办成，对缓解经济压力，壮大自己的实力不无好处，有了钱就可以喘口气，借机休养生息，真是天上掉馅饼的大好事啊。“哈哈哈。”陈玉轩于是大笑起来，“你特派员说搞得，那就一定搞得的。只是这事要是招摇出去，只怕会被人背后骂娘。”刘益章笑道：“我们当然不会那么蠢，我们可以找一个人代理嘛。”“好。那样就好。”陈玉轩往里屋喊，“老戴，今晚备一桌酒，我们跟刘先生好好喝几杯。”是夜，在统领府迎宾厅摆开了一桌丰盛的酒席。“各位，大家一起敬特派员——敬我们的财神一杯酒。”陈玉轩举起酒杯说。“不客气。不客气。”刘益章举起杯子，“就为大家的合作一起干杯吧！”“好！”众人都喊叫着把酒饮了。而后，几个军官就轮番给刘益章敬酒。

“陈统领。”酒至半酣，管家全叔进来，轻轻说，“统领，有客人来拜访。”陈玉轩问：“什么客？”“没见过，不认得。他说他姓朱……”“喔。”陈玉轩似乎明白了，说，“你让他等一等……”全叔却说：“客人说他有急事，喏，他还带了一封书信来。”全叔把一封信递了上去。陈玉轩接过那封信，刚要撕封口，看到封皮上的字，本不经意的神情立即微微一怔，停住了。刘益章假装无事喝酒，眼睛却斜斜地瞟了一眼。湘西处地偏僻，交通困难，刘益章之所以不辞辛劳地三天两头往这山窠窠里跑，何主席还另外给了他一个特殊任务。何健说陈玉轩一直剿共不力，阳奉阴违，肯定是与共匪有勾结，只是苦于毫无把柄。刘益章除了来笼络安抚陈玉轩，让这个“湘西王”别发难闹事，另一个任务就是设法了解陈玉轩到底与哪些人交往。所以对这个有些神秘的贵客很感兴趣。陈玉轩忙把信一收，起了身：“他人呢？”全叔说：“现在门口候着。”陈玉轩说：“哦，你先带他去公馆，说我一会儿就来。”“好。”全叔匆匆而去。“益章兄，来，这杯我敬你。”陈玉轩自己饮了，“对不起，你们慢慢吃，有点事，我去去就回。”刘益章说：“有事你去吧。好，我等你回来喝啊。”陈玉轩又交代：“参谋长，你得替我把特派员陪好啰。”参谋长答应着，忙端起酒壶给刘益章添酒。

陈玉轩回到公馆。来客在昏暗的灯光处急忙站起，轻声道：“老师长好！”“喔，原来是你啊——朱鹤！几年不见，可是瘦些了。”陈玉轩跟来客握了握手，随即喊：“妹崽，快给客人添茶。”正在房里读书的玉玉过来给客人泡了茶。“统领，你女儿？”朱鹤说，“嗨，转眼都出落成大姑娘了。”陈玉轩介绍：“玉玉，这是朱叔叔。”“朱叔叔好。”玉玉问好后退进了里屋。陈玉轩问：“朱鹤呀，你什么时候去云卿那儿了？”朱鹤说：“说来话长啊。那一年，镇远石清阳来借人，你把我推荐给了他。可石清阳命运不济，参加护法，队伍全打光了，想回来又觉得没脸见人，所以就在贵州打流……”陈玉轩突然想起来了，说：“啊，想起来了，那回老镇守使说像是见到了你。”“惭愧啊，那年，穷得要卖裤子了。有人雇我去干一票富贵，没想到竟然要干掉的是昭公。”“朱鹤，可是多亏了你啊。是你救了他一命。老镇守使临终前还叨念着你呢。”“惭愧。遗憾。”朱鹤心情有些沉重，“唉，昭公到底还是没能躲过那一场灾。”“恐怕是天意，人力无力回天呐。”陈玉轩长长地叹了一口气。“后来，他们怀疑我，追杀我。好在碰到了贺胡子，他念记你的恩德，对我是关照有加。”“好啊，好啊。跟着云卿干，应该是没有错的。”陈玉轩笑着说，“怎么样，工作得顺手吗？”“不瞒老师长，贺胡子他如今压力挺大的。”朱鹤微微笑道，“所以他让我给老首长带了一封重要的信来了。”全叔会意急忙退出。吱呀声中，他小心地关严了书房门。

1930年前后，红四军在湖北鹤峰、五峰、石门一带打游击，国民党不断增兵围剿，部队于是撤出鹤峰，缩编成了红三军。军长是贺龙，军政委开头是邓中夏，后来由夏曦担任。眼见敌人在不断加强围剿，夏曦一上任，却大搞所谓的“肃反”，极大地消耗了红军的战斗力。其后数年，红军面对的形势十分险恶，连生存发展都面临严峻考验。正是在这紧急当口，朱鹤才带着贺胡子的亲笔信来到竿城，希望与陈玉轩的34师达成合作默契。陈玉轩就着煤油灯仔细读了一遍信，读罢，把煤油灯的灯罩取下，就着火烛把信烧了，说：“难得云卿还挂记我。他——现在还好吧？”“贺先生精神、身体都旺健得很。”朱鹤说，“就是烟瘾比以前更大。”“烟还是要少抽，对肺不好。”“他要操心的事多，不比先生功成名就。”陈玉轩微微笑道：“什么功什么名，我是得过且过，不像云卿他有鸿鹄之志。”“鸿鹄之志，也是为国为民啊。”朱鹤打量着陈玉轩的表情，“老统领，当初跟着你，感觉那时的您才真正是英雄豪迈，家国天下一肩担啊。”陈玉轩不禁苦笑：“那时不过是年轻气盛。冲冲杀杀忙忙碌碌，可是有用吗？”朱鹤说：“推翻帝制，救湘西人民于水火，怎么能说是没用呢？”“那又怎样？”陈玉轩长叹一声，“民国建立了，何曾有共和？革命胜利了，湘西却仍是满目疮痍。唉，吾辈纷纷，又所为何来呢？”玉玉进来添茶后又离开了。停顿了一会儿，朱鹤问：“这么说，贺先生信中所托之事，先生就一点都不考虑？”“国民党打共产党，共产党打国民党，冤冤相报何时了。朱鹤，请转告云卿，我哪一派都不想沾边。”陈玉轩说，“我只想能够保湘西一方净土。”“何健的32师已到酉水河，说是为追剿红军，其实是在觊觎湘西。”朱鹤说，“今日之情势，湘西还能成净土？”“唉，净土的确也许只是理想。”陈玉轩略一点头，却说，“但不能成一方净土，能多清净几天也是好的啊。”

全叔在院子里烧水，突然听到有叩门声，过去打开大门，却突然一愣——门口站着的是一身戎装样子有些醉醺醺的刘益章，后面跟着个卫兵。全叔忙上前：“刘先生有事，麻烦稍等，我去通报一声。”刘益章却抢前一步：“不必了，老朋友相见没那么多讲究。”不顾阻拦，他迈开大步，径直向里走去：“陈兄，你干吗呢，说是马上回来喝酒，怎么就不见人影子了？”闻声，陈玉轩忙示意朱鹤回避。与此同时，书房门开了，刘益章出现在门前，他竟然“啪”的一声，立正敬了一个军礼：“刘益章参见老统领！”陈玉轩笑着说：“特派员今儿喝了几杯，就醉成这样子了？”“没醉。我哪里醉了？”刘益章瞟着几上的茶杯，“有客人来，也不让他跟我干一杯？喂，客人在哪里？”陈玉轩忙道：“客人只坐了一会儿就走了。走，我陪你喝酒去。”“不会吧。就走了？哈，我晓得，你在里屋呢。”刘益章边说就边踉踉跄跄地往里屋走，不期却与一个人撞了一下，抬头看见是个闺女，急忙后退：“哦，对不起。”“这是我家大姑娘。”陈玉轩说，“玉玉，快叫刘叔叔。”玉玉说：“刘叔叔好。来，请喝茶。”“谢谢。不用了。”刘益章装着自责地说，“唉，今天真的是酒喝多了。陈兄，吵扰贵府，惭愧惭愧。告辞了。”刘益章于是就踉踉跄跄地走了。刘益章走后，朱鹤从里屋出来，说：“统领，今天可是给您添麻烦了。只是我希望您能仔细考虑一下云卿的建议。”陈玉轩说：“朱鹤呀，人各有志，我实话跟你讲吧，我这个人对什么党都没有兴趣。但是我和云卿是好兄弟，什么事，我们都可以协商沟通。”“这样就好。”朱鹤说，“老师长，我也跟您实话实说吧，胡子这次派我来，是当联络代表。也许我会很长时期都赖在你这里啊。”“好，要得，你能常住在这儿最好。”陈玉轩的话显然有些莫可奈何。

因为是重要的客人，老统领不放心安排一般的人，覃啸天曾给老镇守使当过副官，待人接物懂规矩，朱鹤与啸天的父亲覃飞关系又很好，那时，因为永城的紧张局势有所缓解，覃飞的部队又回到了洪城，陈统领就特意让覃啸天去负责朱鹤的接待护卫工作。那天，朱鹤又去统领府说事。陈玉轩吩咐厨子备了几个菜，两人喝了几杯，都多少有了些醉意。天色暗淡了下去，朱鹤辞别。啸天把朱鹤送回他所住的客栈。“啸天，我感觉你变化不小哎。”朱鹤说话，眼眶发红，步子有点趔趄。覃啸天急忙扶住他：“朱叔，我哪儿变了？”朱鹤说：“你晓得……你小时候是什么性子吗？野猫头吔！那一回……到你家，你爹要我帮着抱抱你，你那个犟，泥鳅一样挣脱出来，撒脚丫就跑。我急忙往门外赶，你晓得你后来做了什么吗？”啸天想了想，憨憨地一笑：“朱叔，好久远的事，我都忘记了。”“你小子忘记了，我可一点都没忘记。”朱鹤说，“出门口是你家的一口大鱼塘，你见我追出门了，‘咚’的一声就跳进了池塘里去，把我吓得呀……至今想起有后怕。你小狗日的如果是淹死了，我到哪里去想办法赔你爹个儿？”覃啸天被说得很不好意思：“是吗？我真的一点印象都没有了。”“我那时就想，你呀，长大一定是个牛魔王，一个比你爹更厉害的土匪头子。”朱鹤说，“没想到，如今的你，竟然安安静静，简直像个妹崽。”覃啸天阴在心里想：我调皮的时候你是没有碰到，我性子被岁月打磨得没有棱角的方位偏偏被你撞见了。他也不想多解释，因为他知道自己这次的任务就是服侍好这位红军大军爷。“朱叔，到了。你小心点。”覃啸天跟上前，又搀扶了朱鹤一把，扶着朱鹤进了屋。朱鹤坐下去，口有些渴，去揭杯子。覃啸天急忙拿过杯子：“等下。我来。”朱鹤说：“没事。我自己倒。”“统领交代过，您是贵客，我的任务就是好好招呼您。”覃啸天去续了开水，把杯子送到朱鹤面前后，又去拿了一条拧好的热毛巾过来。朱鹤抹了一下脸，见啸天又已经把一个脚盆端了过来，添上热水：“先生，您洗脚。”朱鹤却没脱鞋，只顾用眼瞪着覃啸天。覃啸天用手摸了摸脸：“我……脸上有脏东西？”“没有。”“先生老看，我还以为我脸脏。那您洗脚。”朱鹤边洗脚边问：“哎，啸天，我问你。”“什么事？”“你这个大营长是什么出身？”“副官出身。我最早是给老镇守使当副官。”“哦，副官。”朱鹤说，“那你在镇守使那儿就是这么当副官的？送茶、端水、搞卫生……”“是啊，我还给他倒马桶。”覃啸天说，“先生您喜欢自己上，所以这几天我一次马桶都没倒过……”“哼，难怪人家骂你……”朱鹤没有往下说，“也难怪，你这是在旧式部队。”“旧式部队？你是骂我们啊？”覃啸天问，“那你们部队的副官都干些什么？”“我们红军讲究的是官兵平等，就算是勤务兵也不会去给首长倒马桶。”“哦，难怪你们的部队老是剿不完，越剿越多。”覃啸天说。“哈哈哈哈。”朱鹤大笑，“红军是人民的子弟兵嘛，当然是越剿越多的。去，我包里有一本资料，你拿去看看。”“哦。”覃啸天便去翻包，取出一本资料，见顶头写着《三大纪律八项注意》。朱鹤说：“对，就是它。你拿去看看。”“好的。”覃啸天翻书，突然看见朱鹤已经洗完脚了，正把脚抽出来，便急忙冲过去，“先生，等等。”覃啸天过去端起洗脚水往外走。朱鹤无奈地摇摇头，笑道：“你呀，骨子里还是没变，真不愧是飞蜈蚣的儿子，犟！”

第十一章

沱江边，阳光炽烈，蝉声叫得悠远。河边竹林间的石板官路，一顶带遮阳棚的滑竿晃悠悠过来，跟着两个卫兵。经过一处有缓缓草坡的河湾，滑竿上的人叫了一声“停”。他撩开帘子看着河湾。河湾边有两个戴斗笠的垂钓人。一个垂钓人侧眼一看，急忙把钓竿插在岸边，起身喊道：“特派员好，难道就要走了吗？”“要走了。”刘益章撩开帘子，对陈玉轩说，“没办法，太忙。嗨，真羡慕你老兄的潇洒清闲。吆，大鱼咬钩了！哈哈哈哈。”陈玉轩猛地回身将钓竿挑起。一尾红排老鱼跳出水面，在空中划出一道美丽的线条。“好运气。好运气。”刘益章大笑。陈玉轩拱拱手：“刘兄，本想留你多住几天，你说公务繁忙，也就不好强人所难了。您好走，恕我就不送了。”“你忙。常来常往，老兄不用客气。”刘益章一把将帘子放下，吩咐轿夫：“走吧！”特派员的轿子晃悠悠转过一处山湾不见了，另一个垂钓者把头顶的竹斗笠取了下来——他是朱鹤。朱鹤望着远去的滑竿，对陈玉轩说：“特派员跑得那么勤，看来何主席对湘西很感兴趣啊。”“就是怕他感兴趣。他何健对湘西一感兴趣，这边就不得清闲。”陈玉轩起身收起钓竿，“朱鹤，你也要走了。这一回可能让你失望了，很不好意思。”“不要那么说。”朱鹤也站了起来，“有老统领的关心理解就是最大的礼物。”“报告统领，船已经备好，拴在河边了。”一个军官过来报告。朱鹤一拱手：“老统领，那我就告辞了。”“朱鹤，走。我送你到河边去。”“不必了。运气正好，你多钓它几条。”“没事。钓鱼嘛就是个好玩。时间多得很呢。”陈玉轩送朱鹤往河边走，边走边问：“云卿那里情况如何？现在有什么困难？”“在红军里，大家都斗志很高。”朱鹤说，“不瞒老统领，云卿现在眼下最缺的就是钱和子弹。”“这个问题我是早帮他想到了。只是我们眼下也是能力有限。”陈玉轩说，“船上，有我送给云卿的一点点礼物。还望他不要嫌弃。”“哦。”朱鹤万万没想到，原本以为这次是真的要空手而归了，听他这么说，忙笑道，“那我就代贺先生先谢过统领了。”朱鹤告辞，走上了晃悠悠的船跳板。上船后，朱鹤在船舱里看见了一口巨大的棕色皮箱，一搬，沉甸甸的。他让副官打开箱子。箱盖一开，船舱里一阵炫目的白光。上面有一张便条。朱鹤不禁大喜，老师长这次竟然送给贺先生8000光洋的大礼。副官指着船舱的一处角落，说：“那儿还有3个大木箱，是老师长送的子弹。”朱鹤急忙忙冲出船舱。他看见远远的河岸上老师长还站在风中没有离去。望着他有些单薄老迈的身影，朱鹤的泪水不禁在眼眶旋转。

刘益章坐滑竿来到洪城，打算在那里搭船回省城。但这一回，他不急着走，要去见见当地首富。听说有省府大官要来，孙大万受宠若惊，但又有些忐忑，担心有什么麻烦事。暮色苍茫，门房报告说贵客到了。孙大万带着儿子孙平赶去门外迎接。一顶有遮阳布帘的滑竿已经来到门口。滑竿后跟着四个全副武装的枪兵，阵势十分吓人。滑竿落地，帘子一撩，从滑竿上下来一位高大威武的军官。看那身行头，竟然是个将军，孙大万不免倒抽了一口冷气。将军上前几步，突然拱手大声道：“孙老板，好久不见啊！”不是说省府的大官吗？他怎么认识我？孙大万即时一愣。“贵人多忘事啊？”着将军服的人说，“我是胡景生呀。”“喔，胡、胡……原来是胡老板呀！”孙大万终于想起来了，“胡老板，你今天这身装束，硬是把我吓蒙了！”“胡景生嘛，是我的化名。用它，做生意方便些。”来客给孙大万递上一张名片，“我本名姓刘，名益章。”“我孙大万有眼不识泰山。”孙大万看看名片，惊讶地说，“上一回可是真的怠慢、冒犯了。罪过，罪过。”“快别那么说。”刘益章道，“上一回我们是谈生意，在商言商，讨价还价正常，说不上怠慢、冒犯。”

听说有省城的大官要来，孙大万忙把一间宽大的客房腾了出来。房间宽敞华丽，家具陈设讲究堂皇。“柴门陋户，招呼不周，委屈刘将军姑且栖身了。”孙大万把客人带到客房。“不错啊，真是富丽堂皇啊。”刘益章环顾四周说。孙大万说：“在前厅已备水酒薄宴，为师座洗尘，等会儿恭请移步赏光。”“好的。不客气。”刘益章说，“等我稍事洗刷，马上过来。”洗刷完毕，宽大的镜子里，一只手解掉军装的风纪扣。镜前人转过了身——脱去了军装的刘益章换上了长袍马褂。

刘益章跟着孙平去到客厅。客厅已备好丰盛的酒席。孙大万双手举着杯子：“粗茶淡饭，不成敬意，刘师长，来，干！”“孙老板太客气了，你这简直就是满汉全席啊！”刘益章说，“好。我干了。”孙大万给客人夹了一块菜，说：“师座此番前来，想必定有要事。”“那是自然，无事不登三宝殿嘛。”刘益章笑笑，说，“我这次来，是给你送大礼来了。”“啊？”孙大万有些诧异，“什么事请师座明示。”刘益章拍了一下手，卫兵忙把一个精致的小木箱送过来。“摆在桌上吧。”刘益章交代道。孙大万有些发蒙。刘益章说：“孙老板，麻烦你亲自打开。”孙大万便哆嗦着手把箱盖打开了。眼前突然一阵炫目的光——木箱里全是白晃晃的银元。“师座，您这、这……是什么意思？”孙大万心神惶恐未定。“什么意思？”刘益章说，“这些全是你的，请收下。”“不敢不敢。”孙大万忙把盖子盖上，“打死我也不敢。”“孙老板不必惊慌。这钱本来就是你的。”刘益章说，“孙老板，这可是给你的分红。”“分红？”孙大万像是突然明白了，“哦，上次……真的不晓得是师座您的生意，如果晓得，哪敢跟您讨价还价。”“哈哈哈哈。”刘益章大笑，“说实在的，那点小生意我刘益章也确实是不屑做的。上回的生意是我代人家何老板做的。这钱就是何老板托我捎来的。何老板说，对不起，让你久等了。”“哪里哪里。”孙大万忙说，“来，师座，喝酒。我再敬您一杯。”“好，喝酒。”刘益章一饮而尽，说，“老兄，你供货及时，成色上佳，何老板特意交代，想跟你继续合作，把那个生意做大。”“还要做大？”孙大万面有难色，“师座，虽说有你在，后台硬，但这生意到底是摆不上台面的。货源只能靠黑道，地方官府管得可严……”“我晓得你有这些担心。”刘益章说，“不过这一回的生意，你们湘西的老统领也会有股份。”刘益章的这一番话，更让孙大万惶惑不解，说：“也就这么点油水，他老统领犯得着投股份？”“哈哈哈哈。”刘益章又大笑，“所以我才说要把生意做大嘛。原先的鸦片生意还是继续做，而这一回，何老板打算在原先的基础上干脆开一家吗啡厂。”“啊，吗啡厂？！”孙大万更是一惊。“对，办它一家吗啡工厂。反正原料是一样的，只是钱可以大翻番。”孙大万说：“这样当然很好。只是树大招风，那东西可是特管物品……”“特管，还能是谁管？“刘益章说，“你想想看，远的嘛归省里管，近的呢归陈统领管。这次你可是跟官家合作啊，你完全可以放心大展拳脚。”孙大万觉得有道理，忙说：“好好好，这就好，用得着我的地方，一定愿效犬马之劳。”“你是生意场上的老手，我们呢全是些外行，所以要赚钱还得仰仗于你。”“好说，好说。有什么尽管吩咐。”孙大万忙不迭点头。“厂子就挂你的名衔，投资我们三方出，红利当然也是三家共享。”刘益章边说边把一份预先起草好的合约递给了孙大万。孙大万仔细看了两遍，道：“要得，要得。没问题。”“那就好。我呢是没有时间具体来管理了。厂子由你具体管理，竿城会派一个官员过来负责督办”。刘益章道，“孙老板，你看看还有什么问题不？”“资金倒不是什么大问题。”孙大万又说，“师座，吗啡厂可不是炼土膏，听说很复杂很麻烦……”“你呀和竿城的那些人一个样，把这事看得登天难。”刘益章说，“我们何大老板是吃干饭的？既然决心干这件大事，自然会把各方面先考虑周全。设备将从上海进，上海的技术人员过些天就会过来。”孙大万忙说：“这就好。要得。”“当然，你的担子也不轻。”刘益章说，“货源主要还得靠你。好在，这玩意你轻车熟路。”“货源倒不缺。主要是这东西上不得桌面，靠黑道还是有风险。”“风险可以说没有。遇到什么事老统领都会替你罩着。”刘益章说，“当然，肯定不能大张旗鼓，面子要紧，影响事大。”“晓得晓得。在下明白。”孙大万忙点头。“合约你再回去仔细看看，明天签了字就正式生效。这边，你得找一个得力的人来具体操办。”孙大万说：“唉，要找这么个人还真难呐。”“孙老板，我看你那个老大就不错。”刘益章指着坐在身边的孙平，说，“好好培养，将来一定是个可造之材。”“谢谢夸奖。”孙大万说：“他呀脑子倒是还好使，就是不安心做生意，我看着他真的头疼。”刘益章说：“也不一定要他死守着这点家业。好男儿志在四方嘛。”“那就有劳老弟你多多关照提携了。”孙大万十分高兴，“来，师座，我再敬你一杯！”刘益章把酒喝了，说，“大哥，把这个厂子办成了，你就会财源滚滚了。那时候，你可就不仅仅是洪城的首富了。哈哈哈哈。”工厂进展还算顺利，选址问题倒是费了一番周折。因为这地方得交通方便，又不能张扬显眼，所以孙大万把厂子设在他家的一处叫“留园”的旧宅子里——那老宅子前有水后有山，平日里没什么人走动，只有个老头常年住在这里替他家守看祖坟。

机器一响，黄金万两！自从吗啡厂秘密开张，陈玉轩干瘪的钱袋子真的是迅速地鼓胀了起来。那些日子，戴涛及后勤的处长皆一展愁眉，每天都乐呵呵的，只是老统领却依然故我，面无悦色。“咱们有钱了，统领你还担心什么呀？”戴涛问。“怎么能不担心呢？”陈玉轩说，“老戴，你给我看账本，那上头的数字就像冲天炮一样嗦嗦往上飙。可是在我的眼里，你晓得像什么吗？”参谋长想了想，老实地说：“不晓得。统领的心思我不晓得。”“我感觉那些数字就像是假的。假的！”“统领，这怎么会是假的呢？”参谋长笑笑，“你若担心下面虚报数目，我可以马上带你去库房检查。这些东西在账本上是数字，在库房里可全都是真金白银。”“我不是担心你们做假账。”陈玉轩说，“我的意思是，就算库房里全是真金白银，但这玩意儿来得太突然，太容易，没准某一刻也就突然会见财化水。”戴涛终于明白老统领是未雨绸缪，深谋远虑。“统领真的是目光长远，属下十分佩服。”参谋长说，“我也一直在考虑这些钱该如何使在刀刃上。俗话说得没错，用掉的钱才是你的。”“你也能这样想就好。”陈玉轩说，“何健这个人，我们交道打得多，哪天说翻脸就翻脸。趁着他还对我们给笑脸，你赶紧派人去省城到他那里去，跟他商量说为了备战剿共，我们最近的那一笔分账就全部从他那里进些军火。我打算赶紧组建武装一个特务连。”“好的。”戴涛说，“这事太重大，恐怕光有钱还是办不好的。我就自己去一趟吧。”陈玉轩说：“很好。其实，我也一直在想，这事也只有你亲自出马我才能放心。”

杨子才请假回老家守孝，王大发的恒发商行一时没再雇人，自己兼着账房。那天是月底发薪日，游水生在柜台前签过字，收了薪水，说：“王老板，谢谢。我先走了。”说是走了，水生却半天不挪步。王老板的目光从老花镜边框的上方溜出来：“水生，你还傻待在那儿干啥？来，下一个。”水生忙说：“不是还有一个……”“还有一个？！”王老板突然想起，“哦，你是说杨先生的花红。”“嗯，就是了。”王大发翻看了一下账本说：“水生，对不起，杨先生的那份恐怕要到十五才能有。”“为什么呀？往天都是按时的。”水生问。“为什么？这个你应该晓得。”王老板说，“这半年生意差得很，能把伙计们的工钱发足就不错了，股份花红嘛，拖点就拖点，没办法呀。杨先生的钱反正又不急着用。早天迟天没关系。你就慢慢攒着，到时候一起汇吧。”“谁说不急。那钱是要按时转交给……”水生感觉失言，急忙改口，“转给他的朋友的。”“哦，要转给他的朋友？什么朋友？”王老板用狐疑的眼光瞄了水生一下，说，“水生呀，可是急也没用。少不了他的，再等几天一定发。”水生很生气，却又很无奈，没作声地走了。水生出门后便加快了脚步。这时，老板王大发悄悄跟了出来。并不是没有钱给股东发花红，而是王大发对水生的行踪有些怀疑。所以就专门为难他一下，观察他到底拿了这些钱要干啥。

离开恒发商行，水生过了一座石拱桥，转弯下十几级石坎就到了河街。他有些心事重重地在河街上走着。王大发也从石拱桥上下来，隔着一段不远的距离跟着水生。河街一边临河，另一边则全是连绵的木板房。王大发从一处巷子闪了出来。他看见水生走进了一条小弄子，爬了一段小石坎，进入了一间虚掩着大门的小院。这是一个简陋而有些荒芜的院子。水生进了院子，来到正屋的大门口。他举起手，“咚——咚咚咚”地轻轻敲门。门“吱呀”一声开了。王大发把头探在一处破缺的墙头。他看见破旧的大门里出现了一个女子。王大发的眼睛一下子定住了。那女子很是年轻，模样俊俏，甚至可以称得上天姿国色。水生进了门，那女子就把门关紧了。原来水生在这里养着个小相好呢！王大发大发醋意，于是急忙轻手轻脚溜进院子去，巴在木板壁上偷听。水生坐下后，荷香急忙筛水递上一杯茶。“谢谢。”水生说罢就去褡裢里掏，取出些钱来放在桌上，“这是杨先生这个月的花红。”荷香说：“水生大哥，你来得真是太及时了。这几天，房东还老在催房租呢。”水生问：“杨先生有信来吗？”荷香叹了一口气：“先前呢，还每个月有一封信，后来就少了，再往后，竟一点音信都没有了。也不知发生了什么事。”水生说：“应该不会有什么大事。再等等吧，没准明天就有信来。”荷香说：“但愿他没事就好。真有点事，我还如何活呀。”“没事的。你莫想那么多。”水生忙安慰她，“天色不早了。我先回去了。”听到水生这样说，屋子墙外，那个黑影赶紧溜走了。水生把自己的薪水先贴给了荷香，背着个空捞捞的褡裢回到家，进屋就去厨房拿个大瓢喝水。正在做夜饭的萱萱问：“哥，发薪了吗？”水生猛喝水，没作声。萱萱又说：“哥，我问你呢！”水生说：“哦，什么事？”萱萱：“我是问你发薪水了没有？”水生于是支吾着：“哦，这个月……恐怕得拖几天。你就先赊着点吧。”萱萱：“都赊好多了，还赊呀？赊得我这脸都没处放了。”“我又有什么办法呢。好了，你莫再烦我了好不好。”萱萱也很生气，但又无可奈何。她赌气地往灶空里添加了一个大草把，搞得满屋都是烟。

有一天，水生又去给荷香送这个月的“花红”，荷香外出买菜，水生等候，结果耽误了一会儿。王大发有事去找水生没见到，大为光火。水生急匆匆赶回店子，一个伙计说“老板刚才找你”，水生便急忙赶去了。“老板，是你找我？”水生问。王大发的脸阴阴的：“没错，我找你。”“有什么事，请老板吩咐。”王大发说：“水生呀，最近好多人都反映说你上工很是心不在焉耶，是不是心里有什么事？”水生忙赔笑：“没有，没有什么事呐……”“舌子都打抖了，还说没有？”王大发追逼着问，“那你告诉我，为什么经常提早收工急忙忙往河街走？”水生一下子怔住了。王大发提高了声调：“水生，我问你话呢，请你回答我。”水生故意装出笑容：“我……哪里经常往河街走嘛……”“这个你就不必否认了，去河边也没什么事，那边是不是有朋友？”“朋友？是……哎，不是……绝对没有什么朋友。”水生回答含混。王大发盯住他：“没朋友又经常急着赶去，那就是有人请你去帮工喽？”“嗯，是的。有时……也去帮帮忙的……”“好的。老实讲就对了。拿我的钱还去外头炒更你晓得这是什么行为吗？”王大发逼问。“这，老板呀，你听我解释……”“不用解释。什么也莫再说。”王大发本来就一直想找个机会把这块绊脚石搬掉，这一回，是水生自己撞枪口上了。王大发冷冷地说，“等会儿，就去账房那里把这个月的工钱结了。你这个凤凰就另择高枝吧！”无可奈何，水生去结了工钱，打算出门，突然想起一件事，又打转身。“工钱有错吗？”“没有。”“那你还待在这儿干吗？”“我还有一件事。”“什么事？”水生说：“就是杨先生的花红。这笔钱杨先生交代要按时交给他朋友的。”“你也看见了如今生意是不很稳定，所以每月发钱的日子也难固定。”王大发说，“是这样吧，你把你或你朋友的地址留下，我会按月让伙计送去，也免得你老是过来跑冤枉路。”水生想到自己工作没有着落，也许得四处奔波，担心有心无力处理这事，也就同意了。他于是就直接写上了荷香的住址和姓名。

水生失业后，去几个地方求过工，但几个老板都听人传言说他炒更，工作不踏实，不愿留用他。无可奈何，水生就买了一个铁丝网子，用四块木板钉了个沙筛子，去河边淘沙。那一段时间，洪城好些处大兴土木，卖沙子倒也可以混得点伙食钱。只是，那可是个辛苦体力活，日晒雨淋不说，整天泡在水里，脚趾会发炎溃烂。

一天，水生背着个铲子往外走。“水生，你等等。”游贵生瘸着腿追出来。“爹，什么事？”“我跟你一起去。”父亲的伤还没有完全好，腿还有些瘸。“你去干吗？”“淘沙可是力气活，你那身体。”“你一个人又要挖，又要筛的如何弄？”父亲说，“我去当个帮手也是好的啊。多弄一点就多挣一点，不然，今年这年关怎么过？”水生说：“爹，不说大鱼大肉，过年的钱还是有的。”“你呀总是嘴巴子硬，家里的情况我还不晓得？”父亲道，“再说，我一个人老憋在家里也实在闷得慌。去河边透透气也好啊。”水生觉得父亲的话有道理，就没再拒绝。枫香溪边的一片灌木林子搭着一个窝棚。用木头在沙滩上立起个三脚架，把沙筛子吊起就成了他们的工具。水生赤脚下到浅水里去，用铁筢子将沙子装进竹簸箕里，然后挑上岸，倒进大铁筛子里，游贵生便使劲摇动着筛子，让细沙从筛网间漏下来。因为每天来回跑很麻烦，水生父子俩有时就索性住在那里了。

吗啡厂悄无声息地办起来了。虽说是洪城的首富，但巨大的前期投入，使得孙大万有些吃力。孙大万于是想了个主意，以本家欲开拓发展为名，在“留园”摆酒席大宴宾客，动员洪城各商号入股。他不但给洪城的有关闻人名贾发了请帖，连一些小商铺的老板也列在了嘉宾的名单上。王大发自然也收到了帖子。王家的恒发商行虽说在洪城也有些名气，但与孙家完全不是一个量级的。孙大万财大气粗，不免爱显摆，王大发在心底里其实有些小纠结。自从偷窥见过河街的荷香后，那若明若暗间晃动在门楣里的娇媚面容就一直浮现在王大发的脑海里，时时纠缠着他的心。他慢慢打听得知荷香其实只是其管家杨子才的相好，如今杨子才回了老家守孝很长时间都回不来，这岂不是天赐良机。接到帖子，王大发假借有事让游福全备了礼金代为赴宴。游福全自从与堂兄分道扬镳后，自己曾独立另扯旗号开过一个店，但本小利微，并不顺利，没过多久就歇了菜。自打杨子才回老家为父亲守孝，恒发商行就缺了账房，先头由王大发自己兼着。王大发这人本是个顽主，喜欢酒肉应酬，沉溺声色犬马，弄了一段就烦了，于是到处物色账房人选，选来选去，便把游福全找去了。从经验、能力，尤其是要嘴皮子功夫上，游福全还算是挺合适的。

孙家的宴会设在“留园”。这园子并不是孙家的祖传，而是清时出身于本地的某位巡抚大人的私家花园，据传占地数十亩，其中有各等大小花园。主体建筑垒砖为墙，垒石立柱，一进三厅，每厅三层，共108个独立房间，建得像个大迷宫；说它像迷宫，是因为无论谁来数只能数出107间，另外一间据说是密室，里面藏金纳宝，能找到此房间之人必然是财运亨通。也有传说太平天国的“红毛将军”曾在这里隐居过。李自成曾将许多金银财宝藏在这里。这座古宅前临沅水后靠群山，交通便利却相当隐秘，是最佳隐居之地。孙大万做洪油生意发达之后购置了这座古宅，并投入巨资重新修缮改造，但此处位置到底还是有些偏，生意往来不便，孙大万后来就搬到了洪城正街，此地又变得萧条，也就更显神秘。“留园”在洪城人的眼里是一座十分神秘的庄园，关于它，街坊间有很多传说，甚至包括狐仙鬼魅一类传说，游福全一直希望有机会去那里见识见识，只是自己一个穷酸小子，想进留园完全是做梦。他也曾多次去过那里，不得进入，只能远远窥探，但见那里云蒸雾绕，林木蓊郁，气象宏大，深不可测。一种窥探欲一直强烈地紧攥着他。这一回天上掉馅饼，对游福全来说，可真是个好机会。

那天，王大发把帖子和礼金红包交给了游福全，自己则趁着薄薄的暮色去了河街，来到一处垭口，便往缓缓的半坡上走。在那处残破的旧院子外边，他停顿了很久。他仔细听，终于感觉屋里这一回是有人的，于是轻轻打开虚掩的院门，进了院子。他来到屋子门前，犹豫了一下，而后举起手，学着水生敲门的方法，按一种固定的节奏敲门。“来了。水生……”一会儿，屋里传来女子的声音。荷香正在厨房忙碌，闻声急忙从厨房出来。她打开门，见是个陌生人，一下愣住了，急忙关门，但王大发伸出一只脚把门给顶住了。“你……你是谁？”荷香问，“你，找哪个？”“我是谁你可能不认识。”王大发说，“可你家的老头子可认得我。”“我家老头他……不在家。”荷香害怕，“我不认识你。你走吧！”王大发说：“你是叫荷香吧？”“你怎么晓得？”荷香有些吃惊。“是杨子才告诉我的。”王大发说，“杨子才不是你老头子吗？”“啊哦……”荷香一下不知如何回答，支吾着。“莫紧张，荷香。”王大发说，“我呢是你那杨先生的老板。我叫王大发。”“喔，原来你是王老板。”王大发故意把话说得很温存：“荷香，我是特意来给你送杨先生这两个月的花红的。”“啊，这可太麻烦老板您了。”荷香把顶着门扇的脚抽开，说，“不好意思，王老板，请进屋坐吧。”“不麻烦。是我对不住你啊。”王大发边往里走边说，“确实，今年呢生意不怎么好，外头的好多账都一时收不回来。原先也不晓得情况，以为杨先生的花红恐怕也不急用，所以就拖了拖。后来才晓得原委，所以，想办法也把这钱筹齐给你拿过来了。”王大发就解下缠在腰间的褡裢，取出几个银洋和一些铜板来，放在桌上，说：“荷香，这是杨先生两个月的花红。你清点一下，看看对不对。”“不用不用。清点什么？”荷香忙说，“大老板我还能信不过。”王大发于是就用眼光四处睃巡了一下，叹了口气，说：“唉，荷香，你这儿也是太简陋了。真不知你的日子是怎么过的？”荷香说：“屋子是简陋点，但勉强也还能住。我这人要求也不高。好在困难也只是暂时的，等杨先生回来了，就会慢慢好起来。”“荷香，你呀还真的不错。”王大发故意一番赞赏，说，“好了，天色也不早了。我就先走了。”“茶水都没喝一口就走？”“没关系。一回生二回熟，以后有的是机会喝。”“那就对不起了。”荷香把他送出门，说，“王老板好走。”

“留园”高大的院门已经修缮一新，张灯结彩。游福全到来，几个迎宾的男女在门口拱手接客。福全送上帖子，在簿子写上嘉宾名号，急切地进了院子。经过院子里很长的甬道，来到主体建筑，游福全觉得大开眼界，不虚此行。整个建筑用材精致，做工考究。围墙之内照壁高大，厅堂明亮，雕梁画栋，虽历经百年风雨，漆彩却依旧鲜艳如新。正堂门楣有一副木刻对联：“根盘邺架花开兰桂新人文，源出平泉流润桑田旧世业”。此古大宅由若干单座建筑和一些附属建筑组成，一进三厅，每厅三层，每个厅堂中间都有用青石板铺成的天井，两旁分为厢房。房屋用料多为巨型黑栗木、榉木等名贵木料。窗棂上雕有斜纹细格，上龙下凤，中有莲花绕寿字图等图案。楣上雕有回字纹窗花，屋内横梁两边各雕有龙头、斗拱等。大门呈八字形，房屋飞檐翘角，旁有青石板做成的防火太平缸。游福全东瞧西望，像“刘姥姥进大观园”。大堂的酒宴很是排场热闹，但游福全心不在酒，酒至半酣，便装醉从侧门溜进了后院。他觉得“留园”最吸引人的地方，不是豪华的大殿，而是人迹罕至的神秘后花园。后花园背靠大山，院子很大，风景绝佳：一边是荷塘，一边是假山凉亭，只是有些阴森，到处是巨大的树木，杂草蔓延。荷塘的荷花早已凋谢了，一片枯枝败叶。塘边有一处别院。别院的门虚掩着。院子似有些响声。游福全好奇地走过去，趴着门缝往里面瞧。别院的院子也算宽大，有些凌乱，四围种满了竹子，中央有个荼蘼架子，在夜色里散发着阵阵幽香。突然间有一声“嘎吱”的开门声。游福全吓了一跳。原来只是虚惊。那声音来自里间的一间房子。从门里出来的是一个着灰布长衫的老者。老头出门，没往游福全这边走，却去了另一个方向。原来那边有一个小小的后门。老头把后门打开，涌进来几个挑担子的人，赤膊、四块裤。担子很沉重。老者说：“路上辛苦。”挑担者说：“辛苦倒无所谓。就是路上卡得太严，还差点出事。”老头说：“往天不是也有枪兵设卡的吗？”挑担者说：“前一向好像省里又发了告示，要严查，又加了好多哨。”脚夫们把担子放在地上。老者便把手伸进大箩筐里的麻布袋子里。伸出手来，把个黑乎乎的东西，在鼻子上闻了闻，说：“嗯，这一回的成色不错。”脚夫就说：“那就恭喜老板发大财了。”老头笑道：“同喜，同喜。”听到交谈，游福全知是来送土膏鸦片烟的。他万万没想到洪城大油号赚钱原来竟是靠倒卖毒品来的。老头说着什么，突然停下，似有警觉。游福全知情不妙，感觉此地不可久留，慌忙悄悄开溜了。

“老板，多谢你让我代你去赴孙老板的宴席，我可算是开了眼界啦！”回到店里，游福全忙对王大发大发感慨。“是吗？”王大发侧卧在竹篾烟榻上，吞云吐雾，说，“孙老板要阔，摆了满汉全席？”“饭菜倒也一般般……”游福全吹燃纸捻，帮着老板又点了一泡。“那你开的什么眼界？”王大发仰起身子来，放下烟枪，拿起一根竹签剔牙。“老板呀，这一回我可是发现了一个大秘密。”游福全很是神秘。“什么秘密？”王大发问。“我可是终于晓得了，他孙大万那么有钱，原来竟是发的不义之财。”“这话你可不要乱说。”“怎么会乱说。老板，我只是对你讲而已。因为你是我的老板嘛。”“那说说，你怎么就说人家孙老板是发不义之财？”王大发来了兴趣。游福全说：“孙大万挂名是做桐油生意，其实一直在偷偷贩卖烟土。他发财主要靠的是这个。”“不会吧？”王大发剔着牙，一惊，把牙缝戳出血来，说，“福全，省府天天喊禁烟，这样的事你可不能乱说。”“我可没有乱说。我是亲眼得见。”游福全于是把醉酒后所见说了出来。“杂种的，原来是这样。”王大发想了想，“他狗日的也胆子太大了，老子要去告发他。”“老板，这可使不得。”游福全急忙劝住他，“孙大万有那么大的胆子，肯定跟官府有勾结。你若去告，也许羊肉没吃到，反而会弄得一身臊。”王大发觉得这话有道理，但又心有不服：“那……我如何咽得下这口气？”“俗话说，赶野物见财有份。”游福全说：“前头乌龟爬坏了路，他孙大万搞得，你难道就搞不得？”王大发却说：“我钱不多，可是正儿八经的生意人，搞那些邪门歪道如何得了？”“嗨，在我们这个雀儿不拉屎的穷地方，若是不搞烟土，那是一辈子发不了大财的。”游福全劝说：“我说老板你呀，我们这边有两句话你难道不晓得吗？”“什么话？”“第一句叫无烟不富；第二句呢，叫无商不烟。”游福全说，“老板你说说如今这地方的生意人，除了你，有哪个是不偷偷贩卖烟土的。”“是倒是这个理。”王大发同意了游福全的话，“可我们要搞也是狗咬刺猪不晓得从哪儿下口啊。”“这个嘛老板你不用操心，我倒是有办法。”游福全说，“只要舍得吃点苦，下到乡下去，找到笆篓客就可以收到货，然后躲过税卡悄悄运出去，大把的钱就有了。”“那可是个危险活啊？”王大发说。“怕死不得高官做。”游福全说，“老板，你只要点个头，其他的事我全部给你办好，到时候，你只认点钱就是。”“哈哈哈哈，你狗日的抬根灯草说得轻巧。”王大发大笑，“行行行，这事等我再盘算一下，搞得就搞。”

第二天，游福全回到家。他对相好三妹带过来的儿子说：“狗剩，去叫你娘给我包几件换洗的衣服。”狗剩问：“叔，你又要出门去哪里？”游福全说：“你只管去做，莫问那么多。”相好给他准备了一个包袱。游福全就戴着斗笠背着个旧褡裢下乡去了。游福全攀山越岭先去了一个叫笆斗的寨子。那是个高山上的寨子，离洪城约三十里。那里有他的一个远房亲戚。远房亲戚在小溪边开了一座碾坊和榨油坊。远房亲戚说：“这地方人谨慎、保守，去年天气好，风调雨顺，油桐果子结得多，大家就只做油桐生意，不愿种鸦片。”亲戚便介绍说让他往山里走，那边有些更偏远的寨子。快到的时候，他就惊喜地看见满坡满岭的盛开的罂粟花，兴奋得满地打滚。

第十二章

深秋的一个夜晚，在枫香溪边的一条茅草路上，急匆匆行走着一个人的身影。靠近时惊起了一阵狗吠。那人斥骂了几句，狗吠声便平息了，显然这是个熟人。黑影摸索着来到窝棚门口。“是福全吧？”大概是听到了来人熟悉的脚步声，一个粗粗的嗓音在问。“哥，是我。”来客提脚进了棚子。窝棚里，那人嘴巴上一点红火时暗时明。此时游贵生已经蜷缩在草铺上了。游贵生很困，没有翻身就问了一声：“福全，这么夜了有什么事？”“自然是好事。”福全道，“哥，上回没能帮到水生，让你们受苦了，很对不起。”水生说：“叔，撞到悖点子了，怪不得你。”“难得你们这样想。”福全说，“但我心里还是一直有些过不去，总想找个机会弥补。现在，发财的机会来了。”游贵生仍没坐起来，鼻子一哼：“我困了，没工夫听你讲大话。”“哥，快起来。你不信，真的有财喜。”福全把挂在胸前的一个破旧褡裢摘下来，提起一头，往外一倒。满桌的叮当发响的银元直闪亮，把父子俩的眼睛都惊得发直。“叔，你牛，真的又发达了哎。”水生吐掉了烟蒂巴。“你从哪儿弄得这么些钱呀？”游贵生也很吃惊。福全边把银元往包里塞，边说：“你们且莫管我这钱是打哪儿来的，我只问你们想不想发一点点财。”水生把被盖一掀跳下床来：“福全叔，我在家里闲了大半年了。不怕你笑话，我可是真的有些穷急了。”游贵生却怯怯地说：“想发财？只是怕羊肉没吃到，惹得一身臊。”“这一回你们只管放心。”福全说得很是轻巧，“不要下本钱，只管分红利。当然得花点力气，也不过是跑跑腿而已。”“别的我们没有，要力气有的是。”水生来了情绪，“叔，到底是什么买卖？”福全从衣袋里掏出一封皱巴巴的信一扬：“水生，你要是愿意，明天一大早就动身到麻阳的西冲河边去。去到那里后就想法租借一条小木船等着。到时候，会有一条大船打信号找你。你划船过去把这信送去做过交接，然后对方会交给你一个大箱子，你雇一辆马车把那箱子送回到洪城来，我会在那里等你。交接清楚，你就可以发一笔大财，够你们爷儿俩花销个一年半载的。”一直在埋头抽烟的贵生突然说：“福全，你小狗日的莫不是要让老子们帮你去倒卖军火？”福全失声笑了：“军火我要他有个屌用！”“那是什么？”“这个嘛，你莫管，人家是商业秘密，我也是只认做，认收钱。那都是人家先弄好了的现成货。你们只管花点力气把它接运回来。当然也要冒一点点险，不过没大事的！这可是个常年的买卖，第一回做得好，就还有二回三回，财喜就会像鱼衔尾一样不断跟着来。”水生还有些犹豫：“叔，你也是个穷疯了的人，那样的好事还会匀给我们？”“水生，你莫门缝里瞧把我看扁了。叔其实是个讲义气的人，我是老觉得还欠你们的情，所以有点好事首先想到的就是你们。哥，你看看你看看，你一个大老板难道就甘心一辈子在这河边淘沙子？”水生说：“叔，谢谢你没忘记我。这活我们接了。”福全说：“那好。这里是三十块定金，你把它收好了。”游贵生父子于是那一夜都没睡。初秋之夜已有些寒意了，他们把平素舍不得用的大松木块子柴都搬了出来，堆在窝棚前的沙滩上，把火烧得旺旺的，连许多天都舍不得喝的一罐子老酒也取出来喝光了——似乎这就是“最后的晚餐”，吃光喝光好义无反顾地大干一场。当鸡叫头遍的时候，他们踩熄了火塘里的燃柴。“爹，我走了。”水生背起个简易的包袱，“爹，你就回家安心养伤吧。我会弄钱回来的。这窝棚咱们不要了。”

水生走了一整天山路，来到麻阳河边的一个小寨子。在那里，他一直等了好几天。在第五天的那个夜晚，风急雨紧，水生终于看到了河对岸远处闪烁的信号灯。那是个暗红的，具有明显节奏的光点。他知道那艘过来的船在召唤他了。他连忙冲下河滩，用蒙了红布的马灯朝对方发出了信号。那大船收到信息，于是停下了，开始有规则地闪灯。水生解开系在一棵红树根丫上的船缆绳。河湾上漂浮的垃圾杂物密集地拥堵在小船边。水生跳进了浅水里，水一下就漫到了他的腰部，一股混合着紧张害怕的冷气突然爬进了他的心脏。波浪像鞭子一样抽打过来。他努力把小船退出了，双手按在船舷上，猛一纵身，从水中跃起，跳到了船上。他眯着眼睛朝远处探望，好不容易辨清了大船的方向，于是冲着急雨划动了双桨。他的小船在波涛间晃荡。风把倾斜的雨丝撕成了碎片。大约四十分钟后，他好不容易靠近了大船，但又被浪推了回去。大船上，一个用油布把自己包裹得很严实的人大声吆喝："用劲呀！娘卖的你没吃饭啊！……干吗老往后退？"水生忍受着屈辱和困乏，拼尽了力气，眼泪和雨水河水混合在一起。"我……实在是……划不动了。"他把桨扔在船上，仰面朝天躺下了。过了一阵，他突然看见天上似乎有模糊的星光，原来风突然停歇了。大船上又送来了谩骂声："娘卖的……你睡着干吗呀？快点，风停了啊！"水生这才如梦初醒，猛地跃起，挥桨将小船往大船靠。但大风又刮起来了。一个黝黑的胖胖的身影从驾驶舱里冲出来。那人把一圈粗粗的绳索朝天一扔。水生看见一条黑色的长蛇在天空曲折晃荡。他伸开双手一把拽住了它。小船于是向大船靠近了。他想抓着绳索往上爬，却听到大船上有人用紧张的声音在说："不好了，那边好像有快船过来了。"大船上的人便大声喊："你不用上来了。赶紧把缆绳拴住你的船！"水生于是使劲把船拴住了。十几个油布包裹从大船上垂吊了下来。水生用力接住，那包沉甸甸的，每个都有几十斤重。"还有吗？"水生抬头问。"没得啦。"上头那人没对他看，头是对着远处的。水生忙去解缆绳，但上头那人的胳膊猛地挥动了一下，有寒光在大船的船舷边一闪，那条黑色的长蛇哗地坠落在他的小船上了。水生明显地感觉自己的小船突然失去了依靠，狂乱地晃荡起来。原来那大船已经紧急升帆启动了。船尾搅起的巨浪把自己的小船送进了迷离的漩涡之中。他努力把船稳定的时候，那大船已经逃得很远了……

三天后的又一个晚上，水生雇了一辆马车。他特意在乡场上买了几百斤干稻草，把几个包裹藏实，赶着马车往洪城去。那一夜，起初还有些星光。水生把堆满稻草的车架给马套上，自己坐在车辕上，故作悠闲地哼着小调把马赶出了村子。那是一匹年轻的小骡马，有些犟。水生也不太熟悉它的习性，出村没多久就没法再悠闲了，只得跳下车来拉着它行走。没一会儿起了风，眨眼工夫，星星全不见了。水生在车辕上挂上了一盏煤油马灯。一大朵浓云飘过来，夹带着大颗的雨点。靠河的简易马路堆满了泥尘，雨点落下，发出扑哧扑哧的声响。后来那雨竟越来越大，淋湿了的稻草突然沉重了许多。地上的尘土被从斜坡上流下的雨水搅和成稠稠的泥浆。天蒙蒙亮时，水生终于把车赶到了洪城。他把马车赶进了自己的院子，喊道："爹，快找块油布来。雨大，有的包都快要破了。"游贵生提着块油布穿进雨帘。水生爬到马车上去:“快,把布扔上来。”他接过布,将两只角捆系在原先的固定绳上,把油布展开,朝游贵生扔了过去:“爹,把那头系紧了,莫让雨水流进去把布打湿了。”游贵生接过布头。他撩开盖在上面薄薄的稻草时,发现有几个包装袋都裂开了。“这个包真的已经脱线缝了,都要掉出来了。”“你把它塞进去就是。”斜斜的雨线像箭。稻草上的芒刺在他的手上留下了许多红色的印痕。游贵生使力把那捆布往里摁,但还是有一小截塞不进去。“只怕经不住抖,在路上抖掉一个就麻烦了。”水生整个身子用力覆压着油布,把另一只角使力捆紧。游贵生:“都捆好了。快进屋吧。看把你淋得!”进了屋,水生把透湿的衣服脱了,扔在屋角里。“饿了吧。还有点剩饭,我去热了给你。”“不用了。我可困死了。明天还要赶早去交货,我还是赶紧眯会儿吧。”水生去灶屋里拿冷水洗了把脸,便光溜溜钻进被窝里睡了。水生没一会儿就打起了呼噜。他实在太累太困乏了。

天亮时,雨终于停了。水生去找福全。“辛苦了。你把车赶到我屋来就是。”福全从衣柜里取了一块银元给他作工钱,拍了拍他的肩膀,“辛苦了。干得不错!”“谢谢叔。”水生接过钱,赶着马车打算离开。福全又叫住他:“水生,过七天,又会有一批货来。”“哎。”水生高兴地直点头。看着水生的背影在围墙外消失了,老板王大发从里屋出来,说:“嘿,水生这孩子还真不赖呢。”

半个月后,水生又接回了一批货,也是一个风雨交加的夜晚。斜斜的雨线像鞭子,抽打着水生和马。他全身透湿,头发耷拉在脸上,裤腿被泥水胶结着。那骡马拉着拉着就不肯挪步了。“娘卖的!”水生急了,拼命挥动着鞭子。他知道必须在暗夜里把这批货运送到,天一亮,这一带就会经常遇到巡查的人员。那马猛力拉动了一下车身,立即又不动了。小骡马在黑暗中喘着粗气。“你狗日的想死啊!老子花了大价钱把你雇来是让你来享福的吗?”水生的鞭子像雨点般打在小骡马如缎子般油滑的臀上。他再一次举起鞭子时,突然发现那马的眼睛在马灯的光照下显得很亮很吓人。水生有些害怕地退后了两步。他把鞭子插在腰带间,取了挂在辕上的马灯仔细躬下身子看。原来车轮的一边已经死死地卡在一处泥坑里。水生去车上扯下几把稻草,将稻草垫在泥坑里,想了想索性把那件湿透了的褂子也解了,铺在稻草上。他走到小骡马边,用手摸了摸它的喷着热气的嘴说:“老弟,对不起啊!是我错怪你了。我们哥俩一起斩把劲吧,冲过这个口子就胜利了。到了,我保证给你最好吃的东西。好吧,你点头了,那我们就同心干。”水生一手托着车身,双脚使力蹬着地。他用另一只手狠狠地在马屁股上拍了一下。那马把背脊使劲一弓,沉沉的车身晃动了。“老弟,使力啊,莫松劲!”水生大声地喊叫,并迅速退到车子后头。他用肩顶住车架的下沿，拼足了吃奶的力气。他的鞋早已不知去向，双脚死死地蹬着地面。泥浆下的路面并不平坦，尖锐的石子划破了脚趾，痛楚像锥子一样往心里钻。好在，他顶住了。终于将大车拉出了泥坑。水生长长地舒了一口气，抬头却看见旁边高坎上站着个高大的团防兵，黑黑的枪口正对着他。

水生被送进一处位于郊区的看守所。那是一间临时改建的大屋，黑暗潮湿，地上打着几个草铺，臭熏熏的。水生被审问了很久，水生说他自己只是帮人运货，不知道装的是什么东西。警察便说他不老实，不给饭吃，也不让睡觉。折磨了大半天，没有结果，只好先把他押回牢房。水生困得眼皮都抬不起来，被警察推进屋里，见屋里空捞捞的，没有一个囚犯，心想这样倒好，落得个清闲，于是便倒头在一处角落的草铺上睡着了。晚上十点左右，一伙犯人服完劳役，拖着疲倦的步子回到这间大屋。“嗨，累死爷了！”一个小个子打算钻进窝棚便绊住了什么，跌了一跤。他爬起来，往那绊脚的东西一看，吓得一把爬起来就往外跑。他跑出门时与老大撞了个满怀。“麻子，你干什么？撞见鬼了！”牢头老大骂道。麻子哆哆嗦嗦地：“人、人……地上困着个人！”“人？”老大问，“活人还是死人？”麻子：“我不晓得。你、你快自己去看。”老大便走过去看了看，然后一脚踢在水生的背上喝道：“起来！”水生迷迷糊糊睁开眼：“有事吗？”“有事吗，这话也是你问的？”牢头又踢了水生一脚，“搞笑。他钻进老子被窝倒问我有事吗！哈哈哈哈。”众人大笑。水生被踢醒了，赶紧缩到角落里去：“我……太困了，就歇一会儿。”“歇一会儿？这是你随便歇的地方？”老大连续飞脚踢去。水生忍不住了，突然大叫着冲过来：“狗日的，老子跟你们拼了！”“嘿，你还挺硬气嘛！”老大扯了一床被子一把罩在水生的头上，一挥手，众人都扑了上去，一阵乱打。“不要打，不要……”水生叫着，欲扑过去，却被两个汉子按着趴跪在地上。拳打脚踢中，蒙在被子下的水生先是躲避着，后来就不动了。老大见状，作了个停止的动作，众才歇了手。一个喽啰问：“老大，是不是死了？”老大没回答，上前看了看，一勾手，一个喽啰拿了一碗水过来，“哗”地泼在水生脸上。水生的脸抽搐了一下。

萱萱听说哥哥被关，心急如焚，便去找闺蜜芳芳商量看如何能救出哥哥。芳芳又到处打探，回头告诉她去找找孙平，也许他能有办法。因为孙平跟那个警察所的胖所长很熟。萱萱最不想去找的恰巧就是孙平，她犹豫了很久，思来想去，没有别的路子，还是决定放下面子去。孙平一直喜欢萱萱，但萱萱却总是对他不冷不热的。家里也托媒人上过游家，但游家却说萱萱年纪还小，不想谈这些事。孙平感觉，这结果一来是两家父辈过往的恩怨纠结，二来是萱萱是个心高的女子，有点瞧不上自己。于是在孙平的心底出现了一种逃避的情绪：他不安心于做生意，一心往大城市跑，虽然也没有特别的技能本领，却总是幻想能干出一番大事业，下意识地想证明给萱萱看。他总是在朋友面前说“窝在洪城这个乡旮旯一辈子毫无意思”。那天，孙平正在一个小酒馆跟几个朋友喝酒，划拳赌酒正来劲，有伙计进来说：“孙少爷，外边有个女子找你。”孙平有些诧异，出门见是萱萱。“萱萱，是你？找我有事？”孙平脸色绯红，问。萱萱站在酒馆门前的台阶下，很久没说话。“孙……哥，快来呀，轮到你啦……”听到里间有人在鬼喊鬼叫，孙平便说：“萱萱，有事……你就说嘛。”“是这样的。”萱萱很久才说，“你听说过水生的事了吗？”“水生，前两天我还见着他了呢。他能有什么事？”孙平说。“昨天，就是昨天，他……出事了。”萱萱的声音里带着抽泣。“出事了？什么事？”“他被团防抓去了……”萱萱说，带着哭腔恳求，“孙平，你不是有警察朋友吗，你能帮帮他吗？怎么样，你说话呀！”“我在想呢。”孙平想了想说，“萱萱，你莫急，先让我打听一下情况。到时我再找你。”“好的。”萱萱似乎稍稍放心些了，说：“孙平，我麻烦你快一点。”“没问题。”孙平说，“明天下午三点，你去醉仙楼找我。就是那个河街的醉仙楼。”萱萱还想说什么，一个晃着个酒杯的人步态踉跄地来到门口，将孙平扯进酒馆了。“才出校门多久，孙平怎么会变成这个样子了？社会真是个大染缸啊。”萱萱在心里想，有些痛心，也有些恶心。可偏偏这样的人在社会上才吃得开，自己再高傲孤冷还得丢掉面子去求他。萱萱长长地叹了一口气。

翌日，萱萱如约来到了那家江边的醉仙楼。酒楼装饰得古香古色：木门花窗，红墙绿瓦，门前蹲着一对大石狮子，挂了四个大宫灯，一副对联：“为名忙，为利忙，忙中偷闲，且喝一杯茶去；劳心苦，劳力苦，苦中作乐，再斟两壶酒来。”靠外墙处一排排煲汤的大砂锅，一个巨大的狗肉炒锅，随时都蒸腾着香喷喷的热气。进门是一处小小庭院，摆放着四时农耕用品：犁、耙、扮桶、蓑衣……石碓、石磨，还有一些红木古旧家具和一张巨大的镂花婚床。艾叶、马齿苋等野菜，充满了浓厚的田园气息。萱萱从没来过这样有特色的地方，有些拘束，说：“去你家铺子不就得了，何必破费来这里？”“老同学嘛，好久没见面了。你对我可能一直有些误会，我还正想找个机会给你解释解释呢。”孙平把她带到一处包间，“来，这边。”包间也很豪华。红木茶几上摆着水果、糕点、茶水和酒。孙平说：“来，坐下。先吃点水果。”两人喝茶闲聊了一阵。孙平好像是有意不提那事，萱萱心里很急。萱萱终于忍不住，在孙平天马行空的胡侃间插空问：“孙平，我哥的事怎么样？”“啊，你哥的事儿啊。”孙平说，“嗨，萱萱你交代的事我当然会尽力办呐。”萱萱问：“办得怎么样了呢？”孙平说：“没什么大问题的。我有好哥们在警察所。”萱萱忙说：“这可太谢谢你了……”“说这样见外的话干吗？你哥就是我哥，帮得到的自然要帮。”孙平说，“好久没见，来，上桌，这里的菜式不错，一定很对你的口味。”萱萱说：“你……何必这样破费……”“不是破费，但得好好庆祝。”孙平说，“菜还得要一些时间才上。来，我俩先玩玩游戏。”他打了个响指，一个伙计用托盘端了两个圆盅子进来。孙平把盅子反扣在桌子上，然后揭开一个盅子，说：“萱萱，你看这里面各有六个骰子。就这样摇摇，揭开。我们猜点子，看谁猜得对。”萱萱说：“这个，我不会的。”孙平说：“很简单的。两人各说一个数字，谁准为赢，错的罚酒。这个‘一’点可以代表任何数字。”萱萱一见，忙说：“哪能喝那么多酒？”“我晓得你是能喝的。”孙平说，“能喝多少喝多少，你随意！喝高度还是低度的，你说。”萱萱说：“还是喝点低度的吧。”孙平把那瓶低度酒分装在两个玻璃分酒瓶里，两人面前各放一个，又把两个小酒杯在各人面前放好，倒满酒。孙平说：“来，我们试验玩几次。”两人就拿了盅子在桌上直摇。孙平把盅子边揭起一条缝，说：“3个2。”萱萱也看了一下自己的，说：“4个5。”“不可能。”孙平笑着说，“揭！”俩人把盅子揭开。“果然有4个5。萱萱，还说你不会。”孙平一看，大笑。萱萱也笑了：“我还真的不会。碰巧的。”孙平端起酒杯：“我认输，罚一杯。”“来，再来。”孙平说，“没关系呐。我输了，全干；你输了，随意。”两人玩耍着就喝下了不少的酒。孙平很是诧异，萱萱一个女娃啥时候变得有这么大的酒量了。萱萱说：“等等，口渴，我要添点茶。”孙平趁萱萱去添茶水，把萱萱桌前玻璃分酒瓶里的低度酒倒进自己的瓶里，给萱萱的瓶添上烈酒。萱萱也没想到自己竟然这么能喝酒，回来坐下，吃了一片水果说：“孙平，来，我们继续玩！”孙平说：“你厉害，要干死我呀？”萱萱微微笑笑，提起分酒瓶把自己的酒杯重新倒满了。喝过几杯，萱萱感觉浑身突然一阵热燥，喝了几杯浓茶还是那样，感觉头有些晕，于是软软地斜靠在凳子上了。“怎么了，真的喝醉了？”孙平坐在她的身边，假意问。萱萱微微闭着眼睛。孙平的手便从她的衣摆下爬了进去。萱萱推开：“孙平，你莫，莫这样……”孙平直接拿着分酒瓶猛灌了自己一大杯，就顺势一把用力拉住了萱萱，说：“萱萱，我对你的一片心，你到底是真不晓得，还是故意装糊涂？”萱萱说：“你对我很好，我当然晓得。我觉得你就像我的大哥哥……”孙平上去抓住她的手，问：“为什么只能把我当作大哥哥？是觉得我的条件不行，跟你不相配，将来不能给你带来幸福？”萱萱欲挣脱他，严肃地说：“孙平，你叫我来难道就是让我来听你这些胡言乱语的吗？”孙平说：“不是你自己来找我的吗？就算我故意骗你，想同你多说会儿话，那也是因为我喜欢你。你总躲着我，我都快要发疯了。萱萱，你应该晓得的，还在学校里，我就喜欢上你了。我们相好吧，我保证将来会让你幸福。你如果不相信，我就跪下来给你发个毒誓……”孙平就单腿跪了下去。萱萱慌乱地道：“不要这样，你……不要这样。”孙平猛地站起来，乘势一把搂住了萱萱，狂乱地强吻她。萱萱似乎有些发蒙，头脑一片空白，身子有些瑟瑟发抖。孙平的手从她的衣摆处爬了进去。萱萱这才突然清醒些，努力挣扎。“莫闹！萱萱，你不是要救你的哥哥吗？”孙平用力抱住她，目光凶狠，然后又故意变得温存，“放心，萱萱，你哥他……会没事的。”萱萱无法脱身，表情十分矛盾，后来变得有些麻木。孙平却变得狂躁而放肆：“你可要晓得，如果换成别人，我才懒得管这些闲事呢。”他一把将她压倒，伸手去剥她的裤衩。她想推开他的手，却没有力气……“啊！”萱萱突然感觉一阵钻心的疼，于是清醒了，大声哭了。孙平似乎也清醒了，像个犯事的孩子用惊恐的眼神看着她。萱萱拉起裤子，冷冷地站了出来。孙平一把跪在地上了：“萱萱，对不起……我喝得太多了。”萱萱仍是冷冷的，一声不吭往外走。孙平一下抱住她的腿：“萱萱，嫁给我吧。我会一辈子对你好的。”“啪——”萱萱扬起手，狠狠刮了他一耳光。过不了两天，水生果真就出狱了。他一回到家里，就被妹妹萱萱一把抱住。哭，萱萱一直拼命地哭。

孙平回到家，就催他娘去游家提亲。娘说：“提过了的，不是热脸贴着人家的冷屁股了吗？”孙平就说：“你再去一回吧。他们家一定会同意的。”娘感觉儿子的话中有话，便又托媒人去上了游家的门。游贵生虽然老大的不情愿，但女儿的名声已经毁了，眼下也确实缺钱，孙家的聘礼颇为丰盛，于是就答应了。没办法，萱萱无奈地嫁给了孙平。萱萱坐在梳妆台前，镜子里的自己疲惫而麻木。虽然不怎么情愿，但事情已经这样了，她还是想把这新的日子好好过下去。

他们的婚礼是按照当地传统的仪式操办的。那天，萱萱在女儿楼上梳妆，大红的露水帕还没盖上头，从小楼的花栏杆往下看，迎亲的轿子已经歇在堂屋前头的场坪了。迎娶的歌师傅老着脸皮用歌句乞求，被歌娘的词锋刁难而现出滑稽可怜的样子。他细说他是“奉月老之差，经过九十九重山岗，走过九十九重滩，前来迎娶新娘”，但是自己“站得脚跟酸，讲得口水干，你又不开门，尽把老黄历翻。真是在家千日好，出门时时难”。真是好笑极了。若不是歌娘手下留情，迎娶的人只怕真的就要变成狗从拦门桌下转进屋了。她梳妆完毕，把乌云般的长发绾成一个大大的发髻，插上一根玉石簪子。这时，她的堂兄弟用一根宽宽的被带把她背上了花轿。引亲娘在前头走，花花伞有如鲜花般的彩云；歌师傅在后台唱，全是礼赞新娘的歌句。花轿在洪城几条大街转了一个大圈。大轿的后面跟着十几辆缀花的挑箱抬货，花车队兜了一大圈回来。那时天色已近黄昏。孙平的家就要到了，远远便可看见那座豪华的封火筒子大院，房前的院子里燃着一堆象征吉祥兴旺的柴火。合事人用一只公鸡“挡煞”后才请新娘下轿。她也不是沾着婆家的地进屋的。进屋处摆了一排细篾筛子，宛若一团飘逸的荷叶，她是踩着筛子脚不沾地被“请”进夫婿家的。戴着插了野鸡羽翎新郎帽的孙平轮番去各席敬酒，已经很有些醉意。“孙平，祝贺你娶了个天仙女啊，来，我敬你一杯！”几个人都挤过来给他敬酒。“天……天仙女，是的，老子娶了个天仙女了。哈哈哈哈！”孙平一阵大笑，又把一碗酒全灌了进去。他接连喝了几碗，终因不胜酒力，“扑通”一声，溜到桌子下去了。几个人忙过来扯他。“走，你们走，我没醉。这点酒算什么？”孙平努力爬起来，推开众人，摇摇晃晃独自去了厕所，好一阵呕吐。暮色降临，又吃过主家的红米酒和夜宵，客人们渐渐散去。自然，隆重的婚礼到这夜阑时分也已达到了狂欢的高潮。羞涩的满月般的新娘萱萱被塞进洞房里。那里，红床红被红枕头。一只硕大的羊油蜡烛绘就一片甜蜜温馨。门外场坪里，留下来的伴郎伴娘等年轻少男少女们的歌还在无休无止地唱。孙平的头还是晕乎乎的，他踉踉跄跄地进了新房屋，返身将门关上。盖着红帕的萱萱坐在床枋上。她一动不动。孙平盯了这尊塑像很久，心情变得急切。他几步来到萱萱面前，一把将她的盖头扯下了，便要去吻她。萱萱躲避了一下：“你喝多了！”“我没有喝多。没有……”孙平喃喃地道：“萱萱，我会让你过上好日子的，老子家有钱！”萱萱奇怪地看着他。“嘀，你还不信？”孙平趔趄着来到一个柜子前，“哗”地将柜门拉开，拎出个小木箱。“来呀，你看呀！”孙平趔趄着走过来。“不看。”萱萱推了一把。小箱“啪啦”一下砸落在地上。亮闪闪的银元满地乱滚。“哈哈哈哈。怎么样，没骗你吧。有钱，老子有钱。”孙平坐下便去搂抱，萱萱生气地推了他一下。“哼，莫跟我给脸不要脸。”孙平突然变了脸，“反悔了是不是，你可以反悔呀，不过，我告诉你，你要是反悔，我分分钟都可以让你哥再进去的！”

萱萱没作声了，泪水从眼角流溢出来，像蝙蝠的黑翅膀泼下来的黑暗模糊了她的视线。她只知道这个鲁莽的汉子欲火中烧，是喘着粗气一头栽进被窝里来的。她的全身披挂几乎是在一眨眼之间便被他那疯狂的欲火焚了个尽净。此刻，她的身子在中夜略带清冷的空气中微微颤抖。这是个怪异的动物，那家伙行动着，却突然狠狠地在她丰腴的肩上咬了一口。“啊——”萱萱疼痛至极，用手一摸，粘巴巴一团血。她的男人此刻已近乎一只饿疯了的公狼。他“嗷嗷”叫着，就像一个野人，企图用石器时代粗糙加工制作的犁铧把一块坚实的土地全翻个遍。她实在苦撑不过，扬起手重重地刮了那取俯式的征服者一耳光。那声音清脆而尖啸，相信那些此刻正躲在窗外听壁脚的少男少女们一定会如雷贯耳。她的男人在这猝来的打击下顿时如吹涨的猪尿泡被刺破了一针，泄了气，像一只吸饱了血的蚂蟥陡然松弛，无力地跌落下来。那一夜，萱萱的伤口都在沁血。一整夜，她的心都在流泪。而死猪般困在她身边的丈夫却用一种略带滑稽的鼾声相戏弄。

覃飞发现儿子啸天这一段时间突然像是丢了魂魄：在家里闷声不响，带部队也是吊儿郎当。那天，啸天在河街上走，过北门时碰到了孙平。孙平牵着一匹马饮水回来。两人在黑黑的城门洞里来了个大碰头，都有些尴尬。覃啸天说："孙平，看你不出，你很有心计啊。""嘿嘿。"孙平在暗处笑笑。两只眼珠发蓝。啸天狠狠挥了一鞭，燥热的马背与孙平擦身而过。啸天钻出城门洞，下了石阶，恰巧看到萱萱在河边洗衣。乌黑的辫子盘在头上插了一朵绢花。一只鼓眼睛红蜻蜓歇在花上。啸天蹬掉鞋子，踩进浅水里，捧水洗了把脸，故意把凫水的动作做得挺大。"啸天哥，是你？"萱萱发现了他。覃啸天说："你……结婚了？"萱萱："嗯。""恭喜恭喜。"覃啸天说："萱萱，你……不记恨我吧？""我俩无缘，等来世吧！"萱萱表情矛盾，"啸天哥，你一定要自己保重，不要再随便相信人。"覃啸天说："萱萱，你这话我不太明白。"萱萱说："你……记住就是。"啸天似有所悟，还想说什么，看见孙平挎着腰刀从城墙上跑下来了。啸天又捧把水洗脸。"啸天，你莫装痴。"孙平用腰刀挑起一张漂浮的菜叶，在空中砍成碎末，"你跑来这里干什么？""我来洗把脸，关你什么事？"覃啸天说，"你心里有事，不要找别人来出气。""我不是来找你出气的。"孙平面有怒色地说，"我只是想告诉你，你以后不要再来纠缠萱萱！"覃啸天大声说："我不管你是谁，也要明白地告诉你，你如果让萱萱受委屈，我绝饶不了你！"孙平发笑："嘿嘿嘿，你以为你是谁……""都莫吵了！"萱萱陡地站起来，朝两人狠狠瞪了一眼，挎着衣篮走了。孙平连忙去追。覃啸天也怏怏地离去。他跨上跳岩桥，流水在脚下打着旋子，把太阳山水和城郭全揉变了形。

老团长覃飞经过多方打听，原来是萱萱已经嫁给了孙大万的儿子，这事竟成了儿子心头的隐痛。覃飞有两个儿子，啸天是老大。覃飞最看重这个大儿子：长相俊朗，脑子灵活，在部队里也有了不少的历练，是将来可以接好自己的班，甚至超越自己的人。老统领陈玉轩也很看重啸天，一直在着力培养。啸天真的是前程无量啊。只是"英雄难过美人关"，意志坚强的啸天竟然就被这儿女情长之事搅得寝食不安，丢魂失魄的。此事若不赶紧解决，这个儿子恐怕就要废了。覃飞自担任驻城部队最高长官那一段时日里，就结识了孙大万。孙大万有钱，也知道钱要花在该花的地方，所以他对地方当权者总是百般奉迎——而不管这些当权者的背景派系。覃飞主政洪城，逢年过节，迎宾喜庆，孙大万都会给这位洪城团座送帖子。覃飞总是那里的座上宾。他并不避嫌，因为部队缺钱，与地方商贾豪门搞好关系是必需的。由于有孙大万等富商支持，覃飞在洪城的管理也搞得井井有条，事业更是风生水起。所以，老统领改变了覃飞不过是个有勇无谋的山野莽夫的陈旧印象，每逢有重要任务总是派他去处置。想起那些多年沉寂、被扔在乡下的寂寥日子，覃飞很满意自己的生活。只是，这生活弄得不好就会被儿子给断送了！孙大万有一儿一女：儿子孙平，聪明早慧；女儿金莲，性格泼辣。尽管白驹过隙，斗转星移，洪城的权力常常变换，但根据多年的经验，孙大万明白洪城归根结底还是老统领的天下，所以对覃飞这个团座格外上心。为了拉近这层关系，孙大万很早就透露了想把女儿金莲嫁给啸天的意思。覃飞总是担心这种儿女之事过早掺和会影响儿子的事业发展，所以一直没有松口。但儿子眼下的境况却让覃飞突然把这事提上了议事日程。为了断绝儿子的念想，覃飞就请媒人去孙大万家提亲，孙大万自然毫无推却就答允了。家里提起这桩婚事，覃啸天就借故推三推四，但“父母之命，媒妁之言”，性子再刚烈的啸天也逃不脱这历史的宿命。尽管一千个不愿意，啸天还是被迫与孙大万的女儿金莲结了婚。

在南方的乡村，黄花妹子总是拖一条长长的独辫子；而出阁的女人则要将头发盘成发髻，插一根竹簪活玉石扁方。这由拖曳变收束的过程，本地人称“上头”。这种形式上的改变标志着一个女人完成了由姑娘向妇人的蜕变。金莲是用几分虔诚几分惶惑迎接自己这一祭奠的。她对镜梳妆。两根打搅的丝线旋转着，脸上细细的白色绒毛扯掉了，又光鲜又白净。眉毛则修得又长又细，如一钩新月——她要让那个男人在掀开红盖头时吓一跳：新娘子怎么这么漂亮。虽然，她和覃啸天没有太多的接触，但还是见过几次面。父亲有几次在家里请客，有两次覃团长是带着一个年轻军官一起过来的。有一次，父亲请客，金莲在侧院茉莉花架下绣花，一个年轻军人从侧门出来抽烟。金莲后来知道这人是团总的儿子，名叫啸天。她对啸天的印象还算不错。但这个男人到底还是陌生的。所以，当新婚大喜到来之际，她的心情是急切而担忧的。于是，一边梳妆，她一边唱了起来：

了了娘啊！孤雁一声啼落秋，
月照花影上妆楼，姐妹从此要分手，
泪如小溪滚滚流……

这是边地《哭嫁歌》的首句，从古到今总是这样开头的。几个同龄的姐妹来了。她们在门外团坐伴嫁。虽说，眼下并未入秋，但金莲还是这样起唱——这首段不过是表达一种痛苦的别离之情。有了这个引子，以下便是不同新娘不同施展的天地了。听到新娘在里头叫板起唱，许多姑娘便一齐涌进房去，推推搡搡，泪眼婆娑，用抑扬顿挫的音调多声部合唱。姐妹们哭唱推搡过一阵，又都笑着到外头堂屋里团坐，剥花生瓜子去了。哭嫁虽有其真情实感的成分，但到底不过是一种过套，一种仪式——无论新娘对自己的婚姻满意与否，反正都得悲悲切切一番。姐妹们都觉得金莲的婚姻是美满的，是令人羡慕的。她虽是一句一啼，其实似悲切而实欢悦。第二天鸡叫时分，新娘装束的金莲端坐着，听着外面的动静。伴娘把红盖头给她蒙上。红盖头在金莲面前缓缓落下。金莲被蒙上露水帕，在一对纸糊灯笼的引导下，出门上了早已等待在门前的大花轿。按说啸天家的新房离此并不远，为什么还要坐花轿？这是一种仪式，而且她要坐上花轿绕城大半圈，那是一种排场。金莲被伴娘扶上花轿后，吹鼓手们立即吹奏敲打起来，管弦齐奏，锣鼓和鸣。鞭炮声中，新郎官装束的覃啸天骑马在前面引路，金莲的花轿紧紧跟随，其后是满载着丰厚嫁妆的数十担抬盒挑箱的队伍。老媒婆子围着轿子左右穿梭，扭臀晃腰。吹鼓手卖力地吹奏着，欢悦异常。花轿里，金莲的手在微微颤抖地揉搓着裤子，显出惶悚的激动。她终于忍不住偷偷掀起盖头，向外观瞧。这一回，她算是比较仔细地看清自己夫婿的模样了。啸天骑在马上，身材高大，虽说皮肤有些黑，但五官俊朗；表情有些呆滞，却更显出一种男人的稳重。金莲感到庆幸。她莞尔一笑，享受做新娘的喜悦。迎亲的队伍来到正街，一过升恒门，就听到了一阵激烈的鼓声：咚，咚，咚咚！洪城正街与河街交会处的大广场周边摆放了一圈牛皮大鼓，鼓声齐响，震撼城郭。嗨，嗨，嗨嗨！许多赶热闹的青年男女不知从什么地方钻出来，拥挤汇聚在广场中心舞蹈狂欢，与迎亲队伍推搡嬉闹。被围在中心的覃啸天的马兜着圈子，跟在他们身后抬花轿的小伙子们把轿子猛烈地颠起来。花轿里，金莲被颠得老高。她两手紧紧把住轿边木栏，努力保持身体平衡。但时起时落的盖头下还是露出金莲既欢悦又紧张的面容。突然金莲被颠得撞头磕屁股。金莲不管那些，咯咯咯咯咯地笑个畅快。马上的覃啸天被这火爆的气氛感染，微微一笑，舒展了幸福的笑容。马在转圈，覃啸天视线里的打鼓跳舞的苗舞男女在旋转，围观群众也在旋转。但，覃啸天视线里的旋转着的围观群众突然反着旋转回来——那个旋转过去没有看清的影像现在清晰了——萱萱？！萱萱突然出现在他的视野！萱萱也挤在人群里，她的目光有些迷离，有些哀怨。啸天想仔细些看，萱萱的脸却被拥挤喧闹的人群淹没了。啸天脸上的笑容顿消。他急忙反时针拨转并不情愿调转过来的马头，重新寻找那个让他揪心恋命的女人。但是，刚才萱萱出现的那个地方，却再也没有她半个影子。覃啸天一阵惶惑。热烈的苗鼓“磴咚磴咚”地敲到了最高潮，他的脑袋却蔫了耷拉着。花轿在城里转悠了很久，然后才慢悠悠往团座覃飞家的院子而去。覃飞的家是一座有些陈旧的石头封火院子。花轿停在院子门前的一块青石板铺成的平坝里。各处是笑声、闹声、唢呐声、鞭炮声——花轿的帘子是垂着的，但金莲从这热烈气氛中感受到场面的壮观盛大。

金莲被人搀扶下了花轿，又被人背着跑了一段路，才被放落下来。从露水帕下的缝隙往下看，地上荷叶般铺着几个细篾格筛。其实，先头她娘就告诉过她：踩着格筛进屋可以提高女人将来的地位。啸天家是一片蜡烛的海洋。喝罢喜酒，在喧闹中完成一切繁琐的婚礼仪式，夜色扑落下来了。夜。洞房里寂寞无声。顶着红盖头的金莲坐在一张腰鼓形圆凳子上。这由闹转静的巨大落差，使她惊疑、惶惑。她不敢动。奇怪，很久，啸天都没有为自己掀去红盖头。金莲于是用尖指悄悄撩起露水帕的一角。她看见她的男人独自在一张椿木六方桌前发呆打坐。桌上，硕大的红蜡烛已经结起一朵凝重的小花。在人生无数滑稽剧的一出中，啸天其实也是一个蹩脚的演员。观众一退场，他便如释重负，轻松了许多。百无聊赖，他机械地用手指将灯花弹了弹。轻轻的爆裂声绽放无数个疑问号。“啸天……”金莲忍不住这样唤了一声。啸天没有出声，仍旧自顾去弹那灯花。红蜡烛流泪了，一行泪水，流得很长。金莲等得有些累了，着急了，有意吭了一声。啸天毫无所动。金莲等了一会不见有动静，微微掀开红盖头，吭吭了两声。啸天站了起来，却呆着不动，像根木头。金莲这回沉不住气了：“啸天，你干吗呢？”啸天激灵一下，转过身。“快呀……我的盖头……”金莲捉住啸天的手拉扯了一下。啸天便身不由己地抬起一只手。金莲突然紧张起来，呼吸有些急促。红盖头在索索抖动。但啸天抬起的那只手又无力地垂下了。再也等不及了，金莲“唰”地自己扯下了盖头。啸天抬头凝眸，被眼前景象惊呆了——坐在红罗帐下的女子，不正是自己日思夜想的萱萱吗？！大羊油蜡烛热力强劲，绫罗帐下的女子脸蛋红彤彤的，新鲜的豌豆荚般的眼睛，棱角分明的鲜艳嘴唇……他的情欲被猛地撩拨起来了，脚不由自主追着那一声娇滴滴的呼唤寻觅，飘飘欲仙。金莲心灵的天平也一下失了衡：畏惧的失重使企盼得以凸显。挨她坐下的男人鼻翼里呼出的热气撩乱了她的鬓发。金莲赶紧把眼睛闭上了，呼吸也失去了节律。与其说是惧怕，不如说是期待。但是寂静过后还是寂静。金莲便去捉住他的一只手。“你……不是……萱萱……”啸天语言含混。在那激动的一刻，突然看清了眼前的女子并不是萱萱。他突然问自己，我这样委屈自己，真值得吗？他变得趣味索然。啸天懊悔地重新回到了摆放红蜡烛的桌子边去，发呆。是的，我爱的还是萱萱啊，可为什么偏偏要这样？金莲突然有些生气。她走向床边，蹬脱了大红绣花鞋，很重声息地扑倒在床上。啸天清醒了许多，感觉自己有些过分，伤害了一个无辜的女人。他惶惑地走到床边，想找几句安慰的话，却不知从何说起，于是只轻轻地发出了一声：“金……莲……”金莲也不搭话，三下五除二，就去解开纽襻脱衣服。红外套犹如一道红色的闪电在金莲身前一晃，飞走了，金莲白皙的胴体令人晕眩。金莲呼呼啦啦抖开被子，自己钻了进去，道：“还不上床，睡觉！”啸天不能不说话了，他语义含混地说：“金莲……我……”“呜呜呜呜……”金莲突然捂住脸哭了。啸天现在不能不安慰金莲了。他拖着沉重的脚步到床前：“金莲，我对不住你。我……还是忘不了她……”“你没有什么错。”金莲把头抬起来，“啸天，我承认比不过萱萱，但我是会一辈子对你好的，会好好地服侍你一辈子的。呜呜呜呜……”如果金莲能大发雷霆，也许啸天就心里好过了，但是金莲却这样，让他很内疚，眼眶也湿润了。啸天猛地抬头轻轻叫了一声：“金莲，你真好。”“啸天哥，你就是我心中的好汉！连我哥都比不上你！啸天哥！你对谁好，我也会对谁好……我不会为难你的。”遇到这等女子，啸天便就是块石头，也该融化了。啸天一下子把金莲紧紧、再紧紧地拥抱在怀里。金莲软软地靠在啸天坚实的身上。两条幸福的小溪，从她深潭般的眸子里无声地不间断地汩汩流出。红蜡烛的泪是挡不住了，它四处决口，哗啦哗啦，使着劲地流啊流……

早晨，清朗碧透，天空像被雨水漂洗过。阳光从雕花格子窗照射进来，把火红的新房照得更加火红。昨晚，婚宴闹得太久太晚，经历感情的巨大起伏跌宕，覃啸天被折磨得筋疲力尽，睡过去，死猪一样了；小鸟的聒噪把他吵醒时，已经日上三竿，伸手一摸，身边的被子已空空的了。“啸天，你醒了？”是金莲的声音。透过蚊帐的隙缝，看见金莲正从屋外走进来。阳光照射下的金莲，脸蛋红扑扑的，长发盘在脑后，银簪插闪亮。金莲穿着围裙，端着一个红漆木托盘。托盘里放着一碗热腾腾的面。金莲进屋，放下托盘，把盛面条的大花瓷碗放在小圆桌上，问：“昨晚睡得好吗？”“嗯。好。”回到阳光之下，啸天似乎又变得理智了，或许是更迷糊了，他的回答没有感情色彩。放下碗，金莲便过去从木衣挂上替啸天把衣裤取下，放到床上，又蹲下四处寻找被啸天胡乱蹬掉的鞋子，拾捡着摆放在踏脚板上。啸天便胡乱穿好了衣服。他去吃面的时候，见金莲爬在床上忙不迭地整理着被子。啸天吃罢面条，便带着金莲去父母处请安。“啸天，你可是前辈子修福了啊，娶了一个这么好的媳妇。”啸天娘见到金莲便夸，“这么漂亮，这么勤快，没有一点大户人家娇娇女的坏脾气。”金莲被夸赞得脸上一阵羞红，说：“婆婆过奖了。”啸天娘却说：“金莲，不是娘随便夸你。娘都见到了，昨天那么累，你却起得那么早，收拾屋子，打扫院子，忙里忙外一刻也不闲。”金莲说：“这都是当媳妇应该做的。就是在娘屋里做女，这些事也是要做的。”“金莲，以后你可莫再那么劳累，家里有下人呢。”啸天娘拉着金莲的手，“金莲，以后呀，你就安心养好身子，娘不图你们做别的，只巴望着早些抱上孙子。”金莲的脸有一阵潮红。父亲覃飞一直没讲话，抱着个水烟袋吞云吐雾。别看他没吭声，他却一直透过缭绕的烟雾细致地观察着啸天的表情。他不敢肯定儿子能完全接受这段有些突兀的婚姻。他没能从啸天的脸上找到明确的答案。但是，覃飞没多久就找到答案了。

婚宴后的第三天，覃飞接到竿城老统领的紧急通知，因为战事，让他立即赶回竿城。覃啸天却也执意要跟着他一块走，任怎么劝也不成。

第十三章

萱萱出嫁，孙大万家送了不少的聘礼，游贵生窘迫的生活得到暂时的缓解。只是水生心头却藏着隐痛，觉得“卖掉妹妹偷生度日是一种耻辱”。他决计重振家业，却一时无计可施，除了偶尔做一点小工，大多数日子还是无聊地闲着。那天，水生和弟弟小佬去了一个小镇赶乡场——他想去乡场看看，能不能倒腾点什么东西来城里赚点差价。天上的云层有点厚，很忧郁的样子。没有什么收获，他俩便在一家铁匠铺无聊地看着铁匠师傅打刀子。熊熊炉火，看着铁匠挥舞铁锤，打得火星四溅。远处突然“轰”的一声巨响，铁匠惊得停了手。水生望了望天，说：“今年季节来得早啊，就开春响春雷了。”远处又是一声轰隆隆响。“哥，不对。”小佬说，“像是炮声，那边干仗火了！”仔细听，的确是炮火声。去城墙上看看。水生说罢，就拉着小佬往外跑。小镇城墙的垛口已经挤满了人。水生和小佬顺着石阶跑上去。水生挤到垛口，看见远天还有些黑。黑处突然有红光一闪，伴随着沉闷的轰隆隆响声。一个老伯眯着眼睛往远处看，慢慢地说：“是永城那边干起来了！红脑壳攻城，我们这边恐怕是再也不得太平了啊！”

红光和巨响之下，一座古老的城墙被撕开了一道大口子。这座古旧的城门洞上刻着“永城”二字。1934年，中央红军在第五次反围剿中失利，准备从井冈山突围转移。作为前导，任弼时、萧克、王震领导的红六军团经过迂回曲折的战斗，于1934年10月24日与贺龙的红二军团在贵州印江会师，恢复了红二军团番号，贺龙担任军团长，任弼时任政治委员。11月红一军团从井冈山撤出，打算向湘西转移。为了牵制敌人，配合主力红军转移，红二军团发动了湘西攻势。1934年10月30日，虚晃一枪占领了四川酉阳，接着往东拐于11月7日攻击永城。攻打永城的任务由团长朱鹤带队。战斗在晌午时分打响。烽烟滚滚，一排排云梯架上城墙。

戴红袖章的老吴呐喊着踩云梯往着城楼上冲。城墙头大小石头哗哗往下砸落。一块石头砸中了他。老吴跌落下来。小兵杠子赶紧过去护住他，问：“老吴，老吴，你……没事吧？”老吴一只手抱住右脚，道：“没事，娘卖皮的，扭了一下脚。莫管我，快、快把梯子架起来。”杠子瞥了一眼倒在地上的梯子，忙去抱起往城墙根冲去，重新把梯子架在了城墙上。“集中火力掩护！”趴在草丛的红军团长朱鹤大声喊。士兵便一齐放枪。朱鹤脱掉外衣，拔出短刀，冲出草丛，飞快地朝梯子奔去。“团长，你……”敢死队长想拦但没能扯住他。队长惊讶而有些佩服地看着朱鹤的背影。“放枪！放枪！”敢死队长大声喊着，也跟着攀上了云梯。朱鹤已经攀到了垛口，把刀子衔在口里，猛地一下跃上了城墙。朱鹤和队长在城头围着永城守兵的一个大胡子头头搏杀。城楼上一阵刀光剑影。大胡子渐渐有些支持不住。“大胡子，你赶紧走！”突然一个块头很大的白军冲过来将他一推。大块头回身便照着朱鹤举刀劈来。朱鹤杀得正酣，猝不及防，右手被刀刃刮破，血流不止。大胡子趁机赶紧往城楼下跑去。“啊——”小兵杠子见朱鹤团长受伤，大叫了一声，举着大刀便朝大块头白军砍了过去。那家伙躲闪了一下，但还是被一刀砍伤了肋骨。一口血从大块头的嘴巴里喷射了出来，他歪斜了一下，一只腿跪在了地上。杠子的长刀在阳光余晖的映射下强烈一闪，便有力地斜着砍了下去。大块头竿军半个头盖骨被整块劈掉，骨碌碌滚到了城墙角落里。杠子惊得呆住了，他看见那个被削去了半个脑袋的家伙，因打击力来自斜后方，身子在摇晃着往前倾，但他竟然还在努力地把胸脯挺起来，而后，“哐噹”一声朝天仰着倒下了。“杠子，莫愣着。”朱鹤过来大声喊，“赶快，把旗帜挂上！”胜利的欢呼声中，一面写着“中国工农红军红二军团”的旗帜在风中飘扬。

“报告，省主席急电。”那一天陈玉轩在办公，副官进来报告。“念。”陈玉轩还拿着书。副官念道：“陈玉轩统领鉴：当前，赤匪发展迅速，红匪二、六军团会合后，贺龙攻打酉阳、永城。蒋委员长令湘省部队立即派兵围剿，省部电请湘西新编

34师陈师长火速夺回永城。省部王文华部队已开始西进驰援。”为防止中央红军突进湘西，蒋介石急电何健带领大军堵截。何健于是向陈玉轩下达了电令。“晓得了。把电文放在那儿吧。”陈玉轩转身对一位副官说，“你去把参谋长叫过来。”戴涛赶到办公室。陈玉轩正伏在一个巨大沙盘前，知道是参谋长来了没转身也没抬头，只是用手指了指桌子。戴涛自己去桌上看了一下电报，走到旁边，说：“统领，这可真是十二道金牌呀！”“没办法，他何健是不吃掉我们绝不松口呀。”陈统领继续看着沙盘，问，“永城丢了，现在桑城情况如何？”“桑城出兵驰援永城遇到重兵阻击反攻。还好，贺胡子的部队追了一阵，离城五十里便退兵回缩了。”戴涛汇报说，“不知是贺胡子担心中计，还是他念记旧情，还买您老统领的面子。”陈统领叹了一口气：“唉，面子总是卖不得一辈子的啊！”“是啊，自打民国十五年底从老河口复出，统领您励精图治，好不容易稳住了这块地盘，竿军也发展到3万多人。没想到这两年，何健一上台，天天下令剿匪剿赤，搞得又只剩下个万把人，这不是三十夜玩龙灯，越玩越转去了吗？”“没办法，人在屋檐下，不得不低头啊。”“统领，这一回，你看该如何……”戴涛问。“打吧！”陈玉轩突然提高了嗓门，“大麻风抓破皮了，什么交情不交情的，我也管不得那么多了。赶紧通知，召开紧急作战会议。”不久，被紧急通知的一些团以上军官都陆续赶到了师部会议室。会上，先由戴涛通报了有关情况。有的主张打，有的主张不打——军官们争论得十分激烈。陈玉轩拈着山羊胡很久都没有说话。根据其自保求稳的一贯作风，多数官兵觉得他这回也会是“虚应以对”，但陈玉轩突然说：“如今红军占领了永城，如果再向东扩大根据地，就是跟我们抢地盘了。所以，这一回恐怕不打不行。”参谋长也附和道：“是啊，十二道金牌都下来了，再不剿恐怕是说不过去了。”“本来嘛，我也不想跟贺胡子打仗，让他何健坐收渔人之利。”陈玉轩说，“只是，红军要进我们的地盘，我们再不打，何健就会抓我们的把柄，说我们通共窝共，追究起来，也脱不了壳。”一个军官说：“陈统领，就探子送回的消息看，贺胡子好像并不打算占领永城，他们可能会撤出去。”“撤不撤出去，他可都是坏了规矩了。”陈玉轩亮出了自己的底线，“红军到了永城，就好比进了我们屋里。有初一就会有十五，所以这一回，我还是主张打。”“对！这回我们既然要打，就一定要赢得彻底。”戴涛补充说，“绝不打无把握之仗，绝不能声张，一定得悄悄把准备功夫先做足。”“也没有什么功夫要做的。”陈玉轩却这样说，“声势造足，只要能把红军逼出湘西境内，也就好交差了。”大家于是明白了老统领的真实意图，便一致同意出兵永城。紧急会议散了，参谋长随陈玉轩回到统领办公室。陈玉轩在办公抽屉里翻了一阵，回头问戴涛：“哎，向自云今天来了吗？”“统领日理万机，竟然把这事忘了？”参谋长一笑，“上次犯错，你留了他一条命。他不是还在关禁闭的吗！”“哦，你看我真的是老了啊。”陈玉轩说，“自云呢，确实还是个打仗的好手。毙了他，我还真是舍不得；但不处分恐怕又难以服众，所以关他也是保护他。这一回倒是个好机会。老戴，你去安排把他放了，叫他赶紧过来。”“师座……”戴涛有些犹豫，“他，可是刚刚打了个败仗的。这么关键的仗……”“知耻而后勇。”陈玉轩说，“就是要让他戴罪立功嘛！他是永城那地方的人，对那边熟。”“好的。”戴涛说，“我就去安排。”

“感谢师长不杀之恩。”向自云从禁闭室里一放出来便来到师部，在陈统领面前一把跪下了。“起来起来。”陈玉轩扶起他来，说，“这次红军攻打永城，那里是你的老家，所以我决定派你去。”“就我所知，红脑壳最近转战黔东鄂西已疲惫不堪，现在刚来永城，立脚未稳，我们趁其不备，一定能一举夺回。”向自云慷慨激昂表态，“统领，我一定彻底消灭他们，让红军有来无回。”“其实，我不要你去硬拼。”陈玉轩说，“自云，记住了，把声势造足，办法你自己想，不能拼消耗，把红军逼出永城你的任务就完成了。若是他们赖着不走，你就得把他们拦住，不能让他们再往前进了我们的地盘。至于他们要到其他的什么地方闹革命，我们就由他去。”向自云说：“是。统领的意思我明白。”“打仗你还是有本事的。就是爱急躁。”陈玉轩说，“是这样吧，这一次我给你配个参谋。凡事，你多跟他商量。”向自云问：“好啊。统领打算把谁调给我？”陈玉轩说：“让覃啸天跟你去。”“覃啸天？”向自云显然有点瞧不上，却不敢明说，突然响亮地回答，“遵命！”

向自云的大部队分成两路，浩浩荡荡开到了永城。他们先在郊外停驻下来，分散在茂密的林子里休息。官路上，有三匹快马飞驰过来，到林子边勒住了马头。向自云最先跳下马。他的马骨架高大，肌肉发达，是一匹黑色的骡马。另外的两个军官也先后跳下马背。

两个潜伏在林子里的下级军官走出林子来。“城里现在情况怎样？”向自云问。一军官报告：“一直没什么动静，像是座空城。”“哦？”向自云把手一伸，团参谋啸天把望远镜递了过去。望远镜里，山城寂静。城头飘着一面有些陈旧的红军旗，有几个持枪的兵在巡弋。

“团座，我们已经观察了几个时辰。”军官说，“守兵好像不多，是否趁势攻进去？”向自云思考了一下，说：“嗯，机会难得。”“团座，我感觉有些异样：永城太安静了。”参谋啸天提醒道，“老统领交代你的……”“老统领的话我晓得。”向自云说，“他是一朝被蛇咬，十年怕井绳。”覃啸天说：“我感觉怎么完全像一座空城，贺胡子在这样的时候，应该不会走如此险棋。”军官说：“也许贺龙没想到我们这么快就赶到了这里，应该是未来得及设防。”“也许是这样吧。”向自云也有些犹豫，又拿起望远镜看了一阵。远处突然一匹快马飞驰过来。马兵跳下马：“报告，贺龙派人给团长送来了一封信。”覃啸天接过信，拆开，念道：

近闻向公将兴兵犯永，吾劝尔不要来，来则送礼而已。红军矛头只在反蒋反何，与尔等实无利害冲突。公若不来犯我，我则绝不犯公。公若置若罔闻，恐将后悔莫及，是战是和，还望公能三思！

向自云取过啸天手中的信，一把撕了：“贺龙那个鸟人，枪没几根，口气还蛮大，还公然发帖子来劝老子不要去，去就是来送礼。真是狂妄！”在一旁的副团长周西青说，“贺龙是个打不死的程咬金，去年不是就说被剿灭了，怎么现在又冒出头了？不知他到底有多少人枪？”“他能有多少人枪，不过是一些乌合之众。”向自云鄙夷地说道，“谅他也没成气候，现在趁他立足未稳，可一举歼灭之！”“团座，其实贺胡子的话也有一定的道理。”覃啸天忙劝道：“团座，老师长一再交代我们的任务就是守住边境，莫让他们搞进我们的地盘来……”“我晓得，但这口气老子咽不下。”向自云说，“带兵打仗，要因应形势。好的战机稍纵即逝，失不再来。传令部队，准备进攻！”“团座还是再仔细考虑一下。”覃啸天说，“贺龙鬼得很，他这明显用的就是激将法……”“嗨，他就是不用激将法，老子这次也是不会放他过手的。”向自云大声道，“如果不趁他羽翼未丰搞掉他，留下此人将来必后患无穷。”军官说：“有个新情况，团座，听讲贺龙调来了刀枪不入的红帕红衣神兵。”“哈哈哈哈！这个我早有防备，神兵巫术有狗血可破！”向自云大笑，回头喊道，“西青！”“卑职在！”副团长周西青应声赶到。向自云说：“这次就派你打头阵，给你一个好机会。”“是。”周西青其实心中没底，回答并不响亮，“谢团座，卑职一定尽力。”覃啸天的表情有些无奈。领命后，周西青走到林子边，拔出腰间的手枪，喊：“起来，都起来，集合出发！”士兵们陆续从林子里走出来。周西青跨上马，带着队伍慢慢地向城墙方向靠近。他们在离城墙约一里地停了下来。周西青又观察了一下城头的动静，而后突然砰的朝天放了一枪，大喊：“冲啊！”砰砰砰砰！士兵们呐喊着往小城冲。周西青骑马冲到城门外，突然勒住马头，一扬手道：“停！”他狐疑地望着大大敞开的城门。覃啸天驰马过来问：“怎么啦？”“覃参谋，你看，这城门大开，连一个人影也没有？”周西青用鞭梢往前方指着，“这不就是诸葛亮的空城计吗？”

覃啸天往城楼上看，连先头还在城上的巡逻兵也消失了。周西青说：“娘卖的，也许我们真的中计了。”“怎么啦？怎么啦？”团长向自云拍马赶过来，大声叱问。“城门大开，城头一个兵都没有。”覃啸天说，“团座，我和周副团长都感觉这是贺龙在引诱我们中计。”“什么中计不中计？”向自云说，“他贺龙就算是诸葛亮，可老子向自云可不是司马懿。他敢摆空城计，老子就敢杀进去。”说罢，向自云竟然自己一拍马臀，往前冲去。“团座，小心啊！”覃啸天不敢犹豫，也狠抽了马屁股一鞭子，冲到向自云前面去。周西青也只好猛一拍马，大声命令道：“弟兄们，冲啊！冲啊！”士兵们呐喊着往城门洞里冲。周西青带头钻过了城门洞。街道上冷冷清清的——永城果然就是一座空城。“哈哈哈哈！娘卖的，他贺胡子还真的和老子玩空城计？”随即赶进城里，勒马停在青石板大街中央的向自云大笑，“狗屁空城计，完全就是弃城逃跑嘛！”这时，一个士兵急急跑过来：“报、报告……”向自云问：“什么事？”士兵指着远处的城墙：“那、那里已经被人扒开了一道大口子。”“不用惊慌。走，带我去看看。”向自云拍马跟着士兵过去，看见那城墙的缺口有明显的新近掘开过的痕迹。城墙缺口的后面是一座陡峭的、林木蓊郁的大山。驰马过来的覃啸天望着矗立在缺口外，透着看不透的寂静的陡峭大山，神色有些茫然：“团座，莫不是红军故意掘开了这条口子，他们打算从这里反击攻城？”“反击？好啊。我还真等着他们反击呢。”向自云信心满满，“不费一枪一炮，纵然是一座空城又有什么劲！”正说着，“瞿”的一声，忽然，城墙缺口外不远的山林里就升起了一颗放亮的信号弹。砰砰砰砰！随即，城外四路里枪声大作——红军们杀出林子来，一队接着一队的弧形散兵线像大网一样扑向城墙的缺口。一个副官轻轻说：“团座，怎么办？还是早些撤吧？”“撤？是谁说的？”向自云大怒，“哪个敢动摇军心，老子即刻毙了他！”众人皆不敢作声。覃啸天问：“团座，你看怎么办？”“顶住！一定得先顶住！”向自云举枪射击，“走，退到那边去，占领有利地形。”士兵们纷纷退到一处地势较高的地方，躲在用石头等做成的临时掩体后面，把枪推送着架在掩体上。啸天也匍匐着，眼睛盯着远处那个巨大的城墙缺口。“登登登登……”城墙外突然响起了一片有些神秘的喧声。喧声中还夹杂着锣声、树皮号声、铃铛声。“登登登登……”之声越来越近，越来越响，到后来更是震得地皮子直抖。“登登登登……”城墙缺口处像突然燃起了一片红色的火苗——一大群穿红衣，包着红色头帕的红军战士低沉地吼叫，跳跶着冲了进来。“神兵，神兵来啦！”掩体后面的士兵们大惊失色，一片慌乱。有的兵竟跪在地上直磕头，喃喃念道：“天王菩萨保佑！天王菩萨保佑！”

“怕什么？慌什么？”向自云扑过去踢了那跪地求神的士兵一脚，大骂：“赶快使家伙！”一个下层军官就大喊：“快，拿竹筒！泼狗血！”一些士兵便开始忙碌。他们从裤腰带上解下一个小竹筒，竹筒里全装着狗血。他们扯开竹筒上的木塞子，有的用破布蘸着狗血往子弹上涂，有点索性把装着狗血的竹筒向天空泼洒。砰砰砰砰！守兵们向跳跶而来的红衣兵开枪。但红衣军竟真的像有神助，刀枪不入——他们毫无畏惧地整齐地呐喊着步步向前逼近。守兵们一片惊慌，混乱。城中，着红衣的红军“神兵”队与向自云的手下部队肉搏拼杀，一片厮杀声。但“登登登登”的古怪呐喊声渐渐地就没有了。穿红衣，包着红色头帕的“神兵们”也突然就人间蒸发了。一个连长跑过来，兴奋地：“报告团座，红脑壳撤退了。”“哈哈哈哈！”猫在掩体后的向自云伸直了身子，望着空洞的城墙缺口仰天大笑，“乘胜追击，打到酉水边再说！”副团长周西青便率大部队追出城去。“报告团座，红脑壳仓皇逃跑。”不久，周西青回来报告。他手里拿着几件破烂的红色对襟衣，说，“简直是丢盔弃甲，一路狼藉。为了阻止我们的追击，红脑壳竟然放火烧掉了酉水河上的花桥。”“哈哈哈哈。”向自云又一阵大笑，“空城计？这就是贺胡子的空城计？”“团座果然料事如神，是贺胡子弃城而逃，故弄玄虚。”周西青说，“团座，贺胡子还没打照面，红脑壳就吓跑了，机不可失，我们要乘胜追击才是。”“等一等。”向自云说，“下一步如何行动，等我请示一下再作决定。”向自云便找到了红军曾经驻扎过的一座大庙作为自己的临时指挥部。也没顾得及休息，向自云忙叫：“覃参谋，赶紧给老统领发个电报报捷。”“好。”覃啸天忙从包里掏出个小本，问，“团座，请说！”向自云想了想，说：“就这样发报：共军不堪一击，畏而远缩，我已入城，准备追击，请示！”啸天记录过后，忙去交代话务兵发报。不久，统领部的回电到了，上面写着几个简短的字：夺回永城可贺。贺龙假败可能有计，慎勿追击！向自云发电报的目的其实不是想获得什么指示，主要是为了邀功，让老统领感觉这一回用我向自云一点都没有错。他没想到老统领竟会这样回电。求功心切的向自云把周西青叫来下命令，让他领兵紧跟追击。覃啸天见状，又提出异议：“团座，统领部既然已经发来电报，我看还是遵照执行为好。”“啸天呀，你晓得的，老统领是个一辈子都谨慎的人。”向自云信心爆棚，说，“他隔永城老远，不晓得这里的具体情况，红军一跑就以为是计。《三国》嘛也就是个故事。战场上还是讲实力，哪有那么多计？贺胡子喜欢虚张声势。我要趁着他羽翼未丰一举全歼，才可断无穷后患。”

接到命令，工兵队开始抢修了被红军炸坏的花桥。杂沓的士兵队伍踩着尚未完全加固好的、晃悠悠的桥板过了河。据侦察兵报告，红军是沿着酉水的一条叫五溪的支流边的小路撤退的。周西青的部队过桥后，向自云驱马赶上来。他的大骡马由于冲刺太急，勒马时在狭窄的路边小坪原地转了几个圈。骑在马上的周西青将鞭梢攥在手心里，用鞭子指着五溪的上游，说："红军沿着溪边的小路逃窜，已经过去一个多时辰。如何行动，请向总指示。"向自云观察了一下，前方地势倒挺开阔，只是河上有雾，迷迷离离的。"情况不太明了，莫太冒进。"向自云说，"分成梯队前进，各梯队相隔一段距离。""是！"周西青领命后便去安排梯队出击。由于地势开阔，五溪边的山路还是较宽敞的，可以三四个人并行。前头的梯队速度很快，追出几十华里，便发现了红军断后部队的踪迹：随意丢弃的草烟烟蒂、断了绊子的草鞋，还有尚未燃尽的火堆。只是，前方的道路却被突然收窄——溪流两边的山峰变得突兀，像是一道大门。周西青驱马往回跑："报告团座，前头道路变窄，追击梯队已经失去了队形。""哦。"向自云说，"战列队阵是兵书上的一般常识，具体打仗还是要根据天时地利人和灵活处置的。没队形就没队形吧，又不是操练给首长检阅。关键是要抢时间，不能让红脑壳跑得没影儿了。"周西青于是又指挥队伍继续前进。士兵们鱼贯而入，鲫鱼衔尾般拥挤在五溪边的小路上前进——梯队变成了一字长蛇阵。这地方名叫夹脚岩，过了夹脚岩就是一道长长的幽深的大峡谷。大峡谷叫十万坪，南北长有15华里，东西最宽处只有4华里。五溪在峡谷间百转千回，缓流处多有深潭。贺龙得知此次领兵进攻永城的是好大喜功、刚愎自用的向自云，于是摆下了"空城计"，不战而退故布疑阵，似乎是溃败间为阻击追兵而仓皇间烧毁花桥，就是要引诱向自云进入这个"大口袋"。通常，口袋都有一个用活动绳索做成的锁口，十万坪的锁口就是夹脚岩。贺龙让朱鹤领着49团一团兵力把守夹脚岩，只要向自云的大部队进入峡谷，就会将夹脚岩这个锁口紧紧锁住。安排大部队事先埋伏在五溪两边的高山密林间就绪后，贺龙又各处视察，检查每个士兵的伪装是否妥当，还严申纪律：不准点火，不准讲话，没有命令不准开枪。下午4时左右，向自云率领的两个旅浩浩荡荡地追击进入了伏击圈。

"逮！"朱鹤一声令下，红军枪炮齐鸣，接着，冲锋号响起，山鸣谷应。漫山遍野的红军就如潮水般倾泻下来。此时才知中计的向自云忙令部队拼命抵抗，还调转头企图突围退出山门。但是朱鹤的部队已经将锁口一把锁紧了。四处是枪炮声、呐喊声，向自云经历过无数战火的高大黑骡马也受惊了。它仓皇而狼狈地在一块空坪场胡乱绕圈。大骡马一声长啸，高高仰起前蹄，将向自云一把抛起。向自云被重重地摔落在地上。一匹红马正朝着他从山路上冲过来，向自云赶忙避让。红马却突然勒住马头。一个高大的黑色人影跳下了马背，立在他面前。向自云被吓得半死。那人却蹲下将人扶起。向自云喜出望外："啸天？！"覃啸天过去拾起草地上的马缰绳，将大黑骡马拉过来。“团长，快上马！走！我掩护你！”覃啸天一把将他推上马背。“往五溪河边撤吧，弟兄们在那边接应。”覃啸天狠狠一拍马背。大骡马载着向团长沿着一条小山路一溜烟离去。喊杀声渐近，覃啸天抽出手枪，埋伏在一处临时掩体里……

骡马疾驰来到五溪河边，放慢了脚步。骑在骡马上的向自云十分狼狈：浑身黑污，满脸是血，一支长枪斜挂在肩上。他牵着马绳没挪步，显然有些拿不定主意——前有溪河，后有追兵。骡马在河边原地转了几个圈。啪！突然一声很响的炸雷。向自云抬头望天，黑云密布的天空像栽下了一棵巨大的珊瑚树。

驾！驾！几匹骏马在山路上疾驰，马背上是几个戴红袖标的军人。骏马在一处分岔路口停住，路边有一块石碑，碑上左右刻着“开弓断弦，分岔路口”两行竖字，中间刻着示意地图。朱鹤问：“老吴，你看那家伙会向哪边逃跑？”老吴观察了一下，说：“司令，我看他肯定是去了五溪河。”“追！”朱鹤猛一拍马屁股……溪流并不深，骡马在溪水中艰难蹚水渡河。涉江过半，骑在骡马上的向自云还不断用手拍打马臀。轰！又一声很响的炸雷。乌云翻滚，雨点如箭。此时河水突然变得浑浊，无边杂草落木纷纷而下。溪水骤涨，浊浪滚滚而来。骡马受惊不停打着鼻响，蹄子在鹅卵石间左蹬右撑。一脚打滑，骡马站立不稳，踉跄了几下。一个大浪打来，人仰马翻，向自云被卷进了洪水里……

竿城箭道坪广场，一张大白被单盖在一张门板上。一只手伸过来，先是缓缓地，而后突然猛地一把将白被单掀开。向自云直直地挺在门板上，身上还斜背着一支长枪。揭开白被单的是一个面容清瘦，却很精神的老军人。陈玉轩脸黑得令人胆寒，瞳仁里似乎闪着奇怪的七色光圈。他把白布复盖上，淡淡地说：“抬走吧，重金厚葬。”尸体被人移走。“城丢了，一个团，一个团全没了啊！”陈玉轩的声音由平淡突然变得颤抖。他的身后是一个巨大的广场，背后一座高大的古建筑，挂着的巨大牌子上写着“湘西巡防使署”和“中国国民革命军第34师总部”字样。门前有很高的石阶，阶前排列着很整齐的竿军官兵队伍。队伍前，覃啸天被五花大绑着。“我是怎么跟你们交代的？不要正面接触，不要硬碰硬，你们竟然还主动出击，惹火烧身？何健的那点阴谋你们还看不清吗，他是要借红军的手耗光我们湘西的部队啊！啸天呀啸天，娘卖皮的你这个参谋长是怎么当的？”陈玉轩走到覃啸天跟前颤抖地吼叫。他的声音突然变得平淡：“送他上路吧。拉下去毙了。”两个押解的士兵便要推着覃啸天走。覃啸天挣扎着大喊：“老统领，冤枉呀，我可是一再劝阻，他团长屁眼大，横竖不听呀……”旁边一个勾着头的军官也急忙辩解：“师长，覃参谋讲的确实全是事实。团长他跟贺胡子个人有仇，就是不听劝。”另一个勾着头的军官一把跪倒在地上：“师长，求求你，就放覃参谋一马吧。”队伍中的几个军官也出列跪地求情：“老师长临战斩将，军家之大忌呀！不如留他一条命，让他立功赎罪吧。”老师长考虑着。广场上死一般安静。“哼！覃啸天，你面子不小啊。行，先关起来再说吧。”老师长说罢，拂袖而去……

拂袖而去的陈玉轩只到公署打了个转，换上休闲长衫，便让轿夫把他抬去自己的私家花园“聊天一楼”。很长的一段时日都处在忧心忙碌之中，陈玉轩累了，想放松一下自己。只是一进院子，心情反而糟透了。院子有些荒败：曾经金碧辉煌的院门变得油漆斑驳、暗淡无光。石灰瓦垛脱落残缺。墙头长着枯索的狗尾草，麻雀在那里筑窝。花园里疯长着乱草几乎淹没了通往“聊天一楼”的道路了。“怎么搞成这样子了？”陈玉轩叱问跟过来的管家。“统领每天叱咤征战，日理万机，很久都没来院子了。”管家说，“没想到您突然又有了这份闲心，所以没有提前做准备。”“这些事还要做准备？整理院子应该是每日的功课啊。”陈玉轩说，“这院子难道没有专门的花工？你看那些墙壁，柱子都老旧发黑了！”管家说：“统领，这事我们去年就专门写了报告，申请经费维修。只是，统领也许忘记了，您当时说要用钱的地方太多，就暂时不搞了。经费还减了不少，所以专职的花工也没聘了。”“哦，我记起了，是有这么一回事。”陈玉轩说，“这两年呢，我们的收入倒是不老少，只是要花钱的地方增加得更快，总是捉襟见肘啊！”管家说：“是啊，我管理这么个院子都搞得满脑壳包，何况统领要管理湘西那么大的盘子，是难，肯定难。”“唉！”陈玉轩长长叹了一口气，“地盘再大也算不得难，难的是人心隔肚皮，出了败家子就真的是难啊！”他所说的败家子就是那些不能领会自己的意图，不执行命令，给部队和地方造成惨重损失的军官们。谷子琪、陈运等原来都是他的亲信，但在津、醴剿共中违背他的意志，使部队遭受很大损失。尤其是这一次，向自云兵折五溪真的是损失惨重。“城丢了，一个团，一个团全没了啊！”在箭道坪广场上，自己那撕裂的声音又回响在耳边。本来他不愿回首往事。回首往事太令人心酸，但现实又逼着他回忆。他所说的败家子当然有很多，其中最令他伤心痛苦的是谷子琪——谷子琪一直是自己最看重的。他脑子灵活，军事才能不错，是自己多年一手栽培起来的心腹二把手。原本期望他能“保持湘西一片净土”，不期这家伙羽翼稍丰，就自以为是，完全不听招呼，常常与自己唱对台戏。湘西虽地处边僻，周围却环狼伺虎，如何才能于乱世保一方“清净地”，陈玉轩觉得“使民自治”是一剂良药。湘西的自治运动，大多数官兵赞成，也有人不屑。反对派为首的竟是他谷子琪。谷子琪曾到处宣扬说：“统领常说强邻进逼，宜固藩篱，现在却把房子砖墙扯掉，忙着在房内摆花挂字，以后会有好戏看。”陈玉轩也跟谷子琪促膝谈心过。谷子琪一口否认，说是有人挑拨。但事后不久就有人反映说谷子琪的心思根本就不在湘西，这一段时间热衷于奔走上层、结交权贵。唉，我陈某一生办事处处谨慎偏偏在关键问题上用错了人！可是如今木已成舟后悔又有什么用？“行了。这些事就莫再提了。”陈玉轩嘱咐管家，“你去把戴参谋长叫到这里来。”不久，戴涛过来了。“统领叫我过来有什么紧要事？”“我打算对部队做一些大的调整。”陈玉轩说。

鉴于过去军官不执行命令造成的损失，特别是，陈玉轩深感必须建立绝对权威，必须对部队大调整。“很好。近来发生的一些事证明统领的想法是很有必要的。”戴涛说，“统领有什么具体计划吗？”“第一，把警卫团改编成独立旅。”戴涛说：“警卫团改编成独立旅，那谷团长的位置……”陈玉轩说：“让他先歇一阵子。”“哦。”参谋长有些担心，“一下子撸掉，是不是有些太急？”“总拖也不是个事。闲一阵子，他要做什么就看得清楚了。”“也是。”参谋长说，“统领还有什么调整打算？”陈玉轩说：“陈运也得动一动。”参谋长说：“动一动好，只是军务方面也没有什么适合他的空缺了。”“难道他一辈子都要管军务？”陈玉轩反问道，“这样吧，你把他调到狗拿岩去，让他去那里督修河道。”“好。我会马上下调令。”参谋长说，“警卫团改编成独立旅后，统领打算让谁出任团长一职？”陈玉轩说：“就让周西青当。”“周西青？”参谋长说，“周西青可是从袁祖铭那边投靠过来的，恐怕本地人会不服。”“老戴，以前我们就是吃了重用本地人的亏。”陈玉轩说，“周西青虽是从袁祖铭那边投靠过来的，但投靠来了，就是我们的人了。他带兵纪律严明。我们要用人不疑疑人不用。”

因为老是与陈玉轩唱反调，曾经的“接班人”——副师长谷子琪一直都被晾到一边。不久省城开参议会，陈玉轩就让他去顶数参会。一年一度，湖南省的参议会都是个极好的清谈馆。平素那里就总聚集着一批无所事事的遗老，每次逢会则更是热闹非常：个个牢骚满腹什么也看不惯，放一通炮骂一通娘，一切依旧。各人吃得满嘴流油，又回到各自的县份去。如今例会虽然已经散了几天，但一些遗老觉得反正回去也没什么事，还不如在这里滞留扯扯谈好消磨日子些，便也如会还没散一般每日依时按节来点卯。谷子琪心情郁闷，也觉得出去散散心也好，于是到了长沙。谷子琪的长沙之行还真没白来。他会见了官场中的许多旧相识旧友好。老朋友们都对他如今的处境深表同情，表示只要有机会便会替他说话。他索性在韭菜园的一家旅馆里多住几天。这家旅馆是姓吴的旧部侯开设的。吃住用度自不必有后顾之忧。有了这旅馆，他的应酬方便多了，三五天来个小宴请便成了常有的事。有一天他自己上菜场提了一腿羊肉回来让伙房给他做。“羊肉火锅”厨子问他为何不摆“海参席”或一大小席。他说这回的来客都是老乡，不搞虚设，只求可口实惠。那天来赴宴的其实也都是省中要员：其中之一姓田的如今是省政府秘书，也是竿城人；另一位姓王，为省政府委员，慈利人。虽不同县也算得是湘西大同乡。王委员早听说谷子琪与陈玉轩不和，本想乘吃羊肉火锅之机说“酒话”劝二人和好，哪晓得他的话还没有挑明谷子琪便把路堵死了。“感谢老兄关心，我跟他其实没有什么，但很多问题看法相左。他这人多疑，固执，所以用不用我都无所谓。我这人呢，不会为五斗米折腰。”谷子琪的话很冲，弄得王委员很不好下台，只好埋头吃菜。田秘书瞄了谷子琪一眼，见这位仁兄虎死不倒威的样子，忙接过话题，说：“谷兄的脾气我晓得，光棍服软不服硬。我想你俩总是硬碰硬也不是个事。”谷子琪喝了一口酒，说：“我哪里同他硬碰硬呐？我一直在躲。”“你这话说得好，躲！”田秘书说，“大丈夫能屈能伸。尺蠖之屈，以求伸也。”谷子琪叹了一口气：“唉，只是眼下我连躲都躲无藏身之地。”田秘书说：“谷兄，你若真的想躲，我倒帮你想到一个好的去处。”谷子琪忙问：“什么好去处？”田秘书说：“我最近看到一个公文，南京方面决定在庐山办一个军官训练团，给了湖南几个名额，湘西应该也是有指标的，你何不争取一下。”“这倒的确是个好去处。”对于喜欢游走上层的谷子琪来说，正中下怀，但他又说，“如今只怕凡有好事都轮不到我。”“事在人为嘛。”田秘书说，“老兄如果真的有兴趣，我可以尽力替你疏通疏通。指标说是分到各处地方，权力还是掌握在省里头的。你这次来得正是时候，我先活动一下，有了意向，到时你也可以去表个态，干脆让省里把你这个指标戴帽子放下去。”“好好，要得。”谷子琪很兴奋，“你去加紧活动，需要什么打点，尽管说。”“什么打点不打点的？”田秘书说，“咱们既是老乡又是兄弟，帮忙说几句话费什么神。”“这可要太感谢老弟了。”谷子琪把酒杯倒满，“来，老弟，我先敬你一杯。事成之后，定当重谢。”“言重了。不必这样。”田秘书举起杯，“来，我们几个共饮一杯，祝谷兄心想事成，大展宏图！”几个人都把杯子举了起来。其实，正如田秘书所说，办这事并不费神——因为田秘书此次来赴宴的任务就是笼络谷子琪，庐山军官训练团是一剂很好的诱饵。没两天，谷子琪被通知去省府谈话。刘益章派了一个情报处长与谷子琪见面，有意无意间，省府了解掌握了许多鲜为外人所知的湘西方面的情况。

第十四章

初秋的一天夜晚，一群黑鸦般的士兵旋风般直扑一处边地小镇——洪城。部队的番号是湖南省湘西行署直属部队警卫营。他们是来剿匪的。

当初，为防止黔军从“后门”袭击，陈老统调派覃飞驻守洪城，后来竿军与黔军媾和，后方的压力大为减轻，而湘西北部的永保龙桑一带，贺龙领导的红军势力日渐壮大，省府三天两头下令防范围剿，陈老统只得把主要防卫力量调往永城的西水河一带，于是洪城又变得混乱起来。眼下称霸沅水流域最大的匪首就是韩章。这位曾经投靠黔军的匪首被王家烈要弄了一回，于是又反水，退出洪城重操旧业，占山为王，趁着老统领鞭长莫及，其队伍发展到了人枪四千多。洪城市区二里外的大部分地盘都是他的天下；城里头也有他的势力，虽在地下，只要韩章需要，便能一呼百应。由于串通黔军前后夹击湘西的计划受挫，何健对“湘西王”开始实施“怀柔”政策，让竿军得到了一个难得的喘息机会。黔军反水投诚的部队加强了竿军的实力，而与何健合建的吗啡工厂日进斗金，极大地充盈了老统领的腰包。虽说眼下日子过得还不错，但陈玉轩却一直隐隐感觉何健正加紧着对湘西的觊觎。“何健可是只吃人的老虎。”陈玉轩没有忘记老镇守使的话，觉得必须尽早把自己的地盘稳固好。洪城这个金饭碗绝不能丢了！洪城这些年，官兵土匪进进出出，轮番执政，被糟蹋得满目疮痍。陈玉轩决定从这里开刀。沅水流域各县的土匪往日跟陈玉轩没有多少渊源关系，若不使用武力是绝不会就范的。所以陈玉轩特别组建了一个行署警卫营到洪城剿匪，而且由自己亲自督战。

都说秋是一年中最美好的季节，号称“小重庆”的洪城之秋夜其趣其美可想而知。当日头落山，江水由绛变紫，再渐显出吊脚楼错落的斑点灯火，喧闹的讨价还价声、金漆大油船磅礴的起锚声、木筏上水手高亢的号子声，顿时黯然。悄悄爬上后山的月牙有如一道分流闸：兴奋的、疲惫的、昼伏夜行的……各色人等便分别转入了夜的三条战线。繁华的正街是有钱人的去处：醉仙楼上灯红酒绿、香春院内被翻红浪，“厅子”里麻将桌上长衫客大战“四方城”。正街虽是繁华却不是谁都能去的，故大多数人皆拥挤在狭窄的小河街上。河街虽小却有商人落脚的客栈，有饭店、杂货铺、油行、盐栈和花衣庄。酽冽的烧酒、红辣椒炒猪杂水和橘叶一起煨炖在沙罐里的狗肉……这里的一切皆廉价实惠，对粗手大脚的水手们自然极富诱惑。其实岂止是水手，纵是那些穿青羽缎马褂的船主也常来光顾，因为商人同水手的需要，这小小河街里便有了那么一批经营无本生意的妇人。她们聚集在一些有吊脚楼的人家，着短衣大脚裤，发髻上敷了香油，腰边系一条粉红绸巾。她们很懂得男人的需求。对那些长年在外漂泊死生难定的人来说，花上几个子儿换得一夜温存倒也不算赔本的买卖。经营这职业的娘儿们都有一副好嗓子，但多数只会唱些简单的小曲像《猜调》《十八摸》等。作为洪城禁烟委员的严寄欢投身的是第三条战线。这条战线较之前两条的喧阗形成鲜明的对比：这里是沉寂的、秘密的也可以说是地下的、非公开的战线。本地多山地，每到春天各处便争奇斗艳竞放着一种极美极香的花朵——学名叫罂粟。边境的悲剧或喜剧常常与这种花有密切关系。以前烟土为本地转口货大宗生意，明码标价并无顾忌，烟帮客人是最受欢迎的客人，护送烟帮的军人也是最好的差使。但如今实施了禁吸禁运法，买卖既维系地方生存当得照例进行，方式却改成了地下。严寄欢是地方上的禁烟委员，当然明白肩头担子之重，故而每日里总是夜行昼伏，十分忠于职守。这一天天刚断黑便有查缉处的士兵来报告，说是鸿升客店里住着个形迹诡秘的贵州佬，显然是个烟贩子——一条大鱼。着青羽缎长衫的禁烟委员本想今晚上清闲清闲，因为他的一位好友——地方哥老会龙头饶大爷托人送来请帖，邀他去厅子战“四方城”。他一边用象骨牙签剔着牙，鼻子哼了声“晓得了”，便打发了前来禀报的士兵。上灯时分他吩咐备轿。正街的厅子属于豪华型建筑：青砖墙、斗拱飞檐，上下两层皆装有镂花窗，楼下为普通席，楼上为雅座。厅子楼前楼后各有一跑马转角走廊，走廊有门直接同香春院相通，因“酒色财气”自古一脉相连。龙头大爷虽无一官半职，却是地方上有头面的起眼闻人，财大气粗自不必说，今晚楼上的雅座便全由他一人包下，闲杂人等皆不得进入。饶大爷的形象与通常影视里所见夸张性的类型演员大同小异：肥头大耳、臂力过人、声音洪亮，开口便是裤腰带以下的话。堂堂禁烟委员同这样的人打得火热确乎是边地一种奇巧的现象。雅座里一张紫檀木象腿方桌上“四方城”已垒筑就绪。严委员跟龙头大爷打对家，另外的两个是洪江有名的洪油老板——都是江西庄上人，靠一把纸伞闯荡发的家。战“四方城”虽是攻坚之仗，但也不能老是炮火硝烟，诸葛火烧赤壁也还得来点煮酒吟诗唱“大江东”，故看牌的皆一色粉黛——香春院近在咫尺，收纵取舍皆易如反掌。有了这些佐料，战斗自然显得更有声有色。严寄欢因为占着禁烟委员这个大肥缺，平素花销并不棘手，但在这雅座里荷包却显得格外小。四围皆大而亮的女人眼睛盯着，却又不能显出寒酸相来，故同意龙头大爷的提议打“大一二”——出手收回皆刺激痛快。起先严委员倒是手气不赖，连和了几盘满贯。娘儿们便一齐奉承说他额角放光一副发达相，不久定会升县知事，一面谈笑，一面就有几只白手巴子伸过来吃红抽彩头。严委员嘴里骂着却正在兴头上，抓着那白手巴子啃上一口也任由她去。一阵梆声从石板街上敲过，已是二更时分。严委员摸摸扣在腰间的麂皮钱荷包，不禁浑身发凉——那钱神不知鬼不觉全“阴消”了。他怀疑自己是触觉失灵，但看看对面和两厢堆在桌上的钱已是明显地长高，方明白到后来手气一直很糟糕，自己确乎是输了。当“四方城”在一片嘈杂声中坍塌时，严委员面带菜色站了起来。龙头大爷和两个洪油老板各人搂着个娇娘要去香春院消夜。严委员却借故家里有事而毅然决然地走了。他独自走在清冷的石板巷子里。是时香春院里正送出琵琶弹奏的小调《打牙牌》。起了夜风。风从河边吹来，很有些寒意。他猛然瞥见巷子拐角处有间木屋檐下挑着个油纸红灯笼，灯笼上写着“鸿升”二字。数天以后地方上流传起一则故事。这故事说有那么一个烟贩由贵阳来到洪城，行李衣箱内藏有一万块法币七千块钱烟土印花。落店后半夜里忽然有人来“检查”，翻了一阵那个衣箱，便被检查员检查去了。这烟贩虽蚀了大财，第二天却搭了一只柏木船不吭声地走了，好像一抢便已完事。是谁干的他知道只是不说。“蚀财免灾”——不是他信奉这样的哲学，而是不由你不这样自己骗自己。翌日凌晨发生的一桩事，从另一个方面证实了那晚禁烟委员其实并没有回家，因为不服那口气，最后又折回了香春院。钱是打哪儿来的谁也没去计较，也无法计较。香春院的女子比起河边街那些瘦瘦小小的“野鸡”来要丰满得多，属于一个较高的档次。严委员这一夜也是够辛苦的：战罢“四方城”、斗罢烟贩子还要同白脸野味交手……终因体力不支三下两下便败下阵来，鼾声如雷像头笨猪。陪床的女子也觉得如此倒是省事合算，减料偷工收入照拿。她打了个呵欠打算入睡。突然一阵猛烈的叩门声。女人猛地惊起，看那禁烟委员仍在哼哼着说梦话。门被弄开了，显然为枪托所砸极重的一声响。一个年轻的军人极敏捷地冲进房里来。他双手捏着一支小手枪，手指挨着扳机。你道那禁烟委员睡得有多死？他硬是直到随后进来的几个兵弁哗地掀开他的被子，将他赤条条扭下床来才突然惊醒。“是哪一部分的？”禁烟委员睡眼惺忪地问。年轻军官把枪插回腰间：“你小子听明白了，老子们是陈老统的部队！”“陈老统？！”严委员一听这如雷贯耳的名字，像被抽去了筋全身皆软了。禁烟委员被解出花厅时，碰上了另一个被五花大绑的汉子——真是“不是冤家不聚头”。此君乃在“四方城”上同他对擂的那个人——大名鼎鼎的地方龙头饶大爷。

这个军人就是覃啸天，是陈老统此次亲自点将提拔的剿匪团执行指挥长。覃啸天命令士兵把饶松坡、严寄欢押到县城郊外沅江边的一间古老祠堂——江西会馆里去。江西会馆是陈统领的临时办公地，虽是临时住所，但陈玉轩总要把它装扮得像个家。临行前，他的卫兵会去他那里挑上一些书和字画，可以满满装上两口大楠木挑箱。这天早晨，陈玉轩读罢书，发现外边竟然有个大戏台。昨晚匆匆来此竟然没有注意，其实自己昨晚入室便就是打戏台下钻过。戏台周遭有一个很大的转角楼廊看台，梁柱上皆挂有木刻匾额。陈老统急忙走近看，借着黎明的曙色在品味一副对联：

座中多是故乡人，喜一榻茶烟，好同话南浦朝云、西山暮雨；
江上别开名胜地，近二分明月，试凭眺东流雪浪、北固晴霞。

这时从一间耳房里出来一个人。参谋长戴涛手里拿着一份电报稿。“老戴，这么早，有什么事？”陈玉轩问。“统领，省里催报剿杀共产党的人数呢。我们如何报法？”参谋长向他请示。“唉，共产党就那么容易杀？真共产党我们是很难杀到的。”陈玉轩说，“其实土匪比共产党还可恨。共产党有个主义，有个宗旨，与何健、蒋介石作对，争天下；土匪是乌七八糟的流氓，专搞烧杀淫掳，残害百姓。他们要抢占我的地盘，杀害我的百姓，想把我们赶走，所以我得先剿匪后剿共。那事过几天再说。”这时，有人进来。“报告，饶、严二犯已经捉拿归案。”营长覃啸天立正报告。年轻营长的报告声他似乎没有听到。“二犯解到，请陈老统发落！”年轻营长提高了嗓门复述了一次。陈老统终于转过脸来：“啊，捉到了就好。人在哪儿呢？”“关在营部牛棚里。”覃啸天问，“请示统领，下一步怎么办？是不是拉到这里来？”“还要问哪样？”陈老统的声音乡音极重，“不要来齷龊了这块风水地，把布告写清楚，拖到河边沙坝坪毙了就是。”“是！”年轻营长行了个军礼，二话没说便出门去执行军务去了。

每逢黎明，洪江后山的碉楼是要依时放“醒炮”的。这一天，沅水边沙坝坪里猝然响起的两声枪响代替“醒炮”宣布了新一天的到来。覃啸天回到会馆打算禀报执斩情况。“我已听到放枪了，打得很干脆，没有补火。”陈老统扬了扬手。他不喜欢听啰唆话，直接布置道：“去找纸笔写几张布告贴到街上去。”啸天有些为难：“老统，我……不晓得他俩的犯罪事实，不晓得该如何写啊！”“你不晓得不要紧嘛！他俩的罪恶人人皆知，只要写这二人已经正法，胁从者一律不问，就行了。”

“遵命。”覃啸天自然不敢再多说。“等等。”站在旁边的戴涛突然叫住他。“参谋长，您还有事？”参谋长说：“你们在布告上添上一句话。”“什么话？”“就说饶严二匪勾结共匪作恶多端……”“这……”覃啸天呆住了，有些为难地看着老统领。陈玉轩想了想说：“你也不要为难手下，就按一般恶霸定罪就行。”参谋长却说：“统领，一打春官二拜年的事为何不做呢？”陈玉轩说：“我晓得你还在为那些要上报的数字为难。其实那个简单，省里要报，你前后更换一下，将杀掉的匪首名字换成共产党人的名字，将击毙的土匪数字变成共产党人的数字，这样清乡、剿共的成绩不是非常可观了吗？”“哦。”参谋长突然大悟，说，“啸天，快去把布告写好送来。”覃啸天急忙去寻来纸笔写道：

匪首饶松坡、严寄欢二人横行乡里，鱼肉百姓……业经正法，胁从者一律不问。此布。

“行！就这样。盖上我的章子马上叫人张贴出去。”陈老统看过点头称好，又对戴涛说，“这两个人头，换个名字，你把它往省里报上去。”“好。好的。”参谋长一迭连声。“好多人以枪杆子来清乡、剿共，都是为自己争利，争地盘，我不一样，我要以清乡之名，用枪杆来剿匪，保境安民。”陈玉轩语重心长地说，“老戴呀，我们在岩头缝缝里过日子，办事要有谋略，也要有自己的打算、见解，不可人云亦云，盲从附会。现在军阀们在混战，多怀鬼胎，让他们去互相打吧，让他们去同共产党打吧。剿灭了饶严二匪，我们境内的大土匪就只剩韩章了。土匪基本肃清，应该办我们湘西的事了。”

韩章从黔军开溜回乡重当山大王，几年间还混得风生水起，当时已经有人枪四千多盘踞城外，城内亦有地下人枪五百——饶松坡、严寄欢便是他隐藏在城内的地下匪首。陈玉轩办事总是令行禁止、雷厉风行。这一次他倒是没有滥杀无辜，为洪城人民除了两个大害。处决饶、严的布告在洪城城门洞子上一贴出，市内潜伏的匪徒皆吓得张皇失措、纷纷逃离。接着，陈玉轩便在江西会馆里召集会议，部署用五个团的兵力进剿郊外的韩章匪部。

县政府派人送来的一幅洪城舆图铺在一张唱戏用的长桌上，陈玉轩也因陋就简使用了一张矮靠背高脚道具凳，因为个头高度不够只能象征性地“坐”着——实际上只是用尾椎骨顶着凳面而已。他也顾不得那么多了，时不我待啊！“据探水士兵的报告，韩匪已闻讯逃离洪城近郊。”陈玉轩用细细的指头在舆图上跟踪，而后在一片等高线密集的区域一划拉，“如今逃窜、集结在雪峰山一带。在座的恐怕好多人没去过雪峰山，打个比方吧，这山跟我们凤凰的腊尔山差不多，也许还要高一点点。那里山高林密，羊肠鸟道，进剿会有不少困难。但是要想湘西全境安定，还是我的那句老话——为给湘西留一片清净地，韩匪必须限期剿灭！各位请听清楚：限期！限期是多少，我想也就是三两个月，最迟不能拖过明年开春。我能给你们好多兵员呢？满打满算也就是眼下来洪城的五个营。”

这一回陈老统不像以往剿匪那样搞“招标”。他用长着几色光圈的眼珠瞧了瞧覃啸天道：“啸天，你跟几个连长商量一下，今晚之前拿个方案来见我。”陈玉轩丢下这一串铅般沉重的话后走了。众人都知道老统领是回他下榻处的卧房去了——因为此刻已日头当顶，是正午时分了——老头子的“养身之道”是早起早睡，中午无论如何要睡午觉。年轻的营长可没这份涵养。他急性子脾气。几个由他辖管的连长这一天里可就跟着受罪了，清早吃过几个灯盏窝、一碗豆浆水，直到夜晚九点后头坡上的碉楼响了“二炮”洪城四城皆关了铁门，方案商定才各个去河街吃消夜。营长覃啸天急忙忙赶着去见上司。他很担心一过九点老头子又会要上床睡了。赶到那下榻处时果然房里的灯已经熄了。门卫把他拦在门外：“老统睡了。有事明天再来吧！”“我有重要事，不能等到明天。”覃啸天请求道：“烦你告诉一声，说是我覃啸天有事要求见。”“你覃啸天就屁眼大些？”门卫乜斜着眼，双腿夹着根枪拦在门首，“莫说你一个芝麻小营长，就是省里来的主席南京来的委员也没谁敢破了这个规矩！”“娘卖的！”覃啸天骂起娘来且一下冲上去，闯得那姿势悠闲的门卫一个趔趄。门卫站定从背后严肃地照他举起了枪。“让他进来吧！”陈老统的房里突然亮起了灯，“是啸天吧！我晓得只有你才有这么大的胆子。”“陈老统，我来迟了！”覃啸天忙主动作检讨，“我想这事不能等过夜。这是我们刚刚才商定好的剿匪方案，请老统审定指导。”陈玉轩把那一沓稿纸顺手扔在书桌上，淡淡地说：“行了，就放这儿吧。我看过了再找你。”离开古旧宅院，年轻营长心里一直不好受。那一晚当几个连长从河边街吃罢炖牛肉喝得醉醺醺回来，覃啸天还在生闷气。

翌日，陈玉轩的副官一大早就来通知，让他赶紧去听指示。覃啸天泡肿着眼睛，风风火火往那间封火筒子屋赶，心上心下很不踏实。“坐吧！”陈玉轩像是一夜也没睡好，精神显得很疲惫。他拿着那沓呈审的稿纸指着一张靠背椅。啸天发现统领突然显老了许多——这个身子瘦小但目光明亮、花白平头的老头子，着一套陈旧得开始变灰的青呢子服。哪里像叱咤风云的大统领。覃啸天却不敢坐，笔挺挺立着：“老统，我……就站着听……是一样的。”“坐下吧！我有很多话要跟你讲。”陈玉轩指了指凳子。覃啸天只好坐下，心里颤兢兢地想：“有很多话终究不是好事。”陈玉轩也坐下了，躺在一张竹靠椅上把那份报告交还给覃啸天说：“你们的计划昨夜头我已前后共看了三遍。总的说来计划是可行的……”覃啸天悬着的心一下子落到了实处。“有一点请你注意：那天我们说剿抚兼施，那是一个总的方针，是指湘西全境，而对韩章这样的顽匪只有一条：那就是严肃清剿彻底消灭。”陈玉轩说这话时有几色光圈的眼睛变成了赤红，“这次我之所以亲自来洪城就是要在沅水流域搞出点影响，消灭韩章是杀鸡给猴子看。”覃啸天的精神顿时抖擞起来：“有陈老统亲自督阵，我保险那雪峰山就是韩章的坟山！”“好！我相信你的话。”陈玉轩招呼陡然立了起来的年轻营长坐下，“莫要性急！我今天喊你来就为的跟你讲，要靠我督阵是督不了啦。”他的脸上突然飘来一片带雨的乌云。“老统……是不是发生了什么事？”覃啸天倒是极敏感，因为这位“湘西王”是从不轻易把“愁”字写在脸上的。陈玉轩没作答。他从靠椅上站起来反背着双手在室内踱了几个来回。覃啸天的心里像压着一块铅。他连大气也不敢喘。“老统既然有大事要去处理，就安心去吧。这里的事有我们哩！”年轻营长语气很是坚定。陈玉轩很满意地看着眼前的年轻人，走过去信任地拍了拍他的肩：“好！我现在就正式委派你为沅陵行署驻洪城办事处处长，全权指挥剿匪事宜。”“谢老统的栽培！”覃啸天站起，笔直行了个军礼。

这一年冬天多雪。号称“雪峰”的这座大山，处处银装素裹雪掩冰封。恶劣的气候虽然增加了剿灭韩匪的难度，但年轻营长的脑海里时时印着陈老统忧郁的影子。他知道自己的部队对匪徒打击愈有力，则老头子的位子坐得越稳。他是老头子的心腹，是老头子一手培养起来的，自己的前程亦与其升迁沉沦紧密相关，就是豁出命也要按“限期”剿灭顽匪。进展倒是颇为顺利。入冬之前覃啸天就部署五个营，以诱敌的方式，在洪城郊外成功地进行了几次合围进剿，歼灭了韩匪的生力军两千余众。韩章原本气势极凶自恃在地方上势力大地形熟，还想组织扑贼吃掉陈玉轩的部队，待到折将损兵明白中了计时已只剩人枪千余。覃啸天重奖了剿匪有功人员乘胜追歼。韩章只好化整为零，将剩余人枪分作几股退缩到雪峰山。覃啸天早已察知匪徒以退为进的策略，着队伍化装穿插占据要道，伏击得手又歼匪千余。是时已经入冬，雪峰山上终日纷扬扬飘起鹅毛大雪。覃啸天召集各营团长讨论新的作战部署。众人一致认为要想歼尽韩匪残部，必须化整为零组织飞行小分队深入大山，同时也要大胆利用投诚土匪中的骨干分子，这样才能掌握土匪的活动规律，而后方可能设计擒拿。他们把一个叫彭大兴的反水投诚小头目通知到剿匪临时指挥部来。彭大兴双脚打颤地来了。覃啸天给他赏了一根“红炮台”香烟让他坐下说话。“我把你找来不是为你的事。你的事早都讲清楚了也就了结了。”覃啸天用话使对方松弛，而后说明本意，“我们现在是要寻找韩章的行踪。希望你能提供点情况。”“长、长官……韩章往哪儿跑了，我、我的确不清楚。”他的话语还有些结巴，“我原本是归谭驼驼管的。他的事我晓得一些，晓得的都如实讲了。韩章是大头头，他不直接指挥我们，我们平素都难得见到他现面……真的，我不敢讲半句假话……”“这个我们相信。你能不能仔细想想，在已经投诚的弟兄们中有哪个会对韩章的行踪比较熟悉。”“这事小的愿意尽力，只是……有哪些弟兄投诚了我也不太清楚。”“这个好办。”覃啸天道，“来跟我走一趟吧！”在一块不大的操坪里所有投诚人员正在那里集合、点名、上操、受训。覃啸天将彭大兴领到旁边的一间小阁楼上让他通过一个隐蔽的小窗作了一番“检阅”。他终于从黑压压的人群中剔出一个人来，这人叫杨子成。杨子成跟韩章是一个地方的人，起事之初便在韩章手下干，二人原本交情不错，只是韩章后来官越来越大，枪越玩越多，把杨子成倒是冷落了。杨子成和彭大兴皆是小头目，都有些郁郁不得志的情绪，故两人较谈得拢，也不免发发牢骚，谁知却隔墙有耳被人暗告到韩章那里。韩章曾经扬言要“宰了这两个杂种”，只是后来清剿队突然降临洪城，矛盾被暂时掩盖没来得及下手而已。彭大兴把来意跟杨子成一说。杨子成自然很是活跃，巴不得早些杀了那贼以绝后患。商议的结果是让杨子成去吊尾线跟踪。“你说说杨子成单独行动会不会跑掉？”覃啸天这样问，有些不放心。“他既然愿意投诚，怎么又会逃跑？跑了我负责。反正我在这里随时都可以法办。”彭大兴说得很有把握，因为他深知其中的冤愆孽结。

冒着纷扬的大雪，清剿小分队跟着杨子成出发了。他们翻山越岭出入林海，在雪峰山上探洞察寨整整一个星期皆毫无结果。二月初八那天，他们来到一个叫板栗坳的寨子，打听到韩章有个老表叫张长云有可能知道韩的下落。张长云是个炭客，那时正在坡上烧炭，吃住都在炭棚子里。飞行队趁着茫茫夜色合围了那座炭窑，将张长云抓住审讯。那个满身乌黑的汉子倒是有如钢炭的性格，折腾了大半夜也矢口不肯说，后来硬是一索子捆起悬在炭棚子梁上“吊半边猪”、弄得他鬼喊鬼叫，才招出韩章来这里藏匿过，如今躲在不远的虎头坡上的事实。虎头坡俨然一只蹲虎，山势高耸险峻，坡上荆棘丛生，只一条崎岖独路可通。这是一座带有浓厚神秘色彩的山——当地有各种各样的传说：属牛、属羊、属猪、属狗的人不能进山，因为牛、羊、猪、狗都怕老虎，如果进山白虎就要伤人，一家会遭厄运、凶多吉少，故极少有人入山。因为这是场最重要的战斗，覃啸天闻讯后及时赶到了白虎山下指挥清剿。听过这则传说的副官们打趣说："营长你就莫进山了，因为你的生辰犯忌。"覃啸天承认自己是属狗，但又说："我到底是属狗的比牛、羊、猪稍强一些。说不准我还是条撵山狗，拢不得边去打打臊路叫唤几声也要得。"

第二天是初九，夜里有蛾眉月，但月亮落得很早。月亮一落，覃啸天便让杨子成作向导带领着小分队攀缘岩石，匍匐向虎头上搜索前进。爬上山麓时发现了远处的一点星火——一片大松树林子背后的古藤老树丛中有个岩洼，岩洼斜搭着个小棚，棚里摇曳如豆灯火。众人甚是惊喜，估计这里确系匪徒藏匿地无疑。正要分散作包围，那棚里如豆的灯火却渐渐移动出了户外——原来是一个举着根麻秆照亮外出方便的家伙。灯火移出棚外数尺便被弃在地上熄灭了。那一定是个闹肚子的家伙。他等不及离开睡处一丈远便拉下四块裤急急蹲下，静夜里发出一阵滑稽的声响。在这样的关键时刻，那作为向导的杨子成竟然忍不住扑哧一笑。"来、来人、来人了……"那蹲着的身影一下立了起来，惊惶中肯定没顾得打扫战场。黑影冲着小棚子大叫。棚子里响起阵惊惶的叫声——一团高大的黑影撑破一块遮风的茅扇逃入林子。知道被自己闹坏了事的杨子成，这下可得努力将功折罪了。他腾身跃起扑过去，没等那闹肚子的家伙再喊第二声便从背后一把扼住他。两人在地上几个360度翻滚。"追！"覃啸天下达了命令，小分队便紧紧跟踪那团黑影而去。因为有过多次明确提示，还都看过一张发黄褪色的照片，故而大家对韩章的身段块头还是有些印象的，偏偏聪明反被聪明误，黑夜里的穷追不舍却错把葫芦当成了瓢。天亮时那个块头高大的家伙被抓住了——经杨子成辨认证实此人叫杨大光。韩章倒也确实藏在那棚子里，只不过他在混乱中已溜掉了。损失虽大收获倒也不小。这个叫杨大光的角色是韩匪的副司令，倒也不失为一条大鱼。那个闹肚子的还确是参谋长哩！只是很苦了杨子成，功过相抵说不准有些入不敷出，雪地里的几个翻腾三周半动作弄得一身臊臭，想起来好几天还恶心。"不要紧的。"覃啸天鼓舞众人的士气，"韩章虽说侥幸逃脱，但尾巴已经被我们踩住了，他跑不到九州外国去。"他布置了继续搜捕，决定从雪峰山下调两个营的兵力来困住虎头坡。只是山大严寒，枪支弹药明显不足。

趁着部队临时休整，覃啸天骑着一匹白马，飞驰回到竿城。他向老统领汇报了有关情况。陈玉轩对这位年轻营长的表现很满意。乘着陈玉轩脸上有难得的笑容，覃啸天说："新的进剿马上就会开始。眼下有个紧急而严重的问题是枪支弹药明显不足。"陈玉轩说："我们已经从省府购得一批军火，陈范已到长沙办好了交接手续，过几天就会回来。你就稍微等等吧。"

第十五章

湘西，大山险峻，溪流湍急。雄浑的沅水号子响彻峡谷。陡峭的悬崖上，一队赤身纤夫唱着号子。一条沉重的木船逆水上行。木船满载着铮亮的钢枪和弹药。陈玉轩命令陈范去长沙购置武器以“备战剿共”，其真实目的是打算武装一个特务营。

何健这次倒是很大方，用“半卖半送”的方式把一批军火卖给了陈玉轩，离开的时候，还特意派刘益章将陈范送到长沙东屯渡码头。刘益章送罢陈范，回到省府，说：“主席，半卖半送，你怎么能这样迁就那个山大王？”“是啊，我也不知为什么。”何健道，“按理说，是不能再这样迁就他们了。”“主席说得没错。都什么年代了，湘西竟还有一支尾大不掉的绿营军，筸军不彻底改制，军令无法畅达，军力何以提高？”刘益章道，“我看，是到该摊牌的时候了。”何健开始踱步。刘益章道：“主席是否还有些犹豫？”何健道：“我刚刚履新长沙就发觉了这是个根本性的大问题，但湘西天高皇帝远，动得不好就有可能翻船。”刘益章道：“主席，前几年时机可能是不成熟，但经过这几年，时机应该是逐步成熟了。”“是吗？你以为时机已经成熟了？”“是的。这次共匪贺龙闹事，我们将有大部队开进湘西，这可是天赐良机。”“益章，不知你发现没有，陈玉轩是越来越公开跟我唱反调了，只是他眼下的能量仍不可小视。”刘益章说：“主席，如此更应快刀斩乱麻，若任其发展，势必尾大不掉，遗患无穷。”何健问：“如果他恃武力相阻挠，为之奈何？”刘益章说：“主席一定听说过一个湘西人吧？”“谁？”“谷子琪。”“谷子琪？”何健想了想，“他不是陈玉轩手下的大将吗？”“对。谷子琪可以说就是筸军二把手。”刘益章说，“遵照主席指示，我一直在湘西寻找可以信赖的人，皇天不负有心人，还真的被我们找到了。谷子琪虽是陈玉轩一手提拔起来的，但思想没那么老旧，所以在很多问题上跟陈玉轩有重大分歧。这次，他已经去庐山军官训练团学习。我让军政处长找他谈过话。他知道这是省府给他提供的机会，很珍惜。谈话间，他把很多湘西的内幕都告诉了我们。”“好啊。这可是个大好消息。你有何打算？”何健问。刘益章道：“省军最近不是将派一个师去湘西边境拉练演习……”何健说：“没错。”刘益章道：“这样就好。主席不妨来一回‘草船借箭’，一打春官二拜年，一举解决这道湘西大难题。”“哈哈！”何健大笑，“益章果然智慧过人！此计若成，湘省之大福也！”“主席，有一件事，我还没有给你汇报，可能犯了先斩后奏之罪。”刘益章说。“哦，什么事？”何健问。“主席，我一直觉得你半卖半送那么多精良武器给陈玉轩对我们来说，是一个极大的隐患。”“是吗？”“你这样会让陈玉轩这只病恹恹的病猫变成真老虎。”何健说：“我也一直有这个感觉，但想要稳住他，不给一点点甜头也说不过去。”“主席当时的决定并没有什么错。”刘益章说，“只是世事迁移，此一时彼一时也。”“你说得没错。如果是今后，我是不会这样拿咱的热脸去贴人家的冷屁股的了。”何健说，“这事，木已成舟，也就只能这样了。”刘益章说：“并非木已成舟，而是亡羊补牢尚未晚。”“亡羊补牢？”何健问，“参谋长还有什么高招？”刘益章说：“这就是我负先斩后奏之罪，需要向主席负荆请罪的地方。”何健：“什么意思？”刘益章说：“我在东屯渡送走了陈范，就立即电告了桃源的驻军，不能让这批军火过了麻阳高村。”“老刘，我说……”何健责怪地道，而后突然微笑着说，“我该说你什么好呢？”

顺风顺水，营长陈范押着船经过几天在沅水上的航行，将船折转进入了支流沱江，眼看就要到麻阳高村了。陈范坐在船头，却完全无心顾及周边的美景，心思有些凝重。他知道这次肩头担子沉重。这一回自己押运的是竿军有史以来最新式最精良的一大批武器和弹药。十数天的水路，莫名的狂风暴雨，不尽的激流险滩，更恐怖的是蜿蜒河道两边悬崖峭壁，林木蓊郁，神秘莫测。这都是人家的地盘，你不知道哪些地方潜伏着什么危机，稍有差池，自己人头落地倒不足惜，误了老统领的大计可就罪孽深重了！陈范不敢久坐，不断地站在船头警惕地往两面山头观看。他来到船尾，看着渐渐变黑的天色，问：“船老板，你这船怎么越开越慢？照这样子何时到得了潭溪？”“长官，没办法，风向不顺，挂不得帆。”船老大使劲摇橹，突然停住望了望天，“咦，像是顺风了！巴子，快点升帆！”“好咪，升帆啰！”巴子等几个水手便唱着号子用力将大帆升起来。大风将帆棚鼓得胀胀的，船速也明显加快了许多，但那帆升到一多半处却被绳子绊住了。船老板冲出来大骂，“娘卖的，怎么搞的吗？”“帆被缠住了，我就上去帮它整理好。”巴子说罢便往手板心吐了口水，光手光脚往桅杆上攀去。巴子在风中努力扯动那卡住了的帆。“砰”的一声，骤然响起的枪声从河边茅草林传送过来，巴子一惊，双手打滑，“嗵”的一声从桅杆上滑脱掉落进了水里。有土匪！水手们一阵慌乱。“都不要慌张！”陈范急忙往船头冲，趴在船舷上便瞄准河边一个黑影开了一枪。砰砰砰！护船的几个士兵也一齐向岸边开枪。船老板大声喊，“弟兄们，使力划，冲过去！”七八个橹手便一齐发力拼命摇橹。好在大家伙手脚快，大船飞快地离开了河岸。这时，从河边的密林里钻出几个包着黑头帕的人，手里拎着瘦长的火枪，远远地朝大船指指点点。“可以了。大家稍微歇一歇。”陈范望着远处河边的几个渐渐模糊的身影，说，“没事了。几个拿鸟铳的毛贼，不碍事。”船又行了大半天，向晚时分，江边远远看去像是有一个寨子。陈范问船老板：“那儿是什么地方？”“乌巢寨。”船老板说，“寨子不大。应该今天逢集赶集，你看快散场了，路上人还不少。”“这里隔所里镇还有多远？”所里是离竿城较近的一处水码头。“恐怕还得有三天路程。”“喔。”陈范思考了一下，说，“老板，那就停船吧。”“停船？”船老板说，“老总，今儿天气不错，何不再走几个小时赶到潭溪再歇脚。那是个大码头，好玩得很。”陈范想了想：“算了。老板，就在这儿过夜吧。”大船于是在这个叫乌巢寨的水码头停下了。船一停，陈范吩咐大家休息，自己就从客船上下来。他背着个小包袱，走进寨子靠河的小街。

陈范赶到乌巢寨集市的时候，已经快散场，但因为天气好，乡场上依然人头攒动。到处挤满了各式各样的小摊，有个人在滑稽地夸张叫唤：“哎，名贵药材呐！喏，何首乌，补气益血，强精壮阳，秃头长新发，白发能转青。千年何首乌，都长成人形呐，公婆一对儿……”许多乡民都围着看稀奇。陈范没有心思看这些稀奇，他打探寻着找牛马市场。牛马市不在圩场上，而是在一处河滩边。沿河有一道乱石长堤，形成的一块大坪地，供牛马市交易使用。这里人多牛马多，也很热闹。坪地周围还摆满了小吃熟食摊档，空气中混合着牛粪和姜葱的奇怪气味。牛马客来自四面八方，有讲汉话、讲土家话的，也有讲苗话的，还有满口镶金牙讲难懂下河腔的牛贩子。陈范步子很急地走进了河滩边的牛市。“阿叔，快来这里看看呀。好牯子耶！”一个脸色黝黑，穿对襟衣的年轻仔牵着一头健壮的黄牯，手里举着根草标。陈范凑了过去，双手用力掰开牛嘴巴往里看。“是八齿牛，牵回去正好犁田派上用场。”年轻仔说。本地有农谚云：七齿七郎当，八齿耕田庄，九齿家发官，十齿是牛王。意思是八到十齿的牛是最佳年龄的牛。“没错，你这确实是八齿牛。”陈范用手掰开牛嘴巴，瞧得很仔细，“只是。这牛恐怕脾气犟，有点不好使。”“阿叔，你到底是行家里手，什么都瞒不过你。”年轻仔说，“哎，你是怎么看出来的？”“哈哈哈……”陈范得意地笑了，“凭经验，凭经验。”“哎，来，抽根烟。”年轻仔很热情，还给他划火柴点烟，“我说阿叔今天这牛你不买都可以，一定要教教我如何认牛脾气。”“可以。没问题。”陈范其实不会抽烟，但这是一种待遇，所以也就噙在嘴巴里抽了一口，那烟就不听使唤地猛地往肺里一窜，呛得他眼泪水直飙。歇了一会儿，陈范说：“老弟，不过我今天来不打算买牛，只是想跟你打探个事。”“什么事？”“这边有没有马帮？”“马帮？有啊。昨天就来了一个大帮，是过来运山货的。”“你认不认得他们的头？”“认得的。”后生说，“莫看我年轻，在这牛马市，还算个名人。”“那太好了。”陈范说，“那就麻烦你带我去见见他。误你一会儿工，等一下，我请你砍馆子喝酒。”“没关系呐。出门在外，都得互相帮忙嘛。”后生把牛绹绳交给身边的一位老者，让他代看，就带着陈范离开了。落霞时分，陈范回到了泊在江边歪脖子大柳树下的大船上。船老板说：“军爷，跑哪儿去了。饿了吧？饭菜热在鼎罐里呢。”“不饿。我吃过了。”陈范突然大声喊，“统统出来，集合！”士兵和水手们纷纷跑出船舱来。陈范说：“大家注意了。过两个时辰会有一队马帮过来。各位先做好准备，把所有的家伙都打包，到时装上马背，趁夜走山路出发！”大家都不明白陈营长在搞些什么名堂，只能照做。

是夜，有些朦胧的月光，一阵轻微的骚动过后，士兵们便跟着马队弃水路开始艰难地翻山越岭了。为了不致引起别人的怀疑，陈范继续留在船上，而命令张连长带领大部分押运士兵星夜出发。行前，陈范对张连长说：“此次任务责任之重大你应该清楚。这些宝贝必须全数送达竿城，如有半点闪失，你我的人头会一起送到老统领那里去！”张连长坚定地说：“放心。人在宝贝在！”于是，一拨人分成了两拨，荷枪实弹的黑衣人组成的马队在山林中风驰电掣般开拔了。马队出发后，大船仍在乌巢寨的河湾里泊着，到翌日清晨，陈范吩咐大船继续上行。大部分时间，陈范都挺立在船头，充当标牌和靶子。这一天，一切倒是顺当，平安无事。晚上在潭溪歇脚，陈范邀船上的人到潭溪后街，大块吃肉大碗喝酒，痛快了一回。又过一日，大船接近泸溪，在一处河湾回水处，陈范看见有几只小划子突然从岸边茅草林里钻出来。砰！划子上一个戴斗笠的人突然举着个盒子炮朝天开了一枪，一边大声喊道，“停船！留下买路钱，老子就放你们一条生路！”陈范没回答，把手往旁边的一个士兵摊了摊，士兵把一根长枪递给他。陈范端枪仔细瞄准，扣动扳机。砰的一声，那人头上的斗笠被打落到水中。大船飞快地从小划子身旁擦过。那家伙气急败坏地大喊：“弟兄们，快给老子们追！”砰砰！划子上的人排枪扫射。水手巴子挨了枪子，身子一歪，踉跄几步掉进了水里。陈范一边吩咐赶紧救人，一边抬眼四路里观察。他发现，河岸边的灌木林子里突然闪出数十个手持闪亮钢枪的人——这些人虽然都穿的是粗布对襟衣，但明显是国军的正规部队。幸好及早改变了方案，不然就真惨了！陈范暗自庆幸，一边指挥还击，一边厉声地喊道：“船开快点，快点！”船老板看着那挂在半空中的风帆，很是焦急，因为专司爬桅挂帆的巴子掉进水里，一时下落不明。正焦急时，巴子从水里冒出头来。“巴子？！”船老板又惊又喜，一把将巴子拉上船舱。巴子浑身透湿，却一个箭步便扑过去开始往高桅上爬。砰砰砰！河边林子里的枪兵便一齐对着桅杆射击。还有一条小划子快速追了过来。“打！”陈范大声喊。兵们对准追赶过来的划子开枪，划子上的两个匪兵掉进了水里。又有几条小划子出现了。“追！你们跑不了啦！”划子上的头头大声喊叫。几只小划子飞快地往大船靠拢。见状，陈范急忙冲进船舱抓起一根铁锹，一把将一个长木箱撬开，取出一把油亮亮的冲锋枪来。哒哒哒哒！一个黑色身影突然立在船舷，端着个黑乎乎的东西在疯狂扫射。追兵们全傻了眼，于是放慢了追击的速度。木桅上，巴子终于将故障排除，风帆高高地升了起来。大船乘风破浪如有神助。望着飞快远去的大船，追兵的头无可奈何地骂了一声：“狗日的，煮熟的鸭子让它给飞了。”丢开了追兵，大船在乌巢河上缓缓前行。受伤的巴子躺在船舱里。陈范在木盆里拧了把湿毛巾，覆盖在巴子的额头上：“巴子，你要挺住，辰州就要到了。你不会有事的。”巴子微微睁开眼：“我没事，刚才睡了一个好觉。”陈范道：“没事就好。你躺着莫动，好好休息。”这时，站在船头的一个兵突然喊：“喂，那边好像过来了一个骑马的竿子兵！”陈范忙钻出船篷。他看见远处沿着江边的山路上，一匹快马正飞驰过来。陈范看见那骑马的人竟是张连长，急忙吩咐把船往岸边靠。大船缓缓地往岸边靠过去，但那匹马还在没命地狂奔。陈范喊道：“快把旗子递过来！”水手递过两面小旗。陈范立在船头，挥动旗语。张连长的马风驰电掣。在即将与大船擦身而过的时候，张连长猛一勒马头，咴！烈马在岸边前蹄高扬后落地，转两个圈停下了。

张连长所带的马帮抄近道顺利抵达了竿城。见到了亮晃晃的“宝贝”，陈玉轩愁眉舒展，说：“陈范不错，办事肯动脑子”。他很担忧陈范等的安全，于是吩咐张连长带一连人马沿着峒河去寻找迎接。陈范回到竿城，向陈玉轩汇报了后来的遇险经过和自己的发现，陈玉轩感觉何健明显是加快了紧逼湘西的步伐。“不错。你这一回处置果断。我会给你记功。”陈玉轩满意地看着眼前的年轻人，“如果这一批军火出了事，我们剿匪的事就麻烦了。”“谢统领的褒奖。”陈范说，“只是，我们虽躲过了这一回，如果不早防备恐怕还会吃大亏。”“何健这一两年一直拉拢我，给我们些甜头吃，只是我心里还是晓得的，没有完全上他的套子。”陈玉轩说，“你这回可是辛苦了。好好休息几天。可能马上就会给你新的任务。”“是。”陈范敬礼离开。恰巧这时保商局廖局长匆匆来到了统领府。“统领，情况有些不好。”廖局长有些神色慌张。陈玉轩说：“什么事？讲清楚。”廖局长说：“我们最新生产的一批吗啡，在运往德州的途中被省军扣留了。”“被省军扣留了？”陈玉轩说，“这批吗啡可是我们双方共有的啊。你不会弄错吧？”“统领，我仔细了解了，不会弄错，就是省军扣押的。”廖局长言之凿凿。陈玉轩：“说说你的道理。”“我们这批货，是去往德州经过寡妇滩后在一个小镇被扣押的。我们把省批许可证交给了他们验证。那军官说，这东西过期了，作废了。我们就申辩，结果他说，你们难道没有见到四路里张贴的布告？我们就问什么布告，那军官就扔给我们一张单子。”廖局长说着，就从包里取出一张单子来。陈玉轩接过一看，倒抽了一口冷气。那是一张《严行查禁私贩烟土吗啡文告》。上面说到既往所有许可证一律废止，重新颁发。廖局长说：“统领，我也弄不明白，省府为何突生如此变故。按说，一切法律条款应该是补继索以往。我们是不是去省府争取一下，这批货，可价值不菲啊。”“没用了。”陈玉轩联想起一连串其他相关的事，说，“一个装睡的人，你是叫不醒的。”廖局长没弄明白老统领的意思。“没别的事你就回吧。”陈玉轩说，“顺便去一趟洪城。我估计那个吗啡厂马上就要歇业了。赶紧去处理一下，账目之类都弄清楚，莫到时让人抓小辫子。”果然，没过几天，何健就以“风声趋紧”为名，下达了决定暂时停办他与陈玉轩合办的吗啡厂的通知。更大的麻烦接着就到来了——朱鹤之事不久似乎也走漏了风声，何健让刘益章亲自打了电话过来。“统领，你的那位朋友还好吗？”刘益章的语调有些阴阳怪气。“参谋长，我这人虽说不喜欢应酬交际，但朋友还是有那么几个。”陈玉轩故意问，“你说的哪位朋友？”“就是那位神秘的朋友啊！”刘益章说。“神秘朋友？”陈玉轩大笑，“哈哈哈，参谋长真的会开玩笑，我哪有什么神秘朋友。我的朋友都是明面上的，仇人就是仇人，朋友就是朋友。”“都说老统领喜欢装糊涂，果然是这样。”刘益章说，“既然统领不肯说，我就明说了吧。就是那位姓朱的先生。别说你不认识，他可是你们统领府的常客。”“哦，你说的是朱鹤先生啊？”陈玉轩说，“朱鹤嘛，也算是我的朋友吧。但他最主要的是我曾经的老下属。”“你这位曾经的老下属如今可出息了啊！”“他有什么大出息了？也没听他跟我说过。”陈玉轩说，“所谓下属到底也都是陈年往事，他再出息我也不想沾光。”“老兄果然硬邦。”刘益章说，“不想沾光是好品格，只是他朱鹤如果有事，恐怕你就难逃干系！”“哦，原来是这样的出息？”陈玉轩问，“他朱鹤怎么了？犯了什么大事？”“朱鹤早就跟上贺胡子干了，这个你应该是晓得的。”“这个嘛，我还真的不晓得。”陈玉轩说，“你应该晓得，贺胡子其实呢也曾在我的部队干过，所以如果说朱鹤跟上了他那也不奇怪。”“好了。陈兄，我也不跟你闲扯了。”刘益章说，“实话告诉你吧。朱鹤就是个共党，省主席让我打电话给你。他说，蒋委员长也在追问此事。请你把朱鹤缉拿归案，押解他到省里来。”陈玉轩一听，怒火万丈，但还是忍住了，说：“朱鹤我是好些日子没见到的了。如果见到的话，我会让他来省府自首。”

其实，那一晌，朱鹤还真的就在陈玉轩统领府的客栈里待着。陈玉轩于是急忙把朱鹤叫来谈话。朱鹤说：“好汉做事好汉当，我去找何健讲清楚。”“这很危险。何健可是只吃人不吐骨头的老虎。他若把你扣押了怎么办？”陈玉轩说，“我看你还是赶紧回红军部队算了。”“这样你就更麻烦大了。”朱鹤说，“我若回去，何健岂不会给你栽赃，说你把我放走了。这不又成了你的新罪证？我自动去找何健，他的诬言也就不攻自破，对你也就没有什么刺可以让他挑了。”“我才不怕谁挑刺。他何健挑我的刺还少吗？”“看样子，何健是打算要找你的大麻烦，所以我不想你因为我遭到他的算计。”朱鹤说，“老统领，我很感谢你对我的关心。你不必担心。我不会有事的。”陈玉轩晓得朱鹤的脾气，急忙一番劝慰，让他冷静。朱鹤点头表示同意，但陈玉轩还是有些不放心，让覃啸天“好好伺候他”。朱鹤回到客栈休息，覃啸天就守在门外寸步不离，连上茅厕也跟着。“你这是干吗？”朱鹤有些生气，“啸天，上回我就跟你讲过了，我是共产党的干部，不是老镇守使，不需要你帮着洗脚擦屁股！”覃啸天被骂得无地自容，但不管不顾，还是跟着。“你呀真是个贱人！”朱鹤在茅厕前停住，瞧了一下旁边的竹林：“愿伺候是吧？好，帮我去折几块篾片，老子要拉屎。”覃啸天只好走到旁边的竹林去找那干死的竹枝。并不好找，倒腾了半天。他拿着竹篾回到茅厕门口，喊：“朱叔，我把篾片扔进来了啊。”没有听到回答。啸天脑门发凉，急忙冲进茅厕，哪有朱鹤的人影。覃啸天十分气恼，但还是由衷地佩服朱叔真是条汉子。只是他还是有些想不通：当了共产党的干部，就愿意去自投罗网白送死？

其后的某一日，一个长衫客突然来到湖南省政府。“干什么的？”门卫拦住了他。“我是来找省主席的。”长衫客道。“找省主席？”卫兵鄙夷地道，“省主席是你随便想见就能见到的？”“我有重要的事情要当面跟主席说。”“再重要的事情也不行。”门卫说，“有什么事先去找接待处说。”“这事的确很重要。”长衫客说着，从衣袋里取出一张名片，“不如这样吧，我这里有一张名片，麻烦你帮忙呈上去。见到名片，我相信何主席是会有兴趣的。”听他这么一说，门卫感觉此人一定来头不小，赶紧收了名片。

朱鹤还真的硬气，果然到了长沙自投罗网。见自己一心通缉的要犯竟然自己过来投案，何健一时颇感意外，但立即就有些自鸣得意，心想自己的话如今还是颇有震慑力的。他指示让“客人”进来，自己要亲自接见。警卫官上下其身仔仔细细检查了朱鹤，确认没有携带危险物品后领着他来到了主席的办公室。

大门被推开，警卫官把一个长衫客带领进来。“你就是朱鹤？”何健打量了一下对方。“没错。我就是朱鹤。”“好，你来得正好。”何健说，“坐吧。”朱鹤坐下了。何健突然把桌子一拍：“朱鹤，你可知罪？”朱鹤很平静地回答：“我没罪。”“没罪？那我问你，你多次跑去竿城到底去干什么？”“竿城是我的老家，我为什么不能去？”朱鹤说，“老家就是一个人的根。不去老家岂不是数典忘祖？”何健一时无语。但他立即追逼起来：“好一个老家竿城人，那你一定跟陈玉轩关系很密切吧？”朱鹤：“说不上密切。我曾经是他的部署。我也一直尊他为师。天地君亲师，不忘老师恩德是起码的人伦。”何健见这人说话句句带刀，十分愤怒，厉声说：“那我问你，你和陈玉轩到底有些什么秘密往来交易？”“有往来，但没有交易。”朱鹤说，“主席一直要抓我，一定晓得我曾经是红军的代表。我也确实到过竿城与陈玉轩见过面。我们期望与34师达成互不进攻协议，但陈玉轩没有同意，谈判无果而终，所以红军就攻占了永城，把陈玉轩的部队狠狠教训了一下。这一仗想必主席是很清楚的。所以说，我们和陈玉轩没有什么交易可言。”“那陈玉轩是不是给你们红军提供过弹药武器和其他物资？”“这是废话！陈玉轩给红军武器，还与红军打仗？”朱鹤说，“红军和陈玉轩势不两立，没有任何关系。”“狡辩。一派胡言！”何健见朱鹤言之凿凿，一时无言以对，恼羞成怒地一拍桌子，“来人！把他铐起来！”随后，朱鹤被关押在岳麓山的一处军事监狱，不久又被转移去德州的监狱。在这次的转移途中，竟然让朱鹤莫名其妙地逃脱了。

第十六章

一天，正在指挥剿匪的覃啸天收到一封密函。密函中，陈老统让他火速下山。他急忙忙来到江西会馆时，见老统领正和父亲在大厅里商量着什么。他有些奇怪：父亲什么时候也来到这里了？看得出，陈老统的神情比上次更糟糕，头发也似乎花白了许多。覃啸天进去禀报了清剿战绩，也检讨了自己的失误，说：“请统领放心，我已部署了严密的搜山，相信韩贼插翅难逃，沅水流域全境肃清的时候绝不会要很长的日子了。”“不错！你干得很好，年轻有为，看来我没有看错人。”陈玉轩拍了拍他的肩。只是这种嘉许很淡，覃啸天听起来有些索然无味。“洪城地方已经基本上没什么大事了，顶多留一个连就够了。下一步清剿请老统调遣明示。”覃啸天想趁热打铁，多立几次大战功。“一个连也不用留。统统都撤走。”陈玉轩说。“都调走？”覃啸天很是诧异，“那……韩章有了生还的机会，又会打回洪城来啊！”“没法子，上头来了命令。”陈玉轩长长叹了一口气，“朱毛红军从井冈山跑了，可能会到湘西来跟贺胡子的部队会合。委员长跟何健都来了命令，要我们赶紧去围堵红军。”“围堵红军？这分明是何健在耍阴谋嘛！”覃啸天到底年轻火气足，“何健这个杂种，做梦都在打主意要吃掉我们这些湘西部队……”“不要乱说混账话！”陈玉轩严厉地制止了覃啸天的话，袖子一甩黑着脸进到里屋去了。啸天还在吼叫，父亲覃飞轻轻扯了扯他的袖子。“啸天，莫再啰唆了。来，你跟我出去一趟。”覃啸天正在踌躇，父亲高大的身影已经风一样刮出了敞开的木门。覃飞连忙戴上帽子，紧了紧腰间的军用皮带跟了出去。

出了封火筒子屋，穿过狭窄的石板路巷子，黄昏的夕阳把他们的影子拖得很长。来到一处马房，覃飞吆喝了一声，一个马兵从马棚子里牵过来两匹大马——一黄一黑。父亲一把跨上了黑马，啸天便接着上了那匹黄褐色的军马。啸天不明白父亲要带他去哪儿，又知道父亲的闷罐子的古怪脾气，不敢多问，只好在父亲后头紧紧跟着。来到正街，覃飞感觉街上的气氛与平时有些异样：几户商家铺面都早早地歇了业，伙计们在忙碌着把叠靠在墙边标记着顺序号码的铺门板安放合拢，有的已经关了门。一处小巷里匆忙忙跑出一队军人，装着军械辎重的大马车嘎吱吱在缓慢前行——看来，部队已经在部署撤防了。啸天跟着父亲从一条石板巷子里穿出去，便出了洪城。驾！父亲猛地一挥鞭子，黑马便箭似的飞奔了出去。啸天也急忙在后头紧追。父亲跑得很快，而且毫不吝啬地不断挥舞着手中的鞭子。黑马不停地喘着粗气，在嘴边喷着白色的烟。天气很冷，但两匹大马的皮毛都已经被汗水透湿，在夕阳的映照下如缎子般发光。一直跑了百来里地，父亲突然把马头勒住了。父亲跳下马，说：“下来吧，就把马系在这马桑树上。”啸天把马系好后，便舍弃了大路，跟着父亲沿着一道小溪沟走。今年干冬，溪里的水很小，鹅卵石全暴露着，上面铺了些冰凌和泡雪。厚重的牛皮靴踩得石子嘎嘎响。过了小溪是一大片森林，密密匝匝的，有松树和柏树，更多的是各种杂木树，枝丫交错盘结，还盖着些白雪。他俩在林子里走。走得很艰难。道路湿滑，或者说根本就没有路，只得缓慢地抓着树枝或藤蔓前进，不时被冰碴子划着。“爹，你这是要带我到哪里去？”啸天问。见父亲没有回答，啸天便又接着唠叨：“你是要去找野物啊？这山上麂子野兔是有的，却没有别的好东西。”“莫讲那么多，你跟我走就是。”父亲说着，却突然滑倒摔了一跤。树上的泡雪落满了头，屁股上全是黑泥，啸天急忙去拉。“不用你管。”覃飞却敏捷地抓住一根树枝，一把爬了起来，“你以为你爹真是老得没用了吗？”“哪里，爹雄梆得很呢。”啸天笑笑说，“爹，倒是我真的不行了。好冷，我手脚都冷木了。”覃飞继续往前走：“使劲搓一搓，再坚持一下。”覃啸天却突然停住了：“爹，那边像是有人家吔。我们过去找点吃的吧，顺便暖和暖和。”覃飞也站住了说：“瞎说什么，哪儿会有人家？”啸天指了指远处茂密的林子：“你看，那儿在冒烟，肯定有人家的。”覃飞往远处看，果然看见大约200米外的一片杂木林子的上空飘着缕缕青烟。“是吧？爹，你看清楚了吗？那儿一定是有人家的。”覃啸天边说就边往那边走，“走吧。爹，我真是又冷又饿……”覃飞停了一会儿，却突然奔扑过来，使劲扯住了啸天，并一把将他按倒在地。“爹，你干吗？发神经啊？”啸天被这突然一按，脚下一滑，摔了个四脚朝天，摔得不轻，生气地大声嚷嚷。“嘘——”父亲却很神秘地嘘住他。“怎么啦？”啸天轻声问。覃飞指了指远处：“啸天，有情况！”啸天一下子也紧张起来，蹲在地上鼓着眼睛往远处的林子望，望了半天还是没发现什么，于是说：“不就是有点烟子吗？我看没什么情况啊。”覃飞说：“你呀，还是太嫩了点。你起来，轻声点。我们悄悄靠近些去看。”覃啸天于是慢慢爬了起来，跟着父亲往有烟子升起的地方移动。慢慢地靠近些了，便听到了有渐渐清晰的说话声。覃飞扯住儿子，躲在一块黑色的大石头后面。好像是有几个人在烧火扯谈，啸天听不清他们在说什么，仔细辨别那声音全不是本地人的腔调，于是说：“喂，爹，他们是下河佬吔？”覃飞说：“这下你晓得了吧？没错，他们是下河佬，而且全是省军。”“是省军？！”“嗡”的一下，啸天的神经一下子全绷紧了。覃飞扯住啸天来到大石头的一处缺口：“你过来看，这边更清楚。”啸天移动过去。透过稀疏的树枝，啸天看见了坐在地上烤火扯谈的几个人。火堆旁边有几根长枪竖靠在一起。其中的一个腰间别着支左轮小手枪，看来是个军官，他把双手朝向火堆，脸上漾动着红色的光。再往远处看，那里搭建着连绵的帐篷，因为着了掩护色，所以一时不易看清，是落雪天，在白雪的掩映下，那绿色显得有些虚假。啸天看了看急忙说：“爹，狗日的，他们人还不老少吔。”覃飞说：“是不老少。应该是省军的一支大部队。”啸天奇怪地问：“这么大冷天，他们的大部队扎在这山旮旯里干什么？打土匪？”“土匪他们才不管呢。”“那也许就是去打红军了。”“他们挂名肯定是说打红军，其实一定是冲着咱老统领来的。”“娘卖的。肯定又是何健在搞鬼……”“这下你晓得了吧。”覃飞给儿子分析说，“前一段，以追剿红军为名，何健已经移驻德州，调遣了大批部队进入湘西，布置在我们防区的周围。何健部的刘建绪也奉命率领三个师转向湘黔川边境之酉阳，后又将部队调整：第15师王东原驻秀山，第63师陈光中驻印江，自率一个旅驻铜仁，居中指挥，以威胁我们34师的背侧；第19师李觉进至大庸、后坪，第62师钟光仁进至永顺、塔卧；第16师章亮基进至王村。这样就对我们的部队进行了分割、包围，让我们前后受敌，眼下形势对老师长很是不妙啊。”“娘卖的。欺人太甚，老子们跟他拼了……”啸天气得要大声嚷。“轻点！你不要命了！”覃飞立即制止了他，又扯了扯啸天的衣袖，“走，我们再靠近些看。”

那天晚上，霪雨霏霏。覃飞被秘密召到陈玉轩的官邸里去。官邸花园里的一座阁楼挂着主人亲题的“聊天一楼”匾额。“老统领，覃飞前来听候指示。”覃飞一身戎装，腰束宽牛皮带。他行了个很标准的军礼立在“聊天一楼”门厅里。“坐吧，坐！不必拘礼。”老统领指了指身边的一张紫檀木嵌大理石的靠椅让他坐下，语意双关地说道，“外边风雨很大吧？”“很大。”覃飞正经地回答，“这会儿像是小了些。”陈玉轩那有几种颜色光圈的瞳仁亮了一亮，又变得灰暗下来：“我是指的时局政治的风雨。你一定听到些什么风传了吧！”“听到了一些谣言，说何健要动用武力消灭我们的34师。”“不是谣言。”陈玉轩说这话几乎是一字一句，字字皆如铅一般沉重，“他这是早有预谋的。他们的剿共大军姗姗来迟，等我们把老本拼得差不多了才赶到。如今他们大部队已集中到湘黔边境上。他向蒋委员长报告说我剿共不力，有通共资共之嫌。”覃飞说：“统领说得没错。前天，我和啸天抵近侦察悄悄去了一回虎背岭，好像它们的前锋部队已经到那里了。”“是啊，来者不善。来，你过来看！”陈玉轩从躺椅上起来走向那挂在厅里作为“中堂”的一幅陈旧的地图。覃飞忙掌了油灯过去。陈玉轩粗而短的指头按住了一个圆点：“这里是竿城。如今何健已令其部队陶广、章亮基、王东原、李觉等沿峒河而上，而跟他串通的中央军李云杰已从铜仁、印江、大庸、永顺、沅陵、德州各地出发合围竿城和乾城，利用把我们部队调出分开围堵红军之机，他实际上已经派重兵把我们分割包围……”“老统领，你让我领些兵去跟他们拼吧！”覃飞在危难时未忘栽培之恩。“不要乱说混账话！”陈玉轩严厉地制止了覃飞的话。他的语气又变得深沉起来，“上面派我当师长，我年纪老了，职不职务都无所谓。”老统领扬了扬手退回躺椅上：“坐、坐吧！我叫你来不是要你去拼命送死，这没用，如果拼死送命能解决问题那我也会去的……”“那可怎么办呢？怎样才能救得了这次危难？”覃飞恳切地问。“谁也救不了，就是天兵天将下凡也是空的。”老统领声音带着伤感，“我今天叫你来就是要同你商量一件事。”覃飞说：“请老统领吩咐。我一定万死不辞。”陈玉轩缓缓地说：“眼下局势已成定局，我想让你趁早辞职归乡……”“辞职归乡？！”覃飞大惑不解，“那师座你怎么办？谁来保护你？”“我没有事的。他们不会拿我怎么样。他们要的是我手里的军权。我已做好了准备——辞职下台。”陈玉轩用很深情的眼神看着他，“我只是让你先走一步。你跟随我多年，我相信你能明白我这样做的意思。”“我完全明白了。”覃飞突然顿悟，起身笔直地立正站着，“我会做好一切准备，随时听从老统领的召唤。”“好。你千万要沉得住气……”陈玉轩点了点头，“究竟什么时候要用得上你，现在还很难预料。你也许还记得我以前跟你讲过的那个越王勾践卧薪尝胆的故事吧。当然我想我们是不会像他那样要苦熬二十年，但你要耐得寂寞，莫负我的厚望。”陈玉轩说罢已背转身去。作为他的下级他的心腹一切言外的东西皆只能靠自己的揣摩、领会。覃飞还能说什么呢。

第二天，陈玉轩在乾城召开了一次团以上军官会议，讨论是否执行何健的命令。副师长谷子琪恰巧刚从庐山军官训练团回来，在家休息，也被紧急通知去开会。夜晚的陈公馆内，人人都神情气愤紧张。戴涛参谋长手里拿着一张电报，说：“来，这份电报，大家轮流着都看看。”电报在与会者手中传递。一石激起千层浪，会场立即像炸开了锅。电报的内容大意是：据悉，朱毛红军退出井冈山根据地后，已经强渡湘江，进入贵州。贺龙、任弼时的红二、六军团也将追随中央红军作战略转移，为了集中兵力堵截追剿，省军区根据蒋委员长令，拟将国民革命军34师进行改组，按乙种师三旅六团整编，军员编制计5000人。“阴谋，完全就是个阴谋！”陈范陡地冲着站起来，大声地道，“娘卖的何健老狗，让我们三万多的队伍整成五千，分明就是要削弱我们的实力啊。”“自从何健上台，湘西就没过一天好日子。”覃飞也站了起来，“兔子被逼急也能咬人，何况我们有三万部队？我主张跟他搞！”多数军官都附和，主张与何健决裂一战。正当众人闹嚷嚷争论不休之时，端坐在一旁的谷子琪站了起来，说：“各位，我们应该冷静，蛮干就中了何健的奸计。”“这不就是何健的奸计。我们还能中他的什么奸计？”陈范反驳。谷子琪说：“何健既然下了命令，也是看准时机了的。现在好歹还给34师留有五千人枪。如果我们不慎，被他抓住个违抗军令的把柄，恐怕竿军这一回就彻底玩完了。”有人觉得谷子琪的话也有道理。会场一阵静默。“娘卖的，你们怕何健，老子就敢和他搞。”覃飞突然把桌子一拍，吼叫起来，“我看他鼻子眼睛都不顺眼。我八百里苗山，一夫当关万夫莫开。清朝五十万人马都败了，何健两万人枪，怕个卵！你们不干，老子一个人干！”周西青也呼地站起，双手一抱拳说：“我军远来相投，与玉公及众兄弟浴血奋战方创下此基业。如玉公听从何健之命，寄人篱下，我心不甘。今何健兵虽多而战斗力不强，将虽广而指挥不一，红军势必对其攻击，何健不过是昔日汉代之马援，清朝之和珅，必然惨败死于军中。彼时湘西义军只有大刀长矛，而今我有三万余装备精良之众，可与之决一雌雄。统领，你就下命令吧！”众人都把目光投向了老统领。“唉，现在何健挟天子以令诸侯，我们恐怕难以抗衡啊。”陈玉轩突然长叹一声，说，“古人有言，力尽之民，仁者不用也；功大而息民，用兵之道也。当前民惫财竭，绝不能再把湘西子弟当成我与何健拼杀的炮灰。”谷子琪赶紧跟上说：“统领说得对。识时务者为俊杰，我们不能再拿鸡蛋去碰石头了。”突然“哐啷”一声响！气愤的覃飞故意把茶杯朝地上一甩：“娘卖的，我头脑简单对何健没有看透，今日才晓得他的狼子野心。如玉公决心，我愿为前驱，肝脑涂地，死而无怨，我誓带一团之众解决李觉、章亮基两个师；如玉公俯首听命，我们各自奔前程。”陈玉轩没有作声。整个会场也变得死一般寂静。“谁同意改编谁去！”覃飞突然把军帽和手枪一把拍在桌子上，“老统领，我告辞了！”众人大惊。戴涛急忙去阻止。陈玉轩伸手挡住了他。覃飞回身又看了一下陈玉轩，陈玉轩一言不发。覃飞于是移过一步，绕过戴涛，像一阵风似的飘出门去。陈玉轩竟然坐在那里一动不动。

“爹，这么急着把我喊回来，到底发生了什么事？”在洪城负责剿匪善后的覃啸天匆匆赶回竿城。“哼，气死老子了！”覃飞气愤地挥着一张纸，“何健老狗竟然强令我们34师整编，只准留下五千人枪。”“何健果然这么快就动手了。”覃啸天倒抽了一口冷气，“唉，这也是迟迟早早的。爹，老统领的意思怎么样？”“老统领没怎么说，只是说这一次恐怕挡不住。”“但那意思是同意的了？”覃啸天说，“爹，你没跟他把利害说清楚？”“说了啊，怎么没说。”覃飞道，“我说我们打下这片江山不容易，何健两万人枪，怕个卵！玉公若听从何健之命，寄人篱下，我心不甘，不如一决雌雄，不然就各奔前程。”覃啸天问：“他怎么说？”“他不表态，那就是同意了。哼，他同意，老子可不想干了。啸天，我已经给统领递上辞呈了。打不成，难道还躲不成？”“躲？”覃啸天大声吼道，“爹，你怎么能这样呢？”“啸天，整编的下场你应该晓得。”覃飞说，“反正我主意已定。啸天，你赶紧准备一下，跟我一起回蛤蟆洞！”“我才不去呢。要去你去。”覃啸天一把冲了出去，回头还大骂，“老师长有难你就躲，还算个人嘛？”覃飞看着儿子愤愤离去，倚着门框，眼中含泪。

“覃团长真的就走了？”部队上下都议论纷纷，怨声载道。第二天，陈范问周西青。“不是真的那还是假的？覃飞那个牛脾气你又不是不晓得。”“唉，何健逼得很紧，看来我们的困难不小啊！”“困难是多了，但还不至于绝望吧。”周西青说，“别人怎样我们不管，我们就按商量过的办。你抓紧做好应急准备。”“是。”陈范立正回答。就按我们商量过的办。可商量过的是什么呢？陈范其实也说不清所以然，不过就是拖着，走一步看一步。

陈范心里烦闷，那天就带着几个中层军官去一家小酒馆里喝酒。大家吃着喝着，话题依然绕不开整编的事。众人怨声载道，骂娘翻天。“狗日的要搞就搞，哪个怕哪个？”大头排长已经有些醉了，他突然把酒碗往桌上一扳，酒碗砸成了几块，酒水横流。陈范忙过来：“大头，喝不得就少喝点！”“哪个讲我喝不得？你以为我醉了？我没醉！”大头拾起一块锋利的碗碴子在自己的颈根上比画，“他、他何健不就是想拿老子们开刀吗？”一个军官忙去抓住他的手：“大明，开的啥刀？开刀也不能用碗碴子呀？来来，快给我。”大头笑着：“嘿，我这不是打个比方嘛。我说你小子傻了吧。”众人大笑。“我傻，我傻，没哥你精明。”那军官也笑着，突然将大头手中的碗碴子夺了，反手给了他一肘。大头冷不防被一肘撂倒在墙角落，众人又是一阵大笑。大头爬起来便扑向那个军官，两人便扭在了一起。突然间轰隆一声炮响，瓦皮子都在颤抖。众人都惊呆了。大头和那个军官也放了手。陈范急忙忙走到门口，见门外一个卫兵正踮着脚趴在一处墙头往远处看，忙问：“怎么回事？”“像是有部队在搞演习。”“瞎说，我们竿城哪有这种威力的后座炮？”“应该不是竿城的，军服挺牛的。”“哦，等我看看。”“团长，你恐怕够不着。走，我带你去那边看！”卫兵便领着陈范往楼廊当头走。喝酒的全涌了出来，跟着到了楼廊当头。楼下不远处是湘黔公路，透过楼旁大树浓密树叶的空隙，可以见举着“湘军第六师”旗帜的军人迈着正步挺胸从公路上走过，其后是一个数十人的方队，他们着装整齐，武器精良，步伐一致。方队后是几匹大马拖着的重炮，接着又是一门重炮，后面是数十骑组成的马队……楼廊上的几个人全都看傻了眼。这时，楼梯一阵咚咚响，陈范回头见是一名副官。“报告！”副官立正。陈范问：“什么事？”“接陈统领命令，全团排长以上军官立即到箭道坪校场集合开会。”“集合？”陈范不禁有些发愣。

天色阴沉，偶尔有雪花飘落，这是1935年初冬的一天。前一段落了一场小雪，两天太阳后又阴冷下来。融雪被人踩踏，作为会场的箭道坪到处都是黑乎乎湿漉漉的。会场的气氛令人紧张、窒息。门前排列着两列荷枪实弹的士兵。两边的高处全是钢枪锃亮的省部队的士兵，有的还端着机枪，列有几门重炮。陈范等来到箭道坪。守兵检查了他们的证件，还保管了他们的武器。陈范挤了进去，找了空位坐下。他看见主席台上，有并排的两张长课桌，铺了桌布。陈玉轩坐在靠边的席位上。特派员刘益章坐在中间，旁边有一位神态威严的省军官长。陈范蹊跷地发现谷子琪竟然也坐在了主席台上。主持人用手默默点了点主席台上的嘉宾人数，对刘益章轻声耳语。刘益章点点头说：“好，那就开始吧。”主持人开始说话：“各位，今天把大家召集到这里，是要宣布省军区下达的重要文件。在宣读之前我先隆重介绍一位嘉宾，那就是我们尊敬的首长和客人——湘省第6师师长匡大为将军！我们鼓掌欢迎！”众人鼓掌。匡师长起立敬礼后挥手致意，而后坐下。主持人说：“好，现在就请军参谋长刘益章先生宣读省府重要文件。”众人鼓掌。刘益章站起来，因为寒冷而擤了擤鼻子，然后用有些冻得麻木的手打开文件夹，取出一摞文稿来念道：“省府批字第205号文件：为了提高军队整体素质，增强部队战斗力，省府与湘西统领协商后决定：一、新编34师按乙种师三旅六团编制改编。二、原所部三万缩减至五千，遣散编余人员。三、整编后新编34师划归28军代军长陶广指挥，师长陈玉轩因病告假，指挥等军务暂由谷子琪代理……此令！湖南省主席何健。”众人皆十分诧异。谷子琪站起身，脸上有些不自然的笑。他向台下挥手致意。会场起先是沉寂的，过了一会儿才开始有了掌声，旁边还有人放起了鞭炮。鼻头发红的刘益章又擤了擤鼻子：“各位，下面有请新编34师代师长谷子琪将军讲话！”在众人的鼓掌声中，谷子琪站了起来。他敬了一个很标准的军礼，然后开始演讲……听到谷子琪肉麻地对省府吹捧，周西青和陈范愤然站了起来，悄悄退出了会场。

练功房里，周西青挥拳狠狠击打一个布袋人形。周西青窝火地说：“真没想到何健会来这么一手，把老子一下弄得和那几个小字辈平排了，还让谷子琪来管老子！”陈范道：“够狠的，搞得我们措手不及，原先的准备全没派上用场。”周西青道：“唉，咱堂堂竿军，三万人缩成了五千，真他娘的是三十夜玩龙灯，越玩越转去了。”陈范道：“没办法，生米煮成熟饭了，能忍则忍吧。”

第十七章

永城县政府大堂里宾客熙攘热闹异常，这里汇齐了永城各界的头面人物和有钱的士绅。铺张的酒宴为的是给一位省主席派来的要员洗尘接风。县党部的一名姓张的委员开始了自己的铺垫性发言。“诸位！诸位！请安静……咳咳……”张委员很高很瘦，大约有气管炎，说话很吃力，声音倒是不小，“诸位都是永城的名人，地方之繁荣安定甚为关切……咳咳……且负有重大责任。永城地处边陲与省政府所在地相隔千余里，是以政府鞭长莫及……咳咳……素为天高皇帝远之特殊区域。民国初年政局骤变南北混争兵连祸结……及至抗战军兴省府南迁耒阳政情隔绝……匪患复炽……咳咳……”众人对张委员倒胃口的发言开始抵触，闲聊声有如蜂子归巢，一片闹哄哄的。好歹张委员总算回到了正题：“……近来永城县境之大患莫过于红匪侵扰……咳咳……贺匪多次骚扰永城，人心惶惶……咳咳……今天省府特派得力要员前来清剿，永城父老乡亲真是有福了。”幸好这位“千呼万唤始出来”的要员终于出台了。在县长曹恢先的陪同下，一个五十来岁的军人步入大堂。曹县长介绍道：“这就是我们永顺县万众翘首等待的省府要员悍将——新编34师代师长谷子琪。”掌声又响了起来。“诸位……咳咳……”被冷落的张委员忙来插话，“……咳咳，我给诸位介绍一下。谷将军是我们湘西人，祖籍竿城……咳咳……及至代理新编34师师长以来，围堵红匪，累立战功，声名鹊起……”“行了。”曹县长又打断了他的话，手一扬，“下面，请谷师长讲话！”个子不高，但神采奕奕的谷子琪站了起来。

34师被何健逼宫改编，师长陈玉轩被迫以身体健康原因辞职下台，谷子琪得到何健赏识，成了代理师长。谷子琪一上任，就被派到永城围堵打算北上长征的贺龙红军。贺龙接到中央北上抗日命令，于1935年11月开始，红二、六军团陆续从桑植刘家坪出发长征。上任便接到堵截红军的任务，谷子琪有些踌躇满志，心想：许多年了都一直受着窝囊气，夹着尾巴做人，这一回总算是可以挺直腰板了！“我刚到永城就听到了一些议论，担心红匪滋事骚扰。其实我告诉大家，他们这不过是声东击西的旧把戏。”谷子琪的话倒是简洁、明了，“在国军重创之下，红匪无力还击，只好溃逃，准备撤离湘鄂川黔的根据地，12月28日，红军从黔阳北渡沅水准备逃跑，我们会让他们有来无回的。”谷子琪挥舞着拳头说，“诸位，我准备了两双草鞋：穿一双剿红匪，万一剿不了就穿一双回老家！”掌声和笑声交混，谷子琪结束了简短的就职演说宣布开餐。

酒至半酣谷子琪便被副官叫了出去，报告说曹队长到官坝清剿失利，在蟠龙山一场激战中大败。“马上让骑兵通知各乡在各处路卡设哨置卡，我要亲自去捉拿贺胡子！”谷子琪酒后爱动火发脾气。

当天下午他就领着一千多人马直扑蟠龙山。很早贺龙就得到中央的电报，获知为了堵住中央红军向湘西靠拢，与红二、六方面军会师，在湘西建立新的中央根据地，蒋介石在通往湘西的道路上用重兵布置了三道封锁线，最后决定放弃南下，进入了贵州。四渡赤水，红军主力甩脱了蒋介石的重重包围，强渡大渡河，进入四川，拟与红三军会合后奔赴陕甘宁边区北上抗日。不久前，贺龙又接到撤离湘西，北上与中央红军会师的命令，于是开始了长征的准备。为了顺利转移大部队，贺龙决定先搞一个声东击西的大动作。这个大动作选定了永城。贺龙让一支小分队对永城远郊的蟠龙山实施骚扰。谷子琪闻讯，便指定曹队长领着一千多人下乡清剿。起先以为只是去清剿一些地方流寇，岂知遭遇的却是红军主力部队，蟠龙山一场激战，曹队长大败。蟠龙山名字响亮得吓人，其实并不甚高。谷子琪的一千多荷枪实弹的兵浩荡荡往这方一开拔，闹尘尘搅翻了每一条茅草路和田塍路，连野兔子都吓得搬了家。“报告，贺胡子已经在一个小时以前撤走了！”侦察连连长在谷师长赶到蟠龙山山脚时报告。谷子琪骑着一匹黑马，架起望远镜朝山上各处打望。那山空荡荡地浸在沉寂的暮色里。几只欲归巢的黑老鸦“哇哇”叫着，仓皇地往另一处山林逃遁。

“我谅他们也没个不逃的胆子。”谷子琪收了望远镜转身命令道，“传令就地宿营！”蟠龙山下各处响起了尖锐的军号声和浑厚的牛角号声。侦察连打算在一片林子里宿营。他们撤掉了一块梯田边的草垛。连长正打算躺下吸一袋烟却被谷子琪的副官传令叫去。“吃过夜饭你们就赶紧出发，天亮以前务必要探明贺胡子的行踪。”谷子琪已经用过餐，正用一根刷把签剔牙，“等明儿逮住了贺胡子，我给你们放假三天。”有这般奖赏当然很好，可就是没这句话谁又敢违抗司令的旨意呢！侦察连匆匆吃了些煨红苕便趁夜出发了。探得的结果是：贺部已撤往砂坝和塔卧交界之处的白竹山一带。谷子琪倒是雷厉风行。他立即号令紧急开拔。熙熙攘攘的队伍经过一整天的急行军，终于像一张大网紧紧罩住了白竹山。这一回倒好，谷子琪从望远镜里看见，远处的山林里人影憧憧，有些地方还飘着野炊的白烟。“师长，各处都已包围好了，路口都设了卡子，是不是传令搜山？”参谋长驰马过来问。谷子琪望了望已开始抖落下来的暮色道：“我想还是先围住。今天弟兄们也太累了。反正是鼎罐里取荞粑粑——擒叫驴子十拿九稳的。财喜不催忙人。”“那就依师长的办吧。”参谋长转对副官道，“传令就地扎营只能轮班休息不可稍有疏忽！”这一夜山上山下皆很静，寂静中孕育着激烈的火拼。贺龙自获悉谷子琪率一千多人直扑蟠龙山，见其来势凶猛知硬拼不行，便采用调虎离山之计，佯装撤退，目的是引蛇出洞，把永城搞成了一座空巢。贺龙领兵复围白竹山。他命令支队长朱鹤带领四百枪轻装急行趁着黑夜摸出包围圈去扑永城了。朱鹤也算是大难不死。何健一直要陈玉轩交出共产党朱鹤，为了给陈玉轩解除省军的压力，他主动去到长沙面见何健，撇清陈玉轩与共产党的关系，结果被何健当场扣押，关在岳麓山监狱，后在转移去德州监狱时得以逃脱，重回部队。

夜色浓重，远处，模糊的永城城头上有旗帜在风中飘舞发出的“叭叭”声，城头像是有守兵游弋的身影。近处，是一座雄伟的建筑——关帝庙。本地人把关帝奉为财神和战神，这里香火旺盛。这地方是扼守永城的要冲，平常也有一个班防守。朱鹤带着部队先摸索来到庙旁的一处林木茂密的小山包上，仔细对周边观察评估。不久，一个士兵猫着腰跑过来。“情况怎么样？”朱鹤问。侦察兵说：“城里国民党军队只有一个分队约四十人，还有警察五十多个。大部队都被谷子琪调走了。”“好啊。他谷子琪也敢演空城计？”朱鹤惊喜，又问，“关帝庙这边的情况呢？”侦察兵说：“这边的哨没有撤。还是驻着一个班。”团参谋长说：“那就先打掉这个班。”“行。”朱鹤说，“只是，不要闹出大动静，别惊动了城里的兵。”“明白。不用枪，动刀子就是。”参谋长说，“这事我去安排。”参谋长挑选了几个身手敏捷的战士悄悄向关帝庙靠拢。关帝庙建在一处小山包上，四周有寨墙。寨墙上，一个哨兵在巡弋。参谋长等人没一会儿就摸到了石头围子脚下。参谋长给一个兵往远处指点着。那个兵就绕到栅栏门边，突然一手捂住哨兵的嘴，一手就把匕首捅进他的胸脯。参谋长和另两个兵冲进了栅栏门。“上！”朱鹤长刀一挥。一群起伏的黑影急速靠近了关帝庙。

谷师长将围住红匪的消息经飞马传递到永城，县长曹恢先长长舒了一口气。他吩咐秘书通知各机关恢复原定的作息时间表。翌日，天刚蒙蒙亮，曹县长便穿上了那件洗得极干净、用米汤浆得很伸抖的长衫子到了协操坪，去主持例行的升旗仪式。六时半，各机关职员都先后到齐了，共百来号人——他们构成了永城的全部上层建筑机构。与城墙相对的操坪边竖着一根木杆。“立正——”党部张委员负责司仪。他的气管炎似乎好了许多：“升国旗——”全体职员皆神情严肃地立正面东。曹县长斯斯文文地来到土台边，捧着一面陈旧的青天白日旗。张委员协助他将旗帜穿挂在小竹竿上。两个升旗手便用力拉动绳索，让旗帜缓缓攀缘长杆……这天早晨雾极浓。旗帜像是被雾气打湿了翅膀的鸟，缓慢地上升，升到半中间时，凝结的雾气似乎骤然爆炸。“砰”的一声枪响传来——从关帝庙的方向。挂在长杆腰部的旗帜滞住了，像是为某个伟大人物的不幸默哀。

“贺、贺、贺胡子……攻、攻进城了……”东门门楼上的守兵发出嘶哑的喊声。朱鹤率部在西门外关帝庙将枪声打响，而后调兵攻东门。东门外有一处制高点叫花园堡，那里有碉堡，置重机枪一挺，只是雾大，重机枪也封锁不住入城的通道。守卫桥头的士兵拼命死守与对方展开激战，但还是溃败了，朱鹤的队伍便得以长驱直入。朱鹤部与城内守兵展开激烈巷战，打死了守护县城府的五名警察后，攻占了曹县长的宝座。接着朱鹤便领兵直扑专员公署。专署有高高的封火墙和厚重的铁门，守兵困守了整整一个小时，还是投降了。铁门大开，朱鹤提着枪大步走进宽敞的专署大堂。大堂宽阔敞亮，已人去楼空。朱鹤环顾四周，见墙壁上挂有几幅字画，便移步过去驻足欣赏。其中有一幅画的是马，用笔简练老到。看看下方的落款印章，知道是本地画家张一尊先生的作品。“团长，朱团长。”一个战士跑过来。朱鹤问：“什么事？”“我们在屋角发现一个保险柜。”战士报告说，“是不是把它撬开，说不定有什么好宝贝。”“不用了。”朱鹤说。战士见朱鹤一直盯着墙上的画，便说：“团长喜欢画画？那我去取了它带走。”战士说罢就要搬凳子过去。“瞎搞什么？”朱鹤严厉地说，“不晓得红军的纪律吗？拿一针一线都是要给钱的。这是名画，名画无价，把我卖了也付不起这个钱。”战士不敢再说什么，问：“团长，下一步怎么办？请布置新任务。”“没什么新任务了。赶紧撤走，出城回老地方去。”“撤走？”战士不解，“打得天翻地覆，好不容易弄到手又要走？”“是的。撤走，统统撤走。”朱鹤下达命令后，缓步走到公署专员的紫檀木大办公桌边，从黄挎包里取出一封信放在桌子上。朱鹤领兵往城外撤退。

在蟠龙山剿匪的谷子琪知道自己中了声东击西之计后，急忙调转枪头和炮口往永城反扑。“赶紧撤。快！”朱鹤挥下手，手在半空中停住。侧翼山梁突然传来密集的枪声，朱鹤一愣。众战士也愣住了。一群黑衣兵从山梁上压下来。一个包黑头帕的大胡子手挥双枪：“弟兄们，向下压，给我狠狠地打！”朱鹤身边一个战士说：“团长，好像是地方民团！”“没想到这儿还有一支地下部队！”朱鹤愤愤地说，“打，压上去，打！”战士们听到命令便往山坡斜坎上冲。因为居高临下，民团的能量还真不小。战士们几次奋力冲锋都被压制了下来，死伤还不少。“报告团长。”一个兵从一处巷道攀爬过来，说，“据侦察，谷子琪的大部队已经从蟠龙山调转头往永城赶了。”朱鹤有些着急：“他们现在哪里？”侦察兵说：“已到城外，离城大约五里。”朱鹤急忙把三连长叫过来：“必须马上组织一次强攻，打掉民团的火力点。不然我们就会被全部包饺子了。”三连长带兵开始往上发动强攻，奇怪的是，这一回倒是异常的顺利，斜坡上的民团兵没打几梭子弹便哑火了。朱鹤觉得很奇怪。一个传令兵突然从阵地后面喜极而泣飞跑上来，喊岔了声：“团长，团长。”阵地里的士兵纷纷支起身子，回望传令兵。传令兵飞跑着：“来了，来了，贺军长的援军打过来了！”朱鹤站起来，回身看去。一大股生气勃勃的援军正从山坡下快速爬上来。朱鹤看见身材魁梧的贺龙军长正虎势威威地走上来。一行热泪滚出朱鹤眼角。“军长——”看见军长缓缓走近。朱鹤兴奋地大声喊，但没能喊清楚。轰！一发炮弹在附近爆炸，砖石瓦片渣子喷溅飞舞，朱鹤身子晃了晃，仰面倒下了……

红军简易医院的帐篷里，鼻子插着氧气管的朱鹤躺在担架手术床上，毫无知觉。一把把止血钳在医护手中飞快地传递。护士不断为戴眼镜的驻军医师擦去满头汗水。污物竹篓里不断堆积增高的血染纱布。一个高大的身影在帐篷外不安地踱步。一个胡子拉碴的中年汉子急匆匆赶过来。汉子问："军长，朱团长情况怎样？"贺龙声音有些颤抖："还在……抢救。医生说，应该没有生命危险，只是，伤得不轻，要随大部队转移长征恐怕很困难。"唉！"中年汉子说，"这可怎么办？朱团长可是难得的好领导啊。""朱鹤，是将才，也是文武双全的帅才。"贺龙说罢，停了一阵，"彭队长，你得先有个思想准备。我军今天就要开始打转移，朱鹤团长可能要全权托付给你们游击队照料了。""这个请首长放心。"彭队长说，"如果朱团长这次真的不能跟大部队走。我们一定会精心让他养好伤，早日回到部队。"贺龙一把紧紧握住了彭队长的手。为了安全转移北上抗日，贺龙声东击西，虚晃一枪偷袭了永城。谷子琪在白竹山下听到这一噩耗时惊得几乎落马。他立即领兵往回赶，赶回永城时，红军的影子都没见到一个。那座城中最堂皇的古建筑已变成了一片灰烬——两天前他谈笑风生、豪言壮语的场所已被埋葬在一堆黑色的瓦砾中了。瓦砾堆中走过来一个衣衫褴褛的人——细看原来是张委员。"谷……谷师长，有个红军官长临行留了封信让我送给你。"

谷子琪接过信看：

子琪兄，我军已主动撤离战地，返回晃县和贵州的黄道司。日寇侵华，中国人不打中国人。明日我军将继续长征，北上抗日。谢谢你一路欢送，后会有期。朱鹤。

谷子琪骑在一匹大马上，后面跟着长长的黑衣军队伍。天气有些寒冷，汗水却从面颊上流下来。一种对前景感到茫然的感觉锥子一样不时刺痛着他的心。他面色严峻，甚至有些呆滞，连眼皮都不眨。谷司令的就职演说确实不乏幽默风趣，偏偏被自己的预言不幸言中。34师接受改编后，陈玉轩虽仍领师长之职，但实权归谷子琪代理。梦寐以求的大权是实实在在地拿到手里了，但这一年对谷子琪流年不利。他的头一仗没怎么损兵折将，可是红军的主力部队却悄悄地从他的鼻子底下溜走了。于是，谷子琪被就地免职。

仍旧是在河滩捞沙子，那天晚上困顿疲惫的水生却一直睡不着：妹妹萱萱嫁出去了，但家庭关系不好，三天两头跑回来，眼泪巴沙的；弟弟小佬也不争气，还是游手好闲，好赌成性；父亲一把年纪了，瘸着条腿，还终日跟着自己在日头雨水下劳作——水生心想，这样的日子何时是个头。回想起家庭往日的辉煌，水生一直不死心，难道咱老游家就这样败了？水生一夜辗转反侧，游贵生看在眼里，痛在心里，也深深责怪自己拖累了家人。儿子没睡好，他也没睡好，到快天亮时迷迷糊糊睡着了，突然就做了一个梦。在梦中，他走在一处山湾里，处处鸟语花香。他便追着一只叫春菠萝的鸟往山林里走，走着走着，感觉密密的草丛下像是有一条古驿道似的，于是扒开草丛看，发现这不是什么古驿道而是一道废弃了多年的田坎。心想：可惜了，往年这地方可曾有大片肥美的稻田啊。于是好奇地沿着田坎继续往前走，走着走着，田坎走到了尽头，于是打算折回去，就在这时忽然发现尽头的草丛中有一块石碑，他好奇地俯下身，见石碑斑驳陆离，上边长满了青苔。他挽了一个草把，用力擦拭，石碑上渐渐显露出三个大字：金银丘。这三个字像是十分熟悉……这时，就突然被儿子的梦话吵醒了。“爹，走啊，下乡收桐油股子去啊！”儿子在梦中话是这样喊叫的。听着儿子的叫声，醒过来的贵生心如刀割，长长地叹了一声。又回忆起先前做过的梦，一切都模糊了，但还记得“金银丘”那三个字。为什么自己在梦中突然会出现这样的三个字？想了很久很久，终于勾起了一桩陈年往事的记忆。

游贵生从江西来到洪城闯荡，从学徒做起，后来靠做洪油生意发迹，三十岁时才定亲结婚。妻子是本地农家女，娘家送来的陪嫁是洪城后山里的一亩二分山田。财大气粗的游贵生自然没把这点田土瞧在眼里，也就一直撂荒在山里。成家后，夫妻间难免常有言语龃龉，伤心的女人就总是哭丧着数落：你莫瞧不起咱娘家，给你老游家的陪嫁田可是叫“金银丘”，为什么叫“金银丘”？那可是有来历的，我们家祖上就一直有话传下来，那地方可藏有金银宝贝！听着也就只是听着，就只当婆娘在说胡话，游贵生也不反驳，更不当真，因为他们家不缺钱。如今，穷困潦倒，婆娘的这番话突然就像是救命稻草。游贵生想，为什么会无缘无故做这样的梦？也许这就是天意。不管怎样，他决定去试一试，碰碰运气。一整夜辗转反侧的水生，天快亮的时候反倒沉沉地睡熟了。游贵生早早地起床了，在窝棚外一阵忙碌，见儿子还在呼呼大睡，便冲着窝棚大声喊：“水生，莫睡了，快些起身！”水生还懒懒地躺在草铺上睡，半睁开眼骂道：“吵什么嘛？也不让人睡个安生觉，还让人活不活了？”“也老大不小了，还那么多瞌睡？”游贵生更放大了嗓门。“这不还早吗？叫什么叫？”水生赖着不起床。游贵生跑几步猛地一撩那块黑乎乎的破布门帘：“还早？太阳都晒屁股了。”阳光确实很刺眼。水生懒洋洋地说：“有什么事，至于那么急吗？”“起来。告诉你一件大好事。今儿我带你去看宝贝！”“宝贝？什么鬼的宝贝？”“我说的宝贝就是你娘老祖宗的田——金银丘。”“金银丘？”水生坐了起来，“就是我娘当陪嫁的田？不是一直丢荒在山里吗？爹，你干吗呐，穷疯了，打算去种阳春？”“不是要去种阳春。”游贵生说，“你跟我走吧，那个金银丘可是有故事，说不准真的就藏有宝贝。”“唉。穷就穷点，无所谓。爹，你可别把脑子再烧糊涂了。”水生懒懒地爬起来。游贵生扯了根草绳往腰间一扎，便冲出窝棚去。水生无可奈何地跟着走。老头在前边走了几步，突然又停住了。“又干吗？”“我去拿把锄头。”“拿锄头干吗呀？”游贵生眯着眼，狡猾地笑了笑，故作神秘地说：“等会儿我挖那个宝贝给你看，就看能不能寻得着。”

父亲所说的“金银丘”其实只是一块普通的田地，位置在竹子林的山坡间。从这里去竹子林有三五里地。早春的山野有点甜。许多不知名的野花都开了。一队队蜜蜂在桃花盛开的田野与静静的界河河床之间的薄雾里忙碌搬运花粉。铺满松针的树林子里，腐烂的落叶飘散着香味。一大蓬一大蓬的野生菌沾着露珠从腐叶下绽放出来。空气清新，水生感觉心情很久没这么好过，心想父亲的话尽管有些荒唐，但出来散散心也是不错的。大汗淋漓地爬坡，来到一处山坳，舍残破的石阶谷栈道往右转过一处山弯，便见到了一小片有些平展的草坪。父亲说，这地方原本其实是水田。坡脚下有条小水沟，沟不宽，水清极了。水生在那里停了一下，心想要是发春水的时候这儿该是个捞鱼的好地方。他爹也在那儿踌躇了一下，脚却没有久停。他的眼睛似乎突然放亮，锄头一扔，便发疯般地一步跨过水沟，冲进了一大片茅草疯长的山湾。茅草极高，叶片锋利如刀，父亲竟然毫不顾忌。油菜长势很好，花儿开得正盛，枝叶密匝匝的。发疯了的老头子冲进芭茅丛中，挥动砍刀，还不时双手使劲扒拉，终于在密匝匝的茅草茎叶间踩踏出一条径直的小路。他穿过芭茅丛，来到一处微斜的坡地。游贵生突然猛地一下跪倒在那里了。水生忙捡起锄头，沿着父亲开辟的毛路赶过去。他爬上斜坡的时候，惊讶地发现，父亲跪在那里，手捧黄土，泪流满面。父亲的老脸，沟壑纵横，泪水和泥巴胶合在沟壑里。“爹，这儿就是你常说的金银丘？”水生问。游贵生嘴唇颤抖着说：“是啊，这应该就是金银丘。往年我是来过的。起先，请了个长工帮着照管，后来见收入太少，自己生意忙，就丢荒在这里了。”水生四顾看了看，说：“爹，你说的没错，这地方真好。”“那还用说吗？这一定是祖先的神灵要护佑咱老游家的。”游贵生从地上爬起来，狼一样地在荒土里四处跑。微风习习，草丛中狂乱地摇曳着美丽的各色小花。水生这才觉得平素沉默寡言的父亲并不是冷血的，找到了触发点，他也会热血奔涌。“水生，你站过来看。”父亲朝他招手，他跟了过去。游贵生挥着手说：“你往后看，再往前看。这儿不仅仅是土肥水好，更是块风水宝地呢。你看那两座山像不像两条龙围了过来，这叫双龙含珠。含的什么珠？这金银丘就是宝珠啊！”“爹，你能确定这地方就是金银丘？”水生说，“那么多年都过去了，你敢说自己没有搞错？”游贵生说：“我基本可以肯定自己没搞错，当然咱可是有证据的啊。来，跟我来！”游贵生往草丛深处走，来到一片灌木丛边四处找寻。过了好一阵，他兴奋地大声叫道：“水生，拿锄头过来，对，你就往这儿挖。”水生按照父亲的指点，拼出了一身老汗，终于在两尺深的土层里挖出了一块石碑。他扒开泥巴细看，那上面有模糊的“石家地界”字样。“怎么样？咱有证据吧。”游贵生笑道。水生娘就是石姓。水生也信服了。水生来了劲，说：“爹，也许就真的是天意。找，看看能不能真的找到什么宝贝！”但是茅草太高，地盘也不小，找了半天毫无头绪，也毫无结果。游贵生于是又去看那块碑。那碑上面除了有“石家地界”四个字，其实还刻有地界图。图上竟然还标记了一个神秘的黑圈圈。两人便按照方位去找，结果在地界的边缘，也就是靠后山石壁有一个山洞。洞子不大，勉强可以钻一个人进去。游贵生使劲挥动胳膊将山洞前的茅草灌木全砍掉了，猫着身子便钻了进去。水生很是担心：“爹，小心啊！不会是蛇洞吧？”不知是不是没有听见，洞子里没有回答。游贵生进去了很长一段时间。水生更加担心了。他打算也钻进去看看父亲有没有什么问题，正猫着身子打算往里面钻，突然听到洞子里传出一阵很沉闷的大笑。“哈哈哈哈，哈哈哈哈。”游贵生撅着沾满泥巴草屑的屁股退出山洞来。水生看见父亲手里紧紧搂抱着一个锈蚀斑驳的小铁盒。“哈哈哈哈！哈哈哈哈！”父子俩狂笑，如同两个疯子。因为小铁盒里竟然藏着两根沉甸甸的金条！

游贵生这一回不再鲁莽，不再刚愎自用，而是跟儿子水生商量，说：“水生，老游家能不能咸鱼翻身，就看你的了。我感觉呢，在洪城想要发达，还是得做洪油生意，其他的当然也能搞，但也就只能糊口图个温饱。这事你好好想想，主意你自己拿。”游贵生不敢再刚愎自用，他知道儿子水生已经成长起来了，做事过细，但也并非优柔寡断之人。思量了好些天，水生对他爹说：“爹，我们家现在多多少少有了点本钱，但是还很少，一口吃不成胖子，洪油生意恐怕一时还做不成。”“也是。”游贵生问，“那你想好没有做什么别的？总不能坐吃山空啊。”思量了很久，水生想起杨先生的一句话——“眼睛比耳朵真”来。有一天他对父亲说：“爹，我打算沿着你当年的路，再进山一回。”游贵生欣赏地看着儿子，说：“去吧，我晓得我这个儿终究是不甘心只当个木作坊老板的。咸鱼翻身，重振家业，这一回倒是个好机会。”水生于是带些干粮，背着个破旧的褡裢进山了。

一切也还顺利，水生一个礼拜后赶了回来，对父亲说："爹，那边的乡下人很念旧情，还都记挂着你。他们都答应放泡给我买油篓子。"游贵生满意地拍了拍儿子的肩："不错，不错。我儿子菩萨心肠，这样的生意才做得长久。"水生说："爹，只是，我们本钱小，看来眼下还做不成洪油生意，但还是想傍着它边边走。我打算先搞一家油桶厂，卖油桶或先租给别的商号装运洪油，这厂子投资不大，收入也是可以的。将来若哪天我们做大了，有本钱了，改做洪油生意也是就汤下面，反正油桶总是要的。"游贵生满意地拍了拍儿子的肩："不错，不错。到底是我游贵生的儿子，有生意头脑。"

那天，孙大万老婆在跟几个女人打麻将，盘了个"七小对"大和，正在钓边张九饼，孙大万急忙过来叫她。"你老公叫你呢！去吧，我来给你挑挑土。"在旁边观战的大凤说。她老大的不高兴，赖在椅子上不起身："什么鬼紧要事嘛，早不叫迟不叫。"孙大万就凑到她耳朵边说："你媳妇快要生了，难道还让老子去给她接生？"孙大万老婆忙起了身，对大凤说："大凤，你来。使劲摸，摸到了记得给我抽水。"大凤正要坐下，旁边的一个女人就把牌推了："没劲，不玩了。"

几个妇女便吵闹起来，闹得不可开交。萱萱是去年大热天怀的孕，秋天过去了，接着是冬天来临，毛衣很大也没人注意，直到入春肚子已一天大似一天，才向家里透了个风。婆婆乐得成天合不拢嘴，孙平却没见怎么高兴。那天，她自己是感觉要临产了，孙平在她床边没待一会儿就说："我店里还有点事，要出去一下。"萱萱一把抓住他的手："孙平，你莫走了，莫离开我。我肚子好疼……我恐怕会要死了……""莫说傻话。女人有几个不生孩子的。你就那么容易死？"孙平有些不耐烦，"我真的有事。你好好休息，娘一会儿就会回来了。"望着孙平离去的背影，萱萱的泪大颗大颗往下滴。半夜过后，两点多钟时，孩子临盆起性发作，萱萱感到肚子一阵阵的绞痛。萱萱的娘赶来了，她会点草医草药，也是接生婆。女儿有喜，她自然很高兴，只是镇上很多家的病人都得她照顾，所以也就临到晚边头才赶到孙家，她的亲家显然是很不高兴，给她脸色看，她也无可奈何。这时，萱萱娘已把剪刀脚盆一应用物预备齐全。孙大万老婆也忙里忙外地跑。但两点多发作，到天快亮的时候，孩子尚未下来。萱萱原本体质就弱，加上这一段的忙碌强撑，胃口不好，吃了就反胃，有时连苦胆水也呕出来了，故身子没见臃肿肥胖，反倒是越发消瘦。她体力不支，只得在床上乱哼哼，有时痛起来就喊爹叫娘，叫人看了很是可怜。又一个时辰过去了，孩子还没落地。孙大万在外边很是着急，忙把他婆娘叫出来说："这样拖下去恐怕不行，是不是赶快送医院？”“这时候还送医院？人会死在路上的。”孙大万老婆一肚子火，“我问过她无数次。她都说接个生嘛简单得很。现在搞出事来了吧。”屋里，萱萱的叫声很是吓人，她连忙跑回屋里，床边却没见萱萱的娘。四处找，原来她是躲在屋角落里在念经。“莫念啦！你再这样拖下去不得了的！”孙大万老婆临时抢班夺权，当起总指挥来，“快点，帮忙把萱萱扶下地来。”又进来了几个街坊妇女，一起帮着把萱萱往床边挪。萱萱痛得差点晕死。大伙死拉硬拽把萱萱弄到了地上。“萱萱，你把两只手把着床枋。哎呀，云嫂，你快把那踏凳搬远些。”孙大万老婆喊叫着，“对了，就这样把着床枋，两只脚弯下去，对了，就是这样。那边是哪个？你快把脚盆推过来一点，好接在屁股下头。好，好了。萱萱，我喊一二三，你就开始用劲……”孙大万见儿子还未回来，大骂了一阵，然后急得像狼一样在院子里踱步。在纸糊的格子窗上，他看见一团团混乱交叠的影子，听见屋里士兵开操般的叫喊，也不知是怎么在弄。“不行，不行。”孙大万老婆见这一招仍不见效，又着急地叫：“都快些把屋里所有的抽屉打开！是的，桌子的，大柜里头的，还有引柜里头的，一个也不能关着，免得把孩子关在里头出不来。”各处哗啦啦啦一阵乱响。萱萱的叫声却更惨。“怎么啦？你们在搞些什么名堂？”孙大万急得要冲进屋里来。孙大万老婆忙跑到门边把他堵住：“你莫管。你在外头等着就是。”“到底怎么啦？”孙大万问。“也不知怎么啦，办法想尽了，就是不下来。”孙大万老婆说，“有难生的，没见过这么难的。往天我生那几个多顺当，打个屁就落地了。”屋里的几个妇女听了都忍不住笑，但又不敢笑出声。孙大万说：“那你懂不懂呀？快叫萱萱她娘想想办法嘛。”老婆说：“你快莫提她了。她如今都吓成个傻子了。”孙大万说：“那可怎么办呢？”老婆说：“哦，我晓得了。是我们后头园子的地势太高，压着少爷进不来哩！”孙大万说：“地势高是生成的，你有什么办法？”“赶紧把前边的地势抬高些。”老婆说。“真是乱弹琴！”孙大万说，“生成的眉毛长成的像，这前头的地势能抬得高？你就是请一千个小工挑一年的土也垒不起一座莲花山！”“有办法，有办法的。”孙大万老婆说，“抬高地势也不是说要你去堆出一座山来，取那个意思就行。你赶紧去找一块木板来，在上头写几个字就是。”孙大万虽不情愿，但还是照着去办了，没多久，便抱了块墨迹未干的木板子出来。众人一看，那上边写着五个大字“鲁班高八丈”。几个男的有的去找锤子钉子，有的去搬梯子，好歹才把这块大木牌钉上了大门内的柱子上。天下事也真奇巧！这牌子没挂上片刻，里头屋便传出萱萱娘喜滋滋的声音：“生啦！生啦！”还有一个妇女接着说：“是个又白又胖的女仔哩！”孙大万老婆听说是个女仔，略有些不悦，但到底一块石头落了地。屋外人闻讯，都忙着烧香点爆竹。整个孙家院子一时便闹腾了起来。

薄暮时分，王大发匆匆在河街上走。他悄悄去过河街那间破院子，好几次荷香都不在家，都是欣喜而去，败兴而归。但他并不死心，于是这一次又去了。为了壮胆，他特意先喝了很多酒。他来到河街的那处垭口，便往缓缓的半坡走。来到那处残破的旧院子，在外边停顿了很久，他仔细听，终于感觉里间这一回是有人的，于是轻轻打开虚掩的院门，进了院子。他来到屋子门前，按“咚——咚咚咚”的节奏敲门。“来了。”一会儿，屋里传来那个女子的声音。荷香正在厨房忙碌，闻声急忙从厨房出来。“哦，原来是王老板。”她打开门，“杨先生的花红你已送过了，还有什么事吗？”“也没有什么事。”王大发故意把话说得很随意，“我来这边有点事，顺便就来看看。”“啊，这可太麻烦老板您了。”荷香说，“不好意思，王老板，请进屋坐吧。”“怎么样，日子过得还好吗？”王大发往里走，顺手揭开小桌上的纱罩，看看碗里的剩菜，说：“我看你生活也是够简朴的。你这样太清苦了不行啊，自己的身体要紧。”“还好啦。”荷香说，“过日子嘛，能省就省，我也习惯了。”王大发就解下缠在腰间的褡裢，取出几个铜板来，放在桌上，说：“荷香，这点钱，你拿去买点吃的用的，生活也得改善改善。”“不用不用。”荷香忙推却。荷香抓起桌上的铜板退回王大发。王大发没接铜板，而是顺势抓住了荷香的手：“荷香，你呀真漂亮，皮肤好嫩好光滑。”“莫……”荷香惊恐不已，一阵慌乱，撞歪了桌子。“哗啦啦”铜钱掉落一地。恼怒的王大发一把就抱住了她。“老板，莫、莫这样……”荷香挣扎叫唤。“荷香，莫喊，莫叫。我真的好喜欢你，我会对你好的，跟着我总不会比跟着那个穷老头差的。”王大发把她往床边拖。“不！不！”荷香使劲推开他。王大发被激怒了，像一头发疯的公牛。他不容分说地将荷香用力一把推倒，按在了床上。他喷着酒气的嘴巴凑了过去。他撕扯着她的衣服……一阵毫无用处的抵抗过去，荷香被赤条条地扔在大床的角落里抽泣。王大发胡乱笼上衣服裤子：“莫哭了，快穿上衣服。”荷香仍在哭。“这是给你的一点钱。”王大发从衣袋里掏出几个银元扔在桌上，说：“这事你千万不要讲出去，不然，你是会很惨的！”

那天，水生去找船老板联系租大船的事，经过河街。被恒发老板辞退时，他跟王大发提出了杨子才红利领取的事，王大发说：“这事你就不必操心了。你把地址姓名留下，我会按月让伙计送去。”水生同意了。但还是有些放心不下，一有时间就去探问一下。这一段时间，水生忙着下乡收桐油股子，也好久没去探问了。这天恰好路过河街，便决定去看望一下。水生从河街的岔路口往斜坡上走，走进了那间熟悉的院子。房屋的大门是闭着的，门外没有上锁。水生心想：荷香应该在家。轻轻敲门，没有回应；再敲，还是没有回应。“荷香。荷香。开门呀，我是水生！”水生喊。仍旧没有回应。如果她上街或外出做别的事去了，应该锁门呀，为什么门没锁呢？水生感觉有些奇怪。再看看院子，杂草疯长，落叶满地，像是很久没人光顾的了。荷香是个很爱干净的女子，尽管家境条件不好，但总会把家里收拾得干干净净，有条有理。为什么会是这样？难道她搬走了？为什么也不给我打个招呼？水生又去拍了几次门，还是无人应答，便有些急了。他急忙出了院子，去后头坎上找房东老伯。“大伯，我想问问，租住你下头院子的那个荷香是不是搬家走了？”水生问。老伯在编织草鞋，说：“没有呀。十几天前，她还过来交了房租的。没听她说要搬走。”水生说：“那就有些蹊跷了。我刚才去她的院子。大门没锁，往里闩着，叫喊却无人应答。院子也像是有些荒芜了。”“是吗？”老伯也觉得有些不妥，忙放下手中的干稻草，说，“走，去看看。”水生和房东大伯去到那院子，依旧是喊门无人应，大伯便透过门缝隙往屋里窥视，感觉有些异样，于是房东砸门而入。进得屋子，便感觉有一股令人恶心的异味。老伯转进黑黢黢的房间，突然一声惨叫：“啊——”老伯惊恐地退出卧房，几乎吓得口吐白沫：“死，死……了……”发现荷香自尽，水生和老伯急忙赶去报官。裴镇长即派仵作、录簿及街坊一干人等过来查勘，发现有荷香写给杨子才的遗书，提到被王大发奸污，无脸再见到先生云云。官府在现场提取证物后便将王大发抓了起来。王大发花了很多钱，官府便悄悄将他取保候审。

不久，杨子才服孝期满，兴高采烈、风尘仆仆赶回洪城，迎接他的却是荷香悲惨的遭遇和命运。面对荷香的一座新坟，杨子才悲痛欲绝。获悉罪犯至今尚逍遥法外，他决心拼死也要为荷香讨回公道。那一天，镇长裴三兴在镇署处理公务。镇署设在清时留下的一座老旧衙门里。裴三兴本是洪城的商会会长，后来自己主动辞退。因为他为人正直，德高望重，军政长官覃飞管辖洪城后，便延请他出任镇长。裴三兴多次推却，最后还是出任了这个职务。头发散乱的杨子才来到镇署门前，打算往里走。“干什么的？”一个兵将他拦住。“冤枉啊！冤枉啊！”杨子才捧着一张状子，说，“小百姓有冤情，要请镇长大人为民做主。军爷，您就行行好，让我进去吧。”兵弁去拉扯他：“走！镇长大人今天很忙，改日再来！走走走！”听到争执，许多市民，还包括一伙叫花子都拥挤着过来观看。兵弁说：“你有冤情，就把状子交给我。我会转交给镇长大人的。”“不成啊。军爷，小百姓此次冤情重大，一定要见到镇长，亲自呈上状子。”杨子才的话诚恳而坚决。“你这不是瞎胡闹吗？”兵弁说，“来告状的，哪个不说自己冤情严重？如果个个都要面见镇长，那镇长还怎么当？”两人便争论起来。许多群众围了过来，指责士兵。挤在人群里的小佬冲出来：“你这个狐假虎威的家伙，不为民做主，养你这条狗干啥？”“你个小屁孩的，大人讲话，胡乱插什么嘴？”兵弁生气地瞪着小佬。小佬辩驳说：“路见不平，拔刀相助，不管是大人小孩都晓得这个理。”“拔刀相助？”兵弁一把抽出刀子，“小狗日的，老子今天就教教你什么是拔刀！”兵弁握着刀就逼到小佬的跟前。小佬飞起一脚。“哐当”一声，兵弁手中的刀子划着一道弧线掉落在地上。“哈哈哈哈。”围观的众人一阵大笑。兵弁被激怒了，打算去抓小佬。这时，杨子才突然疯子般奔向镇署门前矗立着的一面巨大牛皮鼓。咚咚咚！突然，门外响起了鸣冤的鼓声。裴镇长侧耳听。一个兵弁急冲冲进来：“报告大人，有一男子在外击鼓鸣冤！”“冤枉啊！冤枉啊！”头发散乱的杨子才用力挥动着鼓槌击打着竖立的皮鼓。“走啊，不要在这儿瞎敲瞎闹！”兵弁放过了小佬，又过来拉扯杨子才。正呵斥着，忽听得衙门里间传出“嚯嚯嚯嚯”的声音，有人朗声喊：“镇长大人传令升堂！”在众衙役的“嚯嚯”声中，杨子才被衙役架着来到大堂，跪在地上。许多群众都挤在门外看。裴镇长端坐在大案之上，一拍惊堂木：“何人大胆击鼓？”杨子才道：“是小百姓杨子才击鼓鸣冤。”“你可知若非重大冤情，无故击鼓，扰乱公堂罪有多大吗？”杨子才道：“小百姓冤重如山，冤深似海，纵是死罪也要击鼓。”“好一个刚烈汉子，行，有何冤情禀呈上来。”“洪城恒发老板王大发强暴民女致人悬梁自尽，天怒人怨；案发数月，凶手却逍遥法外……”裴镇长似乎一惊：“光天化日之下，竟有这样的事情？”杨子才道：“我的话句句属实。这里有状子一本，请青天大老爷为民做主伸冤！”衙役接了状子递交给裴镇长。裴镇长看了看：“你的状子收下了，待经查实，一定会给你一个说法。退堂！”衙役大喊：“退堂——”裴三兴倒还算得是个处事公道、敢于担责的“清官”，经过他进一步现场查勘，搜证取证，排除各种干扰，向上实情报告，经竿城老统领陈玉轩核准批示，王大发被重新收监。三个月后，王大发以“强奸罪”“杀人罪”成立被判处极刑。罪犯伏法，杨子才却万念俱灰。他跑到城郊的大佛寺欲出家。住持与之交谈，感觉他尚“尘根未净”，没有给他剃度，杨子才只好去一破旧道观栖身，终日苦读《周易》。王大发一死，恒发崩盘倒闭，管家游福全花了点钱，将商行的剩余资产接收过来，改名号为“金龙商行”——那是他曾经使用过的名号——游福全几度沉浮，但他的心其实一直都没有死！希冀咸鱼翻身的“天顺昌”，突然遭遇到“金龙商行”的阻击。

游水生感觉到这一回会有些麻烦，感觉急需找一个有本事的管家，突然就想起了那个看破红尘去了道观静修的杨子才。水生“三顾茅庐”来到道观，杨子才被水生的诚恳所感动，终于答应出山。交谈中，杨子才给水生分析了当时洪城的天时、地利、人和种种局势。杨子才说："水生，你既然一心重振家业，我想告诉你三句经商秘诀。这三句话，是我的体会，也是前人的经验。""谢谢。太好了！"水生十分兴奋，"前辈，后生愿听其详。"杨子才说："你千万记住，这三句话是：一、鱼龙变化；二、眼睛比耳朵真；三、打了来，骂了来，亏了不来。"水生一听，感觉言简意赅，的确是至理名言。水生体悟到这三句话的本质就是认清形势、亲力亲为、恪守信誉。其后，水生就时刻遵循着杨子才的经商"圣经"行事。

洪江边的筒车一圈一圈不停歇地转，日子也是这样。一天，保姆有事告假回家，萱萱的婆婆就自己在家带孙女。她用小碗给孙女冲调米糊。一个胖子妇人进来："又在忙呐？""哎，没办法。奶水不足，这妹崽吃得又多。"胖子妇人道："萱萱看着体质挺好的，怎么就没奶水？恐怕是没按时，奶水就回去了。"这样一说，孙大万老婆就火不打一处来："能按时吗？天天往娘屋跑，自家的板凳上像长得有刺，屁股没挨着就又出去了。""啊，她娘屋里有事那么忙呀？""什么事？你不晓得她那个哥，做梦都想当大老板。钱没几个钱，还偏要揽大生意做，搞什么油桶厂，还没钱请工，什么活都自己做。萱萱背名是嫁了过来，心还一直在她老游家。那边一有点事，她就泡在那边了。""那就难怪没有奶水了。"胖子妇人说，"一个结了婚的女人还蹦跶些啥？""唉，讨了这么个媳妇真是倒了八辈子邪霉。""也莫那么讲。萱萱还是优点多。"胖子妇人见孙大万老婆那么大的火，担心惹事，急忙改变话题，"嫂子，我跟你讲个事，昨晚我跟四嫂、江姨还有四妹打麻雀儿，真的笑死我了。""什么事呀？你未必搞到一明一暗一闪电了？"说到打麻将，孙大万老婆就来了劲。"比一明一暗一闪电还过瘾，还笑死人哩。"胖子妇人绘声绘色地说，"那个四妹好阴，我碰二条抓二条，犹豫了好久，杠还是不杠，几个人都说小心点啊。四妹就说别个抢不抢我不晓得，反正我不抢你的杠。我就信了她的话，结果还偏偏被她抢了杠，老子还买中一个马……"孙大万老婆说："你也是够倒霉的。""是啊，我想这一回我总算认识一个人了。"胖子妇人样子还很愤怒，"抢了杠，我继续坐庄，加了两匹马。这一盘四妹碰三饼抓三饼，我就说，别人抢不抢我不晓得，反正我要抢。四妹就不信邪，偏偏杠，结果真被我抢了。哈哈哈哈……马还买中两个！哈哈哈哈！"孙大万老婆也大笑："你这家伙报复心也太重了啊！""有味。这叫什么？叫现报啊。哈哈哈哈。"胖子妇人说，"哎，嫂子，下午三点开台，你来呀，三缺一呢。""唉，手都痒死了，只是，你看看我这哪能走得开？"胖子妇人说："你家那么多钱，干吗不请个保姆？”“保姆是请了的。她这两天屋里有事回去了，也就几天时间，我就自己看着啰。唉，带个孩子还真麻烦，累死我这把老骨头了。”胖子妇人说：“那就让你媳妇莫往娘家跑了，自己的孩子不管，全扔给婆婆，天下哪有这样的道理？”胖子妇人走了，孙大万老婆心里一直很不爽。孙女紧闭着嘴不吃。“你这个难伺候的老祖宗啊！”她生气了，就狠狠地打了她一巴掌。嫩嫩的小脸上留下了几道清晰的指头印。孙女嚎啕大哭，后来哭累了，就睡着了。见孙女睡着了，孙大万老婆无事，心里又痒痒的，于是给孙女盖上小被子，又把摇篮的蚊帐拉上，锁上大门，去看人码长城了。萱萱那天帮哥哥处理完一些杂事，提早回了家，听到女儿在屋子里大哭。忙冲进屋去。门上是一把大锁。“娘——娘——”萱萱大声喊，往院子四处看，没有回应，也没有人影。女儿的哭声却更响。她扒着门缝往里看，昏暗的堂屋里，女儿摇篮的蚊帐架子已经歪斜将近倒塌，女儿的小脚在胡乱蹬踏，声音也开始变得有些嘶哑……萱萱急了，用脚拼命踢门。门有些坚固，岿然不动。“来人呐——帮帮忙！”萱萱对着院子大喊。一个在花园侍弄花圃的工人闻讯忙赶过来，用铁錾子将锁头撬掉了。萱萱扑进门去，一摸，摇篮里的女儿浑身火烫。萱萱急忙用包单将女儿抱起，匆匆出门，叫了一辆黄包车，直奔医院。只是，一切都有些迟了——女儿因肺炎而夭折了。女儿病故，家婆自己不思反省，却迁怒于萱萱。萱萱十分郁闷。一年很快就过去了，三百多个日日夜夜过去了。大帐已开始发黄，红漆花床也开始褪色，变得暗淡无光。又一年春天到来了。在那场一年间最后也是最厉害的严寒过去后，桃花开了，梨花开了，桐子花也开了。山野一派绿油油的青葱，各处无不充满色香味的诱惑。怀春的夜猫子为爱情而彻夜婴儿般啼叫，远山的阳雀在为爱情歌唱。老辈人都说是阳雀滴血染红了如火的杜鹃花。在这样的季节，萱萱又想起了啸天。

覃啸天没有跟随父亲退隐归乡，想的是在老统领有难的时候应该挺身而出，没想到陈玉轩虽然仍然是师长，但只是挂了个空名。谷子琪代理师长后，便信心满满地领着部队去追剿红军。覃啸天经历了永城与红军的较量和失败。他想起朱鹤叔叔给谷子琪的信：“子琪兄，我军已主动撤离战地，返回晃县和贵州的黄道司。日寇侵华，中国人不打中国人。明日我军将继续长征，北上抗日。谢谢你一路欢送，后会有期。朱鹤。”是啊，日寇侵华，中国人不打中国人。可我们为何还要互相残杀呢？他又想起父亲愤怒地解甲归田离去时的情景。父亲终于看透了何健利用竿军与红军的火拼，在“中国人打中国人”的绞肉战中渔利，而自己为什么就看不透？覃啸天真的是越来越不知道当兵的意义，越来越不知道自己为什么打仗了。谷子琪永城兵败失利后，坐了冷板凳，34师由参谋长戴涛暂时代理。部队调到洪城整训，啸天也有些时间偶尔回到家里。父亲退隐后，没在洪城住，而是回到了山江的老家跟弟弟一家住在一起。那里有他们祖辈留下的一座大宅院。金莲不习惯乡间生活，便与小娘住在城里。金莲倒是个不错的媳妇，对啸天也是百般呵护，只是，任啸天怎么努力，也培养不起对金莲的感情。

也许，初恋对于他，是太刻骨铭心了吧。关于萱萱的情形，虽然知道得不多，但也陆续听到一些，知道她的处境并不好。那一天，啸天无事就糊里糊涂走到了河边旧时常与萱萱幽会的地方。那里，一辆巨大的老筒车依旧在没日没夜咿呀呀地唱。碰巧，那天萱萱就在河边洗衣。他俩又在老筒车脚下碰面了。啸天说："萱萱，你好像瘦了很多。"萱萱说："我自己也感觉到了，连镜子都不敢照。""没去医院看看吗？""去过了，医生说没什么大事，主要是这里的毛病。"萱萱指了一下自己的心窝。"你心脏有问题？""不是心脏有病，是心病。"啸天说："是啊，你压力太大，其实，你又何苦呢？""没办法。"萱萱问，"你最近怎么样？""我也是焦头烂额。真想回到从前，那时候，日子虽苦，却没有这么多烦恼。"啸天说，"我晓得你不开心，那些事，你莫往心里去。"萱萱说："啸天，我虽然是个女人，却也不是那种小鸡肠子的人。只是，他、他们家太过分了。""是的，是我害了你。只怪我当初没坚持。我跟我爹争辩过，还几乎打起来，只是我还是太软弱了……""是的，这一回，我又看见你当年的样子了。"萱萱颇有感慨，"你要是早一些有这样的担当又有多好？"啸天说："你说得对，这么些年，我也觉着自己一直在浑浑噩噩地过。""你怎么这样说呢？"萱萱问："难道发生了什么事？""也没发生什么。"啸天说，"起先，我对当兵是满腔热情的，向往建功立业，如今发现，我不过只是在部队里混，也不晓得为什么打仗……我的日子没有一点意义。我还真想不再干了。"的确，现实中的一切都变得太快，就像这遍布山间的石板路，如今都在激烈的撞击中变得支离破碎了。"啸天，你不要自责，这不完全是你的错。我又何尝不是这样，这些年，我感觉自己都不认得自己了。"萱萱说着说着就哭了起来。"萱萱，莫哭了，莫……"啸天走过去，轻轻拍着她抽搐的肩膀。萱萱却转身一把使劲地抱住了他："啸天，你晓得吗，我感觉自己好孤单，好无助……"啸天说："不会的。很多人都是懂你的。就算……他们都抛弃了你，我也是会永远跟你站在一起的。""是这样的吗？"萱萱仰起脸，泪眼婆娑地盯着他，"你不怕别人说三道四，不怕别人在背后戳你的脊梁骨？""不怕。"啸天口气坚定地说，"我也常常在反思。我小心翼翼这么些年又得到了啥？我真的很后悔，我为什么那么蠢，当年我为什么就不坚持？""是啊，如果那时我们一起走了，我们俩也许都不会落到今天的这个地步……""我也不晓得当初自己为什么那么不自信。面对我爹，如果那天能大胆地说出一句话来，也许就不会有今天这样窝囊的日子。”啸天颇有感慨，长叹一声，“唉，后悔药吃不成。事到如今，说什么都迟了啊……”“不迟啊！”萱萱用力攥着啸天的手，“啸天，只要你真是这样想的，我觉得一切都不迟。”“不迟？我们还能回到二十几岁的时光？”“能的。只要我们的心没有死，就一切都有可能。”萱萱深情地盯着他。啸天想了想说：“不行啊，如果这样，别人的唾沫星子会把我俩淹死的。”“你怕吗？我可是不怕。我不是为别人活着的。”萱萱突然眨着明亮的眸子，“再说，为什么一定要守在这个旮旯里呢？天下不是大得很嘛？”“是啊。我为什么就没想到这一点呢！”啸天似乎突然被警醒了，“哼，古话不是说吗，此处不留爷，自有留爷处。”萱萱说：“你真的想通了？”啸天说：“以前，我把所谓的前途看得太重，以为出人头地才会有幸福。其实，幸福就在我的身边，我何必还满世界去寻找呢。”萱萱说：“我晓得，在这块土地上，人是活脸面的，脸面就是人的命。如果仍然待在这里，你会很痛苦的……昨天我想了一晚，我决定离开这个家。”“离开家，你打算去哪儿呢？”啸天问。“长沙。那里有朋友叫我去。”萱萱说，“咱俩一起走如何？我们离开这儿。”啸天沉默着。萱萱说：“好男儿志在四方，你不愿去？”啸天说：“愿。”“有点勉强？”萱萱说。啸天说：“我……浑浑噩噩混了这么久，是有点心不服呐。”“天下很大，不是吗？”“走！此处不留爷，自有留爷处。”啸天似乎终于下定了决心。“好啊。啸天，我就是等着你的这一句话了。”萱萱把啸天搂得更紧了，“我跟你走，到哪里都行。”啸天感到怀里揣着一团火。他突然想起很多年前在草窝里的那一个夜晚，也是这样——是一团能把人熔化了的火。啸天在那激动的一刻，突然感觉五味杂陈，表情有些呆滞。萱萱问：“怎么，你后悔了？”啸天说：“后悔什么？不后悔。”萱萱说：“啸天，这是大事，我也不逼你。你回去再好好想想。我等着你的信。”啸天说：“要得。两天以后，我们还在这儿见。”

第十八章

早早地，洪江边山崖上的木楼便盘绕起淡淡的紫烟。小佬每天都是急匆匆三扒两咽吃点早饭，便丢了饭碗，邀朋结友到天王庙听“猴子”摆古。自改编之后，龙五斤所在的部队就在代理师长谷子琪的带领下去围堵红军，结果在永城吃了败仗，谷子琪被免职，部队被拖回洪城整训，一直驻扎在河边的一座破庙里等待换防消息。猴子龙五斤是老兵，见多识广，小时候还读过两年私塾。虽文化程度不高但他记性特好，《水浒》《三国》不知读过多少回。那天，小佬带着几个街坊“烂崽”去找猴子。小佬的脸上还有些伤——那是他前几天爬树捣鸟窝时被一只大母鸟啄的。猴子和几个兵在庙边的场坪里练习格斗，见小佬进来，忙停住：“小佬，你不好好在家歇着，又来干吗？”小佬说：“天天困觉，脑壳都困扁了！”“你那伤都好利索了？”“没事，差不多了。”小佬伸了伸胳膊，表示自己没事了，说，“猴哥，你上次讲的那个打仗砍土匪脑壳的故事有味。再给我们讲一个。”“要得。”龙五斤坐下了，打了一个大哈欠，“想听故事？还不赶紧点伺候？”“是是是。”小佬急忙从衣袋里掏出一个小包，取出些黑色粉末，从地上拾起一片落叶，将粉末放在上边。另一个随来的孩子便急忙给他点火。龙五斤深深地吸了几口烟雾，说：“好。我给你们再讲一个土匪头的故事……”

“收租开始了！屯租改革有条款，各家各户都要按规定时日缴清屯租。违者将重罚严惩！”一个屯官骑在马上敲锣大喊。半月前，猴子跟着几个骑马的兵弁下乡去一个叫大马的乡间，在一户寨主家歇息。大马的寨主姓韩名章，手头有枪，就占山为王拖了一支队伍。前些年，黔军想抄“湘西王”后路，就招安他配合攻打洪城。猴子说，大家应该还记得，就是一年前的那次仗火。韩章攻进洪城当过几天团长，威风过一阵子。人算不如天算，哪晓得不久黔军偷袭湘西遭受挫败，韩章发觉自己被人耍弄了，于是临阵脱逃。在沅江流窜为匪后被陈统领多次围剿，便洗手回到大马当寨主。多数时间都是夹着尾巴做人，很低调。湘西从清时起，大部分地区沿袭了傅鼐“屯田养兵”的制度。官府将夺取的苗民田土作为“屯田”，再将其租给苗民耕种，苗民以“屯租”缴纳给官府，地方部队大部分给养来自屯租。屯官权力极大，可以生死予夺，见屯官到来，韩章不敢怠慢，盛情地酒肉招待。满脑肥肠的屯官边大块吃肉大碗喝酒，边向韩寨主分配屯租数字，说：“你们这边九村十八寨，数目拢共是2万银元。”“2万？”韩章便哭丧着脸，“去年只是一万五，长官，加这么多，你们这不是要我的老命吗？”“韩寨主，也不是头一回。”屯官说，“这事能讲价钱吗？赶紧各寨去收，三天为限晓得吗？”韩章心里不服，但只能直点头。过了三天，韩章带人提着口袋去到各寨挨家挨户收钱，总共收得12000多银元。两个口袋沉甸甸的，但仍与分配款额相差甚远。韩章只好如实向屯官汇报，说这些余下交不起的人都是困难户，不如就宽限些吧。谁知屯官不允，还将一个姓廖的抓起来殴打。那姓廖的不服就领头抗捐，结果被拉去一个牛栏关押，当晚就被枪毙了。屯官还把这一回的闹事归罪于寨主纵容，将韩章抓去打得个五劳七伤。不能足数收齐款子，屯官也有压力，那天夜里，就找龙五斤一起喝酒、扯谈、发牢骚。连喝三碗，龙五斤说："长官，你有点醉了，就莫再喝了。""你莫管我。"屯官说，"不喝酒心里烦啊。"龙五斤说："那么多袋钱啊，连运钱的大骡马都压得爬不起来，任务应该是快要完成了吧？""完成个卵。还差一大截呢。"屯官骂起丑话来，"唉，我都不晓得回去如何交差。去吧，你歇着去，这儿没你的事了。"龙五斤只好离开。屯官在油灯下边喝酒边皱着眉头看账本，突然想呕吐，咕噜噜喝了一大碗水。突然，木格子窗嘎吱吱地响。屯官就惊疑地往窗户看。格子窗猛地弹开，一个人影飞落进来。一阵风使油灯直摇曳。"韩寨主，是你？"屯官一惊，又立即装作很镇定的样子，"嗨，你来干什么？"韩章说："我们的事没完，想来办个交接。""好啊，我刚才还正在点数呢，还差点。"屯官说，"老韩，没事，慢慢交。来，吃一杯！""酒就不喝了。"韩章一下就把刀子顶在他胸前，"听着，我不想要你的命，把钱还给大家就是。""韩寨主，我说，你、你冷静点，冷静点。"屯官趁其不备，猛地从桌边抽出一把长刀便朝韩章砍。韩章跳起躲闪了过去。两人便上下腾挪对拼起来。住在隔壁不远处的龙五斤听到动静，急忙爬起，来到门外听了一会儿，知情不妙赶忙往外边跑："来人呀，来人！"一伙操刀持枪的屯防赶了过来。处处喊杀声冲天。韩章见势不妙，用力将手中的小刀一把飞掷过去。小刀正中屯官的左手臂，鲜血直流。屯官用力抓紧流血的左臂，大声喊："抓住他，莫让他跑了！"

…………

小佬听得很带劲，猴子却突然打住了，忙问："那个寨主后来被抓住了吗？""没有。他原本就是个有名的土匪，功夫了得。"龙五斤说，"听讲他逃脱了，后来躲到了永绥那边去了，被一个姓龙的大寨主保护着。那个寨主更牛！他剁掉了来逼他交人的另一个屯官，干脆举旗反了。省里的何主席就派62师一个旅去清剿，谁知却屡屡溃败。跟着他造反的人倒是越剿越多……"龙五斤的叙述有声有色，小佬正听得很来劲，他姐萱萱过来喊他："小佬，爹喊你赶快去码头，屋里有船要拢岸了。""猴哥，今天就在这里打住。"小佬站起，说，"明天，我再过来，听你继续摆。"

太阳火辣辣的，小佬躲在树荫下歇凉，无聊地嚼着一根有些苦涩的小草。"咳。"突然听见一声干咳，见父亲拄着根树枝当拐杖摇晃着过来，小佬一个激灵，唉，又该干活了。经历一些磨难，哥哥水生终于把最难的日子挺过去了——为了节省成本，家里开了一家厂，专做运送桐油股子的杉木桶。每到秋末油桐挂果、榨房忙碌的季节，洪城的油老板也会忙碌起来，或下乡收购，或本地坐庄收油，十分忙碌。乡下人挑送来的洪油，也有个别的是连油篓一并附送的，但大多数还是散装油。桐油即将陆续进城，各商号都需要大量油篓子封存安放。家里新近开张的油桶厂已经制成了三百来个油桶，糊裱油桶的任务很重，除了请工，游贵生还亲自上阵，且把游手好闲的小佬也拉去当苦力。用浆糊将一种极薄极有韧性的白隐纸多次糊在油桶的内壁，待晾干后涂上光油——这活计不重，却难受，十分单调，而小佬最怕的就是单调、无聊。但有什么办法呢？干活的地方是借来的，是一间郊野的破旧油坊。油坊建在水边，蚊虫成灾，尤其是本地有一种叫沙蚊子的东西，黑芝麻般大小，群攻群扰，痛楚钻心，防不胜防。小佬糊几张纸又停下，在胳膊上、腿上一顿胡乱拍打，搞得满手血污。“小佬，你肉嫩，沙蚊子专门叮你了？”一个矮胖的人影从油坊外的小路上过来。“是箍桶匠阿福啊。”小佬伸直了腰杆，借机歇气。阿福挑着箍桶行头，大口喘着气从山弯弯过来，看到路边的老榕树，就一屁股坐下了。“狗日的太阳好毒！哎，过来歇会儿呀。来，我有纸烟。”他的眼睛一边大一边小，但墨线还是拉得很准。“我要忙活，可没得你那么清闲。”小佬站在门口说。阿福说：“来吧。我跟你说件事儿。”小佬于是过去，在阿福身边坐下：“什么事，你莫谎我。”阿福给他点上火，说：“你还想不想当兵去？”“想啊。”“想就对了。你看你呀，细皮嫩肉的，不是做苦力的料。”“你莫胡扯了，我年纪不到，当什么兵？”“你几岁？”“十六。”“十六也不算太小。”箍桶匠阿福说，“竿城有名的田总督多大年纪当的兵？告诉你，十三岁。他后来四海扬名，当上了湖广总督。”“这个我晓得。”小佬说，“他是赶上的时代好，有大仗火打，哪像现在，都是为的争地盘子，自家人杀自己人。”“嗨，看你小佬不出，有思想，那窝在这乡下更是屈才了，应该当兵去闯世界。”箍桶匠说，“告诉你，我刚从下河那边过来，人都说，这一回马上就会有大仗火打。下河已经在日夜调兵，长沙那里，每天夜里，都有一列又一列装满了兵和枪炮的火车往上海那边开。”“福叔，你说的大仗火是要跟谁打？”小佬的眉毛猛然一抖，忙问。箍桶匠说：“好像说是要跟东洋鬼子日本干。也不知是真是假。”

这一段时间，游家很忙碌，萱萱就时常回娘家帮忙。那一天，萱萱帮完忙疲倦地从娘家回来，没见到孙平。她也知道总会见不到他，但还是问：“大少爷不在家呀？”“不在。”丫头说，“有人叫他去醉仙楼喝酒去了。”“喝酒，喝酒，都成个酒鬼了。”萱萱便去厨房胡乱扒几口饭。刚放碗，院子里一阵闹嚷嚷的，原来是孙平陪着客人回来了。透过格子窗，萱萱看清了那客人是个个子高大、满脸红光的军官，听到孙平一个劲地叫师长。这个军官是刘益章。孙平以及孙大万一直陪着客人聊到了半夜，看来谈得很投机，兴致很高的样子。他们的谈话断断续续飘进了萱萱的卧房。那军官大声地说：“孙老板，你这个儿子不错，脑子挺灵活，大有前途。”孙大万说：“那可就有劳师长多多提携了。”“没问题。”军官说，“我这次来湘西要办的事很重要，这几天就让他跟着我各处跑跑，锻炼锻炼。”“好啊，好啊。”孙大万说，“孙平，师长的话听见了没有，勤快点，好好干。”“要得。要得。”孙平忙不迭点头。第二天一大早，孙平匆匆洗漱了一下，回头说：“萱萱，快给我清几件换洗衣服。”“又要上哪里去？”正在叠被子的萱萱问。“去竿城。就去几天。”孙平说，“刘师长让我陪他去竿城会见老统领。”萱萱便去柜子里清点衣物，边清点边说：“看样子，你还真是出息了，会见统领的事都让你陪着去。”很长一段时间，萱萱和孙平的关系一直都是冷冷的，说话也总是阴阴阳阳的。“你不是巴望我天天不在家吗？”孙平用水抹了把脸，“一天到晚阴着张脸，像是有人借米还糠似的。”知道再往下说，又是争吵，萱萱也不再搭他的话，只是默默地替他把衣物包好，装放在一个小皮箱里。

因为事情紧急，刘益章又一次匆匆赶到竿城，且立即去了陈玉轩的公馆。上一次，34师被逼改编，陈玉轩也被何健以“健康原因”为由褫夺了军权。师长的职务还在，但没实权，陈玉轩却成了闲云野鹤。代师长谷子琪命运不济，上位领兵去围剿红军便受挫，也被晾着了。何健知道，陈玉轩虽说被夺去实权，但还是名副其实的“湘西王”，湘西的事，没有他发话就什么都搞不掂。刘益章来到陈公馆。门房说：“老统领身体有恙，谢绝见客。”刘益章便亮出省府的公文头衔。门房赶紧回身请示。得到允许，刘益章进到公馆。见是特派员到来，陈玉轩勉力从病榻上要爬起来。“玉公，不必。”刘益章忙去止住，“怎么样，病得恼火吗？”“还好。老毛病了，天气一变就患。”陈玉轩吩咐上茶。刘益章说：“玉公，若不是事情紧急，绝不会在病重叨扰你。”刘益章给陈玉轩详细说明了此行的目的。“玉公，你知道当前形势很危急，日本鬼子早已经占领了东三省。”刘益章说，“最近，蒋委员长跟共党的头毛泽东在西安进行了谈判，国共两党决定捐弃前嫌，一致抗日。”“国难当头，捐弃前嫌好啊。”陈玉轩说，“老是自己人整自己人不行。”“所以，我们每一个中国人都得动员起来，有钱出钱有力出力。”“应该。应该。”“眼下最紧急的任务就是整合全国的武装力量。”刘益章递过一份文件，“喏，这是蒋委员长关于整合全国的武装力量的指令。”陈玉轩仔细看了一遍指令。指令的大意是：为了应对当前的抗战局势，国民党中央军事委员会决定对全国军队进行一次统一大整编，新编34师也在这一次的大整编之列。刘益章说：“你也知道，谷代师长呢犯了点事，无法出面。您呢，当时也是身体方面的原因，把军务暂时交由谷子琪代理。34师师长还是你，所以有关34师的事还是得你说了算。你看……”“谷子琪出不了面，有关34师的事，我陈玉轩当然责无旁贷，而且这一回事关家国，更没法拒绝。”陈玉轩说，“刘兄，只是这一回的确事关重大，恐怕我一个人说了也不能算。你且等等，我和弟兄们商量商量再回答你。”“好的，我等待你的答复。”刘益章说，“只是情势紧急，一刻也拖不得。”

自从谷子琪代理师长剿红军失利后，便被冷冻起来。那一段时间，覃啸天的部队也无所事事地在洪城一带整训。一天，覃啸天接到通知，让他去竿城参加紧急会议。

他骑马赶了半天的路来到竿城，走进会场，会议已经开始了一会儿。覃啸天感到久违的亲切，因为今天老统领陈玉轩也出席了会议，而且像往常一样坐在主席台正中央的位置上。上次34师改编，陈玉轩的师长职务并没有被撤掉，谷子琪也不过是代理师长而已，但是其后的一切会议，就几乎再看不到老统领的身影了。覃啸天感到一阵欣喜：世事如棋，看来陈玉轩又回来掌握实权了。还是参谋长戴涛主持会议。他只简单地讲了几句，就说：“下面，请老统领传达蒋委员长指示。”“我的病还没有好脱体，声音小，大家就细细点听。”额头贴着块黑膏药的陈玉轩开始传达。的确声线有点小，大伙听了半天终于弄明白了指示的主要精神——34师将又一次大整编，而且将整体开出湘西。一听说要大改编，大伙就天然地反感，会场一下子就炸开了锅。经过一番讨论，大家些许明白了“此一时彼一时”也，官兵们的反应出现了分歧：有的说，国难当头，改编竿军也是必然；有的却坚持认为这又是何健在借刀杀人。“何健不是老说我们是草台班子吗？打鬼子应该是他们正规军的事，怎么就先想到我们了呢？”团长周西青说，“不行！上次的改编，搞得我们只剩下五千人，打红军又死了不少，又改编，不是要把我们搞个精光吗？”“对，就是不改编。”许多人附和。“得罪了何健，只怕他又会来硬的。”有人说。“搞就搞，哪个怕哪个！”有人大声反驳。正当众人争得不可开交之时，不远处的观音庵上突然传来歌声：

事急了，事急了，快把暴日来打倒，日本是世仇，大家休忘了，
吞琉球、割台湾、灭朝鲜、屠杀济南，流血未干，又把东北占……

听到歌声，大家的争论一时都停住了。“日本鬼子，欺我中华，我等军人，让学生幼儿来教，有何颜面？家仇家恨，岂能与民族仇恨相比乎？”一直未开口的营长陈

范大发感慨。“陈范讲得有道理。”听到这话，一贯以“莽夫”自称的团长周西青改变了自己的观点，说：“这一次的确跟上次大不同。今天，东三省沦入敌手，国家民族灾难深重。倾巢之下岂有完卵，保国就是保湘西，竿军当义不容辞。”覃啸天颇有感触，也站起来，说：“上次我们去永城跟红军打仗，红军的朱鹤先生就留下了一封信说，中国人不打中国人。永城之战，红军没有对我们穷追不舍，而只是虚晃一枪。红军深明大义，率部北上抗日，贺胡子也移师北上。诸位兄弟若有民族气节，就当效法先人田青树、罗荣光、彭翼南，抵御外侮，报效祖国，马革裹尸，在所不惜。”一番争辩后，赞成改编、出山抗日的观点占了上风。“好，各位都发表了各自的高见。那我也说几句。”陈玉轩慢慢地发言，说：“多年来，有劳众弟兄同心协力，才稍稍稳下湘西混乱局势，多少留得一片净土。何健灭我竿军之心一直未死，数度改编，其意昭然若揭。我若与何健开战，竿军固然未必全军覆灭，但湘西必遭蹂躏，我何忍心再把湘西子弟当成我与何健拼搏之炮灰？诸位言之有理。这一回不同往常，国家危难，匹夫有责。我们就暂忍一口气，为国负辱吧。”

“这一次，陈玉轩的态度还算是不错。”刘益章匆匆赶回省城，把情况向何健作了汇报，“他说国家危难为重，愿意接受改编开出湘西抗日。”“好。”何健一听，长长地舒了一口气。“不过……”听到刘益章这话，何健立刻又紧张起来：“不过什么？”“陈玉轩答应改编，但他说自己身体不好，领军之事也许得另选其他人。我亲眼见到，他的状况的确也难以胜任带大部队千里出征。”刘益章说。“哼。我看他这一定是托词。”何健鼻子哼了一下，说：“嗨，死了王屠夫，就吃带毛猪了？不去，就还让他凉着，只要早些把他们调出去就行。”刘益章说：“主席，竿军完全就是一支土著部队，没人承头，沙子就全散了，又如何调得出去？”“陈玉轩的下面就没有其他副手了，从副手里挑呀。”“副手倒是有几个，只是都互相不服，原先的代师长谷子琪还算不错，还勉强能够镇得住……”“谷子琪？”何健说，“那就用谷子琪呀！你看看我这记性。”刘益章说：“谷子琪，只是，去年……不是被您给撸了吗？”“哦。对，对。”何健不禁哑然失笑，“看我这记性。哎，这人如今在哪里？”“还在湘西，在家赋闲着呢。”“那就去找他。”何健说，“人嘛，哪还能一辈子不犯错。他的那个处分，我给他撤销就是。”“这样倒是很好。”刘益章说，“只是湘西土佬都有点怪脾气，你让他搞没准他还搬俏。”何健说：“弯树枝直木匠，这就得看你的功夫了啊。”刘益章笑笑：“那好吧。我就去竿城，一定尽力做好他的工作。”

第十九章

谷子琪因放走红军主力部队，被革职后就一直被省里闲着。回到竿城，他假说是养病，很长时间都躲在自家的封火筒子屋里，大门不出二门不迈。刘益章接到任务后急急赶到了洪城，歇息了一宿，由孙平陪着他坐滑竿来到了统领部所在的竿城。入冬以来，竿城一直有些阴冷。翌日清晨，刘益章便带着孙平顶着寒风去谷子琪的家。谷子琪的家在竿城东门外沱江河的对面，是一个靠近河边的独立小院子。去那里要走过一段长长的跳岩桥。跳岩桥是由矗立在溪流中相互孤立的几十块红砂岩组成。也算是身经百战的刘益章战兢兢地踏上了跳岩桥，脚下是打着旋子的流水，耳畔一片“哗哗”喧嚣，脑袋竟有些晕。桥面窄，只能勉强一人站立行走，孙平有心帮忙也使不上劲。好在，终于晃悠悠走过去了。历经千辛万苦，刘益章来到谷家，却被一个裹着老棉袄的老门房一把挡在门外。“二位客人先稍等，我去通报一下先生。”门房接过刘益章递过的名片看了看，说。老门房进去了。“好大的牌子！”刘益章心里老大不悦，心想，“这家伙还真是虎死不倒威呢。”一会儿老门房出来了。“怎么样？”孙平急忙问。门房说：“对不起。先生正在打坐。”“不识字吗？晓得是谁来了吗？”孙平故意发火。“孙平。”刘益章忙止住他，很担心地问：“哦，打坐，先生莫非剃度了？”“先生倒没剃度，只是俗家弟子。”老门房说，“但早晚打坐是雷打不动的。”这时，屋里就隐隐传出喃喃的诵经声来：“诸菩萨摩诃萨应如是降伏其心！所有一切众生之类：若卵生、若胎生、若湿生、若化生……”又等了很久，孙平有些心烦，又过去问门房：“麻烦你转告一下先生，我这里有十万火急的命令，是何省长的手谕。”“先生说过，两个时辰，一刻也不能少。”老门房说。孙平又要来火。刘益章忙说：“没关系，没关系，等，我们再等等。”刘益章就靠在院墙边读报纸。天气冷，哪里读得下去，便不断跺脚，来回小跑。又过了好一阵，刘益章终于熬不住了，对孙平说：“去叫门房，把这封信递进去。”孙平便又找到老门房说：“大伯，这样吧，麻烦你把这信先交给先生。先生看过信，如果没回复，我们就不等了。”门房进来，把信送上。那是省主席何健的亲笔手书。手书上的意思是34师将进一步改编并调出湘西，拟让他重领该师军务。谷子琪看过信，说：“你就跟他们说谷某虽多年从军，其实并不懂政治军事，哪有回天之力！回去告知何军长，免得贻误战机。”老门房转身出去了。谷子琪听得门口先是有一阵嚷嚷声，过了一阵子就安静下来了。心想：阿弥陀佛，这灾终于躲过了。妻子端了一杯茶过来，问：“何军长既然如此有诚意，你又何苦拒绝？”谷子琪说：“我可是把一切都看透了。你看，眼下这日子多爽！”“老谷呀，你少说这些违心的话。我可是科班出身，你还在我面前演戏？”妻子说，“你那是念经吗？你那是小和尚念经。”“到底是我的老婆，什么都瞒不过你。”谷子琪笑了，“只是，老婆啊，这一回不比往常，责任太重。每一个儿子都是娘生的，父老乡亲把几千个活蹦乱跳的生命交给我，让我带出大山去。打仗可不是好玩的。我把他们带出去，却不能把他们带回来交还回来，又将以何脸面面对他们？”妻子想想，觉得谷子琪的话有道理，说：“看来，是我看扁你了，你这一段的经还真没白念。”“好了。”谷子琪急忙站起身去桌子抽屉里翻，回头说，“老婆，快点给我收拾几件换洗衣服……”“你到哪儿去？”妻子担心地问。谷子琪说：“出去躲几天。我算定他们还要派人来缠的。”妻子忙给他挽了个小包袱。谷子琪背着包袱打算出门，走到门口时，老门房却过来报告说两位客人又打转身回来了。“子琪，快些，走后门！”妻子说。谷子琪便背着包袱折回进屋，往后门出去。屋后是一片菜地，高高的鸟不歇刺树围成天然的篱笆，中间有个木板做成的小菜园门。菜园门后是河滩，有一条浅浅的小溪日夜哗哗流淌。谷子琪来到溪边，有点犹豫，河水看样子都很冷，但他没法顾及，打算脱掉鞋子踩水过河。“哈哈哈哈，谷师长要去哪儿？怎么学着走后门了？”一个熟悉的声音从一蓬繁密的鸟不歇刺树后传过来。谷子琪一看是刘益章，忙说：“是大特派员啊，我……不去哪里，只是想上上茅房。特派员要去哪里？”刘益章说：“我哪里也不去，就等着你接见呢。”“特派员言重了。”谷子琪实在无可奈何，“那快请进屋里坐吧。”进屋坐定后，喝过茶，刘益章说：“师座，我这次来为的什么你应该已经晓得了……”“不敢，我已经不是什么师座了。”谷子琪打算推却，“何主席的信我都看过了。晓得你们来为的什么事。可是……”刘益章忙安慰道：“你的难处我也晓得，那一回也确实有点委屈你了。”“是啊，要不是别人拦得快，军座差点就拔枪崩了我。”谷子琪脸色慢慢地多少好看一些。刘益章马上话锋一转：“不过话又说回来，委屈归委屈，事情该怎么办还要怎么办啊。”谷子琪立即又苦起脸来：“这差使，我还真干不了。”“子琪老弟啊，七七事变以后，平津沦陷，眼下日本人又在上海挑起事端，淞沪会战已经打起来了，再不联起手来共同抗日，日本人怕是要打到南京了！这一次，你放心，不会再让你领兵去打红军。为了抗日，已经开始国共合作了。”谷子琪没有作声。“这次整编的竿兵师，何军长点名推荐您来担任师长，这一回，可不是代师长啊。还望您千万不要推辞，您看……？”刘益章道，“孙平，把委任状拿出来。”孙平便打开黄色军用挎包，取出一份用报纸包裹着的委任状。刘益章态度诚恳地说：“谷师长，非常时期得有担当，个人的恩怨，当一笑泯之。”“民族大义为重，这个我当然晓得。”谷子琪说。“好。这样就好。”刘益章生怕谷子琪反悔，急忙说，“有老兄这句话，那我就不再多说，不多打搅，先告辞了。”“特派员，等等。”谷子琪还是叫住了他。“谷兄还有什么不放心的？”刘益章问。“麻烦你把报纸留下。”谷子琪说，“委任状你还是先带回去吧。”“也行，你就再好好想想吧。”刘益章说，“明天下午两点在江西会馆有个会，参加的都是竿城的闻人，也是商讨抗日救国的事。眼下，竿城的民众都看着您呢，明天的会，希望您一定拨冗光临。”

特派员走后，谷子琪开始看报纸，显眼位置上的头条是《湘西匪势猖獗，省主席限令进剿》。谷子琪眉头一蹙，“啪”的一声将报纸甩在了桌上。一阵风从窗外刮来，将报纸吹落在地。“先生，怎么了？”听到响声，管家急忙进屋，问。“没什么，懒得看。”谷子琪兴意索然。他从书架上抽出一本线装书，往竹躺椅上一仰，看起了书。管家捡起报纸，说：“老爷，日本人快要打到上海了呢！”“什么？我看看。”谷子琪一把接过报纸。报纸醒目的大幅标题是：《倭寇觊觎上海，全民誓死抗战》。他心里一颤，感觉有些冷。妻子便去厨房用铁夹夹了几根粗大的青冈木炭，把屋里的炭盆加满。火一会儿就旺起来了。他把自己关在屋子里烤火思考，想了很久还是不知道该如何决定。他心烦，感觉到屋子里很闷。终于熬不住，于是推开门，去到屋后透口气，就顺着溪边的小路散步。小路的一边是小溪，另一边则是稻田。因为是冬天，到处一片了无生机、衰败的样子。小溪有些干涸，几乎断流，稻子早已收割，留下些黑乎乎的禾蔸。树木光秃秃的，满坡的草叶都是黄蔫蔫的。谷子琪的心情不免有些沮丧。但突然他感觉眼前一阵豁亮。那时，开天了，久违的太阳透出了云层，照得人全身暖暖的，眼前的景物似乎就全都有了些色泽。谷子琪心情愉悦了些，使劲伸了伸胳膊。突然又听到一阵虫鸣，心想，日子过得真快，莫非就到惊蛰了？他于是蹲下身子，弯着腰看。他发觉黑色的地表下，确实有新的生命在萌动。仔细些看，他竟然在黑乎乎的稻田衰败的禾蔸子下发现了一根嫩嫩的绿芽。难道是稻谷发芽了？他用手去抠，土地虽是板结的，但板结的表土之下有水。他用指头勾起那支嫩芽，惊讶地发现，嫩芽的根部有黄黑色的谷壳。还真的是稻谷！多么顽强的生命力！他突然就想起小时候算命先生说的那句话：谷姓是生命力最顽强的姓氏。黑云又罩过来了，但这一回，谷子琪听到了很远很远的天际，突然响起了一声春雷！书房门吱呀开了。谷子琪回到家，大步走进一间尘封的旧屋。旧屋里光线很暗，各处堆放着零乱的杂物，废旧家私。靠墙有一个油漆斑驳的松木大柜。谷子琪把柜门打开，上面一格，有红绸盖着的一个刀匣。谷子琪揭开红绸，拿出刀匣，端详了一会儿。嚓！他猛地将长刀抽出，一道寒光在黑暗中一闪……

洪城的江西会馆里，人声嚷嚷，许多地方名人遗老都到了。“离开会还有半小时。”坐在主席台上的刘益章看了看腕表，问身边的孙平，“你感觉谷先生会来吗？”“应该会来吧。”孙平分析说，“立功立言立德，这可是建功立业的大好机会，他谷子琪可不是傻子。”“孙平，你到底还年轻呐。”刘益章沉吟片刻，“谷子琪一向慎重，而且，这一回，责任千斤重啊！”“师座，不必多虑。”孙平说，“谷子琪这人，湘西个个都晓得，他辞官归隐是以屈求伸。他可是有大志的角。”“有志向就好，眼下就怕全是碌碌无为之辈啊！”刘益章一脸忧国忧民之色。“当——当。”时钟敲响了两点整。主持人说：“两点了。好，我们正式开会。”孙平趴在窗口往外看，门前的石板路直直的，一片空空荡荡。他有些懊恼，但突然看见有个人影从一处灌木丛中的小路闪了出来。“是谷先生？”孙平突然惊诧万分。听到声音，会议室里等待的几个人全涌到窗户边来看。透过窗棂，众人看见：一身崭新国军军装的谷子琪正沿着石板路缓缓走来……

龙五斤所在部队34师又一次接受改编，去了竿城集结。无聊的小佬像是被抽去了魂魄，日子过得更无聊。这一天，太阳晒得人懒懒的。小佬懒懒地躺在田埂上，一言不发。他尽量不再去想龙五斤，但却感到心里空落落的，于是扯了一根草放在嘴里嚼着，很苦很涩，又一把吐掉了。不远处的枫香溪溪沟边，几个妇女在歇凉，一边讲着些淫秽的故事，放肆地笑。小佬躺着，心底里却对背脊底下的泥土突然产生了一丝的恐惧，甚至恨。难道我这一辈子都要被这里的泥土困着，到头来把整个人也拉扯进泥土里去？小佬的心里涌上来一阵沮丧、绝望。国家又要打大仗了——那时候，一个谣传像黑夜里的蝙蝠在洪城各处飞翔。服役当兵是湘西人的宿命。这些年来，从遥远的某处前线时不时总会送回些喜报或噩耗。战争像飘浮的蛛丝，与这方土地若即若离。

小佬最佩服的本地人是罗荣光。罗荣光幼年丧父，家境贫寒，靠母亲弹棉花抚养成人。一年春节，因赌钱被老母训斥了一句“无出息”，赌气带了三个包谷粑去投奔了曾国藩的湘军。投入湘军后，因作战英勇，得到江苏巡抚李鸿章赏识，去跟随戈登学习炮术。光绪二年（1876），罗荣光驻守天津，升大沽协副将。光绪二十六年（1900）六月，八国联军2万多人水陆兼程进逼大沽口，妄图以此作为滩头阵地，进一步侵占天津，进逼北京。此时，罗荣光已调升新疆喀什噶尔提督，部将都劝其赴任新疆，既可升官又可避战。但在国家的危亡关头，他毅然奏请留任，慷慨激昂地表示："人在大沽在，地失血祭天。"那一天，八国联军集结进攻，敌强我弱，我军遭受重创，罗荣光箭步奔向炮位，亲自操炮挂线瞄准，打得"虎狼"舰沉入海底。上午9时，炮台弹药已尽，原已约好配合作战的北洋水师也不战而退。在弹尽援绝、炮台三面被围的危急情况下，罗荣光不甘受辱，纵身上马奔回衙门寓所，忍痛先杀了眷属，再飞马回到主炮台，集合所剩兵勇抵抗突围，在率部冲杀中壮烈殉职。他的遗体后来被送回湘西大山安葬。小佬痛苦或高兴的时候都会去罗老英雄的坟头边坐坐。英雄的坟在洪城的后山上，那儿位置很高。南望，可以见到高低错落的洪城建筑，清清沅水。沅水在无垠的青山中蜿蜒。小佬想，它最终流去的地方应该就是罗大英雄曾经守护过的大海吧。他开始期望能离开这片令人沮丧的土地。他很希望去当兵打大仗，像罗大英雄那样光荣地死去。他甚至很羡慕龙五斤。

这一天，他又来到后山，这样想着。"当！——"一声大筛锣的声音从远处传来，隐约还有一声呐喊。小佬见山脚下的罗公祠前人声鼎沸，便撒腿往山下跑。小佬赶到罗公祠时，那里正在开大会。一个军官皮靴锃亮，扣紧腰带，佩带军刀——他就是谷子琪。为了动员竿军出征抗日，谷子琪特意赶到34师大部队的驻扎休整地洪城。"谷师长！谷师长！谷师长！"人群中发出整齐的呐喊。"承蒙各位乡邻抬举，谷某多谢了！"谷子琪走上土台，轻轻一抱拳："各位父老乡亲，我谷子琪很有一些时间没摸过刀，没穿过军装了。"台下人群静静聆听着。"本来，我感觉自己的后半生也就是在家里吃斋念佛，打坐求清静了。只是总有人不让你有清静啊。"谷子琪突然放大了嗓门，"乡亲们，七七事变，平津沦陷，八一三，日本倭寇大举进攻上海。民族危亡，哪儿还能清静？"台下变得有些躁动。"乡亲们，不想当亡国奴就唯有挺身而出！""逮起！逮起！"人们的喊声声震云天。"今天我来这里带头祭祖，祭奠我们英雄的老祖宗罗荣光。"谷子琪激情地说，"大家一定都记得罗荣光在大沽口英勇抗敌的故事。乡亲们，今天，就让我们在这里一齐向祖宗发誓，像罗老前辈一样去英勇抗日，杀敌立功吧！""逮！逮起！"喊声惊天地泣鬼神。谷子琪恭敬地举着三根燃香，将香插在香炉里，跪地而拜。他的身后，无数人的背影一齐匍匐跪了下来……小佬挤在人群里，看着这悲壮的场面，也有些激动，眼角迸出了一滴泪。

"孙平这孩子一去竿城十多天都不回来，不会有什么事吧？"孙平娘在忙家务，念叨着。"不会的。都那么大个人了。你也是尽操空心。"孙大万说。孙平娘说：

“我看他一点都没长大耶。放着屋里的生意也不管，我看这份家业迟早要败在他手里了。”“哎呀，你怎么一天到晚就啰啰唆唆。快忙去吧，你让我休息一会儿。”等孙平娘走了，孙大万从口袋里取出一封信来读。

爹，娘：我已经请求特派员让我跟他去上前线了。我已经收到了任命书，去当参谋。请原谅儿子的自作主张。你们也许早已经看出我不喜欢做生意，每天进货出货打算盘令我很苦恼。我知道我是家中的长子，本来应该好好继承您的事业并把它发扬光大，但是我不能，没能力也没兴趣。我的举动一定让您十分伤心，请原谅孩儿的不孝。虽然我出生在商户人家，但湘西男儿的骨子里都流着军人的血。现在机会来了，我希望上到前线去，在那里建功立业。自古忠孝不能两全，孩儿会用热血换取的荣誉来报答父母的养育之恩。您们的儿子，孙平。

孙大万读罢信，目光呆滞，不知是喜是忧。隔天，孙平回到家里，把一个大包袱放在桌上。萱萱问：“都是要洗的吗？”孙平说：“不用洗了。清理一下，不要的全扔了吧。”他娘急忙过来，打开包袱，看看说：“平儿，你疯了啊！这么好的衣裤，好多还七成新呢。”萱萱突然似乎明白了，问：“你莫不是要上前线？”孙平说：“没错。明天就走。”“啊？！明天？”娘一惊，眼泪就哗哗地流了出来。“娘，你不用担心，儿会好好照顾自己的。”孙平说，“国难当头，是男儿不能当缩头乌龟。”“这道理娘也晓得。”孙平娘说，“古话讲，两丁抽一，三丁抽二，平儿，你可是我们孙家的独根苗啊。”正纠缠时，孙大万出来了。“老爷，你快点劝劝你这个疯子儿吧。”孙平娘急急地扑过去，“他、他……竟要上前线去打仗？”孙大万沉默良久，拍拍儿子的肩膀：“去吧。可惜你爹老了。不然我也跟你一道上。”“天啦！”娘大声嚎啕起来，“你们这爷儿俩都吃错药了啊！”“谢谢老爹。”孙平平静地说，“娘，莫哭了，让人听见还以为我们家出了什么大事呢。”那天晚上，萱萱倒是态度比平素热情了许多。“那你明天就要走吗？”萱萱把被子抖开铺好，把一个装着木炭火的小小铜制暖炉放进被窝里去，问。“是的。明天一大早就要开拔。”孙平在洗漱。“那我给你再准备些东西……”萱萱走到柜子边去。“不用。”孙平说，“该准备的我都准备好了。一般的用品，部队上都有。”“这次，会要去多久的时间？”“很难说。这次是要上前线。”孙平说，“也许三月五月就回来，也许，就不再回来了。”孙平说得很平静，萱萱的心却像被突然猛蜇了一下，不禁眼眶有些湿润。她想，孙平之所以如此决绝地要走，也许与自己有关吧。但那有什么办法呢，嫁到孙家也有一段不短的时日了，自己也希望能逐渐改善与孙平的关系，只是每次温存，总会想起那耻辱的一刻，心里像是突然吃进去一只苍蝇，无比恶心，本来，女儿的出生是扭紧二人疏离关系的纽带，只是这唯一的纽带也在那个风雨交加的下午断裂了。婆婆每日无休止的指桑骂槐，让萱萱感觉自己像是生活在人间炼狱。任时光流逝，在萱萱的心里还是抹不去啸天日渐模糊的影子。不管是什么原因吧，孙平毅然决然地要走了，这对萱萱说来，倒是一种解脱。她离家远飞的心也更坚定了……

那天晚餐，萱萱只是随便扒了几口饭便把碗扔了，自己回到房间。婆婆斜着眼道："又发什么癫呐？跟谁赌气？"孙大万别了她一眼："孙平要走了，她心情不好，你就少说几句。""孙平走了，她的心情才好着哩……""算了！"孙大万止住了她。那天天气不怎么好，黄昏的时候更是阴沉沉的。萱萱稍稍收拾了一下，便悄悄出门去。她要去见啸天，听他最终的表态。出城门，老远就看见河对岸老筒车下有一个模糊的人影。啸天已经早早地在那儿等她了。见面的时候，萱萱发现啸天并没有自己想象中的那种激动。"萱萱，你来了。"覃啸天只是这样清淡地问候了一句，身子却没有挪动，只是一个劲地抽烟。脚边的沙地上扔满了烟头。萱萱感觉有些奇怪，问："啸天，怎么呐？哪儿不舒服？""没有呐。""那……你，是反悔了？""也不是反悔。"啸天说话有些支吾，"萱萱……这几天，出现了一些新的情况。""不要找那么多借口。我早晓得你就是会反悔的。"萱萱便有些急，泪水就禁不住在眼眶里旋转。啸天忙安慰她："萱萱，来坐下，你听我慢慢跟你说。"萱萱虽然不想听他的解释，但还是坐下来了。啸天一下却不知从何说起，忽然想起了什么，便说："还记得我们那次在校场坪看大戏的事吗？""怎么会忘记？看《岳母刺字》——那是我最难忘的日子。"萱萱说，"只是我晓得那样的日子早已一去不复返了。"啸天说："看过那回大戏后，我又听到别人说过一个故事，说是西湖边上有座岳王坟，坟前跪了两对铁人，遭世界上的人骂。有一对就是秦桧和他屋里婆娘。有一年，杭州来了个县官，和秦家是亲戚，半夜派人把秦桧的狗像沉到西湖里去。满城的老百姓都找不到铁人儿了，到哪里去了呢？过几天，西湖的水发臭了，大家才晓得，那臭东西浸在湖水里了。"萱萱说："我没听过这故事，但知道西湖，知道西湖白娘子的故事，白娘子许过的愿是不会反悔的。""白娘子为了自己的理想就得跟恶势力法海和尚斗。"啸天说："萱萱，今天，我们的国家也遭遇到恶势力了。"萱萱说："啸天，你说明白点，什么意思？"啸天说："萱萱，告诉你吧，日本倭寇已经杀到我们的家门口了。""啊，日本倭寇要打中国了？"萱萱惊诧地问。"是的。你也许早就听说日本鬼子原本就占领了我们的东三省。可是前不久，七七卢沟桥事变，日本鬼子就撕破了脸皮，开始向我国发动全面的进攻了。”萱萱问：“那鬼子就会打到湘西来吗？”“一时半会也许还不至于打到湘西吧。”啸天说。“那你们能够做什么呢？”萱萱问。啸天说：“蒋委员长发布了全军动员令，我们竿军马上就要开赴抗日前线了！”萱萱没有作声。两人都沉默了很久。后来萱萱说：“我们都看过岳飞的故事。啸天，我晓得了，我不会拦你。”啸天一把将萱萱搂紧了：“萱萱，你真好。谢谢能得到你的理解和原谅。”“去吧。”萱萱说，“啸天，你一定要活着。活着回来，我还要再见到你！”“会的。”覃啸天说，“我一定会活着回来的。”

收罢淅沥缠绵的春雨，竿城连得了几个好日头，是难得好耍的日子，小佬却被关在屋里干活。前天，伙伴报信给他，北门外河坝今天要杀人，约好赶早去看热闹。屋里屋外的人都讲他年纪也不小了，再放不得敞了。为什么人大一点就要被人管呢？我才不管那么多呢。所以，当听到一声画眉叫，他就翻窗而出。“小杂种你又跑？”他那有眼疾的老娘困在里屋喊。小佬没理会，撒腿就跑。初春的太阳暖暖的。小佬正跟几个街坊的“烂崽”躺在一棵老青树下旁的草坡上闲扯，从这里可以看见静静的洪江河。“真没劲，活着太无聊啦。”小佬一躺下来就大发牢骚。一个叫包二的男仔忙凑过来：“是啊，小镇太没味儿。哎，小佬，我们上德州去怎么样？”小佬就骂：“上德州？一没钱二没熟人，去当叫花子呀！”包二却说：“你还别说讨饭。我看在大城市里当狗也比在这乡旮旯做人值得……”小佬狠狠在包二头上打了一下：“包二，你小狗日的就这样没骨气？告诉你，大口岸我是肯定要去闯的。可是去了，就绝对不会空手回来。”正这样说着，就听到坡脚下老兵房里闹嚷嚷的。“哈，是猴子回来了。走，听他摆古去。”小佬说罢便跑，几个人也追着跑。果然是龙五斤和他的几个战友。“哈，我们的队伍终于要开拔了。”龙五斤一见小佬就说，“小佬，好挂牵你们，所以特意过来，幸好你们全在这里。”“开拔？”小佬忙问：“你要去哪儿？”“自然是大口岸啰。”龙五斤很是得意，“嗨，这沉闷的日子终于要到头了。”“猴哥，开拔，你能带上我吗？”听龙五斤摆古，小佬就把当兵的生活诗意化了，一直十分羡慕。“嗨，带上你，你以为我有那么大的屁眼啊。”龙五斤在军用包里摸索着，摸出一把小刀，上面还缚了一片绸子，刀鞘是朱红漆就的。“黄鳝刀，好漂亮，哪儿弄的？”一个孩子问。“弄的？你去弄一把来。”龙五斤说，“弄是弄不回来的。这是买的。嗨，开拔了，老子就有钱了！走，哥今儿带你们几个去砍大餐去。”“好啊！”几个便跟着一哄而去。他们围着一个酸萝卜摊子，个个吃得口水直掉。小佬吐着舌头，说：“猴哥，你就带我去见见你们的头儿啊。”“你要见他搞什么？”“我也想跟你一样去当兵。”“当兵？为什么？你不能跟我比。我们家穷……”“我们家也不富。”“你爹若晓得了会打断你的脚杆的。”“我才不管他呢，反正我要去当兵。猴哥，你就带我去见见杨连长嘛。”“不行。杨连长是个古板人。”龙五斤说，“嗨，要是你啸天哥还在这里当头儿，那倒是好办的。可惜不晓得他如今跑到哪儿去了。”龙五斤挎着个新的军用挎包雄赳赳地挥手告别了，把一伙百无聊赖的洪城“烂崽”丢在了身后……

那天，夜里有风，但月亮还是清朗的。河边一座爬满藤蔓的小四合院沐浴在清冽的月光下。夜很静，静得能听得到一阵阵强烈的鼾声——游贵生是爱打鼾的，这一点他婆娘很是恼火，结婚快三十年了也不习惯。这一夜，婆娘又被他吵醒了。她轻轻推了推他。游贵生很默契地把仰姿改成了侧卧，鼾声便停止了。鼾声停下来，夜就更静了，婆娘似乎听到院子里有动静——是轻轻的“吱呀”一声。难道有贼？她害怕地推了推老公的肩。游贵生烦躁地说：“一整晚瞎折腾，你还让不让人睡哪？”婆娘想跟他讲，但又仔细听了听，似乎确实没啥，便也睡去了。其实，外边还真有事——院子的另一间厢房的门轻轻开了，一个后生的黑影蹑手蹑脚移了出来——他是小佬。这时院墙外响起了几声鸟鸣。小佬背着个鼓囊囊的旅行袋。他走了几步又回头转到父母的厢房边踌躇了一会儿。院外的鸟声更急。他勾着手指吹了声唿哨作回应，便慢慢移到矮墙边，爬了上去。院外有三四个年轻的黑影。他把一个黑色的包袱递了下去，轻声问：“时间还来得及吧？”一个瓮瓮的声音说：“还早，才三更头呢。”小佬跳下矮墙时还绊掉了一块砖，砸得巷子一阵响。“是谁？”他娘被弄醒了，忙大声问，见没人应，便爬起来俯在窗边看。她发现西厢房的门是开着的。门扇在风中一开一合。她便又大声喊：“小佬！小佬！”“走。”小佬挥了一下手，几个黑影便急急地往河边跑。游贵生被吵醒了，问：“半夜三更的，你叫什么呀？”婆娘说：“快起来去看看，小佬那门怎么是开的。”游贵生于是磨磨蹭蹭爬起来，披衣出去，边走边喊：“小佬，小佬。”没有人回应。游贵生便划燃了火柴往里屋照。风撩窗帘。床上空无一人。他钻出门自语道：“这小子怎么回事？”他婆娘依在窗边问：“到底怎么啦？”游贵生说：“这混蛋啥时候溜了？”“溜了？！”婆娘一惊，“天啦，糟了，糟了！”游贵生忙问：“到底怎么回事？你晓得他去哪儿啦？”婆娘说：“这些天，我就觉得他总是神秘兮兮的。他跟包二、三猫头几个好像在商量什么要往外跑。莫不是想要跑到德州长沙去吧？”游贵生怒道：“真是胡闹！”婆娘进了儿子的屋，把油灯点燃了，发现桌上有张字条：“你快看看，这写的什么？”游贵生一看：“你猜得没错。这小崽子，还偷了钱柜的钱，说要去闯大口岸去了。我看呀八成是要跟着猴子上前线打仗了。”婆娘一听，嚎哭起来：“天啦！儿呀，你这是何苦呢？你要是万一有个三长两短叫我们怎么活啊！”“莫鬼喊鬼叫，半夜三更的。”游贵生又特意叮嘱，“这事很严重，没弄清楚前，你千万莫瞎叫瞎说。你再睡会儿吧，我得去河边看看。”

这次改编后的新编34师，共6000多人，留下的都是原竿军的精锐主力。除一部分边远处的部队，其余大部分主力部队皆从湘西十县各地向水码头洪城汇集，下行开往德州，再转由公路开赴前线。

今天是洪城开拔的日子。泊在河湾里的几十只大船，都是清一色的大帆船，披红挂彩，装饰一新：高高的桅杆，新的白色风帆，整个船身也重新用桐油光过，在春日暖暖的阳光下，金子般闪着光。山路上有百数匹红的白的杂色的马——按照规定，各路部队需要先期自行集结，然后统一赶到洪城的犁头嘴大码头。送兵的马匹都是各家各户精心挑选，精心装扮修饰的：全配上了新的鞍子，垫布是当地西兰卡普土锦，在阳光下五颜六色十分炫目。送行的乡亲敲锣打鼓，吹唢呐，还放三眼铳铁炮。

士兵们大声唱着类似嘶哑吼叫的湘西古代军歌：

炮子炸响了，牛角吹响了，别了我的妹儿，
我们要到前方去打仗，
不论是当兵当鬼就再也不是你的丈夫了！

啸天和孙平的马并排往前走着。两人都瞧见了对方，却不打招呼。斜挂着美丽箭袋的啸天似乎看见了山岗上有人在向这边用力挥手。他好像看见山脊大青树下的人是萱萱，样子有些模糊，也许又是金莲。啸天也挥了挥手，并顺手从拂扫过来的树枝上摘下一片树叶噙在嘴里，吹起了一声很响亮的唿哨。他用鞭杆狠狠在马屁股上一戳，青鬃马撒腿奔跑起来。犁头嘴真的像是节日的海洋。几十只大船紧靠着犁头嘴不规则的河坎船挨船依次排列着。水手将长长的跳板搁置在船头与河岸上，挑着沉重大箩筐的民夫将大批的军用后勤物资往船上装。跳板被压得几乎贴到了水面。一个留着八字胡的值星官拿着一本名册大声喊叫，分配船只。拥挤在码头上的士兵们开始蛆虫般涌动。送行的群众也拥挤进去，呼儿喊娘的不绝于耳，犁头嘴码头成了一个硕大无比的蜂巢。终于，士兵们依次上定了自己的船只，水手们抽回长长的跳板。谷子琪将军一直站在船头遥望着高坡上的古城。不知是伤感，还是早春的河风裹挟着太重的寒意，他感觉眼角似乎有泪。副官过来报告说，人员清点完毕，一切准备就绪。谷子琪取下崭新的军帽，攥住硬硬的帽檐，向送行的人群挥手。河岸上顿时鞭炮齐鸣，锣鼓喧天，泪花四溅。谷子琪将军帽扣在脑袋上，整理了一下，然后说：“起锚吧。”“起锚——”船夫亮嗓大声喊。船老大熟练地从船舱的边缘抽出一支长长的，下端镶嵌着铁錾子的竹篙。他将竹篙的铁錾子“叮咚”一下戳在河岸上经年形成的发黑的石窝里，用力推动船头，还用肩胛拼力。大船在摇曳的水影中缓缓地退了出去。无数张白色的风帆升腾了起来。红的白的各色各样的战马汇成的长河，沿着北去的峡谷，流出了大山……

山崖上的古城渐渐隐退，而后，一切都变得安静了。顺风顺水，船在静静地航行。激情过去，新兵们都困顿地在舱板上眯着养神、打瞌睡。望着缓缓退后的山影，几天几夜都没好好睡一会儿的谷子琪也有些困顿了，他走进自己的休息舱里。他的休息舱设在船尾，有铺位和一张小桌，桌上摆放着一张陈旧的地图。看见地图，谷子琪又忍不住坐下来看。这是他第一次肩负国家民族的重任，他丝毫不敢怠慢。正看图看得入神，却突然听到一声响。他警惕地站起来，下意识地掏出了别在腰间的手枪。仔细听，又没有了声音，四处察看了一下，一切并无异样，于是坐下来继续看图。这时又有了声响，好像是从床铺下发出来的。他的床是高出来的一处船舱，上面铺了几块舱板。谷子琪拿着枪扑上去，厉声喊道：“什么人？出来！”好一阵，有一块舱板略略动了动。谷子琪一脚踢开了那块船舱板。这时，一个满脸黑污的孩子——小佬打着呵欠，把双手和头慢慢伸了出来……

下卷

第一章

土路在草鞋杂沓的声响中扬起漫天灰尘，树木、山岩、云彩——一切杂乱的风景都不停地单调地往后退。在一个飘飞着冻雨的下午，一支连军装和武器都没有，还使用着原始的长矛和大刀的部队离开了湘西故土，开始了远征。

1937年春，新编34师由谷子琪带队走出了湘西。这支队伍日夜兼程行军来到醴陵后，被编入第四路军，番号编制128师，谷子琪任师长。128师到醴陵不久，被通知开赴江西；可刚到江西才休整几天，又接到军事委员会命令：128师即刻开往浙江奉化驻扎。“奉化？”那一天，谷子琪在视察一团举行的野外拉练，接到命令，很是奇怪，问从军部过来传达命令的孙副官，“淞沪会战已经打响，128师怎么开往奉化？”“我只是参谋长的副官，不怎么清楚原因。”孙副官说，“不过依我的推测，奉化是委员长老家，离淞沪战场也不远，肯定得加强保卫。”“你这个副官还算有见地。”谷子琪表扬了他，看着眼前这位皮肤白皙、举止文静的年轻人，又说，“听你的口音，也是咱湘西人？”“是。谷师长。我是洪城人。”“贵姓？”“不敢。”年轻军官甚至有些腼腆，下意识地用右手摩挲着新军装的下摆，面色发红，“师长，免贵姓孙，单名平。”孙平被省军参谋长刘益章看重。这次全国大改编后，刘益章当上了第四路军的军参谋长，孙平也跟着来到四路军担任参谋。“孙平。好，算是在军部有我们的湘西老乡了。”谷子琪说，“以后遇事还望你在军部多给家乡说点话。”“哪里，是师座笑话了。参谋不带长，打屁都不响……”谷子琪的话让孙平活跃起来，流露出他玩世不恭的习性。孙平感觉失言，忙说：“对不起，师长，见到老乡我就胡说八道了。”“哈哈哈哈。”谷子琪大笑，“没事没事，湘西人的性格就这样，直肠子，好！”

“报告。”这时，一匹白马飞驰过来。马背上的青年军官跳下马背敬礼。“覃团长，你来了？”谷子琪说。“一团请示首长行动命令。”“哪有那么快。真是个急性子。我们还刚刚接到命令呢。”谷子琪说，“莫急着等命令。我给你介绍个洪城老乡。”啸天这才发现谷师长身边站着个年轻人。孙平已经认出了他，说：“啸天，好久不见。”谷子琪有些惊讶：“啊，原来你俩早认识？”覃啸天道：“怎么能不认识。烧成灰都认得的。”谷子琪一下子就听到了两人对话中的硝药味，忙说：“一个军部参谋，一个128师团长，今后可要多多老乡帮老乡啊！”覃啸天因为年纪轻，有过战功，这次改编后，直接当上团长了。“当然。当然。”孙平点头。啸天却没有作声。谷子琪说：“啸天，军部命令我们往奉天开拔，你们团就作为先导。”“是。”覃啸天笔直敬了个军礼，而后跨上马扬尘而去。于是这支脚板上的水泡还没干的大兵队伍又匆匆出发了。

行军的旅程单调而寂寞。起先，刚刚开出湘西，人人都精神饱满，对外面世界的一切充满了好奇。他们有的人生平第一次见到了宽宽的大马路，还在很宽阔的大河里见到了装饰得如宫殿般豪华的巨无霸大轮船，也遇见了很多像歌唱般讲下河腔的人……但很快一切都陈旧了、麻木了。转眼间，从春天整编开出家乡起，到如今已是8月盛夏，他们总是不断地走啊走，辗转湖南、江西、浙江和安徽数省，行程已达数千公里。这一回，他们从宣城出来一走又是十几天了。在星星尚未褪尽的清晨，128师官兵在狗吠的声音下踏着步伐离开了一座宿营的村庄，那条长长的村路渐渐消逝在后面的灰色云雾里了。小佬打算回忆一下这些天在路上都看见过些什么新鲜东西，但想不起来，寂静的村庄，荒芜的田园，还有一些难民憔悴的脸，似乎新鲜，却又似乎每天都在哪儿见过。

“天天走啊走，猴急火急，去抢上路食啊？”队伍里，有人发牢骚。“呸！小天师，你少乌鸦嘴呀！”班长龙五斤骂道。小天师个子不高，样子有点丑，学过几天奇门遁甲，便一直在乡间以占卜驱鬼谋生，自号“小天师”；因技艺不精，混不下去，34师招兵，他便当兵来了。小天师被班长骂得不敢吭声，加快脚步“哐啷哐啷”往前走。他腰带上扎了个包，里头放着罗盘、绺巾和桃木刀。他不想因打仗荒废自己的业务。走了一段，又有人发牢骚：“我们又不是打败仗，为什么天天往后退？”“是啊是啊，搞些什么鬼？”立即有人附和。因为萧山在宣城的西南方，给人的感觉就是往后撤一样。“娘卖的，走这磨人的路，还不如打仗死了痛快。”小佬附和的嗓子尤其大。“安静！吵些什么？”一匹褐色的军马从后面跟过来，军官吼叫着挥起了鞭子，“啪”的一声，小佬的肩上挨了一鞭。“娘卖……”小佬想发火，却突然敛住了，满脸赔笑，“团长……你好！”骑在马上的年轻军官是覃啸天。他佩戴着执勤的红色袖章，两眼瞪得桐子大。自从往前线开赴，覃啸天一直处于兴奋状态，终于有机会真正上战场了——而不像在老家每天不是去山沟沟里剿那些拿着火铳的毛贼，就是虚应以对地与红军绕圈圈；而且，改成了堂堂正正的正规军，还当了个不算小的官。他很兴奋，只想着严格管理下属，带领部队为国杀敌建功。吼叫过后，啸天一夹马肚子，雄赳赳地往前跑开了。“哈哈哈哈！”伙伴们一阵大笑，见覃啸天勒住了马头在往回看，大家又全把笑声压抑住了。小佬没有作声，在伙伴们的笑声中默默忍受着这个侮辱。有什么办法呢，因为这一切都是自己选择的。如果他不这样选择，如今或许还端坐在桂花飘香的文庙改建的那个赣才中学里，又或者跟着哥哥去码头接船，当然更多的可能是去那棵老青树底下跟别人“搭罐”赌钱，兴许还有了可喜的收益，但自己禁不住猴子大哥的诱惑，竟然死缠烂打硬要当兵，要上前线打倭寇。小佬是自己躲在载兵的大船上最后才赖进部队的，他连家里也没说一声。如今家里一定闹翻天了。他有些委屈，但自己不后悔。男子汉，做了就不后悔。走着走着，渐渐地，大路变成了公路。几匹驮运军需物资的矮个头小马打着响鼻从小佬身边经过。这些从大山里出来的马如今的步子已经放得很开了。它们已经慢慢习惯了在那平坦的没有障碍的土地上单调地行走。当“原地休息”的号令一传下来，队伍便“呼啦”一下散开了。士兵们在路边的草丛里，土路上，或坐或睡，有的干脆就着路面坐下来，抽烟、捶腿、扯闲谈。太阳斜照，将一切物体的影子拉长。水面，倒影摇曳，光斑跳跃。黄昏的时候，他们终于到了一座小城，这座小城叫萧山。

萧山不算大，风景很美，只是道路肮脏，人群拥挤。前方战事吃紧，这里涌进了许多逃难的人。有的挑着堆满家什杂物的箩筐，有的挎着用被单捆扎成的大包袱，扶老携幼，人人都脸色发黄，神色憔悴。128师的将士们都盼着早日上前线打仗，没想到却被放到萧山的一座破庙里驻扎下来无聊地耗着：吃饭、睡觉、开操。三天后，第四路军参谋长刘益章来128师视察，谷子琪陪同他边走边看。“不愧是谷师长，真是治军有方啊！士兵们斗志很高啊！”刘益章看着在操场上挥汗操练的士兵，赞赏道。“大家的斗志确实很高，湘西人嘛，没有怕死的。”谷子琪说，“只是，参谋长你也看见了，他们穿的五花八门，乱七八糟，哪像个国军正规部队，说句难听的，简直连丐帮都不如啊。”刘益章就往操场里看，的确只看见有几个当官的是国军的正规军服，其他的大多是原来竿军自制的麻布军服，军服是用山里一种叫冰篙子树的汁液染成，洗几水就青一块紫一块的了，甚至更多的士兵完全没有军服，穿的是对襟衣、四块裤。再看那些练刺刀的兵，一人一根棍，有的拿的还是吹火筒。刘益章也想笑，但没好意思笑出来，说：“我早知道这回下来会挨你谷师长放炮，但还是下来了。你一定也知道，这次是军情紧急，很多后勤工作都跟不上。”谷子琪说：“这个我当然晓得。只是，我们开出湘西也不是一天两天，都快半年时间了。后勤再跟不上，到了前线，如何打仗？”“你说得不错。”刘益章对跟在身边的参谋说：“孙参谋，记下了，128师的军装被服问题，还有枪械问题。”孙平便掏出个小本赶紧记录。“不过，谷师长，这事你也不能太急。”刘益章说，“这个仗打得有些匆忙，全国一下子总动员，新编了多少部队，所以物资紧张，不是一般的紧张啊。”“参谋长，物资嘛啥时候都是紧张的，打起仗来，什么时候能不紧张？”谷子琪说，“一路上我们也碰到过好多部队，人家的服装可都是正儿八经的。手背手心都是肉，你们上峰也该想到还有支128师部队。”“会解决的，会解决的，正在紧急调拨。”刘益章有些尴尬，说，“这样吧，你列个单子，明天来军部一趟，我能挤出来多少算多少。”“好。”谷子琪敬了个军礼，“我回去马上就造。”回军部的路上，孙平说：“首长，没想到这个谷师长说话还这么冲。”“嗨。”刘益章大概又回忆起过往的许多日子，苦笑一声，“孙平，你都知道的呐，你们湘西人呐，总是够人伤脑筋的。”

寂寞无聊的、昏昏沉沉的生活一天天地过去，离开大山的年轻汉子们都很苦闷，只有在空闲的时候扯谈讲古来发泄发泄。一连队住在古庙的一所破旧僧舍里，睡着稻草铺成的大连铺。每天晚上，小佬都在各种腔调的鼾声交响中，被一种无聊的痛苦压得透不过气来。闲暇时间，“猴子”龙五斤的笑话和故事往往成了兵们最喜爱的调味品和兴奋剂。

这一天，班长龙五斤又讲了一个故事，说是枫香寨有一个傻子，快三十岁了，成天都是疯疯癫癫的。他的老父亲听了一个阴阳先生的话，就给儿子说门亲冲喜。新婚当晚，一切平安无事，老两口窃喜。天麻麻亮时，却听到傻儿子爬到瓦皮子上发癫大骂。丈夫连忙拉着妻子出门去，但走了几步，便停下了，说：“老婆，没事，儿子的疯病确实是治好了。”妻子说：“上瓦骂娘，还好了？”丈夫说：“你仔细听听儿子在骂什么？”他们就静下来听，听见儿子大声吼叫着：“我日你屋的娘。这么快活的好事，竟然瞒了我这么多年！”故事说罢，众人都笑得前俯后仰。“猴子，你这个故事有味。你讲的是小佬吧？”外号小天师的兵插话说。小天师的话音刚落，飞起一片哄笑声。小佬性格活跃，所以很多人都爱拿他开涮。听着周围的嘲笑声，小佬忍耐不住，大声吼道：“你他娘的才是那个傻子呢！”兵们又是一阵笑。“哈哈哈哈。”小天师笑得尤其得意。小佬扑上前去：“你笑什么卵？”“老子笑了，你又如何？”小天师有些摆谱，紧握拳头逼近小佬：“小鸡公，还想反了？”小佬灵活，出手快，一拳就打将上去。小天师趔趄向后栽去。“啊，你敢打老子？”小天师学过苗拳，经验老到，退后站稳后马上反扑上去，几手招式，抓住了小佬，挥拳就打，“今天老子就捶死你！”两人扭成一团。两边的哥们都来帮忙，不分青红皂白，昏天黑地，互相打成一团。“干什么？都住手！”一声严厉的吼声从天而降。一个高个头的军官黑着脸立在眼前。众人都一下僵住。“还没见到鬼子，自己就先打起来了？”覃啸天吼道。鼻青脸肿的小佬满脸委屈站在一边。倒在地上的小天师狼狈至极，慌忙爬起来：“报告团长！我们只是闹着玩玩。”“闹着玩玩？你们都吃饱了，精力过剩啊？”覃啸天突然提高嗓门喊，“龙班长！”“到！”龙五斤跑步过来回答。覃啸天说：“你们班全体违规，罚今天停餐一天。”众人面面相觑。覃啸天说，“马上安排训练，连续八小时，不达标，明天也没饭吃！”听到这话，一个个全傻眼了。

萧山的日子无聊而寂寞，但覃啸天知道这寂静中危机四伏，因为随时随地一纸命令，这支装备不齐、训练无素的湘西地方部队就将立即上前线与强敌作战。即将面对攸关生死的大战，覃啸天突然觉得自己的心里其实还有很多的牵挂。他于是把自己一个人关在小小的屋子里写了两封信。覃啸天把信装进牛皮纸信封，专程去到火车站旁的小邮局把信寄了。

两封信中，一封信是写给妻子孙金莲的：

金莲：你收到此信时，我也许已经死了。虽说一直没有遭遇大的仗火，但就是在和日军的游击周旋中，我们前方的部队已经死了许多弟兄。昨天，一个从前方撤退回来的伤兵嚎啕大哭着告诉我，他们一起从老家过来的十几个人现在只剩得他一个了。这一回可真的要正面迎敌了，是大仗火，我知道下一个就轮到我了。此刻，我反倒觉得平静，当兵报国，得其所哉。金莲，感谢你这些年来给我的关怀和爱。我一直对你不怎么好，我对不起你，也请你原谅。金莲，你还记得我们队伍开拔时人们唱的那首歌吗：炮子炸响了，牛角吹响了，别了我的妹儿，我们要到前方去打仗，不论是当兵当鬼就再也不是你的丈夫了！金莲，忘了我吧，早日改嫁，我生前死后只盼望你一生幸福。

他又给家里写了几句话：

……感谢爸爸妈妈这些年对我的关怀慈爱，使我无论在海角天涯都永远有一个挂念的温馨角落——我的家。爸爸历尽沙场，也许能看淡生死，请妈妈也能这样，儿子为国上战场，最需要的是母亲的祝福。妈妈，请你原谅我对金莲的感情和态度，既拿不起也未早日放下，耽误了她。我就要上前线，也许这就是我最后的话。请你劝金莲忘了我吧，早日改嫁。

那一天，谷子琪在视察一团举行的野外拉练。孙平送了一份文件来。孙平在第四路军军部当参谋，听起来很风光，其实日子过得很郁闷：天天跟在首长屁股后头，各处视察，但僧多粥少，听到的多是抱怨，发牢骚；那些旧式军官本事不大，脾气还不小，比他大的官不敢惹，身边的这些小参谋往往就是他们的出气包。

谷子琪接过文件看，文件通知他们“明天早上七点立即开拔，驻防宁波”。

终于要上前线了，谷子琪十分兴奋。他赶紧带兵日夜兼程赶到了驻防地。军事会议上，谷子琪指着挂在墙上的大地图说：“诸位，这次我们受命驻守宁波，任务十分艰巨。宁波地处浙江东部，三面环海，素有‘海上通道’之称，还是蒋委员长的故乡，是战略要地。但这个地方地势平坦，敌人很可能通过这里直接威胁上海。我们部队武器差，打大仗的经验也不多，所以我们只能笨鸟先飞，做好充分准备。当然我们也有自己的优势：我们是竿军的后代，是虎威军，我们一定能很好地完成任务，打败日本倭寇！”听着谷子琪的话，官兵们都斗志昂扬。接着由参谋长戴涛宣布了兵力部署：师指挥部设在宁波，382旅部驻缨洛河，763团为机动部队，764团驻守镇海，384旅驻丘隘镇，并派出一个营驻守定海。各部队就位后，谷子琪就领着几个军官视察了自己的驻防地。他还特意去慈溪一带临海的杭州湾出海口去看了看。许多天来，从小喜欢研读兵书的谷子琪就一直在研究上海周围的地理交通状况。他来到慈溪一带临海处，举起望远镜，地图上所标记的那些抽象符号全都具象化了。杭州湾是东海与长江三角洲间的喇叭形海湾。谷子琪感觉金山、海盐、慈溪、镇海，尤其是金山，极有可能是日军选择的登陆地点。眼下，中国军队主力已被吸引到上海市及其左翼，如果日军直接攻击上海受挫，就有可能改变策略，选择附近薄弱的杭州湾一带登陆。但是据军部下发的有关战报看，总指挥部对杭州湾一带的防卫并没有引起足够的重视。视察回来后，谷子琪立即赶到军部汇报。在军部指挥部门口，他碰到了孙平，问：“潘军长在吗？”“潘军长出外视察了。刘参谋长在。”“那麻烦你通报一声，说我有重要事情汇报。”“好的。你稍等。”到底是老乡，孙平很热情。不一会儿，孙平出来请谷子琪进去。

“参谋长，从战报上分析，我感觉总指挥部完全忽略了杭州湾一带的防卫，尤其是临近上海方向的金山卫，而那里，正是淞沪战场几个最适合日军援兵登陆的地点之一。”谷子琪的话很直接、很坦诚。“你的想法也许不无道理。只是，金山卫是由62师负责防守，那不是我军管辖的范围。”刘益章说，“老谷，先管好自己的一亩二分地。”“参谋长说的没错，我们会管好128师的事。”谷子琪忧心忡忡，“但这里是关乎南京上海安全的战略要冲，一旦日军增兵登陆，唇亡齿寒，我们第四路军将会受到直接威胁。”“你的想法我一定向上级转达。”刘益章这样说，其实有些不以为然，“好了。我还有事，先走了。”谷子琪却没走，拦在他前面。刘益章问：“还有事吗？”“还有。”谷子琪说，“我感觉我们防区宁波的兵力配备有些不太合理。”“有什么不合理？”“宁波的镇海也可能是日军的登陆点，必须重兵防卫。但军部把我们防守的阵线拉得长达200华里，很可能会出问题。”“行。等军长回来，我会把你的所有意见都如实反映上去。”刘益章不想跟他继续纠缠下去。当潘军长回到军部时，刘益章把谷子琪的报告交给了他。“乡巴佬！委员长管的事要他来操心？”军长看都没看，便随手扔进字纸篓。

那一天，潘军长要去杭州开会，孙平去萧山火车站陪送。萧山火车站很小，铁门倒塌，围墙被打了几个大洞，显得很破败。前方战事吃紧，这个小站便每天都拥挤着一拨又一拨逃难的人群。孙平直接把军长送进了卧铺车厢，目送着列车远去，消失在一片迷蒙的薄雾中。孙平走出拥挤的车站，来到出站口。“长官，行行好，快救救这个孩子。”在黑压压的人群中，一位老脸沟壑纵横的老者向他伸着枯槁的手。顺着老者的手，孙平发现候车室的一处角落有一个病得很厉害的小青年。小青年面色焦黄，闭着眼睛。他裹着一床破旧的棉絮蜷缩在角落，却依然全身瑟瑟发抖。孙平过去，弯下腰，摸了摸小青年的额头，很烫，便问：“大爷，他是你的什么人？”“我不认识他。只是觉得他很可怜。”老者说，“长官，你帮帮他吧。”听到这话，孙平有些感动：大家并不认识，只是都是从四面八方汇集到这里来的难民，却能在危难中互相关心照顾。战争摧毁了人们的家园，但摧毁不了人性！孙平又摸了摸小青年的脑门，说：“你烧得很厉害啊！得赶紧治疗，不能再躺在这儿了。”“我没钱。”小青年的话有气无力，“我的钱包被偷走了。”孙平想了想：“起来吧，我带你去医院。”“没有钱。我不去。”小青年固执地往后退缩。“不去医院。你在这里等死啊！”孙平于是二话没说，要抱起那生病的青年走。小青年勉力站起来：“好的。我自己走吧。”孙平便扶着他离开了脏乱、喧闹的小车站，好不容易，在车站附近找到了一所小诊所。但小青年突然脚发软，瘫倒在地上了。孙平急忙蹲下地去：“来，使把劲，抱着我的颈根，我背你。”“他这是重感冒，现在已经感染到肺部了，幸好来得快，要不恐怕就危险了。”满头白发的大夫给他作了检查，问，“他是你什么人？”“是同胞。是我的兄弟。”孙平边说，边把手往口袋里掏，好不容易找出了3块银元，就一把全递给了医生，“你赶紧给他治疗吧。也许这钱不够，我就回去取，一会儿就送来。”

经过及时救治，小青年的病渐渐地好起来了。诊所离驻地不远，孙平就三天两头去医院探望。那一天，孙平来到诊所，病床上空空的，没见到那个小青年。只有一个大姑娘在病房里。她在窗户边对着镜子梳头。“请问妹子，那个住院的小伙子呢？他病好出院了吗？”孙平问。“是的。他病好了。”那姑娘横过头来回答说，“但是还没有出院。”“那你是他的……姐姐吗？”孙平问。姑娘回过头来，一笑：“孙大哥，我可不是他的姐姐。”孙平一下呆住了：仔细看，原来这姑娘就是那个生病的孩子！“喔，原来你是个妹崽？”孙平十分惊诧，有些发窘，“你，你的病……好了啊？”“好了。孙大哥，可得谢谢你了。”姑娘又用梳子刮了几下头发，打扮了一下刘海。“谢什么谢。好了就好。”孙平说着，趁女孩转过脸梳头的时候，打量了一下她的侧影。此时发现，姑娘的着装很普通，上身是撒满细碎白花的靛蓝印花衣，黑色的裤子。病体刚愈，她白皙的脸上泛着一层红晕。尽管着装平淡，但青春可人，像是散发着一种迷人的芳香。姑娘去床头柜里找出一个杯子来：“孙大哥，坐吧。”“不用倒水了。”孙平一时半会好像还不能适应，结结巴巴地说，“我也是有事顺路过来看看。你好了就好。那我……先走了。”“怎么了，我好了你就要走？长官，我们早就是熟人了，还害羞吗？快坐吧。”女孩挽留道，“等等，没别的招待，水也不喝一口？”“莫客气，那我自己来吧。”孙平忙要去自己倒水，不经意却碰到了她白皙柔软的手，慌忙退后了一步。女孩脸上一片潮红，倒了水，把一杯热茶递了过来：“客气什么呐。你是我的救命恩人，给你倒杯水表示一下感激都不应该吗？”“快莫这么说。”孙平说，“我们是军人，保护同胞是我们的职责嘛。”“说是这么说。可真的要做却不容易。”女孩说，“长官，你是难得的好人。”孙平被她这么一说，更加不好意思了，便喝了一口水。渐渐地，尴尬的气氛有些舒缓了，两人就开始交谈了起来。“我有些奇怪吔，一个漂漂亮亮的女孩子为什么要女扮男装呢？”孙平问。也许是孙平的问话刺到了女孩的痛处，她很久都没有说话。断断续续的交谈，孙平也逐渐了解了那个女孩的身世。女孩名叫赵玉容，家住在上海郊区，全家人靠着盘一家小店卖杂货过日子。“八一三”后的一天，日本飞机来轰炸，一颗炸弹让她家的小店成了一片火海，她的父母都被活活烧死了。飞机不断地过来轰炸。没办法，她只好草草安葬了父母，随着大批的人流出来逃难了。在逃往萧山的路上又遇到日本飞机的轰炸，一道出来的几个乡亲又走散了。她担心自己的安全，便从逃难人群丢弃的破烂包袱里拣出一套男装穿上了。没想到，一到萧山就病了。

第二章

其实，谷子琪的判断还真的没错。1937年侵华日军在上海发动“淞沪战争”，由于中国军队的顽强抵抗，日军损失惨重，难以从正面突破防线占领上海。为了从侧翼威胁“淞沪战场”的中国军队，侵华日军总司令认定，防务薄弱的金山卫是“天照大神赐给大和武士的最佳中国作战登陆点”。11月5日5时左右，杭州湾大雾缭绕，湾区出现滚滚大潮。几十艘小船趁涨潮之际，凭借着大雾从东起戚家墩西至白沙湾一带滩头阵地偷袭。7时左右，侵华日军第十军3个师团共11万日军在航母、战舰、飞机和重炮密集的火力配合下对金山卫大举进犯。当时我驻守金山卫沿海的62师调防川沙，接防部队尚未抵达，沿海一带只有300多名战士留守。守军在对比极其悬殊的情况下殊死抵抗，仅40余人突围，其余全部壮烈殉国。手冢省三是侵华日军第十军第116师团109联队大队长。他的联队从金山卫登陆后，立即分兵从三条公路向上海方向推进，形成一个包围圈将70万中国军队困在淞沪战场。他信心爆棚地说，最多两个星期即可全歼中国守军！

“报告。”参谋孙平从机要处拿回了一份重要电报。刘益章看过电文，面色铁青：“还真的是金山卫？！”孙平补充说：“是的。日军登陆金山卫后，一部大举向西推进，直接威胁上海，总部要求我军立即部署兵力进行阻击。”刘益章便急忙对身边的话务员说：“赶紧联络潘军长！”话务员使劲摇了一通电话，说：“潘军长下去视察，线路有些故障。”怎么办？决定必须马上做，刘益章这时就即刻想起了谷子琪。他问孙平：“128师现在在什么位置？”孙平手握卡尺在地图上度量，手不禁有些发抖。“怎么回事？还没找到吗？”刘益章有些发火。孙平急了，努力集中注意力，好不容易捕捉住了位置，说：“他们布防宁波，其左翼离嘉善大概……100公里不到。”“赶紧给他发电报，”刘益章一字一句念道，“日军正向西推进，命令你部立即开往嘉善城。你部可利用嘉善工事布防，严防死守，正面阻击日军！”谷子琪收到加急电报看了一眼，说：“回电，128师保证完成任务。”

“什么？你把两个正规师停留两翼侧应，却让128师正面阻击优势日军？”视察回到军部的潘军长不敢相信刘益章的安排，“老刘呀，用不了一天，嘉善就会被攻陷的！”“这我何尝不晓得。”刘益章喘了一口气说，“军长呀，让我们堵截10万日军，这本来就是发梦癫啊！你看桂系几万精锐，只打了一天就耗光了，所以，这仗根本没得打。”“明知道这仗难打，你还派最差火的128师去？”潘军长说，“虽说我们军倒霉，但是我们是军人，既然撞上了，就得拼着命打好它。”“军长，我当然也是这个想法。”刘益章说，“只是事发太突然，我想在没有把握的情况下，还是稳妥点好，不要把赌注全压上了。”“啊，原来你还留了个心眼啊。”潘军长突然明白了。“军长，委员长也说过，要做好长期抗战的准备，这仗还长着哩。”刘益章说，“守嘉善可是一场消耗战。湘西兵，我晓得，打阵地战不行，但是勇敢，经得磨……”“哦，我明白了。”潘军长说，“那就按你的安排办，让128师先顶着。”“好，我再进一步跟谷师长叮嘱一下。”刘益章说罢，欲离去。“老刘。”军长叫住他，“再下个命令过去，128师的任务是尽力收复已被日寇占领的枫泾镇，阻敌三昼夜。”“阻敌三昼夜？！”刘益章说，“军座，凭128师……恐怕有点难。”“难，也得守住。没三天时间，我们根本无法重新部署兵力。”潘军长说，“让他们拼死也要守三天。丢了嘉善，军法处置。”

听说参谋长有电话，谷子琪接过话筒就高兴地问：“参谋长，你好，是不是我们的棉衣有了着落？”“怎么老叨念棉衣？”刘益章有些不悦，说，“情况十万火急。军事委员会命令你部即刻开往嘉善前线。”“嘉善？！”谷子琪很意外，“现在就开拔？”“对，你们突前，我们的大部队随后就出发。”刘益章说，“记住，你们128师的任务是尽力阻击可能攻占枫泾镇的日寇，阻敌三昼夜。”“三昼夜？！”听到命令，谷子琪有些吃惊，但立即回答，“是！”接到紧急通知，陈范、周西青、覃啸天等几个团长被紧急召来，人人一脸茫然。“各位，倭寇已经从金山卫登陆了！”“谷师长你真神，看得那么准？”几个人一起赞道。“但那有什么用？”谷子琪痛心疾首，说：“现在一切为时已晚。日军从金山卫登陆后，一大部已经开始向西压逼，嘉善首当其冲，那里眼下虽然驻有一点部队，但由于预判失误，那地方的兵力十分单薄，前沿阵地应该已经失手。嘉善如果失手，则大上海危殆，我们必须立即赶过去。我们只能拼命完成阻击任务，为大部队撤退争取时间。”“这么重的任务，就让我们一个师去阻击？”团长周西青疑惑地问。“军部的电话说，刘参谋长随后会派部队过来增援。他现在在嘉兴，应该很快就会赶来增援。”谷子琪说，“这边目前只有我们128师隔嘉善较近，让我们先守一阵。”“师长，守过一阵我们是不是就可以去上海打大仗火了？”覃啸天还挺纳闷。“大仗火，大仗火。”周西青点醒他，“守嘉善就是最大的仗火——兄弟，你晓得日本鬼子现在离我们多远吗？我告诉你，距离不过百公里。如果你的鼻子够灵，已经可以闻到他们腋窝里的狐臊了！”“啊？！”啸天这才意识到真正的考验已经逼近眼前了。

孙平从机要处拿到那份日军登陆金山卫的加急电报时，脑子里就突然“嗡”的一响，是战争的紧迫性使然？孙平感觉是又不全是，因为既然上到了前线，战争或迟或早总归是不可避免的，但为什么自己会为此突然发蒙？也没容仔细想，只能尽快地把电报交给首长。在参谋长要求他赶紧在地图上寻找128师的准确位置时，他也有好大一阵脑子空白，手中的卡尺有些颤抖，好不容易才在地图上找到方位。当刘参谋长直接与128师通电话时，孙平才突然找到了自己突然失态的缘由——原来心底里一直有一个潜在的忧虑，自己将立即开拔，而那个尚在诊所里的姑娘怎么办？本来，只是萍水相逢，自己也尽到了可能尽到的一切责任。姑娘父母离世，乡亲失散，贫病交加的她要如何自处？或许是杞人忧天，但孙平决定还是要去看看她，希望能听到她有一个比较明确的安置方向才能放心。孙平去到诊所时，玉容正忙着收拾杂物，把杂物放在床上用一块旧方巾包裹起来。“玉容！”孙平进门就喊。玉容转过头来，眼神兴奋而略显哀怨：“孙哥，你可终于还是来了。”孙平问：“你是要出院了吗？”“是的。病虽然还没有完全好脱体，但总不能老住在医院里。”“你是担心花钱吗？”孙平说，“我早说过，费用我全部负责。你还是要把病完全治好才行。”“我问过大夫了，大夫说已经没什么大问题，也可以出院了。”玉容说，“本来昨天就可以走的，只是我一定得等你，我要见到你。”“喔。”孙平坐在床沿，“本来我昨天是打算过来的，只是突然有些紧急事，没来成。”“紧急事？”玉容的眸子里闪过一丝惶惑，“是不是有大仗要打，你们就要开拔了？”孙平咬紧了嘴唇，点了点头。玉容把脸抬起，眼睛透过窗户默默看天。眼角悄悄地流着泪。泪珠从腮帮子滚落下来。“莫哭，莫伤心。”孙平忙从口袋里掏出小手绢递过去，“擦擦眼泪。”玉容接过手绢，没有擦泪，却突然伸开双臂一把将孙平搂住了，放声大哭起来。孙平一时不知该如何应付这个局面，没有作声。他感觉到玉容的肩因哭泣而在他的怀里不停地抖动。他感觉到玉容把他搂得是那么紧，似乎一松手，自己就会飞掉。哭泣了一阵，玉容抬起头来，眼泪巴沙地盯着孙平：“孙哥，你若走了，我孑身一人，我可怎么办啊……”看着玉容楚楚可怜的样子，孙平的心有些变得柔软。他用指头给她拭了拭泪水，说：“玉容，莫哭了。我们商量看看有没有什么好办法。”“没有什么别的办法了。”玉容松开了手，自己擦拭着眼泪，说，“孙哥，我都想过很多天了。自从那天在火车站生病碰到了你这个大好人、大恩人，你背着我上医院，趴在你的背上，我就在心里想，这是一个多么坚实、多么可以依靠的肩膀。我想过了，我的病好了，我就不会再离开你，我会一辈子做牛做马报答你的恩情！”“莫，莫……”孙平慌忙站起来，“玉容，你这太言重了。”“孙哥，我这不是一时冲动，也不只是感恩。虽然只跟你接触过几次，交谈也不多，但我确实是真的爱上你了。爱到不能自拔。想你的夜里，泪水把枕头都打湿了。”玉容连珠炮似的说，“我也想过，我这是不是一厢情愿？但是我感觉其实你的心里也是有我的。你看我的时候，你的眼神是那样的关切，那样的温柔。”这话似乎一下子戳到了孙平心中最不愿面对的真实。孙平之所以抛家舍口出来当兵，正是想逃避冷漠。很长一段时日，他的心渐渐变成了情感缺失的荒漠、冷酷无情的冰川，玉容的确就像一团火，他冰封的心开始在不经意间融化。他情不自禁地搂紧了她，感觉是在寒冬里怀抱着一个小小的暖炉。从来没有一个女人这样地爱自己，被一个女人真正爱着，那感觉是多么美好。这个女子，身材娇小，皮肤光滑紧致，容貌美丽、楚楚动人，搂在怀里，作为男人，就会油然升起一定要好好保护她的激情冲动。玉容又把脸仰起来，睫毛上还挑着晶莹的泪珠。孙平俯身下去，用滚烫的嘴唇舔干了那颗泪。玉容的光滑的双臂蛇一样地环住了孙平的脖子。他们拥吻起来。此刻，没有风，没有雨，没有诊所惯有的来苏水刺鼻的气味，也没有病号的呻吟。

“谷子琪的128师现在在什么位置？”仿佛有参谋长严厉的声音突然响起，“怎么回事？还没找到吗？”孙平一惊。是的，他不得不面对眼前战争环境的严酷事实。他轻轻把玉容环着脖子的手挪开，挣脱开玉容的拥吻。满脸幸福色泽的玉容睁大了疑惑的眼睛。“玉容，你的心意是美好的，虽说我们每天见到、听到、面对的都是饥饿、贫困和死亡，遇到你，让我感觉到这世界还是美好的。”孙平平静地说，“只是，我们……再好，也只能做兄妹，因为我……已经有妻子了。”“我也考虑过这个问题。你应该是结过婚了的。”玉容说得很淡然，“但是，这又有什么呢？一个男人，三妻四妾不也是正常的吗？”“玉容，眼下正在打仗，我们还是先不要谈论那些不着边际的事。”孙平说，“我明白跟你说吧，最多两天，我们的部队就要开拔上前线了。请想想你该怎么办。”玉容于是安静了，缄默了。“玉容，我看是这样吧。”孙平想了想，从口袋里掏出一个装着银元的小布袋，放在床上，说：“这里有一点钱，你拿着，先找一个地方安顿下来……”“孙哥，你真的要丢下我走吗？”玉容突然站起来，拾起放在床上的钱袋，塞进孙平手里，“拿走，我不要你的钱。”“玉容！你莫要孩子气……”孙平急忙劝慰。“你这是给叫花子施舍吧？你这是想打发我走吧？”玉容身子单薄，火气倒是不小。“不是。玉容，你莫误会。”孙平说，“我只是想让你先找个地方安顿下来，再看……”“你的担心是多余的。我只是想和你在一起，而不是担心没有你自己会饿死。”玉容激动地挥动着双手，“如果你不喜欢我，那你就直说，你就走吧。我已经病好了，我不要谁再怜悯。我有手有脚，我是饿不死的！”玉容边说，就情绪激动地一把捞起放在床上的大包袱。“玉容，你——”孙平急忙拉住她的手。但玉容此刻力气变得很大。她一把挣脱孙平的拉扯，拎着包袱便大步跑出门去。等孙平赶到门口，已经见不到那个犟丫头的影子……

“一二一，一二一——”喊声中，着装简陋的128师日夜兼程顶着刺骨的寒风往前方开拔。11月，就算在南方浙江也是寒冬的季节了。入冬以来，虽说还没下过一场鹅毛大雪，但沙砾般的小雪总是隔三差五地下。沙子般的“沙雪”总是伴着大风而来，打在脸上十分刺痛，落地不久便化成了水，道路湿滑，到处黑乎乎的。128师的大兵们，大部分还穿的是简陋的夏装，脚下穿着草鞋。因为湿滑，很多人的草鞋绊子被扯断了，索性就光着脚丫子。小佬也是光着脚的。呼呼的沙子雨刮得他睁不开眼睛，他只好拿一根从家里带来的青丝头帕将头罩住，透过丝帕经纬的间隙分辨方向，跟随着大队伍盲目地往前走。队伍走得很慢，团长覃啸天就骑在马上一会儿前一会儿后地来回奔跑。他总是大睁着眼睛，所以眼球布满了血丝，眼眶也是红的。他不断使劲地用双腿夹马，手里攥着一根带红绦子的马鞭，一边狠狠地挥舞，一边大声喊，“快！快！跟上队伍！”喊归喊，但是士兵们似乎并不理会他声嘶力竭的喊叫，队伍越走越慢，后来竟自己停下来了，纷纷退到路边。马屁股对着队伍前方的覃啸天见队伍停下了，正打算发火，一拉马缰绳调转马头，发现道路前方正轰隆隆开过来一长队军车。一辆卸掉顶棚的军用吉普车在前头开道。一个举着杆小旗的士兵把身子倚在挡风玻璃窗的顶端，口里咬着一个铜哨子，哨声尖锐，他的腮帮子鼓得像两个充水的猪尿泡。吉普车风驰电掣地碾压过来，泥水四溅。啸天的马惊恐地急忙后退，马的后腿一下子踏空踩进了公路边的排水沟里。啸天急忙猛拉缰绳。惊马弓下背脊并用力反弹后站稳，才没有跌落下路边的菜地里去。在开道的吉普车后面，一辆辆军用大卡车“轰隆隆”随即首尾相衔迎面开过来，烟尘滚滚——这些装备精良的国军嫡系部队在大步往后撤。大卡车上挤满了着装簇新的国军大兵。“这是哪里来的部队？”一辆大卡车上，一个依着车厢板壁的胖军官望着路边狼狈前行的士兵，吐着烟圈问。“部队？这是部队吗？”另一个瘦瘦的军官，用戴着一颗大金戒指的瘦瘦的手指指点着，说：“衣服破破烂烂，脸上黑黑乎乎，完全是帮叫花子嘛。”“莫这么说。当然是部队呐。”那个胖军官就说，“听他们的口音，像是湘军。”“湘军有这么窝囊的？”那个瘦子军官便驳斥，突然又说，“哦，晓得了，一定是从湘西收编过来的土匪部队。”“哈哈哈哈。”车上的几个兵便大笑，“没错，肯定就是一帮湘西土匪。你看，正规部队都在往后撤，他们却傻子似的跑到前头去送死。”偏在路边，缓缓往前挪动的小佬突然听到了他们在车上的谈话。“娘卖的！狗日的，你娘的才是土匪！”小佬一下子火冒三丈。他最痛恨的就是别人骂他是土匪。在老家，他们家可是吃过土匪老大的亏。小佬骂了，但对方毫无反应，人家听不懂。小佬于是气愤地捡起地上的一块石头。旁边的班长龙五斤一把扯住他：“小佬，算了。”“娘卖的！老子日你……”小佬哪肯罢休，冲着远去的卡车大声骂娘，还追了几步，狠命地朝着车子远去的方向砸。石块划着不规则的弧线飞起。大卡车已经开得老远了。石块无精打采地落地了，却险些砸中了从队伍后头开过来的一辆军用吉普车。

吱！军用小吉普猛地急刹车，停稳在离石头两米远的地方。“干什么？”一声很严厉的呵斥声传来。吉普车门开了，一个身材高大的军官推门跳了下来，鹰一样的眼睛盯着小佬，“你！哪个部队的？”小佬看见那军官的肩头顶着很多的星星，晓得是碰到大官了，一下子被吓得傻了眼。还有一个年轻的军官也随即下了车，边走边说：“怎么一回事？首长问你呢……”被吓蒙了的小佬突然清醒，脱口喊道：“姐、姐夫！”小佬脸花花的，孙平一下子还没有认出小佬来。刘益章从车窗探出头，好奇地问瞧着的小兵：“你……刚才叫什么？”小佬说：“叫的姐夫。”孙平这下子认出是萱萱的弟弟了：“是小佬啊。”“嗨，原来你们是亲戚。”刘益章哈哈大笑，然后说，“没事了，上车吧。”孙平把车门拉开回到了车上。吉普车开动了，一路颠簸着往前开。“孙平，你那个妻弟年纪很小啊，怎么就来当兵了？”刘益章仰靠着，眯着眼睛问。孙平说：“他呀，野得很，以为打仗好玩，是藏在送兵的船上混进来的。”“你们湘西人还真犟！”刘益章又说，“看你妻弟的模子，你老婆很漂亮。出来这么久了，想老婆不？”“不想。”孙平这样回答。听到这样决绝的回答，刘益章于是不说话了。

吉普车摇摇晃晃来到了一个小镇。一个穿着厚厚呢子军大衣的军官等在路边——那是驻守杭州湾的62军的一个副师长，他等在这里要跟车去嘉善，顺便与参谋长通报一下杭州湾失守后的一些情况。孙平把座位让给了他，自己搭乘了一辆陈旧的运兵专车赶往嘉善。运兵车是临时调来的货运列车。车厢虽说够宽大，但人员拥挤超编，进到车子便闻到一股混合着汗味、脚臭和烟草等令人窒息呕吐的气味。孙平选择了一处角落坐下来。他很困，眯了一下，却睡不着。看到这乱糟糟的情景，就不禁想起了逃难的人群。正像他在吉普车上给参谋长的回答一样，此刻他倒真的一点都不想萱萱。他俩一直没感情。此刻孙平的脑子里突然就出现了一个女人的身影——那就是在车站遇见的叫玉容的女子。孙平想，玉容现在在哪里呢？是不是也同自己一样蜷缩在拥挤的车厢里，只不过他们是背道而驰吧。想着想着，孙平还是睡着了。

一片洁白的海滩，远处有海鸥在船桅边飞翔——那儿是玉容的老家。孙平是跟着玉容回到她海边的老家的。他俩并肩坐在海边白色的、松软的沙滩上。玉容紧致浑圆的肩紧贴着他健壮的胸脯，仰起她的脸。他看见了她黑葡萄般的眼睛，满月般白皙的面庞，嗅到了她那江南水乡女人特有的莲藕般的清香……列车突然刹了一下车，车厢猛烈摇晃，伴随着可怕的“嘎嘎”声，孙平脑中的美丽景象在晃动中瞬间裂为无数碎片。孙平瞥了一眼眼前横七竖八倒伏在车厢里的大兵，脑海中就出现了另外一个玉容。她满脸黑污，焦黄的发辫上残留着一朵萎黄的小花，眼神绝望，脸蛋上凝结着一行行泪痕。“玉容，你不会记恨你的孙哥吧？如今，你在哪里？”孙平点火，使劲抽了一口烟，一股辛辣苦涩的味道直冲他的鼻子。他猛烈地咳嗽了几声。刺鼻的烟味和咳嗽声把好些人都弄醒了。但这些疲敝困倦的兵们一会儿又睡着了。望着一大片黑糊糊的人影，孙平想，唉，这些一道从各自故乡出来的士兵，哪一个不是同样怀揣着一个个苦涩心酸的故事？不要再想它们吧。好在我们的列车是冲着炮火连天的前沿阵地去的，在那里，我们会用自己的血去胶结那些可能继续的悲剧故事。孙平又使劲抽了一口烟，将烟蒂巴在地上狠狠掐熄，然后一倒头睡去了。

寒风凛冽，细雨飘飞，这是个初冬的日子。一列灰扑扑的老式货车，摇摇晃晃地行进在寒气弥漫的嘉湖平原上。列车厢里没有灯光，也没有座位，挤满了蜷缩在地板上睡觉的大兵。鼾声伴着列车不间断发出的“哐当、哐当”声响。天气实在太冷，多数的人都穿着单衣，有几个人被冻醒了，再也睡不着，便开始卷起叶子烟来抽，开始轻轻地扯谈讲话。有人在议论：“黑咕隆咚的，我们这是往哪里走啊？”小佬又发起牢骚来：“是啊，走十多天的路，又坐这么久的车。娘卖的，实在是磨人。”“莫性急，仗有得你打。”班长龙五斤这样说，然后望着蹲在一处角落里闷头抽烟的汉子，说，“杨连长，怎么不作声，想婆娘了。”杨连长没作声，不想搭理这帮无聊的人。夜雨敲打着列车的顶棚，车厢里很静很静。龙五斤倒爱专门没事惹事，对小佬说：“你晓得杨连长为什么老睡不着吗？”“为哪样？”“他想婆娘了。你想想看，这么冷的夜，有个漂亮婆娘沤脚，暖乎乎的，哪像我们如今在这儿冻死猴子一样。”小天师插嘴说：“你猴子光棍一条，又没老婆，你就晓得那玩意真的有味？”“我是没老婆，可是没杀过猪不等于没吃过肉。”龙五斤咂吧着嘴说，“实话告诉你，德州的下南门老子都去过，洪城的犁头嘴那就更不消说了。”小天师又故意逗他：“咦，我倒是常听人讲德州下南门的妹子不错，到底怎样？”“那还有什么说的，当然呐。”猴子说话的时候，还顺带流出“啧啧”之声，“下南门的妹子一个个瓜子脸、水蛇腰，漂亮不说，还知书识礼，骂人都文绉绉的，叫什么‘炖蛋’……”“哈哈哈哈。”大伙都忍不住大笑。猴子还真不是吹牛，虽说是一个小当兵的，可真是阅人无数。龙五斤伸手去内衣口袋里一阵摸索，取出一个小布包包，取了一点点粉末倒在一张纸上递给小佬。小佬问：“猴哥，你那是什么？”“好吃得很，试试就晓得，像登仙一样，比困婆娘不差。”“哦，晓得了，是鸦片烟。”小天师说。“哼，如今谁他妈的还抽大烟？”龙五斤神情有些不屑，“比那强一万倍。来，小天师，给你点试试。”小天师说：“不抽，咱道家人沾上那玩意毁了道行。”“嘿，你那点装神弄鬼功夫，还道行。不抽正好，老子还舍不得呢。”龙五斤便划燃一根火柴，满车厢便充溢着一股浓烈的香气。

列车不停歇地往前开，虽然行进得很艰难，很慢，但一直在往前开。长长的货车厢里夹杂有一节客车厢，那是唯一的一节客车厢，也是很陈旧的样子。那里挤满了这个师的高级军官，还有参谋及后勤人员。个子不高、武武墩墩的师长谷子琪裹着一件军大衣倚靠在车窗边，很累，但他怎么也睡不着。为了应对新的情况，谷子琪深感到肩头担子的沉重：1937年8月13日，日本在上海开了战。由军司令松井石根指挥30万兵力，130余艘战船，400余架飞机，300余辆战车，挑起了“淞沪会战”，扬言“一个月占领上海，三个月灭亡中国”。在直攻上海遇阻后，松井改变战术，命令第六、第八两个师团从杭州湾的全公亭、金山卫等处偷袭登陆，妄图截断上海后援，包围上海。为了保存主力，11月8日起，上海守军开始大撤退。嘉善若失，上海数十万守军便成网中之鱼。在这样的日子里，128师出现在沪、杭咽喉地带的嘉湖平原上，就是为了给大撤退的主力部队赢得时间。这个任务很光荣，但把这样一项重大任务交给自己的这一支武器落后、配备不全、衣衫不整，刚刚经过极短时间整训过来的土著部队来干，未免是太草率些了。谷子琪瞧着那些蜷缩在车厢角落的士兵，他们连棉衣都没有，全用双手把身子裹得紧紧的却仍然瑟瑟发抖，也真的难为大家了。是啊，如今的江浙地区，温度可早就降到零下。一阵寒风刮来，一直在打瞌睡的参谋长戴涛被刮醒了。他瞧着眼睛在黑暗中放光的师长问：“师长，怎么不睡会儿？”“唉，没瞌睡。”谷子琪说，“去，把那张枫泾镇的地图找出来。”“好的。”参谋长把马灯拧亮了些，去一个黑色皮包里翻出一张地图。

地图有些残破，发黄的地图被摊放在小桌上。戴涛用细长的手指在地图上追踪，说：“这儿，这儿，沿着海岸都是工事，是著名的‘东方马其诺’国防工事群的一部分。这条防线是国民政府耗费巨资、请德国顾问设计、历时数年才修建完成的。”

“好。有坚固的防线，我们的压力就会小多了。”谷子琪脸上紧绷的肌肉稍稍变得有些松弛。伴随着很突然、很猛烈的刹车，车轮与铁轨在明亮的火花中发出悠长的哀叹，列车缓缓地停下了。谷子琪伸头往外看，除了站台上在风中摇晃的一盏昏黄的路灯外，近处远处全是一片黑麻麻的。“这是到哪儿了？”谷子琪问。“是个小镇。也许是……到陆家浜了吧。”戴涛望着外边，也不敢肯定。“怎么全是黑黢黢的？哪儿像是个城市？”车门“哐啷”一声打开，一个着灰布长衫的老头，在一个着黑色警察服装的中年胖子的陪同下走进车厢。胖子警察咧着嘴唇笑着说：“各位长官，嘉善县的周县长来接你们了。”灰布长衫的老头急忙拱手：“各位长官，一路辛苦了！”“谢谢县长大人。”戴涛忙介绍，“这位是我们的谷师长。”“啊，幸会幸会。谷师长辛苦了。”县长朝他拱手。“不算辛苦。有劳县长大驾。”谷子琪也朝他拱拱手，“周县长，我们就是在这儿下车吗？”“是的，是的。就是这儿。”县长望着他笑笑，然后说，“麻烦长官及时清点人数下车，这辆车也许停的时间不长，马上还得往回赶。”谷子琪问：“现在几点？”戴涛晃了晃手上的表：“师座，现在是凌晨一点。”“喔。”谷子琪应了一声，“那就叫大家检查收拾行李下车。半个小时内集合好。”“好的。”戴涛便叫传令兵下车。军号声在冰冷的寒风中传送着。列车前前后后的那些货车厢的大铁门都一个个打开了，近处远处全发出“咣当咣当”的声音。尖锐的铜哨声在寒冷的空气中震颤。匆忙的、黑糊糊的大兵的身影从货车厢里涌出来。谷子琪在周县长的引导下，跳下了车厢铁门高高的台阶，回身去搀扶老县长。“没事。您走，我能行。”老县长说罢，便敏捷地跳下了车。谷子琪一下车，便感到有一股股寒风从颈根处往里灌，不禁打了一个哆嗦。县长看见，说：“这一段老是下雨，寒潮来了。首长，我看你们的士兵衣衫都穿得很单薄啊！”“是的。部队开拔得有些匆忙，准备有些不足。”谷子琪不愿提起那些遭受“后娘养的”不公待遇的往事。“很可惜。我这个没用的县长，如今也帮不了你们什么忙。”县长不无愧疚地说。胖子警察忙附和：“是的，长官。你看到处黑咕隆咚的。整个县城的人全都跑光了。”“是啊，全跑光了，留下我这个光杆司令。本来是应该给各位接风洗尘的，可是……”谷子琪说：“大人，不必这样。有的是机会。等我们把鬼子赶跑了，回头好好喝他几杯。”“好。长官这话中听。回头我等着你们的好消息。”县长说着，眼中似乎挂着晶莹的泪。参谋长大声喊：“好，各团都赶快清点人数，还没下车的都手脚麻利点。”杂乱的脚步声，闹嚷声，士兵们全拥挤在狭窄的站台上。无数的枪管闪烁着寒光。这时，列车准备启动，车轮与铁轨间发出“咂咂”的响声，松弛的车厢因拉紧而发出“嘎嘎”之声，后来，又“呜”的一声长鸣起来。“喔，车子就要开了。”周县长忙在长衫的衣袋里一阵摸索，好半天掏出一长串钥匙。那是一串牛尾锁的钥匙，拎在手里不断发出叮当的撞击的声响。“大人，这钥匙……”戴涛忙接过钥匙。“这是国防工事地堡的钥匙，全编了号的。”县长说着，又从怀里摸出一张厚纸说，“这儿还有一张图，你们按照图就可以找到每个工事的具体位置。”“喔，太谢谢县长了。”谷子琪听说有工事图，十分欣喜。“这东西太紧要，交给别人办我实在不放心，所以就特地赶到这里等。把它亲手交给了长官，我也就放心了。”县长这样说着。这时，火车又发出了一次长鸣。胖子警察过来说：“县长，火车就快要开了……”“县长大人，你就要走？”戴涛有些吃惊。“没办法。我得随车回去。”县长做出个无可奈何的样子，“这一段，车子特别少，过了这个村就没那个店了。”“没关系，你们都先走吧。”谷子琪说，“辛苦你们了。”“首长，那我就不陪了。”县长匆匆走了几步，又回头说，“嘉善县城的百姓就拜托给各位长官了！”县长和警察爬上火车。铁门关上不久，火车便鸣响汽笛离开了。缓缓开过的列车刮过来一阵刺骨的寒风。望着黑咕隆咚的天际，望着孤独荒凉的小车站，一丝凄凉的感觉袭上了谷子琪的心头。列车开动了。县长趴在破旧列车的窗口往外看，潮湿的雾气中晃动着一些灰黑色的身影。这是一群穿着水草鞋、衣衫单薄，手握大刀、长矛在初冬的寒风中哆嗦着的身影，县长想，眼前这些一身泥泞满脸疲惫、连军装都不全的叫花子兵，能是他们的救星吗？列车在艰难地爬坡，配合着县长发出了一声长长的叹息。

铁道边的这个小镇叫陆家浜。谷子琪领着部队进了镇子。整个镇子黑灯瞎火的，原来这里早已是十室九空。就这样，一师人被一列火车，半夜由杭州载运到最前线，从一个破烂不堪的车站下车，无一个参谋部人员指导，无一个向导带路，在湿雾迷蒙中搜寻派定防守的国防工事。

第三章

夜雨停歇了。天还没有大亮，曙光初现，黑色的云层间露出几颗寒星。“我们赶紧去前线工事看看。”谷子琪命令士兵各自找好安置地，便叫上参谋长等一批中高级军官说：“没有向导，大家就按照地图指示的方位找寻。”道路泥泞湿滑而崎岖，路上全是一串串连缀的大小水坑。翻毛皮鞋里全灌满了水，冷飕飕的。他们丢开大路，穿过了一片稠密的草滩。枯黄的茅草很多都齐腰深，几个卫兵便挥起砍刀在前面开路。虽然有了一张所谓的国防工事地图，但这图绘制得十分草率不准确，再加上各处永备工事或者埋没在荒草丛中，或者与大量民居混在一起，寻找起来十分困难。他们只好在这个方圆十几平方公里的地盘上疲于奔波。

几个人继续往前寻找。有个人却停了下来，蹲在路边。“干吗呢？拉屎啊？”覃啸天停住回头喊。那人没动。“娘卖的……”覃啸天来了火，打算冲回去。“莫。”谷子琪止住他，缓缓走过去。他看见那个兵蹲在地上，闭着眼睛，嘴眼歪斜。“你怎么了，病了？”谷子琪急忙过去。其他的人也跟着围过去。谷子琪过去，看见那兵是盘脚坐在地上的，嘴眼歪斜，但口中似乎念念有词。谷子琪仔细看，他的身前草地上，摆着一个绘有八卦图形的罗盘。那兵突然站起来，睁开眼：“报告师长，地堡找到了。”谷子琪大惑不解：“地堡找到了？在哪儿？”那兵手中握着一把木头刀。他挥动着木头刀往斜前方一指：“往西南方走，此去二三里。”谷子琪不信，众人也不信。但死马当作活马医吧，谷子琪就让大伙往西南方走。西南方完全没有路，全是比人还高的芦苇草。走着走着，一个在前面用砍刀开路的卫兵突然大声喊：“那儿。看，那边有地堡吔！”众人停住，果然看见在不远处的草丛间卧着一个地堡黑糊糊的身影。“没错。这儿应该就是工事。”谷子琪很高兴，忙问覃啸天，“那兵叫什么名字？”覃啸天说：“没人晓得他的大名，都叫他小天师。”“小天师，小天师，他还真是个小天师哎。”谷子琪一把甩掉手中撑路的棍子，孩子般高兴地往前跑，快到那地堡的跟前时又停下了，兴奋地摊开一只手，说：“快看，那边、那边，还有那边！”众人也看见了，在平坦的草滩上，每隔一段距离就有一个模糊的隆起的地堡，只是地势有些低，草深，积水也深。覃啸天交代：“小佬，你到前头先去看看。”小佬于是跳下坎去，使劲挥动砍刀在前面探路。忙碌晃动着往地堡方向走的小佬却突然一哧溜不见了。“呃，小佬呢？”众人正感到惊讶，小佬却从草丛里冒出个头来。脸花花的小佬大声喊：“师座，哈，我看到碉堡的大门了。”“是吗？”谷子琪等急忙涌过去，“看准了，到底是不是门？”“是的。我看没错，门就在前面。”谷子琪一把便要跳下去，啸天拦住他：“师座，你先等等。我去。”啸天便接过谷子琪手中的钥匙跳下了那个荒草淹没的壕沟。他跟着小佬沿着一道深深的沟壑往前摸索，终于找到了那个嘉善国防工事碉堡。碉堡倒真的有一米厚，铁门紧锁，门上的锁已经锈迹斑斑。“来，试试去把门打开。”覃啸天把钥匙递给小佬。小佬接过钥匙，拨弄了半天，却怎么也打不开。啸天问：“是不是钥匙搞错了？换一把试试。”“都锈死了，还开个卵！”小佬破口大骂，“娘卖的，里边藏什么宝贝了，一个暗堡锁什么卵！”啸天说：“砸开它！”“我来！”一个卫兵过来，上前高高挥起了大锤。“咣当”一声，锈迹斑斑的锁头破成了几块。铁门一开，污水立即“哗”地从里面涌出来。壕沟里漫起了很深的水。“团长，我进去看看。”小佬边说就边蹚着污水往碉堡里走。“里面怎么样？”啸天把着湿漉漉的、阴冷的地堡门，问。小佬嘟囔着：“水泥倒是厚得很，恐怕有三尺多，可有卵用？太短了，进得去出不来……”接下来的话没有说完，却突然“啊”的一声大叫。“怎么啦？小佬。”众人忙大声问。小佬的屁股从碉堡门急急地拱出来，骂道：“娘卖的。这哪是防卫工事，简直是个蛇窝窝嘛！”小佬手里拎着一条被斩断的冬眠青花蛇，恶心地啐了一口，使劲扔掉。挂在远远的草丛上的青花蛇像开出了一串花朵。“去，告诉师长，请他过来看一看。”覃啸天交代卫兵。谷子琪过来，钻进地堡。地堡里潮湿阴冷，空气稀薄，谷子琪只在里面待了一会儿就受不住了，急忙退出去。谷子琪大口地呼吸着草滩上新鲜的空气，眉头打了一个结。“这么差火的工事，还说什么‘东方马其诺’？”覃啸天在大骂，“狗日的，钱都他娘的让这帮贪官儿买棺材板了，娘卖的！”“莫叫了，走！”谷子琪脸色阴阴地道，“到别的地方再看看。”众人便跟着师长走。他们又视察了一下周围的阵地。那里的几个地堡环境倒是没那么恶劣，只是地堡和战壕前面就是一片平坦的开阔地带。覃啸天一脸愁容：“师长，无遮无挡，一汪平洋，连山包包都没有一个，这仗还怎么打？”谷子琪也想，眼前是无垠的广袤平原，完全不似家乡的大山，只偶尔有些小小的土丘，易攻难守，这仗的确是很难打的了。“不好打，也得打啊。”谷子琪对啸天说，“下到堑壕里去看看。”覃啸天跳进一道堑壕去，深度却只到膝盖，大吃一惊：“这也算壕沟？枪子打来，躲得了屁股躲不到脑壳。”“莫啰唆了。只能就汤下面。”谷子琪道，“你们赶快统计一下，到底有几多碉堡？”大家便分头在草丛里寻找、统计，结果更令人诧异，数量竟不到图纸所画的三分之一，而且几乎全在一条直线上，无法形成纵深防御系统，连接碉堡的交通壕要么没有，要么太浅，弯着腰都难躲子弹。“话务员！”谷子琪眉头紧锁，心中窝火。“到。”一个斜戴着帽子、背着个无线电发射天线的小兵赶了过来。“赶紧拨通军部的电话！”“喂喂喂！”话务兵把电话机放在泥泞的地上，一只腿跪着拼命地摇手柄。好一阵子，话务兵把话筒递过来，“师座，通了。接电话的是刘参谋长。”“好啊，我正是要找他呢。”谷子琪冲过去接过话筒便大声吼叫，“这到底怎么回事？参谋长。”谷子琪追问刘益章：“你不是说嘉善工事是政府耗费重金建造，还是请德国人设计的‘东方马其诺’国防工事群的一部分吗？你过来看看碉堡有一米厚？嗨，工事都被地下水淹了，好多地方，连接碉堡的交通壕都没有。碉堡的数量也只有图纸上的三分之一，都什么玩意，豆腐渣啊！”“子琪，上级发下来的情报确实是这么说的。”电话里，刘益章的回答吞吞吐吐，“但听说后来经费不太够，好像是并没有全部完工，所以……”“所以你们一点情况也不了解，就让我们在这里阻挡三天？”谷子琪火气更大，“这样的防线让我们守三天？你这不是分明要把我们放在火上烤吗？”“子琪，话可不能这么说。”电话里，刘益章的语调还是不温不火的，“命令嘛，是军部最高长官做出的。该怎么办我相信你会有办法解决的……”“解决？解决个……”谷子琪气得只想骂娘，但最后还是强忍住了，努力换成一副笑脸，“对不起，参谋长，我刚才有些急。作为军人，我们知道以服从命令为天职，但觉得还是应该把实际情况汇报给你。这地方一汪平洋，阻击的难度太大，我请求军部马上派人过来增兵支援。”“增援？！”刘益章说，“实话告诉你，我部又已经接到命令，要火速驰援嘉善以西的防线。现在哪儿还有兵增援？这边就全靠你们了。”谷子琪气得脸色发青，一把摔了电话。“怎么样？师长。”众人关切地问。谷子琪好一阵没作声，最后冷冷地说：“没办法，军部命令我们在这里阻击三天！”“三天？！”众人都一阵发愣，“那不是分明要把我们给废了？”“都莫啰唆了。命令来了，服从就是。”谷子琪拿着地图，瞭望着远处的国防工事群。他突然看清了阵地前方不远处有一片灌木林子，便说：“走，上那边去看看！”大家跟着谷子琪往前走。草深过膝，每个人的裤脚和绑腿全都湿透了，但都突然变得很兴奋——因为这灌木林子倒是一片难得的阻击阵地。“就在这儿增修一道临时工事，并同时清理加固原先的防线工事！”谷子琪挥手比画着，“敌人已经占领枫泾镇，这里就是保卫嘉善，保卫上海、杭州的第一道防线。我们可是要在这里坚守三天的。所以，不管多么难，也一定要把这条工事线修好。”几个团长都围了过来，谷子琪给他们紧急分配了任务。结果是：把有限的正面工事分配给火力最强的13团，立即加强工事，11团侧翼防守，武器配备最差的12、14两团作为预备队在后方休整待命。“为了大部队的安全撤退，死也要扛四天！必须完成阻击日军的任务！都加紧干吧，看来今天会有大太阳。”谷子琪说完，便领着师部的人员往陆家浜走。被踩出一道痕迹的草地里，灌满水的皮靴套鞋发出一阵阵嗞咕嗞咕的声响。

谷子琪回到了陆家浜。戴涛正在安置师部临时指挥所，几个人正在忙着挂地图、调电台，一片忙乱。两张长桌子拼在一起，上面铺放了一张军用大地图。发黑的屋梁吊着一盏荷叶边的美孚灯。谷子琪把指挥部的军官召集在一起开始研究作战部署。“日军马上就要向南推进，我军无法形成纵深防御系统，仅凭目前的国防工事要想阻挡日军，怕是拦不住。”师参谋长戴涛指着地图分析。谷子琪沉默不语。戴涛又指着嘉善不远的南山：“师长，如果万一抵挡不住，不如撤退到南山，那儿至少还有个高地优势。”谷子琪却不同意：“不到万不得已，不能撤，我们必须死守嘉善！”“好。就按谷师长的意见办，不留退路，死守嘉善！”戴参谋长表态说。“要得。死守嘉善！”众军官也齐声表态。“为了守住嘉善，首要的任务是修缮、加固好原有的工事，还得抢修一些把工事连接在一起的交通壕，使我们的防御成为一个坚固的整体。”谷子琪强调说。参谋长最后说：“好。如果没有其他意见，散会后，各位马上回去组织工事抢修。”大街小巷，初冬的寒风里处处是铜哨声、杂沓的脚步声。一队队士兵在军官们的带领下小跑步列队出了小镇，往前线工事阵地赶。

在一处灌木林子周遭，士兵们挥汗如雨使劲挥动铁铲，抢挖交通壕沟。小佬累得满头大汗，抽空伸了个懒腰，抬头望天，突然说：“喂，大家看这边也有大磨鹰吔。”磨鹰是一种大老鹰，湘西人就叫它为磨鹰。“哪里，磨鹰在哪里？”几个人都拄着铁锹抬头看。果然，阴阴的天空上有一团黑影正往这边飞过来。“好久没开荤了，等老子打下来，大家有肉吃。”小佬举着枪就往天上瞄准。杨连长突然从地堡里冲出来，一把将小佬按住。小佬被按得倒地啃了一嘴巴泥。“搞什么卵？你……”小佬拼力爬起，放声大骂。“趴下，赶紧趴下！”杨连长对着旁边看热闹的几个兵大喊：“趴倒！有飞机！”“啊？！”众人大惊，慌乱趴下，抬头这才看清那只“磨鹰”已经变得越来越巨大了——原来是日军的一架飞机。不久，“磨鹰”就飞走了。“那就是飞机呀？”小佬在啧啧赞叹，“娘卖的，好大的家伙！”杨连长说，“长点记性。幸好只是架侦察机，不然几颗炸弹下来，早取了你们的小命了。”众人便一阵哄笑。小佬也笑了。“好了。都快些挖壕沟，莫偷奸耍滑了。”但班长龙五斤却窝在那草窝边不动，似乎还在呆呆地抬头望天。“没长耳朵啊？猴子！”杨连长几步跑过去要发火，走到跟前却呆住了，只见龙五斤浑身发抖，嘴角涎水直流，样子十分恐怖。杨连长急了:“猴子,你怎么了?快醒醒!”几个兵便一齐围过去。杨连长一边给他掐人中,一边问:“哎,你们有哪个是懂药的?喂,小天师,你懂药吧?快弄点草药来。”小天师过来:“连长,不要紧的,他一会儿就会好的。”“那怎么行?仗还没开打就非战斗减员怎么行?”杨连长说,“快,来两个人把他抬到医疗队去。”“好,我来我来。”小天师走过来蹲在猴子前面,也没去搬动他,却去解下他的对襟衣布口子,把一只手伸进去只顾摸,摸索了一阵,从他的荷包里掏出一个布包包。众人突然似乎闻到一股强烈的浓郁香气。小天师又从包包里摸出点白色的泥巴样的东西,几搓几捏揉成个小丸子塞进了他的嘴巴里。龙五斤的嘴巴嚅动了几下,“噗”的一声突然打了个很响的喷嚏,闭着的眼也有神地睁开了。“猴子,你原来是发鸦片瘾啊?!”杨连长松了一口气。龙五斤感觉自己出丑了,忙一把爬起来,拎起个镢头,道:“看什么看,要猴把戏啊?都赶紧干活去啊!”众人便一阵哄笑。

到黄昏的时候,简易工事已经修出一个坯子,灌木林子里突然起了雾,浓重得什么也看不清。团长覃啸天带着一拨人过来检查,说:“你们干得还不错。大家也累了,赶紧轮班休息。日本鬼子不得消停,明天恐怕就有恶仗打!”杨连长便安排一个班的人在这里值班守夜,其余的回去休整准备了。小佬被安排守夜。他可是从没守过夜,尤其是在战场上,所以非常紧张。任何时候都觉得黑暗的眼前潜伏着敌情。同他一起守夜值更的是两个人,可以轮流睡觉,但小佬哪里睡得着。足足过了几个时辰,已经是半夜,他打算打个盹,又感觉前方似乎有什么动静,但无论他怎样仔细地观察和倾听,始终没有发现那边有什么异样。“什么人?”小佬突然一声喊叫,端着枪,“咔嗒”一下打开了保险扣。黑暗中又没有了动静,后来从草丛中突然钻出一只野兔子来。兔子窜进了浅浅的工事壕沟打算逃跑,正在旁边轮休睡觉的龙五斤却顺手薅了一把,便捉住了兔子的腿。“捉到了,捉到了。猴子班长你好厉害!”小佬十分兴奋。“什么什么?哪里哪里?”附近执勤的几个兵都蜂拥跑过来。“猴班长,都说你爬树厉害,耳朵也那么尖?”小佬问。“那是当然的呐。”龙五斤说,“我爹可是腊尔山最好的猎手。从小我就经常跟着我爹撵山赶野猪,所以耳朵很灵。”但他总记得父亲讲过的一句话,你的耳朵尖,但野物的耳朵更尖。“好,交班后提到炊事班去,明天可以开荤打牙祭了。”老冒倒提着活泼乱跳的野兔,拿根绳子一头拴着兔子脚另一头系在一棵小树上。

夜色变得越来越深沉。天气愈加寒冷。由于时令已入冬,没有繁复的虫鸣,夜静得有些令人恐怖、窒息。“杨连长,你过去听,恐怕有情况!”值更的小佬尤其紧张,没过一会儿就猫着跑到杨连长值守的哨位去汇报。杨连长便跟着小佬去他发现有动静的地方去观察，其实什么都没有。“哼，哪有什么声音？你这是鸡踩响篙——自己吓自己啊。”杨连长训斥道，“小佬，要提高警惕，注意观察，但也不要疑神疑鬼，风声鹤唳！”杨连长于是回到自己的哨位，抱着枪打算迷糊一会儿。可没多久，小佬又窸窸窣窣摸过来了：“杨连长，你过去听听，恐怕真有情况！”“你狗日烦不烦，还让不让人歇会儿？”杨连长一下子来了火。小佬却不动，涎着脸：“连长，这回是真的，恐怕是真的。”杨连长于是还是耐烦地跟着小佬走过去。他细细听，确实远处有草叶被踩踏、绊动的声音。他赶紧跑回去，轻轻呼喊：“各位，都醒醒，快，倭寇来了，快寻找掩体，准备战斗！”在轮班休息的官兵们立即紧张起来，一片慌乱。大家全都趴下了。尽管眼前是浓得散不开的雾，连长又尖着耳朵听了一下，觉得确实有异常，于是轻轻给大家做了些分工。几个人便猫着腰分散开来，有点像土匪的“趴壕”。杨连长趴在一棵小树下的草丛中，小佬、小天师等则端着杆枪躲在壕沟里。透过摇晃的草茎，杨连长的眼睛开始悄悄地、像幽灵似的朝着野兔蹦来的方向游荡滑行。他们起初什么也没有发现，随后却看见枞树后有模糊的身影显现了出来。杨连长从绑腿里抽出一把鲫鱼刀，等他一到身边，立刻拔出了鲫鱼刀，从旁边冲了过去，把伸出的右手死劲一勾，扼住了那个胖子的颈子。另一个黑影见状不妙，撒腿就跑。蹲在旁边的小天师跳出壕沟就追。胖子被这突然一卡弄得放不出气，喉咙里丝丝发响。这家伙力气不小，努力挣扎着，突然发出一声惊恐的声音：“啊……救命啊！”

听到这十分纯正的国语，杨连长赶紧把手收了回来。“等等！莫开枪！”看见小天师正往前追赶另一个模糊的黑影，杨连长急忙喊：“小天师，中国兵，是我们自家人！”小天师站住了，收回了已经举起的长枪。杨连长望着满脸血污，样子极其狼狈的胖子问：“怎么回事？哪个部队的？”胖子松了一口气，但还是有些惊魂未定。他不断用食指和拇指摸着被掐痛了的喉头：“我们是……是109的……是枫泾镇的守军。”“109部队？前面战况怎么样？枫泾镇怎么样了？”“我们枫泾镇已经被日本鬼子攻陷。”杨连长大惊：“倭寇已经到了枫泾镇？”士兵满脸悲痛，沉重点头。那兵对着远处喊：“弟兄们，都出来吧，是自己人，我们有救了！”不久，从草窝和灌木后有十几个兵蹒跚着走出来。他们满脸血污，样子极其狼狈。“辛苦你们了。”望着破衣烂衫、满脸泥污血污的伤员，杨连长心中隐隐灼痛，大声吩咐道，“小天师，快让担架队过来，把弟兄们送到团部去。”伤兵们互相搀扶着，一瘸一拐来到团部。覃啸天问：“上级不是让你们109师坚守到明天中午吗，怎么就全撤了？”“长官，我们实在顶不住啊。”胖子伤兵是个连长。他说：“唉，鬼子飞机、重炮、坦克一起狂轰滥炸，哪能守得住？我们团……不到半天就……就只剩我们十几个了。”

原来，在蒋委员长下令撤离淞沪地区的第二天下午，日本一混成旅之一部在重炮和骑兵的配合下，像一群饿狼由金山卫新埭镇直扑枫泾镇。5时许，在枫泾镇东南约1公里的北旺泾，105师守卫连顽强抵抗，击毙日军30余名、战马2匹。但因该连孤军作战，左右无人援应，三面受敌，最后耗尽弹药全部壮烈殉国。北旺泾攻击得手，日军就如同注入了一支兴奋剂，立即向先期驻守枫泾镇的109师41团展开猛烈攻击，分兵左右行动，形成包围聚歼的态势。9日上午3时30分，109师师长赵毅得到情报后，亲率654团先到嘉善，由团长梨阴堂督队去枫泾镇增援。跑步前进的梨阴堂团刚刚抵达枫泾镇北端，就遭到日军炮火的猛烈阻击，无法接应41团。这时，苦撑待援的41团几乎伤亡殆尽，无法突破包围。41团团长张纬亲临前线指挥，死守待援，1小时后，阵地被敌突破，张团长负伤，继而接替张团长的团副方学芸阵亡，坚持到9日拂晓，大部分官兵壮烈牺牲。日军侦知41团对他们毫无威胁后，便集中优势兵力对654团猛烈强攻，并以400余骑兵从左右背侧迂回，企图将其一口吞掉。654团为保全实力不得不撤出战斗，枫泾镇为敌所陷。

听完伤兵们的讲述，覃啸天面色冷峻，忙翻看地图：“日军离我们这儿还有多远？”“长官，很近，也就十来里。”另一个伤兵回答。团部的气氛立即有些紧张起来。枫泾镇在浙江嘉善县东北9公里处，再往东去80公里便是上海，西距杭州100公里。枫泾镇有沪、杭、甬铁路，公路穿境而过，河港纵横如织，水陆交通十分便利，地方虽不大，却是沪杭咽喉要道。若枫泾镇不保则嘉善难守，杭沪宁三角地带整个防御体系随之动摇。覃啸天立即把情况向谷子琪做了详细汇报。“看来情况有变，我们前脚刚到，枫泾镇就失手了。开张剃头碰到了连鬓胡，我们是碰到敌人的主力部队了。”谷子琪立即召开了一个军事“群英会”。会上，谷子琪神情严肃：“要真是这样，不要说阻击日军四天，明天128师恐怕就要打光了。大家说说，这仗我们该怎么打？”陈范先发言，说：“跟鬼子打阵地战，我们装备太差，明摆着是让鬼子占便宜。可打游击战，空间上又不允许，现在就只能想办法摆脱被动挨打的局面！”谷子琪问：“你的办法是什么呢？”陈范挠了挠头：“我……实在一时还没有想到什么好办法。”“陈团长的话有道理。”覃啸天站起来说，“我军防线缺乏纵深，挤在一起利于敌人施展优势火力，必须尽快拓宽防御空间，拉开防线，才可以有效分散鬼子的火力。在武器装备上我们没办法和鬼子比，只能从地形上、空间上削弱敌军的火力。”周西青说：“啸天，我怎么听得一头雾水，你能不能把话说明白点？”覃啸天说：“我的意思是，我们的硬件不行，如果枫泾镇现在还在我军手里，那就还可以利用较大的活动范围、较宽的防御纵深来重新部署防御体系，这仗或许还有的打……”“当参谋出身到底不同，参谋了半天尽是废话！”周西青道，“莫忘了，枫泾镇已经被敌人占领了！我们得就这碗汤下这碗面，你说眼下我们具体该怎么办？”“我和陈范一样，也没有很明确的好方案。”覃啸天说，“我只是有这样的感觉：鬼子有飞机大炮，隔得越远越厉害；我们竿兵呢，虽说只是鸟枪大刀，但搞肉搏，那就说不准谁输谁赢？！”“啸天说得没错！拼坦克拼大炮拼不过鬼子，要论拼大刀，倭寇还不是对手！”有几个人立即来了精神。陈范说：“近战当然好，可人家火力那么猛，你怎么跟鬼子拉近距离？”啸天一时无言，后来就说：“我……一时也说不明白，反正我觉得不能坐在这里等，必须主动出击！”周西青说：“还主动出击？那不是鸡蛋碰石头？”大家一时争论不休。“都静一静。”谷子琪突然说，“啸天刚才说的其实有道理。如果我们死守，等人家来打，实力太悬殊，真的我们恐怕一天都顶不住，但是乘敌人脚跟未稳，情况未明，搞他一下子，打不赢也会让鬼子晕乎一阵子，这就可能赢得时间，赢得主动。”陈范说：“师长的主意不错，只是鬼子有飞机大炮，我们如果攻出去，会损失很惨的，那往后的仗如何打？”“哎，有了。”覃啸天突然插话说，“哎，我们可以来他个活人杀死人呐。”“活人杀死人？”众人不甚明白，全蒙了。谷子琪便说：“什么意思，覃团长你说说。”“我也是突然想起了一个故事才这样说。”覃啸天对蹲在一处角落闷头抽烟的一个瘦子喊，“喂，拽拽连长，你给大伙摆一下那个龙门阵。”“龙门阵……什么龙门阵？”杨连长一直蹲在墙角落抽烟，一直没认真听，有些茫然。覃啸天说：“你当年不是在老统领的黑旗大队当过教头吗，听讲黑旗兵有活人杀死人的招数呀。”“喔，是那个事啊。其实也不是什么招数，只是一个故事。大家想听，摆摆就摆摆。”拽拽连长突然把竹烟袋脑壳在桌子上一敲，说书人般慢条斯理地道，“各位客官，话说嘛……”“哈！”众一阵哄声。谷子琪忙说：“大家安静些，就听拽拽讲。”杨连长于是又用烟袋桥接了一下桌子，还咳嗽一声，道：“话说当年竿城张团长手下有一个连长当了卖客，石连长就奉命要除掉这个卖客。只是那卖客很精，出没不定，石连长几次欲动手都没有成功。有一天，石连长在路上恰巧就碰到了那个卖客。卖客见到石连长，有些心虚，有意回避。石连长就跟他打了个招呼。石连长像没事一样跟他闲扯，还取出纸烟来说，你尝尝这三炮台怎么样？大口岸人抽的，上回吊肥猪搞得一包。那卖客就接过烟，划火柴……说时迟那时快，一把匕首突然从石连长的衣袖里飞出来，刺进了卖客的心脏……”“好！”众人全叫好鼓掌。杨连长继续说：“这种胆量大、手脚快的行动，后来我在黑旗大队的时候，总教头把这个概括上升为一种战术，取名为明杀暗，活人杀死人的战术。”“哦，晓得了。”有人恍然顿悟。覃啸天忙说：“拽拽连长讲得好。大家想想，是个人总要睡觉吧？他鬼子白天有狠，我们竿子兵摸夜路可个个是好角色。”周西青突然醒悟：“嗨，讲了半天，不就是摸夜螺丝吗？”杨连长说：“对了，周团长讲得更形象，就……就是那个摸夜螺丝。”陈范说：“摸夜螺丝就像瞎子打婆娘，得非常熟悉，我们这刚来刚到两眼一抹黑，只怕搞不得。”众又一阵议论。“大家都静一静。”谷子琪按按手，“我觉得这个办法还是不错的。虽说我们刚来刚到，但可以先派人进去摸摸底。与其坐以待毙，不如放手一搏。”“要得！”许多人都表态赞成。“好，今天的群英会开得不错，大家发言积极，各抒己见，大家的认识也基本都统一了，那就是我们得靠主动出击求智取。”谷子琪总结说，“我们现在是全面战略防守，那为什么还要主动出击呢？其实，这个道理很简单。正所谓兵者，诡道也。越是战略上退缩，我们越要摆出一副全面进攻的样子。实则虚之，虚则实之，这样才能让对方把握不了自己的战略重心。”谷子琪散会后让覃啸天留下来，让他马上组织一支夜袭敢死队。覃啸天接到任务，感到肩头的担子很重。他思考了很久，先从自己的团精心挑选了十几个枪法好、脑子灵活的兵，又特意去到各团挑选。这时，团长周西青主动来请战，说他曾在陈统领黑旗队干过，很熟悉夜袭这一套。覃啸天说：“你一个大团长能脱得开身？”周西青说：“夜袭事大，关乎全局，我去了还有副团长呢。”覃啸天很是感动，就请他担任队长。“黑旗大队”是陈玉轩当年特别设立的一支达500人的特种兵部队。湘西人因历史和地理等因素而具有惯于跋山涉水、骁勇健捷、好勇尚武的野性特质。该地民族信奉天王菩萨，每战前必到天王庙去祈祷黑脸三王的神威相助，冲锋陷阵时必打黑脸三王旗，被称为“黑旗大队”。这支队伍后来随着陈玉轩失去权力而解散，它的种子也随风散落到了各处。

安排好夜战突击队的训练，还特意指派班长龙五斤带着小佬化装成难民去被日军占领的枫泾镇侦察，应该是一切安排妥帖了，但覃啸天的心里却似乎还不怎么踏实。他把作战偷袭方案反复在脑子里“过电影”。

第四章

对日战事以来，船舶制造需求大增，洪油销售极为红火。前一段，水生趁着价低，一口气收了500个桐油股子。如何将这一大宗货品安全、及时地运送到德州便成了最紧迫的大问题。但听说邻县的风声不太好，又已经在调兵遣将，所以洪城的各大小油号老板皆有些人心惶惶、风声鹤唳。为了了解交通状况，游贵生便派先头押船回来的一个庄伙沿河下行，看看船过不过得了辰溪——那一段时间辰溪那边常常闹匪患，闹得凶船就过不得。庄伙回来后说了一下那边的情况。游贵生便对儿子说："那边情况不怎么稳定，时而通得，时而又不通。我心里的盘算是这样的，货不能老是压在洪城，得赶紧往下河发运。若还过不了辰溪，就在辰溪上头的沅水里停泊，暂时就不用动；或者把货起去，屯集到县里的货栈上去，赶紧把船放空回来，再把其余的桐油股子也运过去。这样是得多费些手脚，花些冤枉钱，但要是真的某一天下河闹起了事，这个地方太小，队伍一开拔，无人镇压，会出麻烦。河道不通，船就出不去，而从辰溪把货从旱路往上拖到一百五十里地的麻阳，从那里找船往下送货倒是容易得多。"游贵生年事渐高，虽也还是"天顺昌"老板，实际上已只是个甩手掌柜，凡有关商号的大事最终也由水生拍板。水生自下乡凭借信誉"放泡"收得500桐油股子后，经加班加点裱糊油桶，装桶包装。听到父亲的分析，水生觉得这是个不错的办法，于是租借了一只大船，请人将货全部装在了船上，还决定亲自跟船下德州去。他让杨子才做个占卜，杨子才翻看黄历。黄历上写着：八日，吉日，宜行船、宜动土、宜嫁娶。水生于是择定本月八日动身。但到六号那天，洪城天气突变，乌云像巨大的黑锅盖。望着阴沉沉的天，水生对管家说："先生，我担心后天出船会有麻烦。"杨子才也说："我也是这么想。从洪城下行德州，这头一天的水路最难搞，河床浅，水流急，要是遇上风雨搁浅了可是大麻烦。"水生说："我反复想过，先生，我打算提前一天，也就是七日发船，你看如何？""提前一天？"杨子才有些犹豫，"老板，前番择日，你也看过，七日可是'煞日'，行船犯忌。""我当然记得，也为此犯愁了很久。"水生说，"只是老黄历上的东西，能遵循的尽量遵循，但有了新的情况出现，也许就不能完全照搬。""你说的也有道理。"杨子才想了想说，"只是还是再好好考虑一下再做决定好些。""不能再耽搁了。要动船可得有好多准备工作要做。”水生说，“先生，我也想过了。我感觉这一回，是不是可以用上你给我传授的秘诀中的某一句话。”杨子才笑了：“你想说的是那第一句……”“对。”水生也笑了，“就是那一句：鱼龙变化！”

水生最终决定冒险在“煞日”出船下德州。这是一艘大船，船老板姓姜，沅陵人。虽然这船上还有些别的店家托运的杂货，但水生是这艘船的大主顾，所以船老板对他很客气，特腾出整个后舱供他居住，除摊放卧具睡觉外还有大片余地。另外还有几个商家也租借了些小点的货船一道出发。大帮船从洪城开航下行，满江都是点点帆影和嘈杂的人声，浩浩荡荡，十分热闹。这天恰遇顺风，舟行速度很快，下午三时左右，到达一个叫柳林铺的地方，各船纷纷抛锚过夜。水生的大船泊定之后，不久，船主过来，轻声对水生说：“游老板，今天有个江湖上的大爷要搭我的船到沅陵去。他的卧铺打算铺在你的对面，碍着你了。这是没有办法的事，请你原谅。”水生说：“对面还空着，叫他来就是，没有关系。”不久，船主领着一男一女，各人手里都提着行李，走进舱来。那个男的，年纪五十岁左右，个头不高，身穿蓝布长衫，头戴瓜皮小帽，看样子当初肥胖过，如今消瘦了，故而脸上布满褶子，沟壑纵横。那个女的，年纪四十岁左右，身穿蓝布衫裤，头包青丝帕，面容还算不错。船主做了介绍，水生和对方也互通了姓名，寒暄了几句。那人说他姓韩，江湖上人都叫他韩哥。水生对这类黑色人物潜意识里十分反感，所以在那两个人在舱内铺摊卧具时，便走出来去甲板上看书。等他们收拾完毕，船主命工人摆上了一桌饭菜。这对夫妇，船主和水生一桌。菜肴有肉有鱼，还有酒，颇为丰盛。这个哥老会的龙头大爷，虽然鸦片瘾很大，却也很能喝酒。韩哥喝了几杯，精神振作起来，说：“不是吹，当年我也威风过，后来落草了。我在这条河道上，拖了十几年队伍，有人枪一百多，现在满五十了，还没有子女。我平日虽讲义气，不愿做伤天害理的事，但搞这一行，弟兄又这么多，哪有不伤阴德的？所以没有后人，这是上天给我的报应。我思前想后，决心改邪归正。我把队伍交给一个姓冯的带领，自己洗手不干了，打算先到沅陵会个朋友就回老家去。承姜老板的情，让我搭船，还招待伙食，我不晓得怎么感激才好！”吃过饭，韩哥回舱里去吸大烟，还特意招呼水生去吸烟，水生婉言谢绝了。他同他的老婆，直吸到半夜才睡。舱内烟雾弥漫，吸声不止，使水生整夜睡不好觉。次日，水生对船主说：“韩大爷带着女眷，我们同宿一起，很不方便，请替我换个地方。”船老板说：“尾舱是我自己住的，现在领你去看看，如果合意，就让给你住。”水生见尾舱虽不宽敞，供一个人住还是宽的，又很清静，便毫不踌躇。说搬就搬。但吃饭仍然在一起。有时会在甲板上碰头，也常常扯扯闲谈。次日，船到桃源，停泊一天。韩大爷夫妇到街上买了些酒菜回来，请水生和船主吃。第二天，水生也买了几样酒菜还席。从此，彼此吃吃喝喝，谈谈说说，逐步消除了隔阂，成了萍水相逢的朋友。过了蓊家溪，即将进入“匪”区。各处汇拢来的船大大小小竟有了几百艘。各船共同出资请得军队护送。大帮数百艘船，鱼贯而行，前后达数公里。护送军队人数不多，照顾难以周到，因而规定上滩时，在前面上滩的船，必须停泊在滩头等候，等全部船只下滩完毕，再从头到尾，鱼贯上行。因此，下一个大滩，需要三四天时间，下一个小滩也要一两天，停泊的时间多，航行的时间少，进度缓慢。水生的这帮船过麻溪伏时，一个姓冯的匪首率领土匪打算抢劫，他们在南岸鸣枪，叫船开过去。护送的军队立即登岸进击，将土匪击退。过了七八天，水生他们的这帮船到达洞庭溪时，这股土匪已被收编了。又过了一天，护送的那一营是正规军，但奉紧急命令调回桃源整编，遣护送商船任务由所收编的独立营继续办理。

汇集后的大帮商船中，有大批湘西各县的流氓地痞和袍哥土匪混杂其间。听船老板说起码有一百多，他们伪装成商人和船伙计，分散潜伏，有的还藏有武器。在正规军送船的时候，他们还有所顾忌，不敢明目张胆地大肆活动。后来正规军调走，由新编的土匪接送，他们声应气求，暗中有着某种联系，就放肆活动起来。这种人头上包着大卷丝帕，有的还将丝帕两头吊下来，像两条带子，身穿紧身短衣裤与普通老百姓装束不同。他们常常来水生的船上拜望韩大爷，一同抽大烟。水生对这种人十分厌恶，他们一上船，水生就走开，也不同他们打招呼。

有一天夜里，来了个年轻的流氓，与韩大爷谈天。水生关上舱门，躺在卧铺上听他们谈话。那个小流氓说：“你们船上那个客人听说是一家大商号的少老板。他很骄傲，从来不理我们。我想敲他一竹杠，得了钱同大爷分。”韩大爷答道：“那个游老板，为人很好，和我很谈得来，已经成了好朋友，你不能敲他，我也不要这种钱。我住在这条船上，不许可发生什么不好的事情，扫我的面子，败我的名誉。在别的船上，我可以不管。”以后，这个流氓上得船来，倒同水生打招呼，表示亲热。“敲竹杠”的事，从此无形打消了。水生对那韩大爷，有了进一步的认识，关系也就更融洽了。船行了多日，到沅陵下面的八十里的鸦角尾停泊下来。听说住在沅陵的陈部，为了征收一大笔通过税和保护费，派了一个团的兵力前来接船，次日上午即可开到。原来送船的土匪部队自知不敌，准备逃走。趁着沅陵派来的部队尚未到来，打算在这一夜大肆抢劫，船主更是愁眉不展。在吃饭的时候，船主唉声叹气，食不下咽。韩大爷看到，便对他说：“姜老板，你有什么心事？酒饭都吃不下！”船主说：“韩大爷，今夜风声很紧，你是晓得的。客商把一船货交给我，如果发生损失，我怎么对得起他们？不由我不急。”韩大爷伸手轻轻在船主肩上拍了拍，温和地说：“姜老板，不要着急，放心喝酒，这帮送船的人，都是我的老兄弟。他们发了财，我不分他们的成，也就算对得起他们了。未必对我乘坐这条船，他们也不能放过吗？我想是不会的。我搭你的船，承你的情，不要船钱，还招待酒饭，我怎么报答你？今天你把船交给我，你吃饱酒饭后，放心睡觉，无论外边发生什么事，你都不要吭声。一切由我去办，保证你太平无事！”又转过脸对水生说，“小老板，你闩上舱门安心睡觉，无论外边有什么响动，你都不用管，一切有我。”天还未黑，水生和船主都溜进舱睡了。韩大爷和他的老婆燃着一盏清油灯，躺在床上抽大烟。夜幕渐渐降临，繁星万点。水生心中有事，如何睡得着？晚上八时以后，岸上众多的脚步声和船上尖锐的喊叫呼唤声，交织成恐怖的海洋。手电筒的白光，到处照射，恍如千百条银蛇飞舞。接着，在手电光线后面，有四条黑色“动物”窜上了水生船后部的甲板上。水生从舱壁空隙，借着电筒的光亮，看到四个穿着黑衣的匪徒，手里各提着一支步枪，枪口上还装上了明晃晃的刺刀。这四个人上船以后，不断高声大呼“船老板”。这时，那个韩大爷从大烟灯旁缓缓坐起来，懒洋洋地问：“你们找船老板做什么？”其中的一个匪徒问：“你就是船老板吗？”韩大爷很神气地指着自己鼻子说：“我不是船老板，我叫韩章，你们团长是我的老弟兄，他是晓得我的。”那四个匪徒一齐恭敬地说：“原来是韩爷。我们不知，多有冒犯，请海涵。”韩章站起来走到舱门口客气地说：“我搭这条船回家去，船老板对我很好。请众兄弟看在我的情面上，放过这条船，并请转告你们团长，他很忙，我也不去看他了。请众兄弟进舱来抽口烟罢！”众匪徒说：“大爷请坐，不敢叨扰，后会有期。”敬了一礼，转身下船了。从此以后，尽管别的船上喊声四起，彻夜不息，但水生的这条船，却再无任何人上来，一夜太平无事。次日黎明，土匪部队满载钱帛，逃之夭夭。事后获悉，这一夜，所有大小商船无不遭受抢劫。船上的货物太多，过于笨重，不便携带，所以不要货物，只要钱钞，各条船最少的损失数十银元，最多的数百至一千银元。全帮几百多条船，总计损失一万以上，只有水生这条船得到韩大爷的尽力保护，毫发无损。这天中午，沅陵接船的军队开到，船队在大批军队护送下，过了两天，顺利到达沅陵。水生在沅陵一家餐馆，买了几盘菜和两瓶酒，邀请韩大爷夫妇和姜老板饮宴，表示对他们的感谢。吃过午饭，与韩大爷道别后，船队又起航了，安全航行两天后便到达了德州。为了咸鱼翻身，水生甚至打破行规，冒险在所谓的“煞日”出船，偏偏却斩获颇丰。水生的大船回到洪城的第二天，游家“天顺昌”的百货店里突然摆出了许多新鲜的商品，洪城立刻变得热闹起来了。

都说游家的店里来了很多新款式的服装，金莲也忍耐不住想去看看。孙游两家虽说打了亲家，但哥哥孙平跟嫂子萱萱关系一直不好，起因到底是原本两家的隔膜。孙平当兵离家之后，两家就几乎没有什么往来了。见金莲过来，在店里忙碌的萱萱娘忙打招呼："金莲，是你呀。好久没见，愈发漂亮了。""漂亮个鬼吔，从早到晚围着锅台转，早成黄脸婆了。"金莲笑道。"人靠衣装、马靠鞍装，金莲你本钱好，只要有好衣服配，洪城没几个能跟你比。"萱萱娘这样说，"金莲，我这里进了些新货，你看看有没有上眼的？"金莲去衣架边翻看，说："式样很新潮啊。德州进的？""这年头，德州货有些老土了，你看看这上边全是洋文，都是从长沙、汉口那边搞过来的呢。"萱萱娘说。金莲动手翻看柜台上的服装，看中了一条紫色绣花旗袍。萱萱娘忙介绍："金莲到底是大户人家闺女，有眼光，这种旗袍的料子叫香云纱，料细，穿起来透气，又凉快又抻抖。"萱萱娘笑着称赞，又问，"你男人现在到哪儿了，有没有书信过来？"萱萱娘说的是金莲的男人，其实是想借机打探孙平的消息。尽管女儿跟这个女婿的关系不怎么好，但到底那一张薄纸已经把他们两个拉扯到一起了。据常回家的女儿的闲扯，大概可以知道孙平如今已经去了浙江，但是孙平写给家里的信很少，信中更是完全没有过问过萱萱。"没有，好久都没有写信来了。不过，我也很少回去。"金莲边说，还左瞧右顾地忙碌照镜子，自言自语："嗯，我看这件还行。"金莲穿着紧身旗袍在小街上走。几个中年妇女在屋檐纳鞋底，见到金莲就大发议论。"穿这样的衣服，跟打光屁股有什么两样？""就是，里面短裤衩的边边都显出来了。啧啧啧……""男人在外头流血打仗，她倒好，在家里扮俏卖骚。"风吹耳边过，金莲其实都听到了，只是不想理睬。她故意挺身扭腰往前走，一副不屑一顾的样子，同时又有些掩饰不住的心慌。说实在的，她记挂着自己在前方打仗的男人，非常牵挂。很多个夜晚，她都整夜失眠，只是她是个要强的女人，她不愿意让别人看到她的软弱，因为她受不了别人的所谓"同情"。

那天，覃飞背着个大竹背笼从街上回来。他穿着一件陈旧的家机布做成的夹袄，面色瘦削，胡子拉碴，个子挺高，但驼背弓腰，完全没有了当年当团长时的一点点风采。他自从辞官之后，大部分时间是住在山江老家山旮旯里的——那里还有他家的一处庄园，虽说有些破旧，但与世隔绝，生活还是很安逸的，这比较合乎覃飞当年辞官时的"隐居"初衷，也省得在城里听人家戳背脊讲闲话。乡下的日子倒是好，镇日长闲，只是生活难免拮据些。住的差点覃飞倒是无所谓，但他有点好酒贪杯，肉菜是离不开的，故而他总会过一段时间就骑马进到洪城，买些日用必需品回去。今天，他的背笼又是满满的，有几块熏得发红油亮亮的腊肉，有海带、桂圆、酱油、香醋，当然还有盐巴，也买了一些在城里才能买到的其他东西。背着沉甸甸的背篼，覃飞像个驼背蛐蛐一样回到了自己的石头院子——这座当年也算得豪华的院落如今颓废了，显出败落的样子。覃飞执意回到老家的山旮旯跟小儿子高如去住，老婆子却没有跟着去：一来山区潮湿多雨，这个宅子如果常年空着，没多久就会剥落坍塌；二来家里还有个出身"大家闺秀"的儿媳妇，金莲在那山旮旯里可是一天也待不住；更主要的还是自己那个老婆子很挂念啸天，住在城里，也许还能时不时收到些啸天从前方传回来的丁点信息，要是下了乡，那可就完全成个聋子了。

覃飞气喘吁吁地进了院子，老婆子没有出来迎接。往常她都是要来到门口迎接、帮手的，心想也许老婆子也上街去了，只好在石头门墩上歇息了一阵，喘定之后才双手提拉着背篼进到里屋。婆娘却没有外出上街。她一个人默默地坐在窗户边的一张靠背椅子上。她目光呆滞，还似乎眼中带泪。"五凤，怎么了？"覃飞就地放下了沉重的背篼，问。老婆子没回答，却去用手背擦拭眼泪，眼泪反而扑簌簌掉落下来。"哪儿不舒服吗？"覃飞走过去打算摸她的额头。"没有呐。"老婆子推开他的手，冷冷地说，"啸天来信了。""啸天来信了？"覃飞也有些急，"他……他怎么啦？""也没什么事。"老婆子从抽屉里取出一个经长途辗转被弄得皱巴巴的信封递给覃飞，说，"你自己看吧。"覃飞便急急打开信看，过来一会儿，说："不就是要上战场嘛？值得你那么哭哭啼啼的！"老婆子说："我晓得当兵嘛总是迟早要上战场的，只是，啸天万一有个什么好歹，我们可怎么办？"覃飞自然也有些担心，只是不愿在老婆面前显露，怕丢了大男人的面子，于是安慰她道："放心，啸天聪明着哩，不会有事的。他年纪不算太大，你看他经过了多少的仗火！""那倒也是。"婆娘擦干了眼泪，说，"你那信还得仔细往下看，看你儿子胡乱说的些什么。"覃飞于是又看了一遍，看到了关于让金莲改嫁的事。其实，覃飞不是先前没有看到这一段，只是对儿子生死的关注压倒一切，其余则变得无关紧要了。眼下，儿子的生命没有问题，那个不显眼的问题就突然变得显眼了。这的确是个棘手的问题：在这个地方，所谓"改嫁"其实也就是休妻的意思了。婚后，金莲和啸天虽说感情不算太好，可也算过得去。作为媳妇，金莲其实还是挺不错的，她没有大户人家小姐的那种傲慢和懒惰，什么家务活都干，尤其是老团长覃飞下野之后，家中日子过得有些拮据，但她毫无怨言，和婆婆一道共克时艰。当然，她的缺点也是明显的，就是有点野性泼辣，作为人妇，这倒是一个大忌。虽说如此，但要将她"休掉"，作为婆婆的唐五凤是无论如何也说不出口的。"啸天的话你也不要完全当一回事。"覃飞在整理他的日用品，说，"上战场的人，脑子常常会短路、恍惚，说出的话虽然真实，却往往言不由衷。”“我也是这么想的，但儿子那想法也很可怕啊。”唐五凤说，“啸天在信中交代了。可这事情我们又如何跟金莲说呢？”“不用管它。什么也不用说。”覃飞把包裹好的一应物品驮放在院子里的一匹大马的马背上，说，“过些天，没准啸天早把这事忘记了。”“嗯，也是。”唐五凤觉得也有道理。“爹，你就要走？”这时，金莲回来了，屁股绷得紧紧的。“嗯呐，天色不早了，路远着哩。”覃飞一看媳妇那紧绷的身子，心里有些不悦，说，“金莲，你那穿的是什么玩意儿？”金莲也低下头看了看，脸上有点红，但还是嘴硬：“什么玩意儿？爹，这可是上好的料子香云纱，透气，凉快，好东西。”婆婆唐五凤附和丈夫的话：“金莲，快，听你爹的话，把它换了。你已经嫁了人，不比在娘屋做女，打扮要稳重，不要搞得那么花哨，人家会背后讲闲话。快……”“不！”金莲边往里屋走边说，“谁爱讲什么就讲去，骂了风吹过。”“唉！爱穿你就穿吧。”唐五凤无可奈何地叹了一口气，又说，“金莲，啸天有信来了。”“啊？啸天来信了？”金莲急忙从里屋跑出来，“在哪？”唐五凤便去桌子抽屉里取出两封信，把写着“金莲”的那封递给她。金莲捧着信，心情担忧而急切，急忙忙进到里屋去。

驾！覃飞拍了一下马屁股，扯着缰绳，将马转动身子，牵出了院子。唐五凤将丈夫送到院子门口，看着丈夫有些佝偻的身影消失在石板巷的转角处后才回来。来到大门口，却听到里屋金莲嚎啕大哭的声音。唐五凤知道金莲为什么伤心啼哭，本想进屋相劝，但觉得自己也找不到什么可以劝慰媳妇的话语和理由，不如就让她好好痛快哭一阵吧，等她把压抑在心底的酸楚发泄出来也许更好些；此刻去劝，兴许会是帮倒忙。唐五凤于是退了回去，来到门口的院子里拾捡枯枝败叶，打扫卫生。过了一阵，里屋传来的哭声渐渐就变小了。感觉应该没什么大事了，唐五凤背上个背篼出门上街买菜去了。出门一个多时辰后，唐五凤背着一兜白菜几根甘蔗和一些杂物回来。“娘腿脚不好，要上街怎么不叫上我？”金莲已经没事一样来到门口帮婆婆接下背篼。唐五凤放心地望着媳妇，说：“我的腿也没什么大事。老寒腿，走走倒还活络些。”金莲提着背篼进屋，说：“饭都煮熟了。娘想吃点什么菜？”唐五凤说：“我买了些卤菜回来，就在背篼里。”“娘真好，晓得我最喜欢卤肉的了。”金莲从背篼里取出菜，说，“我去后园掐几根葱。”“去吧。大蒜也掐几根。”

连续的几天阴雨，院子湿漉漉的，但仿佛有日头在云层后闪动，金莲的心情一下子就好多了。新鲜的空气带着有些甜蜜的气味，那是坠落在草丛里熟透了的柿子散发出的味道。她拔了一把葱，那白生生的葱头也散发着一种特别温馨的味道。她突然就想起啸天来：他如今过得怎样？能吃到可口的饭菜吗？他那么决绝的来信，肯定不是他的真话。也许，他的处境真的是糟糕透了！从云雾里透出一些阳光，刺得她的眼睛有些发花；菜土蒸发出的潮热和远处深巷子里“卖敲敲糖吔”的叫卖声使她突然变得伤感，从眼睛里涌出了几滴泪。

其后几天，婆媳俩也就这样照常过日子，都不提啸天那茬事。令唐五凤诧异的是，金莲似乎比往日更勤快了，忙里忙外不歇停。多日阴雨，恰巧那几天出了太阳。暖暖的，照得人身子和心都暖暖的。金莲就把自己和婆婆的被子都撤了，放在大脚盆里用茶枯水搓洗，又用背笼背到河边漂洗，摊在河坝的大岩板上晒干，回家后摊开竹篾晒垫，将被子缝合好……

陈年的絮被散发着太阳的味道，唐五凤觉得那一夜睡得尤其香甜。第二天，唐五凤醒来时，从木格子窗往外望，已经日上三竿，感觉会在媳妇面前出丑了，于是慌忙爬起来，边梳头，边喊“金莲，金莲”。没有听到回答。唐五凤梳好了头发，包上青丝头帕，出了房门，没见到儿媳妇，便念念叨叨地去厨房打算做饭，进到厨房，揭开锅盖，腾起一阵烟，锅里搁放着热腾腾的早餐。唐五凤感觉有些讶异，有些奇怪，突然有种不妙的预感。她慌忙退出厨房，往金莲的住房跑去。

金莲的住房收拾得熨熨帖帖，干干净净。书桌上，用小瓷瓶压着一封信。

爸妈：我去找啸天了。请原谅媳妇不辞而别。啸天说他就要上战场了，在这样的时候，他的妻子应该跟他在一起——无论生死。自从嫁过来，爸妈待我视如亲生，请原谅媳妇今生今世无以回报。

我走了，你们不用挂念。我知道啸天的部队驻扎在哪里。找到他，把我要对他讲的话讲完，我就会回来。请二老保重身体，尤其是冬天。好在冬天就快要过去了。

第五章

因为要夜袭，队伍前一天晚上就被隐秘地安顿在郊外一间破旧的祠堂里。离出发的时间还早，覃啸天命令大家休息养精神。兵员太多，祠堂挤得没处安身，小佬便钻到厨房去，歪着困在伙房屋里的灶门前睡觉。“起来，起来。”半夜里，一个军官冲进厨房踢了他一脚。睡眼蒙眬的小佬急忙忙爬起来往外跑。他还睡意未消，懵里懵懂，只觉得整个小镇全闹腾起来了，各处都是狗叫。小镇场坪黑压压的士兵队伍在集合列队，小佬慌乱地进入队列。夜袭大队长周西青没有立即训话，而是很凶狠地在队伍前来回走。他的眼睛到处看，突然停在小佬的脸上："你，出列！"小佬出了列，吓得脚有些抖。周西青问："什么名字？"小佬回答："游……游小佬。""新兵？""是。""看你那身松垮垮的行头，就晓得你他妈的是个新兵蛋子。"周西青蔑视地道，"赶紧待一边去把行装整理好，然后跑步跟上队伍。""是！"小佬忙到一边去整理背包。队伍整理完毕，周西青说："下面，请总指挥覃团长训话！"夜风中，覃啸天的声音有些嘶哑："弟兄们，这一仗是我们与日本鬼子的第一次交锋，一定要打出中国人的威风，打出湘西人的威风，打出竿军的威风！近战夜战是我们的拿手好戏。我们就是要趁敌未稳，来他个猛虎扑羊，活人杀死人，力求速战速决。好，出发！"

一弯新月，云层很重，大地一片朦胧。一支服装杂陈的队伍在平原悄悄前进。小佬走在前头，后面是黑压压的步兵。晚风拂过，小佬突然感觉有些畏寒畏冷。"喂，小子，你害怕？"旁边的大个子兵问他。"不怕。"小佬说。"不怕，你娘的牙巴骨抖什么抖？""我……感觉有点冷。""没打过仗？""没有。""想打吗？""想。""为什么？""当兵不打仗会把人废了。""对，不打仗当什么屌兵？"大个子兵大声说，"有仗打才过瘾，没听人说过吗，没打过仗的兵不是兵，没钻过洞子的男人不是男人。"旁边的兵全笑了。小佬也没顾及别人的嘲笑，加快了脚步。他主动赶上去，走在小天师的旁边。他的牙巴骨还在抖。小天师回头："小佬，怎么了？害怕？""不怕。只是忍不住抖。"小佬说，"你有没有好法子帮我止一下抖。""你那就是害怕。还嘴硬。"小天师就伸手去挂在腰间的包里一阵摸索，好半天摸出一张画着些繁复曲线的黄色字条，沾了点口水，往小佬额头上一拍，小佬的嘴巴果然就不抖了。"原地休息！"从后面传送来命令，士兵们便分散在一块河港边的平坝里歇气。几匹马踩水撵了上来，泥路上的积水坑里光斑跳荡闪耀。覃啸天从马背上跳了下来："小佬呢？小佬。""我、我在这里。"小佬应答着迎上去。啸天把一张布地图往地上一铺，一个电筒照了过来。啸天："快说说，我们现在的方位？"小佬用手指着地图："从这里过去，前边是一条小溪河……""行，传我的命令。"啸天对传令兵道，"传令急速前进。不准说话，不准出声，不准抽烟，谁误事就地处斩！"队伍被重新集结，开始了急促的行军。

枫泾镇模糊的影子越来越近，偶见星星灯火，空气中弥漫着呛人的焦味。来到镇头，队伍被分散开来。小佬的队伍在杨连长的带领下丢开了大路，穿过一片凋敝的菜地，从一条小巷往城里去。曲折着穿过几条巷子，没一会儿就摸到了一间巨大的青砖封火筒子大院的对面。院子很大，黑色的很高的院墙像个挺立在当门的怪物，小佬感觉有些莫名的窒息、胸闷、烦躁。他的五指在黑暗中紧紧抓着长枪的扳机处，他感觉自己的手心已经出了汗，夜风吹来，手板心凉飕飕的。周西青躬身过来，躲在一处临时的掩体后面，指着前面不远处的模糊建筑物问：“就是这座院子吗？”“嗯。是的。”小佬轻声回答。“里面住的有多少兵？”“说不准，应该有一个排。”“好，你先等等。”周西青回转身去，“拽拽连长，快去把你的突击组队伍带过来。”后面的人都稀疏地散落在不远的地方，杨连长便悄悄地退回去。“突击队的，都跟上，快！”随着连长的召唤，队伍重新集结在一起向前推进。走着走着，不远处似乎突然有声响，杨连长闻声忙把手一挥，众人便全闪避到街边，紧挨着人家的板壁。靠在板壁边站着的小佬有些紧张，他极力睁大眼睛，像警觉的野猫。木楼板壁薄得能听清孩子的鼾声。响声越来越近——原来是一个日军游动哨兵。日军哨兵训练有素，很是警惕。他把枪挂在右边的肩膀上，两只手却是随时端着枪的，帽子后头的披布在风中扬起，厚重的翻毛皮靴很有节奏，石板铺成的狭窄街道被叩击发出单调恐怖的声响。“散开，卧倒。等他过去就动手。”杨连长轻轻说。但是那个哨兵却突然折了回来。他的巡逻路线很有规律，一直是在这座院子前的巷道里走。看来他不是流动哨，而是专门负责这座院子保卫的。班长龙五斤和小佬挨在一起。小佬看见龙五斤突然有些发抖，便问：“猴哥，怎么啦，你这个老兵也害怕？”“不、不，我……怕条卵……”但龙五斤声音明显带着颤抖。“杨连……”小佬打算向连长汇报，却被龙五斤一把狠狠抓住。他那瘦得鸡脚杆一样的手竟然那么大力，像把老虎钳子。小佬抽出手还眼冒金花。看着龙五斤难受的样子，小佬说：“你这样如何行？”龙五斤咬着牙，说：“快点找根布带子给我……”小佬不知是什么意思，但还是赶紧在包里找到一根备用的鞋带子。龙五斤接过鞋带，便猴急地扯开自己宽大的裤头。小佬莫名其妙，正不知他在弄什么鬼，突然见他手拿绳子伸进裤裆使劲扎住，半晌，才长长地舒了一口气，说：“咿呀，这下子没事了。”龙五斤重新拢上裤子：“小佬，多谢你。你简直是救了我的命。”小佬这才朦胧明白龙五斤是鸦片瘾又发作了。民间素有传说，用力扎住那玩意的根部可以应急缓解烟瘾。小佬从来没见过，这一回觉得这绝招不仅仅是个传说。“猴子！”杨连长突然喊他。“我、我在这里……”好不容易刚刚缓过气来的猴子回答得有些迟缓。“过来。快点！”等龙五斤慢慢过去后，杨连长在黑暗中对他道：“你带两个弟兄跟着那个家伙摸上去，搞掉他，一定要手脚快，不能弄出声响来。”杨连长还交代说搞掉那个哨兵后就攀着墙边的那棵大柳树翻墙进去，并设法尽快打开侧面的小门。“要得！”龙五斤回答着，且叫了两个人过来。他们悄悄潜进了夜色。龙五斤沿着寨墙脚下走近栅栏门，突然冒起，一手就把匕首捅进他的胸脯。他在手板心里吐了一口唾沫，双手抱着一棵大柳树几下就攀上了高高的院墙，撮着嘴学猫头鹰叫。“上！”杨连长把长刀一挥——月光下那长刀寒光猛然一闪。一群起伏的黑影急速地向那座封火筒子屋靠近。小佬跟着队伍往前跑。近在咫尺的血拼令他既紧张又血脉偾张。他紧抓着长枪扳手的右手手心又变得汗津津、凉飕飕的。他把手松开，在衣服的下摆擦了擦。他的手不敢离开太久，胡乱擦过之后便重新去握紧了它。糟了！他的心里突然一凉，而且这股凉气从心脏猛地冒出，直冲到脑门顶。他感觉自己是抓错地方了！他的手指不自觉地钻进了扳机而且抖动了一下。他，看到自己头顶的枪口猛地喷出一团火。砰的一声枪响，一道流火星子斜冲而上，划破夜空，击碎了平原的死寂。只在眼前朦胧闪现了一下的“猴子”的孤单身影从院墙顶突然消失了，他一纵身跳进了院子……“卵？！”小佬呆住了，他感觉自己身边兄弟们有些紧张的微微喘息声突然没有了。一种可怕的结局已经迫近。他的全身的神经一阵痉挛，汗毛倒竖。“娘卖的，是哪个狗杂种？”正紧张地远着院墙往前靠近的杨连长回头便破口大骂。拽拽连长脸色苍白，眼睛鼓得像桐子。

偷袭枫泾镇的战斗是从10日午夜开始的。按计划潜伏在枫泾镇外菜地里的啸天团主力应该是在看到尖刀连发射的三颗信号弹的时候，从镇子的西、南两门突入展开进攻，但这一次不经意的走火造成了混乱，打乱了整个的部署。枫泾镇的巷子大多很窄，两边皆是高低错落的砖房木屋。枪声一响，镇子的东隅突然响起了一阵狗吠——它惊动了某家人蜷缩在门边的狗。在它的召唤下，整个镇子的狗便一齐喧啸起来，而且镇子的某处突然响起锣声来。领兵突进的覃啸天见情况突然，有些急。他迅速地跃上一块石头上，抽出腰刀喝了一声：“日本人还在睡觉，马上强攻。打死一个赏大洋5块，弟兄们，冲啊！”攒动的头颅，波浪般起伏的士兵身影从枫泾镇的两个破烂的城门蜂拥而入。那会儿，猴子龙五斤已经爬上了墙头。他一纵身从墙头跳下。他轻手轻脚，尽量不闹出声响，往大门边挪动，打算去开院子的大门，却突然听到了院墙外猝起的一声枪响。“卵！”猴子心中咯噔一下：枪声肯定会惊醒鬼子，如果他们这时候出来，而大门却还没打开怎么办？他有些慌乱，背脊上像是爬满了蚂蚁。果然，枪响过后一会儿，正对面的大屋厅堂的木格子窗大门“嗵”的一把被人推开了，一个光头日本军官出现在门口。“砰——”军官手中的驳壳枪挥起就照着门扇边猴子模糊的身影开了一枪。龙五斤急忙一躲闪，呼啸飞来的子弹洞穿了厚厚的门板。“必须赶紧把大门打开！”他想，于是趁着间隙，一把向着大门猛扑过去。他拉动门闩，厚重的大门在夜风中发出沉重的声响缓缓开启了。日本兵已经在厅屋前的台阶上列成了一排。砰砰砰！他们朝大门方向疯狂扫射。没来得及再骂，已经听到院子里有了动静，有哨子声，还有日本鬼子“哇哩哇啦”的嚷嚷声。杨连长急了：“快点，对准大门口，架好机枪！”两个机枪手猫着腰跑过来，在院子大门的对面选定了一堵断墙把机枪架好了。这两个机枪手都是新手，经验不足，但动作利索，煞有介事。他泥鳅一样地溜过来，就一个鲤鱼打挺直挺挺卧倒而下。“娘卖的，快，机枪的脚架还没有放下！”他想笑，却没敢笑出声来。“喔，晓得了，脚架。”机枪手于是重新坐起来，把机枪的脚架弄好了。蹲在机枪手后头的杨连长侧耳听了听院墙里的动静，又喊：“二排三排赶紧分散，围住这个院子！”两行黑影便如两条溜动的黑蛇沿着院墙的墙根而去。这时，那老地主家厚重的大门“嘎吱吱”在寒夜的冷风中艰难地打开了，一溜黑影出现在大门口。连长一声喊打，断墙后火舌喷出。院落四周，杀声四起，士兵翻越墙头往里扔手榴弹。日军抵抗，被手榴弹炸死。“啪！啪！”枪声不断。周西青幽灵般摸进了日军营地。他用食指蘸了一点口水，在窗户纸上弄了个小洞。屋里横七竖八一片模糊。大部分日军都在熟睡中。周西青手一挥，大刀队摸过来，摸见穿衣服的就是一顿乱砍，日军营地一时鲜血四溅。被惊醒的日军，一看情况不对，大喊：“支……支那人！”还没等他起身反抗，很快就挨了一刀，结果了性命。后续部队摸进一条长长的街巷，但前面突然发现了鬼子，陈范忙吩咐抽出马刀，在街巷两旁散开。有一排日军闻讯过来增援，陈范手一挥，竿子兵们便举着马刀向日军队伍冲去。没料到会拼白刃战，带队的少佐急忙下令：“装刺刀！”还没等日军反应过来，大刀队已然冲过来一阵乱砍，日军出现了混乱。“弟兄们，追上去，冲啊！”覃啸天指挥的主力梯队从后面杀来了。日军两头受到夹击，不敢恋战仓皇从东南门逃窜。“小佬，赶紧跟上！”杨连长命令士兵们往前追。“不……”走了两步，小佬却退出了队伍，发疯般冲回院子去。院子大门紧闭，他用力推门，无济于事。小佬便急忙爬树从院墙头翻了过去。跳进院子，眼前是一大堆血肉模糊的尸体。小佬在一大堆死尸里寻找着，寻找着，终于发现了班长。龙五斤的脑壳被子弹贯穿，血流满面，额角上挂着些白色的浆汁。“猴哥，猴子大哥啊……”见到这样的惨状，小佬忍不住就嚎啕大哭起来。“我还没死呢，你哭些什么？”死人堆里突然有人说话。小佬一愣，看见龙五斤微微睁开了眼。龙五斤说：“莫哭，我这一辈子什么没见过，和日本鬼子死在一起，值了。小佬，你……还是个没开过叫的小鸡公啊，一定要活到把鬼子赶出我们的国门。你的好日子多着呢，没准就能在汉口、德州找一个好婆娘。你一定要保重……”龙五斤说着，嘴巴一阵抽搐，小佬就急忙去翻挂在猴子腰间的小荷包，好不容易找到了一点剩余的白粉。他把白粉放到猴子的鼻子边。“香，好香……”龙五斤享受着，面带微笑，身子却突然一抖，眼睛还是睁着的，但灵魂已经走了。远处，冲锋号又急促响起了。“班长，你好好歇着。等着我。我定会回来接你。”小佬陡然起身，鞠躬后攀墙出了院子。

浓浓的硝烟随风散去。一场夜袭，日军仓皇逃窜，枫泾镇又重新插上了青天白日旗。128师的士兵们忙碌着清理战场，在各处收捡战利品。“嘿，军长不给咱补充装备，倒是倭寇送来了！”小天师缴获了一根长枪，擦拭着。突然一阵哄闹，小天师抬头看见好多人在一处小坡地围着一门黑黢黢的大山炮，便跑过去：“杨连长，这是你们搞到的？”头上缠着白纱布的杨连长用宽大的手掌拍着炮管，自豪地说：“那还能有假？”“真是个好家伙。”不久，周西青赶到，上前摸着黝黑的炮壁，道，“只是，这玩意还能用吗？来，调转炮头，咱们试它一家伙！”“是！”炮兵马上跑上前去，同时调整炮筒，熟练地将炮口调转一个方向，对着日军驻扎的方向，并把一发炮弹装填了进去。小天师等激动地等待着，周团长却没有下令。满脸黑污的小佬着急地：“放炮，打呀！”“搞不得。”小天师大声喊，“那边有人过来了。”众人看见是团长覃啸天怒冲冲地跑过来。“好玩吗？告诉你们现在可还不是玩的时候。”覃啸天大声命令，“都赶紧去把工事都再加固一遍，越快越好。敌人可没睡觉，会马上过来反扑的！小佬，你们几个，赶紧跟着我一起去昨晚的那个院子看看。”小佬等几个兵急忙跟着团长走。大院外的石板街一片狼藉，遍地死尸：掉了脑袋，缺了胳膊的日寇尸体横七竖八。打埋伏的那条街巷铺上了一条深红色的地毯——满街是凝固的血。“细心检查一下，有能够用的枪支弹药军刀等都捡好拿回去。”覃啸天指挥着几个士兵，又对小佬说，“小佬，你赶紧进院子去看看。”小佬急忙来到院子门口，使劲推却推不动。“怎么搞的？小佬，快点。”“大门被堵住了，怎么也推不开。”“推不开？为什么？”覃啸天问。小佬没说什么绕到院墙边，一把翻墙进去了，另外的几个兵也翻墙而入。小佬等翻过高墙进去了好一阵也没开门。啸天急了，大声喊：“怎么搞的，小佬你快点！”“没办法……被死人堵着呢。”小佬喘着粗气，似乎在吃力搬运。好不容易大门露出了一道小缝。众人便用力往里推，好不容易推开了一条大些的缝来。覃啸天从门缝里钻了进去，闻到一股恶臭，门口堵着十几具日军的尸体：有的抛肠露肚，有的身首分离，也有些完整的尸体。院子里一片狼藉。他看见“猴子”静静地躺在地上，嫩豆腐般的脑浆流溢出来，那本心爱的《边城》浸湿了。就在他的身边还有两具敌人的尸体，老兵那双条条青筋暴露的手还紧紧地攥着那杆仿汉阳造步枪，刺刀深深地插在一个日本鬼子的左下腹。龙五斤已经失去光彩的眸子，透过葡萄藤蔓的间隙盯着遥远的蓝天。啸天也发呆地顺着龙五斤眼神的方向看，蓝天湛蓝无瑕，和故乡见过的一个样。但忽然就飘过一缕缕黑色的硝烟，像是有人在靛青土布上泼洒了墨水。啸天突然想，以前在老家，自己也打过很多次仗，但感觉心里都是懵的，好多人昨天就是自己的朋友，还有的甚至就是亲戚，突然却要端起枪，向对方扳动枪栓，扣动扳机……他不知道为什么要打这样的仗。此刻，自己的弟兄就躺在身边，昨天还是生龙活虎的一个兄弟就这样突然没有了声息。一股复仇的情绪猛地攥紧了他的心。这一次，他感觉心里踏实多了，因为他知道跟谁打仗，为什么要打仗。啸天弯下腰，看了看“猴子”仍旧调皮地微微笑着的脸，伸出右手的手指，轻轻为“猴子”抹合了双眼，又把掉在一旁的军帽给他戴上、戴正了……

鬼子已经撤退，但大家却没有一丝胜利的喜悦。这次战斗，啸天团死了200多人。都是千里迢迢从湘西老家来的战友，仅仅一个晚上，阴阳两隔，人们一下子还很难接受。小佬很是沮丧，猴子班长嫩豆腐般的脑浆流溢出来的惨状深深刻在他的脑子里——沅水边神气地挥动着小旗，大青树下机敏地捉住了自己出千的手，绘声绘色讲起那些去乡下捉土匪砍脑壳，一纵身翻上鬼子大院的高墙……种种景象纠缠在他的脑子里。一个多么鲜活有趣的生命，如今却惨死在异乡，将成为孤魂野鬼。龙五斤的尸体还停放在一处破庙里，连同其他十几具同伴的尸体打算明天挖大坑集体掩埋。小佬很是不忍，想到一个主意，便去找小天师。小天师被紧张的战斗折腾得筋疲力尽，倒在一棵大柳树下瞌睡，鼾声如雷。小佬在他身边坐下，等了很久，那家伙还是不醒。小佬便扯了一根狗尾巴草，往他鼻孔里挠。“鬼！鬼！”一个很响亮的喷嚏，小天师睁开眼猛然看见面前一个黑乎乎的大脸块，吓得不轻，认出是小佬，才说，“小佬，莫乱搞，人吓人真的会吓死人哩”。小佬咧着嘴笑：“你小天师也怕鬼？”小佬接着说，“饿了吧？”小佬从裤兜里摸出个东西在小天师眼前一晃。“日本罐头？”小天师很是吃惊，“哪儿弄的？”“莫管是哪里弄的。想不想吃？”“当然想。刚才我做梦还梦见吃了一听日本罐头呢。”小天师边说就一边把手伸过去。小佬把罐头缩回来，说：“放心，这个罐头就是你的。不过，你得帮我办件事。”小天师问：“什么事，你说！”小佬没吱声，眼泪却扑簌簌掉落下来。小天师有些慌乱：“小佬，莫这样，莫这样。有事就讲。”小佬还是很久都没吭声，隔了一阵突然问：“哎，小天师，这几天我困着没事老在想，你上次说兴隆场那个土老司上刀梯，那到底是真刀假刀？”“天天打仗，不晓得什么时候脑壳搬家，你狗日的还有心思琢磨这些？”小天师坐在地上玩一只黑色的地牯牛，“好，那我告诉你，那刀绝对是真的。”小佬便从腰间抽出一把刀，用手指刮了刮锋利的刃口：“嘿！那……这个土老司不是很牛？”小天师：“当然啦，那个土老司可有名了，他还会赶尸哩！”“会赶尸？”小佬说，“我也听讲有个在云南做官的人死在任上，土老司把符贴在死人脑门上，唱歌念咒，死人就跟着他用跳跳步逢山开山，遇水蹚水，花三个半月日夜兼程归了屋。”小天师说：“那倒是一点不假。”小佬便一把将罐头扔给小天师，赔笑着：“哥，我今天就求你给帮个忙。”小天师不明白：“帮什么忙？”小佬抬头，望着西北方：“哥，你帮忙把猴子班长的尸体赶回腊尔山去！”小天师一下子蒙了：“这……这个……搞不得……”小佬却突然一把跪在他面前了，泪水大颗大颗滚落：“天师大哥，就算我求求你了。让猴哥回家吧，我们不能让猴哥变成漂泊他乡的孤魂野鬼啊！”小天师一把抱住了小佬的头，也哭了。他轻轻抚摸着小佬硬刺般的乱发，抽泣着说：“小佬，对不起。都怪我这个哥当初贪玩懒散，学艺不精啊。”

“杨连长，你们连赶紧去组织些老乡，多找些锯子柴刀去把镇边的树都砍掉。”覃啸天大声喊叫指挥。“团长，砍树干什么？”杨连长疑惑地问。“多砍些树，把通往枫泾镇的公路口扎实拦住，不能让鬼子的装甲车顺顺当当开过来。”杨连长点头打算离开，啸天又交代道：“机枪和迫击炮的视线不能挡住，镇外围防线以外的那几间屋的屋顶要掀掉，大树也得砍。”杨连长于是带着两个排来到附近的民居点。“乡亲们，鬼子就要进攻南星了。为了阻挡日寇的进攻，国军将设置路障，各家各户都把你们家里能用的木料、石块捐献出来！”一个戴着瓜皮帽的人，拿着个洋铁皮喇叭挨家挨户喊。听到村长的喊话，家家都忙碌起来。村子中间的一块空坪，不一会儿就被各家搬送过来的木料堆满了。杨连长带着几个兵经过一户人家，两块大门扇已经被撤下来扔在大门口，一个汉子正在用铁扦子用劲撬动木屋的板壁。杨连长忙说：“老乡，这几块门板我们搬走，板壁你就不用撬它了，房子没了板壁还如何住？”“长官，挡不住倭寇，哪有得地方住？”汉子却并未停手，说，“来，叫你们的几位兄弟帮帮手，把这一线板壁全撤走！”杨连长十分感激：“老乡，太感谢了！”“感谢什么？”汉子说，“你们丢开父母妻儿来这里跟倭寇作战，命都不顾，我们拿出几块烂木板算得什么！”几个士兵便去帮着撬板壁，足足装了高高的一辆板车。汉子又进屋扛了把锄头出来，说：“长官，你们不是说要石头吗？我们这平原地方石头可是真的稀罕金贵。来，我这院子平坝的石头都是刚铺的，都是从福建那边大山区弄来的，也许派得上用场，你们都撬起运走吧。”这一次，杨连长没再说“谢谢”，因为垒暗堡筑工事正需要大块的石头。杨连长便让士兵们撬石板。“老爷子，早啊！急匆匆要去哪里？”汉子看见一个白胡子老头拄着根拐杖往这边过来，忙打招呼。老者说："去找国军长官呢。"汉子说："那好，国军的杨连长正在我这儿呢。"杨连长忙上前去："大爷好。您老找我们有什么事？""不是说你们打仗要木头吗？"老者说，"我家里有，就是太重了，我老了，搬不动了。""喔，那就太谢谢了。"杨连长忙叫了几个士兵，"走，我们跟着大爷上他家去。"走过村子中间的大坪，转进一处巷子，又弯弯曲曲绕了很长的一段路，才来到了老者的院子。这是一户还算殷实的人家，高墙大院，庭院深深。老人说他儿子在海外做生意，赚得些钱就在家乡修了这座大屋，但儿子一家都住在国外，这间大屋就自己和老伴居住。白胡子老者领着杨连长进了院子，穿过堂屋，走过一条麻石甬道来到后面的厨房。他指着厨房边一间茅厕的门，说你们进去，木料就放在里边，有十好几根呢。杨连长推开门，看见两张四脚长板凳上果然整齐横搁着十几块粗壮坚实的大树板料。心中立即一沉，心想：这不分明就是老人家的棺材板吗？他上前去用手指量量，每块约五寸厚，仔细看看，又弓下腰，用鼻子靠近木头闻了闻，大惊：天哪，这可是昂贵无比的金丝楠木啊！杨连长急忙退了出去。"怎么样？能不能派上用场？"老者见杨连长出来，忙问。"能，当然能。用这样的板材做出来的工事一定就是铜墙铁壁啊！"老者说："那就好。我老了，上不得前线打鬼子了，这东西能派上用场，也算得我们家祖宗积德了。""老人家，您老有这份抗日的心，就是祖宗积了大德的了。老人家，我会把您的心愿转告我们的将士们，有您这样的父老乡亲，谁敢惜命怕死那就是犯罪！"杨连长说，"只是，老人家，你这礼物太金贵，我们不能收呐。"老者忙说："没关系呐，在和平日子那东西可以当作一种显摆，鬼子杀进国门，不堵住那些狗娘养的，命没了，还显摆个啥？""放心。老人家，我们全民奋起抗日，倭寇是秋后的蚂蚱折腾不了多久的。老人家，好好活着，有您老人家显摆的日子。"杨连长这样说，但老人家执意要士兵们把那些棺材板搬走。后来，杨连长说："老人家，这样吧，我把您家的地址记在本子上，这些木料到需要的时候就随时叫人过来搬。"好说歹说，老人才勉强同意了。只是，似乎他仍然心意没有得到满足，杨连长带士兵们离开的时候，有泪水在他苍老的眼眶里旋转。杨连长回到镇中心的大坪，士兵和乡亲们都在忙碌。收集来的木材和石块已经大部分陆续运走。他突然听到覃团长的喊声，"杨连长，你过来。""到。"杨连长急忙赶过去。覃啸天说："镇子东边有个集市，组织些人去把那里的竹篓子都拿到前沿阵地上去。""是。"杨连长不晓得团长要竹篓子干啥，于是就带着百把人涌进那个大集市里满地拣竹篓子。一人一只手上挂上十几个竹篓子抓鸡一样一窝蜂地跑回了前沿阵地。"把竹篓几个几个连在一起，要快！"覃啸天在阵地上来回地巡视，还不停地喊着。大家都忙不迭地从竹篓子上抽出一条细竹片，把它在几个竹篓子之间穿上，然后将竹片两头捏在一起从绑腿或是衣服上扯下一小条儿绑好。“这是做啥子嘛？”小佬叨唠着。杨连长呵斥道：“让你干你就干，莫那么屎少屁多。”覃啸天指挥士兵们把捆成一团一团的竹篓子摆放到了离他们阵地一百米左右的壕沟里，还安排在竹篓子上面加放了一些新鲜的树枝树叶作伪装。

那天中午刚过，果然，日本鬼子开始疯狂反扑了。先是一架侦察机飞过来一直绕圈圈。侦察机回去没多久，一大群军机就铺天盖地覆盖过来。炸弹啸叫着倾泻而下，不大的枫泾镇随即处处是火海。接着，日军的装甲部队出动了，几十辆装甲车和坦克轰隆隆驶过原野。但在靠近枫泾镇的时候遇到了阻遏——通往枫泾镇的唯一一条公路早已被守地军民挖掘损毁。坑坑洼洼的道路中间还有无数大小树干相互勾连纠缠。一个日军军官忙碌着调来大批兵力努力去排除障碍。队伍前进变得十分缓慢。在一处位置较高的保家楼顶上，覃啸天用望远镜往前方观察，较清晰地看到了远处设置的路障区。他看见日军正企图加速清理路障，于是大声命令：“周团长，下令往那边开炮！”在保家楼不远处的一处土台子上，排列着三门钢炮——那是34师新缴获的重武器。听到命令，周西青便有力地挥动了小旗。“轰隆隆——”带着长长火尾子的炮弹砸向路障周围，浓烟滚滚，炸飞的木马和树枝在空中飘飞。忙碌的日军士兵慌忙卧倒。缴获的炮弹不多，山炮的轰鸣声没多久就歇息了。“起来！快，继续清理！”日军指挥官挥舞军刀大声命令，“把坦克车开过来，将这里统统推平！”于是几十辆坦克缓缓地往前碾压，但路障繁复，深坑甚多，前进并不顺利。“命令马队过来，绕路前进！”骑在高头大马上的日军指挥官大声喊叫，而且自己跃马加入了随后奔驰过来的马队。几十匹红的、白的、黑色的大马抛开大路，沿着丘陵山坡穿越树林急速前进。覃啸天在望远镜里看，除了远处有日军在忙碌清理路障外，没看见什么其他动静。旁边的周团长说：“这么长时间鬼子都没动静，我们打炮他们也没反应？”覃啸天说：“我也纳闷，没动静反倒让人担心。”话音还没落，日军的炮弹便呼啸而来。一颗炮弹落在距离一门山炮两米处，车轮被炸飞了起来。轰隆隆！与此同时，日军的炮队开始了更大规模的远距离攻击。天空像被撕裂开一道口子，烟雾弥漫，炮弹掀起的漫天的泥土像黑色的雨线。烟雾稍稍散开，周团长便发现了情况不对，大声喊：“团长，有日寇的马队！”“娘卖的，竟然跟老子玩这一招！”覃啸天大声吩咐周西青，“杨连长守在第一道防线。你赶紧带上机动部队出发支援。”“是。”连长杨拽拽接到命令，立即让部队进行作战准备。

小佬蜷缩在第一道防线战壕里，闭着眼忍受着翻江倒海的震颤和让人窒息的烟尘。炮击停止了，他抖落掉身上的泥土，直起身子，把枪架在沙包上，等待着。一阵狂轰滥炸过后，日军的骑兵联队突然从远处开始山呼海啸般地冲过来。“八嘎——”领头的骑兵喊叫着，边奔驰边举枪射击，帽子的后遮被风吹得平直。马队像无数黑色的山峰。领头的骑兵策马狂奔，却突然马失前蹄。大黑马佝偻着身子，一头栽倒下去。它想重新挣扎站起，但蹄子上挂着一个破旧的竹篓子，怎么也甩不脱。它用力弓缩着身子，突然发力，后蹄又是一滑，便把自己的主人从背上扔出去了。后面的马匹们的噩梦也接着开始了。马蹄只要一踏进竹篓里就再也别想拔出来。战马惊恐地前踢后蹶，却如陷泥淖，无济于事。竿兵们看着马队狼狈不堪的样子，忍不住只顾哈哈大笑。“开枪呀，打！愣着干啥，都是死人啊！”杨连长吃了枪药似的两眼冒光。几排子弹过去，十几个骑兵都中弹后被掀下坐骑毙命，有几个竟被自己的马踩得半死。后头的骑兵见势不妙，慌忙勒住马头，转身后退。周西青用望远镜在远处观察，见状立即下令：“转动炮口，对准日军马兵开炮。”炮弹呼啸着落进了日军的马阵。一些骑兵被打死，有几个则弃马而逃。众人正在兴奋看戏，低沉的“嗡嗡”声又突然隐约传送过来。一大群飞机出现在天际。“趴倒，趴倒。”杨连长大声喊。日军后续步兵的指挥官举着长刀大声喊叫，鬼子的步兵部队如潮水般涌上来了。“打！”杨连长一声令下。砰砰砰！啪啪啪！机关枪步枪一齐向敌阵狂扫，但效果甚微。仗着人数和武器的优势，日军继续埋头向前，一步步逼近防线阵地。“杨连长！”身边的小天师喊，“弹药打光了！怎么办？”一个排长在战壕里佝偻着身子奔跑过来，说：“连长！西面防线已经顶不住了……”杨连长问他：“你们还有多少人？”排长说：“全排剩下不到20个。”此时，日军的工兵已经基本疏通了路障，大批的坦克和装甲车轰隆隆开过来了。黑压压的步兵也冲过来了。杨连长下命道：“撤退！全部向南星桥防线撤退转移！”

日军顺利越过第一道防线后，就直接扑向枫泾镇了。枫泾镇前面是一片小坡，那里构筑的几个小堡垒，可以构成交叉火力。覃啸天亲自在这里指挥。在离枫泾镇约一公里的地方，是竿军的第二道防线。杨连长带领部队撤退到这里。晌午时分，经过一小段时间的休整，日军的散兵线在散乱的灌木林子里纷纷站立起来，像一张大网默默地向前推进。右翼在行进中在一道小河沟耽误了一会儿，后来就涉水渡过去了。左翼得知右翼已经跟上来，补齐了大网的缺口，于是他们的进攻速度加快了。他们不再默默往前走，而是端着步枪奔跑起来。覃啸天指挥部队开始阻击。一颗颗山炮的炸弹在日军推进的地段炸响，有人被击倒，但是旁边的鬼子根本不理会那些倒下的战友，只是像一群机器人一样机械地、冷血地奔跑向前。竿军的全部机枪都哒哒地响起来。日军的几道散兵线变得有些紊乱。有日军的军刀在阳光下一闪，组成散兵线的日军纷纷卧倒，上百挺机枪喷吐出了无数的火舌，企图对128师的阵地进行全覆盖的绞杀。杨连长在第二道防线组织拼死还击，但完全不管用，一个多小时过去，就只剩下了三十几个人。杨连长只得撤退到最后的防线。杨连长报告说："覃团长，怎么办？弹药已经快打完了，我们也没剩下几人了！""誓与阵地共存亡，人在阵地在！"覃啸天说，"这里是最后的防线，弟兄们，我们已经无路可退了。打！""打！老子跟你拼了！"机枪手老吴端着机枪就跳出了战壕，嚎叫着向日军扫去。但他没跑几步，很快就被日军的机枪打倒了。几个士兵冒着枪林弹雨冲出去，把老吴的尸体抢回来。老吴的身子像是马蜂窝。覃啸天一面组织继续反击，一面命令话务员："赶紧摇电话，叫周团长过来支援！""是！"话务员蹲在沟里拼命地摇着手柄电话机。枪声越来越密集，日军加快了推进的速度，黑压压地向前冲来。覃啸天又勾头问："电话通了吗？"话务员苦着脸："通了，但没讲上话就断掉了……"覃啸天转身看看，只剩下十来个人还在硬撑。他掏出手枪："以身殉国的时候到了，弟兄们，冲啊！""冲啊——"剩余的十几个士兵跳出战壕，迎着枪林弹雨奔赴向前而去。话未落音，一颗炸弹就落在了覃啸天身边的土坪上，石子、土末、杂草霰弹似的向四周喷射。覃啸天下意识地往旁边的小战壕里跳，一脚没踩实，打了个闹穿，跌进壕沟里。扬起的泥土斜射过来，掩盖了他。

覃啸天感觉身子沉重，但晓得自己没有死，便死劲撑着爬起来。覃啸天满嘴是泥巴，眼睛模糊。他打算爬出战壕。在滚滚烟尘中，突然，一个人的影子从灌木树丛后奔扑出来。啸天不知是敌是友，急忙猫下身，并把枪送上旁边的一块石头上。一颗炸弹又落下来了，这回是燃烧弹，杂草灌木"呼"地就燃烧起来。不远处的木头房屋也着了火，飘过来浓浓的黑烟。一阵黑色的烟尘飘过，啸天仔细看，却突然发现那是个女人。女人衣衫褴褛，头发凌乱，满脸黑污。在滚滚烟尘中，女人走路跌跌撞撞。一颗炸弹又扔下来。啸天忙一把扑过去，将那人压倒。"啸天，是你？！"啸天一看，一愣，竟然是金莲？！金莲抬起黑污的脸，露出洁白整齐的牙齿惊讶地笑。她的眸子还是那么美丽。啸天大惊："怎么会是你？""啸天！"金莲却不回答，只是一把死命地抱紧了啸天。"怎么搞的，竟然跑到这儿来了？"覃啸天却还是惊魂未定，大声说，"金莲，你晓得这是什么地方吗？""我晓得这里是战场，可我不怕死。"金莲还是死死地抱住啸天，"我收到你的信，就按照邮戳上的地名出来找你了。我以为这辈子是再也见不到你了，老天有眼，可是让我见到你了。"覃啸天哭笑不得，还是没有收住火气："你晓得这儿是战场，可你晓得战场是什么意思吗？这儿不仅是战场，还是最前线，你晓得吗，这里天天在死人，每时每刻都在死人！你是来送死的吗？”“就算死，我也是要出来找你的。啸天，我只想告诉你，我是爱你的。你不能就这样休了我。”女人很是娇甜的样子，“啸天，我想你，想死了。”金莲抬起头就狠狠在啸天干裂、发黑的嘴唇上啃了一口。啸天无奈地道：“金莲呀，我看你不是想我想死了，而是真的想死了！”“死了又怎么样？”金莲眼中含泪，“啸天，你若死了，我活着干吗？”啸天真是又想哭又想笑。“轰——”的一声，一颗炮弹呼啸着飞过来，就落在他俩身边不远处，溅起乱箭般的泥尘。“金莲——”啸天一把将金莲按倒了，用身子覆盖着她。在努力想将金莲扶起来的时候，啸天突然发现金莲的眸子里突然有一丝惊恐的亮光一闪。啸天回头，透过杂木树林枝丫的间隙，见到有许多影影绰绰的人影——那是默默在林子中向前推进的日军。夕阳斜照，那些端在鬼子怀抱里的钢枪不时闪烁着光斑。“鬼子？！”金莲惊恐，身子在微微颤抖。看见鬼子，金莲也许真正体会到战场是什么了。“金莲，莫怕！”啸天努力安慰她，拉扯着她的手，“走，往这边走。”啸天拉着金莲的手躲进一处小树林，但那里光秃秃的，如何能躲藏。金莲浑身哆嗦，她知道死神真的来到眼前了。显然前面林子里的日军已经发现了他们俩。日军举起枪朝这边射击起来。子弹“嗖嗖”地飞过来，弹起地上的黄褐色的草皮。啸天忙拉着金莲匍匐在地上。“八嘎，捉活的——”一个持枪的日军大佐在喊。戴着钢盔，后头飘着布帘的士兵端着枪开始收缩包围圈。啸天从屁股后面摸出几个手榴弹，一字排开在面前的草地上。他拾起一个，取掉铁盖，拉扯引线，手榴弹从屁沟后面的小孔里嗤嗤冒烟。覃啸天挥动手臂，往正前方的林子里扔去。手榴弹在杂木林子里“轰”的一声爆炸，日军的士兵们立即卧倒在地。过了一会儿，那些匍匐的影子重新开始蠕动。有人从地上爬起来。啸天拾起另一个手榴弹，咬开铁盖，正打算拉扯引线，却突然听到一阵“杀呀！冲呀！”的呐喊声从后面传来。“啸天，是湘西人的部队！”金莲敏感地听到是乡音，喜极而泣。覃啸天回头，这才发现团长周西青带着人杀过来。周西青大声喊：“团长，你在哪里？我们来了！”那一刹那，啸天蓦然湿了眼眶：“你们……”周西青带领着部队一齐向林子扫射。一阵猛攻之后，前面的林子里竟然缄默下来——国军的援军相继赶到，强大的火力终于压制住敌军。

夕阳沉落进海里，海湾像注满了血浆。夜色扑落下来，日军的轰炸也逐渐停歇下来。这一天总算熬过来了。战地一派萧杀死寂。金莲跟着啸天在堑壕里吃了一餐简单的晚餐。“好吃吗？”覃啸天看着金莲很艰难地吞咽着炒熟的包谷籽，问。“好，好吃。”金莲急忙这样说。“莫装了。看你咽得那么恼火，眼泪都出来了。”覃啸天说，“金莲呀，你性子太犟，这一回吃到苦头了吧？”“不苦，真的。包谷籽香，好吃得很。”金莲说，“你们天天吃这个，我才吃一餐，算什么苦？”覃啸天哭笑不得，感觉拿她真没办法。覃啸天也饿了，拿出包谷籽来吃，这时候才感觉这东西确实很难吃，表情有些痛苦。金莲突然喊：“啸天，等等。”“干什么？”啸天停住咀嚼。“哎，我这里好像还有点好吃的。”金莲忙转身去翻一个脏兮兮的布口袋，翻出一张干桐树叶包裹的东西。“糯米酸辣子？”啸天惊喜地大叫。“我专门给你带过来的。你以前最喜欢吃这个东西的。”金莲把那包黏糊糊的东西努力掰开，拿一块递给啸天。啸天吃着，无比享受的样子：“好吃。比龙肉还好吃。”啸天咂吧着嘴，说，“尽管，有点点变味。”仿佛又闻到了家乡炊烟里的苦涩和甘甜，覃啸天的泪水一下子就涌了出来。“哈哈哈哈！”金莲大笑，笑得那么纯真。

吃过饭，覃啸天把金莲带到林子中的一间茅草房前，大声一咳嗽。一个剪齐耳短发的中年女兵立即从里间出来：“团长，你怎么过来了？”覃啸天说：“我给你们卫生连送一个新兵过来。”“喔。好啊。”女队长忙过来拉着金莲的手，又问，“团长，从哪儿招来这么漂亮的新兵？”覃啸天说：“这里是火线，上哪儿招兵去。她呀，是路上捡的。”女队长有些懵，但好像又明白了点什么，忙说“欢迎欢迎”。啸天把金莲暂时安置在卫生连，心想等撤退的时候就让她回老家去。

啸天的话的确没错，前线天天都在死人，枫泾镇战役打得很残酷，很艰难。当日军的进攻暂时停歇后，覃啸天命令各部检查受伤减员情况，这一天这个团又死了200多人。团部安排了专门的丧葬兵负责去各处收殓安葬死尸。覃啸天对阵地还是不放心，送罢金莲，就去查岗。他看见两个兵蜷缩在堑壕里细声说话，于是走过去朝一个人撅起的屁股踢了一脚。那兵回头，悻悻地：“是覃团长……团长好！”啸天便问：“明天可还有大仗火要打，你俩不睡觉干什么呢。”小佬说：“睡不着。我在帮着赵叔做纸钱。”“睡不着也得抓紧睡。狗日的。”啸天嘴上骂骂咧咧呵斥，脸上却挂着一丝温暖。临走还扔给他俩一盒美国罐头。晚上，一阵阵冷风吹得人瑟瑟发抖。小佬还是睡不着，依旧瞪着眼睛呆呆地坐在战壕里。四周除了风声，就是大伙的呼噜声。天上的月亮很亮，银白色的月光洒在满目疮痍的阵地上。不远处有的一点亮光，那是小天师在带着人把那些牺牲的弟兄埋了。小天师每次埋死人都很郑重，他会把死人身上用水洗得干干净净，缺胳膊短腿的尽量都给拼上。把军装穿好整好，再做上一碗满是肥肉的糊糊，让他们吃饱有尊严地上路，但是这一次，死的人太多。小天师只能烧了点纸，给死者一起做了简单的法事。活着他们不得安生，死了尽早解脱吧。

第二天，啸天团剩下的人就被日本的大部队围困住了。日军坦克不断炮击本已脆弱的防线。“团长！弹药已经全部打光！”“团长！西面防线已经顶不住了，赶快派人增援！”覃啸天问他：“你们还有多少人？”排长说：“全连不过二十几个。”覃啸天一脸焦虑：“人手实在没有，不要浪费子弹，把弹药全部集中起来！”覃啸天蹙着眉，快步向前走去，问通信兵：“怎么办？师长那边还没有信儿？”通信兵突然说：“团长，快，师部电话终于接通了。”覃啸天拿过话筒，大声说：“喂，师长，我是啸天……”“喂，是啸天吗？”嘉善师部，谷子琪接过参谋长手中的电话，他没有听到说话声，只听到一阵嘈杂的轰鸣声，于是急切地大喊，“什么情况，请讲！请讲！”好一阵，覃啸天的声音终于传送过来了。覃啸天喘着粗气，喉咙嘶哑：“师长，报告师长，鬼子火力强大，我方伤亡太大……请示师长，是否可以撤退？”没有回话，谷子琪手中的电话拿起又放下，无法下定决心。“师长，怎么办？”覃啸天又开始大喊。谷子琪看了一下戴涛。戴参谋长说：“枫泾镇是鬼子志在必得的，我们主动出击也为的是阻滞一下敌人，死守是守不住的。已经守了两天，很不容易了。趁着损失还不算大，不如主动撤退到嘉善，这边地势开阔，工事较齐备，坚守三天应该还是有可能的。”“行，就这样。”谷子琪终于下定了决心，对着话筒喊：“啸天，啸天，师部同意你们立即撤退，放弃枫泾镇。”

第六章

从枫泾镇撤回的覃啸天、陈范等主力各旅各团，在10日下午2时分别进入了庄浜至中光泾一带的原有国防工事。覃啸天防守的地段叫南星桥。南星桥是一座横跨南星河的石砌圆拱桥，两层楼高。河面不算宽，20余米，水流速度缓慢，但水深，可以通行机帆船。桥西头偏南偏北各有钢筋水泥地堡一座，属于当初所谓“永久国防工事”的一部分，虽说陈旧简陋，但还算是不错的。覃啸天带领部队入驻后，除把兵力布置在地堡、交通沟外，还派了一个班用沙包把石拱桥从中间拦住，构成简单掩体，配置轻机枪一挺、步枪数支，居高临下，对桥东开阔地带形成威胁。覃啸天命令杨连长在南星桥前数公里的地方构筑第一道防线。那里虽说很平坦，但有一大片灌木林子。

“快！这可能就是最后一夜，明天一大早，鬼子可能就要进攻南星桥了！”杨连长带人退到这里，立即让士兵加固工事。众人挥汗如雨，不久就把临时战壕挖好了。夜色苍茫，万籁俱寂。小佬留守在突出前沿的一处壕沟里。那一夜一直很安静，黎明时分，天空微微泛出了鱼肚白，小佬突然发现了暗夜中前方有动静。一队日本鬼子在夜色中沉默地前进。鬼子的队伍猫着腰，举着枪。他们是趁夜从数十公里外往南星桥赶来的。尽管大部队的两旁还有巡逻队掩护，但是他们很警惕，几乎都目不斜视地紧盯着前方，每一秒钟都准备遇到阻击。因为一路上都没有遇到埋伏，来到离小佬埋伏的壕沟不远处时，他们紧绷的神经于是松弛些了。他们格里格拉地说着话，喝水、撒尿，有的还开始抽烟。小佬赶紧退到一处较深的壕沟里，因为这样来敌就正好暴露在明处，他可以安安稳稳地射击，万无一失。敌人从他躲藏的枞树左边数十丈远的大路径直走了过去。两旁的巡逻队尽管没有暴露，可是能猜想到他们在什么地方走着。这时，突然就有日寇第一次暴露在稀疏的林子里，树上飘落下几片残留的黄叶。他们一共是两个人，走在前面的是一个胖子，右肩扛着冲锋枪，大摇大摆，还悠闲地吹着口哨；后面一个甚至还在吃东西，咂吧着嘴。小佬把子弹上了膛，瞄准着，后来又放下了。他不知道这一回来的有多少鬼子，如果开枪，很可能就会惊动其他的敌人，甚至是他们的主力。他从绑腿里抽出一把鲫鱼刀，用眼睛测量着他们的步距，计算着。等胖子一到身边，锋利的鲫鱼刀便对准他的脖子而去。胖子无力喊叫，带着泡沫的鲜血哗哗地往外流。小佬把手一松，那家伙就像一根沉重的湿水柴一样倒在地上了。那个瘦子听到有声响，仓皇地回转头来，砰的就是一枪。枪管腾起一道烟。这一切都发生在一瞬间。小佬凭着直觉躲闪了一下。那颗子弹从他的耳根下飞过，打在一棵小树的树干上。小佬没等那股烟散去就一把猛扑了上去。两人相距近在咫尺。这哪儿像战斗，简直成了打架。几个巡逻队的日本兵闻声奔跑过来。小佬有些寡不敌众，但这时杨连长等几个过来了，一阵厮杀。枪声惊醒了大路上行进的敌人。知道巡逻队被袭，日寇的主力部队丢弃了原先的行进路线哇啦哇啦叫喊着往有枪声的地方跑。“弹药！快搬弹药！”杨连长轻声喊。士兵们一起往壕沟搬运着弹药箱和几架轻型机关枪。壕沟边杂乱地摆放着破旧的汉阳造步枪。“分散距离，保持火力点，尽量点射节省弹药！”杨连长打开弹药箱，迅速分发手榴弹，一人只发两颗手榴弹，“等鬼子跑到有效距离再投，一定要节省弹药！”等到敌人冲到二三十米时，战士们一齐投掷手榴弹，硝烟四起，火光冲天，日寇血肉横飞。

不久，就大天亮了，日军开始了全面进攻。砰砰砰！日军的山炮一齐发射，阵地变成了一片火海和焦土。覃啸天趴在南星桥的一座碉堡里用望远镜观察。他突然听到了隆隆的响声，一看，是几辆身形庞大的坦克正接连开过来。坦克的后边是黑压压的日军士兵方阵。坦克不紧不慢，跟在坦克后边的鬼子步兵自信从容。“打！”听到团长下令，站在碉堡顶上的士兵便向远处挥动旗语。“打！”杨连长指挥着机关枪手向坦克猛扫。弹如雨点，装甲板上一时白沫四溅。但靠前的坦克却毫不犹豫地继续隆隆往前挺进。“快！扔手榴弹！”杨连长又大喊。瞬间几十个手榴弹向日军飞去，有几个鬼子被炸死在坦克旁，但对坦克厚重的装甲无异于隔靴搔痒。而且，那辆庞大的怪物突然调整了方向，转向阵地的侧翼进攻。“狗日的，还真是奈它不何了啊？”小天师嘟囔着往后退。士兵们一时完全慌了手脚。日军马上就要撕破侧翼的防线，火力也更加密集。杨连长惊慌跑来：“团长不好了！侧翼马上就要被攻破！”“早晚都是死，弟兄们打死他一个就够本！死也要撑住！”覃啸天急忙布置，“都把手榴弹集中在一起，几个几个捆起来！”众人急忙忙开始集中手榴弹，用绳子把五六个捆在一起。还没有捆得几捆，日军的坦克又轰隆隆开过来了。“出发！”随着覃啸天的一声命令，一个小个子兵抱着一捆手榴弹便在巨大的烟尘中往坦克边匍匐而去。他扔出了一捆手榴弹。爆炸声倒是不小，可依然炸不开坦克厚厚的钢壳。坦克上的机枪三发一个点射地朝竿军边开边打。覃啸天一时也没了主意，问小天师：“倭寇的大炮能来回跑，狗日的真聪明，打又打不透，炸又炸不烂，小天师，有没有好主意？”“等一等。我念念太上老君咒。”小天师于是眼睛半开半闭，嘴巴吐枇杷籽似的不断抖动。这时，一个女人的身影在硝烟中奔跑过来——是金莲！“啸天，啸天……”金莲边跑边大声地喊。金莲提着个铁皮桶子，后面还跟着几个卫生连的人，他们每人抱着一捆木柴。突然，一颗炮弹落下，巨大的震动震得金莲单薄的身子直晃。“金莲，你来干什么？快走！这儿没你们女人的事！”覃啸天厉声呵斥。金莲放下桶子，说：“这个给你。”覃啸天纳闷地问：“这是干什么？”“这是松香水。”金莲还喘着粗气，说，“我们连长说这东西有用。”“啊，搞火攻？”覃啸天猛然醒悟。他立即与杨连长商议了一下，命令道：“弟兄们！开火吸引敌军主力，掩护弟兄上去！”众人便一齐开火。轰隆隆！这时，师部直属的榴弹炮营也开火了。炮弹飞过坦克落在步兵的人堆儿里。敌人的步兵被炮火打散了队形，一排排被撂倒。步兵的进攻很快就停歇了。但，不久，突然有黑烟腾空而起，日军的坦克又野牛般冲过来。杨连长扔了枪，提着一桶松香水跳出战壕，朝一辆坦克跑去。覃啸天急忙命令大家火力掩护。杨连长很机灵地蛇行前进，很快就窜上了坦克。覃啸天在望远镜里看见杨连长把一桶滚烫的松香水浇在坦克上了，他开始在身上四处乱摸，半天也没摸出东西来。他应该是在找火柴。覃啸天下意识地摸了下口袋，于是也提着一桶松香水冲出了战壕。“团长，你这是干什么？”众人都没想到团长会亲自去，一阵惊叫。覃啸天此时却什么也听不见了。他努力地跑着。坦克越来越近。黑洞洞的炮口直盯着他。一声巨响，一颗炮弹从啸天头顶飞过。他被气浪击翻在地。他有些晕，趴在地上几秒钟后才回过了神。但那时一辆坦克山一样压过来了。他一个翻身跳了起来，几步冲上坦克的炮台，浇上松香水后，掏出火柴划着了火往上一扔。整个坦克顿时火苗四起。他急忙跳下坦克，追上杨连长的那辆坦克。“杨连长！”覃啸天把火柴盒扔上去。杨连长一把接住，急忙划着了火柴。火光冲天。杨连长一纵身找了弹坑跳了进去。两辆被松香水烧着的坦克停了下来。火势越烧越旺，日军坦克手终于忍不住了，纷纷打开舱盖伸出脑袋来。一个坦克手刚一出来就被一串子弹击中摔下了坦克。其他坦克一看不妙，都掉头往回跑，其中的一辆还掉进了水沟里。竿军纷纷点燃浸满桐油的木柴，胡乱地向前扔，四路里立即浓烟滚滚，变成了一片火海。国军士兵立即精神抖擞，利用高地的优势，机关枪步枪一起向日军射去，成片的日军倒下。砰！砰砰！但日军的山炮开始一齐发射反击，火光四起，竿兵血肉横飞。夜色降临，日军暂时停止了进攻。包抄中方主力的计划在各方面实施顺利，嘉善却偏偏成了钉在这计划中唯一的钉子，令日军军部大为恼火。

从11月12日夜起，日军调集了全部飞机连续出动狂轰滥炸，一里路间一小时投弹达300多枚。飞机疯狂轰炸，重炮炮火密集。日军的疯狂报复使南星巷的水全被染红了。任凭敌人狂轰滥炸，竿兵们仍旧守在壕沟里。战壕内到处是冰凉的积水。“守也守了三天，顶也顶了三天，在这冷水里也泡了三天，也该撤了吧？”小佬抱怨道。“莫担心，今天不撤，明天一早肯定是要撤的！”小天师带头跳出了冰冷的壕沟。在他的带领下，不少竿兵纷纷跳出了壕沟活动身子。“都给我回去！”杨连长突然大喊，“各位，覃团长已经请示师部，撤或者不撤，只能听师部的命令。”小天师等十分不情愿地又跳进壕沟里。

在第四路军军部，刘参谋长拿着一份电报：“军座，128师情况危急，请求支援。”潘军长瞧了一眼电报，没吱声。潘军长问：“他们的情况如何？”刘益章说：“很不妙：三、四团损失过半，六、七、八团中2位团长受伤，团副2人、团长2人、排长7人为国捐躯，团副1人、团长3人、排长8人受伤，5000多官兵已经死去一大半。”刘益章说，“军座，咱们的主力二师离嘉善不过几十公里，要不要派上去帮着顶一天？”“唉，我也就只剩下这点家底了。”潘军长说，“老刘，再白白消耗你我就成光杆司令了。”“只是，就凭现在的128师，只要再有一仗，基本就打残了。”刘益章说。“打残了也没办法。”潘军长说，“打仗总会有牺牲，关键是看这种牺牲值不值。

一个杂牌子部队，就算没有了，我们第四路军也还存在。”刘益章也无话再说，回到指挥部，对话务员说：“由于主力部队撤退迟缓，128师原定的阻击任务，还要延长一天。”参谋孙平就担忧地说：“参谋长，再延长恐怕根本顶不住！”刘益章说：“顶得住顶不住，就看他们的造化了。发报吧。”孙平到底还是有些家乡情结：“参谋长，你这不是真的就不管128师了。128师的弟兄也都是娘生出来的啊！”“孙平，这不是你该管的事！”刘益章苦着脸，“是军长让他们顶，你说我该怎么办？”孙平默不作声，但是他的心里对128师产生了深深的担忧和同情……

“军部回电了没有？”谷子琪在师指挥部狼一样踱步，不断催问。“还没有。”一个参谋回答。“继续催！”“是！”通信兵继续发电报。“师长，守了6昼夜，我们已大大超额完成任务了。可以转移了吧？”这时，参谋长进来，问。“原定时间的确已到，但军部命令还没来，我们只能再继续守。”谷子琪一筹莫展，“不过，可以做好准备，有了命令就马上撤。”“行。”戴涛便安排道，“张参谋，你去通知师属各部门，立即做好撤退准备。”“是。”张参谋敬礼后离开。“师长，电话接通了！”一直在忙碌呼叫的通信兵突然兴奋地大喊。谷子琪忙冲过去接过话筒。“为什么不回电？”电话里，刘益章的怒吼声却飞扑过来，“今天军部发了十几道急电，为什么统统没有回音？”谷子琪说：“参谋长，我正要向你汇报，我师只有一座电台，被鬼子炸坏了。电话线路也断了，刚刚才修好。”刘益章无言以对，听到话筒里有乱嚷嚷的声音，又嚷道：“你们这是做什么？”谷子琪回答：“师部在收拾东西，做撤退准备。”刘益章问：“撤退？谁下令让撤退的？”谷子琪一惊：“三天阻击任务早已经完成，都六天了！还不能撤？”刘益章说：“不能撤！”谷子琪等一下愣住了。刘益章慢条斯理地道：“总指挥部发来急电，我方主力撤退仍未完成，阻击任务必须再延长一天。”在旁的几个人都想发火，谷子琪忙伸手制止，说：“参谋长，128师现在什么情况，你们军部晓不晓得？”“谷子琪，你莫给我摆理由。”刘益章说，“不是我冷血，潘军长交代了，这一天，128师必须顶住。”谷子琪还想说什么，对方已经挂筒。“要人不给人，要装备不给装备，顶，顶，拿什么顶？”作为机动部队，在师部待命的团长陈范一脸忧虑，“今天鬼子没占到便宜，明天必然集中火力猛攻，再顶，到时就全玩完了！”戴涛脸色凝重：“刘益章到底是何健参谋长出身，还是那一套，不把128师消耗光是不会甘心的。”师部立即陷入一片沉默。过了一阵，陈范问：“师长，那明天这仗还怎么打？”“眼下只能靠自己，打得要打，打不得也要打！”

不久，一个通信兵冒死穿过枪林弹雨，赶到了嘉善师部报告，说：“师长，覃团长部在南星桥被鬼子死死围困了！”谷子琪一惊，道：“陈范，你马上派一个连去支援！”陈范应答着准备走，却被叫住。谷子琪说：“陈范，看来南星桥是守不住的了。你们的任务是设法把覃团长和剩余部队救出来。”谷子琪想了想，又说：“你告诉啸天，让他伺机撤退出南星桥阵地。”“是。”陈范走了几步，却突然停住，回转身来。“怎么呐？”谷子琪问。“师长，还是我自己带兵去吧。”陈范说。“也行。一定要把覃团长的队伍安全接应出来。”“师长放心。”陈范受命后，二话没说，带着一个连的士兵出发了。来到南星桥附近时，他们的行踪被日军发现了，密集的子弹射了过来。士兵们就近跳进残破的战壕中隐蔽。“团长，鬼子火力好狠，我们怎么办？”他的卫兵忙问。“没有怎么办？打！冲过去！”陈范狠狠地说。但这时，一颗炮弹突然掉进了战壕，陈范只觉得身体一晃，两眼发黑，就晕过去了。等他醒来的时候才知道自己还活着，但感到额头湿漉漉的，一摸一手血，却没有伤口。他坐起来才发现，原来是跟着他的小卫兵身上流出来的血，急忙大声喊：“老表，醒一醒，醒一醒！”可那个兵一动不动，已经没气了。陈范是个老兵，知道战争的残酷。他默默地把他放下，拿起掉在地上的帽子罩在他的头上，让他好好安息。他提起卫兵的枪：“小兄弟，好好歇着吧，我们要走了。”陈范带着部队在残破的堑壕间曲折移动，向覃啸天防守的南星桥前进……

第六天清晨，日军出动飞机轰炸南星桥阵地，3平方公里的南星桥村被炸成了一片焦土，接着又是步兵集团冲锋。经过半天的搏杀，竿军这道最后防线的战壕里，不过只剩下几十人还在战斗。下午3时，日军稍稍歇息了一会儿，又突然加强了攻势，炮弹如泥石流般倾泻覆盖而来，毫不停顿地收割生命。“弹药快没了，人也没剩几个了！”杨连长向赶到前线督战的覃啸天说，“团长，怎么办？”“我们已经没路可退了。”覃啸天望了一下黑压压缓步往前推进的日军，说，“继续打！准备好为国捐躯吧。”“打！老子们跟鬼子拼了！”杨连长端着机枪就跳出了战壕，嚎叫着向日军扫去，但他很快就被日军的机枪打伤，倒在战场上。“老杨！”啸天焦急万分，“快，担架！”一个兵过来将杨连长背起，通过壕沟向后方转移。“杀一双够本，跟小鬼子拼了！”另一个士兵拾起杨连长留下的机枪打算冲出去。“等等。”覃啸天一把将他拉住，“莫急。我们这样硬拼会吃亏。”覃啸天给大家作了一番交代，官兵立即伏身隐藏在壕沟中。他们手握长刀等待着……阵地瞬间变得安静异常。日军的指挥官望着前方的阵地，仿佛一片死地，有些困惑。“支那人呢？都死了？”日军指挥官疑惑地问，而后轻轻一挥手。日军队伍减慢了推进速度。光着膀子的覃啸天手拿刺刀，突然从壕沟里冒出头来，屹立在阵地前沿。猛然看见前面出现的人影，日军指挥官更加疑惑，突然一愣。许多光着膀子、手拿长刀的士兵突然之间从壕沟内跃上来。几十个壮士，排成一排，目光凶狠，气势逼人。日军不由停下脚步，双方对峙着……壮士们齐齐扬起手中的长刀，摆出要决意死拼到底的架势。成片的刀锋闪着寒光。“上刺刀！继续前进！”日军指挥官犹豫了一阵，突然把手中的长刀一竖。咔咔咔！前方传来一阵刺刀弹射出鞘的声响。覃啸天突然大笑：“弟兄们，杀！我们以身殉国的时候到了。”“杀呀！冲呀！”壮士们一齐呼喊。喊杀声排山倒海。这时，日军的火炮又开始了轰炸。刚要蹿出去，一排炮弹打来，覃啸天被炮弹掀起的泥土完全掩埋了。战场上满是烟尘，日军排成散兵线正从烟尘里橐橐走出来。日军的面色凶狠。黑洞洞的枪口狰狞而恐怖。突然，一块泥土动了一下，一只血迹斑驳的手破土而出。覃啸天抖落掉满头灰土，从土里拖出来一把长枪，把枪顺到眼前，然后就静静地斜躺在弹坑里，他等待着。杀一个够本，杀俩赚一。但就在此时，他突然听到稍远处砰的一响，一个前进中的日军士兵应声倒地。覃啸天一愣，忙循着枪响的方向看过去。随着枪声，有一个嘶哑的嗓门竟大声吼起歌来：“炮子炸响了，牛角吹响了，别了我的妹儿，我们要到前方去打仗，不论是当兵当鬼就再也不是你的丈夫了！”

这是竿军开拔离开故乡时人们唱的那首歌：悲壮、揪心，但气势排山倒海。“陈范？！”啸天回头，发现是援兵杀过来了，蓦然湿了眼眶……覃啸天循着声音，慢慢转头看过去：黑衣兵的庞大军阵出现了。这些凶狠无比的汉子，此刻个个面色庄严，手中的长枪、大刀、长矛，在阳光下反射出一片炫目的光。他们脚步踏踏，掀起冲天烟尘。日军心胆俱裂，纷纷往回跑。“覃团长！”陈范从后面赶上来。“陈团长，谢谢，你可真的是及时雨啊！”覃啸天站定，回头向陈范打了个招呼，然后猛一挥手，“弟兄们，追啊！杀！”“等等。”陈范赶上前来，说，“啸天，穷寇莫追。谷师长让我转告你：你团的守卫任务完成了，请你率部伺机撤退出南星桥阵地。”“好，各个连队赶紧清点人数，准备撤退。”覃啸天擦了擦额头的冷汗：“三连一排的留下，跟着我掩护大部队撤退。”一个连长担心地说：“团长，你……”“这是命令。放心，我不会有事的。”覃啸天指着几个士兵喊，“小天师，来，你，还有你，你跟着我去各处地堡看看，不能留下一个没有得到通知的士兵。”

覃啸天带着几个人做撤离前的最后检查，在被炸毁的深深浅浅的壕沟中曲折而行。他们来到一座钢筋水泥的地堡。“报告团长！”守兵李班长报告说，“从早晨到现在，我们已经打退敌人的五次进攻了。”“你们打得很勇敢，很漂亮。”覃啸天说，“你们的任务已经完成，现在可以撤退了。”“长官，你的腿？”一个兵突然喊。覃啸天这才看见自己的腿在流血。一个士兵忙跑过来给他包扎。“没事，一点飘皮伤。”包扎过后，覃啸天又往前走，视察了第八个地堡——那是一个很大的地堡，墙壁有一米多厚，经反复轰炸、炮击仍然完好无损。有十一个士兵守在这里。“欢迎！欢迎覃团长亲临督战！”彭排长带领士兵鼓掌。“不错，打了几天几夜仗，一个个还像头大水牯一样劲梆梆的。”覃啸天用拳头敲击着彭排长的胸脯。“你怕他垮了啊？”一个机枪手笑道，“他呀有劲得很，打完仗，第一个跑进春花楼的只怕又是他。”地堡里充满了笑声。“你这个马桶，一打开就臭尿臊。”彭排长伸手去打那个机枪手。“好了，还是言归正传吧。”覃啸天把他们隔开，“各位，你们的阻击任务基本完成了，可以安排向嘉善城撤退。但撤退要有序，讲策略，不要让鬼子看出破绽。”正说着，一个哨兵跑进来：“不好了，有鬼子包围过来了！”覃啸天立即趴在枪眼处观察，果然有几十个鬼子正悄悄向这个地堡进行包围。“好，那就干完这一仗再撤吧。”彭排长大声命令，“各就各位！”战士们纷纷就位，把枪管送进枪眼里。“打！”彭排长下达了命令。机枪“哒哒哒”响起来。步枪手则瞄准着点射。彭排长冲出地堡，指挥连接地堡的堑壕埋伏着的几个士兵向敌阵狂扔手榴弹。瞿！一颗子弹飞过来，打中了彭排长的左腿，流血不止。“彭排长，你……”一个士兵就拉拽着彭排长要往地堡里拖。“你走开！”士兵要他退下，彭排长却不肯，“一定要顶住！”彭排长斜躺在堑壕壁上，拼力向外扔出了一个手榴弹。“哈哈，鬼子撤退了！”一个士兵喊。果然，战场上安静了许多。但没过一会儿，就有一枚巨大的炮弹带着火尾子落在了地堡边。轰隆一声巨响，炸得天昏地暗。“地堡里的兄弟，赶紧撤出来！”覃啸天急忙喊，“敌人已经发现了我们的地堡，这里已经不安全了。”地堡里的几个士兵急忙退出地堡来。不久，一阵密集的轰炸随后就接着过来了。轰轰轰轰！地堡被一时间荡平了。一颗炮弹恰巧落在彭排长的身边，覃啸天看见彭排长被高高抛向黑色的烟尘中。“彭排长——”一个士兵在烟尘中寻找着自己的排长。彭排长整个被炸裂了！听到士兵的嚎哭声，覃啸天赶忙穿过烟尘去找。“彭排长，彭排长啊——”士兵坐在弹坑累累的地上，正抱着一个人残缺的一只脚板在嚎哭。覃啸天走过去，蹲下：“小兄弟，彭排长是好样的。莫伤心了，赶紧撤退吧，鬼子的大部队马上就要来了。”“彭排长，我要带你回家。我一定要带你回家的……”小兵哭泣着，用一件残破的军衣将彭排长残留的两只脚板包裹了起来。覃啸天急忙清点人数：这一场短短的战斗中，11个弟兄中有3个阵亡，4个受伤。“鬼子撤退了，但他们马上就会反扑。”覃啸天决定两个兄弟和他留下掩护，其余的带着伤员撤退。“团长，你肩负重任，还是先撤出去吧。”一个班长这样说。“叫你们撤，你们就撤！”覃啸天吼叫着。看着士兵搀扶着伤员慢慢离开，覃啸天如释重负。

一阵炮火过后，日军的地面部队又开始围过来了。哒哒，哒哒哒！覃啸天拿过一位受伤机枪手的机枪，边扫射边指挥撤退。又一颗炮弹飞过来，覃啸天被飞过来的一块弹片击中大腿，脚一软就瘫在了壕沟内。“覃团长——”小天师奔扑过来。覃啸天说：“没事。小天师，我们赶紧走。”大块头小天师一把架起啸天就走。覃啸天被小天师架着，步履强直而踉跄。血滴顺着啸天的裤管淌下来。土路上有一串血滴。覃啸天的脸上几乎看不见血色了，两眼发黑，神志模糊，完全是意志力支撑他前行。覃啸天有气无力：“小天师……我们这是要往哪儿去？”小天师说：“团长，那边有座破庙，原先是我们卫生队驻扎的地方。我们先去那里看看。”“破庙？还……还有多……多远？”“到了，就快到了……”小天师搀着意识模糊的覃啸天，一步一步往那座破庙走。来到破庙前，一个模糊的人影突然从里面钻出来，大声喊：“覃团长！是覃团长吗？”“是啊！”小天师喜出望外，“覃团长受伤了，快，拿担架过来！”“对不起，现在没担架，担架都运送伤员用光了。”卫生兵急忙跑过来，给覃啸天做了简单的包扎。“团长，没担架不要紧，我背上你走。”卫生兵蹲在地上。“不用。你给我做了包扎，就感觉一下子好多了。我可以慢慢走的。”覃啸天又问，“伤员都转移了吗？”“基本上都送走了。”卫生兵说，“我们还分了几个小分队去各处阵地搜查，绝不让一个受伤的弟兄落在鬼子的手里。”“好。好的。”覃啸天满意地点点头。卫生兵扶着他：“团长，我们赶紧走，先到那边林子里去。那里是我们伤员的临时集中处。”啸天被扶着走进一片松树林子。许多受伤的士兵被依次缓缓往一片林子里移动撤离。林子里，或躺或站，到处都是受伤的伤员，痛苦的呻吟声不绝于耳。“啸天……”这时，一个女人的声音突然在林子里喊。那是金莲，金莲在伤员中焦急寻找着覃啸天。金莲突然看见了女卫生队长，急忙一把抓住她：“队长，看见啸天没有？”女队长在忙碌着搬运伤员，摇摇头说：“没有。没见到他。”金莲顾不上答话，随即又在伤员中寻找起来。金莲突然一下愣住了，前面一个伤员头缠绷带，身上盖着军装，那是她再熟悉不过的军装——啸天的。“啸天！啸天！”金莲泪水一下就涌出来。金莲颤抖着走上前，掀开军装，闭眼躺在担架上的却不是啸天。金莲笑容中掺杂着泪水：“啸天没有事，啸天没有事……”啸天就在旁边望着她，眼里早已泪光闪闪：“金莲……”听到再熟悉不过的声音，金莲急忙扭身——真的是啸天！啸天躺在草窝上，脚上缠着绷带。金莲过去：“啸天，你受伤了？”啸天微微一笑：“擦伤了点皮，不打紧的。”金莲说：“真的吗？能走吗？”“可以的。”啸天为了让她放心，便努力挣扎着站起来，却一下子摔倒了。啸天苦笑：“还是不够力……”“覃团长，你真的在这儿呀，金莲都急死了。”女卫生队长过来，检查了一下，说，“团长，莫逞能了，你这伤不轻。担架，来！”一副担架送过来了。女队长吩咐：“赶紧，把覃团长送回师部去。”救护员上前要扶，覃啸天却一把推开：“还是先把那些重伤员送走吧，我不要紧的。”女队长说：“在这里，你就算重伤员了啊。”“队长，外边又送来一个，血流不止，已经昏迷。”突然外边一个卫生兵跑进来大喊。“快，跟我一起去。”女队长便叫了那副担架，回头对覃啸天说，“团长，那我们就先送那个重伤员了。”覃啸天说：“我没大碍的。救急要紧。”女队长又招呼金莲，说：“金莲，你跟我一起走。”金莲回头对啸天说：“啸天，那你先好好歇着，我回头再来接你。”“去吧。”啸天微笑着朝她点点头。

又一天顶过去了。可是自从与刘益章通过那次电话后，128师与上面的联系就又完全中断了。谷子琪只好几次派通信兵前往联络。“原定坚守3昼夜，但都6天6夜了啊。”戴涛对谷子琪说。谷子琪问：“派去与军部联系的通信兵回来了没有。”“回来了两个，他们没有找到军部。”“怎么会这样？”谷子琪疑惑地说，“军部难道出事了？”“通信兵说好像友邻部队都开始撤退了。”戴涛说，“师长，我们两翼部队如果都撤离了，128师再不撤，恐怕就要被敌人包饺子了。”天色已近黄昏，谷子琪望着远天一言不发。这时，一个副官进来：“报告，最后一名派出去的通信兵回来了。”谷子琪：“好啊，赶快让他进来。”通信兵进来报告说：“师长，我过河追了几十里地，还是没能找到军部。我碰到了友邻部队的一位首长，那首长说，昨晚，军部已经下达全军撤退的命令。”“军部已经下达全军撤退的命令？”谷子琪说，“那我们这边怎么没收到命令呢？”“师长，也许是线路故障呢。”戴涛这样解释，“既然军部已经下达全军撤退的命令。我们若再不走也许就麻烦了。”“这也只是听说啊。没有正式的命令，我们还是不能走的。”谷子琪吩咐重新构筑防线，继续坚守。戴涛无奈，只能继续催促话务员设法与军部联系。“师长，军部联系上了。”直到第7天，也就是15日下午5时，128师终于收到了军部关于128师撤退的命令。谷子琪高兴地：“好，命令各部，做好准备，6时起开始撤退。”戴参谋长说：“可啸天他们还在南星桥呢。”“赶紧联络通知。”谷子琪说，“其余部队，包括后勤，先期撤走。”“好的。”戴涛转身对副官说，“你带两个兵马上出发去通知陈团长，接到通知就地择机往西撤离。”

来到师部卫生所，金莲将头缠绷带的伤员从担架上放下来。金莲把担架收拢，对搭档说：“走，赶快回南星桥！”那个兵便跟着她出了卫生所。门外救护队长已经集结好了一个担架队。戴涛走出指挥所，看到一支救护队在行走，忙问：“等等，你们这是要往哪儿去？”救护队长说：“上南星镇。”戴涛说：“不用了。已经接到转移通知。师长让你们后勤部队马上撤离。”“喔。”队长停下来，犹豫了一下，突然大声喊，“停！大家听着，各位赶紧回宿舍简单整理行装，二十分钟后集合撤退。”“撤退？”站在队伍里的金莲突然大声喊，“南星镇还有好多伤员呢。不管他们了吗？”戴涛痛苦地说：“大局要紧，不能再为了他们几个人，牺牲更多的部队，南星镇只能放弃。”“可啸天还没回来啊！”金莲急了。戴参谋长蹙着眉，默不作声，显然做出这个决定内心也经历着痛苦的煎熬。金莲突然一把拉住戴涛：“参谋长，我求求你。覃团长，啸天他受了伤，还躺在南星镇呢！”“撤退也是一场大仗，不能有丝毫犹豫。稍有拖延，整个大部队就会遭到巨大损失。金莲，这个你操心也没有用。”戴涛说，“他们都是军人，会自己想办法的。”“那……你们就不要他们了吗？”金莲还跪在地上。救护队长过去安慰：“金莲，大局要紧。大部队一撤退，鬼子的进攻就没有一丝阻挡了。他们会很快地大兵团压过来，不及时撤走，会牺牲更多的人……”“不行！我一定要去救他！”金莲不再多说，发疯似的冲出队伍去。“金莲。”救护队长抓住她。“我要去救啸天！”“你能救得了？”“就是救不了，死也要死在一起。”金莲悲壮地苦笑，然后一把挣脱。“金莲——”卫生队长急忙去追。但金莲已经钻进一片林子里不见了。救护队长打算去追。布置了任务后回头来的戴涛大声呵斥：“还呆着呢？鬼子就要打过来了，还不赶紧撤退！”救护队长只好下令：“走吧。撤！”

黄昏，一如既往的猛烈炮火之后，日军小心翼翼，攻上了阵地，阵地却空空如也。滚滚烟尘中突然出现一个人影。日军急忙隐蔽。那个人影在胡乱地奔跑，两只手惊骇地抱着脑袋。一个日军士兵将一支冲锋枪缓缓地举了起来，找那模糊的身影瞄准。他的手指缓缓地压向扳机……“啸天，啸天——你在哪里？”那胡乱奔跑的人影突然大声喊。那时，不远处的小山坡上，有一条林子中的隐蔽的小路。覃啸天和几个轻伤员正在沿着小路悄悄转移。经过包扎和简单的治疗，啸天感觉好多了，而留下的四个伤员也都是伤势较轻的。覃啸天要求大家赶紧设法转移。他们选择了那条林子中隐蔽的小路。他们相互搀扶、相互鼓励着缓慢地往山下走。日军的侦察机掠过林子上空，都因为及时躲藏而没有被发觉。似乎一切都很顺利，恰巧在这时，就听见有人在远处喊，“啸天，啸天——你在哪里？”

“金莲？”知道是金莲的声音，覃啸天一愣，“天哪，她怎么还会在这儿呢？”

小天师忙掰开树枝，往远处看，也惊讶地说：“团长，是金莲！”“金……”覃啸天打算回应，嘴巴突然被小天师一把捂住了。小天师说：“团长，有鬼子！你看，好多的鬼子！”听到金莲的喊声后，端枪的日本士兵旁边的人一惊，脱口道：“是个女人?!”但那人的手指已经扣压了下去。冲锋枪点射着飞出了一颗子弹。点射的子弹从远处射中了这个女人瘦小的、由于奔跑而非常紧张的脊背。她一头栽倒在地,两只手依然跟先前一样,惊骇地抱着脑袋。她的呼叫已变成嘶哑的喘息,可是两条腿仍在奔跑,鞋尖已扎进厚厚的泥尘里。空地上一片死的寂静。在这一瞬间,一切都停滞了。“金莲——”被小天师紧紧捂住嘴巴的覃啸天还是禁不住嚎啕起来。“八嘎——”那边突然传来了一声声嘶力竭的喊叫。日军指挥官举起了长刀,一招手:“八嘎——前进!”覃啸天还想拼力扑出林子去。小天师等几个士兵一齐按住了他。大个子小天师顾不得自己有伤,一把将覃啸天扛在肩上便往山下猛跑……

在指挥官的号令下,端着长枪的日本士兵们缓缓地往金莲所在的位置逼近,逼近……当他们来到那处阵地时,除那个躺在地上的女人尸体,什么人都没有。阵地上还插着一些国军的旗帜,还有一些草把人。一个军官回来:“报告大佐,敌128师已经全部撤空了。”“撤空了?”指挥官大为意外,“情报属实?”军官说:“侦察机侦察的情报已经发过来。此去三十公里范围,已无敌部队行动踪影。”指挥官大失所望,沉思不语。

第七章

德州的河街是热闹的。由于抗战,大批机关、学校、工厂从北平、上海等大都市往内地迁,所以作为湖南的重要水陆码头的德州便更加热闹了。

“杨老板。”游水生在德州熙熙攘攘的人群中走,来到一家金器铺前,大声喊。一个在忙碌加工的磨制人抬起头,掀起老花眼镜:“哦,水生,货都交接完了?”水生说:“都交接好了。”“你定做的鎏金镯子我给打好了。”老板从抽屉里拿出一个镯子,“你看,漂亮吗?”“嘿嘿,漂亮。”水生憨憨地笑。“莫只顾笑。”老板问,“水生,这镯子是送给你那相好的吧?”在叮叮当当的敲击声中,水生还是憨憨地笑。老板用红布给他包好:“看你笑得这样,那姑娘准是个漂亮的仙女!”听着这样的赞许,水生心里甜蜜蜜的。重振家业,水生家在德州购置了一批日用百货,但战事爆发,水路不畅,货物一直屯集在德州的仓库里。为了及时发运货物,水生特地来到了德州督办。这天,一大早水生又来到码头。几条木船靠河湾泊着。七八个弄船的在河滩边抽烟扯谈。水生问:“各位老表,你们都是从哪儿来?”一个老船主说："从岳阳洞庭湖过来。""下河那边情况怎么样？""麻烦大，危险得很。这一路大船都走不得，幸好我们是小船，船小好调头，才转得来。"老船主认得水生，"听讲你们洪城那边如今倒是热闹得很。""是热闹得很。先是苏皖的难民，后是伤病员，还有好多武汉、长沙的机关、学校、军医院都迁过来了。"水生说，"不过，我也好一段时间没回去了，也不知那边变得怎样。"老船主呵呵笑，说："那样可好，看样子我们得赶紧去你们那边看看热闹了。"一个伙计就说："迁来那么多人，哪能够饭吃？"水生说："你这话讲对了。如今人多，洪城也就只有个江西义园米厂，都发米票搞定量供应了。""啊？！"几个弄船的顿时便全傻了眼。老船主便说："看样子我们得顺便带点米过去。"一个伙计就说："不如索性买它一船运过去发一笔洋财。"老船主说："还是莫冒险，如今这一路上都不安全，碰到那见钱眼开的土匪，莫说发财，恐怕连命都会搞脱。""是的，小心驶得万年船。"水生问，"你们也是要去洪城的？"老船主说："是啊，帮德州张老板运点货去洪城，只是都说路上危险。""危险是危险，船多的话结伴走，应该也没有什么大问题。""那可好啊。"老船主说，"结伴可得有人愿承头。""老把式放心。我正在张罗这事，如果搞成了，你们的船就跟我们一起走。""好啊，好啊。我们等你的消息。"几个弄船的都说，"困在这里，进出不得，人都烦死了。"这样应允了，水生更加觉得要赶紧把船开回洪城去，莫错过了这个好机会。告别那几个弄船的，水生沿着河堤往下走。一处开阔的河湾里正泊着一条"巨无霸"大船——那是洪城孙大万家的船。一个船工在收拾缆绳。水生问："伙计，胡经理在吗？"船工笑笑："在，在。他刚才还念挂着你呢。""念挂我，为什么？""还能念挂啥？三缺一啊。""哈哈哈哈。"水生便大笑，"你把跳板放落来。我有正经事要跟胡经理商量。"船工放下了一块长长的木板。踏着晃悠悠的跳板，水生上了"巨无霸"。一间被桐油油得光彩照人的大包房里烟雾缭绕，水生老远就闻到了一股香，便道："胡经理好悠闲！""没得事，麻将也齐不拢人，好无聊。"躺在烟榻上的胡经理翻身坐起，"游老板快请坐，上好茶！""你真是个快活人！"水生便圈上了烟榻，喝了一口茶，说，"这么些货一直卡在这里，你倒是悠哉游哉，稳坐钓鱼台。胡经理，我可都急死了。""急有什么用？财喜不催忙人。""我听讲上海那边洪油行情一路看涨，我们得赶紧把船开回洪城去，想办法早些把收好了的油篓子运出来。""有什么好办法呢？唉，下河在打仗，上河闹土匪，动一步都难呐。""难是难。但我看打仗倒不太要紧，下河航道其实也还算安全。我担心的是上河出啰壳。""那你有什么好打算？"胡经理问。"我是想，我们几家合伙请些枪手押运回洪城，只要过了寡妇滩，陈老统会有部队来，那就不怕了。”水生说。“要得。我也正有这个打算。”胡经理扔了烟枪，“我们分头去联络一下，多找几家过来商量一下。”经过商量，几家人凑齐了一笔很大的保护费，又去德州找部队。德州部队的头收了款子，决定派一个连军队护送水生他们的船队。水生租借了一只大船，请人将囤在仓库里的货全部转运装在了船上。这是一艘能运三千桶桐油的大船。船老板姓姜，沅陵人。胡经理等商家也各自租借了货船。

大帮船从德州开航上驶，浩浩荡荡，白帆点点，人声嘈杂。有军队保护，水生的船队一路上十几天的行程倒是颇顺利。一越过那座名叫佛头岭的小山口，洪城就在强烈日光下出现了。河湾里拥挤着大小船只，帐篷五颜六色，有的补着补巴，有的千疮百孔。水生下了船，沿着码头的石阶往城里走。登上最后一级石阶，水生便立即嗅到了浸润在空气中浓浓的乡情。“水生，快过来歇脚喝杯茶。”水生被一个街边茶馆的老板叫住，“下河情况怎么样？”“麻烦。”水生说，“这边呢？”“也是一样，麻烦，不过倒是热闹了许多。”茶馆老板介绍说，这座规模不大的水边城市，起先是河道运输暂时的停顿，过不久就恢复了，虽然还有些零星土匪的骚扰，但在军警的管理护卫下，勉强还算得上畅顺。茶馆老板指着河边：“你看河码头那边多热闹，每天至少有几十只大船的军需等特种物资通过，也有成百上千的外来人疏散到这个地方落脚。”水生走进正街，见处处人头攒动，语音南腔北调，衣着色彩杂陈，还有呛人的汗味和脂粉味。人们行色匆匆，杂乱中有一种隐伏的惶恐。四周漾动着高声叫卖香烟、瓜子花生、盐茶鸡蛋、烤红薯的妇女吆喝声和孩子们的喊叫声。“卖报！卖报！”一个光着脚的孩子蹚着满地甘蔗皮、瓜子壳堆成的垃圾跑过来：“老板，买一份报吧！”洪城竟然也像大口岸一样有报纸了？！水生想着，递给孩子一个小钱，买了一份报纸，看见那标题是《洪城民报》。“大刀向鬼子们的头上砍去……”水生听到有很多人在唱歌——原来是学校的抗日救亡宣传队在搞街头宣传。一个着上白下蓝裙，一头黑色的卷曲短发的漂亮女生在指挥众人合唱。水生看见那是肖枚，急忙挤进去。肖枚也看见他了，给他递了一个眼神。水生便把一个小花袋往头上举了一举。肖枚微微一笑。

听说水生回来了，萱萱回到娘家看哥。“这可是最新的款式，妹，你试试。”水生回到家里，急忙忙扒饭。拿着她哥从德州给她买回的一条蓝花布裙子，萱萱去里屋换好，出来对着大镜子比试，见水生放了碗就走，便问：“哥，那么急着去哪儿？”水生站定，回头憨憨一笑。“哦，晓得了。”萱萱会意一笑，“你快去吧。”水生走了，萱萱便又换回原先穿的裙子，打算拿先头的报纸包衣服，突然看见报纸上一篇文章的标题：《给湘西几个在乡军人的信》，她把揉皱了的报纸压平，细心读起那篇文章。

——给湘西几个在乡军人的信

××同乡：

一九一七年秋，我离开家乡后，就在湘西十多县来回转，受本县人所受那种“教育”。老老实实说，就是追随一个军匪不分的游击部队，这里那里流动各县各乡寄食。……一九二二年，我忽然发生另外想头，觉得这样混下去不成。世界很宽广，得趁年纪青，气力壮，多见点世界。所以离开家乡，独自跑到北京，忍饥挨冻，生活再困难也不绝望。

…………

去年十二月，我回到长沙，有朋友请我吃饭，就被人称为“湘西土匪”。当时以为只是无意中说的笑话。后来又听几个同乡前辈说起家乡年来种种，我觉得很痛苦。……这次抗战，湖南同乡诸勇士卫国守土精神，使人感奋。嘉善之役，本乡部队血战七日，后来者行将更有所表现，自不待言。先前他人诬湘西地方为匪区，诬湘西人士为土匪，种种不能辩、不足辩之诬蔑，湘西健儿将用对外流血来说明。……

这次一二八师全部官兵，在嘉善一带地方，用一些简单轻便武器，奉命参战。某一营官兵，藏在壕沟里，和被炮弹炸成的孔穴里，任敌人飞机大炮拼命轰炸，一天落下六百枚炸弹，还是死守阵地不退。到后一营兵士仅仅剩下十六个人，团长负伤了，连长排长死光了，这十六个同乡，见敌人前进，居然还爬出壕沟，和敌肉搏。另外一次，因为阻敌前进，必须炸毁公路上的桥梁，有三十个同乡，从公事中爬出，带了炸药、手榴弹、轻机关枪，从水田里爬到桥边去。目标被人发现后，七架飞机给三十个勇敢同乡，投下一百多枚炸弹，每人平均约三四个，附近被如土地同新耕过的田一样。三十个人死伤了二十四人，剩下六个。有两个兵士，居然爬到桥边，抛了五个手榴弹，把桥头敌人机枪阵地消灭后，终于把六十个黄色炸药包绑在桥边撑柱上，用雷信接火把桥炸毁了。这兵士一个姓滕，是黄狗冲乡下的，一个姓宋，城里人，年纪都只有十六岁。另外一次，有一个连长，在掩体内作战，腿上、手上、脸上，带了轻重三次伤，兵士要他退下，他不肯退。一连人大部分已伤亡，只剩余十一个年青兵士。这连长和十一个兵士守在一个最不利敌人同时又最重要的地点，末了工事被炮弹击中，那连长只剩下两只脚，被那唯一生还的忠勇的勤务兵抱回。连长姓陈，廖家桥乡下人。

这类慷慨激昂的事情，实在太多了，说不胜说。只要想想，一师人开到前线去，血战七昼夜，白天敌人三四十架飞机轮流来轰炸，晚上部队又得趁方便夜袭，有些同乡工事和后方隔绝了，七昼夜不吃，不睡。血战的结果，四个团长受伤，四个团附死去三个伤一个，十二个营长死去七个，伤五个，连排长死去三分之二，负伤三分之一。兵士更难计。看看这个数目，就可知道同乡在前线的牺牲如何大如何壮烈！他们为的是什么？不是爱国家，拥护全面抗战，谁能如此勇敢牺牲？这个部队向来是被人误解轻视的。总以为是土匪，是从土匪窝出来的破烂队伍。……这些人急急忙忙跑到炮火下去，有什么好处？作官长的何尝不会在家享福？作下级军官的何尝不会在家休息？不顾大局的何尝不可以上山落草？可是战事教育了他们，他们都知道要国家存在，个人方能够存在。国家破亡，个人除了作无心肝的汉奸，狗彘不如，国一亡男的行将给成为敌人的牛马、女的不拘老幼都得受污辱。他们知道这种情形清清楚楚，不忍看中国人受苦，所以他们不顾一切，继续上前作战，他们的口号是哪怕剩一兵、一卒、一粒子弹、一只手，还是不屈服，不后退。这才象个湖南人！才象个镇筸人！他们大多数是你们的同学，同乡里街坊，有些一定还是老同事、表兄弟。他们能够这样勇敢，你们岂有不如他们的道理？你们还好意思用任何理由对国事不过问？

同乡的性情，本质上有一个共同点，都是不畏强暴，仗义而能济人之急，具英雄本色，且以得人敬重为荣。如今最残暴最丑恶的莫过敌寇，最需要帮助的莫过我们苦难的国家！

…………

我湖南辛亥以来，为革命献身诸前辈，如黄兴、蔡锷，遗风余烈，相去未远，事在人为，愿各同乡努力。

沈从文

萱萱把报纸折好收捡起来。萱萱在红漆木盆里搓衣，在虹桥上开店的游贵生边依着木板柜台边往吊脚楼楼廊看，企图从女儿的表情上寻找答案。女儿突然跑回了娘家，是不是又有不顺心的事？看得出女儿嫁到孙家日子过得并不顺心，几年过去，她那饱满如满月的脸蛋瘦削了下来，明亮的眸子也有些晦暗。游贵生有些后悔，但木已成舟，覆水难收。萱萱也不想让父母操心，所以每每问起她在孙府的情况，她总是勉力露出笑容说“还好”，那座深深的黑营盘大院教会了她应对人生该如何隐藏自我。

如今洪城的教育可真算得是繁荣，这里有省设立的省中，有几省合建的国中，还有县中，有省设的师范学校，有几所完全小学。国立八中是安徽等沦陷区的几所中学撤到湘西后合并组建的。校长姓董，中等身材，整天西装革履，一根鲜红领带，寡言少语，常背着手踱到教室窗外监督听课。不论你是高年级还是新生，他都能一口叫出你的名字和是哪个班的，所以有一种无言的威严，先生和学生都很怕他。据说他是留美博士，抗战前是北平师范大学堂的教授。教导主任许先生清癯瘦削，狭窄的脸配着副高度近视眼镜，语言尖刻口齿伶俐，知识渊博知晓天下大事。国立八中设在古旧的文庙，要走一段距离。街道上有些混乱，摆摊叫卖声此起彼伏。黄包车车夫光着脚丫在发烫的土路或石板路上奔跑。在街檐或树荫下坐着睡着许多难民。水生穿出一道巷子，眼前是一片白花花的阳光，穿过日光的透明帘幕，一座古老的建筑便出现了，进了大门，绕过红砂岩照壁，走过状元桥，再转过一棵硕大的桂花树，突然就听到一阵很优美、很忧伤的歌声。

沅水荡荡，流不尽的苍凉。
两岸高岗，野花寂寞地开放……

声音极熟悉，应该就是肖枚的声音——有金属的质感。再往前走几步，透过槐树婆娑的树影，水生便看见了肖枚。肖枚在领唱，站成两排的学生们便一起合唱起来：

啊，沅水，你知道我的故乡被强盗侵占，
我在你的照看中度过流亡时光。

一个穿长衫的教师在伴奏，十指忙碌交错弹奏着一架古老的风琴。他应该就是朱老师，水生听肖枚说过。朱老师多才多艺，口才也很好，极富感染力。这应该就是朱老师写的歌。

我爱沅水，我更爱我的故乡。
必须从强盗手里夺回那生我的养我的爱我的故乡，
我亲爱的故乡！

听着听着，水生似乎也被感染了。他呆在槐树下，眼眶有些湿润。这是一首优美而伤感的歌，记叙了一段无奈的迁徙。可也正是因为有这次的迁徙，两个素昧平生的人才得以相识相知。一个星期天，水生经过文庙，文庙里正在举办网球赛。

水生从没见过打网球，便停了下来。先是看球，看黄色小球精妙绝伦的弧线，而后便开始看人，被一个个子高挑的女孩迷住了。那女孩就是肖枚：白运动上装，白运动裙裤，白袜白鞋。高挑的个子，匀称而苗条，矫健秀美洋溢着少女青春的魅力。水生看得发呆，回到家里便缠着母亲要去提亲。母亲和父亲商量过，便延请媒人去提亲。肖枚的母亲倒是很喜欢水生，只是说，定亲可以，但肖枚还得继续完成学业，毕业后再完婚。俩人也开始了交往。水生听了一会儿歌，便去树荫下坐着听歌，等。两只温润的手板突然从背后过来把他的眼蒙住了。水生说："肖枚，我晓得是你。"肖枚便放了手，发出银铃般的笑。

萱萱搓洗完一脚盆衣，背起背篓，出门下到河边去漂洗衣服。她挥动着棒槌，一点也没有力气。她还在回想起那张报纸透露的恐怖信息。孙平给家里来过几次信。每次都说自己在部队很好，很安全。因为他是在军部服务，所以相对应该会安全些；而啸天就很难说了，他是在前线直接面对日本鬼子的。"他们的口号是哪怕剩一兵、一卒、一粒子弹、一只手，还是不屈服，不后退。这才象个湖南人！才象个镇竿人！"这是多么豪迈的勇气，但作为他们的亲人，谁又能承受这种豪迈？

水光潋滟，河边树荫下，水生把镯子给肖枚戴上，问："怎么样？"肖枚说："大小正合适，看你不出，还挺心细的。"水生隔了好一阵，突然说："肖枚，你晓得吗？我娘已经去你们家提亲去了。"肖枚害羞地说："晓得的。"水生急切地问："那你娘同意了吗？""我娘说……""说什么呀？""我娘说，定亲可以，但……""好啊！"水生一下子便高兴得蹦跳起来。肖枚说："急着高兴些啥，后面还有但是呢。""啊？！还有但是？"水生苦着脸，"她但是什么嘛？"肖枚说："但是还得等我继续完成学业，毕业后再完婚。""哦，是这样。"水生放心了，拍着心口，"这应该，应该。嗨，你可吓死我了。"肖枚趁机就在水生额头上亲了一下，然后起身撒腿就跑。水生急忙去追……无声地下到溪坎边抖衣的萱萱瞧见了那幸福的一对，又想念起覃啸天来。她还清晰地记得啸天离别时的话语："会的。我一定会活着回来的。"想着，她的眼泪就扑簌簌掉了下来。泪滴重重地滴落在河面，泛起了涟漪……

游贵生在柜台边忙碌，突然发现柜台前站着个着黑衣警服的人：瘦脸，一口黑牙，腰间挎着个盒子炮。游贵生认得他，忙笑道："钩子警官，有事啊？稀客，快进屋喝杯茶。""没事，顺便看看。"钩子警官刚吃完下午茶，用竹签子剔着牙，"游老板，你们家生意还红火得很嘛！""哪里，这年头，能混口饭吃就要得。""莫那么谦虚，怕我跟你借钱？""看你说哪儿去了。来，莫老站着，进屋坐坐，喝杯茶，板凳上又没有刺。""不哪，今日公务缠身，改日再登门叙谈。"钩子还了个礼，立地一转身，嘴里发出“哧哧哧”的吼叫声。随着钩子奇怪的吼叫，一阵军号声雄壮地响起。两排黑衣警卫从东门城门洞口变戏法似的涌了出来。后面是马队，马队过后是一顶轿子，上面坐着一个肥头大耳的官员，那就是驻洪城公署专员兼保安司令部司令谭子由。1937年，陈统领的竿军被调出了湘西，省府何健的势力便轻易地掌控了洪城，保安司令谭子由成了地方最高的军政首脑。谭子由是民国的保安司令，却偏爱清朝县太爷的排场：每逢出巡，都喜欢摆排场，前头都会有警员老远地喊叫“报二里”。谭司令出巡，十分扰民，不论居民商户、贩夫走卒都得退到街边“回避”。这玩意，连土得掉渣的乡旮旯里的农民都看不过去。折腾了好一阵，军号队、兵弁马队、司令的大轿陆续过了虹桥。浩荡的队伍从虹桥曲折而下，才留下一片尘土远去了。游贵生很看不惯这些搜刮民脂民膏的军阀，朝远去的队伍狠狠“啐”了一口。“游老板发财。”过了一会儿，进来了两个客人，年纪一老一小，衣服一长一短。他们是恒庆德的王老板和永兴隆的萧经理。“啊，两位老板来了，好，快请进里边喝茶。”游贵生急忙把客人请到后院喝茶议事。葡萄架下一张四方小桌子，摆放着茶具。游贵生忙让伙计冲水泡茶。又陆续来了几个人。水生也回来了。“游老板，对不住。迟到了。”一个老板忙拱手作揖，“谭胖子那架势，嗨，堵了一个多时辰。”“没事。我们早都习惯了。来，喝茶！”游贵生说，“今天邀各位过来，是要商量一下囤在仓库里的那些油篓子的事。”“是啊，我们家也囤得不少。”萧经理说。王老板说：“我家的货是早早地便跟上海商户定过了合同的，得赶紧发运才是。”水生说：“各位老板很急，只是下河地方风声不太好，各处又都在加紧调兵遣将。”“其实呢，打仗好啊！”萧经理发表怪论，说，“你看，一打仗，洋船大木头船要造得多，用的油漆就多，洪油就要得多。往天一坡一岭烂在坡上土里，只好烧桐壳灰做肥料，如今很快就会变成金子啊。”“也是。确实是机会难得。”游贵生说，“只是，一打仗，治安就不好，所以我们必须赶紧把油发到德州去，油篓子囤在德州，起码就不会被地方部队封船了。”“游老把式讲得在理。”萧经理说，“但我们光讲不练不成，还是赶紧做个决定才行。”王老板说：“萧经理讲得对。我看游老把式经验最丰富，不如就请游家承头。你们家先拿出个方案，到时各个商户该出钱就出钱，该出力就出力。”“好好好。要得。”众人一齐表态赞成。事不宜迟，水生和父亲商量了一番，决定由管家杨子才领队，带着洪城的几家大油号的几百条油船一起发运到德州去。几天之后，大批油船出发开赴了德州。探子王钩子将这事告诉了谭子由。“真是一拨刁民，叫他们捐几个军饷说老子鸡脚上刮油，几百号船，好气派呀！”谭子由很是生气。那一天，水生给运货的船工们发薪，吃散伙饭。酒足饭饱，送船工们正打算散伙。王钩子警官过来送达了保安司令部的会议通知：洪城将召开商户联席会议。联席会在孙家的祖庙的大殿里举行。

那天，孙家的祖庙的大殿团丁排列，把守森严。“谭司令到！”有士兵大声呐喊后，一乘大轿在巨大照壁下停住。孙大万等几个士绅忙上前迎接。胖司令谭子由在众人陪同下，登上台阶，迈着八字步缓缓走向大殿。“谭司令好！”几个在大殿前恭候的老板纷纷起身点头哈腰，但更多的老板却只是冷眼旁观。大殿里，临时摆放了几张条案，作为主席台。谭子由脱了军帽，向众人鞠躬后坐了下来。等谭子由坐定后，孙大万起身说：“各家老板，今天是洪城保安司令部召开的洪城商家联席会，有关乎各位商家以及所有洪城百姓的大事需要共同商议。下面，我们掌声有请洪城保安司令部谭司令做重要指示。”众人便鼓掌。“谈不上什么指示，谈不上……”谭子由站起来说，“今日惊动各位，是为商议成立洪城保安总团的大事。”这话一说便引起众商家一阵骚动。“各位，大湘西匪患猖獗，已非一日。”谭子由继续说，“如今抗战爆发，一些土匪毛贼更趁机搞事。就在前几天，山江的老匪首韩章竟然劫人劫到我们的大门口来了，气焰何等嚣张！所以，成立保安团刻不容缓！”孙大万领头鼓掌，但跟着的人不多，掌声有些稀落。谭司令坐下来了，说：“我也不讲太多了，想听听各位的意见。”商家们一阵议论，互相推却，都不愿意带头发言。“大家都谦虚。我就先说几句。”孙大万说，“谭司令不在大城市享福却来到我们这穷山旮旯受苦，为的是保境安民，我洪城商家应该配合政府成立保安团！”“那是……说的是啊……”有几个人附和。萧经理站起来说：“成立保安团是好，可我有一事不明。”谭司令问：“哦，请问，有何不明？”“我有些奇怪，洪城本不大，不是已经有一个堂堂保安司令部了吗，干吗还要成立什么保安团？”萧经理问。“是啊，是啊。还要成立保安团，你保安司令部是干啥吃的？”许多人支持附和。谭子由显然有些不悦，但没有发火，只是用眼神看了看孙大万。孙大万会意，急忙上前一步：“各位，办保安总团嘛，据我的理解呢，原有这么几层意思……”“孙老板，意思是什么我们都明白，”萧经理讲话很直，“我就问问你成立保安团，征粮征饷不？”孙大万说：“成立保安团，是为配合国军肃清匪患，那粮饷总是要征点的。”萧经理又问：“那征不征丁？”“这个问题嘛？”孙大万装傻，故意看着谭司令，“司令，您说……”谭子由瞪着眼睛反问：“你说呢？”孙大万忙说：“哦，没错，运粮筹饷剿匪都离不开人手，恐怕丁还是要抽一点的。”萧经理腾地站了起来：“扯了半天，不就是来要钱要粮要命的吗！”“什么保安团，鸡脚杆上刮油啊。”好几个老板也愤愤然地嚷了起来。孙大万忙道：“各位，安静，一个一个讲嘛……”“不用讲了，不就是要钱吗，该出多少我出就是。”这时本来反对办团的一个姓廖的瘦子老板突然道，然后一拱手，“我家号上还有点事，我就先走了。”见状，有几个老板也想跟着开溜。“都回来！什么乱七八糟的！”谭司令猛一拍桌子，“不准溜号！大家都一个一个有秩序地发言！”会议只得继续进行，但多数商家都在诉苦，最后谭司令干脆“霸王硬上弓”，大声说：“司令部已经草拟了一份筹款方案，各个商户该出多少也都规划好了，现在发给大家，仔细阅读。”众人看过更是乱哄哄的。孙大万一看，也吓得直吐舌头，心想：娘卖的，谭司令也太猴心了，一张嘴就是五万块！“安静。安静。”谭司令敲桌子说，“大家都看过了吧？数字也全在上面写清楚了。当前是抗战最困难的时期，大家要共克时艰。这可是政治任务，没有什么价钱可讲。好了，就这样，散会！”会议其实有些不欢而散。散会后，孙大万紧紧跟在谭子由后头。“孙老板，你可是洪城商会的头，怎么一点威信都没有？”谭子由怒气冲冲地，“不是叫你先做好工作？”孙大万说：“司令，先前各个商号的老板都答应得好好的，可一到开会就反悔了。”谭子由说：“什么一到开会就反悔？老孙，我看问题不在大家。”“哦？”孙大万似乎不明白。谭子由停下：“问题就出在你的脑壳里。你呀本身就鼻子不通是不是？”孙大万忙说：“哪里会，哪里会……”“你别解释，反正这事不能再拖了，总费用五万块，一个都不能少！”说罢，谭司令一甩手走了。

水生把从德州购回的货物运送到洪城后，赶上了好时候，一切物品在人满为患的小小洪城全都成了俏货，很快就脱销了。中日战事拖延，洪油成了紧俏的军需物资，上海、汉口等地船厂大量收货。水生便及时收购了一批洪油篓子，准备择日发运到德州。洪城的其他几个商家也全都购置了一批洪油，大家打算组织一支大船队。水生很忙，就由他父亲去参加保安司令部组织的会。“这钱恐怕还是打不脱。”游贵生回到家里，就跟儿子说起捐款的事。“爹，这回我们家一口气收购了1000多个洪油篓子，资金全押在那上头了。”水生说，“如今饭都不得到口，我们哪来的那么多钱交？”“唉，我也晓得这事难办。”游贵生皱着眉头抽烟，“只是你晓得的，洪城这些个狗官，一拨比一拨厉害，小百姓什么时候也只是他们砧板上的肉。”“唉，等等看再说吧。”水生也没有什么好办法，只是说，“随大流吧。看看人家会怎么做。”水生回到里屋，肩上扛着一卷缆绳出来，说：“爹，我去仓库一下，有点漏雨，那些油篓子得用油布捆盖一下，不然落大雨就麻烦大了。”“去吧。”游贵生说，“回头，帮我去伟记带半斤烟丝回来。”“嗯。”水生应答着打算走。这时，门口突然传来一声叫唤：“水生老板忙得很呐，要上哪儿去？”水生站住，笑道：“啊，孙大老板，萧经理，真是稀客！”孙大万和萧经理走进来。孙大万说：“水生，莫走，我们有事想同你商量。”“坐吧。喝茶。”水生拿出两张凳子来。孙大万喝了一口茶，说：“水生，我和萧经理这回都感觉他谭司令太猴心了，一张嘴就是五万块，我们打算联合一些商家要求保安局减少摊派的数量。”游贵生便插话说：“是啊，哪有这样发国难财的。”水生说：“那么些钱的确没有几家是交得起的。只是，如果他谭司令不同意减少那又如何办？”“只要人心齐，我看就能成。”萧经理说，“实在不同意，大家就全拖着，拖也要把它给拖黄了。”

游贵生说：“我看这办法好。就拖死他。”孙大万又串联了几家大商户，联合上书要求保安局减少摊派的数量。但洪城的摊派却在继续进行。没几天，谭子由派了一队白衣警察，挨家挨户去“诓请”那些违抗缴纳军款的人——这包括了洪城几乎所有的大户，他们是“万景福”的孙大万，“天顺昌”的游贵生，“徐荣昌”的徐余松，“杨恒源”的杨竹秋，“庆元丰”的游雪琼，“游同庆”的游炳炫，“新昌”的邓益华等七家老板和“永兴隆”的经理萧泽民。这些商家大户在洪城一直被人称为“八大油号”。洪城顿时变成了一个受惊吓的马蜂窝。

在游贵生被“诓请”进局子里后，他们家的院子里便聚集了许许多多的人，都是过来打听游贵生在局子里的情况。游贵生的妻子哭泣着，就像丈夫就此永别了一样。萱萱也赶了回来，她催促她哥赶紧想办法。其余的人都一声不响地坐着。他们低垂着脑袋。妇女们都气喘吁吁地跑进院子，大声地哭号。一个人安慰大家：“莫难过，也许事情会太太平平地过去。他们都会没事的。老天保佑！”另一个人则道听途说：“狗日的，几个老板都被打得半死，然后就拖到庙后面的一片黑松树林子里枪毙了！”传言像蝙蝠的黑色翅膀在洪城四处飞翔。几个大老板进来时都吓得半死，以为这一回不死也得脱层皮，其实被“诓请”到保安司令部的几个老板除了被限制外出之外，日子还是过得挺消停的。其实，谭司令要的是钱而不是要他们的命。而八个老板又个个都把钱看得更金贵，所以在出资上总是达不成一致的协议。八大油商本来就是被司令部请来的，谭子由也想让他们赊财免灾，哪知道这些人都是打不碎，熬不熟的老牛筋，真是请神容易送神难。没法子，谭司令就吩咐把他们软禁在司令部里不许外出，但可以自由活动。八大油商只好在此闲居，无聊中便饮酒打牌，纵情消遣。当然一应开销都是各人自己检单。司令部的花厅里每天有一桌字牌，八个老板一个大经理轮番上桌。一到晌午号的时候，照例就放下了牌，去厨房里吃种种点心。这一天，四个老板围着小桌摸着字牌打跑和。坐在游贵生对面的杨老板正和了个“红四台带花”，游贵生正好“做梦”歇气，一手翻开那张剩余的字牌，是个大红拾字，牌上有数，单是做梦的收入就是每人光洋十六块。游贵生哈哈大笑，正准备把光洋一把往兜里搇，却从背后突然伸出一只手，一把抓捏住五块银洋，且说："游老板手气火得很呐，我吃点红。"众人抬头一看，正是警局里的王钩子。"这是怎么的了，吃红吃到梦家来了？"游贵生把手板往桌子上一罩，说："白日行劫，真是无法无天，查查你那条款！"话虽那么说，其实几个人也都知道阎王不怕，小鬼难缠的道理，还是让那只手把五块银元薅走了。王钩子一面把银元在荷包里弄得一阵响，一面笑着出去了。

一个长衫子先生的背影经过街道。先生边走边环顾四周，感觉洪城突然变得有些热闹，只是这热闹有些怪异、有些畸形。战事一起，内地一大批中小商家、企业，文人墨客纷至沓来。这里有了发电厂、机械厂，还有从广东、上海、山东来的纱锭棉纱一条街，市中心有文化广场，各种内地的剧种，像河北的评剧、山西晋剧，还有河南的蹦蹦戏、天津的京剧，甚至还有北平来的文明戏。每天街上都是人潮涌动，熙熙攘攘，有商人、宪兵、伤员、美国兵、修女，玩猴的、耍蛇的、扯着场子耍刀弄棍卖狗皮膏药的，真是五花八门，不可胜数。这热闹虽有些怪异、畸形，倒是使闭塞的洪城沉闷的生活也增加了许多乐趣。长衫子先生的背影离开正街，转进一处小巷，回到与这畸形热闹形成强烈对比的文庙里的一处安静的木屋。那里，已经聚集着几个人。讲话南腔北调，有学生、铁匠，还有扎染师傅和水手。长衫子先生一进屋，大家就一齐喊："朱老师好！"朱老师微微一笑："同学们好。都坐，都坐。"这个着长衫的先生是朱鹤，如今化名叫朱金，职业是教师。朱鹤在永城之战中受伤，没能跟随队伍长征北上，在游击队长家里养伤，痊愈后便留在地方从事地下工作了。朱老师打过招呼后，拿出一本油印的小册子给了身边一个女孩，说："肖枚，你把这篇文章给大家念一念。"

肖枚用指尖拂了拂长长的刘海，用略带吴侬软语音调的国语念道：

"七月七日，快要到了。全民族的力量团结起来，坚持抗战，坚持统一战线，同敌人作英勇的战争，快一年了。这个战争，在东方历史上是空前的，在世界历史上也将是伟大的，全世界人民都关心这个战争。身受战争灾难、为着自己民族的生存而奋斗的每一个中国人，无日不在渴望战争的胜利。然而战争的过程究竟会要怎么样？能胜利还是不能胜利？能速胜还是不能速胜？很多人都说持久战，但是为什么是持久战？怎样进行持久战？"

众人看见，肖枚读的是一本叫《论持久战》的油印小册子。肖枚继续念：

“除了调动有训练的军队进行运动战之外，还要在农民中组织很多的游击队。须知东三省的抗日义勇军，仅仅是表示了全国农民所能动员抗战的潜伏力量的一小部分。中国农民有很大的潜伏力，只要组织和指挥得当，能使日本军队一天忙碌二十四小时，使之疲于奔命……”

大家正听得入神，屋外传来了一声鸟叫。朱鹤赶紧将书取过来，合上了，侧耳听听，又听到一声“桂桂阳”的叫声。“大家都先到里屋去。”朱老师便又看着肖枚，“肖枚，你出去看看。”没多久，肖枚回来了，后边还跟着个女子——那是萱萱。萱萱脸色发白，眼睛红肿。朱老师便问：“萱萱，怎么啦？”未及回答，萱萱便大声哭了起来。“萱萱，莫哭！有什么事，慢慢说。”朱老师问。“我……我爹被保安局抓起来了。”萱萱抽泣着，“朱老师，你快想想办法救救他啊！”萱萱便说起了八大商号老板全部被抓去了保安局的事。“太无耻了！”朱老师几乎是拍案而起。他紧攥着拳头，“国难当头，他们这帮王八蛋却还在鸡脚上刮油，发国难财，简直是天理难容。”他安慰了萱萱一阵，说：“莫急，我去请董校长出面，应该可以解决这个问题。”“等一等。”一个戴眼镜的说，“老朱，我跟你一起去。”

“要得，我俩一起去。”朱鹤说，“李老师是老资格，讲话会更有分量些。”李老师说：“你莫这样讲。这事讲不得资格不资格。我这个人就是见不得这帮贪官污吏横行霸道。”

大家散去后，朱鹤和李老师就去找校长。董校长听过，也义愤填膺，答应去保安司令部先问问情况，交涉交涉。那天，肖枚遇见朱鹤，就关切地问：“朱老师，情况怎么样？”“气人，简直太气人了。”“他们不肯放人？”“他们说要放人可以，银子一钱都不能少。”“如今打仗，河上交通断绝，商家哪来的那么多钱。他们应该晓得这一点的……”“他们就是要趁机敲诈。想他们减少捐款，真无异于与虎谋皮。”“那，可怎么办呢？”“我也一时想不出什么好办法来。”朱老师突然说，“哎，肖枚，你的叔父不是在报社吗？”“是的。他原先是上海老《申报》资深编辑，这次打疏散也来到了洪城，现在是洪城报社的编辑。”“那就好。”朱老师问，“你能不能带我去见见他？”“他能帮到什么忙吗？”“他知识渊博，见多识广，或许能够给我们点拨点拨，出点好主意。”“要得。那我带你去找他吧。”“不用我去。你带萱萱的哥去吧，他情况更熟悉。”肖枚于是跟着萱萱去找到了水生。

从水生家出大街往西边走，转几道小巷，靠着山边有一处爬满爬山虎藤蔓的旧封火筒子院子，洪城报社就设在这里。肖老先生其实并不算老，也就60多岁。他叫肖楚仁。脸庞瘦削，戴金丝边眼镜，穿一件灰色的旧长衫，文质彬彬，书卷气极浓。听了水生介绍的情况后，肖楚仁沉思了很久。“唉，天下无益是书生呐！”老先生两眼喷发着怒火，一副要上战场的样子。“先生，你能不能在报纸上写写文章呢？”水生说。“是啊！”一语惊醒梦中人，“我干吗放着河水不洗船啊。对，不管它有用无用，一定要把这件事捅出去。”水生走后，肖楚仁开始构思，他想想觉得还是用一种群众比较通俗易懂的笔法为好，于是铺开稿子，磨墨挥毫写道：

湘西洪城不远处有一地，叫永州。永州之野产异蛇，黑质而白章；触草木，尽死；以啮人，无御之者。蛇虽毒却是好药，比黄金价高十倍。本人也同书中那位姓蒋的一样，捕蛇而不纳赋税已历三代。我爷爷死于捕蛇，父亲死于捕蛇，为此，我也几乎丧命好几次了。列位看官一定奇怪，如此危险为何还要干下去？诸位问得对，问得好！孔夫子言，苛政猛于虎，我虽一年里头要冒生命危险几次，却不比我的乡邻们天天有遭盘剥的危险，倒也落得快活不是！哈哈哈哈！这是一则久远的故事，但这故事却有了新编。洪城如今也产异蛇，较之永州之蛇更毒百倍。眼下外寇入侵，民众水深火热，却有昏官，以保安为名，敲诈勒索，令本已陷入困顿的洪城商户缴纳捐款，数目竟高达5万银元，无异于竭池而渔。难道也要让洪城民众冒着生命危险去捕捉毒蛇？

文章写好后，肖老便去了编辑部。他是资深老编辑，主编看都没看戴上眼镜就签了字，随后便交给排字班去排字付印了。报纸开印之前，朱老师得到消息后，专门去了报社一趟。“朱先生，有什么事？”门卫和他很熟，但还是把他拦在了门口。“我来买些明天的报纸。”“喔，你不是长期订户吗？今天没给你送报？”“送了。但我想另外再买些明天的报纸。”“零售的话，你可以去码头的零售店，我们这里是不零卖的。”“先生，帮个忙吧，我怕零售点不够。”“不够？你要多少？”“起码300份。”“喔，那好，好好好！”门卫忙掏出笔来记录，一副喜出望外的样子。朱鹤拿到了报纸，把自己的几个学生叫来：“你们把这些报纸连夜派发出去。沿街每家的门缝里塞，莫管他家里有人没人。特别是那些机关，什么难民收容所，保济院爱婴堂的都派。门缝塞不进就翻墙往院子里扔。”

那一夜，朱鹤都没有合眼，他等待着那一声滚过地平线的春雷。第二天一早，洪城的大小院落的人就都看到了。这条消息无疑是具有爆炸性的。那天下午，朱老师听到自己住处院墙外有闹嚷嚷的人声，还有匆忙杂乱的脚步声拍打着深深的石板巷。朱老师简单洗漱了一下就出了门。小门也没有关，反正家里也没有什么值钱的东西。东门大街，一处板壁上挂着“学生抗日宣讲团”字样的横幅。许多人围着听肖枚在演讲。朱鹤挤进人群中听。肖枚演讲：“……眼下外寇入侵，民众水深火热，却有昏官，以保安为名，敲诈勒索，令本已陷入困顿的洪城商户缴纳捐款，数目竟高达5万银元，无异于竭池而渔。难道也要让洪城民众冒着生命危险去捕捉毒蛇？……”城门洞口，宪兵队领兵从城门洞出来。王钩子把手一挥。兵弁们便冲进人群去要抓那演讲的几个学生。着长衫的朱先生出面制止：“请问学生演讲何罪之有？你们怎能胡乱抓人？”王钩子朝他紧盯了一眼，大声喊：“蛊惑人心，统统抓起来！”宪兵要强行抓人，群情激奋，与宪兵发生肢体冲突……王钩子见势不妙赶紧溜出了混乱搏斗的人群。黑压压的群众浩浩荡荡地向洪城保安司令部而去。慌忙溜出人群的宪兵王钩子向谭子由报告说造反学生向司令部围过来了！谭子由骂了一声“废物”，便跑到办公室的阳台上看。阳台下的街道和广场拥挤着黑压压的人群。谭子由抓起硬檐的警官帽子，挥动着，大声说：“乡亲们，大家静一静，我——洪城保安司令部司令谭子由在这里先向大家表示诚挚的道歉。学生演讲，游行示威，言论自由，都是民国大宪章规定的人民权利，警察出面干涉是错误的。”人群中爆发出一阵狂热的欢呼。“好了。乡亲们，都散了吧。”天气有些寒冷，但谭子由油光的脑袋汗水直冒，“我向大家保证，一定会认真调查，并认真处理有关责任人……”人群于是慢慢地散去了。谭子由回到办公室，将帽子狠狠一甩，扔在办公桌上，大声命令：“赶紧查一查，带头闹事的都是些什么人。查清楚之后就秘密抓起来！”但《洪城民报》的记者对此次事件的调查报道隔一天就上了重庆、香港等地的报纸的头条。湖南省政府立即打来电话追问。谭子由无可奈何只好把抓起的几个学生放了。给商家摊派巨款成立所谓“保安团”的事情也搁浅了。只是，谭子由不过是忍气吞声一时，他不打算就此罢休。

第八章

有零星枪声和稀疏的爆炸声从远处传来，几个临时搭建的简陋席棚是战地救护所。不时有伤员被担架抬来抬走，臂戴红十字袖标的战地医护人员里进外出，紧张忙碌。一排排伤病员或坐或躺在树荫下。伤员有的满脸血污，表情极度痛苦；有的缺胳膊少腿，表情茫然。坚持七昼夜后，128师奉命退出嘉善，安全转移到一个叫临平的小镇。因上海保卫战的影响，大批热血青年十分活跃。听说128师是一支与日寇血战七昼夜，击毙敌寇数千人的英勇部队时，当地的民众纷纷前来帮助部队。他们在公路边搭起临时救护所。附近的居民家家开火煮饭烧水，许多居民把家里的棉被拿来，门板撤下，用来抬伤员，乡公所组织了担架队，在军民合作所的领导下，将伤员输送到通车的路段，运往后方医院。谷子琪来慰问伤病员。他眉头紧锁，来到一处战地临时救护所。“啊——”一声惨叫从一处简易手术棚里传出来。谷子琪忙走进棚子去。几个兵强按着一个躺在简易小床铺上的汉子在做手术。“啊！啊！”那汉子满头大汗，几声连续的大叫后，无力地歇住了，声音变得微弱。一个大夫手里拿着个沾满血污的小锯子。另一个大夫双手抱着一条刚刚锯下来的腿，把它放到一个血污的大桶里去。几个血污的大桶丢弃着纱布、绷带、残肢、碎骨头，令人惨不忍睹。“谷师长好！”大夫丢弃了血污的残肢后看见谷子琪进来，忙轻声地道。谷子琪点点头，没有作声，径自走到伤员的旁边。伤员脑门上全是汗珠，表情很是痛苦，但十分坚强。谷子琪紧紧握着伤员的手，泪水悄悄从眼角流了出来。谷子琪问：“覃团长的手术怎样？”“还算顺利，他……很坚强。”大夫说，“本来覃团长的伤不算重，只是弹片剐伤了大腿，但是没有及时止血、消炎，拖延的时间长了点，所以感染、化脓了，高烧不退。现在手术把脓汁排除了，他现在没有生命危险了，但估计痊愈恢复恐怕要一段较长的时间。”“好。只要没有生命危险就好。谢谢。辛苦你们了。”谷子琪说，“带我去看看他。”“好的。师长，请往这边走。”谷子琪等便随着大夫走。一个席棚转角处，谷子琪走到门口，轻轻掀开门帘，走向覃啸天的病床。覃啸天满脸满身缠满纱布，只露出鼻孔和眼睛。他好像是困顿地睡着了。覃啸天是128师中高阶官员中负伤相对较轻的一个。这次血战的结果，四个团长受伤，四个团副死去三个伤一个，十二个营长死去七个，伤五个，连排长死去三分之二，负伤三分之一；士兵更难计。短短几天时间，5799名湘西子弟为国捐躯1741人，负伤官兵822人，竿军损失近半。

谷子琪从临时救护所出来，回到了小镇驻地临时师部休息。用谷子琪的话说，是一匹受伤的狼悄悄在舔自己流血的伤口。师部借用了一处祠堂。院子有些荒芜，院墙倒塌了一块。谷子琪坐在石墩上胡思乱想。谷子琪想起自己出山之前的担心变成了可怕的现实，他不知该如何向家乡的父老乡亲交代。他开始抽烟了，咳嗽得很厉害。“师座，你就莫抽烟了，对身体不好。”陈范从屋里出来，说：“师长，你没去过杭州吧，杭州离临平不远，反正没事，不如去那里看看。”“上有天堂下有苏杭。这主意倒是不错。”谷子琪觉得这样分心一下，也可以减少内心的煎熬，于是爽快地答应了。为了不影响部队，谷子琪将军务向戴涛参谋长等作了交代安排，便带着陈范等几个军官便装前往杭州。吉普车扬起一路泥尘，三个小时后，终于来到了西湖边。“老八，车子开慢点，再开慢点。”谷子琪紧盯着车窗外，交代着司机。司机说：“师长，你说今天要赶回去。西湖可大着呢，不快点怕搞不赢。”“你讲的也是。”谷子琪兴致勃勃地说，“只是我感觉我们中国的美景多是粗犷的，而杭州的西湖却如此娇俏玲珑，妩媚俊秀，所以坐车经过都不忍惊动她。”陈范笑了，说：“谷师座杀敌无数，血流成河，想不到也有如此怜香惜玉之柔肠？”“哈哈哈哈哈。”众人一阵大笑。“爱美之心，人皆有之嘛。”谷子琪说，“今天来到这里，突然想到了很多。看见这般美景，心中也会像在战场一样流血。”众人听后也都大发感慨。他们谈论着跨过了断桥，穿过苏堤来到孤山。“自古好人无好报，从来忠臣无善终……”忽然一阵断断续续的吟诵声传送过来。谷子琪感到很诧异。他急忙顺着声音转过花丛，看见一位老僧正闭目禅坐，口中喃喃。老僧仙风道骨，鹤发童颜，看来绝非平常之辈。谷子琪双手合十上前道：“请问师父何出此言？”老僧良久方道：“施主可知，南宋时，此地曾作了150年的京城，称作临安。1127年金人攻下北宋京城汴京，徽宗皇帝被劫走，宋高宗逃到此地建立半壁江山的政权，苟且偷安。然而大臣不思报国，贪图逍遥，相互倾轧，使大将报国无门，岳飞与儿子被以莫须有的罪名杀害，葬于栖霞岭南，这不是好人无好报吗？每逢国难，此等悲剧，实在不可胜数。”谷子琪被说得明白又糊涂：“师父所言极是，只是痴愚，还有一点未能明白知晓。”“何事未明？”“好人无好报乃自古皆然，而此何以与半壁江山相连呢？”“哎，半壁江山乃中华之大难，月旬之后，又是半壁江山，天堂杭州必将遭祸，在劫难逃。你等军人任重道远，好自为之。”谷子琪一惊，心想，自己便服为何被他看透？急忙对老僧深深鞠躬，问：“请问我部今后如何？请高僧指点！”老僧答："一部仍一人，一人仍一命，一部系一命，一命何以轻。""此话怎讲？"谷子琪完全听不明白。"此乃天机，日后自明。"老僧说罢，缓缓爬起欲离开。"请指点，我将何去何从？"谷子琪竟穷追不舍。老僧无奈，给他念了四句诗："牯陷泥潭冤折翅，驴棚勿躁方为安。弓长不可非长手，连寨不避鹤归路。"老僧说罢飘然而去。"师座，这疯和尚，尽说胡话。"陈范哈哈大笑。"陈范，不可妄语，杭州灵隐名刹古寺得道僧人颇多，后面的话你可记住了？""记住了。""快拿笔记下。回去后再仔细揣摩揣摩。"谷子琪说。其后，一行人便往灵隐而去。谷子琪因心有牵挂，一路上再也没有心思观景了。

南京沦陷，谷子琪部队在临平休整期间，国民党最高统帅部改组了军事委员会，重编和调整了国军战斗序列，128师所属原第四路军变为地方集团军。休整一个多月后，5月的一天，一匹白马急匆匆来到128师师部。参谋长戴涛看见马上的人是孙平，忙打招呼："孙参谋好！""首长好！"孙平跳下马，笔直敬了个军礼。戴涛说："是不是有任务来了？大伙可是着急着哩。"孙平说："没错。有任务。""好。快请进屋去。"戴涛带着孙平往师部走，边喊，"师座，孙参谋来了。新任务来了。""好啊，好啊。"谷子琪忙迎到门口，"孙平啊，大伙真的在这里憋急了，再这样休整可就全都成废人了。""军部也一样，一直在等任务。"孙平从挎包里取出一份文件。谷子琪拆开信封，看了一遍，交给参谋长，说："军部命令128师做好调动准备，三日后移防鄱阳湖边牯塘。"孙平说："师座，现在武汉成了全国抗战的中心。日军已经调集最精锐兵力开始向武汉进攻。防守鄱阳湖边牯塘一带，保卫武汉是首要任务。""孙参谋说得不错。"谷子琪说，"你回去向军长报告，128师会立即做好调动准备，按时出发。"孙平却慢悠悠地说："师座，这事，你还是直接在电话里跟军长说吧。""哦。我忘了孙参谋还要去其他师传达命令。"谷子琪说，"行，一会儿我直接给军部打电话。你如今可是大忙人啊。""也不是很忙。"孙平又从挎包里取出一张纸，突然端正地敬了一个军礼，"报告谷师长，士兵孙平前来报到！"谷子琪和戴涛一下子都有些蒙了。"好啊，好啊。"戴涛接过孙平手中的纸，看过，说，"师座，你的手下又添一员猛将了！"谷子琪接过那纸看，原来是一份调令："任命孙平担任128师副参谋长"。"好啊。孙平老乡，你终于回到咱湘西的部队了！"谷子琪用手重重地在孙平的肩上击了一下。

部队马上就要调动了，谷子琪安排参谋长安排各部队做移防准备，交代妥帖后，觉得心里有些不踏实，坐下来抽了几根烟，突然意识到：马上就要离开杭州湾这片用血浸染过的土地，就此一别，也不知猴年马月才能再回来。"老戴！"谷子琪想到了什么，突然大声喊。戴涛正在打电话，听到喊声，扔了话筒便从里屋跑出来，问："师长，有什么事？"谷子琪说："你赶紧让覃啸天把那个叫小天师的带过来。""小天师？"戴涛有些不明白，"这个兵犯事了？""没有呐。"谷子琪说，"老戴，我们部队过两天就要开拔，这一去，也许就再也回不到这个地方了。跟着我们过来的好多湘西老乡都把命扔在这里了，好些人连尸骨都找不到。我不想让他们成为孤魂野鬼，无论如何，也要让他们的魂灵回到自己的故乡……"戴涛说："师长的意思我明白了。师长是想找那个小天师过来为死去的官兵做一场法事？"谷子琪点点头："没错。""师长想得真周到。"戴涛说，"只是，超度亡灵可是大法事。那个小兵行吗？""他敢自称小天师，恐怕也还是有一两手的吧。"谷子琪道，"再说，到什么山唱什么歌。仪式排场不重要，重要的是那份心。"

小天师虽说学艺不精，但十分虔诚认真。以往在乡间替人做法事，多是冒领斋饭走走过场而已，而这一回，他有切肤之痛。那一天，除了极少数值班离不开的，连以上军官全部被谷子琪带到了海边。128师染血的军旗插在沙堆上，在海风中猎猎飘扬。几个日军的破烂钢盔反扑在沙滩上，里面堆放着大块的肥肉和米饭。依照道教斋醮科仪，坛场上设置了水池和火沼，水池盛真水，火沼置真火。一沓沓纸钱燃起熊熊大火。谷子琪领着众官兵面朝大海跪倒在沙滩上。身着金丝银线道袍的小天师出场了。他手持桃木刀，挥舞着五色绺巾，嘴眼歪斜，吟唱着古老的曲调，在坛场里翩翩起舞。小天师舞蹈着，竭尽所能完成了尽可能齐全的各套程式：先祝香，启闻上帝，焚降真诏灵符；次念五帝真讳，收招亡魂，水火交炼；焚符九章，使亡魂之脏腑生神；读符告简牒；高功下座，送魂度桥；焚燎，举三清乐；至此退班，水火交炼，超阴度亡。超度过亡灵，第二天，谷子琪就率领着部队向鄱阳湖边牯塘开拔，抵达后立即进入了阵地。

1938年7月23日，凌晨，一架敌机突然飞临128师阵地上空进行轰炸、扫射，扫射一阵后离开了。团长周西青随即急忙赶到师部汇报。来到师部门口，看见孙平便问："孙平，师长在吗？""在。"孙平便将周团长带进指挥部去。"师长，敌机已经开始向我军前沿阵地试探性进攻。"周西青报告说，"据观察，日军已经与我们前方的预三师正面接触。"谷子琪急忙翻看地图，说："日军很多天都没有动静，今天突然动作，一定是要开始发动对武汉的全面战争了。"周西青说："师长的判断有道理。看来我们得加紧做好准备。"正商量着，话务员说："师长，军部刘参谋长电话。"谷子琪忙去接过话筒："刘参谋长啊，我是谷子琪。"刘益章在电话里说："啊，子琪，你们的前方遭遇日军大规模进攻。二路军预三师赵鼎昌师阵地告急。

命令你部马上赶去增援。”谷子琪说：“参谋长，战斗不是刚刚开始吗？怎么就要去增援？”“哪来的那么多废话，既然派你们去增援，那一定是那边情况紧急。”刘益章说，“马上研究一个增援方案，立即报上来。”“是。”谷子琪回答。孙平看了看挂钟，时间正指向10点。他急忙掏出一个笔记本来记录。谷子琪通知道：“孙平，赶紧去找一下参谋长过来。”“嗯。好的。”孙平应答着，却没有动。谷子琪催促道：“孙平，你还在干什么呢？”孙平说：“我在记日记，马上就好。”“记日记？孙平你还真有闲心啊。”周西青道。孙平说：“养成习惯了。”周西青说：“在军部都把你弄成书呆子了。”众人大笑。不久，孙平把参谋长戴涛以及其他几个团长都找来了。这时，一阵飞机的轰鸣声由远而近。孙平观察一下后，进到屋里：“日军飞机过来了，好像一共有九架。”戴涛忙走到窗口，看着不断从头顶掠过的日军飞机皱起了眉头。日军飞机开始低空俯冲，一阵狂轰滥炸。“师长，军部的增援命令既然下来了。我们肯定得执行。”戴涛说，“只是，这一次是大兵团转移，目标庞大。而牯塘地区是平原，若遭遇敌军轰炸，恐怕会付出不必要的沉重代价。”周西青也说：“是啊，光天化日之下，岂不是要让我们全部成为日军的活靶子？”谷子琪面色忧郁，说：“话务员，赶紧接通军部。”通信兵摇通了军部的电话。谷子琪接过话筒，说：“报告刘参谋长，我是谷子琪。军部的来电已经收到。我们将遵照军部的命令增援赵鼎昌师阵地。”“好。”刘益章说，“马上行动。”谷子琪说：“参谋长，我正在前线阵地上，现在日军正向我部阵地疯狂轰炸。现在是白天，白天以一师之众恐怕难以运动。请示军部，能否等待天黑再开始出发增援，借夜色掩护我师运动，以减少伤亡？……”“不行。”对方立即大声地否定了，“我命令你们，下午2时赶到指定地点接防。”“可是，参谋长……”谷子琪还想据理力争。“这是命令，没有商量的余地。”刘益章“啪”的一声挂断了电话。孙平有些气愤：“军部怎么能这样？”“孙平，你在军部那么久还不知道潘军长和刘参谋长的作风？”戴涛说，“我们可是习惯了。”“偶尔听到他们打电话的口气，也是有感觉的。”孙平说，“尤其是对128师很不公平。我提出过异议。刘参谋长认为我对湘西人偏心，不服管教，所以就打发我走了。”“走了，很好啊。”谷子琪说，“你还很年轻，不能老待在上头机关里，在第一线上才能有更好的锻炼。你一定会大有前途的。”孙平说：“师座讲得好。我会不辜负首长期待的。”谷子琪思考了一下，说：“没办法，老戴，赶紧行动吧。传我命令，767团作为先锋，立即跑步到牯塘增援；763团新兵多，居中前进；768团作后卫，全师轻装前进。”

离开工事的128师官兵，在毫无遮蔽的旷野上运动，日军机群黑压压飞来。日军战机的机枪口“突突突”冒着火舌，对着旗帜和工事疯狂扫射。国军的旗帜很快被打烂，旗杆断折倒下。国军的混乱极大地刺激了日军飞行员的骄狂，战机紧贴着地面中国官兵的头顶俯冲恫吓，刮起的疾风甚至将中国官兵的帽子都卷到空中。“娘卖的，打！”气愤的小天师大吼一声，抓起机枪从地上站立起来朝天空射去。一架敌机发现了小天师的身影。立即折转头来，向这边俯冲扫射。“小天师——”孙平见状，急忙扑上去，一把将小天师按倒。敌机密集的子弹落在两人的周遭，草皮、土块四处乱飞。随后，几颗炮弹砸了下来，硝烟弥漫。“小天师，莫乱搞。不要命了啊？”孙平说。小天师说：“狗日的，太气人了啊。”“是气人，可你这样搞会暴露目标，反倒把敌机引过来了。”孙平警告说。“对不起，孙副参谋长。”小天师眼睛发红，但不再辩驳了。飞机飞过后，周西青从一处路边的小壕沟里爬出来，手一挥：“都起来，整理好行装，继续前进！”众士兵立即起身，相互整理一下行装，加快速度往前赶。重新集合行进的部队仅仅前进了不到二十分钟，便被一架日军飞机的飞行员发现了。他驾驶飞机又飞了过来，对着黑压压的人群扔下了一串炸弹。轰轰轰轰！炸弹轰得天摇地动。“卧倒！赶紧卧倒！”团长周西青声嘶力竭地大声喊。但一切已经迟了。弥漫的硝烟散去后，周西青看见自己的眼前是一片横七竖八的士兵尸体。“天啦！”这个五大三粗的汉子不禁嚎啕大哭，跪倒在地上，“这是做的什么孽啊！”

一辆军用吉普车开过来。谷子琪打开车门跳下车，拉住周西青的手：“老周，起来，起来。”“师长，师长，这是干什么？”周西青还在嚎哭，“光着脑壳顶着炸弹跑，这是把我们放进绞肉机啊！”谷子琪看着眼前的一片尸体，也眼中含泪：“是我谷子琪对不起大家啊。敌机又来了，都赶紧隐蔽吧！”士兵们又就地寻找林子、壕沟隐蔽起来。一架飞机又俯冲下来。“集中所有的火力，打！”谷子琪也愤怒了，大喊一声。“砰砰砰”“哒哒哒”，战壕及工事内所有火力集中向飞机开枪射击。战机迅速升高飞过，这才稍微遏制住日军的嚣张气焰。一阵狂轰滥炸之后，敌机便全部飞远了。“老戴，前面有一些土丘，命令部队火速冲过这一片平坦地带。”谷子琪下令。“是。”戴涛于是立即组织部队集结，继续往前冲。谷子琪和参谋长上了吉普车跟着部队飞快向前驶去。一架飞机又出现在上空，疾驰的吉普车引起了日军飞行员的注意。他加大油门迅速向前飞追。战机追上来就是一阵疯狂扫射。吉普车后窗玻璃劈里哗啦被打烂。司机一猫腰，尽量降低高度，猛地向左拐去，这时子弹贴着他射向副驾驶座，座位立即被射烂。后面的一架战机也相继跟过来。吉普车突然歇了火，怎么也发动不起来，司机焦急万分。飞机瞬间追来。“首长，赶紧下车！”

情急之下，司机大喊。谷子琪和戴涛推开车门翻滚了下去。两人刚落地，日机便投下一颗炸弹。“轰隆”一声，伴随着一片火光，吉普车被烧成了一堆废铁。这时，又一颗炸弹像惊叹号般漂移过来。“师长——快！”话务员见势不妙忙一把将谷子琪推开。炸弹在临时指挥所旁边的空地上爆炸，巨大的气浪将话务兵和谷子琪推开了近一米的距离。“师长——”孙平闻讯连忙赶过来。谷子琪被强大的气浪震得有片刻眩晕。醒来后，他忍着痛说：“孙平，不要紧的。没事。”“师长，你的手臂流血了。”孙平急忙呼喊，“卫生员！快叫卫生员！”卫生员带着担架队过来。卫生员给他简单包扎了一下。士兵把谷子琪扶上担架。谷子琪努力探起身子，问：“话务员，预三师那边的情况怎样？他们现在在什么位置？”话务员说：“电台联系不上，多次呼叫那边都没有回应。”“继续联系。”谷子琪又问孙平，“打前站的侦察兵有没有送回来的消息？”孙平说：“一个侦察兵已经到了牯塘，来电话说是没有见到二路军预三师的部队。”“怎么会这样？”谷子琪说，“继续保持联络！”“好的。”孙平说，“我们的第二批侦察员也早已出发了，联络上他们，情况也就会清楚了。”谷子琪说：“话务员，你通知各团各连队，不要硬冲，乘着敌机扔炸弹下来，硝烟还没散开的时候就突进；硝烟散掉就马上隐蔽起来，不能再造成无谓的伤亡。”“是。”话务员立即摇电话与各部队联系，下达指示。日军更强烈的炮火已经袭来。阵地炮弹纷飞，不少人被炸得血肉横飞。孙平痛心地喊：“卧倒！就近隐蔽！”一会儿军机飞走了。孙平从前方急急地往回跑：“师长，有情况！”“什么事？”一只手缠着绷带的谷子琪被担架抬了过来。听到孙平的报告，谷子琪说：“孙平，赶紧叫参谋长过来。”他带着几个副官从后面追上来：“老戴，快过来一起研究一下。”戴涛和周西青、陈范等都过来了。他们在一处稍隐蔽的地方开会碰头。谷子琪神色严峻：“各位，情况有些不好。据先头部队侦察兵发回的消息，好像友邻部队预三师早已提前撤退了。”周西青一听就火冒三丈：“搞些什么鬼，让我们冒死去增援，他们跑得比兔子还快。”陈范也很愤怒：“是啊，10点钟给我们发增援命令，而他们竟然11点就跑了？！为什么？为什么要让我们来白白送死啊！”周西青发牢骚：“军部的官们都吃屎去了，为什么还要让我们过来？”孙平问：“师长，那我们还有必要按时赶到牯塘吗？”谷子琪看了看怀表：“我们已经到了牯塘的地盘，但时间也已经超过了。预三师提前跑了，按时与否已经没有什么意义。关键的是如果他们真的是跑了，我们面对的麻烦就大了。”众不解：“为什么？”谷子琪说：“预三师提前撤走，放弃了阵地，那就等于日军撕开了我军鄱阳湖的防线，那么我们就不再是增援部队，而是会马上正面遭遇日军的主力。”果然，这时有侦察兵过来报告：“报告师长，我军正前方两公里处发现大量日军。”孙平：“那可怎么办？预三师撤了，我们若再不撤，就要被敌人包饺子了。”“撤不了了！”谷子琪命令道，“命令部队停止前进，赶紧就地修筑工事，准备战斗！”预三师上午11时放弃阵地、提前撤走，敌军撕开了我鄱阳湖防线，潮水般扑来，很快就与128师接上了火。不久，第一批敌机飞来，炮弹蝗虫般黑乌乌的一大片。匆忙中筑建的一些临时工事，一下子就被夷为平地。无处躲藏的几个士兵首先跳出浅壕向后方逃。周西青忙大喊阻拦：“弟兄们，顶住！一旦溃退，我们128师就全完了！”但无济于事，越来越多的士兵向后方逃去。“砰——”周西青掏出配枪鸣枪警告：“都不许跑！”一个士兵刚要跳出战壕，一下就被周西青抓住衣领，硬拽了回来：“谁敢跑，斩立决！”这时，一个副官神色慌张，急匆匆来到谷师长的担架边。谷子琪问：“怎么了？”副官递过望远镜：“师长！你看！”谷子琪瞧了一下，努力从担架上跳下来，走到一个高处，大吃一惊。阵地前方的田野遍地都是日军杏黄色的军装，成片的钢盔闪着清冷幽光——大约有上千日军步兵，正气势汹汹地扑来。这时，天上又传来飞机的轰鸣声。众人问：“师长，怎么办？”谷子琪说：“就地为壕，人自为战吧。”他们人自为战，以一当百，冒死拼杀，打退了日军一次又一次的进攻。激战一直进行到下午6时左右。黄昏时节，眼盲的日军哑火，暂时停止了进攻。翌日，天刚亮，9架敌机又分批轮番轰炸，低空扫射，128师损失惨重，但全体官兵仍抱一人一枪之决心，死守阵地。经过一整天的血战，至次日凌晨，话务员与军部联络上了。潘军长准许128师撤出牯塘。128师刚刚开始后撤，日军的飞机就跟在后头穷追猛打。此一役，128师又有近千名官兵战死疆场。

在混乱的后撤队伍里，谷子琪躺在担架上。他眼神迷茫、空洞。当部队撤退到德安的时候，远处有两辆军用吉普车缓缓开来。跟在担架旁边的孙平说：“师长，是军部的吉普车。军部派人来迎接咱们了。”“喔。”谷子琪很是困倦，微微抬头看了一下，又仰躺下了。吉普车“嗤”的一声在谷子琪的担架边停住。车门打开，刘益章跳下车来。孙平高兴地喊：“参谋长，你好！”刘益章没有回答，面色冷漠。后面的那辆吉普车也停住了，有几个荷枪实弹的军人跳下车往这边赶过来。周西青感觉情况不妙，冲上前去：“你们要干什么？”“走开！这儿没你的事！”一个军官上前要推开周西青。“你敢？”周西青猛地掏出手枪。“西青，不要乱来！”躺在担架上的谷子琪大声道。一个军法官走过来：“你就是谷子琪吧？”“没错。我是谷子琪。”谷子琪说。“先铐起来！”军法官大声命令。两个兵拿出了铁手铐。孙平也很愤怒：“抓人？你们凭什么？”“孙平！”担架上的谷子琪把双手一并举了起来。“咔哒”一声，冰冷的手铐将谷子琪的双手铐住了。军法官从皮包里取出一份文件，朗声念道："128师违抗军令，擅自脱逃，现撤销谷子琪师长职务，押往指挥部，准备接受军事法庭的审判！战区总指挥部，11月13日。"众人全都惊呆了。两个兵过来将谷子琪架下担架，拉着他往军用吉普车而去。"干什么？你们要干什么？"此时，在场的128师官兵群情激奋，端着枪拿着刀就要上前拼命。"弟兄们，都不要冲动！"谷子琪说，"公道自在人心。放心，我就会回来的。"军用吉普车开动了，摇晃着。谷子琪被两个个头高大的士兵夹坐在后排椅子的中间。谷子琪很困，迷迷糊糊几乎睡着，突然记起老和尚说过的那句话——"牯陷泥潭冤折翅"。

由于第二集团军的预三师提前溃败逃跑，在光秃秃的平原上，冒着枪林弹雨前来增援的128师猝不及防地与日军正面交锋，竿军官兵人自为战，冒死拼杀，近千名官兵战死在疆场。尽管如此，第二集团军指挥李汉却罔顾事实，越过70军司令部电告总指挥长陈诚，说"128师作战不力，该师一经接触，即溃不成军"。当时，军事委员会调整后成立了总政治部，陈诚为部长。他还同时兼任第六战区司令长官和武汉卫戍总司令、湖北省政府主席。为了充实自己的战力，陈诚一直想把128师吞并为己有，于是借机将师长谷子琪扣押，电令"速赴武汉接受军事法庭审判"。

"娘卖的，老子们打了两天一夜，尸积如山，血流成河，他们不仅不奖，反而受审。师长，我带弟兄们保护你回家去算了。""什么审判，就是要吞并我们的部队嘛，司马昭之心哪个不晓得。"得知谷师长受到如此不公，128师上上下下一片哗然。"各位兄弟，我辈远离故土，抛尸异乡，图的是驱除倭寇，国家安宁，如贪图安逸，我们均可在家享福。今既已壮志报国，岂能苟安？国已如此，个人名利得失又值几何？"被押赴武汉前，谷子琪对前来看望的官兵们说，"我此去是祸是福，还望各位团结一心，临危不惧，遇难多思，千方百计把这些弟兄带回故乡，还其父母。我即在九泉也会欣慰。"

到了武汉，谷子琪被武汉行辕的军事法庭进行了一次秘密审讯。小小讲台正中坐着个两鬓染霜，架一副金边眼镜的人。他是军法执行总监察官鹿中将。左侧坐着颜检察官，少将衔，面容清瘦，有些诡谲。台下前排除谷子琪、戴涛和孙平外，还有第二集团军司令部的一位上校参谋，第四集团军参谋长刘益章等。

"各位，本军事法庭现在正式开庭！"审判长用木槌敲击了一下，颜检察官开始宣读公诉书。他拿出一摞纸，念道："牯塘战役打响之后……预三师赵部遭到敌人海陆空三军强大的联合攻势，伤亡惨重，情况危急……128师在接获集团军总指挥官的电令后，增援不力，延误军机，致使牯塘战线全面崩溃……影响保卫大武汉的整个军事部署，128师难辞其咎……"公诉书宣读完毕后，审判长问，"请问第二集团军代表有无补充？”“有！”一个上校参谋站起来，说：“李司令官7月23日上午9时电令128师驰援，限令下午2点以前到达，但直到下午6点还未到，且一经与日军接触，即溃不成军……”书记官说：“现在请128师谷子琪师长陈述。”谷子琪于是叙说了从接到增援命令后及时出发，以及冒着枪林弹雨增援，与敌遭遇，至翌日夜半接到撤退命令等等详情，最后说，“综上所述，总部说我部未按指定时间到达牯塘前沿，延误战机，溃不成军，是为偏听偏信，罔顾事实，我不能接受。请求总监和检察官明察真相，公正判决。”谷子琪申诉完毕，那个上校参谋忙说：“谷师长适才之陈述似颇有道理，但没有可信的证据是不能令人信服的。”“同意。”总监察官说，“军法是重证据的。你们有证据吗？”会场一阵寂静。大家都在交头接耳。的确，战事紧急，匆忙而且混乱，能够有什么证据？“我有证据。”孙平突然一把站起来，“我有铁的证据。”书记官说：“好，请坐下来讲。”“牯塘之战，作为128师的副参谋长，我全程亲身经历，而且其间发生的一切我都有详细记录。”会场一阵骚动。孙平慢慢地从衣服口袋里取出一个小笔记本，翻开一页：“请看记录：一、总部电令我师驰援的时间是7月23日上午9点38分。谷师长电令增援的时间是9时40分。其后，128师即派768团10时开始出发运动增援；二、我军在光秃秃的平原、毫无隐蔽的情况下奋力向前增援。但在上午11时35分的时候，我军先头部队侦察兵发回了消息，说预三师早已提前撤退了。请看，这是当时的电话记录！后经查证，预三师开始溃退时间是正午11点左右，比总部指令我们的到达时间提前了2小时。由于赵部放弃阵地，让我师提前与日军大部队正面遭遇，为我军到达前沿增加了巨大困难。但我们还是经过苦战，以牺牲一千将士生命的代价于下午5时到达了前沿阵地。据7月30日伤亡统计，128师此役负伤官佐32人，士兵637人；阵亡官佐19人，士兵950人；生死不明官佐17人，士兵417人。”孙平说完把装有电话记录、战报等一大沓材料的文件袋，双手呈送给总监。戴涛于是想起了当时的画面：孙平说是记日记，大家都笑他成了书呆子。如今看来，这书呆子还真有大用处啊。“128师从千里之后方湘西，日夜兼程奔赴抗战前线，嘉善一役，毙敌2000余。上司指示阻敌4天，而我以一当十，与敌反复肉搏，固守阵地，血战7昼夜，死伤官兵2800余众，尸积如山，血流成河，我辈岂是畏敌之师？岂是惧战之伍？”孙平回到座位上，话锋一转，慷慨陈词道，“牯塘战役赵部溃败，我部却迎敌而上，就地为壕，人自为战，迅速将尾追之敌阻住。面对倭寇海陆空三军联合攻击，我们以粗劣的步枪、大刀拒敌，阵地一片焦土，尸横遍野，我师浴血奋战了两昼夜，1000余官兵伤亡。子夜时分奉命撤回，何来一经接触，即溃不成军？我部虽属杂牌之伍，亦懂国家重任，既已戎马，就当马革裹尸。我师战况本应由第四集团军或由赣北集团军上报，焉用越军越权上告？我辈荣辱事小，抗战事大。望军法总监慎思，天理昭昭，还我公道！”孙平语惊四座，众人皆叹服这个年轻军人思维的缜密和雄辩的口才。其后，控辩双方唇枪舌剑，其激烈程度不亚于战场硝烟。尽管谷子琪、孙平据理力争，然而检察官和第二集团军上校参谋仍死咬不放，大有置之死地而后快之意。一番辩论后，坐在一旁的第四集团军参谋长刘益章心中大概也明白了“中央军”吞并湘军的意图，便说：“审判长，我请求发言。”旁边的审判员对审判长耳语，介绍了刘益章的身份。审判长说：“允许第四集团军参谋长刘益章发言。”“刚才孙平副参谋长所说接到命令以及出发增援时间等与我军部记录情况完全一致。我可以担保证明。”刘益章站起，“另外，128师归我军所辖，向德安后撤是我军潘军长在战场前线观察敌我军势态后亲自签发的命令，时间是7月24日下午11点，所以128师的撤出并非溃逃。”这一简练的证言，立即打哑了法庭审讯，刚才还盛气凌人的检察官和上校参谋面面相觑。总监见状，心中也明白几分，转身对检察官轻言了几句。“法庭审讯，暂告结束，各方陈述，尚需查证，方能做出判决。”总监于是大声宣布，“鉴于前线战斗危急，戴涛可立即返回部队，做好收容休整工作。师长谷子琪在牯塘挂花，为国效命。精神可嘉，给假20天，以资疗养。其余结论，待结案之日，另行通知。”

军审结束，谷子琪心情稍宽。戴涛为慰藉师座，邀请谷子琪同游武汉江城。是日，天气晴明，谷子琪便装礼帽，戴涛戎装白手套，一班卫兵随后，信步来到龟山。谷子琪兴起，便问道：“戴兄，古诗云，‘晴川历历汉阳树，芳草萋萋鹦鹉洲’，你可知何为汉阳树？”戴涛见师座大发雅兴，便说：“此诗出自崔颢之口，汉阳树，据记载是千子山有老桂林，垂荫百余步，花香数十里，为汉阳树之最古者。汉阳树可能据此而来。而鹦鹉洲则是因《鹦鹉赋》而得名。”“《鹦鹉赋》是祢衡的名作。祢衡因才华出众，被曹操、刘表、黄祖迫害而死。你看！”谷子琪指着墙壁上一首李白的诗，“‘吴江赋《鹦鹉》，落笔超群英，锵锵振金玉，句句欲飞鸣。鸷鹗啄孤凤，千春伤我情，……至今茅洲上，兰蕙不忍生。’好一个‘鸷鹗啄孤凤’，我们的杂牌军在浴血奋战，嫡系军却保存实力，这不就是‘鸷鹗啄孤凤’吗？”“对，对啊。”众皆击掌长叹。而后，众人缓缓步入归元寺。寺前石牌坊上镂刻有一长联：人间情法无定法倒不如无法法之，天下事了犹未了又何妨不了了之。谷子琪细读，不禁神情黯然。戴涛知此联又触动了师座的心绪，不觉心中也暗自凄然。这时，突然四周响起空袭警报，很快一队日军战机飞过，扔下许多炸弹。一股股黑烟冲天而起。人群惊逃四散。众人忙拥谷子琪朝寺庙后走。“师座，敌机又要过来了，快，我们去翠微山的防空洞躲躲。”但谷子琪不肯去，昂首向天，大发感慨：“当年岳飞曾登此翠微峰，留下名句‘经年尘土满征衣，特特寻芳上翠微；好山好水看不足，马蹄催趁月明归。’想不到英雄之诗却是吾辈写照也。”

长沙的8月，天气热得像火。每当夜幕降临，纵横交错的大小麻石街上摆满了竹床和靠背凳，男男女女全拥挤在街上纳凉扯谈，通宵达旦。这本是长沙人的习惯，更是当时之情势使然。那一段日本鬼子的飞机隔三差五过来扔炸弹，人们都担惊受怕，不敢在屋里过夜。谷老太太受不了敌机的轰炸，已经回到竿城老家去了，于是北门成宫街10号这处老宅子变得异常冷清起来。不久，这座冷清的老宅突然又热闹起来了，每天都有络绎不绝的客人。因为遭受磨难的谷子琪有20天假，便回到长沙，住进了成宫街10号。知道谷子琪碧血丹心报国却一再蒙冤，许多知名人士纷纷来看望慰问。热闹归热闹，谷子琪的心情并不好，那场未了的官司总让他心绪不宁。8月底，武汉行辕军法执行总监发来电报，要他速赴武汉听候判决。一辆军用吉普车便载着谷子琪与副官离开长沙直奔武汉而去。小车来到武汉行辕，谷子琪看见从官邸的石阶上匆匆下来了几个人。“谷师长一路辛苦了。”车门打开，鹿将军和办公室主任却热情地同他握手。谷子琪提起的心稍稍放下了些，笑道：“哪里，哪里。军人嘛，沙场之战尚不言苦，以车代步有何辛苦可言？”“今天请谷师长来，是要了结上次的公案。经过我们查阅资料，又向潘军长等询问，明白128师当时处境艰难，战斗惨烈，阁下的指挥是得当的，至于结局，那也是不可逆转的，如果换上我，也无法挽救败局啊！”鹿将军说，“最终判决阁下的失职之罪不成立，阁下即可回128师继续任职。我在此谨向阁下表示祝贺，并致以歉意。”“鹿将军明鉴，子琪深表感激，不过我觉得他李汉也未免太专断……”办公室主任忙接过话茬：“问题已经解决，谷师长不必介意了。现在我奉命通知谷师长，何部长要约见你，时间是下午3时整。”

下午，谷子琪准时来到了何应钦的办公室。何应钦见面就说：“谷师长辛苦了！九江之战，我军不敌日寇之海陆空三军立体攻击，胜败乃兵家常事，不必介意。须知抗日战争尚处于初期，其长久性、艰巨性，我们是早有预见，希望谷师长要着眼未来，重振军威。嗯，嗯，今奉委座指令……”谷子琪听到，忙应声起立。何应钦推了推眼镜，说：“今奉委座指令，谷子琪调任第七十军副军长之职，望即时赴任，为保卫大武汉再立新功！谷师长荣升，我表示祝贺！”何应钦的两句奉承话，谷子琪听得十分刺耳，想了想，开口说：“部长，谷某不才，能力浅薄，恐怕难以胜任……“何应钦忙说：“谷师长不必心存芥蒂，与李觉共事，你们是湖南老乡，一定会鱼水相融。这是委座的命令，不要多言！”谷子琪不再说话。但他心里明白，这其实是明升暗降的官场惯技。

夏末的一天，一辆军用吉普车开进了128师的驻地。覃啸天伤愈之后，回到驻地，推开车门，一个年轻军官迎上来，说：“你好，欢迎覃团长伤愈归队。”覃啸天看到的是一个十分熟悉的身影，一愣：“孙平，怎么是你？”陈范介绍说：“啸天，你受伤后，孙平就调到我们师来了，如今他是我们师的副参谋长。”“好啊，恭喜高升。”覃啸天的话没有激情，并且立即转向陈范问，“听说谷师长没事了。”“没事了。军事法庭最终判决失职之罪不成立。”陈范说，“在这件事上，我们的孙副参谋长还是立了大功的。”“哪里，哪里。”孙平的脸有些涨红，“我只不过陈述了一些自己所见的事实而已。”“只要谷师长没事就好。不然我们128师就完了。”覃啸天问，“陈范，谷师长现在在吗？”陈范说：“应该在的。”“好。你带我去见见他。”“那么急干啥？也该先休息一下。”“我精神好着哩。现在最想的事，就是见到谷师长。”“那好，陈范你俩去见谷师长吧。”孙平说，“啸天，你的包我帮你先带回团部去。”“师长，听说你受苦了。”覃啸天一见到谷子琪，就忍不住泪流满面。“没事。”谷子琪神色显得格外疲惫，但还是努力安慰，“啸天，比起你们在一线战斗的官兵，我受的这点苦算什么？”“我们在前线杀敌，但有师长跟我们在一起，我们就心里踏实。”覃啸天说，“现在可好了，我们又可以跟着师长去打日寇了。”谷子琪却不说话，面色忧郁。“师长，怎么啦？哪儿不舒服？”啸天问。“没事。”谷子琪喝了一口水，说，“这次我们的官司虽说是胜诉了，但树欲静而风不止啊。”“师长，还有什么麻烦吗？”陈范说，“那么大的仗火我们都顶过去了，哪个敢再搞鬼，我们就和他搞到底。”“明枪易躲，暗箭难防。这一回的麻烦是人家要让我们哑巴吃黄连，有苦说不出。”谷子琪说，“何院长已经找我谈过话，让我去第七十军担任副军长之职。”“这不是明摆着要撤掉咱128师吗？”陈范说。“就是这么个意思。”谷子琪道，“这一套明升暗降的官场惯技，谁都看得出，可这苦你说不出啊！”覃啸天说：“师长，调令还没有下来吧。你不能不去吗？”“我也推辞过，但不知能不能推得掉。”谷子琪说，“记住，这事就到你们俩晓得为止，不要再往外传。弄得不好，又会被人抓辫子。”啸天和陈范都说“好的”。谷子琪又说：“不管将来怎样，总之还是团结一心杀敌报国最紧要。”“一定谨记师座教诲。”啸天和陈范表态后离开了。

覃啸天回到他的团部，部下和士兵们见到团长都激动得潸然泪下。覃啸天与这个团的士兵们真正在一起战斗的日子其实只有短短的七天，但这短短的七天里，他们就是在地狱之门拼杀，近千人的团队死伤过半。那些上一餐还同在一个碗里夹菜的好兄弟，到下一餐，竟然就阴阳两隔，是何等的悲惨！很多死去的战友的尸骨如今连扔在哪里都不知道。“团长，你回来了，又可以领着我们上战场了。团长，什么时候可以出征？我们一定要为死去的战友复仇！”小天师说。“我们都憋不住了。”小佬说，“总是休整休整，人都会被磨死。”小天师竟然带头写了一份血书请缨上前线为战友报仇，并请覃啸天把血书交到军部去。谁知3天后，总司令部发来通知，128师被取消番号，下属各团将打散整编。这一天，128师像是被捅了马蜂窝。“不行！为什么要把我们128师撤掉？”周西青来火了，“走，我们去军部找他们理论去！”许多人便跟着周西青要往军部去。孙平一把将周西青拽住：“周团长，谷师长可吩咐过，不能惹事，你也是老领导了，快坐下！”被孙平劝住的周西青心中郁闷，便去找谷子琪诉苦：“师座，这苦日子什么时候是个头？现在全师上下人心惶惶，随时都有火山要爆发。要不是我强忍着，今天差点又打起来！”谷子琪慢条斯理地道：“西青，还是要忍。”周西青愤愤不平地说道：“咱们拼死抗日，牺牲了那么多兄弟，搞到今天，倒成了后娘养的，莫说你，谁也咽不下这口气啊。”谷子琪叹道：“咱们心里都明白，嫡系与杂牌，终归难成一家人。”周西青更加困惑：“师座既然不同意整编，可为什么不去据理力争？”谷子琪说：“总指挥部提出整编的要求，于情于理，都不好拒绝，何况蒋委员长都点了头，何况你我？”周西青大失所望：“说到底上面是铁了心要整编，那就整吧，忍就忍吧。”“对，看看他会如何整吧。”谷子琪说，“如果是整团的整编，那么我们竿军就还有一线生机。看看吧。”但没几天，整编文件下来了：陈范团、周西青团等被撤去，打散后编入了70军的几个不同师。不久，覃啸天团被整编，士兵被编入70军158师的764团，而连以上军官一律不用，每人发一个月薪水遣散回乡。“发一个月薪水就把老子们打发了？”覃啸天等备感报国无门，急忙忙来向师座谷子琪诉苦。谷子琪得知这悲惨的结局后，如万箭穿心，怒发冲冠，立即率啸天、陈范等赶到卫戍司令部。但求见陈诚未果。“相煎何太急？”谷子琪只好仰天长叹，“国家危急，民族危亡，余率7000子弟出山，原指望为国出力，如今报国无门。老蒋如此剪除异己，焉有不忘之理？我既作战不力，为何升中将副军长？我既荣升，我部何又解散？日寇不能之事，尔等小人做到了。小人也！小人也！”当晚，谷子琪与众人不辞而别，星夜离汉返湘。听说谷师座返湘，众军官都赶到东屯渡迎接。是夜，在八角亭三星街李合盛牛肉店为之洗尘。席间，群情激愤，借酒发泄。谷子琪潸然泪下：“诸位弟兄，谷某不才，害了你们。你们随我离乡背井，抛妻离子，本想精忠报国，杀敌立功，驱除倭寇，救我沦陷区同胞于水火，7000余众出山，4000余众伤亡，2000余弟兄被强行编散，今有尔等百余人……”覃啸天将酒碗一摔：“师座，留得青山在不怕没柴烧。你待我等回湘西去，再招它万把八千的易如反掌。我们或找共产党去，既打鬼子又打老蒋，出这口鸟气……”谷子琪道：“啸天，不可妄语，不可轻举妄动招来祸害。”湘江边，谷子琪送众军官回乡，挥泪告别说：“你们都早些回乡吧。我无颜见江东父老，更不独享荣华富贵。副军长的大位我是誓不赴职的！”谷子琪空怀报国之心，难觅报国之门，只好辗转于德州、长沙等地，深居简出，静观其变。

连那一个月的薪水也不要了，随着部队番号的取消，捡了一条命的覃啸天回到了他的湘西老家。搭乘着一只缝满补丁的褪色白帆货船，覃啸天来到了洪城。老远就看见了犁头嘴——那熟悉的、无数次在梦中凄美出现的水码头。覃啸天迈着疲惫的步子往陡峭的河边石阶上攀登。走到最后一级石阶，覃啸天一下子愣住了。眼前就是河街，狭窄的石板路两边都是鳞次栉比的木屋，此刻，啸天看见几乎每一家木屋的门楣上都挂着白色的经幡。经幡很多已经褪色，在风中摇曳。啸天顿时就想起那些倒毙在平原上、堑壕里、沟渠间、河塘里的自己的无数兄弟和战友……他知道，来自这个小小的洪城数千户家庭中的竿军子弟，在短短的七天里，就有500多人把生命留在嘉善了。啸天的脑子顿时一片空白，就无力地依靠着身边一堵长满青苔的颓墙往地上滑下。他无力地坐在了地上。这时，一个背竹背篓的妇人带着她的女儿往河码头走。女孩突然停下来，看着衣衫褴褛依靠在路边的啸天，而后从口袋里掏出一张皱巴巴的纸币，弯下腰，放在啸天面前的地上。“妹崽。快点，要开船了。”母亲在喊。女孩又看了一眼啸天，于是往河坎下走了。覃啸天感到很凄苦，也感到很温暖。看着那对母女上了船，覃啸天站起身来，穿过白色经幡摇曳的狭窄河街，往自己家的石头封火筒子屋走去。屋前的院墙很是破败，倒塌了一个大缺口。透过缺口，他看见了一匹熟悉的枣红马，一个高瘦老头子在吃力地往马背上搬运东西。他分明知道那就是他爹，却不敢相信。物是人非，解甲归田多年的英武父亲早已不复当年之勇，完全像一个风烛残年的老头子了。老头子拿绳子将物件捆绑在马背上，回过头来，愣住了。“啸……啸天？！”落魄的样子让父亲不敢相信这是自己的儿子。听到覃飞的诧异叫喊，母亲从里屋奔扑出来：“啸天，啸天，在哪里？”“娘。我回来了！”啸天平静地说。“天儿呀，娘可把你给盼回来了！”母亲嚎啕大哭。啸天来到自己的房间。红色的被子、红色的窗花，虽然有些陈旧、褪色，但啸天觉得似乎比以前更熟悉。他似乎还能闻到金莲的味道、听到她的声音，但金莲却不在了。

本来，啸天很想找机会去看望一下萱萱，但是想到金莲的惨死，他打消了这样的念头。几天之后，他就跟着父亲覃飞回到山江的老家去了。

第九章

洪城与竿城交界处，山高林密，有一个叫大马的地方。大马有个叫叭妹的寡妇，她的丈夫得癫病死了。一天她请一个姓隆的裁缝上门缝衣，两人就有了感情，做了出轨的事。寨主将二人抓住就准备拉去扔天坑。因叭妹的娘家是老兵营有名的覃家，有人就说这事是否要知会一下“老团长”。“我们寨子的事，要他来管？”寨主韩章很不以为然。韩章在乡间很有些势力，当年还配合黔军打进过洪城，当过几天团长。俗话说不是冤家不聚头，下人所说的“老团长”却正是当年把韩章赶出洪城的竿军老团长覃飞。韩覃两家原本就不和，如今覃飞又落魄在家，韩章根本没把他放在眼里。有人就立即把这件事告诉了覃啸天。

“韩章这老狗也实在是欺人太甚！”是时，百无聊赖的覃啸天正在铁匠铺里帮师傅打刀子。回到老家的覃啸天终日闷闷不乐，脾气也变得有些怪异。听到这消息，覃啸天的脸勃然变色。他猛地把铁钳夹着的通红的鲫鱼尾尖刀掼入水桶，然后捞起尖刀，袖子一甩就要扑出门去。“大少爷，你这是要上哪里去？”来报信的小兄弟忙拉扯住他。“叭妹是我们老兵营的女子，就算真的犯了事也该交给我们来处理。他韩章分明是不把老子放在眼里。”覃啸天愤怒得像头豹子。“大少爷，人家韩章这几年不比往年，人多枪多钢火足了，你未必要去跟他拼死？”“我可不管他钢火足不足，先喊几个弟兄去把叭妹抢转寨子来再讲。”小兄弟纠缠着他：“大少爷你莫性急，搞得不好会出大啰壳。真要去抢人，我看还是先跟老团长打个商量再去。”“好吧。我这就去找他。”

覃啸天先在黑营盘老院子里，又上街下街各处转也没见父亲的踪影。“是找老团长吗？”一个在黄茅坪溪沟边放牛的光屁股伢崽说，“一大早，我见老团长上后头坡去了。”“哼，真是个古怪的老头子。放着家里的清福不享，一个人山高路远的到后头坡去干什么呢？”覃啸天想着，便上了山。后头坡山高路陡，林木苍郁。啸天好不容易在一片灌木丛生的荒草坡上寻到了他爹。覃飞蜷曲躺在一大片被压塌的芭茅草上，见儿子来时他身子蠕动了一下，嘴巴发出句神秘的“嘘”声。儿子见父亲腰间缠着一根草索子，怀里抱着根老式火铳，没有了当年豪赌豪饮的丁点气息。啸天很快被父亲的嘘声止住，便站在那儿观看。那一片被压塌的茅草后灌木丛里立着扇竹编的中间有个孔的屏风。父亲从草窝里取出一只小竹笼子，取出“迷子”（雌性野鸡）掷过边棚。“迷子”在空坪里耸了耸蓬乱的毛，咕咕咕叫唤着，没过多久便有几只全身着锦的应征者汇到一起来。这时“老团长”扣动扳机，霰榴弹般的细小铁砂呈扇面状奔赴过去。四只求婚者死去三只，其中一只侥幸脱逃。“哈哈哈哈！”边棚后发出一声朗朗的笑。覃啸天垂立向父亲禀报了大马的事。父亲听着，没有作声。他把死野鸡用绳子拴作一串挂在腰间，把“迷子”驱进了竹笼，背着打算下山了。“爹，到底怎么办，你该说一声呀！”覃啸天跟在他爹屁股后头问。“啸天呀，我劝你就少管这些闲事吧。”覃飞在一道斜坡边停住了。“你不晓得他们是如何在背后臭我们的哟，骂我们老兵营尽出婊子婆娘。”啸天说。“骂几句会死人？”父亲把眼一横。“爹，俗话讲打狗欺主哟！”覃啸天还欲极力说服这古板的老头子，“依我看这是他韩章借这个由头挑事。爹未必就忘了几年前龙吉那桩仇？”覃飞的脸一下子就阴了下来，旧事重提勾起了他的那块心病——一个夏日的晚上，啸天的弟弟覃高如赶场归来曾在胜花哨遭到伏击，他沿着沱水好不容易才逃掉，而他的“小兄弟”龙吉被当场打死。当时覃飞刚刚解职回家，鞭长莫及的他只好罢了，但经过几年韬光养晦，他在乡里也算得是一个大角色了。覃啸天见父亲脸上陡然变色，明白那已经是一篇默许的下文了。他猛地从腰间抽出刀：“爹，这根本用不着你老人家出面。你只要点一下头，我今夜就提韩章的脑壳来见你。”覃啸天说罢便风风火火往山下而去。“混账！”父亲在他的身后厉声喝住了他。覃啸天站住了，像个泄了气的皮球，一屁股坐在了草坡上……

山间色彩杂，天上白云跑马。远处不知名的鸟儿在叫，声调幽怨凄苦，更显空山寂寞。啸天感觉自己一直在云里雾里。本来在抗日战场杀得风生水起，偏偏莫名其妙地就解甲归了田，窝在这山旮旯里不说，还三天两头受小人的气。

火花四溅。那一天，覃啸天又在铁匠铺里混。他喜欢听打铁的叮当声，似乎这样才可以排遣寂寞。在大马后头坡，一支浩浩荡荡的队伍押着两个人朝乌巢河边走去——韩章终于要将叭妹和裁缝拉去扔天坑了。一个家丁看见，就急匆匆跑来铁匠铺：“大少爷，你赶快回去一下。”“老家伙又有什么鬼事？”覃啸天斜眼道。“不是。”家丁说，“是韩章要将叭妹拿去投天坑了。”“娘卖的。”覃啸天气得如一头豹子，破口便骂，“他韩章打狗欺主也不选选地方！”骂过一通，他牙巴骨死劲咬紧，道：“快去把吴老七给我叫来。”吴老七是这座黑石头围子的保镖队长。听到大少爷的指示，吴老七略略有些犹豫："大少爷，这事你是不是问过了老团长呢？""问啥？"覃啸天说，"他老啦！如今在这里一切都归我做主！"吴老七知道这大少爷的脾气，不敢多说，忙去兵弁队里挑选了二十来个武艺高强的镖手，风风火火往大马方向赶。

被七手八脚推搡到乌巢河边去的叭妹性格刚烈，心中只有一个念头：那就是坦然地为情去死。苗乡里多洞穴深莫可测——这往往成为一些地方统治者唾手可得的屠场。大马的后头坡就有一处深深的洞穴，它吞噬过多少无辜的生命，故而那个洞里终年雾气弥漫不散阴风惨惨，极少有人问津。家中谁家有孩子吵夜，老人总以这洞的恐怖传说来作威吓。叭妹虽不是大马人，但对这后山洞穴的传闻是早已闻知。她嫁到大马后有时掐猪草割牛草也常常打这旁边经过。一种好奇心一直诱惑着她。她听过许多关于这洞穴的恐怖故事，在一个偶然的情况下，却也听到过另一则美丽凄婉的传说。说是这洞中住着一位洞神。这洞神年轻英俊，有极美的面相极甜的歌喉。他在日头下唱火热的歌，在月光下唱温柔的歌——为着他所热恋的情人。这位有福气的情人到底是谁？许多年来一直是一个谜。于是便有许多年轻的女子因被洞神缠绵悱恻的歌所诱惑，而自愿献身奔赴。正是繁花似锦的时节，雾雨霏霏的洞子周遭，墨绿中各处镶着些白的黄的不知名小花。叭妹觉得那是洞神派人前来迎娶新娘的花轿，洞中滴泉似箫鼓竞奏，显然年轻英俊的洞神已换了新衣骑了白马来接她。当然，洞边的其他人各怀着完全不同的心境。大多数乡民皆表情麻木或幸灾乐祸。有几个族中老者是来寻便宜饱眼福的——因为将犯事女子投入洞中有一个奇怪的仪式，那就是要剥光她的身子。他们的身份是乡中有名望的长者。韩章的心态除具一般族中长者的共同心态外，还有一种急切地向另一个权威挑战和泄愤的情绪。"寨主，一切都已铺排好了，你看如何办？"一个老者过来轻声问。"莫再挨了，剥光她的衣服往洞里扔吧！"韩章下达了命令。叭妹的花罩衣被剥下了，扔进了天坑，露出如火钳般红艳炽烈的胸衣——仿佛阴森墨绿的"天坑"边又绽放了一个蓓蕾。那红色胸衣被人剥落时，她大睁着小兽般亮亮的眼睛。目光如炬，那些欲盖弥彰的目光皆纷纷藏避。叭妹忍俊不禁——她看清了一群蹩脚演员可怜的丑剧。韩章的目光里蕴藏着一种可怕的贪婪。他的嘴在微微抖动似乎在准备下达指示。叭妹没等他的话音从喉管里爬出，便自己将那缠带一扯。随着蝴蝶形活扣的松懈，她的裙裾便轻飘飘地如帷幕般降落下来。空气像是凝固了。

然而一声猝起的枪声突然撕裂了无边的寂静。一群黑鸦般的飞兵自天而降——他们皆左右双手握着锃亮的手枪。韩章等因是来执行宗教判决和观赏戏剧的，故没有携带武器。片刻的惶惶之后，韩章慌忙抱头鼠窜，其余人亦皆作鸟兽散。因为大少爷有令在先，黑鸦兵们并不追击。镖头吴老七追到天坑边命令叭妹提拉起裤子，而后用一张巨大的黑色披风将她一把裹住挟到林中。林子里有两匹正在等待着进行驮运的大白马。叭妹绝处逢生被送到山江的娘家。

当覃啸天在少年意气追风逐雨的时候，他的老父亲却依然是每天上山放边棚打野鸡，过着怡然自得的日子。看来，覃飞并不习惯这样的生活，无福消受这种怡然的日子。他并没有因为不须骑马奔逐、沐枪浴雨而发福，相反地倒是消瘦了许多，只剩得一具硕大的骨架。眼下已是初秋，远山近树皆色彩变幻莫测如同色彩斑斓的幻画。老团长的目光有些呆滞。自然的季节替换让他领悟到岁月的匆忙。他的腰已变得很是瘦小。往日束着宽宽的牛皮军用皮带、挂着锃亮勃朗宁手枪的地方，如今用一根肮脏的布带子束着。带子松垮垮地挂着一把鲫鱼尾小刀。他取下刀子，从草地上爬起来，走到一棵高数丈的大凿栗树前。他用刀子在上头刻下一道清晰的印痕。从树干里沁出的胶汁很快地弥合了这道印痕。树干上刻下的印痕密密麻麻，已经有了近四百道。他喃喃着："四百道，四百天了啊！"一年以前，在年龄和事业两方面都可说是正当鼎盛时期的覃飞本该锐意进取，一个早晨，这位中年军人走进了老师长的办公室。他把黄呢军大衣腰带手枪和佩剑齐整地摆在紫木大桌上，向老师长行了最后一个军礼，离开了月城回到家乡。他奇怪的行踪当时虽然引起许多人关于老师长故意"埋雷"的猜疑，但如今时光流逝，老团长挂剑已一载有余，一切都似乎皆未发生，这就不得不使人否认起自己当初的猜测实属"神经过敏"了。且不说别人，此刻连覃飞自己也耐不住寂寞，有些怀疑老师长的叵测居心和自己的轻信与愚笨来。眼前的林子是那样繁密，眼前的云彩是那般诡秘，在这死一般寂静的林子里像田鼠一样苟且着，他看不到还会有一丝"复出"再领风骚的影踪儿。他的脾气变得很是暴躁。一个马弁寻到林子里来向他报告了啸天得罪了韩章的事，说韩章已派人来放了口信，要老团长好好"管教"自己的儿子，否则一切后果自负云云。老团长听罢，脸色发青发黑一声不吭，倒背着两只手像狼一样在坡地上踱步，直到在草坡上踩出一道深深的凹痕。后来他突然猛一转身，下坡朝自己的黑营盘而去。

"杂种！我是怎么教你的？"父亲令人将儿子寻找回来，破口大骂，"我叫你少惹是生非，你为什么总是这边耳朵进那边耳朵出？竟为一个臭女人去大动干戈？"

"爹，不是我不听你老人家的话。"啸天却不服气地争辩，"他们大马人其实不是为谋那个女人，而是敲门槛惊柱头，是打狗欺主啊！你没听他们是如何骂的，说我们老兵营地方风水不好，专出婊子。你想这口气我们怎么能忍得下？”“哼。”父亲止住了儿子的话，“老子连堂堂大团长的宝座都扔了，难道不晓得怄气？我晓得好多人都在指着我的背脊骨骂我窝囊废，我不同他们理论。别人不知情倒讲得过去，可你为什么也不晓得这浅显的道理？你可别为意气之争，而坏了我们老统领的大事。”“爹，你怎么还在提他老统领呢？他如今已是自己都保不住自己了，还枉说什么大计。”覃啸天仍然嘴硬，“你没听说吗？如今他老先生已离开竿城去省政府当他的委员去了。他在长沙城里花天酒地，你我被扔在这山旮旯里做猪做狗。你还在做让他来请你出山的好梦呢！这梦我看早该醒了。如今既然虎落平阳，也只有凭实力打江山了，不然我们要吃亏，会死无葬身之地的……”“混账！老子要你来教训？”父亲脸色变得铁青，“还不给老子跪下！”儿子只好跪了下来。覃飞狼一样地踱了几个来回道：“今天让你记一回事，二回若再乱来老子就用鞭子抽死你。”

秋渐见深沉。五彩斑斓的树林子被风霜渐渐统一成一种以黄为主的萧瑟基调。大雁排空，落木萧萧。“老团长”的心境也如这季节一样沮丧。他离开了后山那熟悉的林子，不再每天往大青树上划一道印痕，因为这也许原本就是一场没有终结的期待。他回到了黑石头堆砌的老营盘里。这座院子背倚大山，虎视全寨，位置在最高处。这还是他父亲留下的遗产——那位清末毛都塘的苗守备积一生之财建筑起这座封火院落，为的是荫福子孙。儿子和孙子看来也没辜负祖辈一片苦心。覃飞已经风云了一时，只是这出烈剧演至如今似乎有点苦涩的味道。覃飞回到老营盘后，终日闭门不出。他总是懒懒地躺在床上，睡不着便大睁着眼睛数天花板。他总是不断回忆起临行前“老师长”焦虑的眼神。“我们已经吃了大亏了”，这是他1934年末说的话。那时“老师长”正从剿共前线归来。他神情沮丧面色苍白，黑色的旧军呢大衣上似乎尚沾着焦臭的硝药味。“何健真狠毒，我们的弟兄们替他去剿共，已死伤一万多人了。我们明明晓得这是阴谋，是陷坑，却没有办法，只能被他牵着往里头跳啊！”老师长话果然没错：在覃飞解甲归田后不久，陈玉轩的34师便被数军合围胁逼在乾城强行改编，由新提拔的谷子琪率领离开湘西故土，开赴浙江驻防。陈玉轩辞职后暂任屯务处长。因屯务关系他手下尚保留了二十四屯务大队约两千人枪。他在这一短短的滞留阶段里，有计划地将部队改编的编余官兵做了妥善的安排，一部分编入各县保安队，编余回家的班、排、连以上骨干则皆发枪十来支。他还以低价卖给各地好几千支枪给民间做了一番武装。待一切都基本安排妥当时，陈玉轩也在何健的进一步排挤下被调往长沙绥靖公署任总参议——其官位已完全形同虚设了。“山雨欲来”的预言委实没错，然而“东山再起”的希望却越来越渺茫。他夹着尾巴做人，小心翼翼地藏山匿水，被乡民们骂，挨儿子的骂，像韩章这样的土王八也爬在自己头上拉屎拉尿了。若再这样忍下去，会有一天连自己的祖坟也要被那些家伙挖掉的啊！可是难道就不再等待了吗？把这数百个日子的功劳全付之东流？万一“老师长”突然出现在老兵营呢？覃飞就这样在黑石头圈子里自己跟自己辩论，自己折磨自己。

这一夜，他做了一个梦。在梦中他划一只小小扁担船去捕鱼，却怎么也找不到上岸的地方，因为夹岸皆是绝壁。绝壁上站着许多看热闹的人。他们在山巅上道东说西指指点点。喧阗之声有如端午节竞渡龙舟。他很不满意那些指手画脚的人。他站在扁担船上同岸上人争辩，以致发展为对骂。后来他醒了。他没看见碧绿的江水，没看见赭色的石壁，却看见窗外一片照亮天际的红光。他惊惶地爬起来，赤膊奔出户外。院子里一片混乱。许多黑色的背影在来回奔忙，有的正提枪往保家楼上去。黑营盘外有火光狗吠和喊杀声。“怎么回事？”覃飞厉声喝住慌乱的兵弁。“是韩……韩章的人打、打来了！”一个兵弁回答。覃飞脑壳里“嗡”的一声。他急忙攀上保家楼去，看见了远处东一团西一团的红火，看见了来回忙碌穿梭的自家兵弁们的身影——他们在挖掘工事，补充给养，看样子准备发动全面反攻。“快些，把你们的大少爷叫来！”覃飞看这来势估摸定又是那野小子闯的祸。覃啸天没一会儿便来了——他全身武装、高挽着袖子，很精神的样子。“小狗日的。”父亲见了儿子劈头便骂，“你做的好事，如今惹祸上身了！”儿子却很轻松似的：“爹，我们早有了防备，他韩章是不会占便宜的。”“还在混说！”覃飞到底是块老姜，“你没看见眼下这阵势？他韩章是铁心跟我们干。他们还邀来了好多寨的人。赶快下去，跟老子撤。”“撤？”覃啸天很不愿这样丢面子，想解释，“爹，你听我说……”覃飞却发了火：“还说什么？娘卖的，你想把老子这把骨头也给搭上吗？”覃啸天没敢再争论。因为父亲已把手枪从腰间抽出，乌黑的枪口已正对准了自己的胸口。这头老豹子红了眼可是什么也不顾的。覃啸天于是一面布置兵弁作抵挡，一面派人护驾老父亲并其他家人打后门撤出，向千潭方向沿山逃避。覃飞刚刚出后门走进一片茂密的黑林子，一排猛烈的炮火直飞向覃氏“公馆”，连左边的保家楼也被轰垮了一只角。韩章围住了覃家的大院，打得正起劲。是时已至深夜，突然，一声尖厉的枪弹啸声震惊了马鞍山。山上的士兵皆不明白这枪声是来自遭胁逼的寨子还是来自天外。他们起先以为是覃飞父子打算拼死突围，待将一部分兵力集中起来准备作阻击时，方清楚这枪声是来自山外——人数看来不少，枪声是越来越密了。很快一大队摸索行进的士兵已自后山穿过林子对韩章的部队来了个反包围。四路里一片喊杀之声——真是“天兵”自天而降。士兵们已撒开一个更大的圈子将马鞍山团团围困。“搞清楚了吗？到底是哪方的部队？”韩章忙问前来报告的士兵。“报、报告司令。他、他们是龙海金的部队。”士兵回报。“杂种！覃飞把他女婿也调来了。”韩章早应该料到这一招，但他太掉以轻心了。他觉得覃飞如今也只不过那么大点能耐。他那女婿的几根破枪又有何用？他没有想到龙海金还邀集了他的盟友——一个叫“三五八”的团伙。老团长的女婿龙海金是腊尔山人，十九岁就在“二司令”隆屏贵部下当马弁，不久便任命他为排长。后来，隆屏贵被其下属吴把三杀死，他逃跑后联合了腊尔山号称“三五八”的匪首为其主子报仇，终于杀死了吴把三，从此便与“三五八”合伙霸占腊尔山。“三五八”成了他的秘密盟友。

“马上给我顶住！”韩章知情不妙，忙带领队伍仓促迎战。覃啸天见马鞍山上一片混乱，知道援兵赶到，忙领兵从蛤蟆洞往山上猛攻，造成了对敌手以四面合围之势。“娘的，老子们上当了！”韩章终于明白了对方诱敌深入的诡计，喊道，“快，统统撤出营盘！”韩章遭到埋伏，打算突围退出石头寨子，但并不容易。这营盘石头寨子虽不算大，但建筑坚固，小巷毗接构造复杂如一座迷宫。“把东边那条路空出来，让他们从这里逃！”覃啸天重新部署了兵力，指示兵弁搬来柴火稻草，“三面放火给我烧！”霎时间，火借风势烈焰腾空，营盘成了一片火海。固守的韩章等只好拼命从东边寨门突围。他们冲出来，拥挤在一条狭窄的石板斜道上。居高临下飞来的火把烧出一片哀嚎。覃啸天领着他们的士兵从山上下来。马弁报告说：“韩章已逃到打郎山上，正在集合残部打算据险阻击。”“不要歇了火，立即追击，务必割下这个贼子的头！”覃啸天下达命令，满怀着必胜的信心。他要利用这次的大好时机，彻底消灭敢于在腊尔山上同自己分庭对抗的势力。然而，正当他率领兵马浩浩荡荡从石板斜路上杀下山去时，却被从蛤蟆洞匆匆赶来的那个黑瘦老头拦住了。“杂种，你跟老子撤兵回蛤蟆洞去！”老者怒吼着。正在兴头上的覃啸天被骂得傻了眼。这是多么难得的大好形势！黑瘦的父亲却要阻止对敌人的追击？放虎归山，养虎遗患——这老头子是不是真的神经有毛病？他一定是被乡村令人窒息的日子给弄疯了。“哈哈哈哈！”父亲恶狠狠地训斥过儿子，铁青的脸陡然变得红红的，爆发出一阵大笑，笑得连泪水也沁了出来，“哈哈哈哈……老天有眼，老天有眼……不负我也！”覃啸天远距离地察觉到了父亲的失态举止，确认父亲完全是疯了。这自然是个很令人悲伤的事件，但眼下自己却不能陷入悲苦的深渊，他决心排除这疯子的干扰去实现自己的目标。“听我的命令——立即向打郎追击！”覃啸天把父亲的影子像草芥般扔在角隅。他猛地抽出了已经插回腰间的手枪。听到这大声的震聋发聩的命令，士兵们都有了一种感觉——老兵营古老的黑营盘里说话算数的人已经斗转星移易了主了。荷枪实弹的士兵振奋起来重新集结在斜石板路上，遵循着那年轻的声音进发。砰！然而这时突然响起了一声震耳欲聋的枪声。随着枪响，意气风发的覃啸天那卷成一座高塔的头帕像被一阵风刮落下来，在石板路上旋转打滚，铺展出一路长长的玄色绶带。众人惊回首：黑瘦的老头子双手握着那小小的手枪。枪口尚飘着一缕白色硝烟——“老团长”用枪声重塑自己逝去的权威。儿子臣服地将手枪又插回腰间。他终于明白了“江山易主”的时机尚未成熟，自己还得继续当龟儿子。

回到家，啸天依旧想不通，乘这大好时机是绝对能彻底消灭敌手的啊！父亲为什么要阻止对敌人的追击，放虎归山，养虎遗患？啸天去找父亲，却隔着窗户突然听到一阵“哈哈哈哈”的狂笑，啸天想，这老头子一定是真的神经有毛病了。他又听见父亲的狂笑声——“哈哈哈哈……老天有眼，老天有眼……不负我也！”覃啸天在想要不要给他找个医生。走进屋，父亲却神志清醒，轻轻说：“啸天，你来得正好。诺，桌子上的信，你看看。”啸天拿起那封揉得皱巴巴的信：

覃飞别来无恙，接信速赴汉口鼎丰里十二号杨光耀寓，经长沙请来寒舍一叙有要事相托。古语云：功夫不负苦心人真天可鉴也。

啸天虽尚未完全明白此信之确实所指，但相信远在千里之外长沙的“老统领”已经开始在筹划一个大的举动了。他和父亲在乡间忍辱负重的日子即将出现转机。“这可是大喜事啊。”覃啸天知道这是梦寐以求的，却说，“只是这跟追歼韩章并无矛盾啊。攘外必须先安内嘛！”“你懂个屁！”父亲的话还是那么粗鲁那么冲，“你走的路没有我过的桥多，我吃的盐比你吃的饭还多，老子还用你来教训？我讲过的话就是板壁上钉钉子，你只管照办就是。至于为什么要这样我一下也讲不清。你已不是三岁伢儿，你要学会用自己的眼睛看，用自己的耳朵听。”

黑瘦的父亲后来又给儿子交代了一些事，给他订下了些约法三章之类的东西，而后在一个晴明的、空中飘着宝蓝色炊烟的傍晚，骑着一匹黑骡马由两名保镖护送离开了蛤蟆洞。

韩章逃回了大马，心里很不服：好啊，你狗日的搬兵，以为我就没帮手？韩章也打算搬兵报仇。他骑着一匹黑马，几个马弁挑着丰厚的礼品沿着山路，穿过茂密的原始森林，去到了临近的永绥县。那一年，韩章趁夜刺杀来大马催逼“屯租”的屯官未遂，被官兵追捕就是躲到永绥那边去了，是一个叫龙勇的大寨主保护了他。龙寨主十分强悍，手下有一千多人枪。他比韩章更加如亡命之徒，干脆剁掉了来龙家寨逼他交人的一个屯官的手指，还索性举旗反了。何健得知大怒，就派62师张旅长进山清剿，由于山高路险、地形不熟，而且龙寨主也确实实力不俗，故而进剿屡屡失败，最后的清剿也就不了了之。此次，韩章打算借用龙寨主超强的实力与覃家抗衡。

到了龙家寨，那里恰逢苗家跳花节。一处宽敞的场坪里，人山人海做成一个巨大的圆环，围着高高的刀梯。刀梯下置着一张长桌，上置有傩公傩母两个木偶像，还放有香烛果盘等。一个神巫的小徒弟从人围子里钻出来，立即引起一阵哄笑。他一手拎着只大鸡公，脸上擦着墨黑的锅烟灰，张嘴露出白白的牙齿，样子十分滑稽可笑。“吔吙——吔吙——”人群里爆发出阵阵嬉闹声。他烧了些纸钱。神案上有一把亮晃晃的菜刀。脚下有一个准备装鸡血的大碗。他把大鸡公的头扭过来，拔下颈上的短毛，把刀锋锲进鸡脖子。鲜血喷溅！那鸡猛一蹬腿，将半碗鸡血蹬泼得一地。众失声窃笑。小徒弟吓了一跳，手便松了。大鸡公落地猛地就腾空飞了起来。小徒弟倒是腿脚敏捷，便在人围子里与鸡追逐起来。受伤的鸡东奔西逃还不时高飞腾起。小徒弟一急，索性解下罩衣满场追逐捕捉。人群像踩响了一颗笑地雷。小徒弟终于将鸡擒住了。他拎着鸡又来到神案前。这次他干脆不再用刀，而是拉着鸡头，张开嘴一口便把鸡脖子咬断了。人群中爆发出一阵掌声。小徒弟便朝众人咧着嘴笑。“上刀梯开始——大神巫上场！”这时，有人一声大喊。牛角号呜呜地响了起来。众人便把目光齐刷刷向神巫投去。神巫年纪稍大，五十余岁，但长得高大英俊。他穿着大红法袍，头上也包着红色帕子，上头加扣了鎏金的法帽。他手挥师刀，吹着长长的牛角号大步入场。短暂的寂静之后便是持久的狂热。神巫有些闷闷不乐，但这神情却让他显得更“酷”，女人们对他的追捧也更疯狂。此时，场子中燃起一堆篝火。神巫开始在火堆中跳娱神的舞蹈。一段劲舞过后，他开始走向刀梯。他赤着脚踩向刀锋，一步步向顶上攀爬，每一脚都踏响一片惊呼。他在云朵里唱歌——是原始的苗歌，“咿咿呀呀”，每一句都扯响一阵春雷。就连见惯刀光剑影的韩章及几个马弁也都看得傻了眼。神巫从刀梯上下来，发疯的女人们便水一样都围了过去。但神巫目不斜视，把镶银的师公帽摘下一扔。“原来是龙寨主呀？！”韩章看清那神巫的面孔，大吃一惊，“真的好本事啊！”

龙寨主回到木楼，一个酒葫芦递了过去。龙寨主喝酒，完全是牛饮，一壶酒即刻就光了。这时，一个人匆忙忙蹬着楼梯进来：“寨主，有客人来访！”龙寨主问：“哪里来的客人？”“客人说是姓韩，来自竿城的大马。”“喔，是韩章寨主？”龙寨主连忙起身，下了卧榻，“快请他进屋来。”龙寨主很热情地接待了韩章。“龙家寨的大热闹被我赶上了。”韩章拱手恭维道，“真是幸运，大饱眼福，没想到龙寨主竟有如此身手！”“哈哈。韩寨主过奖了。”龙寨主急忙吩咐道，“上酒，给尊贵的朋友满上！”两人一番叙旧，边喝酒边闲聊。“无事不登三宝殿。你韩大寨主今天过来有什么事？”龙勇问。“也没有什么大事，我……只是最近心烦，出来玩玩，散散心。”韩章说。“你韩大寨主还有什么烦心事？”“不，我……是被一个女子给气的。”“女子？韩寨主真是风流不减当年啊。”龙勇一笑。“不是。龙寨主误会了。”韩章说，“那个女子是我们大马的媳妇，犯下了苟且之罪，本应按照族规处罚，却遭蛤蟆洞人屋里干涉。”“你是说的覃家吧？”龙勇嘴唇颤抖着说：“他覃飞不就是仗着曾在老统领手下混过几年，可那又怎么样？如今老统领都不复威风，他还能牛到哪里去？”“牛，他比往年还牛啊。”“你们寨子的事，他蛤蟆洞人来干涉，什么道理？”“那个女子的娘家在蛤蟆洞，所以他覃家过来干涉，还调了帮手过来。”韩章为了得到龙寨主的支持，自然挑拨离间、大倒苦水，说，“我说，好，你们调帮手，我们也有好朋友的。他晓得我们两家的关系，竟然扬言要杀韩捉龙。”韩章吐枇杷籽一样滔滔不绝，龙寨主的脸由红变白，后来成了猪肝色，但后来又平复了。龙寨主摇着一把大蒲扇驱赶山里的花脚蚊子，奇怪地道：“你们两家闹麻纱，他覃家又何苦扯上我？”“嗨，龙寨主，亏你还是贵州崇武学堂的秀才，连这都看不出来。他覃飞是醉翁之意不在酒啊！”韩章腆着个大肚子，喝了一杯酒。龙寨主用巴掌拍了拍脑袋：“是，是啊。我怎的就忘了。上回你曾经躲在我这里，看样子你跟我已经是搅不散分不开的了。”“哈哈哈哈。”韩章笑得很是开心，“分不开了，所以你一定要帮我。”龙寨主却说：“既然分不开了，你先得帮帮我。”“哦？”韩章有些不明白，“龙寨主也遇到了什么不顺心的事？”“倒不是我遇到了什么不顺心的事。”龙寨主说，“而是我们大家都将遇到不顺心的事。”韩章说：“什么事？龙寨主请讲。”龙寨主摇着蒲扇：“韩老弟呀，虽然当年你刺杀屯官的事已经过去好些日子了，其实这事并未了结。”韩章一听，心头一紧：“官府还在找你麻烦？”“倒是没有人来找麻烦。但是一年一度的催缴屯租的日子又快要到了。”龙寨主说，“这件事，没个最终解决方案，我们就永远睡不了安生觉。”“是的，是的。”韩章说，“老兄有何好打算？”龙勇说：“前一段，我的几个兄弟在龙潭杀了屯官，打开屯仓放粮。官府正准备过来清剿。所以我打算把各县革屯势力联合起来，把事情闹大，争取彻底解决这个隐患。”

“这样好，这样好。”韩章忙说。因为他的心里也有一颗随时可能引爆的定时炸弹。“所以，老弟啊，你那点事就往后推推吧。”龙勇说，“你得先帮我。”“没问题。你这可是正事。”韩章反而被对方说服了，“龙老兄，你想让我怎么做？”“来来来，先喝杯酒。”龙勇很高兴，“我已经联络了好几个县，打算成立一个湘西革屯义勇军，先搞个筹备会。你晓得，我这里如今是风头地，我想这个筹委会还是设在你们大马也许更好些。”“这个绝对没问题。”韩章说，“老兄当年冒死救我，我还一直寻机会报答呢。”“哈哈哈哈。”龙勇大笑，“韩老弟到底是条汉子！”

不久，在大马高坡上的一栋吊脚楼里，挂起了一块“湘西革屯义勇军筹备会”的木牌子。消息很快就传到了省府，一贯主张对革屯军采取强硬政策的何健就指示驻扎在湘西的省军趁夜袭击大马。一个月黑风高的夜里，数百士兵悄悄摸进了那个不设防的寨子。没有引起人们的注意，连狗都没吠叫一声。“活捉韩章，捣毁革屯军！”一个军官迅速地跃上一家人门前的地坪，干练地抽出腰刀，大喝一声。省军士兵们扑进了旁边的小巷，到处都是砸门声、呵斥声、哭叫声。寨子顿时混乱起来。那晚，韩章正在自家的吊脚楼里熟睡。“韩叔，韩叔，不好了。官兵要抓你来了！”侄儿在楼下喊。爆炸声传来，将韩章惊醒。他急忙来到窗边往外看，愤愤地骂：“娘卖的，一帮强盗！你赶紧叫人守好寨门。我就过来。”侄儿应答后，赶紧带了人去守二道口子。一伙官兵缩头缩脑进了寨子的石头门。韩章趴在寨墙上小垛口后面观察，突然下令：“关！”几个乡民在寨门边的石墙后面将活动栅栏门一推，那几个官兵被关在石头巷子里面，成了瓮中之鳖。巨大的石块从墙上纷纷砸落下来。“啊——”士兵们惨叫着倒在地上。一个头破血流的士兵努力攀上栅栏门，想往回跑。韩侄掷出一根梭镖。“啊——”那个士兵惨叫一声，被钉在了门上的一根横柱子上。“报告，大马寨好像有了防备，弟兄们死伤不少。”一个省军士兵灰头土脸地跑来报告。军官有些气急败坏：“快，把山炮搬过来！”几个士兵把一门小型的，但仍然很笨重的铁炮搬过来架好了。一个士兵用火绳点火。“轰——”猪儿炮发出一声震天的响。寨门在炮声中歪斜着倾倒了下来。一块石头飞过来，砸得韩侄满脸血污。“二……二叔，怎么办？”韩侄踉踉跄跄地过来。“撤，撤吧。”韩章一挥手，带领着十几个汉子往后撤。官兵们如潮水般往寨子里冲。韩章等与官兵在竹林里挥刀搏杀。韩章的几个弟兄一个个被砍死。“二叔，他们人多，恐怕……”“没别的办法了，只有冒死拼出去！”韩章挥刀拼杀，砍倒了几个官兵。韩章边战边退，在茅草丛中艰难前行。韩章与侄子逃进一片竹林，见后头没有人追来，于是停住，喘息了一下。军官带兵紧追不舍。一支响箭突然飞向韩章。“二叔，小心！”韩侄奔扑过来，用自己的身体挡住了箭。韩章抱着侄子，大声呼喊：“侄儿，你……”军官这时突然从竹林里冒出来：“韩章，投降吧，你跑不了啦！”韩章怒目圆睁，挥起长刀便扑过去，却被一根藤绊倒，仰面朝天，长刀落地。几把长刀一齐架了过来……

湘西的大山，空旷无垠。山下有河，山谷里回响着砍柴声。一丛攀缘在大树上的翠绿藤萝晃动着，不断发出簌簌的声响。枝丫被撩开，一个约莫十来岁的憨憨小男孩三狗在往一棵高树上爬。哥哥二骡则光着屁股从一块突出的石头上跳进了河水里，良久，又从水中浮出头来。好些天都不见韩章带人过来寻衅，覃啸天稍稍放心了些。这天，他带着弟弟的两个孩子去山上玩。二骡从水里冒出头来，四处寻找弟弟，不见，抬头，见三狗快要爬到树尖尖了。树尖尖的藤萝上有一个熟透了的纺锤形野生果实——八月瓜。但二骡发现那树长得很悬，枝丫是伸向悬崖外面的，于是急得大喊：“三狗，快下来，不要命了啊！”坐在草丛边休息的覃啸天听到急忙走过去，也喊：“三狗，莫搞，慢慢梭下来。”“不嘛。”

三狗却有些犟。他不想让到手的鸭子飞了。“好，好。”覃啸天知道这孩子的脾气，只好说，“底下是陡坎坎。你一定要小心点。够不着就算了。”“我摘得到的。”三狗伸出手去。就在快要够着那沉甸甸的果实时，他的手却突然震颤了一下——当！一声大筛锣恐怖的声音从远处传来。远处还传来了恐怖的呐喊声：“擒湘西革屯义勇军匪首示众啰！”“韩爷爷？”三狗打着哭腔：“是韩爷爷，呜呜呜，大马的韩爷爷被人绑了……”催命的筛锣声被放得大了。覃啸天呆住了。他看见一支长长的黑衣人队伍。一个走在队伍前的人鸣锣开道，两匹马上骑着行刑官引路，后面跟着一辆囚车，一个军官策马在囚车一侧跟行。两排押车狱卒并行在囚车两侧，囚车后面是压阵的团丁方队。囚车车轮摩擦地面发出刺耳的吱呀声音……打头的囚车无囚笼，车上竖着粗大的“卄”字形木桩。囚犯是韩章。块头极大的韩章满身血污被绑在木架上，手脚皆戴重铐，背上插了斩决的断头红标。两条血淋淋的腿拖着，整个人软软地垂着，眼睛闭着，猛一眼看去，也不知是死是活。

仇人被抓，啸天却似乎高兴不起来。一段日子之后，某天，覃啸天骑马巡哨经过一个寨子，看见很多乡民围在一处石头碉楼边议论。马蹄声传来，许多人都急忙同他点头打招呼，把路闪开。啸天看见墙上贴着一张布告：

《陆军第二十八军湘西警备司令部的联合布告》：案查永绥、洪城匪首龙勇、韩章等假借屯租问题勾结匪徒诱胁农民捣乱杀人，烧仓抢租扰害乡政，种种罪恶擢发难数，今令调部队严行痛剿，通令缉拿务必归案法办，并准各该犯所有产业一律查封提充。今特布告仰军民人等一体知悉如能拿获前开各匪犯归案法办者从重给赏；其敢听信煽惑私行藏匿者定予并究幸各禀遵毋犯。切切此布。

“韩章不是被索子绑走了吗？”有人说。“索子是绑了，可听讲他半路上跑脱了，还杀了两个兵。”另一人说，“那家伙飞檐走壁，功夫了得。”“哦——”众一阵惊呼。有人见覃啸天过来，便说：“大少爷，你手上有兵有家伙，赶紧去捉他一个呀，听讲赏银多得很耶。”众人便笑。另一个说：“去把韩章捉起送官呀，他个狗杂种老是找我们蛤蟆洞人麻烦。”“是啊，是啊。”有人便起哄附和。众人左右看，大少爷已经骑马走远了。覃啸天骑在马上想，官兵势众省军残暴，形势极为不妙，父亲在这样的时候难道还希图有什么大的作为吗？

第十章

八月底，一个盛夏炎热的早晨，父亲回来了。他骑着一匹大白马，而把那匹瘦瘦的黑骡子让给了随他进山的一个神秘的汉人。只一个月时间，黑瘦的父亲变得红光满面，目光有神。覃啸天很想问问父亲去长沙后的详情，父亲却什么也没给他说，只是吩咐他加强警戒，去各处关隘巡逻守卡。覃飞一连几天都把自己关在黑营盘里，出出进进来了凤凰各地方不少的遗老闻人。当覃啸天巡哨归来进寨子后，看见那镂刻着龙凤图腾的青石门槛上，竟然挂出了一块杉木板新招牌，上书“湘西革屯抗日救国指挥部”。“啸天，你到我房里来一下。”经过四方天井时，啸天被父亲喊住了。几天熬夜，父亲的眼圈发黑神情疲惫，但换上了黄将军呢制服，显得很威风。覃啸天乖乖地坐下了。“啸天，现在我该把一切都告诉你了。”父亲说他这次出门先到了长沙，拜会了老统领，然后去汉口在蛇山参加一个秘密会议，中心的议题是驱逐何健。“何健这老狗也是早该赶下台了。”覃啸天很气愤也很激动。“你不要急，听我把话说完。”父亲制止了他。

覃飞详细讲到了蛇山会议的过程和与会者、宗旨等。龙勇等在永绥造反，省主席何健令陶广速派嫡系28军的一个师开到永绥进剿。革屯军头领龙勇见省军来势汹汹，让副手韩章领兵与省军周旋，自己去了南京。龙勇到南京后，他通过湘西一些在南京的能人、朋友介绍，见到了蒋介石嫡系张治中将军，申诉湘西革屯运动的起因和何健政府的昏庸无道。其实，多年以来，何健的作恶已引起国民党许多上层人物的不满，CC派领导人陈果夫、陈立夫兄弟指示其干将张炯组织倒何力量。张炯是国民党湖南省党部主任委员，跟老统领过从甚密，便去长沙找到了陈玉轩商量“倒何”。陈玉轩说自己如今闲居长沙，不便出头。为了避嫌，他举荐由覃飞来出面干——几年以前，他早早地就让覃飞挂枪卸了职，埋了一颗“雷”。这几年一直没找到合适的机会，如今机会来了，陈玉轩便写信把覃飞召到了长沙。覃飞在长沙见到老统领后，接着就去武汉蛇山参加了由CC派的张炯、杨光辉等人召开的一次秘密会议。会后，覃飞返回湘西。张炯又秘密接见了龙勇，说：“现在何健在湖南的日子不好过，CC派又在南京活动捣他的鬼。你们湘西的革屯问题搞得何健很头痛，一定要闹大。覃飞愿意出面把你们湘西的革屯军联合起来干。这样，何健他迟早会下台的。”“老团长覃飞为何会出头冒险？”龙勇问。“你不晓得，这是老统领的主意，都是为了倒何。根据目前这个局势，你回去后赶紧和覃飞联系，一同革屯造反，把声势搞得更大些，屯政问题自然会得到彻底解决。”

覃飞回乡后，就收到老统领的一封信，信中说：“若手中缺人，可以搜罗诸路绿林好汉，招募青年，联络各县革屯义军；无粮，可以打开屯仓，放谷取粮。兵足粮足，大事可成。权不失机，功不厌速，时势造英雄，切莫延误时机！”不日，那个来过又离去的神秘汉人从武汉回来了。他告诉覃飞，说：“委员长对何健很是不满，准备派张治中来湘主政。”一番准备后，覃飞就把“湘西革屯抗日救国军”的牌子挂上了。“我已经在蛇山拍胸脯发过誓了：大家都推举我为头，回湘西拉队伍搞武装倒何。这旗帜我覃飞是扛定了。”父亲似乎还陶醉在当时的兴奋里，对啸天说，“陈果夫、陈立夫都很赏识器重我的才干，还有国民党中央政府的参军长贺耀组也大力支持，跟我一起来的那个汉人就是中央党部派来帮我起事的。他叫杨跃。”覃飞越说越兴奋：“这一回老子可要大大风光风光一下了！我要让湘西人还认得我覃飞，晓得我覃飞还没有死，本事还大着呢。”“爹，你叫儿子来是打算让我干点什么呢？”覃啸天忍不住打断父亲的话。“哈哈哈哈！”父亲狠狠地擂了一下儿子的肩，“你这小子呀，真跟老子一个样，没事做手就发痒。你放心，不会忘了你。我要让你当湘西革屯抗日救国军第一支队司令。”覃啸天一听兴奋地肃立鞠躬：“多谢老爹。”“哈哈哈哈！”覃飞又一阵朗声大笑。覃啸天急急地请战：“爹，你既任命儿子为支队司令，何时授衔？何时出征？”“明天就召开大会正式给你授衔。”覃飞说，然后停顿了一下才慢慢地道：“眼下嘛还不是急着出征的时候。但我有一个重要的任务要交给你。”“什么任务，请总指挥吩咐。”在处理公务问题时，啸天已自觉地排除了血缘关系，而以上下级关系相待。“我要让你去给韩章认个错，请他出山。”覃飞说。父亲的话却使覃啸天感到很是意外。“韩章？”覃啸天说，“这家伙不是被官府捉去了吗？”“捉是捉去了。可他又回来了。”“回来了，官府不会再来抓？”“韩章如今是翅膀更硬了。官府也奈他不何。”但啸天觉得这简直是太侮辱人格了，他几乎要发起牛脾气来说：“宁愿不当那个屌支队长也不去做那等下贱事。”“一支队司令覃啸天！”父亲突然拔出枪来，一把拍在桌子上，正言厉色说：“我告诉你，事关全局，谁敢违抗一定军法处置。”儿子这才明白又上了父亲的当。“你就去准备一下，明天跟二爷一道去。”父亲交代着，也不顾及儿子会不会有抵触，“出面协商的事，有龙二爷讲，你只管随着去表示一下我们的诚意。他们有什么条件，只要不太苛刻就完全应允下来。”

听说是覃啸天的坐骑已来到了大马山下，韩章如临大敌，忙吩咐各连士兵进入临战姿态。待探子来报说山下只有覃啸天和龙二爷两人，其后十数里也并无埋伏尾随，韩章才稍稍嘘了口气。韩章吩咐：“去吧，那就放人进来。”龙二爷和啸天缓缓攀登石阶来到韩章的院子。“二爷兄稀走，今天莫不是走错了路？”韩章出来时只是同龙二爷打招呼，而把覃啸天晾在一边，而且语含揶揄。“嘿嘿嘿。”龙二爷并未发火，讪笑着，“韩章兄说的什么耍话，我们是专一来看你的哩。”“无事不登三宝殿嘛，这个我明白。”韩章的话仍然很冲，“好啊，有话就说，有屁就放。”覃啸天被这话刺得脸上肌肉一阵抽搐。龙二爷连忙给他使眼色，要他沉住气。“韩章兄，俗话说冤家宜解不宜结，我这次带啸天来是想来给你们做个和事佬的。”龙二爷忙道，还边说边扯啸天的衣袖子。覃啸天也只好顺着梯子下楼：“往日小侄年轻气盛，多有得罪，请多多包涵……”“包涵？你倒是说得轻巧！”韩章却来了火，“覃啸天，你以为一句好话就能勾销十几条命案吗？休想！我实话告诉你，我韩章是对天发过誓的，老兵营有你们父子就没有我，不必来这里耍阴谋费口舌。赶紧回去带你的兵来吧！咱明人不做暗事，今天你单枪匹马地来我不捡这个便宜……”龙二爷忙出面劝解，强拉着韩章坐下。韩章的气消了许多，吩咐上茶。龙二爷借机认真阐明来意，分析局势，晓以利害。龙二爷说：“现在能统掌湘西的陈统领闲居长沙。何健则派其嫡系部队进逼，目的是彻底根除老统领在地方上的武装势力，这显然是包括了我们的老团长，自然也包括你韩章的武装在内的。而且，你也晓得，你韩章如今可是省府通缉的要犯。省军已经围住这一带大山，形势已日见紧张，千万不能再窝里斗。”韩章是个明白人，但心里尚有怨气，心想：愿打就打，愿和就和，若全由着他们，那我韩章还能不能在这里做人?“二爷说的倒是在理,我纵然愿依你的办,只怕我在乡亲们那里说不过去。”韩章把责任委婉地往别处一推。龙二爷忙说:“只要韩兄同意,别的都好办。你若有什么要求,只管照直提出来。”“要求倒也没别的。”果然韩章边下楼梯边提要求了,“死了的人也不能再长出个脑壳来,事情也都已过去了细算不得,但是非曲直得有个公理。”“啸天来就是这样意思。”龙二爷道,“他过来就是想跟你来赔礼道歉。若要补偿点损失,你倒也不妨提个数字。”“二爷你莫把我的话意会错了,我可不是利禄小人,我不要什么财物钱米,要的是天理良心。”韩章进一步挑明了他的意图,“我们两家的事闹至今日这个地步,其实最初只为的一桩小事。只需把这件小事搞了结,我们两家的事也就全没了。”“到底是一桩什么事?”龙二爷问。“什么事你不明白他覃啸天明白。”韩章说,“大马的事该归大马管轮不到外人干涉,这是一条原则,往后也还得靠这条原则……”龙二爷急了:“韩章兄只管明说,何必绕山绕水。”“好,我就明说了吧!”韩章说话仍是不紧不慢的,“叭妹是我们大马人的媳妇,如今还被你们扣留着。覃飞说他会好好处理,我就想亲自看看他会如何处理。处理得满意,一切都好说。”这真是欺人太甚啊!覃啸天好像被点了一下血膛,气得嘴巴直哆嗦。龙二爷掐了他一下,覃啸天终于忍住了。龙二爷回来向老团长说了韩章的意思。覃飞沉思了很久,说:“后天,你叫他过来看吧。”

两天后,韩章带了人来到蛤蟆洞。龙二爷说:“韩老弟你还不放心啊?那事我们覃老爷已经亲自处理了……”“二爷兄,我韩章也没有过高要求,”韩章却黑着脸,说,“我活要见人,死要见尸!”龙二爷只好带他到了乌巢河的溪沟边去,用手往山上一指。韩章顺着他手指的方向看:一棵大乌柏树上挂着两颗血淋淋的人头,树干上蒙着一张新鲜的人皮。

乾城清末属直隶厅,青山灵秀绿水护城,是个屯兵论治的极好去处。陈玉轩被逼离湘西后,为了加强对湘西的统治,何健派余范传为湘西第三行政督察区专员兼保安司令,驻节乾城县县城——乾州。乾州城防很是坚固,环城十数里皆以大块青石用糯米石灰浆砌灌,真可谓固若金汤。但任你再坚固的城垣,当“革屯”斗争之火愈燃愈烈时,便好像在风雨中飘摇,大有岌岌可危之势了。黄昏时分,一条靠城的叫作万溶江的绕城小河边的林子里,各处都隐藏着一伙伙黑衣乡民。他们或躺着休息,或在擦拭着鸟铳。一个高瘦的中年人在用新砍的毛竹捆扎云梯。一个小兵过来,把一根白布带子发给他:“满满,这是你的。你这梯子扎得几多好,你是篾匠？”“是啊！”那人说，“你还那么小，就来打仗了？”“我也不小了，都十六啦。”覃啸天在各处走，指挥分发白布带子：“注意了！每人一根布带子，都把它捆在手臂上，那是记号，尤其是夜里，不要自己人跟自己人杀起来了！”这时，一个士兵跑了过来：“报告总指挥，副总指挥长韩章到！”覃啸天忙起身相迎：“韩副指挥长，辛苦了！”“你和弟兄们更辛苦啊。”韩章把随来的人介绍给他，“这位是龙勇，是永绥革屯军大队长。”“好啊。有劳你们过来助战。”啸天与龙大队长握手。“革屯就是我们自己的事，谈不上助战。”龙勇说，“这事，我们也闹腾过好一阵子了，没个结果，还是要靠你爹这个老团长出马。”“好。我们就团结一心，好好干他一票！”覃啸天指了指旁边的林子，“请二位上那里坐坐，我把这边的准备情况给你们汇报一下。”先一天下午，革屯军总指挥覃飞在老兵营蛤蟆洞召集了各地队伍两千人的誓师大会，明确打出了抗日革屯倒何的旗帜，提出首战目标是攻打乾州城。

这次攻打乾州城，覃飞为总指挥。出师的阵容是：覃啸天为前敌指挥，龙海金任左翼支队司令，韩章任右翼支队司令，石光寿任中路支队司令，吴兆用任游击支队司令，龙勇任独立支队司令。作为前敌指挥，覃啸天带领着两千余人趁夜急行军，来到乾城万溶江边的林子里埋伏，韩章和龙勇带领的永绥方面部队近八百人也随即赶到会合。他们决定在午夜发动攻城。

湘西专员公署设在清朝时厅大人留下的公寓内，左右辕门、五进殿堂虽陈旧却很有气魄，但秋风扫落荒圃菊瓣，碎金遍地，又显得很是萧条。天蒙蒙亮时，专员公署的一座侧厅里便有一个经美孚灯投射出的瘦长身影一直不安地踱步摇曳——这人是乾城暂编保安团的参谋长冉扬。大约是一整夜没有合眼，冉扬本来就消瘦的脸拉得更长，眼皮也松弛无力地耷拉下来。一个电信兵进来。“有没有余专员的消息？”冉扬见电信兵进来便急切地问。“余专员已有来电。”对方回答，带着一纸电文。但冉扬似乎连看电文的时间也等不及了，又接着问：“他什么时候能回到乾州？”电信兵没作回答，显然电文没有提及专员的归期，冉扬的喜悦情绪骤然冰消。电文的内容是这样的：“湖北战争吃紧，省军眼下不能开赴湘西，苗民有动乱之可能，必须严加防范，凡有可疑人员应立即撤换或调防切切！”冉扬真恨不得把电文撕得粉碎。一个堂堂大专员还兼着暂编保安司令的要职，在这关键时刻却跑回长沙去给他的老娘做寿！既然战争吃紧苗民可能有乱，怎么还心安理得地在家待着把全部重担压在我参谋长一人肩上？但有什么办法呢？牢骚尽管是牢骚，专员既已不在，参谋长便有无法推卸的责任，万一疏于防范出了差错，脑壳搬家的必先是冉某也。他把电文又看了一遍插进上衣小兜里。天色已亮，怀表正指七时，他该去议事厅从事“天子早朝了”。他刚刚跨出门，便与一个人撞了个满怀。正打算将那把无名之火借机来一番发泄，对方却是退一步行了个笔直的军礼。“报告参谋长，现有紧急军情禀报！”来者是侦察连张连长。他的额头上沁着豆大的汗珠。冉扬知情不妙忙把他带入侧厅听他的军情报告。张连长禀报了派出的便衣送来的最新情报。情报说：日前革屯军总指挥覃飞已经在老兵营召集了各地队伍两千人的誓师大会，明确打出了抗日革屯倒何的旗帜，扬言首战目标是攻打乾州城。据称大部队已经开始向乾州开拔。冉扬听罢禀报，急急忙忙走到一张悬挂着的军用地图前，用瘦瘦的手指在上头作过一番比画。乾州往西廿里为竿子坪，竿子坪往西廿里为得胜营，老兵营距得胜营东约六十里——总计约百里之遥。虽是山路行动艰难，但攻城部队较早可在黄昏时抵达城外，最迟也会在翌日拂晓之前构成合围之势。张连长在参谋长心急火燎审视地图时还补充说，永绥的革屯军也已往这边赶。冉扬决定不再去正厅例行早朝公事，而是大声唤了副官来，让他赶紧通知有关头头赶到侧厅布置防卫。他指示立即将革屯军疑犯谢老祥等五人执行枪决。

乾州的班房说来奇怪，在地方上还颇有些名气，这与其特产班房草鞋不无关系。这天上午谢老祥等人被枪兵猝然提走，铁窗中长长的矮板凳脚上留下了五只以未完成形式吊坠着的黄灿灿的班房草鞋。这五个疑犯是冉参谋长亲自带队查验户口时逮捕的。他之所以仓促决定在尚未验明确实身份时便枪毙这些可疑犯，为的是稳定已经开始变得浮躁的军心民心。没有预先例行法律程序，只是用朱黑两笔草撰一张布告贴之于城门。墨迹未干便有白衣兵去叩响乾州班房的栅栏门。五个囚犯从各自的单间里被提出，用一根长棕索吊蚱蜢般拴成一串儿开始了戴镣铐长街行。除了逢年过节，乾州这地方很少有娱乐活动，每逢西门外沙坝坪杀人倒是个难得的开心机会。居民们早早便丢了碗筷关了小腰门，潮水般涌往背插木标的人犯必经的正街。因这回之处决人犯事关重大，冉参谋长决定亲自监斩。他骑在一匹高头大马上，戴着金丝眼镜，戴着雪白的手套，样子显得很是精明干练也很潇洒。他的目光透过金丝眼镜的玻璃镜片在攒动的人头中交叉扫射，不难想见他内心的紧张。他把目光收束到领头的犯人身上，看见这个叫谢老祥的汉子神色似乎很是坦然：他不像是走向杀场走向墓地，而像是去谈判成交一笔生意。被蚱蜢般吊着一串的犯人的镇静，使冉扬开始了骑在马上的反思：这是不是覃飞设计的一个圈套，其目的是借此机会让固若金汤的乾州自动地洞开自己的门扉。冉扬狐疑地勒了勒马头，白手套耸了耸眼镜的镜架。恰好在这个时候，一个副官挤进来向他报告说城外似有异样动静。“怎么办？参谋长。”副官等待上司定夺。冉扬没有立即回答，在脑壳里列出了一串繁复的算式。“传我的命令吧，暂缓执行。”他说这话时连眉峰都没动一动，显然是深思熟虑的结果。他又轻轻补充了一句：“明天凌晨一点，就在班房里毙了！”来看热闹的居民们自然很感失望，全扫兴而归。当热情冷却就从此再也提不起来，因为他们知道自己的城镇已在黄昏时被覃飞部队所包围，一旦攻城炮子是不长眼睛的。

果不其然，攻城的战斗就在这天夜里十二点打响了。当时驻守湘西第三行政督察区的暂编保安团共三个营。驻乾城的是第三营，共有三个连，除一部分人马已到外地运枪弹外，守城部队实际上只有二百多人。农历八月初四逢乾城赶场，冉扬的估计没有错，就在这天夜里覃飞的便衣队已趁赶场的机会混进城内暗暗住下了。夜里十二点多钟，一千多兵已将乾州城团团围住了，并派遣精锐兵勇分为两路开始攻打北门和西门。守卫北门的八连二排排长滕见青因与义军早有联系，突然反水了，将三排排长陈朴绑起来。正在熟睡的连长安博被一阵急促的叩门声搅醒，知道有紧急情况，忙摸索着披衣去开门。门打开时，一团黑影风一般刮了进来。“连长，覃飞要攻城了，你赶紧带家眷出城逃命吧！”安博听声音就知道是他的下属二排长滕见青。安连长抖抖地点亮了油灯。他惊讶地看见眼前的二排长是偏戴着军帽的，明白这位排长如今已是攻城部队的一分子了。“你……你为什么要来给我报信？”安博不解地问。滕见青说：“连长你平素待我不薄，我不能眼看你成为刀下之鬼。快走吧，把嫂子带上，再挨就出不去了！”滕见青叫了几个弟兄亲自将安博夫妇送出城，立即跑上城楼鸣枪为号。乾州北门那厚重的城门便在夜色中缓缓地洞开了。领兵蛰伏在城外黑林子里的前敌指挥覃啸天听到信号，忙指挥部下迅速进城。进城的革屯军兵分两路：一路冲向军火库夺取了九挺机枪和不少步枪；另一路则直捣乾州班房。

因为凌晨一时即将来临，典狱长根据冉参谋长的指示，开始了秘密处决疑犯的行动。黑暗中一阵脚镣手铐叮当响过，五个黑色的人影被荷枪的士兵从各自的号房里提拉出来。赏酒肉赏包子以及验明正身之类繁文缛节在此皆省略了，他们被拉到一块狭窄的天井坪里——那是犯人们平素用于放风的地方——喝令他们把两臂伸开，把脸和整个身子紧贴高高的、长满了潮湿苔藓的墙壁。一排士兵站在十数步外的牢门将子弹推上膛，举枪照着趴在墙壁上的模糊人影儿胡乱地瞄准。反正是近距离射击，只需将扳机扣动，是不愁前边的人影不歪歪斜斜倒坍下去的。胖胖的典狱长在喊口令，用的是类似于现今导弹发射所使用的程序——他从“十”数起，数字往前逆推，待他的鼻音极重的声音落在“一”字上时，众士兵便一齐放枪。

但他未能如愿以偿，在还差三个数字的时候班房外边枪响了。典狱长还以为是哪一位下属忘了规矩，擅自做主采取了超前行动。他宣布这一次的数数无效，想狠狠教训一下那位越轨的士兵。但他的后脑勺突然重重地挨了一家伙。他像一块湿水柴般闷声地倒了下去。“举起手来！你们被包围了！我们是抗日革屯军。”黑洞洞的门里钻出这冷飕飕的声音。行刑士兵们的手如森林般举了起来。伏在墙壁上的谢老祥等知道救星到来，闻声早已扑过来夺下士兵们手中的枪。满脸胡茬的谢老祥端着一支枪对前来营救的人说：“给我一个臂章吧！”来人把一个红色的臂章交给了他。“我也跟你们一起干吧！”士兵中的一个这样请求。“行。把这个戴上。”来人走过去拍了拍他的肩膀。那人臂上也多了一条红布。是时，北门发生了战火。守卫东西南门的保安队奉冉扬之命前往增援。这时，埋伏在西门外飞山庙高炮台的伏兵便架起云梯攀越城墙乘虚而入，迅速攻占了保安团团部、专员公署。整个乾州城就只剩下地势较高的东门了。

东方露出了曙色。在竿子坪通往乾州的公路上，一班兵弁皆骑着高头大马，严密护卫着自己的主帅——覃飞，赶往前线坐镇指挥。覃飞的指挥部设在老统领当年居住过的公馆里。这座当初甚是豪华的别墅随同他主人身价的跌落而变得萧条。眼下正是初秋，两棵大梧桐树的落叶铺满了一地。地砖年久失修，隙缝里长出许多野草，从院墙外蔓延过来的马鞭根将一些地段拱得歪斜破裂。当初老统领在这里多次邀集各路头领共商靖边大计，覃飞是常客。那时鼓乐笙歌豪宴豪饮何其风流！才几年过去竟有时移境迁的隔世之感。覃飞勒马在门前伫立了一大阵才跳下马背。几个军官忙夹道簇拥上前接驾。“司令一路劳累，请先到侧厅歇息用茶。”一个引路的副官边走边说。“不必了。”覃飞径直往正厅走——那是老统领当年的议事厅，“赶紧把啸天、韩章和龙勇叫来！”几个人撇下手中的战事匆匆赶到陈公馆，汇报说目前乾州只有东门尚在敌军手里。那里地势居高、工事坚固，是保安团第三营团长黄斌在那里固守。“司令，你说怎么办？”这是覃啸天的声音——声音坚定且带着明显的请战口吻。这个当上了前敌指挥的儿子，如今已完全明白那个当初蛰伏在老林子里打棚鸡的父亲并没有疯，他那粗糙的乡下人的皮肤下已装着精明的城里人的所谓“城府”了。父亲回头打量着这头小豹子说：“我倒想听听你这个前敌指挥的高见。”覃啸天不假思索地说：“四面合围狠狠打他娘的。”“为什么是打而不是撤？”父亲想考考儿子，“听说何健已电请得20集团军总司令杨森部队的援助。杨森已命令其东下途经所里的郭汝栋部赶往乾州，而所里到乾州拢共不到十五里地啊。”覃啸天似乎并没有被难住。他平静地回答：“打下乾州我想这是老统领这些年来一直等着的一天，打得越狠何健就下台得越快，老统领也回来得越早。”显然父亲对儿子的回答是满意的。“有其父必有其子”他觉得这句古话得到了又一次应验——儿子同自己一样已穿过了草莽英雄的岁月，开始具有某种政治家的雄才大略了。“好！传我的命令……”覃飞重新变得肥厚粗壮的手板重重地拍在椿木大桌子上，“继续攻城！”

乾城不久就全部被攻陷了。覃飞攻下乾城后，发出通电和宣言，揭露何健罪行陋行，明确提出了“革屯、抗日、倒何”三项主张。控制乾城之后，覃飞又乘势以两千人进攻竿城，由于守城军力雄厚，军备充足，加之内应不寻，围攻一周未能拿下。在麻阳县，与覃飞起义的同时，龙杰在县城锦和镇举行暴动，控制了麻阳县城，伪县长田蔚贞仓皇而逃。龙杰召集各乡自卫中队，编成五个连约莫七八百人在麻阳成立“倒何、抗日抗屯义勇军”，占据县城五天。国民党当局调来保安团来镇压。起义队伍由龙杰带领退出麻阳县城，经石羊哨，从溪口上山江与覃飞汇合。各路革屯义军风起云涌，将革屯运动推向最高潮。最激烈的时期，湘鄂川黔四省边区响应革屯者达百万之甚。局势的发展使国民党当局大为震惊！何健因反共坚决，深得蒋介石重用，主湘八年多。但何健非蒋介石嫡系，故遭到CC派人物的排挤，蒋介石对何健在湖南搞自治搞“独立王国”也感到不满。湘西“革屯”起义爆发后，何健无力控制湘西局势，CC派即以此为口实，向蒋介石提出以陈果夫取代何健主湘的建议。此提议正合蒋介石的心意。但因为湘军元老唐生智反对，最后确定以张治中代何立湘。

第十一章

又一年莺飞草长树绿花红的时节。

这是1938年5月，在山江蛤蟆洞通往凤凰县城的青石板山路上，慢悠悠行进着一支军旅：两顶滑竿、十数匹大马和百十个全副武装的苗兵。尽管兵弁似皆荷枪实弹如临大敌，其实军旅所经坡地、山寨皆已很是安全清静。历经一年零九个月的天翻地覆的“湘西抗日革屯运动”已告结束，那种“屯七县十万众”操戈跃起的轰烈已成为逝去的历史。路边是层层坡土梯田，新草钻出黄色土地的表层给山野染上一层平和安定的色泽。阳雀在远山悠扬地唱。溪涧边排列的筒车在车水，把水提拉到半空倾倒入连缀曲折至山弯里的木枧，颇有点“太平盛世”的田园风致。唯有那满山火红的石榴花尚使人想起那既往的战火。而雪白的桐花有如招魂幡，使人想起那些长眠的死者，给人心中以某种惆怅和压抑。

马队作为前导担负的任务是开路。覃啸天在队伍的最前头。他骑的是父亲的那匹大黑马，因为他如今已如同当年的父亲，当上了团长。但他依然还是那么年轻。他把鞭子挽成一个环套操在手里，眉峰藏着笑意信马由缰望着远天飘浮的云。他一定在构思着自己辉煌灿烂的前景。躺在第二顶滑竿上的是他的父亲。覃飞在滑竿的上下晃悠中闭目养神。他确乎是太疲倦了。他进行了与他年龄身体不太相称的超负荷战斗。他累了。这一场长达一年零九个月的持续战，首举义旗的当然不是他覃飞，但影响最大的还是他。他的“湖南抗日革屯倒何义勇军”有八千多人，得到屯七县约十万之众的响应。他率领的兵马曾先后攻克了麻阳、乾城，还围攻竿城、永绥和保靖，搞得整个湘西天翻地覆。这场“湘西大乱”首先是迫使驻节乾州的第三行政督察区专员兼保安司令余范传“引咎辞职”，接着是永绥县长李卧南被撤换，而后是革屯代表与省府代表在沅陵谈判、“废除屯制就租升科”六条办法协议的草签与实施，最后是何健灰溜溜地下台。他觉得自己在湘西也算是风光够了，尝到了被推上权力极顶的滋味。他如今躺在滑竿里没有更多的踌躇满志，而只是感到很疲倦很困乏。骑在黑鬃马上的儿子觉得父亲一下子又变得苍老了——惊愕地觉得像是在蛤蟆洞后山曾看见过的那个打棚鸡的老人。在第一顶滑竿里的是个老者，个头不高却目光炯炯有神——他就是“老师长”陈玉轩。陈玉轩一直没肯躺着，而是军人般直立着腰。他的目光一直不停地扫视道路两旁的山峦和田野。他觉得这景致同当初被挤离凤凰闲居长沙时之所见确乎迥然不同。山野实在是太清寂了，只有马蹄的“得哒”声和轿夫们的脚板声。陈玉轩觉得这景象很符合他一贯的构思——“让湘西留得一片清净地”。太阳当顶，阳光有些刺目，他于是吩咐将轿前的遮阳布放下，自己也把身子躺下了。清寂的军旅显得更清寂了。在闭目养神之间，回忆起这些短短日子所发生的惊天动地的变化……

1937年11月，不可一世的何健被躲在长沙一座陈旧四合院里的他玩弄于股掌，极不光彩地下了台。赤手空拳斗败何健，他这个“湘西王”也是够厉害的。11月26日，接替何健来湘主政的张治中到达长沙车站时，省府委员都前往迎接。作为委员之一，陈玉轩也在其间。张治中下车后与各位委员一一握手，并问：“陈玉轩先生是哪一位？”随即有人介绍。张治中便过来与陈玉轩握手寒暄，大有相见恨晚之意。张治中视事后，亦居住在长沙麻园岭，两人便常有机会见面。陈玉轩原本就对张治中印象不错，觉得他待人和善，为人正直，所以他策动的“倒何”运动就是希望推张治中上台。经过一段时间的接触，陈玉轩感觉张治中也确实是个务实、想认真做事的人。张治中从陈玉轩的谈吐中，发现其秉性耿直，能力强，威望高的特质，大概一直受到打压，常常表露出一种精神上的苦楚。张治中比何健高明一着，对湘西的“抗日革屯”运动采取正面态度，西巡湘西二十八县后，又在沅陵召开了湘西有屯七县代表大会，废止了清朝以来覆压在湘西人民头上的“屯租”大山。

此时，日寇逼近武汉，长沙危急，国民党百万大军要向四川大后方撤退转移，湘西乃是必经之战略要地。张治中主持湘政之后，虽然做了很多善后工作，但革屯问题其实仍未完全解决：革屯军名目繁杂、各自为政、沙泥俱下，其中若干股匪趁势做大，各县多路土匪随之而起，还一度围攻沅陵。如何才能迅速收拾这混乱的局面？深知陈玉轩是湘黔川鄂四省边界数十个县的关键性人物，张治中于是因人设事，在沅陵撤销湘西绥靖处，设立湘西行署，任命陈为行署主任。张治中对陈玉轩说：“有人告你是湘西土皇帝，我要扶植你当真皇帝。你回湘西尽管放手干吧！”“国难当头，陈某虽不才，愿尽绵薄之力。”陈玉轩这样回答。其实，他可是早就盼着这一天啊！为了这一天，陈玉轩忍辱负重、精心营构、等待捕捉时机。他终于如愿以偿了。接受湘西沅陵行署主任职务后，陈玉轩密令心腹田文蛟组成300人的便衣队驻守沅陵，并电召旧部属滕老五从麻阳星夜赶来长沙。

“老统领有何急事？”滕老五进屋就急忙问。陈玉轩指指小饭桌：“莫忙，先去把饭吃饱，把酒喝足，睡饱觉，明天早晨我来叫你。”

次日凌晨，滕老五被叫醒，来到陈玉轩的房间，看见一个大木箱子摆放在地上：“老统领，这……”“你把它打开。”滕老五打开，看见清一色全是二十发崭新连枪，数一数共有30支。陈玉轩说：“你去找30个人来背这些家伙。过几天我要去沅陵行署当主任，沿途安全就交你负责。”

四月，春寒料峭。担任湘西行署主任的陈玉轩回到竿城。竿城自东门一直到四方井，十里长街挤满了欢迎的群众。街道的两边摆着桌子，桌子上放着一大碗清水和一块大镜子，还放着薯片、橘子等土特产，寓意希望陈玉轩重振湘西，为官“清如水、明如镜”，是人民“安居乐业，丰衣足食”的美好愿望。陈玉轩见到如此盛大的欢迎场面，十分感动。他下了滑竿，摘下礼帽，一路步行，向沿途欢迎的父老乡亲频频鞠躬，握手问好。陈玉轩信心满满，觉得自己确实尚未完全老朽，还能在地方上重领一回风云。如何收拾这湘西混乱的残局，他自然就想到了覃飞。陈玉轩觉得当初在蛤蟆洞这个老山沟里埋下覃飞这个“绝密杀手”是完全正确的。当初只是一种直觉提醒他这样做，并没期待定然有收获，如今历史作了证实。陈玉轩一上任，到了竿城，他立即派人与覃飞进行联系。覃飞大喜过望，把老统领接到老家蛤蟆洞商谈。

雄奇的腊尔山，石壁陡峭。一条弯曲的石板路盘旋蜿蜒在险峻的山崖上，几个军官骑着马，簇拥着一顶滑竿慢慢走过来。陈玉轩双手交叉环抱在胸前，身子歪斜在晃荡的滑竿上。他眼睛微闭，透过前面士兵们黑色的起伏人头，看见了石板路尽头上有一扇巨大的石头门。覃飞和儿子啸天等站在石头门下。“开山门，迎贵客！”覃飞突然朗声大喊。“嘭——嘭嘭——”三眼铳响起来了。声音映山映谷，很是骇人。爆竹声，唢呐声，还有长长的树皮号声。这一天，覃飞大宴宾客，四围寨子的乡绅闻人都在邀请之列，来宾络绎不绝，道喜并送上贺礼。吊脚楼，热烈喜庆的吹打乐。羊油蜡烛，照得人容光焕发。覃飞在门前迎接客人。客厅里摆着几桌酒席，门外场坪里用门板设有流水席。外面是欢闹的宴席，而一间特殊的小包厢里，陈玉轩和覃飞一边喝酒，一边叙旧，一边会谈。覃飞道：“感谢老统领这么看得起我，鞍马劳顿亲临寒舍。来，老统领，我敬你一杯！”“飞蜈蚣，你莫跟我客气。我早说过，不管啥时候，你我都是兄弟。”陈玉轩道，“这么长时间，覃老弟受苦了，这杯酒为老弟压压惊！”“谢谢。谢谢老统领。”覃飞道，“要说受苦，老统领那才叫真的受苦。好在都过去了，今儿可是大喜日子，来，干！”两人把酒干了。陈玉轩说：“覃飞，这一回，你干得真是漂亮，当初你去武汉，我倒是没想到你还有如此能量啊。”覃飞道：“我覃飞算个什么东西，那都是托老统领的福。您举荐的人上头相信下头也服。当然也怪他何健太不得人心，搬起石头砸自己的脚。”“哈哈哈哈！”陈玉轩大笑，“言之有理，多行不义必自毙。覃飞呀，如今张省长主湘。这个人比较开明，覃飞，我们应该好好配合他。”“张省长我不认识。”覃飞说，“反正我覃飞这辈子就只认你老统领。你说该怎么干我就怎么干，绝无二话就是。”“哈哈哈哈。”陈玉轩又大笑，“你飞蜈蚣什么时候也学会拍马屁了？”“我这可说的是真心话。”覃飞道，“想当初，我多次落难，还蒙您如此器重。再造之恩，没齿难忘！”“好，客套话就不必说了。”陈玉轩说，“那就跟你说点正事。”陈玉轩说到了湘西屯七县代表大会，虽与省府达成了废屯升科六条办法，但问题其实仍未解决：革屯军名目繁杂、各自为政、沙泥俱下，其中若干股匪趁势做大，各县多路土匪随之而起，还一度围攻沅陵。陈玉轩说：“覃飞，我是沅陵行署的主任，湘西再乱下去就是我的责任了。你在湘西威望不小，我希望你带个头，接受政府的收编。”“收编？”显然，覃飞有些犹豫，“老统领啊，你都晓得的，被政府收编总是没落得好下场。”“覃飞，你的担心我晓得。”陈玉轩说，“但这次不同，这次我们是要编出一支湘西自己的部队，要重振筸军的威风。”“重振筸军的威风？”这话倒是很合覃飞的口味，但他还是有些疑惑，“这会是真的吗？”“是真的。”陈玉轩回答得很坚决，“多少年了，我一直有这样的企图——给湘西留一片清净地，也许这个理想就会实现了。覃飞，要实现这样的理想，首先还是要保靖安民，如果没有一支强有力的部队，任凭群魔乱舞，那又如何办得到？”覃飞终于被老统领说服了。覃飞愿意让自己的队伍接受政府改编，于是，在四月的这个阳光明媚的日子，覃飞与陈玉轩坐着滑竿晃悠悠地同时出山了。

陈玉轩上任湘西沅陵行署主任以后，立即拿出了“收大剿小收老剿新”的老王牌。凭借他的威望和雷霆手段，在不到一个月时间里便神奇地招抚了湘西二十六路“司令”以及233支大小武装集团。陈玉轩不但很快地平息了匪乱，也解决了湘西革屯运动，还收编了人枪两万多，编成湖南省编第一旅，下辖五个新编团。覃飞任旅长，韩章、龙勇、覃啸天等均为团长——于是，在嘉善前线神秘消失的“筸军”又神奇地复活了！当然，也有一些不听招呼的，尤其是湘西南部，不时有匪警，弄得民心不安。陈玉轩于是又像当年一样，带着覃啸天和部队赶赴泸溪、浦市一带清剿土匪。到了芷江，陈玉轩立即发布《剿匪通告》和《告芷江民众书》，奖励民众检举提供匪警线索，号召匪众改邪归正，接受招安。同时，召开了一个有关县县长会议。“蒙各位弟兄的拥戴辅佐，我今天又有幸能在这里同大家商讨议事了。在座诸公皆是本城要员、湘西栋梁，为保住湘西一片净土、造福乡梓皆有不可推卸之责任。前事不忘后事之师。因为没有自己的实力，前些年我们吃了大亏，但现在尚未为晚。要达此目的我以为‘安内’是首要任务。眼下各地匪势甚炽，若不彻底剿除，边地未可清静民心未可安服。”演说后会场变得热烈起来：“土匪近来十分猖狂，向疤子已放出信要率匪攻打县城。”“向疤子不过是些叫雀，不足为患。关键是我们自己的眼皮子底下，匪首吴三啸聚马头山，十分嚣张，应该及早清剿！”陈玉轩说：“大家说得不错。剿匪应是我们当前最紧要的任务。吴三啸聚马头山，必须下大力剿之。我再重申剿匪原则：‘诚心归服，来者不拒；敢于抵抗者坚决以武力剪除之。’好了，我看今天的会开得不错很成功。清剿吴三务必首战告捷。在座的看谁愿打这个头阵？”“陈老统，这一仗让我去吧！”话音未落便有人站了起来。众人一看见是覃啸天。“好。”陈玉轩用长着几色光圈的眼珠信任地瞧了瞧他，“啸天，你要多少人马，我都可以派给你。”覃啸天感激地把双脚并拢：“如今吴三盘踞在地势险要的两头羊，自然没有一定的兵力是难以剿灭的，但那里尽是羊肠鸟道，人太多也无法施展本事，所以我请求给我两个营。”“两个营，好的。那就在你的团里挑选吧！”

陈玉轩寄托愿望地拍了拍他的肩膀，“要多少军需，赶紧报上来。我……等着你的好消息啦！”

翌日，年轻气盛的覃啸天率人马浩浩荡荡开赴马头山，在两岔河边布下个弧形的包围圈。士兵忙碌着扎寨安营，这里飘旗，那里扎寨，其势甚为吓人。“报告司令，有官兵来攻、攻山了。”一个满脸黑灰的小个子兵进来报告。吴三却没理会地在玩蛇。那大花蛇的信子在他的脸上胡乱舔着。“报告司令，覃啸天带人来攻、攻山了。”小个子兵又复述了一遍。吴三这才漫不经心地说道：“他们是想从桃花寨来吧，放心，没大事的。”“这回来的兵还不少哩。”“想攻就让他们攻吧。你赶快回去告诉二雄好好守住二道卡就是。等会儿我会给他们派些增援来。”“是！”小个子兵匆匆回去了。

扎好了营寨，覃啸天带着几个马弁，骑马来到桃花寨下。他取出望远镜来观察。桃花寨是个挂在悬崖上的寨子，盘缠的古藤间露出几间小小吊脚木楼的瓦脊和支柱。天气不太好，山头盘绕着雾气，有条小小的鸟道像根丝带子飘逸在山间，时断时续。临近寨子有一处卡子，形如刀背，凌空架起，还新添了木栅栏，墙壁也加高了。看来匪帮是有所防备的了。戴眼镜的团参谋长说：“看来他们已有了防备，团座，若再延搁恐怕会添麻烦。”覃啸天于是下令进攻。嘭，嘭嘭嘭！几尊铁铸“猪儿炮”一齐发射。山坡上烟尘滚滚，碎石乱飞。对面山上的寨子里反馈了一阵惶恐不安的混乱。冲！覃啸天一声令下，突击队很快地冲上了盘山道，在林菁和藤蔓间时隐时现。一个大个子领头冲锋，却被阻止在一处狭路上。狭路上方的石卡子的火力很猛。突击队员只好都蛰伏在转弯的角隅里。大个子把一个手雷往石卡子里一扔。一阵狂轰滥炸打乱对方的阵脚。覃啸天忙下令：“快，放炮掩护！”兵弁们擂鼓鸣金，且又“嘭嘭嘭”吓人地吊了几响猪儿炮。随着大个子的一声吆喝，士兵们便向卡子里排枪扫射。大个子乘机一个箭步冲出去，在弥漫的硝烟中迅速接近狭道。他仄着身子背贴石壁欲攀过去。“杂种要冲卡子了，快些开枪！”石卡子里一阵乱嚷嚷声。砰砰的鸟枪排射过来。霰弹像雨点般喷出来，落地簌簌直响。大个子的大腿挨了一枪，铁砂子打得他裤上一片焦黑。他脚一软险些滑跌下深涧里去。他咬着牙忍着痛右手抓住石壁缝隙里的芭茅草，左手抽出一颗手雷，点燃引信便往前扔去。一阵轰隆声炸得对方一愣。他便在这轰隆声中跨过了狭道，且就势一滚避到了石卡子底脚下去。石头卡子里一片乱糟糟的议论声：“狗日的他好像是过来了。”“不会吧，肯定是摔到河里喂娃娃鱼去了。”“眼睛放尖些搜莫让他钻了空子。”大个子趴在卡子脚下，双脚血流不止。但他极迅速地把四五颗手雷捆成一束，齐拉火线，从栅栏门上的空隙塞了进去。手雷在栅栏里的空坪里“嗤嗤”冒烟，接着就是石破天惊的一响。一片嚎叫声中，石卡子坍塌了。半边厚实的栅栏门被炸得稀巴烂，长根短截的门柱飞上半空，又呼啦啦往下落，好一阵才听到河水被击溅起水花的沉闷声响。石卡子里陡然变得寂静无声起来。一个小军官趁着大个子把手榴弹塞进去的时候，指挥士兵们强行挤过了狭道。他一通过狭道便猛扑进空洞的栅栏门，举着枪一阵胡乱扫射。一排士兵也全涌进了栅栏去。但栅栏里空无一人，只有一些丢弃的破烂杂物，连一具死尸都没有。小军官大喊：“咱们中计了，统统后撤！”但已经来不及了，一片赤色火焰扑了过来——原来这是个子母卡，头道卡子只是个虚设，主要火力全部署在第二道卡子里。石头雨、火球和无情的滚木自天而降。突击的士兵一个个倒下了。覃啸天：“快，后续梯队赶紧跟上！”后续部队立即往上增补。但猛烈的枪声响起来了——这二道卡子里响起的枪声不再是叶叶作响，而是清脆震耳。覃啸天大惊，问杨眼镜：“怎么？这些土匪也使的是洋玩意？”眼镜参谋长：“应该不多，但还是有的。”从二道卡子里又扔出了轰隆隆爆炸的手榴弹来。许多士兵又倒下了。一个军官模样的伤兵趔趄着过来：“团、团座，路太窄，土匪的火力太猛了。”覃啸天想了想：“传令撤吧！”号兵吹起了撤退的号声。“哈哈哈哈！”吴三从堑壕里冒出头来。他的颈上缠绕着一条蛇。副官急忙忙跑回来：“司令，怎么不追了？”“适可而止，算了，莫中了官兵的埋伏。”吴三把尚冒着硝烟的枪口在四块裤上擦了擦，“撤吧，回司令部吃酒去！”第二天，覃啸天重新部署，准备再次攻山。“报告主任，我们已经准备好，今天一定拿下马头山。”覃啸天来到指挥部报告。陈玉轩没有作声，却在忙碌着收拾抽屉里的东西。“主任，你要上哪儿去？”“回沅陵。省主席紧急召见。”“那我们……”“先等等吧。”陈玉轩说，“听听张主席有什么指示再说。”陈玉轩说罢，拎着个包出了门。一辆军用吉普车正等在门外。由于战事，驻扎长沙的省政府已经搬迁至湘西沅陵。陈玉轩急匆匆赶到沅陵的省政府驻地，进到省长办公室，看见省主席也在忙碌着收拾公文包。“玉轩，你来得很及时。我马上就要回长沙。”张治中说。“有紧要事？”“是的。日军近日强攻岳阳。岳阳危殆，则长沙堪忧。我必须马上赶回去。”“主席是要我同行？”“那倒是不必。”张治中说，“我把你叫来是想告诉你，万一长沙失守，湘西就是我省的最重要战略基地。你赶紧妥善布置，务必保障沅陵的安全。”“主席放心。我马上布置安排。”张治中离去了，望着小车远去，陈玉轩突然感觉到一种莫名的凄凉……

长沙为湖南省会，地辖南北，扼粤汉交通中心。淞沪会战展开，南京撤守，随之徐州会战节节失利，长沙地位日趋重要，更成了前方之后方，也成了后方之前方。

及至武汉保卫战展开，留驻长沙及过路人员之物资，也开始逐渐离此后撤，随省政府撤退到湘西沅陵。1938年10月下旬不数日间，广州及武汉相继失守，日军并于11月10日攻陷湖南之岳阳，企图一鼓作气打通粤汉线，控制我抗战中心。长沙夹在武汉广州之中，极为紧张，人心愈加浮动。商店大都停业，市民自动疏散，各学校也开始陆续搬迁往湘西南一带山区。那时，长沙一些大户有钱人家都开始加筑"封火墙"，厚达尺余，高至二三丈。他们还储备了充分的物资及粮食并派人员看守。省主席张治中驱车紧急赶回长沙，听取了有关方面的汇报后提出，首要的是"安定民心，不能自乱阵脚"。他还与警备司令酆悌商讨了有关"焦土抗战"事宜：若岳阳失守，长沙一旦危急，便实施釜底抽薪的焦土政策。为安抚市民，张治中在岳阳失守那一天，还特别安排鸣锣示众，告知市民敌军尚在岳阳以北，一时绝到不了长沙。战地服务团的青年团员们更远赴四乡讲演，张贴壁报，以安定民心。效果还不错，第二天就有一些出城躲避的市民回到了城里。那一天，警备司令酆悌应副司令唐明之邀参加晚宴。唐明之妻乃老牌电影明星，擅长肆应，美而多姿，每有宴会，宾客皆趋之若鹜。酆悌官僚习气极重，沉迷灯红酒绿。杯酒交欢之间，突然副官进来，对酆悌耳语，说是省主席张治中来了电话。酆悌匆忙去接电话。张治中的语气有些严肃："日军已经占领岳阳，长沙危急。"酆悌问："主席，是否及时实行焦土政策？"张治中说："按军事规定，敌军进入长沙城郊30华里以内时，即实施焦土抗战政策。""好。我明白。"酆悌也许完全没听清楚，就放下了电话，立即传令参谋处周处长布置长沙焦土事宜。周处长接电，紧急电知徐团长、文局长，以及地方自卫队等开紧急会议。"奉张主席命令，若日军进犯长沙，即实施焦土政策，一切实施事宜由周处长拟订方案！"会中酆悌宣布。经磋商商定，实施方案主要是：警察局尽力劝市民疏散，并防止暴民乘机捣乱；放火队三人一组，每组间隔50到100米，汽油可向警备司令部领取，每组配发一小桶；各放火组统一由徐团长指挥，听到拉警报即开始放火，任务完成后可分头向湘潭退却并集结。当时我方电讯器材奇缺，甚至战区司令陈诚与省主席张治中欲得一具电话都不易。岳阳失守时隔两日，敌军向岳阳以南新墙河进犯。新墙河离长沙还有250里，但译电员竟将前方电讯漏一"墙"字，变成离长沙仅有12华里的"新河"。此信息当时被自卫队首先得知，他们竟不管上级有无命令，也不管有无拉警报，便立即放起火来。城内的官兵们，蓦然看到四面起火，不知所措。徐团长立即骑车赶往警备司令部请示，谁知到了司令部只见满地纸屑杂物零乱，人员已不知去向。徐团长打电话找警察局文局长要求救火，局长说："警察都撤了，消防队员也都撤离了。"而早前为了实行焦土政策，所有消防车也把水放了，换成汽油。此时，不知真相的城内警备司令部见城外起火，以为是信号，便纷纷将点燃的火把投向油桶或居民的房屋。不多久，连天心阁也火光四射，接着全城燃起了冲天大火。当晚，焚城总指挥酆悌的电话一直占线。大火已无法扑救，只能宣布弃城。由于焚城计划严格保密，焚城行动又是在混乱中仓促发生，故当火起时，留城的老百姓尚在睡梦中。及至从梦中惊醒，还以为是日军打进城来了，正准备夺路逃命，但烈火已经临门。一位60多岁的老太太被大火逼着跳进大水缸淹死。一位带着孩子的母亲也躲进水缸，水缸的水沸腾了，两个人就这样被活活煮死了。30多名余太华金号员工躲进防空洞，全被烤成了焦炭。凄厉的哭喊声，恐怖的嘶叫声，连同建筑物燃烧时的爆炸声，交织成为一个悲惨世界。这场大火一直延烧了五天五夜，始自行熄灭。30000多人在大火中丧生，全城90%以上的房屋被烧毁。

为平息民愤，蒋介石亲自赶到长沙，下令速捕首事有关人员，依法严惩，并限两天内结案。两天后出了审判结果：酆悌处有期徒刑10年，徐昆、文重孚二人各判7年。但专案组报呈最高当局后，蒋介石的批示为："渎职殃民，一律枪决。1938年11月20日，三人在南门口外侯家塘刑场枪决。

一天，来长沙参与"文夕大火"救灾工作的陈玉轩与张治中见面。张治中说："本人不才，文夕大火给人民造成意外损失，深感内疚，打算向中央引咎辞职。"陈玉轩担心地说："也不知将由谁来接替。""应该是薛岳吧。"张治中说，"近日，省府委员职务多有变动，但湘西绥靖公署主任之职不变，仍由你担任。望足下善与薛主席及新任诸委员合作。"陈玉轩听了这一席话，几乎冷了半截。他想起世事沧桑，人事如棋。半年前，陈玉轩从长沙闲居后复出担任湘西行署主任，他觉得那时的山峦各处莺飞草长、充满生机，如今却感到初夏的日子也有如秋天般肃杀。长沙大火殃及"池鱼"——薛岳取张治中而代之，陈玉轩的日子也许又不好过了。"文白兄，你若去湘，我当寸步难行。"陈玉轩说，"好在你尚未走，我就向你请求辞职吧。"张治中好一番劝慰，陈玉轩才勉强表示暂维持一时。1939年元月21日，薛岳来到长沙，张治中即介绍陈玉轩与薛岳见面。陈玉轩对这个广东矮个子的感觉一般般，觉得这人说话不怎么好懂，却很有几分傲气。话不投机，彼此只是淡淡地交谈了几句就散场了。

1938年10月下旬，不数日间，中国国土大部沦陷，只剩下西南数省地盘。蒋介石将陈诚等精锐部队缩回四川大后方"整训"。湘西扼蜀道咽喉，地处战略要地。蒋介石担心陈玉轩在湘西拥兵自重，所以委派薛岳接替张治中的重要任务之一，就是把陈玉轩的部队调上前线抗日。薛岳担心陈玉轩狗急跳墙会闹造反，上任后就急忙忙将原已迁到沅陵的省府改迁到靠近广东的耒阳——那里是他的发祥地，是他的保险柜。其后，薛岳派国民党的三支嫡系部队陆续开进湘西：一是刘峙的湘鄂川黔“剿匪司令部”，负责控制永绥、乾城、竿城、铜仁、松桃、酉阳、黔江、恩施等四省边区42个县；二是谷正伦的保安司令部，凡从沅陵到贵阳沿湘川公路、湘黔公路各县都归其管辖；三是康泽的别动队，从泸溪到重庆一线完全由他控制。

一切布置就绪，薛岳把陈玉轩叫到长沙见面。“陈老前辈，快请坐！”这一次，薛岳显得特别谦虚，“陈老镇守湘西，卓有功勋，不胜感佩至极！”一番恭维之后，薛岳便说：“现奉中央军事委员会命令，为了统一抗日，已经决定湘西各部改编为新编陆军第六军，仍由你担任军长。”陈玉轩一听，晓得这又是调虎离山，说：“抗日乃国家当务之急，改编我没有意见，因为这是一件大事，容我与同僚们商量一下再答复如何？”“没有什么好商量的，这是委座命令，本人也无权更改。”薛岳说，“赶紧做好准备吧。”

陈玉轩回到沅陵，与覃飞等部属谈起改编之事。“改编，改编，怎么又是何健那一套？”覃飞怒火中烧。覃啸天却说：“我们革屯军一直打的是抗日旗号，可不能叶公好龙。现在国家危难，民族危亡，应当服从指挥。去打日本鬼子，这才是真正的好汉！”覃飞说：“啸天，你也是见过那场灾难的人，中央军全在往后撤，却把我们湘西兵往前线推。7000子弟最后还剩下多少？你也是九死一生捡的一条命回来，怎么还看不透？”覃啸天说：“怎么看不透？我早是看透了。可看透了又如何？正因为我是从死人堆里捡的一条命回来，所以我更愿意再一次上前线。一定要为我们死去的弟兄报仇。”“好了。莫争了。”陈玉轩说，“明知不可为而为之，也许这就是我们湘西军队、湘西人的宿命吧。”

长沙的冬季十分干冷，每日，处理完一些文夕大火相关善后工作，陈玉轩便躲在自己麻园岭的老宅里——这房子是他赋闲长沙时置办的。那天晚上，北风呼啸，勤务兵在屋里烧起煤炉子。陈玉轩边烤火边在灯下修改他草拟的《关于湘西治理和开发方案》。“唉！”看着看着，他长叹了一口气，把方案扔到了一边。陈玉轩突然感觉有一股寒风从布门帘边吹袭过来，回头一看，是自己的卫兵正掀门帘进来。“什么事？”陈玉轩问。“主任，有客人求访。”“客人？”陈玉轩感觉有些奇怪，“这么晚了，天寒地冻的。”卫兵有些神秘地说：“主任，来访的不是别人，是谷子琪！”“谷子琪？！”陈玉轩更是诧异。谷子琪其实是陈玉轩最不喜欢见到的一个人！但陈玉轩到底是个涵养（或者叫城府）很深的人，迟疑了片刻，便整理了一下衣服，说：“你请他进来吧。”“老首长好！”门帘又一次掀开，谷子琪裹着一股寒风走进屋来。头发和军大衣沾满了雪花。谷子琪笔直地敬了一个军礼。陈玉轩问：“子琪，你怎么来到长沙了？”“嗨，真的是一言难尽。”谷子琪脱掉军大衣，抖了抖，让勤务兵接住。一个卫兵递过来一杯茶。“好茶。暖和多了。”谷子琪喝罢茶，就着炉火，慢慢地说，“玉公，当年还是您看得真，他们把我们调出去，其实就是要吃掉我们。”“过去的事就莫再提了。”陈玉轩说，“抗战是民族大义，我们湘西人也有责任。我也听说了，你们有血性，在嘉善打得不错，没有丢湘西人的丑。”“不瞒玉公您说，就我们那点兵，我们在嘉善坚守了七天七夜。”谷子琪招了一下手，一个侍从捧着一个盒子进来。陈玉轩问：“子琪，你这是什么意思？”“玉公，我没带什么礼物送给老首长。”谷子琪说，“今天送给您一把宝剑。”“宝剑？什么宝剑？”“一把日本宝剑。”谷子琪说，“这是我在嘉善缴获一个日军大佐的宝剑。”“啊！”陈玉轩很是高兴，“来，快打开看看。”谷子琪把盒子打开。“厉害，好钢火。”陈玉轩赞道，“子琪，好，这礼物我收了。来，坐下喝茶。”两人又坐下喝茶。谷子琪说：“长沙的这把大火，烧得惨呐。张主席被迫下台，玉公您眼下的日子又难了。”“我个人倒是没什么，只是湘西这地方恐怕又会不安宁。”“我听说薛岳一上台就打算撤销您的湘西绥靖公署，又要改编您的部队。”“是啊，他要把我这几年好不容易攒下的那点部队，改编成第六军，仍由我当军长，带出去抗日。”“又是调虎离山，同上回一模一样。”谷子琪有些愤怒，“这就是个阴谋嘛！”陈玉轩说：“是啊，一会儿是何健，一会儿是薛岳，他们做梦都想吃掉我们这支湘西的部队。”“凡事谨慎为上。我可是前车之鉴。”谷子琪起身拱手，“玉公，多保重！”谷子琪走后，陈玉轩又“唰”地抽出了那把日本军刀。看着铮亮的军刀，陈玉轩想：是啊，面对强敌，一切当不计前嫌，报效国家，必须得忍辱负重啊。

改编随即开始。虽然，从1937年8月陈部被改编为34师，离开湘西调往宁波，旋即再次被改编为128师赶赴淞沪嘉善作战。七天七夜血战，7000湘西军人牺牲了4000，损失了一大半，但湘西的革屯军又让他们满血复活——1939年10月，整编后的革屯军分别改编成暂五师、暂六师，归于51军管辖。部队先在乾城统一集训，随时准备奔赴前线继续参加抗日。

黄昏时分，戴着红袖章的覃啸天很威严地在各处巡视。他如今当上了暂五师第一团团长，该师的师长是他父亲覃飞。覃啸天走到溪边去洗手。他看见大胡子韩章一个人在溪边的一块石头上抽烟，暮霭中那红火一闪一闪。覃啸天千想万想，唯一没有想到的是，这一回，他曾经的死对头韩章，如今竟然成了他的副团长。他几次提出异议，但都遭到否决，理由总是“大局为重”。没办法，两人也只好疙疙瘩瘩处着。“老韩，在看什么呀？”覃啸天走过去问。他还是尽量找机会缓和他们间的窘境。韩章望着远处隐约的城郭，很久没作声，后来终于开口了：“你晓得那座城叫什么名吗？”覃啸天道：“那不就是乾城嘛。”韩章说：“你晓得它叫乾城，可你晓不晓得很多年以前，你爷爷们拿着锄头火枪打进过乾城府呢！”覃啸天道：“打进城又怎样？听讲就抢了些桌子板凳往乡里盘，还有些玉石首饰什么的，可盘到屋里才晓得是假的，是玻璃做的。”韩章大笑起来：“哈哈……那也不尽然。你没听说过有个叫三宝的吗？在乡里时都讲他人傻，蠢得无药治，可他打进竿城什么宝贝都不要，只掳了个城里妹子就走。结果怎么样？后来他就跟着那城里妹子搬进了城，当屯兵，吃皇粮，每月只要依时按节去点点卯，就可以去粮子上领钱，好快活！啸天，以前我俩眼眶子都浅，为一点小事记仇斗气，如今想来都觉得好笑。”覃啸天发现，他说这话的时候，眼睛在暮色中似乎突然一阵放亮像是自己搂了个城里婆娘。覃啸天的心上突然涌上一股厌恶，用不屑的眼光瞧着说得满嘴流油的韩章。韩章瞧了他一眼：“你干吗呐，用那样的眼光看着我？覃啸天，你小子可别记仇。若要是记仇，老子一定比你记得还狠。”这时，一个士兵跑了过来：“报告，覃师长到！”啸天、韩章急忙站了起来。

几天后，改编后部队的行政配置命令也下来了，陈玉轩惊讶地看到副军长是薛岳派来的心腹，参谋长刘益章更是自己多年的老对头，心想这不就是要让自己当个空头军长，心里大为光火。“娘卖的，薛岳一个赳赳武夫，他懂什么政治！”这个素有儒将之称的主任，也忍不住要骂娘了。张治中知道这个情况后，急忙从中调停，主动与薛岳商定，军长一职暂由副军长代理。参加完薛岳的就职典礼后，张治中被调往重庆，担任委员长侍从室第一处主任。陈玉轩满腹冤屈。他咽不下这口气，打算去重庆见蒋委员长当面据理陈词。陈玉轩的反常举动引起了参谋长刘益章的注意。他把一些情况向薛岳作了汇报。“陈玉轩对这次改编意见很大。”刘益章说，“他这个人……能量可不小。可得小心。”薛岳说：“我已经交代严密监视他的行动，山沟沟的泥鳅是翻不起什么大浪的。”

第十二章

不久，陈玉轩收到了张治中的一封信：

玉公别来无恙。吾自离长后已辗转至重庆。湘西行署可能被薛撤销，尔不必为此过虑。湘鄂川黔绥靖公署即将设立，吾正设法为你谋此要职，进展尚好。特告……

陈玉轩读罢信，并未显出多少愉悦，许是“曾经沧海难为水”吧。他已经尝过那种苦熬硬撑的日子，不想再涉足那片荆棘地，而且他已开始老了，时不我待。这一次他打算硬撑。他决定拒不就职，要去重庆面见蒋委员长讨个说法。“冉副官！”陈玉轩大声喊。“主任有什么事？”冉副官位立恭候。“你准备一下，我打算上重庆一趟。”“上重庆？！”冉副官不明白，“这个时候，你去重庆干什么？”“自然有我要干的事。”陈玉轩说，“你准备好。此事一点风声都不能透露。”冉副官问：“主任打算什么时候动身？”“随时要走就走。”“那我们最近要准备什么？”副官问。陈玉轩说：“马上安排去洪城视察一下春旱灾情。”

趁着好友张治中在重庆，这一次，他冒冒失失决定赶赴重庆，同委员长“据理陈词”。但是，他能轻易地走出湘西吗？

端阳节，洪城举行龙舟赛。犁头嘴，夹岸观瞻者层叠如蒸糕。受洪城公署专员兼保安司令谭子由邀请，专门到洪城一带“考察”的陈玉轩被请来揭幕。平素搁在河边干洞里的船，早已用红赤颜色重绘彩身，刷新桐油，油亮亮黄灿灿如金子一般。两队水手分别着黄白两色号褂，皆五大三粗剽悍有力。陈玉轩来到江畔的一座吊脚楼。楼廊间摆着几张座椅，桌上是丰盛的茶点瓜果。“陈主任德高望重，真是难得请到的贵人呀。”见陈玉轩进来，谭子由连忙起身拱手。陈玉轩拱手还礼：“谢司令盛情。我这次只不过是下乡来视察一下灾情，恰巧碰上了。”“碰上了好啊！来得好不如来得巧。主任，请喝茶。”谭子由说，“只是洪城这边眼下治安有点乱，主任巡视可得注意，上司交代我了，一定要保护好您的安全。”陈玉轩知他话里有话，其实就是让保安局对自己盯着点，于是说：“该视察的地方都去过了。司令这地方山水漂亮人又热情，我还想在这儿多耍几天呢！”听他这么说，谭子由放心些了，说："好啊，这几天，我一定陪主任好好玩。"这时，一个老者进来说："司令，一切准备就绪。""好啊，陈主任，请！"谭子由忙笑吟吟起身，"走，您可是湘西最大的父母官，今天，得请你给大赛剪彩。""不敢，不敢。哪能喧宾夺主？"陈玉轩说，"走，一起去凑凑热闹吧。"两人下到河码头。陈玉轩和谭司令给每个参赛后生都赏了一匹红。后生们便将红布缠扎在头上，分别将各自的船推搡入水。其后，两人又回到吊脚楼去喝茶观赏。锣鼓声、爆竹声响了起来。一位介通阴阳两界的巫师在沙滩边歌吟舞蹈了一番，算是请得水神之答允，而后便由一老者以旗语将信号传递到吊脚楼。谭司令用目光征询了一下陈玉轩，便点点头作过"示下"。接信号的兵弁便挥动旗帜打出旗语。一个兵此时正倚在翠云峰山顶青石碉楼里，接到旗语指示后立即点燃了土炮引信，三声惊雷般的巨响滚过长空，河湾里顿时成了狂欢的海洋。龙舟赛进行得十分热烈，陈玉轩却似乎有些心不在焉。正逢几条龙舟你追我赶，进入高潮的时候，陈玉轩向站在门边的副官点了点头。冉副官会意急忙过来。两人轻轻耳语。谭子由一边兴致勃勃地观看龙舟赛一边大啃水果，没在意。"谭司令，楼下来了个朋友。"陈玉轩轻轻说，"不好意思，我去打个招呼就回来。"谭子由没有停住咀嚼，鼓着嘴巴说："早点回来，大家还等着您给颁奖呢。""好的。就一会儿。"陈玉轩出了吊脚楼，一顶滑竿早已停在吊脚楼门口的石板街上。"主任，您是打算上哪儿去呢？"冉副官不明白地问。陈玉轩急急上了滑竿，说："还军霸上矣！此地不能久留。"冉副官听懂了意思，急忙挥手："走！"陈玉轩的滑竿跟着副官在巷子里走。来到一处转角处，冉副官喊："停。"轿夫放下滑竿。陈玉轩急忙下了滑竿。冉副官护着陈玉轩穿出了一段曲折的巷子。巷子口有条马路，那里停着一辆吉普车……谭子由一通大快朵颐，抹抹嘴，见陈玉轩好久都没回来，突然有所警觉。"来人！"谭子由把手中剩下的半边瓜果猛地一摔。一个卫兵急忙过来："怎么啦，司令？""赶紧带人去找陈主任！"谭子由大声命令。"是。"卫兵一挥手，几个兵鱼贯跑出吊脚楼去……

湘川公路的一处检查站，几个宪兵把守在木头路障边。一辆吉普车风驰电掣过来，后面跟着十几个骑在马上的保镖。"停车！"黑衣警察挥着旗子将车拦停。冉副官将窗玻璃推开。"干什么的？要去哪儿？"警察问。"不认识这是谁的车吗？"冉副官大声道，"陈主任奉蒋委员长命令，要去重庆。"警察说："哦，对不起，请长官出示一下通行证。"冉副官一拉车门跳下来，厉声道："这是陈主任的辖区，陈主任坐在车上，还要谁的通行证？"几个持枪的保镖也从马背上跳了下来。警察伸头往车窗瞧瞧，后座上蜷缩着一个身材矮小的"精骨人"：个子不高，但却裹着件陈旧的大号黑呢衣。他的眼睛在昏暗中亮着有几种色泽组成的圈。警察又回身看见十几个五大三粗的保镖，于是笑笑说："长官，多有得罪。放行——"

陈旧的越野吉普车在新辟的湘川公路急驰——公路是不久才修通的。中日战事吃紧，南京政府决定迁往重庆，沿海各大城市的各首脑部门、重要机关、名牌大学以及百万大军都将向大后方转移，于是便有了这条入川的"蜀道"。初夏，天气开始热燥，从篷布缝隙钻进来的尘土，把几个人全弄成了泥猴。后座上的老头子，若不是在那昏暗处还有一对亮眼珠，准会以为那是后座上扔的一堆行李卷，谁又能想象得出他竟是大名鼎鼎的"湘西王"呢。陈玉轩这一回冒冒失失要去重庆，要去跟蒋介石据理陈词。只是蒋委员长是好惹的吗？看来陈玉轩很明白这简单的道理，觉得此行吉凶莫测，故而一路上都闷头不吭声。路旁皆高山密林，湘川公路有如一条死蛇一动不动地被扔在山中。湘西的山神秘而奇兀。汽车在阳光无以渗透的峡谷里穿行，车后腾起的泥尘同晨雾混合在一起。一声不吭的"老统领"任吉普车颠簸着。他放亮的目光终于也被变幻莫测、没完没了的群山弄得疲乏了。他把眼睛微微闭上养神，思绪却未平静。他觉得自己此行的前景也如这周围的山一般险不可测。铅云重压着他的心。

吉普车是沿着一条叫峒河的长流逆行的，显然已开始了努力爬坡，引擎声震得山鸣谷应。"玉公，请坐好一些！"冉副官回过头来提醒他的上司，"矮寨坡到了。""哦！"陈玉轩睁开眼，目光好奇地扫视窗外。矮寨坡之险他是早知道的。当初他巡视过这里的苗寨，一顶滑竿从坡脚上到山顶足足费了一整天工夫。湘川公路修成以后他便没来过。吉普车在"之"字路上爬，不停地喘息嘶鸣，还时不时打滑后退，车屁股似乎已悬了空。"老统领"此刻也清醒了许多，额头手心全是冷汗。他想起李白的《蜀道难》。喘息嘶鸣的吉普车在云层中攀越写罢若干个"之"字后终于攀到了山顶。"老统领"看见从侧面飞来了一块兀立石壁，而眼前却是一片望不到底的深渊。他觉得已走到绝壁尽头了。吉普车在悬崖边一个急刹车停住。众人皆为之一惊。"怎么啦？"陈玉轩甩掉披着的呢大衣。他感到很闷热。司机没有回答他，精力高度集中于驾驶。司机把方向盘右转数圈，吉普车车倒退了几码踩动离合，盘子又迅速地左转数圈，最后吉普车完成了这个高难度的急转弯。司机的脸上露出了轻松的表情。"老统领"也变得轻松了。他发现吉普车在经过一座窄窄的石拱桥。那桥下正是适才已经走过的路。若用现代的术语说这叫"立体交叉"。矮寨坡顶这绝顶聪明的"立交桥"在湘西乃至全省公路设计史上也许要算得是开先河的奇迹了！变得轻松了的司机谈到了关于设计这座"立交桥"时的一则传闻轶事。这湘川公路上的奇迹是一个女工程师所设计。据说她曾面对这兀立石壁无法攀越而一筹莫展，是凭了当地一个牧童的指点而彻悟，也有人说设计师是夫妻俩，他们是从夜生活里获得了创造的灵感。说到后一则轶闻，车上的人全都忍不住笑了。吉普车一经过石桥公路也神奇地登临了“绝顶”。陈玉轩感到眼前一阵豁亮，真是“山重水复疑无路，柳暗花明又一村”！看样子这是个好兆头！陈玉轩的心境此刻走出了惆怅的沼泽。

陈玉轩一到重庆便与张治中接上了头。得到陈玉轩密闯重庆的消息，这位被长沙一把火烧得余悸尚在的前省主席吓了一跳。他知道这个老头子的倔脾气：他从不把国民党当政要人放在眼里。显然陈玉轩的突然出现是为着薛岳之事而直奔蒋委员长来的。这不是要虎口拔牙吗？还在蒋桂战争期间，陈玉轩就曾联桂反蒋，这使得蒋介石大为不满。何健主湘期间蒋介石还是一直扶植陈玉轩的，乃是为了用这股地方势力“剿共”并牵制何健。陈、蒋之间的勾结是为了互相利用，是权宜之计。由于国土大部沦丧，蒋介石如今只剩下了西南数省地盘，而湘西地处战略要地，陈玉轩却在这里拥兵自重，对蒋来说确实是个心腹大患。所以当张治中被撤后，蒋介石派来湖南省接任的便是其心腹人物薛岳。看来陈玉轩如今被逼得走投无路，实非薛岳一人之所能为，而是完全秉承蒋委员长的旨意。如今陈玉轩冒冒失失闯到重庆来，难道一点儿也不明白这其中的奥妙吗？

张治中连忙主动到陈玉轩下榻的青云山庄去同他会面。张治中正在为陈活动湘鄂川黔绥靖公署主任的要职，他担心这位老统领在重庆犯傻气，事情弄不成不说还害得自己受牵连。果然不出所料，张治中在青云山庄看到陈玉轩时第一印象是怒气冲冲打算背水一战的味道。“蒋介石这个人做事太毒，今后没有好的结果的。”陈玉轩一下子就犟脾气上来了。他对张治中说：“临行前我就反复想过要不要把这事先告诉你老兄，想来想去还是没给你先报信。一人做事一人当，我不能害了你……”“玉公，你这说到哪里去了！”张治中见他太激动，忙接过话题，“你我深交多年，这么大的事也该给我递个信。我俩好好商量商量，还是要争取把事情办好。”“办好？！”陈玉轩的目光投向窗外的虚空，苦笑了一声，“张兄的心意我玉轩领了，但我确实看透了，心冷了。”张治中一下子也觉得没话可说了，客厅里顿时显得很冷清寂静。“玉公，话可不要这么说，一泡尿就能憋死个活人？”张治中几乎找不到一句更文雅的话来安慰面前那个受伤的灵魂，只得不断改变话题。他问：“玉公，你这次来重庆到底有什么打算呢？”“打算是有的。无事不登三宝殿嘛。”陈玉轩说罢，从水竹靠椅里慢慢起了身，短而秃的手指朝张治中勾了勾。张治中把头靠近。陈玉轩神秘地轻声说：“张兄问我有什么打算，来，跟我来我给你看一样东西。”张治中看见他的眼里有一丝苦痛的光。又在玩什么花样？张治中这么想。他起身跟着陈玉轩出了客厅，到门口时几个马弁忙围了过来。陈玉轩扬扬手吩咐他们不必尾随护驾。他俩穿过一座绿荫浓密的院子，夏虫在草丛树梢上鸣唱。卵石甬道上撒满了日头斑驳的影子。两人都不作声，院子里显得很是凄清寂静。穿过甬道，树荫更见浓密，路也似乎没有了。他们踏着丛生的野草向一间石屋走。那石屋亦被树荫所掩映，看来已很久无人问津，墙壁上爬满了古藤，墙基长满了绿苔。老头子古怪而神秘的举动使张治中惴惴不安。走进石屋，光线陡然变暗，一股霉味和冷飕飕的湿气直逼人面。张治中忍不住打了个寒噤。瞳孔放大，石屋里光线似乎明亮了许多。张治中看见面前悬挂着一块布帘。他正诧异老统领为什么要带自己到这个倒霉的地方来，陈玉轩已几步上前，短秃的指头捉住布帘的一角使劲一拉。随着“哗”的一声响，张治中被弄懵了。布帘后搁着一副棺材，盖板靠在一边，里面尚是空的。“我这次一定要见到委员长。”陈玉轩用拳头在棺材上敲了一下，“死也要见到他。麻烦你帮我联系一下。”“玉……玉公你……你这又何必呢！”张治中即刻便明白了这是老统领决心拼死一战，不留后路的表示，忙相劝慰，因害怕而有些口吃。“我辛辛苦苦一辈子，我的几万弟兄……全做人家刀板上的菜了，说砍就砍说剁就剁。一次又一次的……1934年，咳咳咳……1939年，咳咳咳。才几年工夫，改编、调人，给一顶空帽子戴，几万弟兄全调走了，打死了。”陈玉轩声音颤抖着，“他老蒋做事也太绝了。我活得这么一大把年纪了，你说说还有什么想……咳咳咳。”他气得说不下去声音都变了调：“我这回是下决心死在这儿了。我非得找姓蒋的评个理儿。到底是听薛岳的还是听我陈玉轩一句话……是的。他哪肯听我的呢？哈哈哈哈，他们是穿连裆裤的家伙。哈哈哈哈……”他用拳头使劲擂着棺材的盖板。盖板是硬木的，无动于衷地回响着木讷的声音。张治中忙过去扶住老头子，连哄带骗将他拉出潮湿的石屋。他恭维老统领向来办事稳妥成熟老练，这次一定是气糊涂了。

俗话说“老小老小”，陈玉轩真像个孩子，几瓢米汤一灌倒是安定平和了许多。“适才在张兄面前我失态了，太放肆，请兄多多包涵。”陈玉轩回到客厅时语含歉意，忙吩咐重新冲上新茶。“没什么。你我相交多年，彼此性情都了解。”张治中进一步作开导，“我知道你是直肠子，肚里存不得货。有话就讲有屁就放，这才活得像个人样。”他开玩笑地继续说：“只是放屁也得有讲究，当公公的、当丈夫的、当女儿的、当小媳妇的个个不同，特别是当小媳妇的，全家若凑在一起闻了臭准得怪小媳妇，哪怕她确实肚内无货亦难脱干系。”“哈哈哈哈！”陈玉轩被说得失声笑了起来，“张兄真是妙语惊人，一点没错。我陈玉轩就是他娘的当小媳妇的，里外难做人。”“所以当小媳妇得有她的小媳妇之道。”张治中道，“你不能老去解释，越解释越说不清；更不能争辩，争辩起来准得挨家法。你得忍着。那些当公婆的当丈夫的做小姑子的数落得不耐烦了，也就不再说了。”“这实在难。做小媳妇岂不要蒙冤一辈子？”“怎么会呢？一家人凑在一块不是一时一处而是一辈子。头一回也许是小姑子放的，但她是黄花闺女怕羞便忍着使无声手枪，若轮到当公公、当丈夫的为了显示男子气概便会无所顾忌，一次二次证据确凿，冤案也就自然昭雪于天下了。”“哈哈哈哈。”陈玉轩又是一阵大笑，而后神情变得严肃起来问，“依老兄之见，我这次既然来了下一步该如何动作？”“来了就来了嘛，既来之则安之。你这次冒冒失失闯来是坏事也是好事。我可以带你认识一些人——这些人都是当朝要员，认识了总有好处。你也不妨会会蒋委员长。往日他对你的印象全是听汇报得到的。我在未同你深交之前也是听别人的传闻来拼凑对你的印象的，那时我想象你是个五大三粗的土匪头子，慢慢地我佩服你是个边地奇才，不愧儒将的雅号。你的《艽野尘梦》我读过多次爱不释手，那清秀的文字、那磅礴的气势实在难得。”“老兄过誉了。”陈玉轩嘴上这么说，心却热乎乎的，忙问，“那只是旧作，幼稚得很。我不久前写了一本《军人良心论》不知老兄是否看过？”“已经拜读过了，写得也很不错。”张治中对该书没作过多褒奖：“这是一本论时事政治的书。玉公恕我直言，依你的性格我觉得你更适合表现情感的东西和直觉的东西。我也一样，虽在官场上摔打了大半辈子，其实并不识得其深浅。玉公，在政治问题上比起老蒋来，你我都只能望其项背啊！”因为张治中的话很是诚恳，陈玉轩觉得也颇有道理，他没再发火没再争辩。“好了，闲话少说。”张治中觉得没有必要把话扯得太远，便继续着原来的话题，“玉公，我想让你先结识一下陈诚。”“陈诚？他是干什么的？”虽说这是个如雷贯耳的名字，可陈玉轩确实不知道。张治中看着眼前这个幼稚得可爱的“老头子”，耐心给他解释：“陈诚原先是九战区的司令长官，如今当上了国民党军政部长。”“嗬，那不就是我的顶头上司了。”他到底没忘记自己刚被授以新六军军长的头衔。“是啊，你看你连你自己的顶头上司都不熟不知，你还枉论什么政治？”“有道理！有道理！”陈玉轩虽不完全苟同对方的观点，但还是忙不迭地点头，“我怎样才能跟他见面呢？”张治中笑着站了起来：“这你放心，我给玉公都早想好了。师出有名，一切不能做得太现形。我打算以给你这老朋友洗尘的名义，摆一桌酒席特邀这位大权在握的军政部长来赴宴。这样你们之间的桥就会搭得自然了。”“张兄到底想得周全。我赞成这样做。”张治中知陈玉轩素来个性高傲，还有些不放心，忙叮嘱道：“玉公，为了湘鄂川黔绥靖区军政长官这个有实权的要职，你在陈诚面前可要暂时委屈一下啊！”“知道，我知道的。”张治中见陈玉轩态度诚恳不像儿戏，便说：“只要陈诚对你有了好印象，蒋委员长那里不全凭他的一句话？”在陈玉轩的想象中，作为曾任九战区司令长官、现居国民党军政部长显赫要职的陈诚定是个难结交、城府深的家伙，故一直谋划着如何才能度过一餐难啃的酒宴。

陈玉轩和张治中来到门首迎接。一辆黑亮的“乌龟壳”小车被几辆摩托前后簇拥着驰来。摩托车来到门前转个弯停在路边，“乌龟壳”则在门首停住了。车门打开，下来个年轻人，白衬衫蓝西裤。陈玉轩想这一定是陈诚的副官或便衣保镖，殊不知站在他旁边的张治中却笑吟吟起步迎了上去。“陈部长大驾光临有失远迎。”张治中边走边道。陈玉轩弄清了眼前这个“嘴上无毛”的年轻人便是陈诚时，感情很是复杂，不知是觉得失望还是侥幸。他再不必为如何应付一位德高望重的老者而步步设防处处谨慎，然而却须对一个走路没自己过桥多的孩子去仰视。“这位就是玉公吧。久仰！久仰！”陈诚倒是没什么官架子，笑着主动同陈玉轩打招呼。“哦……陈部长好。”陈玉轩上前同对方握手，机械地摇了几摇。陈诚同二位寒暄罢，掉转头去对司机和卫兵们大声道：“你们都回去，不要守在这儿。今儿我要跟两位老朋友好好叙谈叙谈。什么时候来接，王副官会电话通知你们的。”“老朋友”这词儿叫陈玉轩自然颇感亲切，但刚认识便“老朋友”上了，又不免使人对他今后所说的话到底有几分真几分假难以确认。看着他对下属盛气凌人的口吻，“老统领”凭经验判断陈诚准是个飞扬跋扈的新权贵，心想老蒋就靠这么一帮孩子护驾又怎能不被撵到重庆来当缩头乌龟呢！

洗尘酒宴设在张氏公寓内的明德堂。菜是地道的川菜，多麻辣。好在湘川菜风味颇多接近，用来接待湘籍土著部队领袖倒很合适。只是掌勺师傅习惯于祖宗传授的烹调技艺，辣子放得过重，则未免给这本是用于联络感情的酒席增加了些火辣辣的色彩。一张大方桌上分宾主坐定。陈玉轩同陈诚相对。张治中给二位斟满了酒。陈诚主动提议敬陈玉轩一杯：“玉公，一路辛苦，鞍马劳顿该先敬你一杯。”陈诚举起了杯子。张治中很高兴，觉得陈诚虽说年轻办事倒还周全，能主动给自己的下属敬酒，确实是肯买自己这老面子。他用眼扫了一下陈玉轩的反应。既然这次酒宴的宗旨早已确定在先，陈玉轩应该抓住这个机会表示一下奉承和恭维。陈玉轩似乎过于木讷。他哼嘿了几下，竟然就毫不客气地一口气把酒全干了。

张治中心里一阵冷。“好好！玉公真是爽快人！”陈诚竖起拇指表示赞许，脸色却多少有些难看。宴会便进行得有些尴尬。张治中忙出来打圆场，尽量翻动三寸不烂之舌给陈诚唱了一番赞歌，又给陈玉轩讲上了一些好话。他企望左右逢源却处处捉襟见肘。到后来他感到这样的独角戏实在无法再表演下去了，忙以眼色给陈玉轩示意。陈玉轩分明是看见了那递来的眼神的，却佯装不知自顾埋头吃喝。“玉公。”张治中终于忍不住开口了，“来！我俩一起敬陈部长一杯。陈部长后生可畏，我们祝他前程无量步步高升！”张治中边说边站了起来。陈诚也笑着端过杯子站了起来。木讷的陈玉轩却还在座位上迟迟未动，张治中可是恼了火。他急忙忙挨近桌边迅速地暗暗地踩了一下陈玉轩的脚。陈玉轩站了起来，也未说话，脸上略略带笑，但这笑在陈诚看来很是不自然。洗尘酒宴就是这样草草收场了。虽说没有发生任何争执，散席时也互相热情握手道别，各人都尽量不把真情写在脸上，但实质上仍是不欢而散。散席后张治中自然对陈玉轩有一番数落。他们是密友关系不一般，所以讲话可以少忌讳。陈玉轩却只是“嘿嘿”地笑，既不表示赞同也不表示反对。他甚至还找出了几条理由，诸如身体有些不适及不习惯于大场合下的应酬等，但当张治中为了亡羊补牢而提议他对陈诚作一次回拜时，陈玉轩的真实心态终于明白无隐晦地表达出来了。“算了吧，何必麻里麻烦。”陈玉轩瘪着个镂花铜水烟袋，漫不经心地吐着烟圈，“那么个年轻人……”有了这话张治中还能说什么呢！也莫怪陈玉轩性情古怪。这位湘西土籍部队的首领同国民党的各种要人打过不少的交道。他知道许多人戴着名目繁多的头衔其实形同虚设。他不想再费时虚与周旋，因为那支由他苦心经营起来的部队已到了性命攸关的时节，所以他要直接同天字第一号人物对话。他虽然对这种直接对话的恶果有充分准备，但也多少有点胜利的把握。因为湘西几十年的历史证明了这一点：治理收拾这片荒蛮土地非他莫属，而在眼下这块土地已越来越变得举足轻重，它将成为中华民国的战略基地，所以老蒋再厉害也得让自己三分。由于有了这样的思想基础，陈诚“那么个年轻人”当然也就难得提起“陈老统”的神了。张治中怕陈玉轩再扔出什么大事，只好设法联系让陈玉轩能与蒋介石见面。好在张治中人脉关系不错，陈玉轩的要求还终于获得了委员长的恩准，接见的日子也定下了。

那天，陈玉轩起得很早，其实一整晚就没怎么睡好。倒不是因为有委员长的接见受宠若惊而兴奋，而是过细盘算着如何跟这位“太上皇”打嘴巴仗。他知道自己的弱点是性格内向，经过深思熟虑、舞文弄墨倒也不落人后，但当庭应对却显得木讷。委员长在重庆的公寓虽说没有南京总统府的阔绰、排场、豪华，但肃杀、戒备森严却有过之而无不及。也许是“特殊时期”使然罢，偌大的院墙外三步一岗五步一哨，陈玉轩觉得有些好笑。他想起有一年自己到西南去拜谒川滇黔联军总司令熊克武时的情景，这个西南军阀头子一副土皇帝的派头，见他时一条长长的卵石甬道两旁士兵以刀枪相交，一路有“呜赞”传报如古代皇帝出巡的“报二里”，森严倒甚是森严，却使人觉得有点滑稽可笑。陈玉轩没想到堂堂委员长一入川也沾染旧习，有点落草为寇的味道。

张治中用小车把他送到门首，从此他得开始徒步而行。下车后张治中同他握手。陈玉轩觉得张治中的手今儿尤为宽厚有力，握得是那样的紧，老久不肯放松，似乎是怕这样一松手便将永远离去。张治中终于把他的手松了，却把自己的右手掌朝对方迅速地一举。陈玉轩看清了那手心上写着：“忍”。他不得不为老友的深情厚谊所感动，但仍在心里想：“一朝遭蛇咬十年怕井绳，张兄也未免办事太慎之又慎了。”他用微笑回答了老朋友的关切，而后很潇洒地一转身走向了那朝他洞开着的神秘的大铁门。公寓里长满了大树，稠密的枝叶把空间挤得很是窄小。甬道长而深，给人一种压抑的窒息感。一个副官在前头引路。此人全副武装不苟言笑，陈玉轩觉得像是跟在一个影子后面走向幽冥。他倒是并不害怕，因为在山垅里走惯了，常独自面对空旷的峡谷和表情冷漠的巨石，那给人的威慑并不亚于此。他终于走到了长长甬道的尽头，看见了一座陈旧的西式平顶红砖房。“哈哈哈哈！”一阵爽朗的笑声似乎从天而降。陈玉轩定睛看去，一个人影从西式砖房里的黑暗处走出来，踏着铺向阶基的猩红地毯。他愣了一下：此人并不是委员长，而是自己决意绕过去的那个“年轻人”。“玉公，请！”陈诚戴白手套的手往里一摊，“委员长在里边。”铺猩红地毯的走廊里光线极暗，脚步皆自然变得很轻，陈玉轩清楚地听见了自己心跳的声音。一种莫可言状的紧张情绪重压在心头。他们在一扇柚木门扇前停住。陈诚同警卫人员嘀咕了几句。警卫进去作过通报，把他们延入内室。陈玉轩下意识地整理了一下已扣得很是齐整的风纪扣。当那扇油得发黑的柚木门大大洞开时，他看见了那位高瘦秃头的“太上皇”正襟危坐在一张真皮大沙发上。

“哈哈，真是不错不错……我早讲过他是会买我的这个账的。”陈玉轩举着杯子。他一改往昔的沉默寡言，话语变得多起来。他眼圈发红，瞳孔里特具的几色光圈消失了，全镀上了一片红。“应该为你祝贺。这可是我原先没有想到的。”张治中提着酒壶给陈玉轩把酒重新斟满，“唉，委员长这个人……”“是的，张兄，你不讲我也晓得老蒋这个人差火。往日只听得说没跟他打过照面我想他准是个魔王，没想到他人、人还随和……刀子嘴豆腐心。”陈玉轩对这次同蒋介石的直接对话颇为满意，故而自离开那座西式平顶建筑起便兴奋得口若悬河。

他给张治中讲了自己先前的心情，见到蒋介石的担心和陈词的经过。他说委员长总是让他把心里的话全吐出来，没有打断他的意思。他于是详细说了自己经营湘西的一贯主张——“向来武力不足恃，秦二世而亡楚百战卒败。为政之道首先在于偃武修文使民自治。”委员长不时点头称好且赞扬道：“都说你陈玉轩是湘西土酋长，其实你墨水喝得不少。你的那本《艽野尘梦》我翻过，是一首西藏风情诗嘛！”陈玉轩来了兴致，索性把薛岳上台之后如何步步进逼、欺人太甚全抖落了出来，直言不讳地指出“取消湘西行署是薛岳的一个大阴谋”。这次接见只有军政部长陈诚在座。陈玉轩发现自己“放炮”时年轻的陈部长似乎有些耐不住，有几回都想用插话来打断，但委员长朝他扬扬手说：“很有意思，听他讲下去。”凭着山里人的率直，陈玉轩索性又放了一把火，他说：“我的部队已被薛岳改编为新六军，我感谢委员长的栽培，让我来当这个军的军长。湘西地方上人都叫我老统领，我也晓得自己的斤两。我已年迈，这个要职只怕是担当不起。为不使党国大业受损失，我请求委员长另择人选。”陈玉轩把话连珠炮似的全放完了，安静了下来等候委员长的训斥。蒋介石有好一阵没有说话，用指头轻叩着光光的前额。“娘稀匹！”委员长突然骂了一句，猛地从沙发上弹起来。陈玉轩吓了一大跳，感到厄运即将降临。然而他发现委员长似乎并不是冲他而发火，委员长接下去的话是：“薛岳这家伙是怎么搞的嘛？”蒋介石对陈玉轩接着作了一番安抚。他说他自己一贯就很关心湘西，因为这是个重要的战略要地。他指着放在大桌上的一厚沓毛边纸线装书说，那都是西南各省的地方志，且熟练地抽了一本出来。陈玉轩一眼就知道那正是自己那方土地的志书《凤凰厅志》。“屏翰楚尾、疆理黔边——你知道这是什么地方的话吗？”蒋介石突然提问，用亮亮的眼睛盯着陈玉轩。“那是刻在我们那里的道台衙门东西辕门上的匾额。”陈玉轩对那方土地太熟悉了。他这么回答。但他诧异一个从没去过那山那水的人怎会对此了如指掌，忙问：“委员长怎会晓得这副对联？”“哈哈哈哈。”蒋介石笑了笑像个孩子般天真，“这就叫秀才不出门能知天下事嘛！”“你真神了！”陈玉轩脱口道。他是不轻易恭维人的。“这书你读过吗？”蒋介石指着那本蓝封皮的《凤凰厅志》问。“读过多次。”陈玉轩回答。为了证实这“多次”二字他补充说，“这部厅志共有二十卷，初撰于乾隆十八年，道光四年增订续修。”“不错。”蒋介石道，“身为地方父母官当洞悉地方典籍，可你看得还不算过细。”蒋介石翻了几页，“你看这副对联就在这卷一的《城池篇》上。”陈玉轩陡然记起那《厅志》上确乎绘有厅城图、文庙图、试院图、镇署图、厅署图和道署图，那对联的确是一字不漏地绘写在上边，于是憨憨地笑了。蒋介石也笑了笑，但立即收敛了笑容极严肃地道：“如今是国难当头，作为一名军人当为民族存亡而奋争，不能再为个人意志而搞内讧。辞职的事以后就不要再提了。撤销湘西行署的事是有些欠妥，我也是最近才听到薛岳来报告的；不过他这也许并非恶意，因为他提议设立湘鄂川黔绥靖公署。我想这符合当前特殊局势的。大西南既然已经成为抗日总指挥部，几省地区就必须加强联系统一指挥，这相信你会理解。湘鄂川黔绥靖公署主任一职至关重要，人选也还没有最终定下来，有许多人提过你，我也正在考虑。说句实在话吧，你的竞争对手是有几个，你的优势相对地说更多些，但谁捷足先登就要看你是否努力了。”

尽管蒋介石没有明确表态，这次长途跋涉换来的陈词没有任何明显的结果，但陈玉轩的心里还是乐滋滋的。他发现了蕴藏在自身和那方土地上的巨大能量。他觉得自己完全有能力最终战胜薛岳，因为“皇帝老子”也不敢拿自己怎么样。他倒是对蒋介石有了些好的印象，似乎所见与传闻相去甚远。尽管张治中有些不相信事情会如此轻易了结，但能有这样的结果到底是可庆可贺的，于是在张氏公寓的明德堂内又摆出了这桌丰盛的酒宴。“有枪就是草头王，在老蒋手下混事看来还得靠实力啊！”张治中看着喝酒喝得有些醉意的陈玉轩，在心里大发慨叹。他想到自己的盲目意气，只不过当了不到一年的省主席就被一把火烧下了台，如今挂着个中央设计委员会主任委员的虚衔而“冒领斋粮”。眼下是什么时候？国之不国、家之不家，只有毁灭和破坏，无任何建设可言还枉谈什么“设计”？他觉得陈玉轩虽是个湘西土佬，但到底有其精明过人之处——他不慕虚荣，什么“司令”“军座”，去他娘的吧。他只求当一个有实权的土酋长，哪怕是当一个寨主，只要能真真实实地指挥调度手下百十人兵便可。这桌酒席吃了很长的时间。酒能助兴确实不假，菜凉了热，热了又凉，他俩就在这凉凉热热中各自得到了许多东西。“再添些酒来！”陈玉轩脸红红地唤道。张治中嘘着他：“玉公，我看等下次吧！”“怎么，怕吃穷了你？”陈玉轩把杯子倒悬在空中，“你……你下回到凤凰去我拿酒淹……淹死你……”张治中无可奈何地摇摇头，只好吩咐：“上酒——”差役没有赶到，却进来一名副官。副官立正报告道：“张主任，贺耀组有事求见。”张治中指了指狼藉的酒桌：“你看这……是不是请贺主任在客厅里稍候一会儿……”“贺耀组？是哪一个贺耀组？”陈玉轩却听见了，“叫他……他进来陪老子喝……喝一杯。”张治中被这欠礼貌的插话弄得有些发急，庆幸贺耀组尚不在场。张治中忙说：“玉公，他就是军委办公厅的大主任啊！”张治中以为有了这偌大的头衔便可使陈玉轩忘形的举止有所收敛，殊不知陈玉轩却连着打了一串哈哈：“嗬，长沙里手湘潭票、宁乡伢子学牛叫，就是那个宁乡佬哟！没问题，他是我的老部下，快叫他进来喝一杯！”张治中真被弄得不知如何是好，只好笑着道：“既然都是老熟人，就请他进来吧！”其实陈玉轩酒虽醉了，却没吹牛说瞎话。这贺耀组确系宁乡人氏，是在辛亥革命前由湘督端方所招募入伍的。陈玉轩当过他的队官，贺亦确系其下属。张治中虽不甚明了这底细，但他只在心里想，纵真是这样，几十年过去如今人家姓贺的已是蒋的亲信侍从室主任，而你却还蹲在山沟里踏步，恐怕就不好再这样摆老资格了。正思想时，贺耀组已进得明德堂来。他全身戎装、神情严肃，后头跟着的几个年轻卫兵皆将锃亮的手枪攥在手里——张治中感到事情有些不妙，出了一身冷汗，连头发根也竖了起来。陈玉轩却似乎正在兴头上。他招了招手："果然是你这个贺耀组啊！多年不见你还那么个现样子。来来来，快陪你的老队长喝、喝一杯！"他端起杯子踉踉跄跄地晃到贺耀组面前去。贺耀组接过陈玉轩手中的杯子往地上一摔，发出一声极脆的破裂声响。陈玉轩愣了一下。"对不起，老统领，今天得委屈你一下。"贺耀组面无表情地丢下了几个冷冰冰的字眼，"给我拿下！""什么?！"陈玉轩似乎还在梦中，继之则破口大骂，"你这个小杂种……"但话未落音，他便被拥上来的几个年轻军人给扭住了。这猝然而来的变故把张治中给吓蒙了。他呆呆地立在一边像根木头桩子。贺耀祖走过去，从衣袋里掏出一张函头纸对他说："张主任，这是委座的手谕。我是例行公事，请原谅让你受惊了。"陈玉轩平生头一次被人用力地反扭着手腕。他想起了经自己亲手处决过的无数囚犯。

第十三章

虽然，从1937年8月陈玉轩的竿军被改编，离开湘西调往宁波，赶赴淞沪嘉善作战，七天七夜血战，该师7000湘西军人牺牲了4000，损失大半，但几年之后，湘西的革屯军又给它注入了新的血液。是时"长沙会战"已经打响，1939年10月，这支在湘西边境小城经过休整和兵源补充的部队立即就被调上抗日前线去了。整编后的湘西革屯军被编为暂五师、暂六师。覃飞任暂五师师长，覃啸天和韩章分别任第一团正副团长。告别乡间憋屈的生活，感觉不再"报国无门"，新任团长覃啸天容光焕发，像打了鸡血。"我们革屯军打的是抗日旗号，可不能叶公好龙。现在国家危难，民族危亡，应当服从指挥。去打日本鬼子，这才是真正的好汉！"这是啸天的话。只是竿军开出湘西后，几个月来他几乎没闻到什么硝药味——上峰一直都以"训练不成熟"为名，让部队在湖北沙市一带与日军周旋打游击。

1939年9月，第一次会战开始，暂五师被调到长沙河西岳麓山。覃啸天原以为马上可以参战，殊不知几个月间依旧只是整训。那一年的秋天，岳麓山满地黄叶随风飞卷，尤显萧条凄清。所谓“汉魏最初名胜，湖湘第一道场”的麓山寺香火冷落；相传为道教七十二福地之一的云麓宫亦人踪杳然；就是素称“道林三百众书院一千徒”的岳麓书院亦不复闻书声琅琅，而枉悬着“唯楚有材于斯为盛”的名联。覃啸天在寥落的林子里走，歇斯底里地大喊大叫。他用拳头狠狠地朝一棵巨大的古银杏树上砸，希望那被树杈紧夹着的铁铸钟能发出撼天的声响，然而铸钟无声、青山无语。他的双掌变得鲜血淋淋。整训的坏处是日子单调寂寞，好处则是部队增添了一些新的兵源。

1940年10月，九战区因抗战需要，决定撤销新六军番号，暂五师编入73军，暂六师编入79军。暂五师编入后，73军兵源得到了补充和调整。覃啸天是个实打实的人，也很珍惜这个机会。为了迎接即将到来的战斗，他几乎每天都要下到连队去。“团长好！”士兵见覃啸天过来忙齐声喊。中午时分士兵们或在扯谈或在玩棋。覃啸天问：“你们排长呢？”士兵们便笑。覃啸天问：“你们笑什么？”一个士兵便歪着嘴往不远处的树上一指，覃啸天看见一个人缠在一棵分岔的树干上睡觉，像只猴子。覃啸天说：“去把他叫下来。”士兵们却止住了他：“为了抓集训，我们的排长已两天两夜没合过眼了。”“我倒不是怕他睡觉，而是怕他真睡着了摔下来。”覃啸天这样解释，“马上就有大仗要打，别敌人的臊没闻到自己倒先挂了彩。”“那倒不会。排长在老家老是在一根扁担上困觉哩。”士兵们这样替排长说话，正说着排长已从树上跳了下来，还有些睡眼惺忪：“报、报告……团长！”覃啸天没有回礼，竟然一下子愣住了，好一阵才说：“小佬，怎么是你？”小佬也愣住了一会儿，说：“覃团长，对不起。”“什么时候调过来的？”覃啸天问。小佬说：“前天刚过来，128师解散后，你们当官的都走了，我们被编到73军。前两天，又把我调过到这边来。”“当官了啊，不错。”覃啸天摸了摸小佬的臂章，又过去抬头瞄了一眼那棵高树，说，“我原以为你只是个街坊小无赖，原来还有点真本事的嘛！”小佬讪讪地笑：“对不起，团长，出丑了。”“没关系。湘西兵嘛，就是得有些绝活。”覃啸天说，“还有些啥绝活给我表演表演。”小佬腼腆地说：“没、没有哪，都是些坏习惯……”一个士兵说：“我们排长上树像猴子，下河就是一条鱼。”“他在河边长大，会游水不奇怪。”覃啸天说。另一士兵说：“他一个猛子下去，这湘江河可以过得去。”“是吗？我也不要你一个猛子飙过河。”覃啸天从口袋里掏出个小钱往江里一扔，“去，给我捞上来。”“排长，去，去呀！给团长露一手！”士兵们都在鼓动。小佬便把上衣脱了，一个鹞子翻身腾空后钻进了水里。虽说河水很是浑浊，但过了一阵，一个脑袋终于从水里冒了出来。小佬的手里捏着一枚闪光的铜钱。覃啸天接过那枚铜钱，说：“你本事不错，好好继续练！”游排长道：“团长，我们什么时候才能去打鬼子呀？”覃啸天道：“快了，你们加紧准备吧。这回可有很多硬仗要打，不比嘉善的仗火差。而且，我们团里也打算组织一个突击队……”“我报名参加。”小佬说，“团长，你晓得，当年在嘉善，我就是黑煞队的。”“好啊。”覃啸天问，“你马术怎样？”一个士兵道：“咱排长可是有名的马上飞。”覃啸天道：“不错，像个突击队员的样子。”几个士兵也一齐说：“我们也要求参加突击队！”“都是可以报名的，但得像你们排长一样有真本事才行。”覃啸天道，“现在，你们就开始训练，让我看看你们都有什么本事。”“好，全体集合。”小佬吹起了尖锐的哨声。他有些滑稽的脸突然变得严肃：“按一号训练方案着装，两分钟后集合。”队员们急忙跑到树林子里拿装具、背上沉重的弹药箱，三步并作两步跑到了集结地。副排长整队完毕，转向小佬，说：“整队完毕，请排长训话。”“弟兄们，现在开始训练。这个训练不同于普通的训练，是少林寺武僧必须进行的那种，也是我们苗家黑煞队的那种特殊训练。通过这样的训练就是要让你们每一个人，无论在何种艰苦残酷的环境中都能生存下去，并进而克敌制胜。”小佬铁着脸说，“今天我们安排六个训练科目，时间从现在起一直到明天中午，如果进展顺利，中途有两个小时的休息！”“天啦，这么长时间啊？！”队列里有人在小声嘟囔。小佬道：“训练还没开始，觉得自己不行的打报告退出！”队列里顿时鸦雀无声了。小佬接着说：“好，第一个训练内容，越野急行军！时间一小时。”闪电划破长空，风雨交加，全副武装的队员在山间野外越野急行军。队员们身上的背囊绳把肩膀勒出了一道道紫色的血印，他们在泥泞里爬行前进着。跑到终点时停了雨，队员们刚想坐下歇会儿，小佬又下达了第二道命令。小佬指着山路的层层石阶：“下一个训练内容，负重体能训练，时间一小时！”队员身背重重的背囊开始一级一级跳台阶，一个个大汗淋漓，一个叫麻冬生的队员在往上跳了数十级后无力地倒在地上，一只穿皮靴的脚踢了过来，麻冬生抬头看见覃啸天严厉的眼睛。小佬喝道：“起来！继续上！”麻冬生爬起来，背起大包往上跳，他的眼角似乎有泪水。覃啸天看着，流露出满意的神色。他打算就以小佬这个排的兵为基础来组建一支突击队。

长久的等待后，覃啸天终于有了上第一线的机会。1941年12月8日，太平洋战争爆发，日寇想迅速解决这场战争，对湘北的争夺也更急切了。12月中旬，日军为配合其在香港地区的作战，阿南惟几指挥四个师团、三个旅团，约10万人沿岳阳至长沙铁路进犯长沙。薛岳指挥13个军，约17万人：10个军在湘北新墙、长沙地区，3个军在赣北武宁、上高地区组织防御。19日，湘北日军一部攻占了岳阳东南段山。24日起，第3、第6、第40师团先后突破新墙河、汨罗江防线南下。守军以一部兵力与日军保持接触，第37、第99军主力向金井以东及铁路以西地区转移。为了牵制日寇，给守城的官兵以增援，因较远的集团军调防不及，指挥司令部想到了原先扔在湘江西岸打游击的湘西兵——73军暂五师。早在第二次长沙会战期间，暂五师官兵便写了请战报告要求开赴前线卫国杀敌。但上峰一直都以"训练不成熟"为名一再拒绝，又怕士兵哗变便调去各处打游击。偏偏这些穿苗便衣、麻耳草鞋，背老套筒的"苗兵"打仗还真不赖，他们在赖家桥伏击奇袭万城攻华容、打石门皆连连得手。这次司令部终于决定试用这支队伍了。

战前，薛总指挥的司令部也转移到长沙河西的岳麓山上。那天，薛岳下来视察。覃啸天和他的父亲覃飞陪同司令长官部巡察前线阵地。江东的长沙激战正酣，处处炮火硝烟，许多建筑已经飘着可恶的膏药旗。薛岳作为此役的最高指挥官，派头倒是颇足的。在前敌指挥部的掩体里，薛岳指着一张军用地图，大声说："总结前两次会战的经验教训，这一次我们将采用天炉战法。"薛岳的所谓"天炉战法"可概括为八个字——"后退决战，争取外翼"。就是将兵力在作战带布成网状据点，以伏击、诱击、侧击、尾击等方式，分段消耗敌军的兵力与士气，最后把敌军拖到决战地区"天炉"进行围歼。一如既往，阿南的突破速度十分迅速。12月24日，日军主力强渡新墙河；27日便突破汨罗江防线，31日夜已经攻抵长沙市郊；1942年元旦就开始了对长沙的总攻击，随即占领了小吴门、经武门和湘雅医院一带。日军当时认为第74军和第10军已经从长沙调往别处，长沙守军实力薄弱，适合一举击破。不过很明显日军误判了形势，虽然强推很快，但这不过是薛岳的计谋而已。"如今我们已经成功引诱日军主力进入浏阳河、捞刀河间地区的天炉，现在是点火炼丹的时候了。"薛总指挥大声道，"现在，我们要开始反击，要集中优势兵力进行包抄，形成一个南堵北追、东西夹击、四面合围的态势，将日军予以歼灭。"

覃飞决定从河西的荣湾镇强攻渡湘江增援长沙守军。攻击是乘夜发起的，由覃啸天的第一团打响了进攻的第一枪。在布置于岳麓山的苏军火炮团阵地发起猛烈炮击后，第一团乘着几条小船从水陆洲渡河猛攻对河守军。一整夜里枪声便似乎没有间歇过，火光映红了半个天。夜色中的河边小路上，不时人影憧憧——伤亡的士兵被担架和门板抬回，转移到安全地带去。江畔的交火很激烈，敌人的抵抗很顽强。夜色漆黑，远处虽有一道道红光闪烁却什么也看不清，只能靠枪声的稀密、炮声的强弱，以及从前线撤下的伤员来分析战场形势，覃啸天预感到这是一场艰难的战斗。他想若一味蛮攻，久攻不下，那就会变成“夹生饭”，再添火也无济于事了。覃啸天趴在指挥部掩体，用望远镜观察，说：“师长，敌人的火力很猛啊。”覃飞想了想说：“天快亮了，继续进攻。”“师长，我军伤亡不小啊。”啸天建议说，“还是暂时先撤下……”“这时撤下损失会更大。”覃飞厉声道，“传达命令！调增援部队上！”“是。”覃啸天于是去调增援部队。他来到一处河边掩体。副团长韩章在生闷气，见啸天进来，忙说：“覃团长你来得正好，这样子打法如何得了？”啸天道：“先执行命令，有什么意见打完这一仗再说。”这时，一营长满身伤痕踉踉跄跄进来。韩章忙去扶住。一营长报告说：“团、团长，我营五次进攻都被打下来了。二连三排战士全体阵亡。”“嗨！”韩章气急，“强攻恐怕未必能够奏效。团长，你说该怎么办？”覃啸天用望远镜看了看：“那就先撤下来等待命令吧！”韩章对一营长说：“好，马上把你们营撤下来，等待命令。”师长覃飞在指挥部用望远镜观察，突然发觉激烈的枪声停歇下来了，有些诧异，这时正好覃啸天风风火火地进来了。

“啸天，怎么回事？前方怎么哑火了？”“报告师长，是我让他们暂时先撤下来……”覃飞气极了，一把将手枪掏出来：“谁让你这么干的？刚开战你就敢违抗军令？”覃啸天没有动：“下面情况的确不好……”“什么情况不好，我看你分明是要跟老子对着干。”“啸天不敢。”“那你为什么擅作主张让他们撤下来？”啸天说：“将在外君命有所不受。”覃飞被激怒了，把枪栓一拉。师参谋长戴涛忙去拉住他：“师长息怒！”啸天说：“师长，枪毙我不要紧，能不能听我把话说完？”黑着脸的覃飞收了枪：“有屁就放！”“如今前方伤亡确实已经不小，三营有一个整排的战士全部阵亡了。”覃啸天据理力争，“孙子兵法的精髓是‘知己知彼，百战不殆’，也可以说是‘因敌制胜’，不了解敌人的情况，硬拼未必就能奏效。”覃飞在指挥部来回踱步，突然停下来：“如果撤下来，这块硬骨头就不啃了？”“这块骨头我们是一定要啃的。但我们可以先休整休整再组织进攻，同时考虑一下看有没有更好的攻城方法。”戴涛说：“师长，我看啸天的话也有一定的道理，有时候，往往退一步海阔天空。”覃飞终于退让了：“也行。你们赶紧商议一个办法交上来。”“是。”啸天敬礼应答。啸天赶回战地掩体，韩章恰巧从前线侦察回来。“老韩，你出去侦察有什么新发现吗？”覃啸天问。“河东城池坚固，强攻的确不行。”韩章说，“但他们还是有死穴的。”“是吗？你发现他们的什么死穴了？”覃啸天很高兴地问。韩章远远地指着河对岸：“你看，在城的西北角，那里的城墙外有一排矮房子，只要占领了那里就很容易攻上去，突破了一个缺口就好办了。”覃啸天说：“走，我们去近处看看。”啸天、韩章和参谋长便离开掩体，往河边走去。夜色开始变浓，河上景象模糊。覃啸天急忙拿过望远镜往河对岸仔细看，河边城墙有些微灯光，仔细看，果然有一排靠墙的破旧房子。靠河边还有一条路，路上有日军的哨兵在巡弋。“嗯，你的观察不错，这儿倒是个不错的攻击点，只是那儿的防守好像也不松。”“是的。他们有防备，但是可以打他个措手不及。”“你有什么打算？”“我观察了很久。你看他们哨兵巡视的路线是不是很呆板，很有规律……”韩章声音变成了耳语。“好！我看就这么干。”覃啸天思考了一会儿，突然问：“老韩，你跟日本鬼子打过正规的大仗吗？”“正规大仗还真没有。”韩章讪讪地笑笑，“以往……也就是你打我我打你的小打小闹过几回。”覃啸天道：“这一回，我想让你当敢死队的头，有信心吗？害怕吗？”团参谋长在旁边听着，表情有些疑惑。韩章道：“我……不怕！”覃啸天道：“回答得有些不坚决，说明你还是有些怯。这没关系，胆量是练出来的。”韩章便大声地：“不怕！有信心！”覃啸天说：“好。那你赶紧去找小佬，敢死队现驻扎在云湾镇的大庙旁。你们好好商量一下，准备准备。”“是！”

等韩章退出掩体，团参谋长道：“团长，你怎么让韩章带敢死队？他打大仗的经验不足！”覃啸天很久没回答，后来慢慢地说：“你看见了吗，那边有个死人。”团参谋长问：“死人？在哪里？”啸天指着渐渐走远的韩章的背影，说：“就在那儿。”参谋长说：“啸天，你怎么能这样想？”覃啸天道：“打仗就会死人，尤其是这样的大仗。”参谋长道：“看来你还是没有把往前的那些事放下。”“你以为他韩章就放下了？”覃啸天望着远处道，“你没看见他平常瞧我的那眼神么，充满了仇恨啊！我对他太了解，说不准，在第一次战斗的时候，他就会在背后给我一枪。”参谋长道：“不会吧，你们之间会有那么深的仇恨吗？”“也不全是因为这个。打这种偷鸡摸狗的仗，他韩章还是里手的。就算我不喜欢韩章，也不至于拿我的那拨弟兄的命开玩笑。”“这样就好。”参谋长说，“啸天，如今你们俩是正副团长，过往的事就让它过去算了。”覃啸天道：“这一回如果老天不把我俩都收走，也许我们之间的结就真的解开了。”

自从开战以来，小佬带领的敢死队一直没有派上用场。他们被安排在岳麓山云湾镇大庙边的一处林子里待命。那天临近天亮的时候，一匹快马急促细碎的蹄声传来。知道是有任务降临了，趴在树上睡觉的排长游小佬闻声从树上跳了下来，几乎与他同时跳下马背的是一团副团长韩章。韩章接到带敢死队的任务后，去小佬的连队与小佬等商量了一下，便回去了。他没有进到营房，只是一直狼一样地在旁边的草坡踱步。其实他也已几夜没睡过安生觉，眼珠牵满了红蜘蛛丝，眼皮发肿发胀，但他是个急性子，没有结果，就没法合上一会眼睛。天蒙蒙亮，便策马赶到了大庙。“全连集合！”小佬精神抖擞地喊着。面对黑压压的队列，韩章作过简单的动员。他的口音带着浓重的苗味：“弟兄们，我们的先头部队在前头已跟敌人拼了好几个时辰，现在该轮到我们的突击队去冲锋了。大家要牢记祖宗的话，不到黄河心不死！往天，人家都把你们叫作苗兵排，是的，你们代表湘西，要杀出湘西人的威风！”“若！”士兵们一齐高喊。

细碎的麻耳草鞋声响起。那些往日爬惯了陡峭山路的脚板叩响着湘江河畔的土地。接应部队跑步从岳麓山出发向江边而去。也许又同既往那样，他们竟用同样的声音齐唱起一支苗歌来。韩章知道这是一首湘西的古代军歌：别了我的妹儿，我们要到前方去打仗，不论是当兵当鬼就再也不是你的丈夫了……

晨光熹微。韩章带着小佬等来到河西江边一处灌木丛，指着河对面认真做了些交代。小佬整理了一下行装说：“韩头，那我们就出发了。”“好的。注意安全。”韩章拍了拍小佬的肩膀，“小佬，就看你们的了！”“首长放心。”小佬带着两个士兵从一处隐蔽的地方跳下水。他们游了一段，便一个猛子潜进了水里。韩章趴在河边草丛用望远镜观察，好长一段时间，他终于看见小佬等在河对面的草丛边冒出头来。小佬看见一个日军哨兵巡弋着过来，来到离自己不远的地方又转身折了回去。小佬悄悄从草丛中钻出来，跟到那哨兵身后，从背后捂住了哨兵的嘴，将他放倒。另一人上来给了他一刀。小佬等迅速钻进一座废弃的破棚子。他们攀着屋架慢慢靠近了城墙，把着城墙缺口往里看。小佬猛地攀上了城墙，轻易地干掉了一个哨兵。敌人似乎有所警觉，一个日军哇啦哇啦叫着。许多鬼子慌乱地往城楼下跑。小佬挥了挥手，其他两人一齐跃上了城墙。他们布置了一个临时工事，把枪和手雷等放好。小佬吩咐：“赶紧，发信号！”城墙上空升起了三颗红色信号弹。韩章看到了升起的信号弹，从掩体里冲出来，朝天放了一枪。他用略带嘶哑的声音大喊：“冲啊！”也许儿时在湘西的大山里砍柴时打惯了吆喝，他的嗓音不大却能产生山鸣水应的回声效果。到底是山里人，他们不习惯穿着那身笨重的军衣。那些曾驾着竹筏和木排征服过酉水、征服过沅水，用生命和智慧征服过著名青浪滩的苗家儿子们如今要血洒湘江了！随着这一声吆喝，湘西士兵们皆纷纷脱掉了衣服、光着身子赤条条往前冲。几十个光腚汉子把衣物刀枪顶在头上，冲进溪水里。他们先是在浅溪中奔跑，不久就开始划水往对岸游。有几个士兵扛着云梯，来到深水处，便将云梯当着“救生圈”往前推。有炮弹在水中炸响，激起很高的水柱……

师长覃飞在指挥所观察了一下，放下望远镜：“好啊，他们冲上去了。”啸天说：“师长，我去带增援部队。”覃飞语重心长地说：“好的。要注意安全。”啸天突然眼中含泪：“爹，您也多保重。”啸天指挥增援部队出击。许多艘民船从柳荫中划出来，在敌人的枪林弹雨中集结起来。士兵们正在船与船之间搁置跳板要架起一条江上的通道。韩章从水中浮出，大胡子被水胶结成了个大口罩。他猛吹了一口气，露出嘴巴呼吸，一阵猛划，来到一艘木船边，双手撑着船舷上了船。他变戏法般地摸出一支牛角号呜呜地吹了起来。这低沉的、充满原始情调的号声与嗷嗷叫唤的现代化机关枪声形成极为强烈的对比。久违的乡音使啸天想起那白云中的寨子，戴银冠挥五色柳巾歌舞娱神的喜乐场景。来自湘西的兵大概也全是这样的吧。他们一个个从水里冒出来，全身血红有如喝足了浓烈的包谷烧酒。在牛角号召唤和平的福音下，士兵们全赤着身子向河对岸冲杀拼进。前头的倒下了后头的又跟上来。他们已经没有时间说一声“对不起”，便踩着自己同伴的尸体奔向浮桥。有的干脆直接跳进了刺骨的江水里。河上枪弹如雨。有的士兵被击中了，水中涌出一团红浪。河上漂浮着一些黑色的衣物……有几个士兵奋力游到了岸边，他们开始射击。后面的士兵接着冲了上来……

在韩章的带领下，攻坚部队攻到了城墙下。一排排云梯架设起来。最先攀上城墙的小佬用机枪扫射街巷里来增援的日军。士兵们沿着云梯往上攀登。韩章冲上城楼，挥舞长刀，怒眼圆睁，像个黑脸李逵。两个鬼子围过来，韩章左砍右杀撂倒了一个，另一个也被砍伤。韩章杀得正酣，突然一个块头很大的日军军官从门楼子里闪出，直杀过来。韩章猝不及防，右臂受伤。“啊——”赶上城墙的覃啸天见状，大叫了一声，举着大刀便朝日军军官砍了过去。大块头躲闪了一下，但还是被一刀砍伤了肋骨。啸天感觉他手中的大刀突然遇到了阻滞。一口血从大块头的嘴巴里喷射了出来。“快，把旗帜挂上！”韩章大声吩咐。一个士兵拿了旗帜过来，韩章便接过来，自己去城墙垛口，将日军的膏药旗一脚踹掉，一面青天白日旗便猎猎飘扬在城楼上了。“哈哈哈哈！”望着旗帜，韩章大笑，大胡子间露出两排白色牙齿，像个孩子。砰！但一颗流弹悄然无声地飞了来，扼杀了他的笑声。韩章歪斜了一下，一条腿跪在了地上。他不想倒下，用长刀撑住地面，努力地挺立起来。他庆幸自己大难不死，把当作拐杖的长刀高高举起。长刀在微弱的阳光下强烈闪光。韩章的身子开始摇晃前倾，但他还是努力地要把胸脯挺起来，但而后，还是“哐噹”一声朝天仰着倒下了。“韩团长——”啸天见状，猛扑过去，紧紧搂住他，“韩章，你要挺住！你看，我们的队伍冲过来了！”韩章努力睁开眼，见是啸天，喃喃说：“啸天，你不记恨我了吧？”“怎么会？”覃啸天大声说，“那些事早都过去了。如今我们可是兄弟。为了我这个老弟，大哥，你千万要顶住……”韩章的脸上绽放出微笑，但还是身子一挺，闭上了眼睛。“韩章大哥——”覃啸天大声喊叫，紧紧抱着他，“报仇，我要为你报仇！”冲锋号响起来了。覃啸天放下了韩章，猛地跃起握枪往前冲。几个士兵冲过来，一个个从韩章的身上踩了过去……

看见自己的旗帜已在长沙城头高高飘扬，覃飞兴奋地走上通往城门的临时浮桥。硝烟还在飘飞，看见脚边及船上，到处都是自己的士兵们歪斜的尸体，覃飞激动兴奋的表情立即变得无比沉重。他看见脚边一个死去的士兵还睁大着眼睛，于是缓缓蹲下了，把士兵的眼皮合上。覃飞起身跑过浮桥，一些军官和士兵列队在城门洞口迎接。覃飞握着一个军官的手：“厉害，我要给你们一团记首功！”军官说：“师长，如果要记首功，首功当给副团长和敢死队。”覃飞说：“是吗？”军官说：“是韩副团长领兵攻占了城墙要塞。”覃飞说：“行，就给他记首功。哎，你们的团长啸天呢？”军官四顾，问：“团长怎么没来？”一个军官：“他……好像还在城楼上。”军官说：“哦，我去看看。”覃飞说：“等等，我跟你一起去。”覃飞走上城楼，看见啸天站在城墙的一个垛口处，目光呆滞，凝望着远方。军官带着覃飞上了城墙。军官：“啸天，师长来看你啦！”啸天没有回答。覃飞走了过去：“啸天，你干得不错，都说要给你和敢死队记首功啊！”“敢死队，敢死队……”啸天嗫嚅着，手中挥动着一个血染的箭袋，突然嚎啕大哭起来，“我的敢死队，四十个汉子死了二十八个，还有韩团长……他们全都战死了啊！”啸天的脚边，横七竖八地倒着许多具敢死队员的尸体。覃飞上前拍着啸天的肩膀：“啸天，莫伤心，他们是为国牺牲，虽死犹荣！”啸天还在哭泣：“他们把人交给了我……我回去，我……如何面对他们的亲人？”覃飞说：“他们都是竿军的功臣和骄傲，好好安置，给他们以厚葬！”这时，一个通信兵上了城来：“报告师长，据探子来报，鬼子强攻，驻守天心阁的国军撤退，鬼子大部队朝我们东门打过来了！”覃飞一惊：“把地图拿来。”一个副官过来把地图摊在地上。覃飞看了看：“娘卖的，调我们来增援，他们自己倒跑掉了！”士兵来报：“师长，到处都是鬼子，我们被包围了。”覃飞说道：“都不要慌。迎上去跟鬼子巷战。”“师长，保存实力要紧。”覃啸天说，“我带一个营前去阻击。你还是安排大部队先撤走吧。”覃飞还在犹豫。覃啸天大声喊：“一营的，跟我走！”许多士兵纷纷跟着往城楼下跑。覃飞远看着啸天的身影消失在巷子口。远方传来巷战的激烈交火声，巷战激烈。覃啸天跟着队伍往巷子里冲，一会儿便掉在了后面。

巷子里有些黑。在一处岔路口，他判断着该向哪边去。突然，一个鬼子从墙上跳下来，挥刀便朝他猛砍。覃啸天的长刀被震掉了。他有些慌乱，急忙忙往后退。那人持刀进逼。覃啸天退到了一处角落，双手反按在一处菜园子的土坎上。“哈哈哈哈！”鬼子大笑，“看你还往哪儿跑！”那人的长刀在晨光中猛一闪亮。覃啸天感觉自己的手接触到了土坎上的一些粉末——他知道那是农家施肥用的火土灰。他急中生智，趁那人砍杀过来时，抓起一把灰照着他撒了过去。“啊——”那人大叫了一声，一时失去了方向感。覃啸天顺势给了他一脚。那人仰面翻倒在地，但立即爬了起来，盲目地左右乱砍，还一刀削在了覃啸天的大腿上。覃啸天疼痛难忍，坐在地上。那人又奔扑了过来。覃啸天看见了掉落在自己身边的刀子，一把捡起来。他用刀尖迎对着扑过来的黑影。他听到了“扑哧”一声，那个鬼子扑到了他的刀尖上，一股血喷了他一脸。覃啸天把刀松了，那人便歪着倒下了。突然一声枪响，从一处楼廊上飞来的冷枪击中了啸天的左肩。他歪斜着，努力抽出一颗手榴弹，扔向那处楼廊。轰隆一声，楼廊成了一片火海……

覃啸天受伤了。左肩的锁骨被一颗子弹击穿。他先被送到长沙英国红十字会医院开刀、取子弹，而后当长沙战局又趋紧张之时，又随同一批伤员被转到衡阳五四陆军医院继续治疗。伤口很痛，但覃啸天总是精神焕发。被那些所谓的正规军、嫡系军，那些肩章耀眼、皮靴锃亮的上峰们瞧不起的乡巴佬竿军，这一回打出了威风！

躺在病床上，穿越湘江浮桥，直取长沙西门惨烈而威武的场面一幕幕在覃啸天的脑海里过电影。长沙大捷后，薛岳在岳麓山召开了庆祝大会，暂五师受到了嘉奖，武器也换成了新一色的汉阳造，每连配备了9挺轻机枪，每营管辖3个步兵连和1个机枪连。想起这些，覃啸天常常在梦中笑醒。当他的肩伤终于基本痊愈时，他得到了一个好消息：让他去四川成都中央军校高教班受训。那是一个即将提拔重用的信号和必经程序。这事虽小，但充分说明，不单是竿军，作为竿军的每一位将士，也都让上峰们刮目相看了。竿军，我的竿军，你前程无可限量！

暂五师参与的大反攻，令日军猛然发现自己已身陷重围，急忙派遣池上旅团、青木师团南下增援，但是已经太迟了。青木师团尖兵一大队兵力到达金井时，早已埋伏好的中国军队从东、西、北三方合围，青木师团无法突出重围。等到增援部队赶来，四百名日军只剩下二十名，几乎全军覆灭，大队长和两名中队长都被击毙，至于日军池上旅团，更是消息全无，已经被彻底困阻了无法前进，且后路已断。为了避免全军覆没，阿南惟几只得即刻命令部队撤退，但是薛岳没有给他这个机会。湘北地区国军展开了对第11军的围追堵截，这个时候长沙的日军终于体会到什么叫炼狱，日军是前有兵堵，后有尾追，侧面也有打击。1942年1月15日，日军退至新墙河北原防地，16日，基本上恢复了会战开始前的态势，第11军指挥所也撤回汉口。1943年3月，华容失守，暂五师奉命开赴华容配合53军等对日作战。暂五师挟攻占长沙西门的余威，士气高涨，与友军配合协调，几次胜仗，大大遏制了日军南下嚣张的攻势。

某一日，军参谋长刘益章接到通知，赶到薛岳的官邸。刘益章问："主席叫我来有何吩咐？"薛岳说："你考虑一个方案，我想把73军的暂五师改编打散。"刘益章说："这个师不是打得还不错吗？上一次，他们从河西强攻渡河，对战局的胜利起到了关键的作用。最近配合友军在华容作战，胜仗也不少啊。"薛岳说："参谋长不是一直对湘西兵不感冒吗，怎么突然动了恻隐之心？"刘益章说："跟他们打交道多了，我看这些湘西兵还是很能打仗的，何必又劳师动众。""正因为能打仗所以要改编。"薛岳说，"委员长说了，不久湘西就会成为重庆的西南屏障，我军就将把那里作为主要基地。这些部队都是陈玉轩的旧部，如果让筸军成建制扩充，成了大气候，那就无法收拾了。所以必须及时改编。"

1944年春，莺飞草长的季节。一匹载着中年英俊军官的黑骏马急驰在五彩缤纷的背景之上。马背上的军官是覃啸天。他刚从四川成都中央军校高教班受训结业归乡，风尘仆仆地赶回自己的部队。年轻的团长如今经过一段时间深造，前程真未可估量。他觉得眼前的路恰如这枫叶之红。用湘西土著民族的说法，许是覃啸天的寿年尚未满，攻城受伤，伤好之后便被送到四川成都中央军校高教班受训。受训结业，覃啸天将回到阔别了一年多久的暂五师。

暂五师驻扎在湘西小城石门县泸花潭——一年前部队曾在这里整编后开赴湖北沙市和湖南长沙等地打仗，牺牲了许多弟兄，而后又回到故土来休整，补充人员和给养。泸花潭是一个风景秀丽的小镇。覃啸天向一个居民打听自己师部的所在地，那人指了指临河的一家破旧祠堂。按理说覃啸天对这里的官长、参谋及闲杂人员皆是再熟悉不过了的——因为他是在这里创业、拼杀出来的，然而这次却没见到几个熟悉的面孔。他甚至被门卫哨兵盘问了很久而差点火拼起来。"我是来找覃师长的，你快去给我通报一下。"覃啸天虽拿了文凭成了"知识阶级"，但火爆性格终未能改。"覃师长？哪个覃师长？"门卫竟装糊涂，讲的一口下河腔。"覃师长，覃飞你都不晓得？”覃啸天是真的来了火，“娘卖的，你这儿不是暂五师师部怎的？”覃啸天可是师长的大公子啊，这家伙火气来的时候连军长的公馆也敢闯呢！“这儿倒是暂五师不错，可没有什么亲师长、生师长的……只有个郭师长。”主将易人，门卫的话其实不假。覃啸天可不管这是不是事实。“娘卖的。”覃啸天的牛脾气一下子就上来了，骂着娘便往祠堂里冲。但这一次覃啸天可没占着便宜，被几个卫兵截住按在地上绑了，嘴里还被塞了块破抹布。“兄弟，等等！”这时，一个军官过来了，问，“怎么回事？”士兵敬礼说：“报告周团长，这个家伙擅闯师部，被我们捆了。”周团长便走过去，一把将啸天口里的布扯了，惊异地说：“呵，这不是啸天吗？”覃啸天抬头：“西青呀，你可是来得正好。”周西青便对士兵说：“赶紧松绑，你们胆子好大，连老团长也敢绑？”“对不起，长官。我们……”士兵头忙给他松绑。覃啸天活动了一下手臂：“大水冲了龙王庙，没事没事。”

“洞中方一日，世上已千年”。一条甬道上，覃啸天和周西青边走边交谈。

覃啸天才得知这次回来得可不是时候：1943年3月，华容失守，暂五师奉命开赴华容配合53军等对日作战，遏制日军南下攻势。在守卫七女峰时损失惨重，于5月初撤退，其后辗转来到桃源进行休整。薛岳一直担心陈玉轩的这支土著部队抱团坐大，想彻底打散其整体建制。暂五师在桃源休整之时，薛岳开始对该师“掺沙子”。那一段时间，师长覃飞被调去南岳开会，由参谋长戴涛代理，但没过多久，薛岳便从军部调了个亲信郭权过来取代了戴涛，担任代师长。不久，覃飞开会回来，见状怒火万丈。他跑到军部找参谋长刘益章大闹。刘益章知道这个外号“飞蜈蚣”的家伙的脾气，担心他闹事甚至哗变，只好把郭权又调回军部去了。

一天，覃飞突然接到军部命令，将部队由桃源调往石门。暂五师奉命进入四面环山的石门地区时，先头部队的团长周西青突然赶回来报告：“师长，82师构筑了工事阻挡我军前进。”“报告。98师从后面包围我军。”后卫部队的通信兵赶来报告。覃飞叹道：“刘益章又要向我们师开刀了。”“师长下令吧，搞不赢我们就钻山。”一时，群情激奋。“娘卖的，我们和他们干！”周西青火冒三丈，带着部队就要往外冲。这时候，戴涛过来说：“师座，这地方三面环山，三个峡谷，前有82师，后有98师，唯一的出口，刚才侦察兵报告，53军一个师已经构筑围歼我们的工事。我师三面受敌，情况危急。我已下令不可轻举妄动，弄清情况再说。”正说着，电台开通，传来刘益章的命令：“暂五师就地休整，覃飞调第四方面军74军第91师任师长，戴涛调任九战区长官部任参议，即日转交。”命令一传，士兵大乱，都说“反了他娘的”。战火一触即发。危急时刻，98师副师长向明突然来访。向明与覃飞带点瓜葛亲，是他的老友。向明告诉覃飞："刘益章已经部署三个师包围暂五师，如不从命，伤亡事小，名声事大。"覃飞仰天叹道："我是来抗日打鬼子的，无意争权夺利。中国这么大，为什么竟容不下我？嗨，国家就是断送在这些败类手中了。"胳膊拧不过大腿，权衡再三，覃飞只好交出了手中的兵权。

暂五师在石门开始休整。不几日，刘益章派出的新师长就到了。新师长还是原先被赶走的那个郭权，乃73军军长彭位仁的心腹。其后，军部来了两份命令。覃啸天被免去原暂五师团长职，改任73军驻师部高参。正所谓"参谋不带长放屁都不响"，周西青的兵权显然被一笔勾销掉了。当时受伤在医院里疗伤的覃啸天接到一份通知，让他伤愈后去成都中央军校高教班第六期受训。至此久负盛名的所谓"竿军"的最后一点武装已完全分崩离析，被蚕食瓦解了。

来到石门，覃啸天知道暂五师已经被改朝换代，一去不复返了。从中央军校高教班回来的覃啸天一下子跌到了冰点。他回来的新职务也和周西青一样，是高参。高参的特点就是有闲无权。镇日长闲倒也有好处，那就是让习惯于冲冲杀杀的覃啸天冷静下来，对既往所走过的路所做过的一切来一番反思。自己的同伴战友一批批倒下了，这到底换来了些什么呢？是的，日寇是撤离了长沙，万千尸体换来了薛总指挥的"天炉胜利"，但不久长沙还是沦陷了。1944年6月18日长沙沦陷后，日寇入城，屠城三日，城内即变成人间地狱。据周西青介绍，在长衡会战中打了败仗的薛岳为取得蒋介石的信任，甚至开始在物色可以"曲线救国"的汉奸人选了。唉！当局无能，军队腐败，国民党真的是从骨子里烂掉了！

石门小城北面临河，河水极清，河边有很宽的积沙坝子。覃啸天等几个旧友总爱在夜晚汇到这积沙坝子上来，烧一团篝火，用土蒸钵炖了一腿狗肉，大块吃肉大碗喝酒大发牢骚。"人善被人欺，马善被人骑，我们湘西部队任人宰割，待遇太不平等了。"从兴奋顶点陡然跌入低谷的覃啸天似乎对人生看得有些透了。"老弟，你这小半年只在学堂里喝墨水，对我们在前线的苦处还不晓得哩。"周西青数落起来，"没有装备，不发军装，穿的仍是对襟衣、麻耳草鞋，背的还是原来的老套筒、单针枪、钩火枪。军不军民不民的让人笑掉牙了。"营长王吉全说："收编、再收编，娘卖的只要我们的枪药和兵，就是不要我们的干部。湘西的兵往外头调，外头的兵往湘西开，打的什么鬼子？鬼子难道在我们湘西？""沙脑壳、沙脑壳，老子们总有一天要把他们都砍死！"说这话的叫周皓，是周西青的侄儿，如今是二营的营长，"看来看去还是在陈老统手下过日子舒心，尽管他剋人有时凶点，但到底是自家父母啊。"

经他这一提醒，众人皆挂念起那位个头矮小的老上司来，感伤地忆起关于那位“湘西土酋长”的轶事。只是如今陈老统到底在哪里，是生是死皆不得而知，众人心里更是一阵失落的惆怅。河上起了风，将塞在蒸钵下最后的一根燃柴吹熄，是夜的河滩上便只见了星星残纸。他们一个个都喝得醉醺醺的，把碗钵全砸碎了，把火蚀子也踩熄了，而后他们牵手搭肩地在高低不平的卵石滩上趺趺撞撞往回走，边走边唱着那支久违的、由陈老统亲自作词的《湘西巡防军军歌》：

湘西西上，五竿好河山，论疆域连黔带蜀，级级有雄关。
澧兰沅芷，纵横直荡，地势本天然。
三军忠勇，十县团结，千里靖烽烟……

不久，周西青也被派去成都培训。去受训近一个月后周西青又回到石门，就听到军部决定撤销暂五师，人员全部打散、编归其他部队的命令。分别的日子就要到了。这天晚上，他们又在河边沙坝坪开了一场狗肉会。“老乡见老乡，两眼泪汪汪。”埋藏在心中快要糜烂长蛆的怨气和牢骚终于爆发——分手前那一次河边沙滩已拉开了序幕的“牢骚会”，便在石门的这座小小山庄里继续了下来。这一回回来，周西青给几位湘西老乡带来了关于老统领的消息：“老统领如今在南川，我和新高去南川看望过他老人家。他盼望我们把自己家乡搞好，把湘西搞好，说这样对地方对国家都有好处。”

原来，陈玉轩自从闯到重庆面见蒋介石陈词后，被软禁处理。贺耀组为敷衍蒋介石的命令，征询了陈玉轩的意见，将他安排在其已故生母的故乡四川南川。当时驻南川的师长叫杨其昌，是原国民革命军第九军彭汉章部下，他对陈玉轩也照料得很好。陈玉轩的生活有如解甲归田，而完全不像是被软禁的样子。老统领在南川的居室甚为简陋，旧板壁木屋里悬着一幅字，乃陶靖节之《归去来兮辞》：

归去来兮，田园将芜胡不归。既自以心为形役，奚惆怅而独悲。悟已往之不谏，知来者之可追。实迷途其未远，觉今是而昨非……富贵非吾愿，帝乡不可期。陈玉轩也似乎是很切实地过起隐居生活来了。他办了一个“三一纺纱厂”，自任厂长，利用南川丰富的棉花原料纺纱织布。周西青和田新高去探望时，陈玉轩正在悉心设计改造一种新式织布机。“真佛面前不烧假香。”陈玉轩见来了客，忙停住了对那些木枋铁钉的摆弄，笑着说，“什么新式纺织机，我只不过是记起有一回在乡下黄罗寨看见的一架木织机，想仿造改装一下。也许做成了比黄罗寨的纺织机还要强一些。”确实，一双拿惯了钢枪扣惯了扳机的手要突然改弦易辙去拨弄那些圆与角，要去捕捉那些繁复诡秘的直线曲线又谈何容易，故而陈氏“三一纺纱厂”总是连连亏本，几乎到了一筹莫展的田地。起初陈玉轩住处的周围布置有各种各样身份的便衣特务。有一回一个便衣竟然窃走了他的一本日记。日记上有这样一则记载：

予二十八年三月来川今已五载。携眷远寓数千里外之南川，此梦想所不及也。予生平不善治生，而处此生活高压之下，穷愁交加亦即三载更梦想所不及也。予何以处此？亦曰“知命乐天而已”。予五载以来所处之困苦在旁观皆为予感叹昔者。岂知此五载中得以纵观经历，琢咏有得著述之书皆有多种复稿，此一幸事也；予历年治军乡土军事倥偬竟无一日之暇……近即专意课读两儿日进不已，授以经史亦自得益不少，此二幸事也……除禅心著述垂诸久远而外，更究心纺织精研机械壳又一幸事也……

监视他的特务们把这本窃获的日记及陈玉轩学究般经营的纺织厂大亏本的事实向上司密报，陈玉轩的迂腐老朽的“饭桶”形象便构筑完成了。

周西青愤愤地向老统领汇报了这几年间湘西军队被蒋介石改编后送上抗日前线，假日军之手消灭得几乎殆尽的悲剧命运。老统领听罢长久叹息。“这是预料中的事，是预料中的事。”陈玉轩连声说着这句话，“那一年我奉张治中之召至渝，因怵于国家多难，妄思有所陈述。那一回适遇孔院长邀饮，席间我微露此意，然觉他是一种深拒困闭之情形，望之实令人气短。蒋介石的住房里有许多狗洞。我就不愿丧失人格去钻他的狗洞，以求一官半职。薛岳靠不得，蒋介石也靠不得。要搞好湘西的事还得靠湘西自家人。你们要把自己的家乡搞好，把湘西搞好。”

陈玉轩的话，对聚集在石门郊外小山庄里的湘西人自然是极大的鼓舞。“我们湘西部队任人宰割的日子再不能忍受下去了！”周西青开始了他的实质性发言，“老统领临行前问竿城有个朱鹤，你们晓不晓得？我说听讲过，但不熟。”“朱鹤我熟悉。”覃啸天说，“他跟我爹是朋友。前几年，他常去拜访老统领，每一回都是我当的接待。”周西青说：“这样就好！”“朱鹤不是彭德怀在长沙讲武堂时的同学吗？”唐均说，“好像听说他已经去了延安。”“当时我也是这么说的，而老统领说他没有去延安，可能还在湘西。”周西青说，“朱鹤如今可是共产党的高官。老统领给朱鹤写了一封信，讲过竿军的事。老统领让我们也要想办法早些跟他取得联系。通过一些渠道，现在我已经得到了一个共产党驻湘西办事处地下联络点的地址。那地方在洪城。我们得尽快联络上他们，争取早些与朱鹤见面。”覃啸天说：“我正打算回洪城一趟，假都请好了的。这事，就交给我去办吧。”“很好。”周西青说，“这事，你可得千万小心。”覃啸天说：“放心吧。我不会让大家失望的。”

小城熟悉的影子越来越近了——那是一色青灰的瓦脊、青灰的城垣、青灰的石板巷。那久违的包黑帕打绑腿穿对襟衣乡民的身影，那久违的抑扬顿挫极鲜明的乡音熙攘着、喧嚷着。这个小小的山城小镇，有两条清澈的小河环抱流过。不宽的石板路两边挤满了店铺和摊子。各式各样的小吃特别多：酸萝卜、酸莴笋、酸白菜……空气中充溢着一种辣椒与河溪香醋交融的特殊香味。覃啸天觉得家乡人纵是骂娘吵架，声音也是那么动听。覃啸天知道故乡那一片土地虽然贫瘠，却能为战争无私奉献自己的儿子。每一场战火过去便给这小小山城添加若干孤儿寡母和一片新坟，然而那支精疲力竭的部队又会像吸饱了母亲甘甜的乳汁的孩子重新抖擞起来。这是一支以部族为基础编制的军队，内部团结能拼死命，有源源不断的补充兵源。无论部队开拔到哪里，耳畔皆乡音，覃啸天喜欢这样的部队，因为这使他觉得自己永远踏着故乡坚实的土地。他是这方山水的儿子，山城又只是巴掌般窄小，进得城门便碰到许多熟悉的面孔。

覃啸天牵马走进洪城，弯弯绕绕来到一处巷子口停下。走近巷子，数着门牌，进了一座小院子。他轻轻敲门。一个长衫先生开门：“啸天？你怎么来了？”覃啸天突然一阵惊喜：“朱叔，是你？”朱鹤问：“我没想到，你也没想到吧。”两人紧紧拥抱。朱鹤接过啸天手中的马缰绳，把马绳绑在一棵椿木树上，关上柴门，说：“啸天，走，进屋去。”覃啸天走进屋，环顾陈设简陋，家徒四壁，奇怪地问：“朱叔，你不是一直跟着贺胡子的吗？”朱鹤说：“是啊。后来就走散了。一言难尽，来，坐下扯。”覃啸天坐在一张吱呀作响的竹椅上，说：“朱叔，都讲你当了共产党的大官了呢，怎么会……”“我可没当什么大官。”朱鹤说，“啸天，记住了，如今我还是姓朱，但名金。朱金——一个教书先生！”“哦。哈哈哈哈。”啸天顿悟，于是大笑起来。“别光顾着说话，来，喝点茶。”朱鹤将一杯新沏的茶给啸天递上。啸天喝了一口，赞道：“朱老师，看你这家不像个家，但这茶可是名贵好茶啊。”“这倒不假，这是有名的雪峰毛尖。”朱鹤说，“它得雪峰山云雾之精华，明前采摘，唇齿留香。”啸天又喝了一口，说：“很贵吧？想当年，你住在老统领给你安排的客栈里，你是只肯喝白开水的。现在，朱叔这又舍得了？”“我哪里会舍得。”朱鹤说，“这是一个雪峰山朋友送的。明前茶，都放几个月了，就是舍不得。若不是你这位老朋友来了。它可能放到发霉，我也不会去动它呢。”“哈哈哈哈！”覃啸天大笑，“朱叔呀朱叔，你这让我又想起小时候的朱叔来了。”

覃啸天从洪城回到石门后，周西青主持召开了这一次绝密会议，参加者有覃啸天、十五团二营营长周皓、三营营长王吉全，十四团二营营长唐均、三营长宋益兴和军械主任田默等。“啸天这次回老家收获很大，已经与共产党的高官取得了联系。我现在就是这位高官委派的湖南特派员。”周西青对众人说，“我的任务就是要邀集大家闹造反。”当时，经第四次长沙会战，国民党官僚弃守长沙，全城陷于敌手，人民惨罹浩劫，日寇大举进逼衡阳，国民党部队已做好了向四川逃窜的准备。周西青分析说：“国民党腐败无能，排除异己，必须反了！今天参会的各位手上的兵差不多近一个团，我们还会在湘西地方上联络数千人马。如果我们在石门举事成功，我们的部队就可以沿澧水往湖北磨市、所市、五峰拉走，加入贺龙留下的抗日游击队，与啸天联络的地方武装会合，进军长沙抗击日寇；如果不行，也可以拉回湘西，与啸天组织的地方军会合，组织一个抗日游击纵，请玉公出山，阻止日寇可能的向重庆发起的进攻。”他们的计划是：军队、地方协同作战。兵变日期定在1944年双十节的晚上。

石门郊外小小山庄里孕育的那场兵变，几个月来一直在石门和湘西竿城的两条战线上秘密进行：绝密会议后，覃啸天便借故先回到竿城去进行活动，不久田新高又以请短假的名义到了竿城协助啸天。覃啸天和田新高潜回竿城后，利用他们的老关系在山江地区拉得两千人枪。周西青负责指挥石门兵变，有把握调动的兵力已有六个营。他们的计划是待石门一声枪响，六营兵力将分别包围驻石门的军部和师部，夺取枪械，把新派来的军官一起干掉。按计划若能成功，覃啸天将率竿城两千人枪集结石门挥师长沙；若兵变受阻，周西青的部队将拉回竿城，倚仗湘西的高山大岭巧与周旋。可以想象，待双十节暗夜里响起第一声撕裂夜幕的枪声，那将是一出多么惊心动魄的壮举！

日子过得真快，离这一年的双十节只差五天了！那喧腾、刺激的日子愈靠近，前头的时辰尤其显得寂静、单调、恼人的漫长。是的，石门的空气是沉闷的，几乎凝固得使人透不过气来。前方尚无战争，待命的部队官兵不能辄自外出行动。石门又是如此之小：一条破旧肮脏的街道，宽不过一丈，长不足一里。倘或落雨，士兵们皆拥挤在军营的大连铺上睡觉、扯谈说些裤腰带以下的玩笑自娱。三营长王吉全官位虽也算得有些显赫，却是个扁担大的字认不得几个的粗人。他之擢升全凭打仗玩命不怕死。本来他对博弈之术一窍不通，也全然无兴趣，但师部的花厅里每天有一桌字牌，他每次去汇报或听令点卯后总要经过那里。“王补缸。”叫他的是师部向参谋。王吉全因跟傩院戏班子唱《王大娘补缸》便得了这个绰号。向参谋每回总要邀他：“王补缸，莫走，来摸两手。”“我、我……不会这个。真的。”王吉全涎着脸赔笑。“不会没关系，帮我看看牌。你名字取得好，吉全，有你搬庄我准会手性好。”既有这话，王吉全也不便硬溜号。这一天，轮到向参谋揭最后一张底。他双手搓搓合拢撮着嘴吹了一口“仙气”，仍不揭那张底牌，突然看见王补缸经过，便叫住他：“王补缸，你是福星，来，这牌还是你给揭吧！”王吉全过去，机械地把那张剩牌翻开翻起。“大饼！”向参谋一阵大笑，“哈，海底清一色！”几个输家一边嚷着“不算数”，一边把输掉的数目呈送过去。向参谋从收获中拣了三块洋钱往王吉全手里一塞：“好手性，给你吃三块钱的红。”王吉全可是做梦也没有想到牌桌上钱竟来得这般容易，先是“桌边站”，再“试试看”，到后来便“死也干”了。这年10月8日这天，他摸了最后一手字牌。这天天雨没什么地方去，王吉全又到师部来当“逍遥八洞神仙”了。起先倒是手气不错，十块二十块地进，到后便渐渐走了霉运，差什么牌偏就不来，最后是连老本都输光了。向参谋又是个大赢家。也许是为了表示牌友义气，也许是为了稍事安抚，也许又是为了放长线钓大鱼，向参谋又给了王吉全五块洋钱。王吉全满肚子不悦，出了师部旧祠堂屋便拐进一家小饭铺，把那五块洋钱全换了酒和肉。他喝得酩酊大醉，临出门将酒碗肉钵子全倒扣在桌上，趔趔趄趄走在街上，哼着花灯调子《十送郎》。走过一家官药铺时，那里有十八级台阶，酒力上冲，他两级当作一级下，脚没踩稳一个滚翻下了十八级，在一洼臭水里圈了半个多时辰。他的秘书闻讯赶来把他从臭水窿里扶起架回了营部。在给营长换衣的时候，陈秘书拾到了一张从衣口袋里掉出的字条。

某日，周西青作为军部高参赶到15团通知团长陈早说，彭军长早饭后将来巡视，命全团立即集合。“莫不是又为的双十节庆祝？”陈团长似乎满肚子牢骚，“有什么好庆祝的？半壁江山都快丢了。军长也真是穷快活！”周西青没想到新师长的心腹红人也会说这样的话，暗暗在心里发笑：双十节是该好好庆祝庆祝，明儿你们就看我周西青是怎样“热烈”地庆祝它吧！“是不是为的双十节我也不晓得，反正军长有了通知，总该有重要事。”周西青这样“例行公事”了一番，“都赶紧去吃饭，军长一会就要到了。”陈团长摸出一块旧金壳子怀表看了看：“娘卖的，还吃什么卵？”发罢牢骚便朝团部里一声大喊，“吹号！全团集合！”士兵们从各个营地赶来，在一块大操坪上集合。刚集合完毕便见一匹快马驰来——那是军部的传令兵，接着远处闹腾腾地开过来一队开路的马兵。彭军长打仗虽不见得如何高明，当官的派头倒是不小。当黑压压的马队来到操坪入场口，他的军用吉普车才慢悠悠地开过来。军长的车一停，便有副官上去为他打开车门，帮他接过斗篷和帽子。一路上都有响亮的“彭军座到”的古时“报二里”的吆喝声。彭军长个头不高，微胖，颧骨很高，眼眶深陷，目光阴冷有些杀气。他的到来给大操坪的气氛增添了压抑和沉闷。一连串的立正、稍息、报数之后，陈团长过去垂立报告：“报告军长，73军十五团全体集合完毕，请军长训话！”彭军长朝他挥了一下手，示意他下去，然后缓步走向一处土台。别看他个头小嗓门却极洪亮，一开口那地皮都像要被揭起来。他没有什么开场白而是直奔主题。“我点几个人的名字，叫到谁谁就给我站上来。”他亮亮的目光在黑压压的人群里搜索了一下，提高嗓门道，“二营长唐均！”“到！”唐均以军人的敏捷朗声回答。“上来！”军长大声道。唐营长在众目睽睽之下，从营队间的巷道走上台去。彭军长又喊：“营长王吉全！”“到，我在。”回答有些不怎么干脆，出列时也缺乏些军人风度。“营长周皓。”……回答几乎成了无声。周皓是周西青的侄儿。当听到头一个名字时周西青没有什么察觉，但听到王吉全被叫时便有了些诧异，他侄儿的名字一出口他便如梦惊醒了——皆是出席山庄绝密会议的成员，显然情况不妙——他决心抢先动手，便猛地从怀里掏出了手枪，但一只从他腋下插过来的手猛地朝他的手臂砍了一下。滑脱的手枪向上作抛物运动落下。周西青一看，身边的人是团长陈早。“自己跳出来了哇？”彭军长的眼睛朝这边一扫喝道，“好，统统拿下！”显然那位心腹团长陈早是早有所察。一些早已布置好的擒拿高手应声拥出，将四人扭住，揭去帽子，撕掉领章，五花大绑重重捆了。周高参自谓“世事洞明”，却万万没想到五音不全的陈早竟还是个出色的演员。他也弄不清自己精心的部署到底在哪个环节上出了纰漏。其实失误全在于他自己。这个拿了成都中央军校高教班“大专文凭”的高参唯恐别人不知道他喝过了多少墨水，喜欢咬文嚼字。他明明知道王吉全斗大的字不识几箩，却偏要在写给他的绝密字条上舞文弄墨——“看后烧掉”几个简单明白的字不写，偏偏写上“阅后销毁”。王团长大约只认得其中的一两个偏旁，如果不是醉酒倒在臭水坑里，大概他还打算抽空去找周高参面示，问那四个字是要他指挥攻打哪里或扣押什么大头头。王吉全虽然已经酒醒过一天了，此刻还没有悟到症结在其自身，眼睛鼓溜溜地瞪着其他几个人，在心里咒骂“哪个杂种办事这样毛躁”。彭军长宣布罢对四人实行逮捕后，没再发表什么有关庆祝双十节的宣言，也没有公布周王诸犯的罪行便离开了会场。周西青等被分别关押审讯。虽然互不通声息，一切封锁极严，但他们不久就知道14团营长宋益兴也遭逮捕。倒是那位军械主任精明——田默见势不妙早已溜号了。

覃啸天的策反工作算得是做到了家，回到竿城以后，凭着老关系和三寸不烂之舌，不但在苗区里弄到了两千人枪，甚至连县太爷也被他“说服”了。县太爷叫李琦。此君才干尤长，为人却未免贪酷，爱戴拿破仑帽、拄自由棍，一副绅士派头。他到任以后突出抓了“剿共”“剿匪”两件大事。讲究武装实力的他首先把自己的心腹姜瑶琴安插在警察局当局长，接着就调整警察机构、扩编人员，到1942年5月，警察局已有官兵374名。在近三年时间里，李县长指挥警察部队对县境内的土匪实行了百余次“清剿”，打死了土匪多人，“招安”了匪首47人。李县长之“剿匪招安”其实是纵匪养匪。那些“招安”过的土匪摇身一变，就被安排在警察局乡公所，当官的依然当官，当兵的还是当兵。他们明警暗匪，官匪一家残害百姓，故地方上人都背地里喊他叫“李癫子”。偏偏这样一个像癫狗一样的家伙，却受到省府主席薛岳的连连嘉奖，由五级县长升为三级县长。因不堪忍受“李癫子”的横征暴敛，1941年冬，腊尔山上的米良、麻冲等地暴发了“神兵”起义。李琦镇压“神兵”后，与镇长、保长勾结讹诈“赔款”数十万元引起省方追查。李琦自知失事，更怕洞悉内情的宋看守长和逃走的吴镇长告状，立即派人设计把看守长景平毒死，又密派心腹四处侦察吴镇长的去向。覃啸天恰巧是在这样的时候回到竿城的。覃啸天是国民党正规部队高参，回竿城是“归乡探亲”的，故出入县政府实系必然而无须忌讳。李琦到底是个精明人，覃啸天多来过一两次便窥破了这位高参已有了魏延的反骨。覃啸天当然也并非等闲之辈，他之所以在县令面前说话较为放肆少隐晦也是洞悉了“李癫子”现今的处境。他坚信如果案情继续恶化，李县长欲免一死，路只有一条，那就是“落草为寇”，有自己的两千人枪兼有李县长的实力则竿城这边隅江山得矣。只是二人皆默契在心并未一语道破。

双十节的前一天，覃啸天心情颇是激动，因为只需待到明天就会收到来自石门的喜讯——不论是集兵开赴增援或是率部前往胜利大会师，都无疑是喜讯。他觉得有必要再去县政府一趟，把那些过于隐晦曲折的暗示稍稍挑明，让县太爷思想有所准备。县政府设在清时留下的古镇署内，虽是小小镇署，建筑却精致豪华：一扇巨大品墙横中，左右辕门院内有头门、仪门，有大堂、二堂、三堂，还有迎宾馆、浣香书屋，有听雨轩和挂着“雨后山光”的后花园。因皆是熟人，县府东辕门的岗警同他点头打了个招呼便让覃啸天进去了。在大堂里没见县令坐堂，他便折往浣香书屋去。那书屋里藏有《晋书》《魏书》《圣谕广训》，有计五十套共五百本的《二十一勘》。李县长素以“文人”自谕，他一上台便“统一政令”“标榜兴革”，更改了县属所有乡名。他抄袭了诸如“尚义”“笃信”“敦仁”“崇礼”之类僵化的词语，用以取代颇富地方特色的古地名。覃啸天相信这位老儒学先生事到临头准会泡在故纸堆里研究韬晦之计。果不出其所料，李琦的确在浣香书屋里。大老远地隔着稠密的葡萄藤架便可听到他牛叫般的“下河腔”。似乎不只是他一人独吟，而是对话——书屋里有几个晃荡的人影。对话时而高声时而窃语，有几分神秘感。覃啸天正要转过葡萄架径直走入书屋，却被从一丛女贞树后闪出的一个人“捉”住。覃啸天一看是县署杨秘书。正要寒暄问候，对方神秘地一眨眼把他拐到墙角。“我有要事要跟李县长谈。”覃啸天道。杨秘书回答：“县长现在正忙。他估计你会来，让你先去听雨轩稍候。”覃啸天只好随了杨秘书去听雨轩。“请高参稍候。我就跟县长通报一声。”杨秘书说完匆匆走了。覃啸天很有些气：他娘的小小七品芝麻官还牌子不小！老子早八百年就是县团级哩！但入境随俗，强龙压不住地头蛇啊！谁让你覃啸天不在军部待着下师团去要威风却偏偏要回竿城来呢？但他的气很快便消了——不是消了，而是被另一种情绪所取代。这种情绪叫“恐惧”。他觉得县衙里今天气氛有些不对劲。自打杨秘书走后，听雨轩旁便不时有些不安的骚乱。他故意拾起块石头朝那有些凋零的荷塘里一扔，沿墙的矮女贞树后便相继起伏几个黑色的头颅。他明白已中了“李癫子”的计。他决计逃遁。“哈哈哈哈……”“癫子”的笑声却落到面前。李琦来到了听雨轩，戴着拿破仑帽、拄着文明棍的身后是四五个全副武装的警察。藏在女贞树后的头颅也相继冒了出来。那连通听雨轩的小门也随即严严合拢来。覃啸天明白纵是插翅也难逃了，反倒镇静从容地等待着发落。他想：就是自己被捕，但兴超还在乡下那两千人枪还能继续动作，只要石门方面不出事，胜利也只是迟早的事。“覃高参久等了。”李琦倒是似乎颇轻松。覃啸天语带讥讽地道：“倒是劳顿了县大人给我众兵护驾，颇有些担当不起。”“眼下是特殊时期，想来高参定能见谅。”李琦的话倒不像装腔作势。这倒使得覃啸天有些丈二和尚摸不着头脑了。“高参驾到，定有要事吧！请坐下谈。”李琦把文明棍靠在亭柱边，自己在回廊木椅上坐下。“没、没什么紧要的事……闲得无聊过来看看。”覃啸天哪还有心思谈别的呢。“高参好福气，乐哉悠哉。”李琦道，“你来得好，我倒正有件事要找你。”“什么事？”“自然是好事。”李琦扬了扬手，夹着个黑包的杨秘书跟了过来，“老杨，把那份文件拿来，请高参指教一二。”覃啸天更不明白县太爷有何宏伟蓝图要自己来作参谋。杨秘书打开黑包取出一份材料——严格地说这是一份电文，封面上印有“绝密”二字。拆开一看，覃啸天连头发根也竖了起来：

湖南宪兵司令部命令着湖南竿城县县长李琦：原第六战区七十三军司令部高参覃啸天假故回乡谋叛，着令立即逮捕就地处决……

密杀令是令覃啸天惊恐的，但他既然已做出反叛的抉择就该料到难免有这样一天，所以也不再害怕。只是令他十分惊讶的是：李琦如今正走在刀刃上自顾不暇，竟然还能如此工于心计？他想起那位知情的看守长宋景平被毒死的情节，又觉得一切还是顺理成章。覃啸天大笑，将密令扔了，顺势掏出手枪。警戒在旁的保安人员一拥而上攥住了他的手腕，将枪下了。一个保安掏出一副亮晃晃的铐子。李琦早已站了起来，用手拦住那位保安："慢些！"他又示意给覃啸天松绑。"啸天，我给你看宪兵司令部的密电是要你知道事情的原委，但执不执行却由我。"李琦竟走过去拍了拍他的肩，"啸天，我打算放你走。"覃啸天简直觉得自己是听错了。他呆住了。"你不相信我？"李琦从保安手里拿过手枪还给他，"时间不早，你赶紧走吧！"覃啸天绝处逢生，感激之泪几乎溢出："李县长放了我，那你……""我会有办法向上头交差的。"李琦说，"各处盘查甚严，你多自珍重便是。"覃啸天将枪插回腰间，学了江湖人的姿势一拱手："李县长救命之恩终生难忘，若大难不死，事业有成，定当涌泉相报。"覃啸天说罢转身便走。李琦伸出一只手："覃老弟且慢！"覃啸天一惊，以为他反悔了。李琦却说："先前在浣香书屋里的便是省城来的便衣。前门不便出入，你快从后门走。"覃啸天走后，李琦给省宪兵司令部回了一封电报：

密令收悉着即令保安部队侦缉追捕然覃啸天前一日已离开竿城。吾正令严查跟踪俟有情况即作禀报……

省宪兵司令部收到竿城回电也无可奈何，只得发电报予竿城毗邻省县保安机关请其协助盘查侦缉。

被李琦从听雨轩后门放生之后，覃啸天和田新高趁夜先来到比邻的麻阳，但那里已经处处张贴着缉拿覃啸天的布告。田新高说："啸天，看来此处不可久留。"覃啸天说："是啊，得赶紧离开。""你打算往哪里去？""洪城。我必须去洪城。"覃啸天说，"我有朱鹤先生留给我的地下联络员地址。我打算去那里听取上级对下一步行动的指示。""行。"田新高说，"你肩头责任重大，我掩护你逃出去。"清晨，麻阳郊外路口，有几个哨兵在检查过路行人，装扮成算命先生的覃啸天与田新高慢慢往哨卡走。一个哨兵挡在路中，算命先生的竹棍子碰到了他的脚。哨兵喝问："干什么的？"算命先生道："这位大哥声音洪亮命数不错，但眼下却有灾星相克，若想求禳解之法，不妨求一神签。"田新高说："我师父外号神半仙，解签可准呐！"哨兵问："多少钱求一签？"算命先生道："先不必付钱，灾星化解再还愿不迟。"哨兵道："那就求一签吧。"算命先生将一把折叠的纸牌拿出来，在地上排成个扇形："请抽一张！"哨兵抽了一张，算命先生道："就按上面说的去做，包管你逢凶化吉。"哨兵看那上面的字，另一个兵过来："算命先生说你命相怎样？"哨兵道："写些什么？唉，看不懂。"他抬头想找那算命先生，但长长的山路上已经不见了人影。哨兵狐疑地道："他不是瞎子吗，怎么走得那么快？弟兄们，快追！"几个宪兵骑上马去追，在一条临江的山路上他们在马上朝这边开枪。覃啸天的腰部中弹受了伤，田新高忙去扶住他："啸天，你受伤了？"覃啸天捂住伤口："没事。你莫管我。"田新高开枪还击，一个马兵栽倒，像一条弧线从高坎上抛落下来。田新高扶着覃啸天往河边走，把他藏在河边一处破旧窝棚里："啸天，我把他们引走，你从这里下到河边，找条渔船过河去。"覃啸天担心地道："你……"田新高看见远处飞驰过来的几个黑影，忙一把将覃啸天推进窝棚里，然后迎了上去。"砰。"田新高举起盒子炮朝飞驰过来的马兵开了一枪，又一匹马被击中扑倒，马兵跌落翻滚在地上。"砰砰砰。"另一个马兵举枪朝田新高发射，子弹打在田新高的跟前弹起飞扬的泥尘。田新高一滚，滚下斜坡躲进了林子里，两个落马的士兵也跟着追了过来。浩渺的江面上，一只渔船缓缓游荡。覃啸天捂着伤口把头探出竹篷子往江边看，听着隐约传过来的枪声。"李癫子"放走覃啸天的缘由颇费猜测。他对那个来协助覃啸天的十五团团副却毫不手软，当即派人到阿拉营乡下去捉拿，偏巧田新高命大——他护送覃啸天离开麻阳后，躲回到自己的老家，没几天就被人告发，当宪兵即将包围他家房子时，他从后门溜之大吉了。无独有偶，在这场流产的兵变中石门跑了田默，竿城溜了田新高——后人在用堪舆家理论评介这事时说：田家的祖坟埋得好，漏网的偏偏都姓田。

军械主任田默带了包袱盘缠逃跑。他化装抄小路往贵州铜仁而去。在途中见各处盘查甚严，在那里也不敢久留而决计往云南昆明方向而去。他搭乘了一辆破旧拥挤的长途客车。在一路疲惫的颠簸中，他庆幸地想终究已离开湖南的地盘了，但又担心有特务跟踪追击有暗探密报。他戴着丈二青布缠绕成的包头，故意压得极低遮齐眉际。一路上不敢同别人攀谈，连尿胀了也不敢下车方便。尽管他处处小心谨慎结果还是出了纰漏。车到贵定，一辆军用吉普车和几辆摩托便呼啸而来，在近郊的一处河湾边将那辆陈旧的大客车拦住。“统统下车作检查！”一个挥旗语的人截住车，站在车门边喊。旅客们慌乱了片刻，便纷纷起身打算下车。一个从军用吉普车上下来的便衣挤上车来，亮亮的眼睛在人群中左右扫射了一番，径直走到歪戴着头帕的田默面前。他一把扯下了田默的青包帕，瞪了田默一眼，道：“不错！请下车吧！”田默慢吞吞地站了起来。其余的旅客没再作多的盘诘被重新塞回大客车里。田默被留在军用吉普车前的公路上。“请问，诸位拦路扣押我是何道理？”田默质问。“这个想你自己心里明白。”一个戴墨镜的便衣道。田默又问：“有拘捕证吗？”墨镜便衣从衣袋里掏出样东西：“何必要拘捕证呢？这里有军政部长陈诚的手令，想不想看看？”田默伸手接过那份材料。在田默开始看那上头的蝇头小楷时，猛然感到有一样硬邦邦的东西顶住了他的腰。一声沉闷瘖哑的枪声震撼河谷。田默感到背上一热，几乎没有疼痛，只觉得双腿无力，身子变得轻飘飘的。他努力折转身子想看清是谁朝他的背后开冷枪，眼前却一片模糊，什么也没看清。他歪歪斜斜地倒下了，躺在血泊中，那张“陈诚手令”的纸片还紧紧攥在手里。军用吉普车即刻启动，引擎呼啸，笨重的前轮从他的腰部斜碾过去，后轮则将他的头颅绽开。面目模糊的田默已无法辨认了。贵定公路监理所在数小时之后赶到那河湾边丈量、划线、收尸，填报了一份车祸报告单。

据考证：几乎就是“贵定车祸”发生的同一天夜晚，在石门那幢曾居住过一位落魄阔爷的小小山庄前的草坪里，一阵近乎疯狂的枪声中，三个人影面对青山歪斜倒下——他们的名字分别是：周西青、王吉全、周皓。涉嫌谋反的唐均、宋益兴因“知情不报罪”被判刑一年零三个月。二犯由石门用军用囚车经慈利、桃源、沅陵、乾城转到竿城坐牢，关押在以“班房草鞋”驰名边地的北门班房。从此那石门郊外的失密山庄便更见冷落，乱草疯长。那幢有跑马转角楼的精巧木屋也在风雨中坍塌了。陈玉轩旧部的这场兵变以流产告终。

这场惨剧凄苦的结局传到陈老统耳里的时候，他正在重庆筹办“三一纺纱机大展销”。他热情洋溢地鼓吹自己的发明创造，希望广大农村能推广这种一次能纺出十多根纱的纺织机。开幕式颇为盛大热烈，连同他的冤家死对头——原湖南省主席何健、贵州军阀王家烈都到场参观祝贺。陈玉轩笑吟吟地接待来客，亲笔题写三一纺织机“纺纱须知”说明书。他的一位随员来到展厅，把那桩噩耗悄悄告诉了他。他提笔的手猛然一抖，感到耳畔滚过一阵沉闷的雷鸣，眼前的闪电有如从天际栽下的一株巨大的珊瑚树。厅外响起“哔啪”的鞭炮声。陈玉轩自知失态，忙举起笔借着亮光用左手二指在笔端拈下一毫，而后在一张大红的“纺纱须知”说明书封面上写下两句广告诗：

鸳鸯绣出任君看，
愿把金针度与人。

第十四章

1944年，战事日趋激烈，日本鬼子攻下新宁，眼看就要到达家门口。鬼子一直觊觎着离洪城不远的芷江机场，这样的消息天天都在洪城的街坊间传递。洪城像游贵生这样的家庭不少，人们在凡事照常中就多添了一份对远人安全的牵挂。游贵生既得不到所需的消息，每天除上街、往码头上走，打探情况，还要到几个相熟的军官处去坐坐，再往邮电局看看信件电讯。“哎，水生，上海那边有消息没有？”游贵生问。“杨先生去上海半个多月了。”游水生说，“只是，不但水路不通，连邮路也不通，丁点消息都没有。”两个月前，洪城商家组织了一批油船赴德州。本来这些洪油是要发送给上海、汉口等订家的，却不知其后战事突然变紧，水路阻隔，所有的油篓子就只好屯在德州睡大觉了。“货这么压着，我们可要连老本都赔光了。”“是啊，恐怕得赶紧想办法。”水生说。每天，游贵生真是急得像热锅上的蚂蚁，除了屯在德州的桐油，更让他揪心的是自己最小的儿子小佬上了前线，战争发生以后一直都没有什么消息。小佬在身边时，游贵生感觉这家伙像一根心上的刺，如今才知道那是一团身上的肉。没有油船发运的消息，游贵生想着还是去邮局看看。来到邮局不远处，却看见一个人正往邮局走，那个人是王钩子。对这个无赖警察，游贵生极为讨厌。除了整天四处混吃混喝，这家伙的唯一能耐就是捕风捉影，向上司打小报告。见到这个人的影子，游贵生便赶紧折了回去。警察王钩子走进邮局，邮局的几个工作人员都急忙跟他打招呼。“有没有发现可疑的邮件？”王钩子语音含混，边问边用竹签剔着牙。“王警官，每一份邮件我们都遵照保安局的规定检查了，没有发现有什么违禁物品。”一个绿衣工作人员忙说。王钩子便走到分拣处，问：“这些都是检查过的邮件？”“是的。这些是检查过了的。”王钩子便伸手一阵乱翻，抓出几件，说：“这些，这些，都得好好检查。”“这些都是私家信件。你摸摸看，就是很薄的几页纸，应该没有夹带违禁品。”“局里有新规定，不能光查违禁品，可疑的信件都要检查。”王钩子说，“你看，南京、上海，还有……你看，这些都是从敌占区过来的东西。”“敌占区面积可广呐，都要检查的话是不是有点违反国际邮政法的规定？”“什么国际法不国际法？”王钩子说，“现在是特殊时期，特殊时期洪城保安局的规定就是国际法。”众人一听，皆面面相觑。“听明白了吗？”王钩子说，“这些，还有这些，都重新检查一遍，凡是从敌占区过来的信件，统统先扣下来审查。”“好的，好的。我们这就照办。”绿衣工作人员忙说，“王警官，您先屋里坐，喝杯茶。”“行。好好检查！”王钩子边往里屋走，边说，“仔细点。出了事，可是要掉脑袋的啊！”王钩子进了里屋，一个小邮差忙给他倒茶。王钩子喝了一杯茶，腆着大肚子，把腿搁在桌子上，这舒服的姿势让他一会儿就睡着了，还美美地打起鼾来。过了一阵，绿衣工作人员进来，叫了几声“王警官”才把他叫醒。“检查好了？”王钩子睡眼惺忪地问。“检查好了。”绿衣工作人员把几封信件放在桌上，说，“这几封信都是从敌占区寄过来的，请您亲自审核。”王钩子便用手胡乱翻动了一下，说：“这两封留下，其他的都拿走。”留下的两封信，一封来自上海，一封来自镇江。王钩子说：“把这两封信拆开。”“拆开？！”绿衣工作人员有些犹豫。王钩子道：“还愣着干什么？叫你拆开就拆开。有什么事都是我负责。”绿衣工作人员只好用小刀将邮件小心翼翼地拆开。王钩子打开信纸，认真看了几遍，说：“这封镇江的信我要拿走。拿个本子来，我给你写个收条。”警察王钩子将此信截获，及时报告给保安司令谭子由。谭子由打开信纸看。这是一封“天顺昌”油号驻镇江分庄（号）的管事杨子才以家书形式向总号写的信：“……眼下，江浙一带桐油货缺价高，利润丰厚，建议将德州等地积压的存油，运往镇江销售。”

谭子由仔细看了几遍，认为大发横财的机会来了，上海沦陷后，整个华东地区相继陷于日本帝国主义的铁蹄之下，洪油和木材等各个行业都受到强烈打击，尤其以出口已成大宗的洪油为甚，基本处于停滞状态。但是随着二战的继续，军事工业日益壮大，对桐油的需求量急剧增加，桐油的运输和销售，被列为战略物资受到严格管制。虽说这只是一批很早就发送出了洪城的货，但追究或者不追究仍在两可之间。于是，勒索洪城油号商家的故伎开始重演了。三天后，在河码头指挥挑夫卸货装船的游贵生收到了洪城保安司令的一份请帖，让他们家派代表参加“答谢洪城商家联谊宴会”。本来只是“天顺昌”油号一家的事情，谭子由觉得勒索一家油水太少，便把八大油号等都拉在一起，下请帖让老板们到司令部赴宴。这包括了洪城几乎所有的大户。八大油号的老板们按各自想法和通常惯例备了礼物前往赴宴。谭子由在饭桌上通报了杨子才写信的“情况”。宴会结束后，八大油号的老板们仅认为是交朋结友的一般家宴，对杨子才写信的情况，也简单地认为是佐酒戏谈而未置可否。对谭子由的宴请，也认为已经送过礼了，应该没有事了，也就不再理会这件事了。几天过去后，见老板们毫无反应，谭子由恼羞成怒，又一次把老板们找来，把杨子才写信一事，安上了一个“运油资敌”的罪名，公开摊牌了。保安局向“天顺昌”油号索要2万元，其他油号各索要1万元，说“交足款项便可就地了结此案”。

洪城油号的老板们认为自从上海沦陷、南京被占领后，就停止了洪油销售，并未有任何“运油资敌”的行为，心中无鬼，自然不怕，谁也没有交付勒索金。谭子由一怒之下，将八大油号的老板们都扣押起来，同时放出话来，每人没有2万银元别想出来。游贵生被吊绑在保安局班房的木架上。“讲！是谁在组织这次造反？”一个大汉在用皮鞭狠命地对他抽打用刑。游贵生咬紧了牙齿，忍着疼痛，一声不吭。他的脸上、手上、胸脯上伤痕累累。又一鞭下来，鲜血从他的嘴角流了出来。谭子由坐在旁边看着，他示意后大汉才停住了抽打。“你这个老家伙还真是条汉子！”谭子由大声命令，“不老实，给他洗洗肠胃。”一个兵提了一桶水过来，大汉把一包辣椒末倒进里面，自己反而呛得直咳嗽。大汉一只手捏着游贵生的嘴巴，一只手提着个壶强行往他嘴里灌辣椒水。游贵生大叫，嘴巴鼻子全往外喷流着红水。这时一个士兵进来，轻轻对谭子由说：“游老板的儿子来了，说请求交点钱帮他老爹取保候审。”“也行。”谭子由说，“但最后的款子是一个子儿都不能少的。”水生来到保安局，交纳了一千银元，游贵生被“取保候审”暂放回家去筹款。游贵生只得焦头烂额四处借钱。一天，他去借钱经过河街，看见了一则贴在大树上的通缉布告：

嫌犯覃啸天由于策动并参与反动军事政变而被通缉。为了尽快将嫌犯逮捕归案，我局重金悬赏缉拿罪犯，对能提供相关线索的市民，奖励100大洋；对能为本案提供重要线索帮助直接破案的市民，直接奖励200大洋。该嫌犯身高在170厘米至178厘米之间，年龄为35至45岁之间，头发略有谢顶（秃顶）。警方希望广大市民积极配合，如发现该名男子，请速与洪城保安局刑警大队联系。

“覃啸天？！”游贵生大惊，先是一笑，接着便是一番慨叹，“唉……世事真难料啊！”一天，萱萱回到娘家，没看见父亲，但从窗户往外看，一贯粗心大意的父亲，正小心翼翼地关好一座小楼梯的门。这楼梯是通往库房的。萱萱往高处一望，惊讶了起来，原来父亲关好了楼梯的门，却打开了房间的一扇窗。她感觉父亲有些异样，神秘兮兮的。不久父亲下来了，往外走。萱萱问：“爹，你要出去？”“哦……萱萱，你……回来了？”父亲的话有些支吾，“我……想去河码头看看船是否回来，顺便打听一下有没有小佬搭回来的信。”等父亲走后，萱萱下到了花园，那里有一间房，门是锁着的，肯定有人，但那会是住着谁呢？她没有在那里久留。第二天，她想法子弄到了那间库房的钥匙。窗户还开着，她悄悄溜了进去，躲在一扇百叶窗后面。屋里靠着一张床，好像是有个人躺在床上。她大吃一惊，急忙退回去。她瞥见躺在床上的像是一个女人，女人正蒙着头帕睡着。萱萱心想，自从嫁出去后，不常见面的父亲如今怎么啦？她好奇，很想看个究竟。那天黄昏，萱萱又下到花园，伸着头往里间看，里面的人正斜躺在床上，同她的目光正好碰在了一起。她急忙抽身逃跑。里面的人却道：“是萱萱吗？你……”竟是个男人的声音？！声音并不熟悉，萱萱更是害怕，她打算走，但那声音又送过来了：“萱萱，莫怕。你快进来吧！”萱萱感觉那声音有些熟悉了，但一时又想不起来，只好麻着胆子把门推开。屋里很黑，进门的时候，萱萱朦朦胧胧看见那个病人似乎正努力要从床上爬起来，却因体力不支而躺下了，还不住地喘着气。“你……病了，快些不要动。”萱萱急忙过去扶住他，“你是谁？你到底是怎么啦？”那个人摸索着仰起脸来，轻轻地说：“萱萱，难道你都认不出我来了吗？我是啸天……呀！”啸天？！萱萱一时简直不相信自己的耳朵。她急忙仔细看。那人的头上缠着血迹斑斑的纱布，脸上到处都是青紫色的斑块，但黑暗中那双明亮的眼睛，让萱萱知道眼前的人的确就是自己日思夜想的人。“啸天，你不是一直在前线打仗吗？怎么会这样子了？”萱萱焦急地问。“萱萱，一言难尽。”覃啸天努力叹了口气，“我口好干，你给我弄点水喝吧。”“好。你莫动。”萱萱赶忙去厨房倒了一杯水过来。啸天咕噜噜一下子把水喝光了：“萱萱，谢谢你爹，他没有记恨我，是他救了我。”“我爹救了你，可是你伤得这么厉害，就这样躺在这里能好吗？”“我好多了。”覃啸天说，“外头风声紧，你爹能收留我已经是很不容易了，我不可能要求太高。”“你这样可不行。我一定要去找一个大夫来看你。”萱萱说罢就要往外走。“不行，我不能连累你，尤其是你爹。”覃啸天使力抓住萱萱，“我以前得罪过你爹，心想落到他手上一定就没命的了，谁知道他竟然冒着危险保护我。他是我的大恩人，我不可能再连累你们。”“那这样吧。”萱萱说，“先就不去请大夫，我去给你抓几服药。总之，你不能躺着等死！”覃啸天说：“那就太麻烦你了。只是一定要小心，不要引起别人的注意。”萱萱离开了，打算去抓药，出门时恰好碰到父亲。游贵生扛着个小锄头，手里提着些根根草草。“爹，你挖这些东西干啥？”萱萱故意问。父亲一时怔住了：“没什么，我……我的老腰痛又犯了。挖些算盘子根泡酒……”萱萱干脆挑明了：“爹，你是打算自己给啸天治伤吧？”“萱萱，你……都晓得了？”父亲只好把事情的原委一一告诉了她。

父亲说那天看过通缉令，回到家就见到了倒在院墙脚下受伤的覃啸天。他本想马上去报官，但见他伤得很厉害，就先给他包扎了一下。啸天痛苦的样子让他回想起在保安局被折磨时的情景，心想国民党的这些狗官是他娘的该反，于是有了同情之心，便把他藏了起来。“爹，啸天很感激你救了他的命。”萱萱说，“但是他伤得不轻，光靠你这些根根草草，可能会把他的病情耽搁了。要赶紧帮他找个医生来看看。”“这个你不用管。”父亲的声音变得很严肃，“萱萱，我不愿意你再见到他。这个小子给我们家带来过不少麻烦。如果你答应不再去见他，我会找药师给他治伤，好一点就让他离开。如果你还要去招惹这个灾星，我就会把他送到官府去。”萱萱无奈只好答应不再见他。一连几天萱萱都再没有来。覃啸天虽然不完全明白一切原委，但也能够理解，心想是不是她的父亲把萱萱送回婆家了，也许他再也见不到她了。他很难过：自己又给他们添麻烦了。游贵生也信守承诺，去乡下找了一个草药师过来，给覃啸天拔火罐放血，敷上跌打损伤的草药。一段时间之后，覃啸天的伤渐渐好了起来。

一天，覃啸天悄悄溜出门，独自在一处河边的小巷里走，不停地辨认着门牌号码。上次与朱鹤见面时，朱鹤给了他一个联络地址。兵变失败，啸天急于与地下党联络以决定下一步如何办。走着走着，他看见一个老头在一家门口抽烟，便问：“大伯，请问西门垅83号在哪里？”老人往前指了指：“巷子头往左边转过去就是。”覃啸天转过巷口，往一户人家的门牌看，那门牌十分模糊。一个老妇人在门口绩麻。“伯娘，请问西门垅83号在哪里？”老妇人用很奇怪的眼神打量着他，很久才往一个小院子指了指。“多谢。”覃啸天沿着她指的方向来到那座院子。院子大门关着，覃啸天仔细辨认，门牌上果然挂着“西门垅八十三号”字样。他兴奋地走上前去敲门。没有动静。又敲了敲门：“请问，朱老师是住在这儿吗？”仍没有人回应。覃啸天又敲了敲门，那门竟然开启了一条缝——里面没上门闩。他小心翼翼地推开门扇，一下子竟愣住了。院子里的正门上交叉地贴着两张大大的封条，上书“洪城保安司令部封”。覃啸天失望地往回走，轻轻关了院门。覃啸天从小巷里往回走，见那个老头还在门口抽烟。“大伯，朱老师是住在西门垅83号吗？”老头没回答，却狐疑地问：“你是他什么人？”覃啸天微微一笑：“我是他的朋友。他不住在这儿了吗？”“我也不晓得这儿住的是哪个，反正住这儿的人不在这儿了。”“那他搬到哪儿去了呢？”老头起身来：“你要找他啊？去西门城楼子吧。”“哦，西门城楼子？”覃啸天只得继续往前离开了。不远处的巷子里，闪出一个人影——他是警察王钩子。王钩子走到那个老头跟前：“刚才那人来问你什么？”老头：“问什么？问路呗。”“问路？”王钩子怀疑地说，“哎，老头……”但老头已经走进屋里去，大门“嘎吱”一声关闭了。王钩子追出巷子口，已不见了人影。王钩子怏怏地走了。覃啸天从一处角落闪了出来。他在河边沿着城墙根走，远远地看见一座巍峨城门楼子的剪影。覃啸天急急往那边赶，突然停住脚步，一下子惊呆了。城楼上坠掉着一颗血肉模糊的人头。

抗日战争爆发后，国共第二次合作正式形成。湖南也有了以徐特立作为中国共产党的代表驻扎长沙，周恩来以军事委员会政治部副主任的名义、叶剑英以八路军参谋长的名义常在湖南活动，但是蒋介石始终没有放弃“攘外必须先安内”的策令，时刻警惕和排斥、镇压共产党在当地的壮大和发展。石门未遂兵变更是引起了国民党高层的震颤。洪城保安司令谭子由命令加紧对地方的管控——共产党的洪城交通站被破坏了。

游贵生这一段时间可真是焦头烂额：花了大本钱的洪油被滞留在德州，变不了现，每天还要交纳船舶和码头租金以及工人费用，这边还要到处筹措罚款。洪城的大户几乎家家都牵涉进了案子，户户都满世界找钱，哪里还有可解之处？“爹，你也别忙乎了。”水生看着父亲终日愁眉不展的样子，说，“你去乡下躲躲。这边的事，我来应付。”“水生，你来应付？怎么应付？”父亲说。水生说：“大不了我去坐牢。莫不成他们还敢打死人不成？”游贵生说：“这一回不同上次，给我们戴上的可是通敌汉奸的帽子，拿不到钱，他们就真的敢把你往死里整。”“往死里整也没办法。我们上哪儿弄那么多钱去？抢银行也抢不到那么多钱啊。”水生说，“爹，这事你就莫管了。我跟肖枚说了，她愿意再去找她叔父，跟上次一样，在报纸上披露，干脆把事情搞大，最后该怎样就怎样。”“好吧。也只有这么办了。”游贵生无可奈何地说，“听天由命吧。”

当八大油号的老板们与谭子由讨价还价之际，“运油资敌案”被洪江的《洪江晚报》又一次披露出来，山城轰动。事情公开化了，谭子由自知勒索钱财的阴谋难以得逞了，又怕上司追查其隐瞒案子不报的责任，便迅速将案子上报国民党驻沅陵宪兵司令部。宪兵司令部本来就跟洪城保安局是穿一条裤子的，看着情况不妙，竟然索性把案情升级，定为“经济汉奸罪”。

“无聊！真的是无法无天了！”肖老先生一听，火冒三丈。这位文质彬彬，书卷气极浓的老人禁不住气得将手中的茶杯都摔碎了。“伯父，怎么办？”肖枚很急，说，“难道就没有一点办法了吗？”“肖枚，你莫急。”肖楚仁想了想说，“你也晓得，你叔父也就是个穷书生，书生的本事就是继续拿起自己的笔来做武器。”肖楚仁原先是上海老《申报》资深编辑，所以在报界人脉关系不少。“你再写文章有用吗？”肖枚问。肖楚仁说：“文章只在洪城发表可能真的是不顶用了，但是可以找更大更有影响的报刊发表。”果然，不久这件事竟被香港《大公报》作为“重大新闻”放到了头版头条进行了报道。这下子可是直接惊动了国民政府最高当局。但是，这一次，肖老先生的如意算盘没有拨响，反而把事情弄糟了。

那一天，游贵生正在屋里柜台累账，突然进来一个胖子。胖子问：“游老板游贵生在吗？”游贵生抬头：“本人就是。先生有什么事？”“你就是游贵生。”胖子拿出一个本子，“那好，就请你在这上头签个字。”“签字？什么事？”游贵生不明白，“不清不白，这字可不能乱签。”胖子没吱声，转身把头歪了一下，从门外就突然涌进来两个警察，一左一右捉住了游贵生的手。胖子说：“游老板，你们的事情闹大了，连洪城保安局也奈你们不何，只好请你们上重庆大口岸去了。”“你说什么？上重庆？”游贵生急忙问，“为什么要上重庆？”“娘卖的，废话哪那么多？”胖子来气了，“让他赶紧在本本上把手印按了！”不容分说，两个警察抓着游贵生的大拇指把手印强按上了。游贵生被一根棕索子捆了，踉踉跄跄走下自己十分熟悉的河码头石阶梯。一只大货船泊在河湾里，踩着晃悠悠的跳板，游贵生上了船，被推进乌棚子船舱里。进门便看见靠着板壁或坐或蹲着几个黑影，最先看清楚的一个人是孙大万。孙大万见到游贵生进来，一下子张大了嘴巴。因为舆论界的介入，洪城保安局把事情上报到了重庆。不久，重庆方面突然电令洪城保安局，要求将“案犯”押赴陪都重庆，由最高法庭审理判决。八大油号老板于是皆因而锒铛入狱，并被押往了重庆。这些人包括“万景福”的孙大万，“天顺昌”的游贵生，“徐荣昌”的徐余松，“杨恒源”的杨竹秋，“庆元丰”的游雪琼，“游同庆”的游炳炫，“新昌”的邓益华等七家老板和“永兴隆”的经理萧泽民。八家油号的主事们见案子越闹越大，成了惊天大案，老板们甚至有生命危险了。各油号老板只得搬出“破财消灾”的保命之法，派出得力人员，带上钱款从洪江到芷江到重庆各个方面进行打点。肖楚仁气得病了好几天。为了“将功赎罪”，他写了一封长信，详细叙述了事件由来，让游水生去重庆找他的老友——国民党元老，赣籍国大代表王瑛出面斡旋。

1945年早春的一天，覃啸天在洪城的河街上走。街上生意兴隆，倒是很繁荣的样子。突然有一阵哄笑声从一间茶馆里传出来——原来是有人在茶馆里说书。“刚才说到虎贲师御敌喋血孤城，下面要说的是嗅枪队杀贼神兵天降……”长衫长胡子的说书人边说边使劲地一拍惊堂木。覃啸天停住了，听了一会儿，随后慢慢走进了茶馆。茶馆里几乎座无虚席，他好不容易才找一个空位，拉过一张竹子板凳坐下来。说书人在继续说书：“各位茶客也许并不知何谓嗅枪。这要先说说咱湘西的雪峰山，雪峰山山高林密，野兽出没，那里的瑶人世代以打猎为生，为了支援德州保卫战，洞口县的瑶民猎户组织了一支抗日游击队，为首的大号老嗨……”覃啸天一听这名字觉得似乎有些熟悉。“这支游击队某日突然出现在日寇的军营，几十条枪一齐开火，打得鬼子全身都是洞。鬼子后来向上司报告说，支那人发明了新式武器。长官问是什么样的新式武器。士兵报告说，他们只要把手板往鼻子上一嗅，无数的子弹就天罗地网般飞扑过来。于是鬼子就把这些瑶兵叫作嗅枪队。”说书人继续道，“各位，其实这种新式武器我们洪城也不少。嗅枪并无奇巧，其实就是我们这边叫啄子火的火铳而已。”众人便笑。说书人做了个动作比画着说：“各位茶客，你们看，这土铳装上火药，是不是要留一根引信？要开火是不是先要点燃引信？端着火铳点引信的时候是不是隔鼻子很近？明白的人晓得这是点引信，不明白的是不是以为那是在鼻子上嗅一嗅？”“哈哈哈哈。”众人于是一阵狂笑。

离开茶馆，回到屋里，覃啸天一直在屋子里踱步，思考着。说书人提到的嗅枪队，同自己一道赴竿城策反的朋友田新高提起过。田新高的老家其实隔雪峰山不远，他联络配合石门兵变的队伍就包括那支嗅枪队。其间他们还召开过一次三省边境联络会，雪峰山义军的代表好像是叫老嗨。思考了很久，啸天想如今已经无法与洪城的地下交通站联络，不如去雪峰山寻找一下嗅枪队，这样或许就可以找到自己的队伍。做出这样的决定后，那天，待夜色降临，他便收拾了简单的行装打算走，偏巧萱萱来看他。看见啸天背着个小包袱，萱萱很惊讶地问：“怎么，啸天，你要走？”啸天说：“是的，天一黑，我就得走了。”萱萱：“为什么？你的伤还没有好呢。”“已经好多了。”啸天故意活动了一下身子。“可是这样出去，你是很危险的。”“危险我也得走。”“为什么？是因为我吗？”萱萱说，“如果是这样，那等你病好了，我就会离开，永远在你的视线里消失。”“不是，萱萱，你想多了。你难道不晓得我曾是多么爱你，但是，自从金莲死了，当初的那个啸天也不再存在了。”“啸天，我晓得金莲是为你而死的。所以你感觉亏欠她太多。”萱萱说，“但是，这种亏欠的感觉难道就是爱吗？”“我也说不清这叫什么。”“连自己都说不清的事，你为什么要那样地执着？”萱萱说，“对于我来说，你就是我的最爱，不管你我后来有过什么样的经历，总之，世俗的偏见是不能够改变我的。”萱萱一把搂住了啸天，啸天没有拒绝，只是有些木然。“啸天，你不要走了。就让我们这样，永远在一起。”萱萱搂住啸天，劝慰挽留着。“萱萱，我必须得走。”啸天轻轻挣开她，“你应该也听说了，鬼子就要打到湘西，打到我们的家门口来了。”“我听说过，可是鬼子打到湘西与你要走有什么关系吗？”萱萱不解地问。“有关系的。萱萱，我们的祖国正在受苦受难，我们的湘西即将面临灾难，我一个堂堂男子汉怎么能天天躲在这里？”萱萱看着啸天决绝的眼神，说：“我晓得你，如果做出了决定那是十头牛也拉你不回的。可是，外边这样混乱，你打算到哪里去？”啸天说：“我朋友的一支队伍在雪峰山打游击，先前我们就约好了，阎王老爷如果不收我，我就会去那边找他。”萱萱说：“我晓得你是有责任感的人，我不会拦你。可是你一定得保重。”远处有梆声送来，是三更的时候了，啸天挣脱了萱萱温热的怀抱，说：“萱萱，你们也要多加小心，这些天好像有暗探常常在这附近转。”萱萱说：“没事。我们会小心的。”覃啸天还是走了。

当覃啸天划着一支小船离开洪城，在溪口上岸的时候，蒙蒙细雨中，他看见前面的竹林前站着一个女人。女人肩上挽着个印花布大包袱。“萱萱，你这是要干什么？”啸天问。萱萱说：“我要跟你一起去。”啸天突然就想起了金莲，说：“我这一去不知是生是死。萱萱，我已经害死金莲了，不能再把你也搭上。”“我要去打鬼子，不能只是在这边唱打鬼子的歌。你们都不怕死，我为什么要怕？”萱萱自顾往前走。啸天很生气，便去拉扯她：“萱萱，听话，你不要那么犟！”萱萱便顺势一把抱住他，说：“啸天，你还是个男人吗？你两次都说要带我走，可是你骗了我两次。这一回，你去哪儿我也去哪儿，是生是死，我再也不会离开你。”啸天看见远处的小路上有人，便不好意思地轻轻拉开萱萱紧搂着自己腰的手，说：“好啦，好啦，莫闹了。走吧，走吧。”覃啸天只好让萱萱跟着他一道走了。两人在一条山间的小路上走了大半天。小路很窄，路边杂草丛生，野花烂漫，还不时有藤蔓或荆棘逸出。萱萱走得很艰难，一路跌跌撞撞。但她一直使劲忍着，生怕啸天骂她是包袱。啸天也知道，却有些感动，心想一个大小姐，也实在太为难她了，只好不停地鼓励。在啸天的记忆里，这小路应该不算太长，十来里的光景就可以上到光溜溜的大马路，只不过这一次拖着个娇宝筒，所以感觉那路很是漫长。他有些累，不时抬头透过浓密枝叶的间隙寻找。“好了！萱萱，大马路就在前面了！”啸天突然舒了一口气说。“是吗？谢天谢地。啸天，这样的路，我可真的是受不了了。”又走了一段路，啸天便从一个斜坡处往上爬，上了一处台阶，把手伸了下来。萱萱却有些犹豫，到底已经很多年了啊。啸天见她有些犹豫，突然明白了，有些尴尬地笑笑说："坡其实不陡，萱萱，你可以上的。"啸天说罢便要继续往上攀。"站住！"萱萱突然喊。啸天停下来。"你还想把我扔了啊？"萱萱有些生气的样子。"哪会呢？""还说不会？你就是想把我扔在这山沟沟里喂狼？""哪里哪里，看你说的……""不是就好。那赶紧把手伸下来！"啸天倒是有了一点迟疑，但还是把手伸了下去。两个年轻人的手紧紧握在一起的时候，俩人都感到像贯通了一道温暖的电流。攀过三回台阶，就上到马路了。"嗨，这样的路才真叫爽！想不到我们这山旮旯也有这么宽的大马路。"萱萱啧啧赞着，大步流星地往前走。啸天给她解释，说这条马路叫湘桂公路，是连接湖南与广西的主要交通干线，本来是只通到宝庆洞口城的，被列为"紧急工事"后，就加速修通了洞口至芷江的路段，车子可以开到洪城的桃花坪。天色渐渐变黑，虽然有云，但有一牙弯月斜挂，朦胧间眼前的大马路平坦坦白晃晃的，看不清路边的杂树，却有无名山花刺鼻的芳香，一切就更舒坦更有诗意了。很多年了，萱萱的心一直被压抑着，在镜子里，她几乎找不到一点点青春的面容，此刻她感觉到难有的舒坦轻松，忍不住就哼唱了起来："沅水荡荡，流不尽的苍凉。两岸高岗，野花寂寞地开放……"啸天听着，说："蛮好听的。""真的好听？"萱萱停下来，凝望着。"真的。你的嗓子总是那么好。"啸天边走边问，"萱萱，你刚才唱的这叫什么歌？"萱萱说："我也不晓得叫什么名字，只是常常听到女中的学生们唱，都讲是学校的朱老师写的。"两人边谈边大步前进。突然"扑通"一声，两人都蒙了，不知发生了什么事，只感觉身子直往下坠——原来掉进了一个大坑里，弄得满身泥，满头杂草。覃啸天努力先从大坑里爬出来，然后又将萱萱拽了上来。萱萱说："好好的马路怎么会有这么个大坑？"啸天先前也是不解，后来说："喔，我晓得了。日本鬼子就要打过来了，所以这马路被特意破坏掉了。"啸天的猜测没错，果然，越往前走路越烂，公路每隔几米就挖掉了一段，整条道路呈现出犬牙状，再到后来，公路竟全然没有了，全被挖成了战壕。啸天觉得，战争的气味是越来越浓了。雪峰山是芷江中美航空基地的天然屏障，是由湘通往西南、重庆的必经之地。为了阻止日本机械化部队快速前进，保证雪峰山防线布防，蒋介石电令第九战区司令长官薛岳将这条公路破坏直至零陵，而邵阳至桃花坪的公路则应督饬彻破，以阻止日本西进。这样，两人只好遗憾地舍弃了大马路，重新在弯曲的小路上摸索着前进。第二天他们在路上碰到了一拨又一拨逃往山里的难民。人们惊讶地问："好多地方都打起来了，你们怎么要去送死啊？"两人都没有回答，只是继续埋头往前走，第三天，终于来到雪峰山中的隆回。

到了隆回，覃啸天便设法联络那个叫老嗨的人。听当地人说老嗨一直是官府要剿灭的土匪头子，他的队伍人数不少，驻扎在一个叫豹子岭的高山上。豹子岭地势险峻，所以官府多次清剿都铩羽而归，后来中日战事趋紧，官府也更是无力顾及。许多人倒是对老嗨报以同情，说其实老嗨之造反也是官府所逼。官府眼中的这支土匪部队在当地人看来其实都是绿林好汉，洪门英雄。前一向，老嗨还领着自己的队伍去德州协助国军抗日，打得很英勇惨烈。覃啸天听这么说，心想自己这次的路子还是找对了。前一段时间，他回到竿城组织地方义军配合石门兵变，希望能借助洪门青洪帮势力。竿军的开山鼻祖田青树就是湘西洪门祖师爷，他的父亲覃飞自然也是洪门中人。那时啸天和新高还专门召开过一次三省边境联络会，老嗨是雪峰山义军的代表。既然都说老嗨在豹子岭，覃啸天打算无论如何也要去找到他。

一只客船在如画的山水中行驶。覃啸天坐在船头，心事有些凝重。把萱萱安置在一间小客栈里，他独自乘船往豹子岭方向溯江而上去寻找老嗨。他不知能不能有结果。客船在一个靠河的小镇停住。这个小镇叫山门。覃啸天从客船上下来，背着个小包袱走进小街。这天逢赶场，圩场渐渐有些热闹起来。覃啸天在圩场上到处闲逛，希望找到可能与豹子岭有关系的人，但是一直没有发现。他有些饿了，远远看见一处挂着酒旗的伙铺，便走了过去。他突然看见伙铺门前的方桌边有两个喝酒的人，其中一个头上包着黑丝帕，帕子的一头特意垂在耳朵边，大约有三寸的样子。啸天知道这三寸丝帕叫“英雄结”，是洪门帮中人特有的装扮。啸天窃喜，心想这人或许与豹子岭有些关系。“老板，上酒一碗。”覃啸天在那两人旁的空桌边坐下。“好咪。”矮个子伙铺老板笑嘻嘻出来，问，“客官要点什么菜？”“炒野鸡肉一份，花生米一盘。”覃啸天回答后，故意将随身包袱“嘭”的一声重重地扔放在方桌上。那个坠着“英雄结”的黑脸汉子下意识地朝这边看了一眼，看见那包袱里明显有隆起的手枪轮廓，便与另一个喝酒的人轻轻耳语。不一会儿，老板端了酒菜出来，摆放好，问：“客官的口音不像本地人，借问客从哪里来？”“竿城。”“哦。也不算远，都是大湘西。”老板说，“好。老乡请慢用。”“等等。”覃啸天喝了一大口酒，故意问，“借问老板，此地可有个叫豹子岭的地方？”“有啊？”酒馆老板略显惊讶，“莫非客官要去豹子岭？那地方可不容易进得去。”那两个喝酒的人的目光齐刷刷扫射过来。“为什么？”覃啸天假装莫名其妙。老板指了指远处：“豹子岭就在那边，你看山高林密，荒无人烟，而且还有土匪呢。道路千条，客官可千万别往豹子岭去。”“谢老板提醒。我也只是好奇，顺便问问。”覃啸天又喝了一口酒，“这酒好，老板，再上一碗。”酒足饭饱，覃啸天略带醉意，踉跄离开。他又在圩场各处溜达了一下，而后看见有一户挂着“乌巢客栈”字样的小店，于是走了进去，来到门楣时，回头悄悄一瞥，发现那个垂着“英雄结”的黑脸汉子正跟踪而来。见啸天回头，那人急忙闪躲到一处墙角。覃啸天美美地睡了一觉，黄昏时，睡眼惺忪地爬起来，站在窗口往下看，四周很是寂静。他伸了个懒腰，走下楼去。覃啸天喊：“店老板！”店老板在记账，忙放下笔，问：“老板有什么事？”覃啸天道：“我出去逛逛，我的房门没锁，你帮我看着点。”“好，好的。”店老板道，“天快黑了，外边不安全，你早去早回。”暴雨将至，天色阴沉，圩场上已经没有什么人了。一道闪电，覃啸天回头一瞥，却突然发现一处院墙转角处正探出半个人头来。覃啸天假装没看见，继续往前走。黑脸汉子闪出墙角，加快脚步跟踪而上。覃啸天在一处交叉路口停下了。黑脸汉子也急忙停了下来。一声炸雷，闪电如银色的珊瑚树铺在黑色的天空。黑脸汉子一惊，下意识抬头看了看天，勾头再看那岔路口时，覃啸天却已经不见了人影。覃啸天在小巷里急急行走。巷子很深很黑。有一户人家的狗在院子里叫，狗嘴巴挤在门缝里。覃啸天没理会地继续往前走。突然，一个蒙面人黑色的影子从一处矮墙上跳了下来，横挡在他前面。覃啸天一惊：“你是谁？想要干吗？”蒙面人没回答，挥拳打了过去。覃啸天敏捷地接招，闪躲过对方的拳头。蒙面人却飞起一脚直抵他的下颌。覃啸天顺势借力打力，反掌砍在蒙面人的脚踝上。“哎哟！”蒙面人翻身跌倒在小巷子里。但那家伙一个鲤鱼打挺鱼跃起来，拔腿就跑。覃啸天紧追不舍。蒙面人夺路往狭窄的石板巷子里逃，至一处狭窄巷道时，猛地腾起，双手各撑一面石墙，上了一户人家的吊脚晒楼。覃啸天抬头看，那人已不知去向。正在寻找，那个蒙面人突然自天而降，一脚将覃啸天踢翻在地。那人步步紧逼，但覃啸天身手敏捷，一个反勾拳打得蒙面人踉跄后退。蒙面人难以招架，慌忙逃走。覃啸天猛追。蒙面人突然从怀中抽出一把小刀，“嗖”地扔将过来。覃啸天闪避，继续往前追。蒙面人又一纵身越墙落在一荒弃的破祠堂里。蒙面人四处张望，荒草萋萋，空无一人。正打算舒一口气，一扇残破的大门“哗”地倒下来，覃啸天冲了过来。蒙面人急忙一把跃起，蹬了一下栏杆，鱼跃到旧祠堂的舞台上。覃啸天亦腾身飞上楼台。这是座转马楼台，楼的周围皆有回廊。二人在回廊追逐，身边瓶瓶罐罐被踢碎。蒙面人被迫退到一处角隅。他缓缓地蹲下去，却突然腾起上了屋梁。顶棚木块坍塌，泥尘破瓦、杂草纷纷坠落。覃啸天眼前一片斑斓。但他也跟着腾上屋梁去。二人在梁上对峙。“你是谁？为什么要害我？”覃啸天逼问。“你形迹诡秘，不得不防。”蒙面人问，“你从哪个道来？”覃啸天知道这回真的是遇上洪门帮中人了，忙回答说：“我从湾子来。”那人有些吃惊：“哪个湾子的？”覃啸天腾空落地：“下头湾到头头湾（竿城的）。你从哪道来？”蒙面人也落到草坪上：“我从忠勇道路来。”“一路来有何人过往？”“钟离宝扇子摇摇，铁拐葫芦万里烧，张果老人为古道，湘子横吹一玉箫，洞宾背起空中剑，仙姑如意搭浮桥。”“何谓三皇？”“天皇，地皇加人皇。”“何谓八方？”“四面四隅共八方。”蒙面人答罢，一撩衫子，抖出一块黄飘布。覃啸天也变戏法般拿出块黄飘布来。两块黄飘布比对在一起。蒙面人急忙拱手：“原来是自家兄弟，误会，误会。”覃啸天道：“兄弟，我总算找到你了！”“兄弟你是要上豹子岭？”蒙面人取下面帕，真的就是那个黑脸汉子。“没错。我有要事，要去见你们的大班主老嗨。”覃啸天说。“有什么事请告诉我。我是班主的五兄弟，我会及时转告。”“不行。我有重要情报一定要亲口告诉他。”黑脸汉子想了想，说：“那也行。你收拾好东西，明天一大早跟我走。”

翌日，黑脸汉子和他的同伴牵着一匹马带着覃啸天走了很久很久，终于来到一座大山脚下。覃啸天有些急：“都走大半天啦，还有多远？”“快了。”黑脸汉子给同伴递了个眼色，那人便把手伸进裤袋里去。覃啸天警觉地说：“你们要干什么？”那人把手取出来，手里拿了一块黑布。黑脸汉子说：“小兄弟，莫那么紧张。要进山，这可是老规矩。”覃啸天没作声，让人用黑布蒙住了眼睛，还用绳子将他捆了起来。那人把马牵了过来，将覃啸天推上马背。山路陡峻崎岖，大山雄奇诡秘。一行人便慢慢往大山深处走。蒙着眼的覃啸天被驮在马上，在一条沿着小溪的山路上行走。覃啸天时不时晃动着脑袋，好像在努力辨别方位。覃啸天走着，只听到空山鸟语，但还有不间断的小溪流水声。突然有人在远处喊：“什么人？口令！”黑脸汉子回答：“行船跑马。回令！”远处便回答：“坐地分红。”又是寂静中的流水声。蒙着眼的覃啸天被驮在马上继续往山里走。大约走了两三个时辰，覃啸天被人从马背上接了下来。身上的绳子被解掉后，他被人推进了一个巨大的山洞。黑脸汉子：“报告嗨爷，我们在圩场碰到一个洪门兄弟，他说有重要的事一定要见你。”“洪门兄弟？”老嗨正在石头桌子前跟一个人在议事，忙说，“帮他把蒙眼布取下来吧。”蒙在眼睛上的黑布被取下了，覃啸天的眼睛好一阵才适应。他发现自己是在一个巨大的山洞里，看见前面的石凳上坐着个满脸络腮胡子的大汉，旁边还有一个着长衫子的人，突然感觉怎么此人很是熟悉。仔细回想，覃啸天突然感到喜从天降，大声喊道：“朱叔！”长衫人也惊异地抬起头，突然高兴地说：“啸天？是你？！”“哈哈哈哈！”老嗨朗声大笑，“原来你们认识？来来来，快给这位兄弟赏一碗酒。”有人端了一碗酒过去，递到覃啸天嘴边。覃啸天用牙咬着碗边，一仰脖子将酒喝了。“松绑啊！”老嗨大声道，“对不起，大水冲了龙王庙呐。”覃啸天感觉自己这一趟虽然很冒险，却是值得的。不但找到了老嗨，令啸天惊喜的是，这支游击队的指导员竟是朱鹤。去年年底，朱鹤的身份遭到洪城保安局怀疑，保安局派兵全城突袭围捕。朱鹤侥幸逃脱，来到雪峰山。嗅枪队是他在湘西联络的游击队伍之一。啸天和萱萱于是就都留在老嗨领导的游击队了。啸天被任命为第一大队大队长，萱萱则安排在小镇的一处交通站。

第十五章

豹子岭很是险峻，密林蔽日。后山林子里有一棵大青冈树。覃啸天站在树下，用小刀在树上刻下了一道深深的痕迹。那树上的划痕已经是密密麻麻的了。覃啸天头发蓬乱，胡子拉碴，已经有几分匪相了。他冒险来到山上，为的是跟随这支曾经抗过日的游击队上前线抗日，但是来到这里后发现，老嗨因为跟山门的驻军有过节，所以对协同国军抗日并不热心，只愿龟缩在豹子岭当他的山大王。这个老嗨十分固执，甚至连指导员朱鹤的意见也听不进去。覃啸天原以为找到了一条“通天大道”，没想到却钻进了死胡同。面对寂寥的空山，覃啸天度日如年。他在大树上又刻下一道印记，心想一个月后，再没有转机，就逃离这里，另找活路。当刻完那道印记，突然听到有脚步声，覃啸天忙转身挺立，假装往远处看。原来是朱鹤。朱鹤走过来：“覃啸天，在干吗啦？”覃啸天道：“没……没事。”朱鹤看到了那树上的印痕，问：“还没转过弯来吧？”覃啸天道：“做梦也没想到过的事，老子竟然当了土匪，能转得过弯吗？”朱鹤道：“我早跟你讲过，话莫讲得那么难听。吴老嗨枪法精准，人又义气，在地方上颇有名，还是颇有能量的。这是一支地方武装，有些坏习气，只要耐心引导，一定是会变化的。”覃啸天道：“唉，朱叔，我一直想不通啊，我没有别的要求，也就是希望为国出力分忧，却总是报国无门。你看都是一拨的，过去人家是国军，我也是国军；现在人家还是国军，我却成了钻山洞的土匪了。”“莫那么说。”朱鹤道，“眼下日寇就要打到湘西了，国军和游击队都要一致抗日。你来了，我也有了个帮手。我们一定要赶紧做好老嗨的工作，让他们与驻地的国军消除隔阂，联合起来一致抗日。”“唉，我直到今天脑壳好像还一直是蒙的。”覃啸天道，“我不晓得到底发生了什么事，为什么他老嗨就不愿意跟国军和解呢？到底有多深的冤仇？”“啸天，你可能不晓得，驻当地的91师去年曾帮助隆回的保安团来豹子岭剿匪，打死过老嗨的一些人，结下梁子了。老嗨对抗日还是很积极的，所以，他宁愿领兵远赴德州帮助虎贲团打鬼子也不愿意跟91师联手。”朱鹤说，“但是形势比人强，如果鬼子真的打到这边了，他们是会和解的。我们一起再耐心做做工作吧。”覃啸天道：“好吧。要是再做不通，也许我就下山去了。”“耐心，一定要有耐心。”朱鹤说。

那天下午，黑脸汉子从山门回来，找到了朱鹤：“指导员，山门交通站收到了专门送给你的一封密信。”“好。”朱鹤兴奋地接过信，“辛苦你了。”朱鹤逃离洪城，洪城地下交通站被破坏，他跟组织的联系就中断了。他来到豹子岭，安稳之后，便在山门设立了一个交通站，通过一段时间的努力，终于恢复了与上级组织的联系，但因为地方交通不便，也是很长一段时日没有收到外界送来的信息了，他很是焦急。这封信可真算是雪中送炭。信中主要通报了眼前的抗战形势：日军为了挽救战局的颓势，决定集中兵力夺取芷江机场。要夺取芷江机场，就必须翻过湘西的雪峰山。这地方山高林密，地势险峻，国军也决定在此展开与敌的最后决战。上级指示，必须动员一切可以动员的力量投入这场战斗，将日寇埋葬在雪峰山中！那天晚上，朱鹤和啸天便把老嗨叫来一起商量。朱鹤说：“上级已经送来情报，眼下日寇已经开始大举逼进湘西，全力夺取芷江机场了。”“芷江机场？！”老嗨也有些惊讶，“真没想到，我们这山旮旯还会成为前线啊！”“是啊。以前我也没想到会这样。”朱鹤说，“如果日寇确实要夺芷江机场，那91师的责任可就大了。我们自称是抗日游击队，现在应该马上与他们取得联系，争取成为对日作战统一战线中的一分子，才能发挥更大作用。”“91师，什么玩意。他不睬老子，老子们还去捧他的卵泡？”老嗨愤愤地说。“嗨队长，眼下已经到了什么时候，不要再记那点芝麻小仇了。”朱鹤说。覃啸天也劝说道：“鬼子要是攻占了芷江机场，我们这小小的豹子岭必遭涂炭。倾巢之下岂有完卵？一切抗日的力量都应该联合统一起来。”“要去，你去吧。我反正是不会去的。”老嗨还是不肯出面，却也不再强硬反对了。“行。我们就商量一下，派谁去更合适？”朱鹤这样说，“如果没有更适合的人选，我就去跑一趟。”“朱叔，你去的话会太惹眼，还是让我去吧。”覃啸天主动请缨，“我跟他们没有什么过节，应该比较好沟通些。”“你去？”老嗨说，“你初来乍到，情况不熟……”“我看让啸天去可以。”朱鹤说，“主要是取得联系，也不需要了解太多。啸天在部队服役过多年，更懂得他们的规矩。”老嗨没再反对，于是这事就这么定下了。

决定做出后，第二天，覃啸天骑了一匹马，在黄昏以前赶到了离山门不远的一个小镇——龙潭镇。镇子静悄悄的，不像驻扎过大部队的样子。“师傅，请问国军的指挥部设在哪儿？”啸天牵着马来到一间铁匠铺边。一个老铁匠正带着个还在流鼻涕的小徒弟在打铁。正在问询，一个大块头的黑汉子恰巧经过那儿，狐疑地瞧了啸天一眼，走了。铁匠抬起头，说：“你不是本地人吧？”啸天说：“不，不是。”铁匠说：“你难道一点动静都没听到？镇上的大部队已经一大早就开拔了。”“喔，他们一个人都没有留下吗？”“应该是都撤走了吧。这个我也不是十分清楚。”铁匠见到来人很失望也很焦急的样子，便说，“不如，你去彭镇长家问问吧。”“彭镇长？”啸天问，“是你们龙潭镇的镇长？”铁匠说：“不是呐，他是山门的镇长，那镇子可大，他的家在这边。官府的事他会比我们打铁的更清楚。”“好的。谢谢了。”啸天想了想，把马拴在铁匠铺边的一棵椿树上，回头又打听了一下镇长的住处。铁匠说：“你从这边走穿过巷子，再往左转出另一条巷子，然后再转右……哎，总之，再走，看到一家屋后有橘子园屋前有口大水井的那家就是。”覃啸天便顺着铁匠指的方向走去，绕了老半天，终于看到了那处屋后有橘子园屋前有口大水井的镇长家。他走过去，一个身材高大的黑脸汉子正从里屋出来，见有人来便立在了台阶上。黑脸汉子穿着黑色的对襟衣和宽松的四块裤，腰间却扎着根宽宽的军用牛皮带。啸天心中一喜。他的装束已经表明了他的既是乡下人又与军方有特殊联系的身份。覃啸天绕过水井，上了几级石阶，走进屋去，却突然被躲在门后的汉子冲出来一把按住。啸天看见了铁匠的那个流鼻涕的小徒弟。黑脸汉子把枪口对准了覃啸天的脑袋：“干什么的？玩火玩到老子头上来了？”覃啸天想解释。“我已经观察你好久了，鬼鬼祟祟。”彭镇长大声道，“来人，把他给捆了！”几个汉子一拥而上，将他捆绑起来。覃啸天被一块黑布蒙住了眼睛，被五花大绑地塞在抬猪的滑竿上，曲曲折折在山路上缓缓行走。啸天被蒙头送到村后的一座破庙里，被人一脚踢跪在了地上。“放开我！我要见你们的头！放开我……”覃啸天在跪倒时还在挣扎呼唤。他的蒙眼黑布被松开了，睁开眼，覃啸天眼前迷糊了一阵，渐渐清晰地看到前方的长椅上侧歪着一个人。那人在用一块布擦拭着手枪。细看，奇怪，那人竟是孙平。“怎么，你也在这儿？”覃啸天大吃一惊。自从师长谷子琪辞官，所部被整编，覃啸天返回老家后，他们两人就再没见过面。覃啸天没想到孙平还一直在部队里。“真是冤家路窄啊！”孙平也有些吃惊，接着心里便涌起一股无名之火。他稍稍停顿了一下，说：“哈，覃啸天，好久不见，你竟然当上汉奸了。快说，是谁派你来的？”覃啸天道：“我要见你们的头！”孙平说：“我就是。”“他是我们师的副参谋长。”一个副官介绍。孙平说：“还是老实交代吧，如今你是哪家的探子？”“我不是什么探子。”啸天说，“是豹子岭的吴老嗨让我来找你的。”“老嗨，就是那个山贼啊。”孙平说话的语气很是鄙夷，“他让你来有何公干？”“自然有要紧的事。”覃啸天说，“放客气些，赶紧把我的绳子松了！”“你小子想死！”一个士兵举起枪托要砸。孙平用手势止了士兵，漫不经心地道：“莫！他可是我的老朋友，松了他，松了他。”士兵遵嘱将覃啸天松了绑。“老嗨找我们有什么事？”孙平问。“吴老嗨说，你们以前可能有些误会。”覃啸天说，“但眼下日寇入侵，大敌当前，国家正需要我们为保卫湘西出力，大家应该化干戈为玉帛，共同为国家效力。”“哈哈哈哈！”孙平大笑，“看不出他老嗨胸无点墨，却还能顾全大局，有远见卓识，公侯肚量。好，这事还是有得商量，只是，在商量之前，恐怕有件事得先了断解决。”“孙平，我晓得你要了断什么。”覃啸天说，“我已经是你砧板上的菜了，要剁要剐都由你。你只要同意让吴老嗨的队伍参加抗日联军就行。”“吴老嗨参加联军的事没问题。”孙平说，“我俩的事如何解决？”“孙平，你误会了。”覃啸天说，“其实，我俩没有什么事需要解决。”“误会了？你以为我是傻子？这里隔洪城也就几十里地，有什么事我不晓得？”孙平突然提高了声调，“你老实给我交代，你把我老婆拐到哪儿去了？”“萱萱很安全，她眼下就在山门……”“萱萱怎么又跟你搞在一起，你得给我一个说法。”“我是从洪城过来的，在路上碰到了她，她也要过来。”啸天说，“我跟萱萱真的已经没有什么关系了。你妹妹金莲死了，我感觉太对不住她。在这样的情况下，我和其他任何女人都不会有什么的了。”“说的比唱的还好听。我会相信你？”孙平脸色铁青。“相不相信都只能由你。”啸天说，“那，这事，你打算要如何解决，你说吧。”“你干事总让我在明处你在暗处，这样很不好，不算本事。”孙平从抽屉里摸出一把手枪，“今儿我要弟兄们作个证，不要说我公报私仇，就照我们洪城那地方的老习惯，咱俩明摆明来一回单挑如何？”覃啸天想了想，说：“要得，我听你的。”“那好，明天天亮，我在半边坡等你！”孙平用手指了指不远处的小山坡，而后从抽屉里取出一把手枪砰地一下扔在了覃啸天跟前的地上，“就这样。你先回去好好练练。”

孙平自己随身佩戴的武器是一把勃朗宁手枪，那是在转战武汉时从日军那里缴获的。他很喜爱这件娇小精致的武器。那天下午，孙平在林子下的石桌上把勃朗宁的各个部件拆卸下来，用油抹布仔仔细细擦拭，擦拭得如同一把新枪。他把勃朗宁在手中抛接了几次，而后透过树叶的缝隙朝远处瞄准，阴在心里骂道：“等着瞧吧！你的日子不多了。”而后猛一转身朝林子里竖着的一个草把人连发射击，叭叭几声连响，打得草把人屑末纷飞，连头也耷拉了下来……第二天清晨，孙平按时来到了后头坡，他看见覃啸天已经早早地等在那里了。“参谋长，小心啊。”副官和几个士兵跟着孙平慢慢往那处草坪走。“等等！”覃啸天挥动了一下手臂，“一人做事一人当。你让他们停步，我不想误伤了他人。”“你以为我是来打群架的吗？放心吧。”孙平对那些部下吼道，“谁也不许再跟着！”几个跟着的人便都停住了。覃啸天说：“好，咱俩找个僻静地方干去。”从破庙里涌出了一些人远远地看。“参谋长会不会出事？”一个士兵担心地说。另一个士兵说：“应该没事吧，他本事大着哩。”副官说：“要不，你腿脚快，去那个偏坡上盯着点。”“要得。”士兵说罢就走。副官大声道：“有什么事，就赶紧叫我啊。”“好唻。”士兵撒腿就往一处偏坡上爬。覃啸天和孙平俩人缓步往一个僻静处走，来到一处空旷的草坪，俩人都停住了。“嘎啦”一声，孙平扯动了一下套筒，一颗浑圆的子弹从弹膛中飞出。孙平一伸手接住，把子弹扔给了覃啸天。啸天单手接住，瞥了一眼，算是验证无误，又将子弹退还给孙平。啸天则干脆把自己的手枪交给孙平检验。孙平拉开套筒，里面是空的。啸天从衣袋里摸出一颗子弹交给孙平验证。孙平看过点了点头。孙平说：“你看相隔20米如何？”“都可以。”啸天直直地站着，“你站哪一边？”孙平说：“无所谓。”啸天于是就地退后了几步，站定说：“你再退几步。”孙平于是倒退了几步。俩人对峙着。山野死一般寂静，孙平略显紧张。他突然下定决心，将子弹压进枪膛，手枪缓缓地举了起来。啸天也缓缓地把手枪举了起来，说：“倒计时，我俩一齐数五下。”孙平看着啸天油黑鼓胀的肌肉和眼睛里闪耀着的坚定的、逼人的光，心中不免有些胆怯。他的面色有些发白。“怎么？害怕了？”啸天把手垂下，说，“莫紧张，先平静一会儿。”“怕？哼哼！”孙平被激怒了，“行，就这样，开始倒数。”啸天点了点头。“开始！倒数，五……”孙平大喊一声，手却微微有些抖，“四……三、二、一！”孙平几乎是闭着眼有力地扣动了扳机。砰，清亮的枪声震撼山野，也把孙平震懵了。孙平紧闭眼睛。他以为自己死了，却似乎又没死，于是迷糊地睁开眼。硝烟袅袅，孙平惊异地发觉覃啸天并没有倒下，而是直直地立在不远处的草坪上。草坪上的覃啸天微微一笑。他垂下举着的右手，双手握住手枪，“嘎啦”一声，扯动了一下套筒，一颗完整的子弹划着弧线蹦出来落到草地上。孙平惊讶且惶惑：“你……你，没有开枪？”覃啸天没吱声，把枪扔在孙平面前的草坪里，说：“孙平，我俩扯平了。”啸天说罢转身离去。孙平追上几步：“啸天，算你有种。你们那几百号人，我们收了。”行走着的啸天停下，回头微微一笑……

雪峰山上多杂树，叶子总是密匝匝的，走进林子有时就连天都见不到。自从啸天在豹子岭安顿后，萱萱被安排在山门的一处地下交通站参加情报和联络工作。一个春日的下午，萱萱在林子里走，她打算到桐子坳去。林子很深很密，安静极了，远处偶尔有阳雀的叫声，悠远而略带凄凉。萱萱走着走着，忽然听到远处似乎有很嘈杂的嗡嗡声，这在深山老林里是很少听到的。这一回的嗡嗡声有些怪异——它单调而且沉闷。萱萱于是急急加快脚步爬上了一处土坡。土坡位置较高，萱萱透过树丛往远处看，不禁大吃一惊：她看见远处好像有一队人影在林中的山路上移动。这在大山里可是很罕见的。大队人马是麻塘山的方向来的，好像是要往梁家洞去。萱萱急忙趴在草丛里，仔细看，远处的山路上行走的人竟全是穿黄衣服的兵。"难道日本鬼子已经来到雪峰山了？！"萱萱心里突然一麻。那时是下午3点多钟。日头当顶，但林子里还是有些黝黑，光斑跳跃。山路上的队伍弯弯曲曲，像一条巨蟒在山路上慢慢游动。距离又近些了，果然是日军，个个荷枪实弹，黑压压的一长溜。萱萱急忙在身边捡了一些小石子，暗暗地计算着这支日军的人数。日军的队伍走得很慢，前后大概走了将近三个小时。萱萱最后清点石头后，心里突然一紧。这进山的鬼子还真不少。数一数，小石头竟有21颗，也就是说从眼皮子底下路过这里的日军应该有两千多兵和马。

的确，行进在桐子坳山林里的正是一支日军的大部队。1944年11月24日冈村宁次担任中国派遣军总司令。这个人和普通的傲慢无知的日本军人不同，他从青年时期就在中国长期居住，他的第二个儿子还病死在上海，对中国和中国人有相当的研究。他并不认同中国人软弱和不堪一击的成见，觉得中国人一旦有一个核心领袖，在民族危亡的重大时刻，就会发挥令世界震惊的巨大能量。当上侵华日军总司令后，冈村宁次虽然感觉其实败局已定，但毕竟不能坐以待毙，仍然决定一搏。他想，除了打垮重庆国民政府以外，要想在中国获胜没有第二条路。于是，他命令参谋长松井太久郎中将在1945年1月之前制订出进攻四川的作战计划。松井是有头脑的人，他认为司令官又异想天开了，现有兵力固守尚且不够，如何能够大举进攻？不过命令总归是命令，松井还是准时完成了计划。这个计划的内容主要是分三路突进四川。主攻部队为湖南地区日军，他们必须首先攻陷芷江，然后攻占重镇涪陵，继而横渡长江攻占重庆。另外二路则分别从贵州和武汉出发，攻占成都和万县，完成对重庆方面的合围。这个计划的第一重大项目是湘西会战。想要挽救大日本帝国的命运，必须进攻四川。而要想占领四川，必须先进攻湘西。湘西是进出黔、川，威逼贵阳，迂回重庆的军事要冲地带。松井知道要完成这个计划就必须维护掌控好湘桂、粤汉两铁路的交通。只是，自从作战开始，情况很快有了变化，中美联合空军竟逐步掌握了制空权，开始轰炸日军几百公里的纵深目标。刚刚打通的大陆交通线的湘桂、粤汉铁路全线中断，重型轰炸机还开始轰炸“日本领土”台湾。为此，松井决定动用全力先攻占湖南芷江机场，夺取空中优势，于是湘西会战开始了。芷江地处湖南省西部，以丘陵为主，地势由北向东南方向倾斜，四周高，中部低，形成盆地。日军于1945年4月初集结7个师团约七八万人的兵力，在第20军司令官坂西一良中将统一指挥下，采取分进合击的战略，向湖南西部发起进攻。不过，湘西地形对日军不利。其境内雪峰山、武陵山南北纵列，山脉相连，高峻陡峭，难以逾越。中国军队决定利用湘西的特殊地利给日军以重创。在陆军总司令何应钦统一指挥下，决定以第四方面军一部守备新宁、益阳、邵阳之线，以主力在新宁、武冈间与日军决战；以第三方面军第27集团军第26军守备龙胜、城步各要点，另以第27集团军第94军向武冈以东、第10集团军向新化以东地区进击；以新编第6军空运芷江为预备队。自从决定分三路攻打芷江之后，4月9日，日军司令冈村宁次重点部署两个师团，分三路投入湘西会战。接到指示后，中路日军主力第116师团当天分三路出发，偷渡资水，进展相当顺利，其中，109联队大队长手冢省三率领的一支约两千人的先遣队，4月11日从宝庆出发，急速行军，4月17日便突然出现在了雪峰山腹地的龙潭——距离芷江机场只不过百数公里路程了。

雪峰山林木蓊郁，手冢省三骑一匹高头大马在密林间的山路上行进。他是日军第116师团109联队大队长。虽然他指挥的这次偷袭非常成功，但是一点喜悦也没写在他的脸上。因为越往前走，山林越密，山坡越陡，嶙峋的怪石在流动的山岚中显出种种怪异的情状，让人心中发毛。他不知道前面会有什么样的不测命运在等着自己。“让我们钻进这深山老林来，我看是那个酒鬼又发酒疯了！”手冢所说的酒鬼是指这次方面军的主攻部队第20军司令官坂西一良。坂西一良中将当年是留学德国的陆大高材生，如今却是个酒鬼。坂西爱豪饮，酒醉后行为古怪，语言粗暴。“是啊，军司令官有些神经过敏，凡事都要亲自处理，参谋们很不愉快，可能是饮酒过量的缘故。听说他以前可是滴酒不沾的啊。”身边的参谋长岩井也附和说，“也难怪他，压力太大。他豪饮成癖无非是借酒浇愁罢了。”“一个士兵嗜酒也就罢了，可他是军司令官啊！”手冢说，“酒鬼治军会出大事的。”岩井说：“都说酒醉心明，坂西司令官应该还不至于糊涂到误事吧。”“放弃自己的优势来打山地战，那个酒鬼发这样的酒疯你担保他不会误事？”手冢说，“你看，愈向西进山势愈险愈高，这不正是孙武所说的死门啊！”一只猫头鹰在很远的老林子里凄楚地叫，岩井也感觉此行吉凶难测，于是不再与大队长争辩。林子里行进的队伍一片嘈杂，却更显得大山的空旷寂静。

发现了大批日军，萱萱感觉情况危急，急忙悄悄退出了草丛，返身折回，一路狂奔，回去报告给了嗅枪队。“快，集合我们的弟兄，顶住他们，绝不能让他们打进龙潭来！”老嗨大声喊叫。覃啸天问：“队长，就靠我们的这点兵力能行吗？”朱鹤也说：“老嗨，我看还是赶快同91师联系吧。”“这样吧，指导员，你和我还是先带一些弟兄们去阻击一下，先扯住他们，不能让他们那么舒服。”老嗨想了想说，“啸天，你就赶紧去找国军。”覃啸天得令，当即跨上一匹白马，猛抽鞭子下了山。覃啸天走了，朱鹤问老嗨：“鬼子已经快要到梁家洞了，我们能赶得及吗？”“没问题。”老嗨说，“来到梁家洞，那一段路很窄，他们想快也快不了。他们过了梁家洞，肯定会走天门山，那是个很长的峡谷，我们抄近道去那里，来他个关门打狗，整他不死也让他们脱掉一层皮。”一阵阵急促的哨声在豹子岭响起，游击队员们急急忙忙穿好行装，拿起火铳、长矛和大刀往外跑。

坪场里聚满了黑压压的士兵。“出发！”老嗨大声命令。山野很静，只听到杂乱的脚步声，还有在阳光下偶尔闪着寒光的长刀。覃啸天骑马一路飞奔，在龙潭镇山后的破庙里找到了孙平。“麻烦！”孙平一听，感到事态严重。覃啸天问：“怎么啦？”“啸天，是这样的。”孙平说，“就在今天早上，我们师的大部队已经出发往溆浦走了，留在这边的人很少。”原来，就在这一天的上午，原本驻守在龙潭的91师，由师长覃飞带领急行军开往溆浦。当时得到的情报信息不稳定也不灵通，据说日本要从溆浦、桥江、新化方向发起向芷江机场的进攻。“那可怎么办？这回进山来的可是日军的大部队啊！”覃啸天很是焦急。“啸天，不要紧。”孙平想了想说，“我会马上向军部报告，相信军部会及时调部队过来。”唐军长接到电报，得知日军已经进入龙潭境内，十分着急，立即向第四方面军前线指挥部电话汇报，并请示令第91师连夜回师龙潭。

漫长的林子终于到了尽头，前面突然变得开阔。手冢省三突然勒住马头，长长地舒了一口气，问：“这地方隔龙潭还有多远？”参谋长岩井说：“大队长是问龙潭？”“是啊。”手冢说，“没错，我是问这里离龙潭还有多远。”“大队长，你也喝多酒了吧？”岩井说，“我们早已经进入龙潭的地界了。”“是吗？哈哈哈哈。”手冢省三突然大笑。“神不知鬼不觉，我们的尖刀大部队已经插进支那人的心脏了。大队长，你真是用兵如神啊。”岩井的赞叹是由衷的。黑压压的队伍悠闲地行进在密林中的山路上。林子里很静，只有不知名的鸟儿在远山幽怨地啼唱。几天来完全没有遭遇到一丁点阻击，手冢的心情是愉悦的，却也有一丝惶恐。他觉得这顺利的到来太突兀，连自己都有些不敢相信。“大队长，去龙潭镇有两条路，你看往哪边走？”岩井问。“去龙潭镇哪边更近？”“走左边的路只有大约二十公里，比右边的路近一半。”“那当然是走近道啰。”“只是左边的道路有些难走，而且两边都是高山，容易遭到埋伏。”“埋伏？有埋伏的话我们早就遭到埋伏了。”手冢自信满满地说，“支那人也许做梦也没有想到我们已经进入他们的心脏了。”“好。”岩井交代副官，“命令部队从左边抄近道前进，今晚务必到达龙潭镇。”日军部队缓缓地进入了那条长长的峡谷。峡谷很窄，沿着小溪边有一条羊肠小道，只能容一人通过。于是，日军的部队开始一字长蛇般缓缓向前蚁行，行约三里，突然，两边的山头就响起了密集的枪声。参谋长岩井一惊：“大队长，我们真的遭埋伏了。”“别慌张！”手冢抬头往山上看了看，说，“听枪声不像是支那人的正规部队。不要上当，传令继续前进。”“不准停下，继续前进！”岩井抽出腰刀，大声呵斥。日军士兵们便端着枪往前冲，但两边山头射下的火力越来越猛，突然，“轰”的一声土炮响，许多人受伤倒下了。突前的士兵队伍遇阻，变得有些慌乱。“大队长，你看！”岩井突然指着远处的岩壁大声道。山崖上悬挂的粗大藤萝上攀缘着降下无数黑乌鸦般的士兵。士兵们从藤萝上滑降下来，立即就地寻找掩体向这边猛力射击。手冢观察了一下道：“枪声喑哑，看来的确只是一伙土匪。”参谋长岩井说：“既是一拨山贼，倒是不足为惧。”“恰恰相反。”手冢说，“土匪很熟悉这里的地形，这个山谷一定是一处极佳的伏击地点。”岩井问：“那我们怎么办？”手冢说：“撤吧，现在回撤应该还来得及。”参谋长岩井忙叫号兵：“立即吹号，传令收兵！回撤五里，退回到山谷口。”“哈哈哈哈！”老嗨骑着马冲上了峡谷的山坡顶上，看着在峡谷里乱作一团的日军队伍大笑。朱鹤策马赶了上来：“大队长果然料事如神，鬼子还真的就想从这个峡谷进山。”“他这叫急于求成，慌不择路。虽然，那边还有一条相对安全的路可走，但他担心天不假时，只求尽早进山，所以进入了这个布口袋。”老嗨道，“传令后续部队立即跟上，追！”牛角号声响起，号声是沉闷的，但经过峡谷的扩音效果，竟然像是暴风雨前的滚滚惊雷。“弟兄们，冲啊！”老嗨将手一挥，领着几匹战马率先冲下峡谷。枪炮声、呐喊声经过峡谷的回应显得更加令人震撼。日军在峡谷中撤退。突然听到后头传来的喊杀声，岩井有些惊慌：“妈的，怎么他们竟像鬼一样甩都甩不脱呢？”“停！”手冢勒住马头，“下令就地阻击！”日军于是急忙就地卧倒，借助地形开始阻击。“轰——”日军的钢炮发出巨大的轰鸣。山谷里硝烟弥漫。

“呜呜——呜呜呜——”手冢突然听到从后边远处传来了牛角号声，于是勒了勒马头，放慢了脚步。岩井策马从前面赶回来。手冢问：“怎么回事？支那人是不是撤兵啦？”“没错，到底是一帮土匪，听见钢炮一响就逃跑了。”岩井问，“大队长，怎么办，是不是乘胜追击，继续前进？”手冢想了想：“前路难料，还是先撤退到进山门看看再说吧。”日本的先头部队虽然偷袭成功，打了中国军队一个措手不及，但他们逼近龙潭的时候遭遇了突袭，于是突然停住了。手冢领兵退回原先经过的林子，指挥官们商议了一下。手冢打算改走右路。右路较远，但平坦且相对安全，入夜之前应该可以赶到龙潭镇驻扎。但是这时，日军侦察兵带回了一个汉奸探子。“龙潭那边情况怎样？”手冢问。“报告大队长，原来驻守在龙潭的第91师，突然神秘失踪了，镇上已经是一座空城。”探子过来报告说，“皇军，这可是千载难逢的好机会。”“是吗？”大队长手冢急忙跳下马背，“快，打开地图！”副官把地图摊在地上。手冢盯着地图看了老半天，还是弄不清原委，变得小心谨慎起来。“哼，空城计，想跟老子来这一套！没门！”他站起来，突然一阵大笑。“空城计？什么意思？”岩井不明白。“一下子也跟你说不明白。回头有时间我再跟你讲一讲《三国》故事。哼，支那人想跟我玩这一套？”手冢大声说，“命令部队停止前进，就地宿营。”岩井说：“大队长，上峰不是指示要及时攻占龙潭吗？我们遭遇的只是小股敌人，何不趁其空虚……”“你晓得这是到了什么地方吗？这里可是湘西。”手冢说，“你忘记在嘉善了吗？就那么一点湘西兵就弄得我们狼狈不堪。支那人有句古话叫无巧不成书，蹊跷的是我们又遇到老对头了。这是块难啃的硬骨头，我看还是等待主力部队的到来吧。”自以为熟读过《孙子兵法》的手冢，聪明反被聪明误，过于谨慎反而让日军错过了攻占龙潭的最好战机。

第十六章

不远处的山坳里飘着白色的炊烟，前面就是小横垅了。74军第91师师长覃飞骑在一匹毛色黑褐的大马上领兵急速行进，看见炊烟，知道此地离溆浦已经不远，任务可以按时完成，于是稍稍放慢了脚步。暂五师被改编后，覃飞当了一段时间军部高参，参谋长戴涛调任九战区长官部任参议，以竿军为主力的士兵基础被完全瓦解。这一回，湘西会战即将开始，负责会战的陆军总司令何应钦考虑到有必要组织一支熟悉湘西的部队镇守雪峰山核心地带，于是又起用覃飞，让他担任第四方面军74军第91师师长，并安排91师驻守雪峰山核心地带龙潭。原先被打发当闲差的参谋长戴涛也回来官复原职，还把一些湘西籍的士兵和军官补充进这个师来。回到家乡，为保卫家乡而战，覃飞觉得这是他戎马生涯中最爽快的日子。望着远处的袅袅炊烟，覃飞信马由缰，但这时一匹白马从后面追过来。来人在路边勒住马头。一个通信兵跳下马来："师长，军部急电。"覃飞接过电报看了一下，急忙跳下马背。参谋长见状也从马背上跳下来，接过电报看了看，随后，叫过号兵："立即下令，全体将士掉头往回赶！"裹挟着山岚的号声在峡谷里响起，士兵们都疑惑地停住了脚步。"唉，累死了，刚打算歇口气，又要走……""马上就要到小横垅了，干吗又要往回走？"有人疑惑地问。"好像是情况有变化，日军突然出现在龙潭那边了。""那不是打到我们家门口了？""芷江机场岂不是麻烦了？""不晓得，听命令就是。"经过一番调整，91师后队当前锋，前锋为后队地紧急调头往南回撤，连夜往龙潭赶。虽然个个都极度疲倦，有的困得边走边打瞌睡，头撞到前人的枪口上惊醒，但回撤的速度还是很快的。第二天将近下午5点，已经到达离龙潭只有十余里的地方了，但这时下起了雨，道路变得泥泞湿滑，速度明显降了下来。"怎么回事？速度这么慢？"风风火火追上来的覃飞勒住马头，问。"报告师长，前面有一座铁桥，桥面有些窄，像个漏斗，队伍被卡住了。"一个下级军官报告说。"哦。"覃飞挥起鞭子，拍马赶向大桥。那是一座公路铁桥，大量的士兵和大型的器械争相过河，拥挤在一起，场面十分混乱。一辆用四匹大马牵引的炮车车轮陷进了枕木桥面的边槽中，车夫挥着鞭子，一些士兵用手和肩去使劲推车轮，似乎无济于事。覃飞对跟随在后头的副官喊："快，赶紧去指挥疏导一下，这样乱挤什么时候才能过完？"副官听到命令，急忙忙跳下马，跑步往桥头挤去。"来，一二三！"副官吹着哨子，让众人统一发力。好不容易被拉拽出陷槽的炮车小心翼翼地驶过了桥面。肩挤肩，刀碰刀，拥挤的士兵队伍像波浪一样涌向对岸。覃飞的马终于上到了大桥。他俯身往桥下看了一下，那时天色近晚，雨后略微有些放晴的样子，云层中透出一抹晚霞。峡谷里全是奶一样的深邃的雾气，看不见底，只能听见嗡嗡水声。峡谷应该很深。覃飞在心里盘算，等士兵们过去就立即炸掉这座桥。这时，师参谋长的马也上到了桥面。覃飞对戴涛说："大部队过桥后，安排了一个连的兵力驻守大桥，等后面赶过来的38营全部过了，就把这座桥炸掉！"覃飞的马走过桥。远处一匹白马飞驰过来。覃飞远看，欣喜地说道："孙平？！"副参谋长孙平骑马疾驰过来，跳下马背："师长，可把你们盼回来了。"覃飞也跳下马："镇子那边情况怎样？""还好。只是进来了一股先头部队，被我们的嗅枪队阻击了一下，他们没敢再往前进，就驻扎下来了。"孙平汇报说。"那就好。"覃飞一颗悬着的心放下了，"要是他们攻占了龙潭，就可以控制溆浦和洞口，进而直取新路河，距离芷江机场也就一步之遥，我们的麻烦可就大了。”“是啊，很危险的。昨天其实龙潭镇完全就是空的，如果他们打进来我们就被动了。”孙平说，“今天一早，日军的109联队才开始向龙潭出动，又遭到游击队的骚扰，进展很慢，而且我师的153团已经回撤到位，及时占领了鹰形山等龙潭周围的几个制高点，鬼子要想拿下龙潭可就没那么容易了。”“好，不错。”覃飞说，“眼下必须让全部队伍加紧回撤。”这时，一个通信兵从桥头飞跑过来，送来了一份电报。孙平接过电报看。“什么情况？”覃飞问。“是军部发来的敌情通报：我91师主力回调龙潭的情况已被日军侦察兵发现。他们知道自己昨晚停止夺取龙潭是上当了。”“哈哈哈哈！”覃飞听后大笑，说，“小日本也有上当的时候！”孙平继续说：“日军指挥部还命令中路的133联队快速沿湘黔公路加速向龙潭开拔，及时与突前的109联队在龙潭会合。军部命令我师，务必在龙潭拖住109联队，并阻滞133联队的进攻速度。”覃飞说：“立即回电，请军首长放心，我们会在龙潭死死拖住他们的。”覃飞看了看怀表，说：“孙平，你去前头指挥一下，让后续部队加紧迅速回撤过河。尾随在我们后面的日军的133联队已经离这里不远，绝不能让他们从这里轻松进入龙潭。记住，半个小时后，也就是下午6点钟，一定要准时把这座桥炸掉！”“是。”孙平跨上马向前疾驰而去。转移的国军潮水般往回涌，堵住了孙平的路，孙平只好跳下马，拨开人群往前走，一边大喊：“快，都加快点速度过河！”人潮滚滚，他的身影被攒动的人潮淹没了。

“你们是哪个部队的？看见91师没有？”一个女子在桥上向士兵们打听。这是个圆脸，齐耳短发的卫生兵。女子到处询问着找人，人们都在混乱中蜂拥过河，有人摇头，有人根本顾不上理她。“看见91师没有？”女子艰难前行，神色焦灼，还在不断打听询问。天空出现一阵阵尖锐的流弹啸声。远处，日军的炮队开始密集炮轰。大桥边烟尘滚滚，江水中水柱冲天。一个军官看见了那个在队伍里胡乱穿行的女子，急忙一把拽住她的胳膊：“喂，卫生员，鬼子已经攻过来了！快撤！危险！”女子停住，没撤，却问：“长官，你看见91师没有？”队伍混乱，声音十分嘈杂，军官大声问：“你说什么？”“我是问，你看见91师的孙参谋长没有？”女子的嗓子都有些嘶哑了。“哦，你是问孙参谋长？”军官说，“先前见过，他像是去了巴登桥！”“巴登桥？谢了。”女子便撒脚往前跑。日军的炮弹更密集地落下。几颗炸弹落在公路上，山谷里烟尘滚滚。军官大喊：“卧倒！快回来！”但女子像是没听见似的，只是发疯一样向前奔跑，一不小心，她脚下打滑，一把摔倒扑卧在地。她又努力挣扎站起来，随即冲进了一片烟尘中。女子奔跑着，她猛然似乎瞥见前面有一个熟悉的身影。那身影时隐时现在撤退队伍中。“孙平？！”女子异常惊喜，嗓音嘶哑大声呼喊，“孙平！孙平！”但她的喊声淹没在撤退部队嘈杂的脚步声及日军战机的轰鸣声中。女子焦急万分，拖着伤脚加快脚步向前追去：“孙平，孙平。”挤在混乱人群中的孙平终于听到有人在叫唤自己，一下怔住了。他回头去看，却只见到一片杂乱的撤军队伍，没有看见是谁在呼唤自己。但猛然间，人群中冒出了一个女子跌跌撞撞模糊的身影。远处巨大的爆炸声，撤退队伍的嘈乱声再次变得清晰起来。“玉容？！”孙平终于看清了那个女子的面容，又喜又惊，急忙转身疯狂拨开人群往回跑。玉容看见孙平在往回跑，更加焦急地向前跑去。大声喊：“孙平！孙平！”孙平看见一颗飞弹在空中划着弧线朝这边飞过来，大惊，发疯似的猛扑过去，一把扑倒玉容。这时日军的炮弹恰好就落在离他俩十来米的地方，泥土飞溅如雨点。炸弹在他们旁边留下一个深深的大坑。“孙平哥，你让我找得好苦啊！”玉容满脸黑污。她从地上坐立起来，一把搂住了孙平。孙平说：“玉容，你不是回家了吗？怎么跑到这里来了？”“本来我是要回家的。可是你知道我没有家了。”玉容哭泣起来。“快莫哭。”孙平把她拉扯着站起来，“到处都是人，莫让人看笑话。”“我回不了家，就去部队找你，那地方的居民说你们的部队已经开拔了。我就一直到处找你，找得好辛苦。”孙平看见玉容穿的是军装，就问：“你这身行头是从哪儿弄来的啊？”“哪儿弄来的？”玉容有些不高兴，“瞧不起人啊？”孙平很是惊诧：“这么说，你也当上兵了？”玉容挺直了腰板，俏皮地：“怎么？首长你看我不像是个兵吗？”“哪里哪里……”孙平把她跌歪了的军帽正了正，“不错，真像个巾帼英雄！”“嘻嘻嘻嘻。”玉容又露出了俏皮的笑容。孙平问：“你现在属于哪个部队？”“78军35师卫生连，前一段时间就驻扎在洞口。这次龙潭方面战事紧急，就派了一些卫生员过来增援。”玉容突然笔直地敬了个军礼，“报告长官，卫生兵玉容前来报到！”“好。”孙平下意识地回了个军礼，然后说，“玉容，情况紧急，听我的命令，赶紧撤退过河！”“是！”玉容回答后便往前跑，跑了两步又停住，问，“长官，为什么你不撤？”“我还要去守桥呢。”孙平说，“玉容，这里太危险，你赶紧走！”“我不撤。”玉容坚决地说，“我也要跟你去守桥。”“不行！”孙平说，“玉容，你快走！”天空中，几架飞机又飞回来了。飞机上的机枪向拥挤的士兵人群疯狂扫射，孙平重新用身体护住了玉容。子弹在旁边呼啸而过。孙平大声喊道：“我是参谋长！这是命令！玉容，我命令你马上撤退！”玉容却更加坚决：“士兵们还没有撤退完成，我是卫生员，我不能撤！”“嗨，你呀！”孙平拗不过她，无奈之下只好把她推进撤退的队伍中，独自向前跑去。玉容却依然在后面艰难地追赶着，就是不放弃。孙平回头，看见玉容又追了上来，又心痛又焦急，转身冲回来："玉容！"玉容坚定地拉住他的手："我要和你在一起，我早说过，我要和你同生共死！""玉容。"孙平被深深打动了，突然上前抱住了她，眼里闪烁着泪花。这时，一个满脸黑色泥污的连长急匆匆奔跑过来："报告孙副参谋长，大部队已经过河，向龙潭转移任务基本完成。""好，那就做好准备，开始炸桥。"孙平于是折转身，跟着连长从一处小路下到河边。那里有十几个肩扛炸药包的战士正在集合待命。"工兵队准备完成，请首长指示！"连长大声报告。孙平命令："开始炸桥，出发！"几个士兵便抱着炸药包急急忙忙往桥墩走去。他们把炸药包塞在桥洞里，又把长长的导火索铺设下来。"报告！导火索铺设完毕！"一个士兵跑来报告。"好吧……"孙平打算下令点火。突然桥上有个人用力吹起了口哨，还挥动着旗语。"怎么回事？"孙平有些诧异，立即看见桥上还有一些零星官兵在穿越。他几步跑到桥下，大喊："快撤！马上就要炸桥了！""不行啊！首长，有一拨掉队的队伍过来了啊！"果然，涌进桥面的士兵变得多了起来，其后还跟着几架大炮车。炮车在缓缓往前开动，但其中的一架大炮又被卡在了大桥中央——拉炮车出故障突然熄火了。"快！弟兄们加把劲推！"炮团团长焦急万分，喉咙嘶哑。炮团士兵满头大汗地使劲把大炮向桥头推，但十分缓慢。"怎么回事？"孙平几步攀上桥面，过去察看。团长说："妈的，这大炮被卡住了。"这时，十几个战士从江北回来，到了桥上。"报告首长，守桥机动连前来报到，有什么任务请指示。"一个个子不高，长相有些滑稽的排长过来报告。"喔，是小佬，你们来得正好。"孙平回身对团长说："来，多加些人手，快些！一起推！"炮团团长也很焦急："好的。来，快，一二，推！"官兵齐心协力一点点向河边挪动着沉重的大炮。桥下一个士兵问："班长，炮兵还没过完怎么办？"班长看着手表，指针已经过了11时，他对着北岸大喊："炮兵团的弟兄，快点过！要炸桥了！"对岸炮兵团士兵充耳不闻，仍然加劲向河沿推动大炮。"时间不多了，我只能给你15分钟！"孙平对团长严厉地说，说罢又回头命令，"小佬！你带着弟兄上前去堵住敌人，拖住他们15分钟就好。""是。"小佬应答着，回头一挥手，"走！"十几个国军士兵沿着公路往回冲。小佬带着竿兵跳进战壕，紧锣密鼓地搬运弹药箱，架设机枪等。小佬拿起铁铲，飞快地铲动黄泥路面，争分夺秒埋地雷。没过多久，日军的大部队就赶过来了。这支尾随而来的日军是关根太郎率领的第116师团133联队，是突进湘西的中路部队。眼看大桥已经近在咫尺，关根太郎疯狂大喊："杀！进攻！"巨大的牵引炮车一边开炮一边向前推进。日军坦克摇起炮筒，"咚！咚！"向桥头发起了进攻。炮弹落在小佬他们的临时战壕周围，响起巨大的撕裂耳膜的爆炸声。尾随在装甲车后面的日军机枪口

“突突突”冒着火舌，子弹疯狂扫向桥头的士兵。“打！”趴在临时战壕里的小佬大吼一声。两条呈倒八字形的战壕及占据高点的工事，齐齐开火。枪口“突突”冒着火舌。轻重火器交织成密集的火力网。日军伤亡惨重，不敢再上前，向后逃窜。不久，在坦克的掩护下日军再次冲上前去。“砰砰”的地雷爆炸声中，坦克丝毫无损，强行往前冲。小佬艰难地站起来，颤颤悠悠举起机枪放在机枪口，咬着牙，用身体挺住机关枪向鬼子扫去，撂倒了一大片。艰难的拉锯战为国军的炮车转移赢得了宝贵的时间，炮车和掉队的士兵们终于全部转移过了河。

“点火！”孙平看见桥头士兵发来的转移完成的旗语，大声下达命令。一个兵便“嗤”地点燃了炸药包的引信。引信喷射着火花向大桥蔓延，燃烧到接近根部的时候，由于冲力十足，那炸药包竟晃动旋转起来，过了一会儿便“垮塌”一声从桥上掉落下来。炸药包落到桥边的沙地上，众人全惊呆了，不知如何是好。突然，一个身影从孙平后边窜出来。“玉容——”孙平大惊，“回来！”但玉容没有回头，而是直接向燃烧的炸药包扑过去。孙平也跟着扑了出去。玉容抱起了炸药包，便攀着石阶往桥上奔跑，没一会儿，就已经攀到了桥洞子。“玉容，危险……”孙平紧紧跟上去。但话未落音，便传来“轰隆”一声巨响。滚滚烟尘和强烈的气浪将孙平一把掀翻在地。“玉容——玉容！”孙平奋力爬起来，在烟尘中呼喊着，寻找着。他终于在沙滩边看见了从桥面上被巨大的气浪掀翻到河边沙滩上的玉容。“玉容——玉容！”孙平紧紧搂抱着她。玉容躺在孙平怀中，露出淡淡的微笑，而后平静地闭上了双眼。惊天动地的爆炸声中，大桥瞬间坍塌。峡谷晦暗，残阳如血……

村寨高坎上的石板路上，行进着两匹大马。排长小佬和他的一个叫猫头的兵骑在马上巡山。小佬背着长枪，猫头则背上别着一把长刀。在一处路口，俩人交谈了几句就分手了。“驾——”与猫头分手后，小佬用鞭轻轻抽着马。马扬蹄一路小跑往山下跑。远处林中小路有些人声，是赶场后回家的人群。山路不宽，听到马的奔跑声，一个在赶路的女孩子就自然地让到了路坎边。红鬃马在加速经过女孩身边时突然勒住。小佬喊了一声：“阿瑶！”由于阳光刺眼，女孩手搭阳棚看了一阵，才惊喜地叫道：“游哥！”小佬跳下马：“来，阿瑶，你坐上去！”阿瑶迟疑着：“我……我怕。”小佬作了个弓步：“不怕的。这马很老实，我们都喊它糯米坨。来，踩着我的腿巴子。”阿瑶便踩着他的腿往马上爬。小佬帮着推了一下她的屁股。女子羞红着脸坐上了马背。小佬牵着马走，一边问：“你阿爸没去赶场？”阿瑶道：“他在碾子忙着呢，死抠门，不舍得丢工！哎，游哥，好多人都说你是闷罐子，我看你话不少哎！”“怎么说呢？”小佬想了想，说，“阿瑶，反正我见到你就话多。”“美得你吧！”阿瑶笑着，突然使劲擂了一下马。红鬃马扬蹄奔跑起来。小佬一下急傻了眼，但她看见阿瑶骑马的姿势很自如，才恍然大悟。“鬼妹子！骗我？”小佬飞身追上前去，一纵身也跨上了马背。驮着两个人的红鬃马在溪边悠闲地走，来到了一处叫“水打鼓”的碾坊前。半年前，小佬所在的91师被调到龙潭驻防。军部将91师调防这偏远的乡旮旯其实有着比较长远的打算，驻防的目的就是保卫不远处的芷江机场，也开始为不久可能迎来的大决战做准备。当然作为一般小兵的小佬们并不明白就里。只知道来到龙潭之后，每天就是加固城防，修筑山头碉堡之类。小佬的感觉是：镇日长闲，无聊至极，好在这地方离老家洪城不远，地理、风俗、语言、民情也都与家乡类似，日子倒过得颇惬意。在河边长大的小佬喜欢钓鱼，没事的时候，便拿着自制的钓竿沿着山溪四处垂钓。

山溪的溪沟边有一座碾坊，碾坊的主人廖伯待人热情和善，一来二往，小佬便成了碾坊的常客。廖伯有一个独生女儿叫阿瑶，年方二八，亭亭玉立，对小佬这位精明调皮的兵哥哥还颇有好感。小佬也感觉在这里找到了家的感觉，找到了精神的慰藉。阿瑶在灶台炒菜，一边关切地看着在碾槽边忙碌的父亲和小佬。小佬端着一大箩筐谷子往碾槽里倾倒：“廖伯，我看去年的谷子成色不错啊。”碾子客拾了几颗谷子在嘴里嚼：“是啊，去年雨水好，日头也足。”小佬拍了拍手上的灰：“廖伯，我去拉闸板了。”碾子客笑着：“行，你小子力气好。要小心，青苔很滑。”“哎。”小佬几步到了小水坝上，把木闸板扯开。流水哗地一下奔涌了下来。巨大的碾盘开始了转动。小佬回到碾坊里，听见碾子客在高兴地自言自语：“我喜欢看这碾子转！我喜欢听这水流声……只是，打起仗火来就麻烦了。”阿瑶已在小桌上摆好了饭菜：“吃饭了，阿爸，你还有完没完呐？”碾子客说：“好好好，吃饭吃饭！”“咦，好香呀！”这时突然有个人出现在门口。碾子客就笑：“猫头！好一条会打臊的狗！”“不要来得早，只要赶得巧不是。”那个叫猫头的兵走了进来，举起一个酒葫芦，“我也不是来白吃白喝，我这儿有好酒呢！”碾子客忙问：“是啥好酒？”“梅山包谷烧。”猫头把酒瓶凑到他鼻子边，“大伯，香不香？”“嗯，香得很！”碾子客说：“来，坐坐坐，猫头，坐下一起喝杯酒。”“对不起，廖伯，我没这个口福，也许小佬排长也吃不成。”“为什么？”廖伯问。“游排长，团里来了通知，马上要紧急集合。”“哦。”正吃着的小佬赶紧放了碗。“就要走？”阿瑶很失望地说，“吃个饭要的了多久？”“对不起了，廖伯。”小佬起身说，“眼下不比往日，战事紧了。”小佬和猫头便弓着腰杆出了碾坊的门，解开系在门前树桩上的两匹马，跨上了马背。小佬挥鞭，军马扬蹄上了一处山垅。小佬回头看见阿瑶还痴痴地站在碾坊门外往这边看。小佬禁不住眼眶有些湿润。

由手冢省三率领的日军109联队强力突破老嗨领导的游击队阻击后，终于抵达了龙潭，但是赶回龙潭的国军91师先头部队顾不上休整，迅速占领龙潭的制高点青山界。“赶紧修筑工事。”占领青山界后，团长陈范给士兵们下达了命令，又指着左边小山头对身边的连长许联尚说，“走，你跟我上去看看。”那个山包不算大，但有一边紧靠着深壑。天有点阴，俯身下看，云缠雾绕，不可及底，给人一种恐怖和神秘感。到小山包本来是有一条小路的，但是年久失修，石块风化脱落，野草疯长，已经没有路了，很难走。只爬了一截截，全身就起了毛毛汗。两人用大刀砍断茅草树枝费力地往上攀。爬到山巅，看见是一座石头围子，荒凉而破败。“好啊，这可是当年的驻兵的老营盘。”陈范高兴地跨进破旧的石头门。很多年前，一个据传是最先发明了稻谷的民族，因黄河流域的残酷战争而开始了大迁徙，来到这中国南方的山水尽头凭险而居。为了防止这个反抗性极强的民族发生暴乱，官府借用当地出产的青石在一些山头及要冲筑起了星罗棋布的黑色碉楼。碉楼位置在山顶上，高二丈，周围以青石用糯米石灰浆砌就；分两层，下层夯筑黄土，上层留墙眼八个，立屋盖瓦，日夜有守兵瞭望巡守。“团长，这里倒是个现成的阻敌阵地。”许连长说。陈范说：“是啊。你马上派人上来把这个旧营盘整固一下，也许在关键的时候，它能有大作用。”“是。”连长回答说，“真没想到我们的老祖宗会给我们留下这么一笔丰厚的遗产。”团长陈范视察完鹰形山，又转到万木冲去，那是青山界的另一处制高点。守住了这两个制高点，就能用交叉火力扼杀日军向芷江方向前进的企图。

手冢攻进龙潭镇地界，没能进入镇子，因为中国军队已经抢占了进入镇子道路的几处制高点。日军于是洗掠了镇子郊外的几个瑶族村子，把一个村子里的祠堂作为指挥部。为了尽早夺取龙潭镇，手冢马不停蹄地带领所部一些官佐去镇子周围察看地形。他们来到镇子南面的一处小山坡。朝北看，群山莽莽，云缠雾绕。参谋长岩井指着左前方说：“诸君请看，这一片山后就是龙潭镇，再往后看有一片山，照地图分析，山脚下应该就是芷江机场。”溆浦龙潭是雪峰山腹地一块难得的河谷地。有21座高山将其铁桶般团团围住。这些山各自都有一个美丽动听的名字，青山界、红岩岭、鹰形山、弓形山等等。这个山间盆地，长不过十来公里，宽不过几公里，溆水河从镇中流过。放眼望去，四周青山苍翠，高耸入云。远处的薄雾尚未散去，山峰若隐若现，平添几分神秘。盆地中央是一片肥沃的田野，远处梯田层层叠叠。“没错。这一片群山都属于雪峰山脉。”开拔前，手冢在衡阳曾经仔细翻阅过有关这边的一些资料，而且他一直对中国文化有较浓厚的兴趣，便如数家珍般介绍说，“雪峰山古时叫梅山，《宋史》中说‘梅山峒蛮，旧不与中国通’。方圆五百里的雪峰山地势险要，其间沟壑纵横，鸟道迷魂，外人难以与之联系。诸君一路过来应该也都领略过了，所以我们每前进一步都得仔细度量，对于伟大的雪峰山，我们应该有敬畏之心。”众官佐听到手冢的讲述都一番赞叹，点头称是。手冢对身边的副官说：“来，把地图摊开，让大家熟悉一下这里的地形。”副官便从大公文包中取出一张《洞口军用地图》，地图是1∶50000的，标记很详细。副官把地图摊放在一块大石头上。“龙潭的北面应该叫作青山界吧？”一个军官问，“为什么这张地图上没有呢？”手冢走到地图边，指着图说：“你们看，这里是鹰形山，这里是万木冲，还有……其实青山界只是一处地名，就是这一片山峰的总称。”“啊，明白，明白。”那个军官便指着不远处的几座山说，“那里，最高的那个应该就是鹰形山了吧？”“对的。那就是鹰形山，往右边过来，那座山是万木冲。青山界前面排列的就有鹰形山、万木冲等几座山峰，形成一道天然屏障。”手冢说，“诸君，我们若站稳龙潭，芷江机场便唾手可得。但是支那人已经提前抢占了青山界，我们若是不能夺取这一片高地，便无法在龙潭立足，更将无法向芷江方向推进一步。青山界重要性大大的。一定要拿下！”“嗨！”官佐们用齐声回答表达意志和决心。

经过一番紧张部署，翌日凌晨，日军向91师的青山界阵地发起进攻。连长许联尚安排了一些人加固了老营盘，自己则在鹰形山山麓率部抢修战壕。一个哨兵过来报告：“连长，鬼子来了，我们被四面包围了。”果然，一会儿陈范就听到山脚下有一阵阵鬼子“哇啦哇啦”的吼叫声。陈范对士兵们说：“都不要慌，继续抢修好工事。等鬼子靠近了再打。”士兵们便搬运石头加固好临时工事。黑压压的日军缓缓地向山包上靠拢。趴在战壕里的陈范一声大喊：“打！”长枪、机枪一齐发射。有几个日本兵中弹倒下，其他的纷纷趴下，但没一会儿，又从草丛中冒出身子，继续往山包上合围。一个官佐举着长刀“哇哇”叫着往前冲。许连长扣动了扳机，一颗子弹呼啸而出。“啊——”日军官佐中弹，大叫一声。几个士兵急忙过去将受伤的官佐架住撤下。士兵们居高临下，一阵猛打，几个鬼子中弹后狼狈后退，见状，其余的士兵也纷纷往回撤退了。“哈！小日本撤退了！”一个士兵兴奋地叫。陈范说：“弟兄们注意了，现在远不是庆祝的时候，鬼子只是暂时后退，他们马上就会组织新的进攻。赶紧把受伤的弟兄转移到后方林子里去。加紧备足弹药，筑好自己的工事！”士兵们便忙碌起来。得到攻击青山界遇到阻击的消息，手冢骑在马上，亲自带着一支全副武装的马队赶到青山界山脚下。“咴——”手冢突然在山边一勒马头。他听到了来自山上的枪声，跳下马背，挥了一下手。黑压压的增援部队便追着枪声向山坡上攀爬。哨兵看见山路上的鬼子，急忙回到战壕报告："连长，你看，那边、那边，又来了好多人，怎么办？""走，转移到老营盘里去。"许连长看见鬼子人太多，说，"把鬼子放进这窝窝里来打。"一个肥胖的日军军官领先爬到了山包上，一些鬼子也跟着冲了上来，但山麓上竟然一片寂静。"八嘎，支那人跑了。"胖军官边说边四处察看。"砰！"突然一颗子弹飞过来，打在那军官的钢盔上。胖子扑倒在地。"长官，长官。"一个兵急忙趴下，用力摇动军官的身体。胖军官脸色发白，道："我没……没事。"这时坡头上突然枪声大作。军官一惊，问："怎么回事？"一个兵跑过来："长官，支那人故意放空这里，转移到高处去了。"军官抬头看，高处的林子间像是有一座石头围子，说："他们跑哪儿都没用，攻上去！"他爬起来，举起刀："冲啊！往上冲！"日军开始强力往山上攻。但是道路十分陡峭。一个个全像狗爬一样。老营盘里不断射出子弹，有几个鬼子中弹，其中的一个挣扎着，脚下一滑便翻滚着跌下了悬崖。深深的峡谷很久才传来一声闷响。"长官，路窄坡陡，攻不上去。"一个受伤退下的士兵对军官说。军官正思考时，从高处的老营盘里蜜蜂般飞出无数小黑点，黑点变得越来越大——几十个手榴弹扑落下来。从羊肠小道上奔逃后退的日军多人伤亡。而且就在这时，"砰——"的一声枪响，那个正向军官报告的士兵就中弹倒了地。军官蹲下，用手探了探他的鼻息。另一个兵爬过来："官佐，我们已经死伤十几个了，他们人太多，怎么办？""嗨！"军官无可奈何，指指地上的士兵："背上他，撤吧。"

首战告捷的第二天中午，74军军长施中诚、91师师长覃飞及几个美国顾问来到鹰形山视察，阵地上、交通壕里到处都是日军的死尸，有的尸体已经开始发臭。团长陈范报告说："敌我多次争夺这个山头，双方均伤亡惨重。""打得不错。"施军长赞许地说，又特意强调，"这座鹰形山可是战略要点，必须全力固守。"陈范表态说："请军座放心，我团全体官兵人在阵地在，誓与鹰形山共存亡！"日军撤退后，许连长又把老营盘里的部队撤回到半山腰的阵地。第二天傍晚，突降暴雨，战壕里血水及膝。整个晚上，士兵们全站在血水中坚守岗位。有的战士轮流着以一只脚站立，另一只脚提出水面晾干。一连数日，许多人脚上长满了水粒，奇痒难忍。第三天，白天还比较平静，夜幕降临时日军开始发起梯队进攻，我军士气旺盛，鹰形山整个防线岿然不动。就这样一直坚持了七八天，日军寸土未得。

经过日军工兵队的紧张抢修，被国军炸毁的巴登桥又能通车了，日军第116师团166野战炮兵大队于是得以顺利进入了龙潭。于是日军出动炮兵大队，排列在鹰形山山脚下，一齐轰击半山腰的国军阵地。在火炮一阵阵狂轰滥炸之后，日军的大队伍又开始了蚁阵般的攻击。漫山遍野全是黑压压的日本兵。日军数次冲锋数次被击退，其间还经过多次的贴身肉搏拼杀，许连长感觉有些难以抵挡，于是安排一个班士兵原地死守掩护，其余士兵又陆续撤至老营盘里去。攻上山麓的日军用无线电向山下的炮队发送了老营盘的位置坐标，于是，漫天的炮弹便雨点般地朝老营盘倾泻下来了。上到山麓的日军趁机缓慢地攀缘着风化了的小路攻上了老营盘。“鬼子攻上来了！”蹲守在营盘哨楼的士兵突然大声呼喊。在石头围子外栅栏处阻击的许连长一边朝追赶过来的鬼子放枪，一边带领队员退进了围子里：“快，快，快把大门顶上！”几个士兵忙把厚重的门关上，还加了石头来顶住。日军穷追不舍。“嘭嘭嘭——”鬼子拼命用枪托擂门。陈范吹响了竹哨，几十个士兵从四处集合到院坝来。许连长指挥着：“把好各自的哨位，不要随便开火，也不能让一个人冲进来！各就各位，快！”士兵们便纷纷散开，有的把守在城墙上，有的上了碉楼。外边的日军越围越多。天色变黑，无数火把还在往这边靠拢。日本军官便指挥几个壮汉用一截树筒子榨油般齐力撞击大门。有几个蹲在城墙下的黑影在搬运一些茅草，并突然点燃了火。看见城墙下的火光，陈范又吹了一声竹哨，众士兵一齐开枪。但日军疯狂而顽强，许多人开始攀爬营盘不高的石墙。一个瘦子军官带头攀上了墙头，与几个国军士兵开始搏杀。突然，黑营盘碉楼上响起了枪声，几个正在攀墙的鬼子受伤从墙头跌落下来。一个士兵挥刀砍向日军军官，军官见势不妙，腾身而起，跳落到墙外的草地上。他即刻爬了起来，又大声喊：“不要后退，冲呀，赶紧上！”打算后退的鬼子又围了上来。“轰”的一声，老营盘厚重的大门被大树锤击倒下了。日本军官带头冲进营盘，跳上一个高处，恼羞成怒大声吼叫：“尽诛杀绝，不留活口。”鬼子们冲进营盘里，与国军士兵贴身搏杀。有人开始放火。营盘里火光熊熊，浓烟滚滚。许连长带领着剩下的几个士兵与鬼子边搏杀，边从营盘后门退出去。老营盘后面是一片竹林。子弹打光了，双方在竹林里一阵搏杀混战。寡不敌众，几个士兵一个个被砍死。许连长只得孤身边战边退。他往悬崖边退，日军军官带兵紧追不舍。许连长在茅草丛中艰难前行，见后头没有人追来了，于是停住，喘息了一下。“哈哈哈哈！”日本军官突然从竹林里冒出来大声狂笑，“投降吧，你跑不了啦！”许连长急忙退后，却被一根藤绊倒，仰面朝天，长刀落地。军官顺势扑了上去，挥刀狠命朝下砍。许连长用手撑住他的手腕。二人翻滚搏斗。到底那个壮实的军官力大，几次翻滚后，许连长的脖子被那家伙死死掐住。许连长努力缩回右腿，用尽全身力气狠命朝那人裆下踢去。“啊哦！”那军官惨叫了一声，松了手。许连长趁机爬起来继续跑，只是他突然停住了——因为已经来到一处悬崖边缘。“哈哈哈哈。”紧追上来的日本军官大声狂笑，“我看你还往哪儿跑！”许连长无奈，只能趁机纵身一跳。他抓住一根竹梢一弹，人便到了半空之中。军官扣动了扳机。一阵雨点般的声响，子弹洞穿了一根大楠竹，竹梢断裂。许连长掉下之时，顺手又揪住另一竹梢，人刚落地又就势一弹，飞身跃起，却没能抓稳另一根楠竹，整个人于是跌落进了黑咕隆咚的深涧……

第十七章

鹰形山陷落，于是青山界也丢掉了。青山界的得失对湘西战役影响极大。被称为“铁军施指挥”的74军军长施中诚风尘仆仆地赶到了龙潭。91师的主要军官都被召集到指挥部听取军座训示。施军长首先通报了一下湘西会战的基本形势，说：“日军发动的湘西会战目的主要是夺取芷江机场。我军的应对策略则是利用方圆五百里的雪峰山将敌拖垮拖死。这样就有三个最关键的区域。一是我军利用雪峰山东麓山地，构筑坚强工事，固守武冈，阻挡敌人的西进。眼下，我们的这条最后防线以及和武冈城墙都是极为坚固的，武冈一战，日军大败，已经溃败到武阳外靠近绥宁一线。二是固守芙蓉山。芙蓉山的固守对整个会战极为重要。眼下日军始终不能突破芙蓉山而利用湘黔公路，兵员、辎重输送必须绕山区崎岖小路，时间及精力耗费严重，补给线更为延长，极大地影响了日军战斗力的发挥，从而将加速日军的战败。第三，就是心脏地带的守卫了。各位，你们如今担负的任务正是守卫我们的心脏部位，责任重大啊！”说到这里，施中诚突然加重了语气，甚至大发雷霆，“各位，你们知道青山界失守意味着什么吗？江口是日军企图翻越雪峰山抢占芷江机场的必经之地。它北通溆浦，南连绥宁武阳，并有邵榆公路横贯东西，西接安江芷江，属湘西军事要点。其四周高山层耸，道路崎岖，尤以东南面的青岩，形势更为险要，是江口的重要军事屏障。要攻占江口就必须先攻占青岩，我方要守住江口，也必定先守住青岩。日军不惜以120、133两联队的主力，对青山界是志在必得啊！青山界失守意味着雪峰山门户向敌人洞开，意味着日军垂涎的芷江机场就要唾手可得。我施中诚可是在总司令官面前下过军令状的，用脑袋担保龙潭不失。你们也是跟我立过军令状的。如今鹰形山高地被敌军偷袭占领了，那就是说，我和你们的脑袋都是要掉的。”军长发际线很高，脑门发亮，其形象一贯是温柔儒雅的。军官们从没见过他发这么大的火，都吓得连大气也不敢喘。“覃飞！”施军长突然大声喊。“到！”胡子拉碴的覃飞急忙立正出列回答。“命令你师立即研究作战方案，限期三天夺回青山界，否则军法处置，你自己提脑袋来见我！”军长扔下一句重话，拂袖而去。

虽然，覃飞已经很多天都没有睡过什么觉，但第二天一大早，就带着几个团长再一次来到前线，观察地形。青山界地势险峻，羊肠小道，易守难攻，无法进行大兵团作战。经过研究，覃飞决定采用车轮战，从各团抽调精兵组织多个敢死小组连续攻山头。小佬多次参加过敢死队，打过硬仗，所以，也被选拔参加这次车轮战。第二天中午时分，覃飞下令开始向鹰形山发起进攻。先是拔出3号高地外围的“钉子”，连续的进攻一直冲到了后半夜。这一招还不错，91师很多兵来自湘西，他们习惯于这种山地作战。这些兵攀岩爬树、渡河泅水、走山路皆是好手；更要紧的是霸得蛮，不怕死。所以，攻击到第二天拂晓时，只剩下一个碉堡还被日本人占领着。日军凭着精良的武器居高临下对我方的进攻实施阻击，还真成了难啃的硬骨头。黎明时分，最后一组敢死队出发了。一个游击队员用炸药攀缘着藤蔓爬上悬崖，把那个最顽固的碉堡炸了。炸掉敌人碉堡后他没有牺牲，但是耳朵被震聋了。鹰形山终于被夺回来了。

鹰形山夺回后，敢死队员分散回到各自的连队。接着，陈范团展开了对青山界另一处要冲——万木冲的攻坚夺取。小佬是第三排排长，他的排负责攻击一个被日军抢占了的瑶家村庄，进攻还算顺利。村庄的小股敌人抵抗了一阵便向右侧高地转移了。但是在攻击万木冲的5号高地时，遇到了麻烦。陈范安排队伍隐蔽在距敌阵百多米的山地林子待命。接到命令后，第一、第二两个排从林子左右两侧冲出，向5号高地进击。一排李排长在快跑跃过一段开阔的山坑田时，遭到右侧庙内敌人机枪的扫射，中弹阵亡。几次冲锋未果，前进受阻，陈团长下令撤回该排。“团长，这一回让我们上吧。”二排的林排长首先请战。林排长是个个头高大的山东大汉，身体十分强壮。“让我们排上！”小佬也请战。陈范想了想，朝山东汉子走去，拍了拍他厚实的肩膀：“去吧，千万小心！”林排长整理了一下行装，回头来到小佬面前，把一个小包交给小佬。小佬说：“林大哥，这……”林排长说：“小佬，你是我最好的兄弟，这里面有几样我喜爱的东西，还有写给我娘的几句话。如果我牺牲了，就麻烦兄弟帮寄回家去。”小佬接过小包，点了点头，说：“林哥，我等你回来自己去寄。”“要得。我一定会活着再见兄弟。”林排长说罢，跨起冲锋枪，一鼓作气，率部冲过田埂，到达敌阵的山脚下。双方展开枪战。敌人居高临下，二排伤亡很大。林排长左前臂中弹骨折。双方相持到天黑，陈团长下令撤回。见到战事僵持，小佬主动请战："团长，这一回让我们排上吧。我保证完成任务。""不必了，先好好歇着，等天黑了再说。"陈范拍了拍他的肩膀说，"放心，活有得你干呢！"这时小佬才明白先头只是佯攻试探，摸清敌情。那天晚上，团长把小佬叫来，命令他们乘夜深入到敌人心脏地带去。要深入攻到敌人的阵地，先要经过一道封锁线。小佬命令士兵们全部轻装，不能发出声响。小佬交代："一定不能弄出一点动静。即使被敌人冷枪打中，也不准哼一声！"但就在他们通过一座小桥时，就有一个士兵被冷枪击中而受伤。他拼命咬着牙，不敢吱一声。"快！"小佬轻轻招呼几个士兵过来，"背他回去，不要弄出一点声响。"士兵们便悄悄背着伤员退回去了。小佬领着士兵进入5号高地旁的一处林子。他交代众人潜伏，等待。一直到半夜四点左右，远处突然升起三颗红色的信号弹。陈范指挥着大部队从左中右三面向高地进攻，日军守兵倾巢而出进行阻击，而此时，潜伏在高地旁边林子里的小佬排突然出现，一举端掉了日军的老窝。5号高地被夺回了。为防止日寇的反扑，陈范及时分配兵员各处驻守。小佬带着队伍去半山腰的一处阵地驻守。"啐！天啦，好臭！"士兵猫头一进入阵地便大声喊叫，不断地吐口水。这里原本是国军建在半山腰的阵地，后来经过几次拉锯，交通壕内到处都是双方士兵的尸体。不少尸体已腐烂了，臭气冲天，确实令人作呕。"哇——"小佬也忍不住呕吐起来，急忙解下帽子使劲捂住嘴。"排长，来，给你这个。"一直大喊大叫的猫头走过来。他此刻倒是很精神，一副若无其事的样子。小佬看见猫头手里拿着一根树枝样的东西。"这……是什么？"小佬问。"野薄荷。"猫头摘了几片叶子递给他，"来，塞在鼻孔里。"叶子很薄，绿色，有透明的网络。小佬接过叶片揉一揉，塞住鼻子，感觉有一股清凉的香气，忙说："嗨，这玩意儿还真管用呢。"听说树叶子可以驱赶臭味，士兵们便到处去采集树叶子，放在手上揉，用鼻子去闻。猫头说："喂，莫去乱摘啊！有些树叶可是有毒的。"众人一听便都把手中的树叶扔了。"来，我来给大家找。"猫头就帮着大家找气味较浓，而且不会产生过敏的树叶来塞鼻孔。

由于白天后勤人员无法通过敌人封锁线，晚上九时多才把饭送上来，大家都饿了一天多，早已饥肠辘辘。虽然在鼻子里塞了树叶子，但尸臭还是极大地影响胃口，一个个都只吃了个半饱，就开始准备防范敌人的反扑。5号高地对敌人威胁很大，日军一定会下决心夺回来。敌军为了保命，白天都龟缩在堑壕里，第二天夜晚就哇啦哇啦地喊叫着发起进攻。敌人一次又一次的冲锋均被小佬他们击退。

过了两天，入夜时分，小佬又把躺在堑壕里睡觉休息的士兵们叫醒，让大家准备战斗。但这一夜却奇怪地安静——鬼子没有对阵地发动进攻。小佬心想，日军是不是改变了策略，改在白天进攻了？一夜没合眼的小佬第二天整天都不敢睡觉，但一直到黄昏的时候鬼子的阵地依旧没有丝毫动静。夜色降临的时候，小佬接到上级通知，说日军大队人马已经开始转移撤退，团部命令各连布置对撤退的日军进行伏击。小佬排便急忙赶到一处叫老鸦岭的地方埋伏。天断黑不久，小佬就发现面前的小山沟里有动静，大批敌人鱼贯而过，但月黑看不清楚。这时，天空升起了红色的信号弹，山沟两边的伏击点枪声大作。日军像无头苍蝇一样在山沟里“嗷嗷”乱叫，四处奔逃。天亮清扫战场，计打死敌军四五十人，活捉十余人。打死军马近三百匹，全部是驮马，背的几乎全部是中国的军事地图，每匹马背两大箱。地图是1∶50000的，图上连一座小桥、一间小庙、一处小树丛都有标记，非常详细。这一回，掉进国军埋伏圈的日军还真不少。一部分被打死或活捉，也有一部分日军强行突破了包围圈。

“追！一定要全歼这些强盗！”陈范下达了命令。小佬排便跟在其中的一股逃窜日军的屁股后头穷追不舍。在追击战中，后勤往往很难跟上，士兵们经常饿肚子。这次追击，幸好打死了日军的几匹战马，大家就用马肉充饥，只是没有盐，吃得人发呕。这一天，小佬排追击时进到了一个被敌人蹂躏过的小寨子。寨子空捞捞的，气氛有些恐怖。最先通过小桥时，看见了一具在急流中漂浮的女尸，颈部勒以绳索，另一端还系在桥上。小佬惶恐地握着大刀在寨子里走，他看见屋檐下、堂屋里、场坪中，横七竖八丢弃着被肢解的躯体，处处充溢着血腥。经过一间破旧的油坊，似乎听到有动静，便走了进去。一只满嘴血污的野猫嗖地从他的胯下钻了出去。小佬跨进门便吓呆了。有七具女尸一字儿排开悬在榨油坊的梁柱上——她们来这里躲藏，见大势已去又不忍在日军屠刀下遭受蹂躏，于是相邀自尽，一根长绳系起一串绣了碧桃、绿荷、金桂、红梅等美丽图案的花边衣。见此惨状，小佬气得咬牙切齿。这时候就有一个哨兵跑回来报告说：“排长，鬼子刚刚离开这里不久，据侦察，他们离此不到十里地。”“好啊。”小佬立即大声下令，“加快进度，一定要追上这些狗强盗！”小佬带领部队穷追，不到两个小时就追上了敌人，一阵猛打，击毙24人，俘虏2人。“长官饶命！长官饶命！”一个满脸血污的日军俘虏跪拜不断求饶。俘虏将头往地上磕的时候，背上有一个大包袱。小佬转到他的背后，用脚踢了一下那包，问：“包里是什么东西，这么沉？”俘虏突然面色如土，死死护住。小佬一脚将他踢倒，扯下那包。俘虏又爬过来要抢。他的手被一个兵用脚踩住。小佬把包扔在地上。掀开包，一股血腥恶臭扑面而来。背包里都是些发臭发黑的人的手掌。一阵恶心，小佬差点就要呕吐出来。一个兵就过去用脚要踢走那个包袱。“求求长官别扔掉。”俘虏一把跪在地上，哭泣着大声哀求，“这些手掌，都是我同乡战友们的。他们都死了，我把他们的左手掌砍下来。如果能回到后方，就寄给他们家里去化灰留念。”小佬听到，却一时无语。

天黑时分，追击的枪声逐渐停止。不久，陈范到来说敌军可能会组织大反击，命令小佬排停止追击，赶回龙潭集中。小佬于是便集合队伍开始转移。走着走着，眼看就要回到龙潭了，天空中突然飞来几颗炮弹，小佬身旁被炸断了的松树正压在小佬面颊上，把小佬脸擦伤，帽子也被擦掉了。当时，小佬觉得头昏眼花蹲了下来，“排长，你受伤了？”一个士兵奔跑过来。“一点飘皮伤，没事的。”小佬用手捂住面颊，缓缓站起，“去，叫副排长指挥弟兄们继续赶路。”队伍于是继续往龙潭赶。小佬脸上的伤其实倒无大碍，而当时没有察觉的左腿被弹片擦伤较严重。鲜血不断地流向小佬裤管里，出血颇多，走着走着，小佬感到头重脚轻，又坚持了一段，来到一个山垭，突然看见远处小溪边有一座熟悉的碾坊，于是实在走不动了。“你们赶紧先走吧。我要歇息一会儿。”小佬对行进的士兵们说，然后在路边的一块大石头上坐下。后面，友军的队伍也陆续过来了，也是在赶往龙潭集合。许多人跟小佬都认识，纷纷跟他打招呼，小佬便勉力笑着回应。小佬背靠在一块大石头上抽纸烟，笑呵呵，若无其事的样子，只是他的脸色有点惨白，不过，因为脸上烟熏火燎，遮盖了脸色，没有人察觉。这时，猫头急匆匆地跑了回来，看见小佬吐出一股烟，很享受的样子。“排长，你没事吧？”猫头到近前说，“好久没见你跟上来，副排长叫我来找你，四处没找见，原来你躲到这儿偷自在来了！”小佬：“呵呵，猫头，来来，坐下，歇会儿。”猫头坐下：“吙，高级，排长还抽起纸烟来了？什么牌子？”小佬：“问那么多干啥？要不要来一支？”猫头：“当然，断顿两天了，把树叶子当烟卷吸呢。”“猫头，在我上衣口袋里，自己取。”猫头去小佬口袋里取了烟，摸出一支叼在嘴上：“三炮台，好牌子！哪儿弄的？哦，我晓得了，是你的那个……瑶……”小佬：“莫乱说。”“肯定的呐，你都是抽叶子旱烟的，哪里舍得买纸烟？”猫头把烟点上，“咦，香，真香！排长还真是艳福不浅，阿瑶不单人漂亮，还那么心疼人。”小佬不说话，微微笑着，心里可高兴。猫头又抽了一口烟，轻轻问：“排长，碾子客应承了吗？”“差不多吧。等我们打了大胜仗，阿瑶就会嫁给我。”小佬说话时，目光放亮，充满期待。“这回……不是打了大胜仗吗？”“哪里，更激烈的战斗还在后面呢！”小佬收回目光，狠命抽完了最后两口烟，把烟蒂扔掉：“猫头，起身，走！”但小佬努力站起时，却脚下不稳，摔倒了。“排长，你……”猫头急忙去搀扶，“排长，你还是先歇歇吧。”小佬：“你少啰唆，快，扶我起来！”小佬向猫头伸出一只手。猫头抓住小佬的手，小佬搂住猫头的肩膀。小佬：“猫头，你得使点劲，来，一，二，三，起……”猫头扶小佬起来，此时才发现，小佬靠过的那块大石头上已经尽被血水染红！猫头的手触到了小佬的背，拿过来一看，满手鲜血，顿时一惊：“排长！你负伤啦？！”小佬：“嚷嚷什么，嚷嚷什么呀？没见过挂彩的呀？大惊小怪的，快，扶我走！”猫头架着小佬蹒跚而去，小佬的脊背，浸透血水。小佬被猫头架着，一步一步走下土坡。走了几步，小佬就停住了，大口喘气。“怎么啦？”猫头问，“来，排长，我背你。”“不用。”小佬喘着气说，“可能……我真的走不动了。猫头，阿瑶家的碾坊在那边，你就扶我去碾坊歇歇吧。”“嗯，这样也好。”猫头又扶着小佬一步一步走。小佬被猫头架着，步履强直而踉跄。青石板路上有一串血滴。一双蹒跚的脚，血滴正顺着那个人的裤管滴淌下来。小佬的脸上几乎看不见血色了，两眼发黑，神志模糊，完全是潜意识支撑他前行。小佬有气无力：“猫……猫头，碾坊，还……还有多……多远？”猫头擦把泪：“到了，就快到了，排长……”小佬：“我……答应阿瑶……答应阿瑶……打了胜仗，我……我一定会去娶她……”碾坊终于到了，一只手在敲门：笃笃笃，笃笃笃……门开了，露出阿瑶的脸。她有些发愣，一下子竟没有认出小佬来，把门一关，转身欲回房。小佬讨好地笑一笑，笑得挺苍白，挺无力：“是我啊，阿瑶。”阿瑶听到了熟悉的声音，回眸一惊，立刻抱住小佬，但也摸到了小佬脊背上的血，阿瑶大惊失色，傻了：“小佬，小佬，小佬——”躺在阿瑶臂弯里的小佬已经死了。猫头不忍卒看，泪流满面，背过身去，捂住脸。阿瑶摇撼小佬，发出撕心裂肺的一声号哭：“小佬哥啊——，小佬！小佬，小佬醒醒，你醒醒啊！小佬，小佬，我的亲哥哥啊——”小佬脸色平静。他永远地去了。

这一天，山门镇镇署里坐着两个壮实的汉子。彭镇长邀请豹子岭的大舵把子老嗨来喝茶，商量如果遭受日军入侵该如何协同防守的问题。突然，一个地方民团兵弁急匆匆跑来报告，说大批日本兵突然出现在山门镇的市郊了。两人都吃惊不小。为了尽快夺取芷江机场，配合109联队偷袭龙潭，关根太郎的133联队大批装甲车、坦克领着浩浩荡荡的士兵一直沿着湘黔公路前进。这条公路很早就被国军和老百姓破坏，到处坑坑洼洼，加上国军沿途阻击、骚扰，133联队前进速度并不太快，但日军生性勇猛，火力厉害，不久就追上了从溆浦回撤龙潭的91师部队。只是91师撤退过铁桥后，将大桥炸毁。友军109联队第一中队突袭后强攻占领了雪峰山心脏地带的青山界，中国军队91师、19师、63师与敌人在江口、青山界、松山、圭洞，双方攻守，势如拉锯。激战20昼夜，91师55团组织200余人敢死队使用车轮战与日军肉搏，夺回了青山界。109联队6000多人被中国军队包围，处境十分危险。为了尽快给109联队解围，且尽快协同攻占芷江机场，关根太郎率领的133联队接到上司命令后决定转攻芙蓉山，想直接插进雪峰山心脏地带。关根联队首先攻击芙蓉山外围阵地岩口铺。国军守军一个连196名官兵遭到5倍于己的1000名日军士兵四面围攻，居然坚守小镇12天，击毙敌大尉田丁由五郎以下190余人。十天里，日军始终无法突破国军芙蓉山阵地。从离此不远的芷江机场起飞的中美“飞虎队”的飞机轮番轰炸。那些飞机，全绘着恐怖的吃人大虎鲨。为避大虎鲨空袭，133联队只好放弃经过洞口县城的邵榆公路向前推进，而是躲进茂密的松树林子里缓慢前进。然而，这一避躲，却让关根得到了意外的收获与惊喜。日军发现了通往山门的一条林中隐密小道。于是，关根选择了这条崇山峻岭间宽不足1米的岩板山道，偷偷越过了雪峰山，突然攻到了山门。

山门即“雪峰山之门”，因其西面两山夹峙状若山之门而得名。山门镇西靠雪峰山，距洞口不到20公里，是重要的集镇，也是湘西会战的战略要地。胜利来得如此容易，望着山门发黑的坚固城池，关根太郎竟然怀疑起来。他不敢骤然冒进。“这里，还得继续挖，挖深些！”关根挥动着军刀指挥士兵们在东门外堆筑起一道长长的临时工事。关根来到一段正在挖掘的战壕边，将指挥刀拄在松软的泥土上，掏出雪茄，打算抽烟。他突然瞥见不远处沿河的官路上一匹黑色的大马正急急奔驰过来。近了，他急忙迎上前去：“是手冢兄啊，辛苦了！”“都一样。”马靴在阳光下一闪，手冢敏捷地跳下马背，“唉，这一段时间，我们一直在这边跟支那人拉锯，真有点独木难支啊。想不到你竟然会突然出现在山门，真的是神兵天降啊！”关根笑笑，说：“哪里哪里，只不过是借用了一下支那人常用的计谋，叫瞒天什么……”“瞒天过海。三十六计之第一计也。”“对对对，手冢兄不愧是熟读过《孙子兵法》，就是这个东西，瞒天过海，走小路，悄悄地，打枪的不要。哈哈哈。”“你这一瞒可帮我纾解了很大的压力啊。谢谢。”手冢忙不迭点头致谢，后来往不远处的城头望了望，问，“镇子里情况怎样？”关根信心爆棚地道：“围死了它，你说，它还能怎么样？”“哈哈哈哈。”手冢大笑，“占领了山门，我们两个联队就在支那人的心脏里占据了一块可以勾连腾挪的地盘了。眼下形势紧急，关根兄打算何时发起进攻？”“不急。”关根把长刀插回刀鞘，“我已经对城内通牒喊话，希望他们能识时务，兵不血刃。看看他们的反应吧。唉，有了！”这时，城郭月城头上突然出现一个民团兵的身影。民团兵用一张硬纸卷成个喇叭，朝这边大声喊：“喂——我们山门镇的彭镇长发话了，我们愿意与贵军进行对话。请你们派一名代表和翻译进来，不准带武器！”关根让个子矮矮的翻译把那人的话翻译了一遍。“八嘎，这帮支那人死到临头还这么嚣张？”旁边的一日军军官非常生气地说，“大佐，发命令吧，攻进去，活捉他！”旁边几个军官也附和：“笼子里的死鸡，还跟老子们谈什么条件？”“各位请冷静。”关根太郎挥动了一下戴着白色手套的右手，止住了他们，“他们既然愿意谈，我们就不应放弃这个机会。谈得好，就可以兵不血刃。要知道，我们的损失已经是够多的了。”“既然这样，长官，就让我去吧。”矮个子翻译凑上前来主动请命。矮个子是本地人，刚刚投靠过来，很想表现一下自己。“你去没用处的，如果谈僵了，就没得退路了。”关根太郎脱掉白色手套，“还是我自己去走一趟吧。”手冢省三说：“关根兄，支那人都是很狡猾的，你得千万注意！”“这个，我明白。”关根太郎把枪和佩刀都交给了旁边的部属，回头叫那矮个子，“你，跟我一道走。”关根整理了一下衣冠，便大步往月城走去。矮个子翻译紧紧跟在他的后头。关根太郎进去了很久，看来一切并不是想象的那么顺利。一个时辰过去了，手冢省三等都很焦急地在月城外守候观察。“大佐都进去那么久了，会不会有什么问题？”一个小胖子军官说。“应该不会吧。我们再等等！”手冢省三突然高兴地说，“哎，你们看，他好像出来了！”小胖子军官仔细瞧，大声说：“没错，是关根太郎长官。”关根太郎从月城的门洞走出来。他大步流星，气色挺不错。日军士兵们一片欢呼。关根太郎刚走出月城，月城上头就悬起了一面白旗来……

山门的郊外一座破庙，屋里很黑。一盏古老的桐油灯，灯光昏黄摇曳。被油渍污染得发黑的木头桌子上放着一张《山门镇地形图》。覃飞伏在地图前。因为光线太过昏暗，他散乱的胡须一直在地图上摩挲扫动。山门是雪峰山心脏地带的一处要塞，被日军偷袭占领后，驻扎在附近的国军91师奉命火速赶到，对老城实施了包围。一直站在覃飞身边的参谋长戴涛问：“师长，你打算何时发动夺回山门的战斗？”覃飞没有作声，仍在埋头看地图。戴涛却有些急，说：“战士们听说这一带是师长你的故乡，个个都群情激奋，斗志昂扬，说一定要为师长的家乡誓死作战，要马上夺回山门，为师长争光。”“不是要他们为我争什么光，而是为国争光。”覃飞微微一笑，“你晓得这个山门是什么地方吗？它可是魏源和蔡锷两位伟人的故乡，岂能让日寇蹂躏！”“是的，这是个神圣的地方！”戴涛说，“一定要尽快把它夺回来。”“夺回来是肯定的。”覃飞说，“只是，日军攻占山门后，已经把这里作为后勤基地，火力和配备程度你可想而知。如今情况不明，若一味强攻可能会得不偿失。”“心急吃不了热巴饭。师座的想法有道理。”戴涛没再多说话。覃飞突然起身说：“老戴，走。我俩上后山去看看。”戴涛跟着覃飞走出破庙。两人便往后山上走。覃飞往城郭瞭望，古城被薄雾遮盖，有一种静谧的神秘，城门外沿设置了鹿寨等障碍物，似乎处处隐伏杀机。覃飞的眼神颇显忧郁。他不知如果强攻，会出现什么样难以预料的结果。“师长，师长！”一个连长从山坡脚下飞快地跑上来。覃飞问：“有什么事？”连长气喘吁吁地说：“好消息！我们连捉到了一个从城里出来刺探军情的汉奸。”“啊，好啊。”覃飞急忙问，“在哪里？”“已经押到指挥部了。”“好。”覃飞对参谋长一挥手，“走。得好好审问一下。”

覃飞走进庙门，大殿光线暗淡，隐约见一个被麻布包裹着上半身的人被士兵按着跪在地上。“娘卖的，你们想要闷死老子呀！娘卖……”那人一直在骂。士兵生气一把用枪口顶住那人的脑袋：“老子？老子？还乱嚷，一枪毙了你！”“兄弟，别，别！”那人急忙说，“你们不是中央军吗？你们就别多心，我就是来找你们的。”“你来找谁？”“我找你们老大。”“这是你们捉到的汉奸？”覃飞进来问。士兵还使劲按着那人的肩：“是的。这个狗汉奸很不老实！”“汉奸？！”那人嘴巴确实不老实，“你狗日的……才汉奸……”“还不老实？抽死你！”那士兵使力一把将他按在地上。“行了行了。”覃飞指示，“把他脑壳上的袋子打开。”士兵便去打开麻布袋。绳子缠得紧，那人又乱动，纠缠成了死结。士兵就抽出匕首把绳子割断了。“你们这哪像中央军呀？这样子整人，跟土匪没有两样……”那人把脑袋一探出来又骂，但突然就停住了。稍稍停顿了一下，那人却突然喊了一声：“爹——”覃飞完全没想到，也愣了一阵，终于像是看清楚了，惊讶地说：“你……啸天？！”众人也都是一惊。那个士兵其实也是湘西籍的，听到这个名字，慌忙去给啸天松绑，说：“覃大哥，对不起，对不起！”待啸天稍稍喘息后，覃飞俯下身子，关切地问：“啸天，你怎么来了这儿？”“嗨，一句两句也跟你讲不清楚……”啸天嘴唇干裂，道，“爹，渴死了，先给我点水喝。“一个副官忙把军用水壶递上。啸天一阵猛喝，喝罢，解开外衣的纽扣，扯断线缝，从衣服夹缝里取出一张字条。参谋长戴涛急忙接过，问：“啸天，你这是……”覃啸天活动了一下麻木的手臂：“这是山门镇彭镇长写的一封亲笔信。”参谋长戴涛细看了一遍，又举起对着大殿高高的八角形窗就着光看，摇摇头道：“这上头啥玩意也没有，啸天，你是搞错了吧？”“哦。”覃啸天突然才想起，说，“爹，麻烦借个火。”“嘿，你小子还学会抽烟了啊！”覃飞笑着说，“是烟瘾发了吧？来，把烟枪给他。”“我不要烟枪。”覃啸天说，“就把那盏油灯端过来就是。”一个兵把油灯端了过来。覃啸天把那纸条靠近火上烘烤了一会儿，纸上的字迹便清晰地显露了出来。覃啸天把纸条递过去："这就是彭镇长带给你的信，请过目。""啊！是这样的？"覃飞接过信，用指甲尖弹了弹蜡芯结起的灯花，仔细地看了一遍，"哦，老镇长原来是诈降。""听说国军91师已经包围山门，老镇长便让我带信出来找你们。"啸天说，"城里早已经潜伏了嗅枪队，还组织了一拨青洪帮兄弟。老镇长希望里应外合，尽快收复山门。""好。"覃飞高兴地一捶桌子，"这样干，我们就更有把握了。"

黎明时分，山门镇厚重的城门在乳白色的薄雾中轰然洞开。一队全副武装的日军士兵队伍脚步整齐地奔出城门，在城门口夹道排开，刀枪森严。城门外早已拥挤着等候进城购物办事的乡下山民。"所有过关货物认真检查，严防夹带兵器！"一个日军军官"哇哇"发话后，汉奸翻译就大声对着等待进城的乡民喊叫。随后，乡民们便开始一个接一个地往城里去。日本士兵检查着老人挑的货担，掀开妇女的背篓。一个兵用刺刀挑进了装鸡的竹笼，笼中的鸡吓得乱躲乱钻，鸡毛纷飞。化装成乡民的覃啸天和萱萱等混在人群里打算进城。一个日军军官突然扑过来对着啸天"哇哇"叫，啸天回答着。日本军官忙招呼汉奸翻译过来："你跟他对话！听听他的口音？"翻译过去与啸天讲了几句，回头对军官说："本地人，竿城那边的，带点苗音而已。""走。"军官便一挥手，放了他和萱萱过去。山门镇不大，只有横竖三四条街，但也算热闹，行人不少。一个算命先生模样的人举着根布幡靠着老旧的城墙根慢慢行走。他用竹竿摸索着敲打着石阶上到一处城墙，依靠着城墙的垛口。不久，几个汉子也沿着石阶上了城墙，其中一个人头缠一卷丝帕，耳后吊下三寸长的英雄坠，还有一个满脸杀气的人。黑丝帕来到算命先生跟前，停住说："朱先生，弟兄们都到齐了。"化装成算命先生的朱鹤没转身，道："好，老嗨，你带着接应部队先去东门埋伏。让疤子跟我去祠堂调动大部队。"黑丝帕老嗨忙说："先生，这一回，你可是总舵把子。为了保险，还是你负责接应吧。""不用争了。"朱鹤却说，"接应和突击都一样重要。"这时，城中巷子里突然一阵闹腾。有日军巡逻马队从远处过来。"发生了什么事？"老嗨问。朱鹤说："莫管它，赶紧走！"老嗨把帕子往脸上一卷，带着几个黑衣人转下了城墙石阶，往东门方向走。走到几处巷子口，都有新的黑衣人汇进这支队伍来。朱鹤取下墨镜，将算命的布幡塞进一个石板垃圾桶里，匆匆走下石阶。疤子紧紧跟随着他往一座破旧的祠堂赶去。祠堂里早已经坐着、站着密密匝匝的一屋子人。覃啸天见朱鹤进来，忙一拱手："朱顾问，人都到齐了。"朱鹤轻声问："啸天，情况有变化吗？为什么要提前。""先生，是的，情况有变化。

上级规定91师必须在两天之内夺回山门。”覃啸天把91师给彭镇长的信给朱鹤看。朱鹤仔细看过，与啸天交换了一下意见，说：“好，啸天，那就按提前举事的方案布置任务吧。”覃啸天说：“各位兄弟，由于形势变化，攻城必须提前在今天，以东门枪响为号，届时各路弟兄一齐发动，首先拿下日军的后勤武备仓库，然后分兵合击北门，在鬼子们的身后下刀子，配合国军夺回山门！大家听清楚没有？”众人说：“清楚了。”覃啸天：“好，大家分头准备，进入自己预定埋伏地点！要注意巡防的鬼子。”“是！”人们退出去，悄无声息地分成几路散开。“疤子。”覃啸天从兜里掏出一封信：“这是国军给彭镇长的信，通知他，行动提前了。你机灵点，想法把信送到他的手中去。”疤子把信揣好：“放心，覃哥。”覃啸天说：“这儿就是我们的临时指挥部。我在这等你，你快去快回。”“好，我走了。”疤子揣着信离开。一个人影贴着墙悄悄前行。疤子在一处墙角停了停，然后闪出来，缓缓向镇台府方向走去。忽然，疤子路过的小巷旁侧的胡同里窜出两个人影。一只大手猛地从身后捂住疤子嘴巴。疤子一惊，刚想反抗叫喊，却哪容得他。三下五除二，疤子被制服，被人勒住脖子拖进胡同内。

日军司令部里，覃飞写给彭镇长的信被关根抽出来。他展开信，看着，眉毛逐渐竖起来。看罢，关根将信丢在桌子上，对一个告密的汉奸说：“好，皇军将给你大大有赏”。汉奸跪叩军礼：“谢谢长官！”关根说：“你去吧，把彭镇长给我盯死喽，但凡有风吹草动，立即报来！”“是。”汉奸退出。一个日军少佐进来。关根回过身来：“那个乱党有什么新交代吗？”少佐愤愤地：“是个死硬分子，打死不说，还不经搞，我三下两下就去见阎王了。”“你……呀！”关根沉吟一下，“也罢。从那信上判断，彭镇长似乎还没有加入乱党的阴谋，但一定要严加提防。”“大佐，我看也毋需多虑。”少佐比画着地图，“彭镇长投降虽还保留有一些屯防兵丁，但中国有句俗话，他泥鳅翻不起大浪。”“还是不敢掉以轻心啊！我最担心的就是北门哗变，与外围遥相呼应！”关根说，“去，你带队加强巡查，我要去拜会一下他，看看他到底还能玩什么鬼。”

山门镇城外密林中，覃飞从高处山路走回一处作为临时指挥所的席棚，问：“城内有什么动静吗？”孙平说：“还没有收到城内的信号。”覃飞说：“那就再等等吧。”孙平说：“施军长又来电报了，他大发雷霆，重申限在两日内夺回山门，否则军法处置。”“唉。”覃飞叹了一口气，“提前行动的意见已经传送进城，就不知他们是否已经安排妥当。如果匆忙行动，说不定反而会把事情弄糟。”孙平说：“是啊，至今尚未收到城内传来的消息，真的有些不好办。”覃飞说：“这样吧，我们做好两手准备。如果城内有行动信号，我们就及时配合强攻，万一一直没有消息，那我们也要在今天入夜开始强攻。孙平，战斗打响后，你率一部进攻东门，吸引日军；我和参谋长将率大部队从两岭之间插入，在城北强渡黄泥江，直接攻打北门，以期内外开花！”孙平说：“师座，这个战法固然很好，但眼下我们兵力不足啊。原规定二日准备三日发动，就已经十分仓促，现在又突然决定提前……”“不提前发动怎么办？军长已下了限令。”覃飞说，“再说，如果再拖，让敌人有充分的时间休整，要扭转被动地位就更麻烦了。”孙平说：“师长，如果提前，啸天他们会不会有危险。”“我也很担心这个。”覃飞说，“孙平，你马上设法与城内联系。今天晚上一定要行动。”

朱鹤和覃啸天一直在山门祠堂的临时指挥部焦急踱步，等待彭镇长方面的消息。“啸天！”外边有人喊。“萱萱？”覃啸天回头，看见萱萱焦急的样子，问，“出了什么事？”“疤子让鬼子给抓了。”“啊？！”覃啸天大惊。“我听人说，疤子坚强无比，一字不吐，叫关根太郎一怒之下给杀了。但在疤子身上搜走了一封信。”“坏了！大事不好！”覃啸天脸色陡变，“麻烦！疤子出事了，如果没有彭镇长的配合，我们如何打得开北门？”覃啸天对着朱鹤看。朱鹤想了想说：“没有别的办法了，只有主动出击。”覃啸天：“主动出击？”朱鹤：“对，今天晚上就动手。”“马上动手？”覃啸天说，“各个方面都没有沟通好，能成吗？”朱鹤坚定地说：“啸天，时间不等人，我就去调动攻占北门的突击队，打他个措手不及。你就在这里坐镇，听到信号，就带预备队上。”“好的。”覃啸天说，“朱叔，您千万小心。”

彭镇长在镇署里不停踱步，焦急万分，见一个马弁进来，急忙问：“怎么样，嗅枪队有信来吗？”马弁没回答，直给他使眼色，而后说：“镇长，关根太郎求见。”彭镇长一惊：“他……在哪儿？”“就在门房客厅。”“哦。”彭镇长说，“那，就请关根先生稍候，我换件衣服就来。”“好的。”马弁回答后出了门。彭镇长急忙往里屋走。他女儿在桌边看书，见父亲神色不妥，忙问：“爹，发生了什么事吗？”“也许日本人怀疑上我了。”彭镇长匆匆在纸上写了几个字，“你赶紧从后门出去，转告北门的吴连长，由他全权处置暴动事项，不必再等我的指示。”女儿连忙起身：“爹，你放心。我一定会转告到的。”马弁出门，来到会客室，说：“长官，彭镇长正在更衣，请长官在客厅稍候。”“都是老朋友了，讲那么多礼数干吗？”关根哪里肯听，提脚便硬闯了进去，进屋后，见彭镇长已经换了件长衫，正在扣纽扣。“镇长大人好啊。”关根说。彭镇长回头，笑笑：“呵，是关根长官啊，匆匆亲临寒舍一定有什么急事。”关根说：“也没什么急事，恰好路过这里，想起来老朋友，就过来讨杯茶喝。”彭镇长说：“哦，那快请坐，来，给关根长官泡茶，记得，用我那最好的毛尖。”马弁便去泡了茶来。两人便喝茶闲聊。关根想套出一些异样的东西，但彭镇长应对自如。喝茶喝了一个多时辰，关根以为彭镇长会很着急，然而彭镇长却丝毫没有着急的样子。彭镇长又给关根添满了茶，说：“长官，你感觉这茶如何？”关根肚子里已经灌满了水，只得又抿了一口，说：“不错，不错。”“这茶叫雪峰云雾茶，是洞口名茶。”彭镇长像是打开了话匣子，滔滔不绝，“无论色、香、味、形，这茶都堪称一绝……”关根突然感觉这镇长像是在有意拖住自己，于是匆忙起身，说：“多谢镇长的好茶。也耽搁了大人不少的时间，还有点事要办，我先暂时告辞！”“喔。”彭镇长笑笑说，“的确时间不短了。真是酒逢知己千杯少啊。送关根长官！”“不必送了。”关根欲离开，对一位随从卫兵说，“你继续跟镇长喝茶聊天。等会儿我还过来喝茶的。”彭镇长一愣。

城外的国军指挥部，覃飞在用电话联络调动部队。孙平气喘吁吁跑进来。覃飞问：“部队调动得怎样？”孙平说：“都安排到位了，只是……”覃飞问：“只是什么？”孙平说：“好像情况有变，城内有些混乱的样子。是不是彭镇长暴露了？”“哦。”覃飞说，“孙平，你马上去通知潜伏部队，如果城内有什么异动，就发起强攻。”许多士兵隐蔽埋伏在山门镇北门外的壕沟里。陈范带着两个卫兵沿一道壕沟过来，问：“张连长，情况如何？”张连长抬头望了望天，远天已经微微有些曙色。“团长，一直没见到城头的信号。”陈范说：“怎么搞的，是不是出了什么麻烦？”张连长说：“天都快要亮了，再不攻城，我们所有的埋伏就会全部暴露。”“如果硬攻恐怕会损失很惨重。”“可箭在弦上，现在还能往后退吗？”张连长说，“其实，就算有城内的配合，你以为就有十足把握？说穿了，他们能配合什么？不外乎就是替我们把城门打开，最后胜利还得靠我们去刺刀见红。”“也是。但如果城门能开，我们的损失会减少很多的。”陈范说，“我看还是再等一等吧，也许不久就会有攻击的信号了。”大家又趴在草丛里等待。忽然，看见一个黑影从远处过来。张连长拉了拉陈范的手：“有人。”陈范说：“联络一下。”张连长便喊：“口令！”对方回答：“雪峰山。”“黄泥江。”张连长回答后，说，“是师副参谋长孙平来了。”孙平来到草窝边蹲下，问：“情况如何？”陈范说：“一直都这样，城楼上死了一样，也没见到信号。”孙平道：“看来情况有变化，师长指示我们，如果再得不到信号，天亮前一定得强攻北门。你们都准备好了吗？”陈范说：“准备好了。”那时，北门门楼子里，几个兵围坐在中间的石头桌子边喝酒。“今儿倒春寒，有些冷啊。”一个日本兵抱怨道。“是的。八嘎，这天简直冻死狗啊！”另一个日本兵也附和。“那各位兄弟好好喝，暖暖身子。”民团吴连长提着个马灯，说，“我去巡查一下。”“好的。那就有劳兄弟了。”日本兵说。“本地人嘛，这天气，习惯了。”吴连长提着马灯出了门楼子，在北门城墙上各处巡弋。“吴连长好。”一个值更的马兵见到吴连长，忙打招呼。吴连长朝河那边看看，轻轻问：“河那边有什么动静没有？”马弁说：“看不太准，只是凭感觉，像是有异动，像是有部队埋伏。”“好。”吴连长吩咐兵弁，“去，把城楼四角的大红灯笼点亮三盏，留一盏黑着。”那士兵正要走，突见一个兵弁急匆匆跑来：“连长，情况有些不好。”兵弁道：“怎么了？”兵弁说：“日军的中队长带着大队人马来……来到城下了……”“都莫慌。”吴连长对兵弁说，“召集人马堵住他。暴动提前！”“是！”兵弁便撮着嘴学了一声鸟叫。从城墙各处便立即汇集过来十几个民团士兵。吴连长使了一个眼色，几个兵便奔跑过去围住了门楼子。一个汉子一脚将木门踢开，端着枪便朝几个喝酒的日本兵射击。几个鬼子还没醒酒便栽倒了。但这时，关根指挥着他带领的队伍开始往城墙上冲。日军武器精良，很快地便占据了城墙……

一队黑衣人沿着小巷墙边走，来到一处转弯处，朱鹤做了个埋伏的手势。感觉没有问题，朱鹤一挥手，黑衣人又无声无息，幽灵般往前摸索。黑衣人摸到了一处大院，从一处墙上的破窟窿钻了进去。来到一间板房，朱鹤率先脱了上衣：“都记住，只要摸到穿衣服的，就往死里砍！”众人纷纷点头，都脱了衣服。一个兵学了一声鸟叫，门口站岗的日军士兵急忙过来察看，朱鹤从背后掐住他的脖子，手起刀落，利索地杀了他。院内的几间板房全住满了日军。大刀队员悄悄摸进满地睡熟的鬼子中……一只只手摸索着，摸到穿衣服的，便狠狠用刀捅下去。惨叫声惊醒了屋内炕上一排排熟睡的日军，但还没能做出反应，就被剁成了一团肉酱。朱鹤等已经挥刀上前，一阵乱砍。之后，他冲到院子外，朝天放了一枪。

见黝黑的天空如礼花般飞起了三颗红色的信号弹，覃啸天兴奋无比，猛地回过头发布命令：“预备队出发！”臂缠黄布条的人群一齐从各处角落涌了出去。手拿杂七杂八各式武器的人，呐喊着沿小巷冲出去。

埋伏在城外草丛里的陈范说：“城内有枪声。城楼上的灯笼也挂起来了！”孙平兴奋地说：“好，马上发起进攻！”几只礼花弹升空：嘭，嘭，嘭，凌空炸响！孙平跃出掩体，振臂高呼：“弟兄们，冲啊——”士兵们攻势如潮。张连长拔出手枪，对身后一挥：“敢死队的，跟我来——”国军纷纷从草丛中冒出来，如潮水般蜂拥而至。此刻，住在各个营地的日军闻风而动，纷纷爬起来，赶到北门，登上城墙。他们把长枪、机枪架在城头上。城墙垛子口亮出一排又一排黑森森的枪口。城墙上，一门门山炮被掀去了炮衣，露出狰狞的炮口。“啪啪啪啪”，日军排枪齐放。“咚咚咚！”炮口闪出红光。大批批前进的国军士兵在炮火中倒下了。抵达北门外的覃飞一挥手：“蹬城！速起！”号兵嘀嘀嗒嗒吹响一串号谱。士兵跳出掩体呐喊着向北门发起了攻击。士兵勇猛向前，云梯在兵队中前进。

老嗨带着洪门武装民众发起了对日军武备库的进攻。武备库门前的沙包工事里，日军士兵乱枪齐放，顽强抵抗，进攻一度受阻。小巷里，覃啸天带着预备队过来，问：“大队长，情况怎样？”老嗨说：“敌人火力太猛，攻不上去呀！”“老嗨，我带预备队去那边，我们两路会攻！”覃啸天眼睛都急红了，“它就是只铁核桃，也要把它咬碎嗑开！”轰轰轰！几个土制炸弹在营兵的沙包工事里爆炸，乘着滚滚烟尘，嗅枪队和洪门地方兄弟强行冲进武备库与日军厮杀起来。

黑压压的国军队伍冲到城下，一架架云梯靠上城墙，士兵们纷纷飞快地攀爬上了云梯。突然有许多只大脚从城墙垛口伸出来，将云梯一把踢翻。孙平看见许多架云梯在他的头顶倾斜地晃过，看到许多在空中踢腾着的身影。士兵翻扑在地发出一声声很沉闷的声响。一些士兵又去抱起倒在地上的云梯往城墙根冲去，重新把梯子架在了城墙上。一些士兵攀登上了城墙，城楼上一阵刀光剑影的殊死拼杀。覃飞带兵打到城门前，城门紧闭，观察了一下激烈的搏杀，急切地：“去，扛家伙来！”众人抱一根粗大的树桩过来。但此时，厚重的城门却自己缓缓打开了。朱鹤从城门洞里走出来。覃飞与朱鹤一队在辛亥革命时拜过把子的老弟兄拥抱在一起。“哈哈——”看见城门洞开，覃飞哈哈大笑，“弟兄们，杀呀——”北门城头，一面日军膏药旗缓缓飘下，国军的旗帜升了起来……

山门镇日军指挥部内气氛一片紧张。传令兵们进进出出，不断报告各种情况，传递不同命令。一个少佐急急走来，到关根太郎跟前，轻声说，“大佐……麻烦，北门民团守兵突然哗变，我们的一排士兵全部牺牲殉国。”“大佐，东门已破，支那兵已经攻入城内！”又一个日军军官一身血污跌跌撞撞跑进来跪报。“你说什么？！”关根呆了，一把揪住小军官。“北门已破，他们入城啦！”小军官说。关根一把推开小军官，一阵眩晕。这时，一个副官进来：“报告大佐，副大队长已经遵从您的指令带领部队从西门撤出！”“留得青山在，好！”关根稍稍有些放心了。“大佐！”这时参谋长提着大左轮跑回来，“怎么办？前门冲不出去了，后门也冲不出去了，都被狗日的彭镇长包围死了！”“山门，才几天……就这样完啦？”关根泪水滂沱。“大佐，怎么办？”参谋长问。关根沉痛地道：“三十六计走为上计，撤吧！”关根带着参谋长和几个随从在花园的林子里急匆匆逃走。一个随从兵来到一处假山后，用铁棍撬开一个隐秘地道的铁门……

“快快快，手脚放麻利点！”老嗨指挥着游击队士兵拾捡散落在地上的枪支武器。“快过来帮把手！”一个士兵正大汗淋漓地搬动沉重的枪械。他的身边有一匹已经被沉重枪械压得腰部下坠得很厉害的马。另一个兵走过来，帮着把几支枪加放在马背上。大马因过重的负荷而大口地喘气。

在失守13天后，4月29日，山门镇终于被国军收回。在山门周围几十公里内，几乎近一个师团的日军溃灭。日军攻占山门后，就把这里作为战略物资基地。这次胜利缴获战略仓库的物资十分丰富：有军饷，含银元和日本军用票和其他一些货币，数量极大；还有步枪4000支，步枪子弹数十万发，炮击炮和山炮35门，储备的炮弹1万余发；坦克和装甲车配件一批，轻机枪90挺，重机枪7挺，相关使用的备用子弹10万发；还有一批号称王八盒子的手枪、枪刺等。几匹战马飞驰过山门有些狭窄的街道，响起清脆的蹄声。战马飞驰来到一个叫箭道坪的地方停住。覃飞等跳下马。“好家伙啊！我们可发达呐！”覃飞望着在箭道坪坪场中央堆积如山的缴获日军战利品大呼过瘾，“密斯汤，你见过这样的阵势吗？”密斯汤是美军派来的顾问。“我也算得上是身经百战的兵油子了。”密斯汤兴奋地抖动着八字胡须，说，“不瞒师长，这么壮观的场面我还真的是头一次看见。”“哈哈哈哈。”覃飞大笑，“走，过去看看，到底有些什么新鲜玩意。”随行的顾问和几个副官等都跳下马，往箭道坪里走。这时，团长陈范等押着一路长长的日军俘虏队伍从里面走出来。队伍在一堆武器前停下，俘虏们将自己的武器放在地坪上。突然出现了一阵闹嚷声——陈范似乎还在跟一个日本军官争吵着什么。“怎么回事？”覃飞大声问。“是师长啊？”正在大声与俘虏争论的团长陈范回头，发现是师长，忙立正敬礼，说，“没什么。师长，这家伙无理取闹。”“怎么无理取闹？”“这些鬼子吃了大败仗，竟然嘴硬，说他们不服。”“啊。有趣。”覃飞便走过去，看着那个少尉。少尉皱着眉头，他的手臂受了伤，用一条手帕扎着，手帕上结起了暗黑的血痂。覃飞说：“有什么不服，说出来听听。”“说啊。”陈范说，“这是我们的师长。你把刚才的话再说一遍，师长会让你信服的。”日军少尉不说话，脸皮几乎抽搐起来。覃飞看着脸色发白的日军少尉，说：“你，莫紧张，有什么想说就说，对错都恕你无罪。”隔了好一阵，那个少尉才说：“我们这一回是打败了，但是你们的作战手段不正规，胜之不武。”“嗬，何以见得？”覃飞问。“你们的老套筒、汉阳造很落后，但是你们在上面做了手脚。你们使用了不人道的巫术。你们的士兵每次开枪都装神弄鬼地在鼻子下嗅一嗅。你们打出的子弹除了爆头，重伤在身体里的部位，都有很大的血口子，好像子弹翻滚以后造成的空腔效应。可以说这样的枪伤，是无法抢救的。你再缝合外面，里面巨大的创伤也造成内出血不断，救护都没法救护。我们的士兵都害怕你们这种妖术。我们的失败也毁在你们这种妖术上。但是，我们认为你们使用的妖术是不文明的，反人道的。你们的胜利胜之不武！”“哈哈哈哈。”覃飞听后不禁大笑，“你说的是我们的新式武器嗅枪吧？”“对。好像就是叫嗅枪。”覃飞望了望堆积在空地上的武器：“陈范，你看那儿恰好混有一支我们的嗅枪，你拿过来让他们见识见识。”陈范便去武器堆里把那根嗅枪拾捡过来。覃飞问那个少尉：“你说的是不是这玩意？”那少尉点点头。“哈哈哈哈。”覃飞又大笑，“我告诉你，这可不是什么改造过的老套筒、汉阳造。本来这玩意就不是用来打人的，而是用来打野猪的。”“打野猪？”少尉不明白。“是的。这是我们的猎人用来打偷食农人包谷红薯的野猪的。”覃飞说，“我们的山民是热爱和平的，如果朋友来了，他们会奉上丰盛的美酒，但是你们这帮强盗要毁坏我们的家园，吞并我们的国家，那么迎接你们的就只能是打野猪的猎枪啰！”“哈哈哈哈！”站在旁边的美国顾问和副官们都笑了。连俘虏队伍里的日本兵也笑了。这时，一匹马飞奔过来，是一个通信兵。通信兵跳下马：“报告师长，参谋长请你马上回指挥部，说是上级有重要紧急指示。”“好的。”覃飞翻身上了马背。一行随从人员也快速上了马背。出了箭道坪，转一个弯子便来到了山门的正街。正街不宽，三五米。这一天却异常热闹。居民们都来到街上庆祝，看热闹。连十里八乡的山民也都涌进了城，像是赶圩一般。经过这一场大仗，好多市民都收获颇丰，拾捡了很多日军狼狈逃窜时丢弃的东洋小物件。一些人就蹲在路边叫卖，将这些东西摆在地上兜售。覃飞的马队在熙熙攘攘的人群中穿行，步履缓慢。覃飞与美国顾问交谈，谈得正在兴头上，密斯汤突然勒住马头，极快地跳下了马背。覃飞不知发生了什么。密斯汤走到一个叫卖者的地摊前，蹲下身去，过了好一阵才回来。“你发现什么好宝贝啦？”覃飞问，“古董青花瓷？”“哪里哪里。”密斯汤说，“天天打仗，还能有什么青花瓷？再说，我也没有那么高尚的品位和雅兴。”“那你去换了什么？我听到你一直在问换不换换不换。”“师长，你看看这是什么东西？”密斯汤从衣袋里掏出一沓票子，还哗哗哗用手指一刮，发出一阵清脆的声响。“哈，原来你是换日本币啊。”覃飞笑道，“日本币又不值钱，有什么用？”“收藏啊，纪念啊。覃师长，我来中国一趟不容易，有了这个，回到美国，我也可以有一点炫耀的资本了。哈哈哈哈。”密斯汤突然爆发出一阵大笑。副参谋长孙平来到师指挥部交给覃飞一份军部电报，电报转达陆军总司令、湘西会战总指挥何应钦电文：“湘西进犯之敌，已经受挫，我军应立即准备反攻”。

下午，74军施军长和参谋长刘益章来到师部，进一步部署对日军的全面反击作战。军参谋长首先发言，着重介绍了当前新的形势。他说，自今年4月进入湘西会战以来，在第四方面军司令官王耀武亲自指挥下，我74军配合友邻部队的5个师，同日军3个师团，血战雪峰山下，毙敌数千，缴获大批枪炮、弹药。湘西大捷，重创日军先头部队，使之不敢贸然西进。如今我军在此会战的各条战线都取得了良好的战绩；北线龙潭司一带的第91师夺回青山界，收复山门镇；南线一带第58师及附属友军作战拒敌，武阳固若金汤；在中线江口一带，第57师等部取得了“江口阻击战”的胜利。为此，第四方面军参谋长邱维达中将认为日军攻势已被阻止，而且日军主力已经被中国军队打散，此时应该立即投入预备队在日军撤退之前将其主力围歼。5月4日何总司令批准了邱将军的建议，下令第一阶段防御作战结束，各部准备第二阶段的全线反击。“当前形势就介绍到这里。”刘益章介绍形势后，说：“现在请施军长具体部署下一步的作战计划！”“各位前线将士们辛苦了。”施军长在掌声中开始讲话，他说，“抗日战争，是1840年以来，也是中华五千年文明以来面临海外列强侵占国土最多的一次。他们吞噬了东北、华北，吞噬了上海、南京，现在其魔爪伸到了中华腹地，伸到了龙的故乡，直逼我们的政治中心重庆。作为龙的传人岂能做亡国奴！所以我抗日军民同仇敌忾，不畏牺牲。湘西雪峰山地处中华腹地，也是中华五千年人文腹地，日军进入这里就是步入了失败的深渊。我军在湘西会战中组织之迅速、装备之精良、杀敌之勇猛，在抗日史上是罕见的。本地民众为保卫家乡所表现出来的无私奉献和不畏强暴的精神也是令国人钦佩的。如今日寇已经陷入我军重围，打算逃跑撤退。我们将分三路在江口布下巨大的口袋阵，彻底掐住日军退路，将日寇全歼在芙蓉山幽深狭长的大峡谷之中！”施军长还说，“据史料记载，雪峰山就是当年大禹治水所涉及的会稽山，如今，溆浦、辰溪边境尚存禹王碑遗迹。龙潭更是‘龙’之故乡：传说有一条龙从小在此长大，与一位爱下棋的老道人建立了深厚的感情，它出海到洞庭湖时还托人带回两枚龙蛋，希望它的龙儿龙女在老道人的护呵下成长。据说龙潭地名就是由‘龙蛋’的谐音而来。龙潭主战场内有小黄沙、大黄沙和龙形桥三个地名，这些地名在日本鬼子听来变成了‘小王杀’‘大王杀’和‘龙胜桥’。日本人本来就信奉中国传统文化，他们想小王和大王都要被杀，那么龙潭这个地方注定是中国龙‘得胜’的地方。所以，如今的日军不但战场失势，而且整个精神已经被完全摧垮，士气十分低落。我军要抓紧战机，在芙蓉山给日寇以巨大的毁灭性打击。”领受任务后，91师师长覃飞立即派四个团至下江口布下口袋阵，扼守芙蓉山，断敌退路。

日军阵地，纷乱的脚步密密匝匝。纷乱的马蹄滚过。队形密集的日军正在跑步调动中，一张张凶悍的脸掠过。人喊马嘶，灰土飞扬，若干匹战马从不同方向向手冢省三营帐汇聚。军官纷纷下马，走进营帐。手冢省三道："诸君，我军进入湘西雪峰山后，连连失利，好在师团部已经接到总司令冈村宁次命令，或许整个战事即将结束，109联队即时可以开始撤退。"如此悲惨的消息，竟然引发一阵欢叫和掌声。手冢省三恶狠狠地瞪了众人一眼，大家都敛声静气了。"撤退是我们军人的耻辱，难道是值得庆贺的事情吗？"手冢厉声道，"军人的耻辱必须用胜利来洗刷。"他瞧了身边的参谋长岩井一眼。岩井咳嗽了一声走到一架简易沙盘前。他脱下白手套，用细长的指头指着沙盘上的沟壑说："我们计划向洞口方向撤退。为安全起见，撤退路线分为两条：其中第一路从木鳌洞经大华退到黄莲江，另一路走千担洞往麻塘山到黄莲江，两路在黄莲江会合后集中兵力突出芙蓉山。只要突出芙蓉山我们就胜利了。"日军的第一路从木鳌洞撤退往黄莲江。这一路倒是没有遭受什么大的伏击，只是遇到一些当地山民的零星骚扰。只是这条道路十分难走，全是在悬崖峭壁上攀缘。从木鳌洞经大华到黄莲江，不过三十来里，部队整整走了一天一夜。另一路是由手冢亲自带领的撤退队伍，他们的处境则更惨。他们首先撤退到了那个叫千担洞的地方。那地方果然有一个很大的岩洞。洞口藤蔓纠缠垂挂，洞中幽深神秘。"有鬼了！"手冢将腰刀插在地上，伫立望着洞穴，"我怎么好像曾经见过这个山洞似的，一时又想不起来，莫不是在梦中见过？"参谋长过来，探头望望，说："大佐，不是梦，您确实见过这个洞。""是吗？我们曾经来过这地方？""大佐，您忘记了吗？这可就是我们进山时停留过的地方。"岩井说，"您忘了吗？来到这个洞子就出现了分岔路，喏，那边是近路，但是峡谷，这边是我们刚才走过来的路，是平路，但离龙潭镇远些。""啊！"手冢突然想起来了。但这找回的记忆并没有给他一丝愉悦，反倒像是受到了极大的刺激。手冢抽起插在地上的腰刀，发疯般照着身边的树木草丛乱砍。"伤心地！可恶的伤心地啊！"手冢终于累了，无力地瘫坐在泥地上。他的疯狂变成了痛苦。他泪流满面，捶胸顿足，几乎像是嚎啕："我那时为什么会这样傻？会那么轻易地相信那个所谓汉奸的话？那一天，龙潭完全就是一座空城啊，我为什么要停止前进，这一失足成千古恨啊！"岩井急忙过来劝慰："大佐，此一时彼一时也，初来乍到，情况不明，您的谨慎也是正确的。""什么正确？我……简直就是个王八蛋！错失良机，导致全盘皆输，我是帝国的罪人啊！天皇啊，您的不肖之子今天以命谢罪了！"手冢嚎啕哭泣着，突然解开呢子军服的纽扣，而且狠命将衬衣用力一扯，白色的纽扣纷纷坠落。他的双手握住了腰刀，锋利的刀刃朝向了心口。但这时，参谋长一把扑了过去，紧紧抓住了手冢的长刀：“大佐，您不能这样！”“岩井，放开！”手冢狠狠盯着他。岩井却不放手。由于着急，岩井的一只手，其实是抓在刀刃上的。血开始在汩汩地流。岩井不肯放手，乞求道：“大佐，我们还没有到山穷水尽的地步。您是头，您这样玉碎了，成全了自己，可还有那么多的弟兄怎么办？”手冢看着岩井的血汩汩流淌，鲜血把自己白色衬衣的袖子全染红了，于是无力地放松了紧攥着腰刀的手……手冢终于放弃了自杀的疯狂念头，岩井提着的心也放下了。卫生兵急忙过来帮岩井包扎好手上的伤口。于是队伍又继续前进了。过了千担洞，109联队进入了一道狭长的山沟。手冢也知道大部队行进在狭长山沟里面临的危险，但是却没有别的选择。突然，两边的山头响起了密集的枪声。参谋长岩井惊慌失措：“麻烦，我们又遭到埋伏了。”手冢往山上看了看，说：“说不定又是一伙土匪山贼。”但即刻威力强大的山炮的炮弹轰隆隆往山谷里倾泻了下来。岩井说：“不对啊，大佐，你看那林中的旗帜，好像是支那军的皇牌部队100军呢！”呼啸的炮弹落进山谷，声响更加吓人。队伍前头的日军多人受伤，血肉横飞。跟在后面的便慌乱起来，士兵们纷纷跳进小溪里，拥挤着向后退缩逃窜。岩井问：“大佐，硬冲看来不行，我们怎么办？”手冢大声吩咐：“赶快把地图拿过来！”一个副官急忙从挎包里取出地图，摊放在地上。手冢问：“我们现在在什么位置？”副官指着地图：“应该是这一带，这地方叫麻塘山，闯过麻塘山这个峡谷，前面就是黄莲江了。”“除了往前直走，还有没有另外的路？”“还有一条。”副官指着向西方向，“往那边，过涓溪江也可以到黄莲江。路远些，但是地势相对平坦，路也宽敞些。”“好，那就改走涓溪江。”手冢说，“岩井兄，你去交代先头部队在前方阻击掩护，命令其余部队赶紧回撤。”

109联队过不了麻塘山，只好折往涓溪江。去涓溪江的路虽然宽些，但也不足三尺，起伏不平。看见日军往后撤退，100军便从山上俯冲下来尾随追击。古云，穷寇莫追。日军的先头部队因为武器精良，而且完全用性命开始顽抗豪赌，所以100军的追击受阻。日军先头部队与国军血拼，致使那条峡谷中的小溪成了一条血河。在先头部队的顽强阻击下，手冢带领的大部队终于逃到了涓溪江边。涓溪江具有溪谷平原区与丘岗区河道湿地特点，河道开阔，但水流不深，有开阔的卵石沙滩。河中心有一洲，绿树成荫，风景甚美。手冢此刻自然无心欣赏美景。他寻找了一处水流较平缓的河道，指挥潜伏突击队员驾着几艘橡皮舟开始渡河。只是，离河岸尚有十几米，河边的林子里就响起了枪声。机关枪朝下倾泻着子弹，几个突击队员中弹跌落水中。有两艘橡皮舟被子弹洞穿漏气，舟上的士兵跳进水里，拼命泅水靠近对岸，但更加密集的子弹射了过来，嗖嗖地打在水里和卵石河岸上，几名突击队员先后中弹。剩下的几艘橡皮舟被迫撤退回来。“报告大佐，河边林子里藏有暗堡。”撤退回来的士兵报告说。手冢用望远镜向河对岸的林子观察了一阵，问：“暗堡是什么样子的？大概有多少个？”士兵说：“不像是专门新修筑的碉堡，色泽老旧，像是废弃的古代驿站那样。火力点不多，大约三十处，但火力很厉害。”手冢便在江边踌躇，思考。参谋长岩井过来，说：“大佐，我们有一个连队的士兵主要是从北海道来的渔民子弟，他们水性很好。我觉得可以让他们偷偷潜水过去，攻克抢占敌人的碉堡。”“嗯。你这个主意不错。”手冢说，“眼下必须火速攻占河对岸制高点，否则，我们就只能像楚霸王唱一出涓溪江自刎了。”岩井得到命令，立即去组织人马，回来报告说已经找到了十几个精通水性的“蛙人”。手冢抬头望了望天，太阳偏西，是快要落山时候。手冢说：“不能硬攻，再等等。等到太阳落山，河上会漾起杂乱的霞光，这样才可以浑水摸到大鱼。”又过了一段时间，太阳落到山后头去了，漫天霞光。日军的“蛙人”悄悄出动了。他们的背上背着油布裹好的炸药包和铁镐。夜色扑落下来了。光影迷离的河面上，竖着几根芦竿。芦竿缓缓地向前移动——日军“蛙人”队泅水而行。对岸的林子里，突然出现了几束交错的亮光——好像是手电筒的光，并不强烈明亮。在光照射不到的水面死角，几个“蛙人”陆续将头冒出了水面。“蛙人”上岸后迅速地跑过沙滩。林子里的人听到了异样的响声，使用几挺机关枪一齐向河边扫射。几个日本兵就地卧倒开枪还击，两个“蛙人”乘着混乱潜进了林子。他俩急速向古旧驿站的墙根靠拢，开始取出铁镐凿墙，把炸药包放进凿开的槽内。一个矮个子兵拉着了火。两人急速后退跃入了河中。导火索哧哧地燃烧着。“轰”的一声巨响，古驿站坍塌了。“八嘎！冲啊！”手冢举起军刀大声吆喝。照明弹升上天空，涓溪江畔枪声大作。109联队的日军冒着枪林弹雨朝河对岸冲杀，虽然每时每刻都有士兵中弹倒下，可被求生欲望紧紧拽住的日军士兵还是拼死奋力向前冲。困兽犹斗的残余109联队终于突过了涓溪江。其实，涓溪江边的守军并非地方民团，而是91师陈范团的部队。在这场阻击战中，日军被打死数百人，打伤数百人。几天之后，当地山民在涓溪江捞起了几十具日军的浮尸。

5月11日，焦头烂额的109联队退至黄莲江，与先期到达的另一路士兵会合，清点过人数尚有2000余人。根据原先的计划，109联队撤退到黄莲江后，将集中兵力突出芙蓉山。手冢知道，这才是更严峻的任务。通过前一段时间的拼死突围，部队损兵折将，伤残不少，看着哀鸿遍野的残余部队，手冢愁容满面。为减轻撤退的负担，手冢根据师团指示，采取紧急措施。翌日傍晚，黄莲江的关圣殿周遭一片混乱。从东南西北几个不同方向陆陆续续送来了许多伤兵，有的是被人扶着送来，有的是用担架抬过来。伤员很多，大约有五百人，身子挨着身子把关圣殿塞得满满的。关圣殿里臭烘烘的，充斥着呻吟号叫之声。送罢伤员从关圣殿出来的士兵全都眼圈发红。关圣殿前，立在风中的手冢面无表情。他的身后有一面巨大的牛皮鼓，有几排头上缠着印有太阳图案白色头巾的士兵。参谋长岩井从关圣殿出来，呕吐了一口酸水，缓缓来到手冢面前："报告大佐，集体玉碎准备就绪。"手冢没有作声，戴白手套的右手一挥。十几个提着汽油桶的士兵一齐往关圣殿走去。他们陆续走进殿里，把汽油在各处角落泼洒，然后退出了大殿。"嘎嘎——"两个体形魁梧的士兵用力将大殿厚重的大木门缓缓关闭了。岩井过去，用一把硕大的牛尾锁将大门锁上。手冢又是一挥手。关圣殿瞬间火光冲天，成了人间炼狱！拍打大门的惨叫声，皮肉的爆裂声……惨不忍睹。火光中，巨大的、高高矗立的关圣殿哀叹着坍塌下来……手冢在面对着倒塌的关圣殿的长条香案上的香炉里插上了几支燃香，岩井则奉上了一束山野里采集的白色鲜花。牛皮鼓沉重地响起来了。士兵们开始挥手抬腿跳起一种怪异的舞蹈——太古招魂舞。这是一种对阵亡将士的祭祀、超度、招魂的古老仪式。

109联队黄莲江完成"集体玉碎"后，放下了"包袱"继续向洞口方向撤退。队伍选择了一条坡脊上的山路前进。也许是"集体玉碎"亡灵们的护佑，撤退的头一天十分顺利，没有遇到丝毫的阻击。翌日下午，哨兵报告发现了敌情。手冢站在山岗上用望远镜观察。他看见那一队穿着杂色衣服的长形纵队，正像山岗一样顺着一条山谷中的溪流向前移动，并在山脚下停住了脚步，看样子是在做往山岗冲锋的准备。手冢急忙忙命令散开自己的联队。他侧着身子抽出马刀来。在这可怕的一瞬间，他把冷静、理智和细心都失去了，只有一种兽性的本能强烈地牢牢控制着他。他决定死拼了。杂色衣服的队伍开始疯狂攀登进攻，日军则向下俯冲，双方的距离很快地缩短了。杂色军服的士兵以及军马的身形都越来越大。手冢把牙齿咬得紧紧的，把马缰往上一抖，马就很快地冲了出去。风在耳边呼啸，眼前景象模糊。他驾驭着马对准一个敌人冲上去，那个人被突然出现的敌人弄得措手不及，一时愣住了。手冢的大刀已经高高举起。他用尽平生的力气，凶狠地劈了下去，又把刀子使劲一拉。他看见那人歪斜着倒下了，半只带血的胳膊落在山坡边的草地上。眼前的场面有些混乱，搏斗着的人们胡乱地砍杀，奔跑。杂色军服的部队开始后撤。手冢挥动着军刀指挥着继续冲锋。听到有呵斥声，那些本来已经打算撤退的士兵停住了，又把头调转过来。“冲锋！冲散他们！”手冢把大刀插进刀鞘里，抽出手枪，声嘶力竭地喊叫。日军士兵们从四处汇集过来，像汇集的激流。埋伏在树林子后面的杂衣枪手一排排冒出来排枪齐射。子弹像冰雹一般飞。一个冲在前头的日本军马中了一枪，马上的军官一个跟头翻倒下来，接着又是一匹军马栽倒了。手冢知道自己眼下只不过是虚张声势而已，所以也不继续强攻。回头看见阵地上到处都是同伴的尸首，大约有70多具，连简单的埋葬都没有，手冢命令赶紧逃跑转移。他知道，如果不利用这宝贵的间隙撤走，也许，自己也会永远地留在这异乡的山谷里了。日军跑得很快。渐渐地，杂色衣服的队伍完全消失在自己的视线中了，手冢跳下马，一把瘫坐在草地上。喘息良久，他叫岩井把地图拿来看：“这地方叫什么名字？”岩井看着手中皱巴巴的地图，半晌没回答。手冢吼叫道：“我在问你呢，耳朵聋了吗？”岩井赔笑着：“长官，这道山谷，地图上没有标记。”“又是没有？这是打哪儿弄来的破玩意？”岩井说：“军部发下来的。也许这地方实在太偏僻，所以没有标记。”“没有标记，没有标记，每到关键的时候，地图上就没有标记。这不分明是要让我们死无葬身之地吗？”手冢更是气急败坏了。吼叫归吼叫，但此刻吼叫又有什么用处呢？手冢无可奈何地问：“你说，我们现在该往哪个方向撤退？”参谋长又看了看那张皱巴巴的地图，还是没有看出什么名目，于是把一个指南针拿出来，瞄了半天。参谋长说：“沿着这山间的溪流走吧，那边是西方，应该没大错。”109联队残存的部队被集合起来，隔绝、分散的日军始终陷于“地图不准确”“地形险峻”“梅雨下个不停”的极度恐慌中。他们只好依靠指南针和水流，昼夜行军。日本人没有想到的是，在成功偷越雪峰山之后不久，他们还要被迫原路退回，并被死死封锁在龙潭至山门的“漫长窄路”内。

1945年4月25日，从龙潭溃逃回来的日军109联队来到了洞口境内的马颈骨，突然发现在这没有止境的雪峰山岳地带，越前进山越高谷越深，似乎没有尽头。109联队就在这道狭长的山谷里像一群无头苍蝇一样狼奔豖突了十多天。狭窄的峡谷塞满人马。起初还能够透过密密的树荫看见两边高耸山峦后面灰色的天幕，可走着走着，有时竟连一小片天也见不着了。山谷中的天气变化多端，大多是霏霏细雨，各队只能以杂草和水充饥，疲惫达到极点，伤亡与日俱增。偶尔天气晴朗，部队就在月光下匆匆赶路。在暗淡的月光下，听到滑落在谷底的驮马在哀嘶，手冢的心情也变得愈加沮丧。

第十八章

一片片翠绿滑过车窗，翠绿中还夹杂着各色的野花。山谷中的空气湿润而清新。王司令今天的心情很好，但还是无心欣赏车外的美景，只是一个劲地催促："快，快点开！"司机加大了油门。吉普车在坎坷不平、布满弹坑的公路上吼叫着颠簸前行。军参谋长刘益章坐在吉普车的副驾驶位，后排坐着战区司令王耀武及一个美军将领麦鲁克。"王司令，你看，龙潭就在前面了。"军参谋长刘益章指着公路转弯处的一处茂密林子。"好，直接开到指挥所去！"战区司令王耀武眼睛直直地盯着前方。当他的吉普车来到一座废旧的古庙前时，那里已经站满了迎接他的人。勤务员给他拉开车门，一个高瘦的黑脸汉子朝他立正敬礼。"覃师长，情况怎样？"王司令急切地问。覃飞咧开厚实的嘴唇微笑，露出白白的牙齿："报告司令，好得很，鬼子们已经钻进我们的锁口袋了。""喔，走。"王耀武把手一扬，便急切地走进大庙里。大庙的板壁上挂着一张发黄的军用地图。覃飞介绍了当下的作战形势。身经百战的王耀武，没有为眼下的大好局面喜形于色。在整个汇报过程中，他的眉头始终是狠狠地拧着的。汇报过后，他也没有发表什么指示，只是说："覃飞，你带我去前线看看。"覃飞便让勤务官去安排坐骑。不一会儿，几匹军马就咴咴叫着来到了大庙外等候。王耀武跨上马背的时候，抬头望了望天。此刻，霏霏的细雨已经停歇，厚厚的云层里透出一片灿烂的霞光。龙潭是雪峰山腹地里一块难得的山间河谷地，有21座海拔1000米以上的高山，将谷地铁桶般围住，只有几处险峻关隘与外界相通。鬼子的109联队数千人如今就在这谷地里乱窜。王司令考察了龙潭的整个地形后，说："日本鬼子也是真蠢，怎么拼命往这个大鱼壕里钻呢？""哈哈哈哈。"众皆一阵大笑。"他们愿往这个大鱼壕里钻，对我们可能是好事。"王耀武说，"我们正好可以演一出孔明借东风，来他个火烧连营。""司令，这地方树木是多，可接连下雨，满山都是湿漉漉的。"军参谋长刘益章说，"在这种条件下实施火攻能奏效吗？"其时正是湖南的雨季，春雨绵绵，一直没有停的迹象。覃飞说："参谋长这话也是我们担心的。""覃飞呀，你不是湘西人吗？"王司令笑着说，"湘西难道没有这么一句话——湿柴怕猛火？"众人又都笑了。1945年5月7日，王耀武的一封电报，飞跃雪峰山的上空到达芷江，而后迅速转到了中美联合空军飞虎队队长陈纳德将军的手里。陈纳德对龙潭战场能控制日军的进攻感到很满意。因此，对王耀武的请求不敢怠慢。

“报告，发现多架敌军飞机。”一大早，少佐中藤钻进一处茂密的林子里，向手冢报告。手冢还躺在睡袋里，听到报告，努力睁开眼，隔着浓密的树枝，瞧见天幕上一架飞机影子山鹰一样在上空盘旋。“不必惊慌。”手冢又把眼睛眯上了。这一段时间，他的确太疲倦，“那不过只是架侦察机而已。”“让大佐再休息会儿。”岩井也过来了，“中藤，去吧，转达联队命令各部队继续隐蔽，不准大声喧哗，不准生火。”“让他们去瞎折腾吧。”手冢还是睡不着了，扯开睡袋的拉链，坐起来，睡眼惺忪地说，“这么大的地盘，这么厚的林子，我谅他们什么也看不着。”手冢从睡袋里钻出来，到旁边的一处小泉眼边洗脸刷牙。没过多久，岩井便急匆匆奔跑过来：“大佐，情况不好，有大鲨鱼过来了。”手冢用毛巾擦了一下嘴边的泡沫，问：“有几架？”“五架。”岩井说，“全部是美制的P-40轰炸机。”手冢便慢慢朝林子里往回走，漫不经心地说：“炸吧，看他们有多少炸弹。”这时，轰炸机沉闷的轰隆声开始变得越来越大了。手冢用一块石头做凳子坐下，用匕首撬开一盒罐头，对岩井说：“来，吃点吧。”岩井说：“谢谢。我已经吃过了。”“岩井，在这样的深山老林里，我们不必怕他什么轰炸机，最怕的倒是支那人的偷袭队。”手冢用剥去表皮的两根树枝在罐头里边夹牛肉边说，“吩咐各支队一定要睁大眼睛，防止支那军的偷袭。他们熟悉地形，往往会无孔不入。”“嗨。”岩井说，“我再去各队交代一下。”但这时，巨大的轰炸机已经开始在他们的林子上空盘旋了。“小心啊。”岩井急忙去拉扯手冢，“大佐，走，快去那个岩洞里避避。”岩井拉着手冢刚刚躲进岩洞，轰炸机的腹部就下饺子似的排出一长串黑棒槌。炸弹密集地坠落进茂密的林子里，除了震耳欲聋的爆炸声，湿漉漉的林子也突然燃起冲天大火。手冢和岩井都一下子惊呆了。“怎么回事？”手冢诧异地喊道，“刚刚下过大雨的，怎么能这样？”这时，又一串黑色的棒槌从天而降。整个林子竟然连绵地燃烧起来。空气中充溢着一股浓烈的硫黄味，令人窒息。别说手冢起初并不在意，连国军的大部分官兵也觉得这样胡乱往山谷里扔炸弹是毫无用处的。但他们没想到，这一次P-40轰炸机投下的可不是一般的炸弹，而是美国最新研制成功的新式武器——纳帕姆燃烧弹。这种炸弹，里面填充的是硫黄，是一种用铝皮包裹而成的燃烧弹。炸弹落处，烈焰熊熊，火光冲天。一颗硫黄弹落在手冢身边不远的地方，茂密的树林瞬间燃烧起来，火借风势已经蔓延成200多米长的蜿蜒长龙。起火的地段处处是陡峭悬崖，浓烟滚滚，让人分不清南北西东。“快！用腰刀砍出一条隔离带来！”手冢大声命令，四处奔跑指挥，喊得嗓子都干哑了。手冢判断了一下眼前的形势，将指挥部的成员分成几个小组，有的负责在火势猛烈地段周围开辟“隔离带”，其余对火势较小的区域进行就地扑灭。手冢甚至带头冲进了火势最猛烈的地段。他们用毛巾捆住嘴鼻，用腰刀披荆斩棘，弄得个个满脸黑灰，人人满身伤痕。经过一阵奋战，眼看着一道近五米宽的“隔离带”即将开拓完成，不期却突然风势陡转，熊熊烈焰迎面袭来。这时，一串硫黄弹又从天而降，顿时，芙蓉山变成了一座火焰山。硫黄弹火焰烧过的地方，土全是焦的。山谷里到处是弹坑，到处是被炸得血肉横飞的日军尸体。本来，日军109联队就与91师等国军纠缠、激战了22天，无比疲惫焦虑。加上这几天硫黄弹火烧连营，109联队残余的日军部队只能在山谷中像无头苍蝇一样东突西窜，焦头烂额。

为了让109联队残部突围，日军司令部知道必须夺取芙蓉山，为此，派出了建制完整的217联队协同重新整编的133联队。从山门地洞里逃脱的关根太郎集合自己的残部后，得到了新的补充。在217联队的支持下，这支新编的日军133联队于5月19日从绥宁瓦屋塘附近经洞口、高沙、武冈荆竹铺开拔到桃花坪附近。“诸君。”关根对官佐们训话，说，“我命令，明日拂晓，我联军全线从大黄沙方向向芙蓉山发动总攻！各军炮火集中使用，所有山炮、野炮、克虏伯大炮，统统调到一线，打光所有的炮弹，把芙蓉山给我从地图上抹平！”“轰轰轰——”20日凌晨，日军连夜将炮兵部队移到狮子山。炮队集中了山炮4门、步兵炮4门、迫击炮12门，从凌晨至傍晚向芙蓉山猛力发射了两千余发炮弹，将芙蓉山工事摧毁过半，并且在雷区开辟出一条道路。5月20日，133联队沿公路向芙蓉山发动整天的炮击。5月21日拂晓，133联队协同217联队出动了1000余人，在重炮的掩护下，开始进攻芙蓉山的狮子山高地。日军133联队强行渡江，防守狮子山的91师某团9连凭借优势地形反击，中国空军10架飞机参与对日军连续轰炸，日军伤亡惨重。到了夜晚，日军趁着夜色以全部主力进攻，终于渡过江，并且开始攻击狮子山阵地。国军狮子山工事几乎被日军炮火全部摧毁。日军集中217联队1000人，从三面攻击芙蓉山阵地，数次反复争夺，我方伤亡惨重。国军弹药不足，只得在日军靠近的时候投掷手榴弹，之后以白刃战克敌，日军连续冲锋6次全部失败。到了夜晚，负责指挥的一连韩连长被一发炮弹击中阵亡，士兵伤亡了过半，余下只有100人。日军趁夜攻陷了芙蓉山大半阵地。负责防守3号阵地的是覃啸天带领的100多嗅枪队游击队员，经过数次拉锯，只剩下了30多人。

入夜，山野静悄悄的，那是风暴来临之前的寂静。“加固阵地，锁住口袋，绝不能让鬼子从这里突围逃跑。”覃啸天督促检查阵地大声叫喊，“看来鬼子是要拼死突围了。”经过检查发现，因连日激战，芙蓉山守军弹药十分欠缺，每三人才一颗手榴弹，每支步枪才5发子弹。战壕里也只剩下几十人还能战斗，可是前方不远处却是成百上千的日军，老嗨皱眉问：“子弹全打光了，啸天，这次我们还能顶住吗？”覃啸天说：“绝不能让鬼子从这里逃掉。队长，顶住顶不住我们都得顶住。”“鬼子很狡猾，像是晓得我们这儿是没有正规部队防守的，所以放在这边的兵力尤其多。”老嗨说，“这么久了，也不见国军来支援。我有些担心……这样搞，会把我们的老本全拼光。”覃啸天说：“队长，如果摊上了，就得认。为国家出力，杀一个够本，杀两个就赚一个！”“也是。”老嗨说，“拼死在家乡的土地上，值！”覃啸天突然说：“队长，看样子，日军要行动了。”老嗨于是挥手：“快，全体隐蔽！”众人立即伏身隐藏在壕沟中。日军排开散兵线，利用人海战术一排又一排地向3号阵地逼近。老嗨、啸天等手握长刀等待着……阵地瞬间变得安静异常。一步、一步、一步……日军靠得越来越近了，“誓与阵地共存亡，人在阵地在！弟兄们，我们已经无路可退了，死也要死得像条汉子，打！”老嗨几乎已经绝望，端着机枪就跳出了战壕，嚎叫着向日军扫去。但一排日军同时向他开火了。老嗨倒在战场上。“老嗨——”覃啸天奔扑上去，看见老嗨的身体血肉模糊，像是炸裂的马蜂窝。覃啸天抱紧这具尚蒸腾着热气的躯体，悲痛万分。枪声越来越密集，日军加快了推进的速度，一张大网黑压压地围过来。国军火力却越来越弱，渐渐地消停了。覃啸天转身看看，只剩下十来个因受伤而无力地瘫倒在壕沟里的人。“哈哈哈哈……”覃啸天苦笑了一声，绝望地掏出手枪，猛地顶住了太阳穴。一个躺倒的士兵见状，急忙发出一声嘶哑而微弱的哀求：“队长！莫……”覃啸天苦笑：“老嗨也走了，我这个副手也该是以身殉国的时候了。”士兵爬过来，死死抓住了啸天的手。“莫管我！”覃啸天一把将那个伤兵推开，将腰间唯一的一颗手榴弹抽出，扔向渐渐围拢过来的敌阵。一声巨响，鬼子们赶紧卧倒了。“哈哈哈哈！”覃啸天又大笑了一声，然后痛苦地闭上了眼，手指缓缓地压向扳机。“杀呀！冲呀！”这时一阵阵喊杀声从后面传来。覃啸天回头，看见领头的是一个戴眼镜的军人——原来是孙平带着人杀过来救援了。那一刹那，覃啸天蓦然湿了眼眶。孙平的队伍冲到战壕，立即就位，和鬼子激烈地交火打起来。日军见火力强大，退缩了回去。覃啸天把手伸过去：“孙平，谢谢你……”孙平与他握手，但还是那样不客气：“用不着谢，我也不是专门为了你才过来的。”隔了一会儿，大概日军通过观察，知道来增援的也不是什么大部队，于是龟缩在黑林子里的兵们又纷纷包围过来。孙平见状，一声大喊：“弟兄们，和鬼子拼了！”几十名壮士手拿长刀从壕沟内跃上来，排成一排，气势逼人。他们一个个目光凶狠，瞪着逼近的日军。一排排刀锋在反射着清冷的寒光。双方对峙着，都没有动手。望着前面那一排黝黑油亮的胸膛，日军少佐有些怯，冷汗冒出来。“逮起！”覃啸天、孙平一齐呐喊。众人齐齐扬起手中的长刀。在最后一刻，日军少佐畏惧了：“……撤，赶紧撤退！”

嚣张的日军撤退了，芙蓉山、桃花坪仍在我军牢牢控制之下。只是，弹尽粮绝，如果敌人再一次发动进攻，怎么办？覃啸天无力地躺在血污的堑壕边，心里这样想。正当大家十分焦虑的时候，天空中突然传来一阵“嗡嗡”之声。“飞机？！我们的飞机！”士兵们兴奋地从战壕里跑出来。飞机在阵地上空盘旋过两圈，突然扔出了几个黑色的大包。大包上的降落伞瞬间在天空中绽开，像怒放在山野的蒲公英。大伙高兴而疯狂地去收捡包裹。那是空军五大队投下的包裹，包裹里有枪支弹药，有食品、香烟，还有一封致守军致敬函：

……足下暨各忠勇将士，孤军奋战，忠勇精神堪垂不朽。本大队同仁每当飞临诸君上空，目睹君等之英勇行动，莫不感奋交集，钦佩不已。现值柏林陷落，欧洲战事即将胜利结束，日寇末日已到，胜券可期之际，本大队誓以全力协助诸君作战，深盼足下及各忠勇将士坚守阵地，以待援军来临，诸希为国珍重……

得到食品弹药补充的芙蓉山守卫部队精神焕发，重新振作奋起与敌冲杀。不久国军援兵赶到，日军133联队被拉网式包了饺子。双方激战2小时，日军死亡数百人，其余部急忙从小路溃逃到辰水边，准备渡河逃亡。覃飞的91师一部紧追不舍，随即追到。被逼到辰水河边的日军第二大队士兵们只得跳水逃生，被淹死和在水中击毙近百人，其余数百人夺路逃走。此时国军57团主力经紫阳河向五里牌、观音山急进，准备切断向芙蓉山、桃花坪攻击的日军后路。日军闻讯，不敢恋战，21日拂晓开始迅即向东逃窜。日军攻夺芙蓉山的目的是确保桃花坪至邵阳段公路的畅通，并掩护敌109联队残部，缓解我军对其南翼构成的威胁，以使该残部能顺利从和尚桥向滩头、周旺铺之线撤退。

接到日军司令部电令，手冢联队向西南撤退，经桃花坪夜渡过资水来到九公桥畔。这支残破的日军部队在九公桥畔的山谷中缓缓行进。由于受伤，手冢被一架担架抬着——为躲避流弹，他从马背上跌下受了伤。躺在担架上的手冢心情焦急，问急匆匆走过来的中藤少佐：“前面的情况怎么样？”中藤少佐说：“大佐，刚才有侦察兵回报说，前去五里地是一道峡谷，两边山头好像有支那兵埋伏。”“哦。”手冢忙举起望远镜。果然，雾蒙蒙的峭壁顶上，林中有不断晃动的人影。“大佐，如何行动？”跟在旁边的参谋长岩井忙问，“是不是继续前进？”手冢没有回答，而是把望远镜转向回望。他发现了一处地势相对低洼的山坳，想了想，突然下决心地说：“转头，从那个山坳突围！”“快，全体转头！”中藤少佐急忙指挥其带领的前锋部队。山谷里，一阵喧嚣混乱。在109联队突围逃窜之时，派来支援接应的关根133联队多日对芙蓉山发起攻击，但目的没有达到。关根担心被国军主力切断后路，5月26日向邵阳方向紧急撤退。于是，包括109等多个日军联队之残部尚有近两万人被国军数个师紧紧围困在芙蓉山万山围子里。

湘西会战总司令部对第一线兵团各部下达指示：要加强包围圈的防御工事，严防敌乘夜间突围。今后各军战术任务，务将包围之敌分别割裂，一小块一小块聚而歼灭。获得109联队已经逃到九公桥的情报后，91师师长覃飞命令覃啸天带领熟悉当地地形的嗅枪队队员们抄近路赶往一个叫钩钩岩的山头伏击拦截，为了确保该先头部队与师部的沟通顺畅，还派师副参谋长孙平作为军代表随队同行。覃飞又命其余大部队分三路陆续向九公桥靠拢，对日军残部实施包围。

接到命令，覃啸天带着几十个民兵风风火火在一条山脊上往前赶。实在太累，攀上一段连续的石阶，队员们都纷纷一屁股坐下来休息了。孙平也停下了，不停擦汗，喘着粗气，问：“钩钩岩还有多远？”一个民兵说：“不远了，还有五里地。”孙平看了看怀表：“啸天，上级指示我们必须在上午十点钟赶到那里，还有半个小时。你看……”覃啸天说：“你是军方代表，我们听你的。”孙平一笑：“啸天，开什么玩笑？你的底子，别人不晓得我还不晓得。你可是久经沙场的老将。在这儿，我听你的！”“好，战事紧急，我们就谁也莫推脱了。”覃啸天说，“若依我的想法，赶紧走，只能提前，一分钟也不能推后。”“好，那大家就再鼓把劲。”孙平便一挥手，“都起来，赶紧走。”大家加快脚步走了一阵。一个走在前面的民兵突然说：“麻烦，山脚下有鬼子。”覃啸天赶紧几步上前，猫在灌木树丛往下看：“娘卖的，还来得真快。走，悄悄地，一定要抢在鬼子前面到达钩钩岩。”游击队员们开始了急行军。日军109联队缓缓在山谷中行进，向着那处地势相对低洼的山坳移动。来到山脚下，领头的中藤望着前方空旷死寂的山坳，舒了一口气说：“手冢长官，苍天有眼，我们终于找到他们的漏洞啦！”日军开始往山坳行进。山坳上突然就响起了枪声。士兵们闻声全就地卧倒。“前方山头左侧树林有埋伏。”一个士兵回来报告。参谋长岩井把手一挥：“停！停止前进。”中藤少佐疑惑地道：“大佐，机不可失，不能停下……”手冢思索了一下，说：“火力全开。攻上去！”日军急忙就地架上小钢炮。一阵阵猛烈的炮火飞向小山坳。炮火猛烈，有几个游击队员受了伤。日军更加密集的炮火再次袭来。见到炮火太猛烈，有几个游击队员纷纷爬出壕沟向后跑。日军强攻右侧翼的防线，火力也更加密集。一个民兵惊慌跑来：“头，不好了！我们的侧翼马上就要被攻破了！”覃啸天说：“顶住！必须顶住！”孙平也急忙说：“对，只要顶住一阵，我们的支援部队就会过来。”这边马上集中火力向日军打去，但已无济于事，侧翼阵地马上就要被攻陷。形势变得无比危急。一个断胳膊的民兵过来，报告说：“头，侧翼阵地马上就要被攻陷，怎么办？一旦被鬼子攻破防线，我们只能等死了！”“早晚都是死，弟兄们打个够本！不能让鬼子占了便宜，中国人不是好欺负的！死也要撑住！孙平，你带人在这里掩护。其余的，走，跟我来！”覃啸天把手一挥，带着游击队员们向侧翼的阵地冲去。“快，把手榴弹捆起来！等敌人靠过来再打。”扑进战壕，望着黑压压向山上缓慢攀爬的日军，覃啸天大声交代。民兵们就把一些手榴弹集中在一起，两三个或四五个捆在一起，齐齐向坦克扔去。见到鬼子靠近了，大家就一齐猛扔手榴弹，一阵死拼猛打，这才稍稍阻挡了日军进攻的速度。日军士兵们趴在草丛中歇息了一会儿，有的纷纷探出头来。覃啸天有些着急。但这时候，一个兵来到覃啸天身边：“头，好消息，增援队伍来了，是朱鹤指导员！”覃啸天往后侧看，欣喜地发现朱鹤正带着一支长长的队伍从林子里过来。“援兵到了，好啊，我们可以放开手脚跟鬼子干了。”覃啸天兴奋地一把冲起来，大声呼喊着上前迎接，“朱叔——”但这时一发炮弹突然呼啸着飞了过来，在啸天的身边爆炸，泥土飞溅，火光四射。“啸天，小心！”朱鹤一把奔扑过来，将啸天按住。啸天听到了强烈的爆炸声，知道自己被朱鹤扑倒了。响声过去了一阵，感觉压在身上的朱鹤还没有什么动静，急忙从朱鹤的重压下钻出来，一看，发现朱鹤满脸鲜血，急了：“朱叔！朱叔！你怎么啦？”好一阵后，朱鹤被血污粘住的眼睛才睁开了：“啸天，我没事的。”朱鹤挣扎着要站起身。覃啸天异常担心，上前想要搀扶，朱鹤却摆手制止：“马上下令，全体集合！我有话要讲。”朱鹤虚弱至极，站都有些站不稳，但仍咬紧牙关硬撑。朱鹤硬撑着走近，面对阵地黑压压疲劳的官兵，提高嗓门喊话：“各位弟兄们！没有精良的武器，没有饱饭吃，你们——雪峰山的嗅枪队员们已经与日本鬼子拼搏了将近一个月，真的不容易，一个个都是铁铮铮的男人汉子！你们没有给湘西人丢脸！为了突出芙蓉山，日本鬼子今天必然会全力猛攻，我们这支先头部队，人数不多，但背负的任务极重。人在阵地在，我们不能让鬼子越过这个山坳一步！”日军炮弹再次袭来，前方远处的阵地传来几声爆炸声。朱鹤的目光缓缓扫过嗅枪队员们："弟兄们，不要害怕，日本鬼子的这次进攻，就是他们最后的疯狂。但这也许就是最残酷的一次战斗，也许就是我们为国捐躯的时候。谁有什么话请先留下，如果不幸牺牲，活着的弟兄就是你爹妈的儿子。各位，你们有没有什么要留下的话？""没有！"上百人一齐响亮回答。声音盖住了震耳欲聋的爆炸声。"那好。"朱鹤拍着自己的胸膛，"这血肉长城就是雪峰山最后的防线！弟兄们，逮！"众人急忙跳进战壕，对着缓慢往上攀爬的日军一阵猛打。日军的突围又一次被打退了。

担架放在草坡上，手冢坐着用望远镜观察战况。一个通信兵过来："报告大佐，无线通信恢复正常了。司令部有紧急电话。""好啊，好。"手冢忙接过话筒，"喂，喂，我是109联队，我是手冢……"电话那头传来阵阵的训斥声："你部迟迟不能突出芙蓉山，总司令官已经大为恼火！"手冢拿着话筒，无可奈何地说："……明白，明白。"电话里的声音："再不全力突围，你们就要全军覆没，葬身支那人的雪峰山了。总部命令你们今明两日必须全力突围。现在，关根的133联队正努力向你们靠拢，你们及时加强联络，会合后尽早撤退到邵阳！""是！是！"放下电话，手冢脸色惨然，其他军官更是一脸沉默。岩井说："大佐，几次突围都失败了，前面的火力突然还变猛了，怎么办？是否继续突进？""不前进还有别的退路吗？"手冢神色黯然，"老天太残酷，偏偏让我们又一次遭遇强悍的老对手。同样的对手，地点却完全不一样，我们钻进竿军的老窝了。竿军在陌生的大海边尚能如此善战，来到家乡自然如虎添翼，蒙羞是必然的，只是没想到会遭受如此惨败！"中藤立即上前去安慰："支那人常说，胜败乃兵家常事。大佐不必过度自责。何况，我们还没到最后时刻……""迟了，已经迟了。我们被支那人围在这万山丛中，就像一条鱼钻进了湘西渔佬的大篆。"手冢不禁老泪纵横，突然紧紧抓住中藤的手，"我……受了伤，参谋长身体也出了问题。中藤君，眼下，突围复仇的重任也许就要全靠你了！""大佐，我绝不会辜负重托，一定带着部队和你们突出重围。"中藤发誓后，转身对着坐在石头上休息的岩井，鞠躬请求："参谋长！""少佐还有何事？"岩井问。中藤少佐说："此次如果战败受伤，请参谋长助我剖腹谢罪！"岩井说："哦，少佐放心。""万一战败，请将我的遗体运回本土，无论如何不能留在湘西这山旮旯里喂狼！"岩井点了点头。"拜托了！"中藤再次鞠躬行礼，而后抽刀划破手臂，手蘸鲜血在白色布条上写了个"胜"字，然后紧紧缠在头上。中藤抽出腰刀，大喝一声："武士刀队全体集合！"上百名只穿白色衬衣，头缠"胜"字白布条的士兵，手拿武士刀跑来列队。中藤少佐掏出白色手帕，认真擦亮武士刀，然后挥刀朝天一指："今天天色已黑，大家好好休息，明天一早，拼死最后一搏！”

夜里，钩钩岩阵地寂静了下来。但此刻，设置在那间破庙里的74军军部却并不寂静。电讯兵、通信兵忙碌地接电译电。副官们进进出出传达命令。刘益章在作战室凝视墙上的作战地图。一个话务员进来：“报告参谋长！施军长电话说，洞口、江口敌军有部分向我缴械投降。据俘兵称，被围后，粮弹无法补给，官兵已有3天未进饮食，兵无斗志，连日遭空军轰炸，死伤甚重。”又一报务员进来汇报说：“100军、74军方面先后来电汇报，他们所部分别包围之敌军阵地经派人劝降后，缴械来归者日渐增多。原进攻新化、安化之敌，有一部向邵阳方向转移，已通知18军注意防范。”另一报务员又进来报告：“总司令部发来动态简报，6月20日，重庆各界代表莫德惠、邓文仪等一行12人携带慰劳品来到芷江，待战局结束，将第一时间前往第一线犒军。”“好啊，好啊。也许这一场残酷的战事终于就要结束了！”刘益章的脸上露出了欣慰的笑容。他疲倦地坐在一把破旧的摇晃躺椅上，一下子就睡着了。午夜时分，突然被一声“报告”惊醒。刘益章揉了揉困倦的眼，问：“有什么事？”话务员说：“王司令王耀武将军打来电话。”“哦。”刘益章急忙跟着他走进话务室。刘益章拿过电话：“王司令，我是刘益章。”电话里送来王司令的声音：“刘参谋长，我告诉你，虽然我方反攻十分顺利，但是前方战事仍未结束，何总司令很着急。”“司令，我们明白。”刘益章说，“我们知道，只要还有一个鬼子没投降，这场战斗就不能算是结束。所以，施军长已经亲自赶到前线指挥围剿敌军去了。我们绝不会让一个鬼子从雪峰山逃跑……”“好。你仔细听我说。”司令打断了刘益章的话，“老刘，你听着。因为中央已确定日期召开四中全会，委座来电催何总指挥回重庆，亲自向大会报告湘西大捷经过。何总说，战斗仍在继续，他去报告大捷，前方后方岂不矛盾。刚才何总司令来电话，要我同你研究一下，如何早日结束这场战争。”一听“早日结束这场战争”，刘益章敏感地猜测像是要让自己草草收兵的意思，心中掠过一丝黑云。抗战多年，打的败仗多胜仗少，这次将士们流血牺牲，眼看只要坚持一周最多也不过十来天，就是一次胜利的会战，此时收兵，如何向国人交代？想到这里，刘益章说：“司令，你要我考虑早日结束战争的事，我已经考虑过。为了善始善终结束这场会战，估计最快也得五天左右。”“不行！”王耀武说，“何总后天清早就要飞重庆，在他动身以前要设法解决战局。”“饭要一口一口地吃啊。”刘益章反问一句，“你同何总商讨过没有啊？你们的腹案到底是如何打算的？”电话里好一阵没有声音，后来王耀武终于露出了底牌，说：“我们是这样盘算的，只要你们在正面包围圈放开一个小小的缺口，这样战局就可以提早结束了。”“放开一个缺口？！”刘益章完全没有想到会是这样的结局，说，“下面部队的长官们能同意这样干吗？这样干对整个战局又有什么好处呢？”“那你看着办吧！”王耀武竟然有些生气，接着又说，“我看就在洞口公路附近放开个口子就行了。”刘益章突然发起火来：“王司令，我们这样做将来会不会成为日本人的功臣，中国人的罪人啊？”王耀武又一阵没回答，后来说：“老刘，我奉了上面的命令，你奉了我的命令，此事与你没有关系。”刘益章说：“怎么能没关系？我当然要负责任。放开口子，最后还是我的命令啊。将来，我们这些人就都将是民族的罪人。”王耀武说：“将来如何评说那是将来的事。你要紧的是想好眼下的事！”看来他们的决心早已下定，再说也无用，刘益章无可奈何地说：“如果你们真要这样干，我作为参谋长，利害得失我不能隐瞒，就算接受军法处置，我也要说这样的命令我不能执行。若要执行，请司令直接打电话告诉部队行动。”刘益章愤怒地放下了话筒。但是隔了不久，话务员又说司令部有电话来了。“司令，我的意见已经表述得很清楚了……”刘益章继续发火，突然感觉对方的声音不对，急忙说，“哦，对不起，何总司令……”刘益章没有想到，电话竟然是总司令何应钦亲自打来的。电话里，总司令的话语调平静。他说：“老刘，我后天清早就要回重庆了。王司令同你谈的问题，希望你全面考虑一下。你得明白军事总归要服从政治的道理！”将被围的敌军放出去，这是什么政治！？刘益章还是想不通。但是他还能跟总司令发火吗？而且，何总司令没让他申辩便把话筒扔下了。刘益章放下电话，还是觉得不知如何开口，便坐在椅子上发呆。没过一会儿，电话铃声又响起——是王耀武的电话又追过来了。“喂，哦，王司令……”刘益章去接电话，“对对对，何总已经给我打过电话了。知道，这是政治。好，好，我就通知下去……”刘益章放心话筒，对旁边的军官说：“你去通知91师吧。”那军官也犹豫，说：“覃飞的脾气你是知道的，我……”刘益章不耐烦地：“行行行，我亲自打吧。”

第二天，天空曙色初现，日军109联队便向钩钩岩发起了猛烈突击。小山炮的炮弹倾斜而下。同时，109联队电报请示133联队给予炮火支援。133联队的炮队的大炮一个又一个扬起粗大的炮口……山脚下，上百敢死队战士咬牙怒目，手举马刀列队等待着。炮口红光一闪：咚！接着红光又一闪：咚！“突围，就从这里突围。杀——”黛色天空背景下，中藤少佐歇斯底里地舞动指挥刀，带着上百武士刀队，气势汹汹向前冲去。剧烈的爆炸声中，几个嗅枪队员被炸飞了起来。许多战壕都被轰平了。“不要让鬼子们跑了。打！”随着朱鹤的大声命令，趴在战壕里的嗅枪队员们便一齐开枪。一片飞扬的尘土，一片惨死的游击队士兵，钩钩岩阵地成了一片燃烧的火海。

趴在一处斜坡边的覃啸天发现爆炸渐渐平息，但烟尘遮天蔽日，什么也看不清楚，感觉日军先头队伍的士兵在烟尘中一会儿趴下射击，一会儿又站起冲锋。渐渐地震天撼地的杀声从后面传来——那是日军的大部队杀过来了。眼看日军越靠越近，越来越多，持长枪、背砍刀的覃啸天从那处斜坡飞快滚进战壕，大喊一声蹿了出去："上！同鬼子拼刺刀！"一下子，似乎突然从地底下冒出来无数个高昂的头颅来。"杀！"朱鹤举着长刀便冲了出去。"杀！"孙平率领着守护左翼的民兵也冲杀过来。喊声震天，血影刀光，斜斜的草坡上士兵们与日军搅和在一起肉搏厮杀起来。雨后的草坡有些湿滑，脚蹬麻耳草鞋的游击队员行动敏捷轻便，日军的大头靴在泥泞里显得格外沉重，不少日军士兵被削掉脑袋，阵地血肉横飞。一些日军开始退缩。"砰——"督阵中藤举枪便朝一个撅着屁股后退的士兵开了一枪，大声吼道："往前冲！退缩者死了死了的！"退缩的士兵于是又疯狂往前冲。到底是临战经验相对不足，文官出身的孙平举着刀往前走时，手不免有些哆嗦。"八嘎——"一个日本士兵拿着刺刀照着孙平就冲过来。孙平抖着胆和他拼刺刀，只是明显处于下风。周旋几招后，孙平抡着马刀死命砍去，日本兵闪身避开，而后挥刀向他猛力回刺。孙平大惊，一下呆住了。"哈哈哈哈……"日本兵狰狞地笑着照准孙平猛劈。他的笑声却被突然扼杀了。他晃亮的刺刀在孙平肚皮前一寸处陡然定住——旁边的朱鹤见状，举刀便冲了过来，一刀就削掉日本兵半个脑袋。那个鬼子像一块湿柴般重重地摔倒在地上了。"朱先生，谢，多谢。"孙平十分感激地说，"没想到您竟有如此好身手。""看你像个文弱书生，其实真是好样的。"朱鹤给孙平竖起了拇指笑笑，说罢又挥舞着马刀向前冲去。看着朱鹤左劈右砍，英勇无敌，孙平的胆子壮了起来。他咬着牙，举着刀再次向一个日本兵冲去。只是这一次，他碰到的可不是个普通的日本兵，而是临时受命领军的中藤少佐。中藤脸色阴沉地冲过来和孙平对刀，招招凶狠。几个回合，中藤感觉对方的剑术十分稚嫩，心想索性一刀置之于死地，于是使足力气砍过去。孙平躲闪了一下，却被一根藤蔓绊倒。他有些慌乱，心想这一回是真的完了。"杀啊！"这时，覃啸天领着一些民兵杀了过来。中藤大惊，掏出枪来一阵乱射，放掉孙平，转身就逃。"冲啊！"游击队员们便分散开来向山下扑去。"轰轰轰——"一排炮弹突然打来。正在全力往前冲锋的覃啸天感觉面前被炮弹掀起的泥土就像是一堵墙。他抵挡不住，歪倒了，被泥土的浪涛完全掩埋。过了好一阵，一块泥土动了一下，泥土中渐渐昂起覃啸天的头颅。覃啸天从土里拖出来一把长枪，把枪顺到眼前，正视前方。风儿徐来，烟尘渐散，战场突然变得十分寂静。覃啸天松了一口气，但突然似乎感觉还是有声音的。噗，噗，噗，噗……那是日军的脚步声啊？！啸天抬头，看见日军排成散兵线呈扇面阔步橐橐走来，一排，两排，三排，四排……砰！覃啸天扣下扳机。枪口里喷出火光。但没有打中，日军依然阔步踏踏而来。砰！覃啸天又放了第二枪。日军照旧前行，毫无反应。覃啸天咬着牙，抱着必死的决心放了第三枪：砰！一个前进中的日军应声倒地。可其他人依旧前进。覃啸天有些恐惧，慌忙拉下枪栓，把子弹推上枪膛。就在此时，他听到稍远处砰的一响，一个前进中的日军应声倒地。覃啸天一愣，忙循着枪响的方向看过去。稍远处，一个从泥里钻出来的全身挂彩的人打出了顽强的一枪：砰！覃啸天顿时一震。就在这时，另一侧又响起清脆的一枪：砰！覃啸天急忙转头看去。另一侧，又一个竿军士兵从泥土里冒出来顽强射击。覃啸天又是一震。砰！砰！砰！在覃啸天身前身后，在覃啸天军阻击阵地里，若干依然活着的竿军士兵从残破的阵地上，从炮火烧焦的土地里，与冲过来的敌人做殊死的抵抗。覃啸天的眼睛潮湿了。他瞄准敌人，想要再打，但那枪已经不响了。覃啸天拉开枪栓，子弹空了。日军呈扇面向覃啸天包围过来。炮弹呼啸而至，轰隆一声，在覃啸天附近炸响了。覃啸天居然像没听见一般，眼睛依然直视，雕像般久久不动。覃啸天抖落掉一身泥土，拄着枪，准备与敌人做最后一搏。日军在前进。覃啸天在等待。

就在这时，一个令人心悸的声音，带着一种不可抗拒不能阻挡的力量，在烟尘里，从天际间飘过来：“啸天——我们来了！”“孙平？！”啸天一愣。他看见滚滚泥尘中，孙平领着一队人马赶到了。“啸天，给！”孙平从腰间掏出自己最心爱的那把勃朗宁手枪一把扔过去。啸天一把接住，冲孙平微微一笑。“杀呀——”孙平率领民兵冲进了厮杀的阵地。日军溃兵如潮，心胆俱裂往回逃。砰砰砰！中藤少佐的手枪响了。他还想用淫威来阻挡溃兵后退：“混蛋！混蛋！给我往回冲，往回冲！”几个溃逃的士兵被打死，可依然制止不了如涛如潮的溃兵往回跑。中藤绝望了，忙回转身，跟在溃兵屁股后头往回逃命。但他突然愣住了——面前的小土岗上立着横眉立目、举着长枪的啸天。中藤少佐便乞求、讨好、尴尬地笑笑。覃啸天本能地犹豫了一下，放下手枪。可中藤少佐的手枪却趁机举起来。啪——手枪枪口喷出火光。啸天胸口中弹，踉跄一下站住，瞪大疑惑的眼睛看着中藤少佐。中藤少佐还要补射时背后却有枪声响起了。啪啪啪啪！中藤脑袋中弹，一股污血流出来。他歪歪斜斜地倒下了，露出了站在他身后嗅枪枪口还在冒着余烟的孙平。“孙平……”覃啸天捂住流血的胸口，轻轻唤了一声。“啸天——”孙平惊呼着啸天的名字奔跑过去。眼前一个黑太阳，啸天仰天就躺倒了。“啸天，坚持住！我……带你回去。”孙平努力将啸天抱起来，艰难地往前一步一步走。“轰——”突然一颗炮弹落下来，炸裂了一块凸起的大石，大石崩裂，大小不等的石头渣子飞扑向孙平。孙平满脸是血，但仍旧努力抱着覃啸天往前走。他透过胶结在眼帘上血污的间隙，看见日军正黑压压地围过来。抱着啸天的孙平慢慢地停住了。除了听到日军越来越响的脚步声，孙平似乎还听到了另外一种声音。这声音起先有些沉闷，甚至有些诡异，而后便渐渐清晰起来。

“小黄沙——小王杀；大黄沙——大王杀；龙形桥——龙胜桥；神龙潭，日寇氽！”喊声中，孙平突然看见无数举着刀叉和棍棒的山民队伍过来了。他们排着虽不规整但错落有致、疏密得当的队形，人人视死如归，个个面色淡定往前冲。“小黄沙——小王杀；大黄沙——大王杀；龙形桥——龙胜桥；神龙潭，日寇氽！”喊声中，孙平接着就看见了一面被烧掉一角的“湘西抗日嗅枪大队”旗帜。他竟然突然看见了自己的妻子——萱萱。旗帜下，萱萱带领着游击队员和大批山民。他们手中提着各种各样的杂色武器：鸟铳、柴刀、烧火棍子、镰刀、斧头，人人视死如归，个个面色淡定。日军害怕了，又一次退却了。但“轰隆”一声巨响，又一颗炮弹落下。滚滚烟尘中，萱萱看见抱着啸天的孙平努力强撑着身体，不想让他倒下，但终归还是倒下了。“啸天！孙平！”萱萱大声嚎哭奔扑过去。她眼见孙平和啸天一动不动地仰躺在地上。仰躺着，但俩人的手还紧紧握着。看着生命中至亲的两个人就这样硬挺挺地躺在自己的眼前，萱萱忍不住嚎啕起来，却欲哭无泪。

覃飞带领着大部队赶过来了。日军丢盔弃甲，退回到山脚下去。弥漫着硝烟的阵地上一片死寂，尸体，尸体，还是尸体，到处都是湘西儿女的尸体，尸横遍野。覃飞蹲在地上，看着啸天和孙平的尸体，老泪纵横。他用一只手抖抖地拉扯着军用毛毯把啸天和孙平的脸覆盖了。“传我的命令，所有援军立刻投入进攻！”覃飞猛地冲着站了起来，“老子亲自打头阵！要把那些乌龟王八蛋一个不剩地统统给我杀干净！”“杀！”在场军官齐声大喊。杀声震天。覃飞领着部队疯狂地往山脚下冲。覃飞正呼喊奔走时，参谋长戴涛骑着马突然斜插过来，挡在前面。覃飞红着眼：“老戴，娘卖的，挡老子的马，你要干什么？”“师长，军部有急电。”戴涛跳下马，把一封电报递上。覃飞吼道：“没时间看，快念！”戴涛念道：“军部急电，命令你部立刻停止追击，让开一条路！”“你说什么？”覃飞跳下马，一把揪住戴涛，狂怒咆哮，“给狗日的鬼子们让开一条路？老戴呀，你可是参谋长啊。你假传军令，老子这就毙了你！”戴涛扬了扬手中的电报，心情沉痛地说：“没办法。师长，军部的电报说，日军总司令已经致电蒋委员长，他们决定投降。”“你说什么？！”覃飞诧异。戴涛含着眼泪，说：“日军总司令已经通电全国，日本投降了！师长，漫长艰苦的战斗终于要结束了！”但覃飞却一点惊喜都没有。他一把抢过电报，唰唰唰几下撕得粉碎。“娘卖的！他想早日休战，好向上头邀功，可是，我们为了抗战战死了这么多的湘西子弟怎么算？啊？他们算什么？！算什么——”覃飞将电报纸屑狠狠地扔了出去，无比愤慨地大声咆哮，“弟兄们，加快速度，追！多打死几个算几个。”

夜，有弯弯细长的峨眉月。寨墙上，一个帽子后垂着帕子的日军哨兵在巡弋。

手冢带领的109联队残部没能从钩钩岩突围，仓皇退回龙形桥。日军占据了一片山地，派部队分兵死守。他们还抢夺了个山地上的石头寨子作临时指挥部。覃飞的91师迅速赶来对山地实行了大包围。朱鹤带领的一支国军、游击队混合编队则趁夜悄悄围住了手冢所在的这个石头寨子。“今夜一定要攻进寨子，不能让手冢跑了。”朱鹤交代任务后，没一会儿就带着猫头摸到了寨子的石头围子脚下。朱鹤用手往远处指点着。猫头便沿着寨墙脚下绕到栅栏门边，突然冒起，一手捂住那个哨兵的嘴，一把匕首就捅了进去。另两个游击队员随即冲进了栅栏门，攀上了堡子楼，撮着嘴学了声鸟叫。“上！”朱鹤道。月光下一把长刀寒光猛然一闪。一群起伏的黑影急速向前靠。前进中，突然一个栅栏上的暗堡喷射出火光，一个游击队员中弹。众急忙趴下。猫头极迅速地把四五颗手榴弹取下来捆成一束，齐拉火线，撑起身子从栅栏门顶上的空隙塞了进去。栅栏里的空坪里“嗤嗤”冒着烟，一阵巨大的混乱，接着就是石破天惊的一响。一片嚎叫声中，暗堡坍塌了半边，栅栏门炸得个稀巴烂，长根短截的门柱飞上半空，“呼啦啦”往下落。“冲，立即强攻！”朱鹤的脑袋从一处掩体里冒了出来。一支后续部队立即往上冲去……

日军的临时指挥部，设在寨子一个石堡里。手冢瘸着腿勉力来到石堡的瞭望孔，拿着望远镜往外观察。远处炮声隆隆，爆炸的闪光映红了天际。参谋长岩井拄着根拐杖，一身尘土地奔跑进来：“大佐！不好了，支那兵攻到指挥部来了。”“什么？”手冢有些惊慌，大声命令，“顶住，一定要顶住！”岩井便赶紧带着一批日军残兵往栅栏卡子支援。由于卡子狭窄，日军居高临下，游击队几次冲锋未果，只得暂时退回。不久，天色微明，岩井又慌忙跑回指挥所：“大佐，敌人攻势太猛，正准备组织第二次进攻。”“先全力守住石头卡子。”手冢说，“实在不行，就退守到后山二中队的阵地去。”“不行啊，大佐。”岩井说，“昨天，二大队的阵地一直遭受强攻，恐怕马上就会落入敌手了。”手冢哑然：“那四中队那边呢？……”“四中队的麂子坳也不妙。阵地多处被敌突破，反复争夺，数度易手，部队伤亡极大，还刚刚来电请求支援呢。”“支援？哪儿还有部队可以支援？”手冢大声说，“你赶紧去那边督战。就是打剩下一个人，那地方也要守住！”“嗨。”岩井无力地回答。手冢意味深长地看着岩井：“参谋长，拜托了！你知道，麂子坳那儿是唯一的生路，我们最后全是要从他们那里突围的。”“人在阵地在，大佐放心吧！”两个人握握手，使劲拥抱一下。岩井便拄着拐杖一跛一拐地匆匆离去了。不久，麂子坳方向便炮声隆响，过了一阵，枪炮声就变得渐渐稀疏起来。“麂子坳那边情况怎样？”龟田问用望远镜观察的兵。士兵说：“少佐，看来情况有些不妙，枪声停了，麂子坳也许又丢掉了。”龟田急忙拿过望远镜看，面色沉重。“司令部有消息吗？援兵何时能到？”石堡里，手冢一直在催问通信兵，回答却总是“没有”“没有”。手冢气急败坏，挥动着当拐杖用的棍子在地上胡乱叩打。突然通信兵取下耳机，兴奋地说：“大佐，有电报来了。”“快，念。”手冢像是被打了吗啡针。通信兵一字一句缓慢地念着译稿：“菱田司令发出的命令是，杀开一条血路撤退！”“混蛋！”手冢扯过电报一把撕得粉碎。这时，少佐龟田进到指挥所，手冢便急急地问：“有没有参谋长岩井的消息？”龟田良久不吱声。手冢急了：“怎么啦？说呀！”龟田思忖着，说：“大佐，麂子坳那边起初交火声异常激烈，但后来就完全停歇了。恐怕阵地已经失守，参谋长他……凶多吉少了。”果然，一阵寂静过后，不久就从麂子坳那边传来了有大军逼近的嗡嗡喊杀声，声音越来越响，越来越近……“麂子坳丢了？！”手冢眼睛迷离茫然。他发疯般揪住龟田，“麂子坳丢了，你知道对我们来说意味着什么吗？”龟田喃喃着：“明……明白的，大佐。”“你说说，意味着什么？”“意味着最后的退路被掐断了。”“哈哈哈哈……最后的退路被掐断了。”手冢狂笑后突然变得狰狞，“也意味着我们杀身成仁的光荣时刻到来了，你们知道吗？”“嗨，明白。”站在旁边的几个副官回答。手冢大声吼叫：“既然明白，还愣在那儿干什么？”“嗨！”龟田等几个副官回答着，并急忙从各自的位置汇聚到手冢的面前。他们排成一排，跪倒在地上。“报务员！”手冢又大声呼喊。“到！”报务员回答。“向师团长发报。”手冢思考着，而后一字一句地说，“电文如下：菱田司令，手冢不才，愧对天皇，今陷囹圄，宁可玉碎不为瓦全。吾死后不必马革裹尸，愿做孤魂野鬼历经炼狱劫数以赎罪。”“大佐，这……”听到电文，报务员有些发呆。手冢大声道：“听着，就这样发报！”“嗨！”报务员于是开始发电报。电报发出，手冢即令士兵们捣毁电台，烧掉密码，瘸着腿来到一块红砂岩边。他抽出长刀，开始缓慢地将刀刃磨砺……“大佐，手冢大佐——”但这时石头卡子楼顶突然传来一个兴奋的喊声，“大佐，援军到了！”跪在地上的手冢急忙爬起来，把着矮墙，眉宇间骤然一亮：“不错，应该是我们的队伍。”手冢急忙往卡子口奔跑，但腿脚无力，一下子就摔倒了。传令兵急忙去把他架起来。手冢在士兵的搀扶下，来到一处瞭望口。“大佐，你看那边！”手冢循着传令兵手指的方向看，果然是133联队的接应部队过来了。“快，下去迎接！”手冢在士兵的搀扶下蹒跚地往石阶下走，但一脚踏空，还是摔倒了。尘土飞扬，几匹大马奔驰过来。关根一把跳下马，问：“手冢大佐在哪？”一个士兵忙说：“大佐的腿受伤了。他在卡子上呢。”关根一阵狂跑上了石头卡子，看见木然瘫坐在地上的手冢——这个当初意气风发的汉子，如今眼窝深陷，胡子拉碴，竟然像个老叫花子一般。“手冢兄——手冢兄——”关根大声呼喊了几次，手冢死鱼般定定的眼睛才动了一下。手冢连滚带爬上前，一把抱住关根，痛哭失声：“关根兄，关根兄……你，你可是我的救命菩萨啊！”“快莫说那些，眼下我们陷敌重围，时间分分秒秒都很宝贵。”关根太郎说，“手冢兄，快，我们往西边突出去。”“西边？”手冢目光有些茫然，“西边？能突出去吗？”“应该可以。”关根太郎说，“据侦察，支那人好像是有意识地在西边通往洞口的公路边留了一条路。”手冢诧异地问：“是吗？为什么？”“中国有句老话，叫穷寇莫追。”关根太郎说，“也许，他们也不想大家搞得鱼死网破吧。”“哈哈哈哈！”手冢一阵狂笑，“这样就好，这样就好，这真是天无绝人之路也。”

第十九章

游贵生走出重庆监狱大门，感觉阳光很是炫目刺眼。其实那不是阳光刺眼，而是相机白茫茫的闪光。门外拥堵着几十个人，十几台车。还没弄明白怎么回事，三五个硬邦邦的东西已经堵到了他的嘴边。那些话筒上的标识五花八门，有本地的著名媒体，也有从湖南赶过来的。“请问你对这件案子的处理结果还有什么要说的吗？”“很多人认为你是蒙冤入狱的，你不打算继续上诉翻案吗？”“都说你是洪城的首富，你出狱后将有什么打算？你会重出江湖吗？”他用手遮着脸。儿子水生扶住他急急往前走。狱警也出来帮他们疏散围堵的人群。水生租了一辆破旧的车来接他。游贵生快步挤到围墙边，上了车。失望的记者们穷追不舍。精疲力竭的游贵生躺在车座椅上眯着眼：“水生，他们这是搞些什么？”水生说：“爹，你还不晓得吗，洪城的案子闹得动静可大，你早已经成了名人了。”游贵生轻蔑地笑笑：“是吗？

吃几年牢饭还吃成个名人了？”车窗外，车流如织，无数高挂霓虹灯的高楼匆匆晃过，有许多商铺的广告牌。时间已经入夜，而在这座都市，热闹似乎才刚刚开始。摆放着黑的白的模特儿的各色品牌店穿梭着时髦女郎。染着艳丽金发，超短裙下露出光溜溜双腿的几个年轻女孩在游乐厅门口招揽客人、派发名片。抄着警棍的黑衣警察在巡逻。抗战的胜利让这座山城显得格外亢奋。走下朝天门码头长长的石阶，顺着有些晃荡的跳板上了船，望着满江迷雾，游贵生的目光有些迷离，分不清远处的亮点是星星还是城市的灯火。黑夜把船舱窗子的玻璃做成了一面镜子。游贵生看见自己的头发上像铺着一层薄薄的白霜。他摇摇头，叹了一口长气，赶忙又眯上了眼睛。“水生，这次我们的官司真的打赢了？”游贵生把闷在心里，却一直不好说的疑问说了出来。“赢了啊！完全就是个冤假错案。”水生肯定地说，停了一会儿，又说，“只是，侯门深似海，官府衙门水深得很啊，没事也得脱层皮。”游贵生便问：“这次捞我出来，一定花了不老少吧？”水生半天没说话，突然说：“爹，人平安就好！”“是啊。平安就好！”游贵生也长长地叹了一口气。

水生怀揣着肖老编辑的信，带着洪城“八大家族”的众多家人来到重庆。虽说有肖老编辑的那位国大代表等社会贤达帮助引荐，但还是用了足足一百二十余万两光洋上下打点，贿通军法处等，才将案子移转司法部门。水生在重庆奔波了将近半年，费尽周折，走完过场后，重庆国民政府高等法院才做出了“事出有因，查无实据”“运油资敌、经济汉奸之罪证据不足，撤销起诉，将所关押的八人无罪释放”的最后司法裁定。水生买了两张船票——是从重庆直达汉口的客轮。客轮鸣响着长笛摇晃着启动。他努力寻找着过去的大半辈子里那些失落的岁月和刻骨铭心的记忆，回忆着那些丢失了的情感片段，但往事不堪回首。

两人辗转耗时近一个月，终于来到了洪城的地界。进洪城的那一段二十多里的公路颇难走。因为前些时候的雪峰山之战，公路被炸得坑坑洼洼，加之这一段时间春雨绵绵，道路泥泞湿滑。没有班车，只能艰难步行。游贵生身体十分虚弱。儿子披着一张油布，打着一把黄色的油纸伞为他遮雨。两人就这样走一走歇一歇。两人走到一个公路转弯处。后面有一辆破旧的吉普车缓慢地颠簸过来。吉普车的车轮溅起的泥水飞得老远。游贵生急忙躲避到路边的山坡石头护坎下。吉普车突然刹车，停顿了一会儿，然后又加大油门开走了。

军用吉普车司机眼睛盯着前头坑坑洼洼的路，双手紧紧把着方向盘。前排副座上的一个副官模样的军人问：“将军，这两人你认识？”躺在后座椅上的人是覃飞。覃飞穿着厚厚的呢子军大衣，衣领上没有领章。他还是那么高大，但有些枯瘦，并不魁梧了。“不认得。”覃飞说，“但应该都是老乡。感觉他们有些可怜，只是车上也没有多余的座位了。”“覃将军真的是霹雳功夫，菩萨心肠。”副官说，“只是当下可怜的人太多，就连菩萨也顾不过来。”“是啊。我的老家如今就是一片被战火灼烧过的土地。这一路看来，真的是满目疮痍。”覃飞大发感慨，“首脑们如今都在忙着分赃肥缺，民生国计有谁操心？”覃飞的部队虽战功不凡，但蒋介石始终不能信任这支湘西军队。湘西会战胜利结束后，功勋卓著的第91师师长覃飞竟然被削去军权，调任第九战区长官司令部少将参议。于是，覃飞再一次选择了放弃，决意辞官归乡。回到长沙时，他的一位当年的部属，执意要用车送老首长回去。盛情难却，于是那辆有些破旧的吉普车便开始了这趟长途的颠簸之旅。洪城是越来越近了。“近乡情更怯”，家山越近，覃飞的心越紧，他想象不出家中会是一幅什么困顿的景象。

军用吉普车经过一个地方，那里有许多工人正在忙碌。覃飞问：“这儿是七里桥吧？是哪家的财主又在修大屋？”司机说：“将军，那不是哪家财主在修屋。你就不记得了，日本鬼子就是在这里签字投降的。”“啊，我只记得那个龙形桥，我们把鬼子围着打，几乎就要全歼那些王八羔子，只可惜……”覃飞说着，便有些愤怒。他叹了一口气：“嗨，莫说了。不过，这七里桥，我早说过，这地方是风水宝地。”“是啊，七里桥，你看，又是一座桥。”副官说，“这次抗战始于河北宛平卢沟桥，终于湘西芷江七里桥。”“看来，一切皆因桥而起，一起皆因桥而止，看似巧合，但绝非偶然，所谓冥冥之中自有定数，冥冥之中自有天意与报应。”覃飞感慨道，然后忙叫了叫司机，“等等，把车靠边停一下，我想下去看看。”下了车，覃飞走近桥头，用手抚摸着有些粗糙的石头桥栏杆。七里桥下，舞水河汩汩流淌，水流激起的旋子使覃飞感觉时光在倒流，恍惚回到了战马倥偬的岁月。“将军，请往这边走。”副官指着不远处林子里隐约可见的几间木屋，说，“那地方当年是何应钦总司令的临时作战指挥部。1945年8月21日，代表百万侵华日军的今井武夫一行奉冈村宁次之命，飞抵芷江乞降，就是在那个屋子里日军签字受降的。”“哦。对对对。我像是来这里开过一两次会。”覃飞继续往前走。来到一个转弯处，见已经修起了一座古朴凝重的石拱门。石头门坊的正面上端书写着“受降纪念坊”几个苍劲有力的大字。“八年烽火起卢沟，一纸降书出芷江。”覃飞吟读着门枋两边的石刻对联，又绕着石头拱门抬头看四周石刻的蒋中正、李宗仁、于右任、孙科、何应钦的诸多题联题词。覃飞走进受降屋——位置在山洼里的一排低矮平房。“侵华日军副总参谋长今井武夫作为投降使节，在这里与中国陆军领导人商定日军向中国军民投降的所有事宜，并在投降备忘录上签字。宣布日本无条件投降。”副官告诉覃飞，根据统计，至1945年6月1日，日军47师团余部全线后撤。至此，日军各部全线退回湘西会战之前地域，长达55个昼夜的湘西会战到此结束。截至6月23日正午，全线战斗接近尾声，分割开的日军，纷纷竖起白旗，投降缴械。湘西会战历时两月，共击毙日军12498人，伤23307人；7737名中国军人为取得会战胜利付出了宝贵的生命。

克敌受降威加万里，
名城揽胜地重千秋。

覃飞喃喃吟哦着那牌坊背面镌刻的文字，声音有些颤抖。

经历千辛万苦，游贵生终于回到洪城。当初被囚车押送去重庆，虽然无比耻辱，但路途倒也顺利，十来天便到了。这一回，没了囚车，路途遥远，道路不畅，常常是靠步行，反倒更艰难，从重庆到洪江走了近一个月。一进入洪城的地界，他原本还有的会因祸得福的一点点幸运感觉全没有了。道路泥泞，满目疮痍。公路边的灌木林子里各处飘摇着白色的经幡。山坡上稍稍平整些的地段，经幡的排列可说是鳞次栉比。他突然就想起了小佬——他如今还不知正躺在哪一朵白色的经幡下。游贵生在一处水洼边停住了，眼泪巴沙。“爹，赶紧些走，不然断黑前都赶不到屋了。”水生知道父亲的心思，便催促着。游贵生用脏兮兮的衣袖抹了抹脸上的泪水，从一个泥潭跨进了另一个泥潭。好不容易进到了洪城。洪城有些冷清——当初为避战乱从大口岸迁来的机关、学校以及汹涌的难民潮已经缓缓消退。走过有些空旷的河街，分岔路口，游贵生就下意识地往右走。水生却拉住他：“爹，走左边。”游贵生有些发愣。水生说：“不是早跟你讲过了吗，那间老屋已经当掉了。”“哦。是的。你讲过的。”游贵生突然记起来了，但还是固执地往右边巷子走，“水生，我想去看一看。”水生没办法，只好跟着父亲走。转几个圈，老屋就到了。但他家的老房子全没有了，只剩下门前的一棵大青树立在瓦砾中。

这是一棵绿荫如盖的大青树，有一条弯弯的石板路从青树下穿过，石板路边全拥挤着千柱落地的吊脚楼，蜿蜒地通向喧闹的河湾。稍有些年纪的洪城人总爱提起这条路。那条石板路，永远是他们心中去沅水上讨生活求富贵挥之不去的梦。那条路，对于他们，有太多的回忆，它简直就是某种富有象征意义的图腾。老一辈人说，洪城人走过的路太曲折了，就像当年出山的路。

一年多的牢狱折磨，远距离的跋涉奔波，游贵生回到洪城便病了。屋子里飘着一股浓烈的中药气味。这是一间有些窄逼的木屋，是儿子卖掉祖屋筹款后购置的一间旧屋。躺在病床上的游贵生浑身火烫，发高烧，还常说胡话。萱萱不断地用凉水浸透过的湿帕子敷在他的额头上降温。萱萱面容有些憔悴，头发上别着一朵白花。几次冷敷，游贵生终于平静下来了。但他困顿得睁不开眼，心里似乎明白，但全身没有一点力气。迷迷糊糊间，他突然听到一阵喊叫："发啦，发啦……哈哈哈哈。老子发达了！"这声音有些熟悉，有些疯癫。"是你福叔吗？"游贵生一把撑起来说，"我刚才分明听到他的声音了。"水生说："是福叔。"游贵生说："那你赶紧叫他进屋来呀。""爹，他不会来的。"水生说，"爹，福叔他脑子……烧坏了……他癫了。""怎么回事呢？我走的时候不是还好好的吗？""是的。半年前还好好的呢。"水生说，"福叔也是太争强好胜，开战了，洪城生意都不好做，他就想着做放贷。抗战开始后，白银国有，人心动荡，法币大幅贬值，福叔所放贷款，到兑还时全成了一堆废纸。福叔一把火将半屋子法币烧掉，从此就疯癫了……"游贵生没再说话，眼角有泪在默默流淌，后来就疼爱地看着儿子，说："这些年，只是苦了你了。我听说，为了我这官司，家里花销了不少。""爹，哪家都一样，我们还算好的呢。"水生说，"爹，留得人在，就比哪样都好。""他们那几家也都出来了吧？""出都出来了。"水生说，"从重庆到洪江要走个把月，庆元丰的老板就死在路上的一家旅馆里了。"游贵生至此方知道在此期间发生的种种状况：这起轰动全国、骇人听闻的"运油资敌案"总算得以了结。整个案子历时一年有余，耗资120万银元。孙大万家耗费20多万元，游贵生等其他七家各耗费10多万元，几乎把"八大油号"除了不动产外的所有流动资金耗费一空。"唉。"游贵生一声长叹。还想说什么，水生劝阻说："爹，回来了，你就好好歇着，把病养好。别的事莫想那么多，想也没用。人平安就好。"

每天早上十点，游贵生便踏着木板拖鞋走下楼来，吧嗒吧嗒走进楼下不远的芷香茶楼，与乡邻扯谈摆古。那一天，游贵生喝过早茶，剔着牙、踏着拖鞋往回走，经过一家新开的铺子，大招牌上写的是"孙记钱庄"。他估摸着又是孙大万家玩出的新名堂。钱庄又叫票号，这玩意儿在湘西并不盛行。早年陈老统为筹措资金，开设过一家湘西银行，发行过一元、三角、一角共三种纸币代金券。发行伊始，确能兑现，盛极一时，但好景不长，办了三年即宣布倒闭。好多持票的商家和老百姓都损失惨重。民国以来，湘西各地一些大的商家也私印发行过一些私票，有些商家出十吊、五十吊的大白纸条，名曰"红条"，其结果都很惨。游贵生知道，"洪城八大油号案”这个无端横祸如今虽然总算了结了，但案件危害极其严重——洪江油业遭到了沉重打击，元气大伤，支撑洪江一方经济的洪油业几乎全部歇业。抗日战争胜利后，虽有几家重操旧业，却已失去了当年的雄风。日子总还得过下去，孙大万也是走投无路，又玩起这老把戏来了。游贵生想，你一个人玩吧，傻子才会上你的当！正这么想着，就见从铺子里钻出一个人，手里摇着一张大白条，吭哧吭哧往外走。看那背影有些熟，跟上几步，一看竟是自己的儿子。“水生！”游贵生大声呵斥，“你，癫了？”水生回头，笑笑：“爹，你怎么在这儿？”游贵生厉声道：“穷疯了啊？红条也敢借？”水生拉住他：“爹，莫吼。走，回屋里我慢慢跟你讲。”游贵生见周边围过来一些看热闹的人，便不再嚷嚷，跟着儿子回到了家里。刚进屋，见老管家杨子才正在院子里等。杨子才见水生进来，便急忙问：“水生，办得怎样了？”水生从兜里取出条条，扬了扬。杨子才大声说：“好！”游贵生便说：“嗨，我说水生这龟儿子哪来这么大的胆子，原来背后又是你这个烂污客！”水生无可奈何笑笑，说：“我跟他也讲不清。杨先生，你给我爹说道说道。”游贵生没等杨子才开口，便大声道：“他孙大万一撅屁股还能有什么好屁？”杨子才便笑：“老爷，你误会了。孙记钱庄可不是孙大万开的。”杨子才便给他解释说，这个钱庄的老板叫孙衡生，是个浙江商人，经营南杂、布匹、桐油、木材等，生意做得很大，信誉也好。他其实跟你们家水生媳妇还有点挂角亲。抗战避难时来过洪城一段时间，对这个地方熟悉了，也有了些感情，感觉如今这地方百废待兴，有潜力，于是便在这里开了个钱庄。游贵生一听稍稍安心了些，问：“那你们打算怎么搞？”杨子才看看水生，说：“水生，你跟你爹讲。”水生说：“爹，我们的路子其实还是跟你当年的路子差不多。”“卖泡？”游贵生问。水生笑笑：“差不多就是这个意思。但我们叫它双卖泡。”“双卖泡？”游贵生不明白，“什么意思？”水生便给他解释，“所谓卖泡，就是凭自己的信誉，打白条给油农，卖掉油再给油农兑现。这一套现在玩不成了。现在，我们已经不复当年，是籍籍无名了。那我们就双卖泡。洪油是个好东西，在洪城要发达还是得靠这个东西。我们去孙家的钱庄先借上两百桶油钱，可以到‘桃花油’上市的时候交兑现货。这中间就有几个月的时间差。”水生说：“前一段时间，我和杨先生一直在乡下跑，跟油农谈好了要收购一批油，当然价格是很合算的。现在我们拿着油钱下去就可以把货定妥了。油农都是熟人，不会偷奸耍赖。”“呵，你们厉害！”游贵生说，“拿别人的钱做生意，这事搞得。”杨子才说：“我们还是得讲信誉，只要两三次及时兑现，招牌玩硬了，就能够继续做下去了。”游贵生说：“不错，你们比我脑瓜子灵。”水生说：“爹，没办法呀，日子总得过下去嘛。”第二天，水生褡裢里塞几个包谷粑又下乡了。还是当年他爹常去的老地方——牛练塘。在下河坎的时候，碰见了他老妹。萱萱腋窝里夹着个活页夹板往文庙街去。"萱萱——"水生叫了一声。萱萱好一阵才回过头来："哥，要上哪儿去？""去乡下收点桐油股子。"水生回答，心里有些酸。他发现妹妹的样子越发憔悴了。自打从雪峰山回来，她就变成了另外一个人，不爱笑了，也不爱训斥人了。好在萱萱有文化，被李老师推荐去了县中当代课老师。这样倒算是不错，工作的忙碌能让她没有很多空闲的时间去回忆。"路上小心点。"萱萱淡淡地说了一句，就往学校去了。萱萱刚一进文庙，就听到一阵嚷闹声。她看见西殿外的风雨楼廊里，几个黑衣警察正押着一个戴眼镜的高瘦个子过来。"李老师？！"萱萱吃惊不小。警察后面赶过来几个老师和学生在嚷着："你们凭什么抓人？"董校长急匆匆跑到警察们前面，掏出一包纸烟："长官，来来来，抽根烟。"为首的警察把烟叼在嘴里。董校长忙划燃火柴："长官，有事好商量。能不能缓一步抓人？"警察歪着嘴："缓一步？你晓得他犯的是啥子罪吗？"董校长说："不晓得。到底为么事？""为么事？这家伙是共产党！"警察将烟一口啐了，"赶紧，走！"董校长却不依不饶，拦在前面："没偷没抢没杀人放火。你们这是要搞政治迫害啊？"警察推了校长一把："滚吧！没控你窝匪就万福了，还在这儿啰唆。"萱萱想追过去，却一点力气也没有。

水生的这一票"无本桃花油生意"还真的办成了。经过这事，游贵生自感年迈体衰，心力交瘁，索性将"天顺昌"全权交水生打理了，每天一半时间都泡在茶馆里打发日子。但茶馆的日子也不舒服。人们起先还摆摆古，回忆起一些美好的往事，打打趣，交谈着洪城最近出现的新鲜事。但后来就渐渐变味了，传递的都是一些糟心事，比如，不久前保安司令谭子由被他手下的二团长派枪手刺杀于荷叶街，而提供情报的正是他们的牌友——二团长的姨太太夭姑；比如，在县中李老师被抓走的第四天，报社的肖老编辑也被宪兵抓走，罪名同样是"地下共产党"；又如当初一样，人们又在流传，下河地界又开始了大规模的调兵遣将……人们叹气摇头，却无可奈何，只能默默承受命运的另一份摊派。

游贵生感觉自己神经已十分脆弱，于是也不再去茶馆里泡了。为了打发时日，他每天都去钓鱼撒网，过起"闲云野鹤"的日子。他背了鱼篓，拿了那张旧网下到河塘里去。他站在浅水里，将网头咬在嘴里，把网绳一股一股分匀斜搭在右肩上，扭腰一用力，双手将网撒开，空中便如同绽开了一朵巨大的睡莲。姿势倒是甚美，只是花架子不顶用，收网时一清点，只有两尾小鲫鱼挂在网上。他把那两尾小鱼从网上摘下，扔回河里，放了生。他又使力打了一网，但这回更惨，挂在网上的全是些水草，一个破瓷碗还把网脚划破了一个大口。他把碗用力摔在大石头上，把破网也用力掼在地上。没有鱼获，游贵生便把网也彻底收捡了。

某日，游贵生听说孙大万卧病在床。听到这消息，游贵生起先涌起了一丝快意，心想：老天还是公平的。后又听说孙大万的病也是在重庆大牢里落下的，为了尽早结案，孙家花费的银元超过了20万，是其他几家油号的两倍。“唉，也是个可怜人啊！”游贵生长叹一声，便上街买了两瓶酒，还封了几个糕点包，提了礼品上门探望。游贵生进屋不久就闻到了一股极刺鼻难闻的臭气。病床上的孙大万消瘦得很厉害，当年过早发福的身躯，因脂肪的迅速流失而变得全是沟壑般的褶子。他额头两边各贴了一块黑色的太阳膏，目光呆滞，看见游贵生进来，有些诧异，也有些激动，嘴唇抖动，却发不出清晰的语音，已经不能与人交流。他努力把枯槁的手从被子里伸出来。他的手哆嗦着。游贵生便一把紧紧抓住了这只手。两人都不言语，只是老泪纵横。

游贵生心情颓丧地离开孙家，路过小铺，特意要了二两包谷酒，喝了一大口，说：“苦得很。再给我买点糖！”店老板指着柜台上一长排罗列的玻璃罐，问：“游老板，想要哪种糖？”游贵生没作声，摸出七八个小钱，慢慢地、稳稳地在每一个罐盖的小圆顶上放上了一个。店老板无可奈何，苦笑着，从每一个糖罐里取出了一颗来替他包好了。游贵生趔趄着回到家，见老婆哭得脸花花地坐在堂屋。“什么事？”游贵生进屋抱起水壶灌了一肚子水。老婆没直接回答，眼睛瞧着大桌子的一张纸：“你自己看吧。”游贵生有些火：“你说嘛。你金口玉牙啊？”老婆又突然嚎啕起来：“萱萱……萱萱她走了！”这一下可把游贵生吓得不轻，酒也醒了一大半。他扑过去，摊开那纸，原来是萱萱写的一封信。

爹、娘、哥哥：

我将离开洪城。请原谅我的不辞而别。以前，我是多么喜欢这个地方，感觉这地方多么秀美恬静，令人怦然心动！在这里，苦荞也是甜的，臭牡丹的花也是香的。但这次回来，似乎一切都变了，家乡竟然成了我的伤心地。每天，我都像是无法呼吸。我得离开一会儿。恰好，我德州女师的一个同学介绍我去长沙雅礼中学当老师，我同意了。爹，娘，哥哥，多保重！我不辞而别，是担心我的脆弱。也许你们会问我何时回来，那我就借用一位湘西作家的话作回答：这个人也许不回来了；也许，明天就回来。

萱萱

游贵生读过信，又哭又笑，把妻子大骂了一通，骂她这个臭婆娘话都不会讲，差点老命都吓掉了。后来又说："萱萱也是够苦的，去外面透透气也好。"

回到洪城，覃飞就闭门谢客，一直把自己闷在那座空洞的石头围子里。"可莫把自己闷坏了，怎么样你还得出去走走。"妻子劝他。但覃飞闷头抽烟吸得水烟袋"嗤嗤"响。他总是不作声。一个月两个月，覃飞到底有些闷不住了。一天傍晚，他悄悄溜出门去。天已十分朦胧，月亮出来了，很大的一盘，像古代的铜镜。老街只剩下临河的一截，长数百米。房屋多是木结构，因依山势而筑，交错毗连地在一条青石板路边。当街处似乎只有一幢唯一的青砖房子，那是福音堂。很多年前，一位远渡重洋的异邦人来到这偏僻的角隅，用艰难的中文发音论证上帝的存在，但乡民和水手们不信这套——建筑物矮小狭窄证明了这一点。如今，在这皎洁的月夜，它那小小的尖顶融合在一座吊脚楼的飞檐中，使人添了一些怀古之情。覃飞以前也经常在这条街上走，用厚重的毛皮靴叩击石板路。只是那时一切都是公务、应酬，根本没有发现这地方还真的美。经受不住那泊在码头边的舟楫的诱惑，覃飞下到了河码头。船只很有规则地排列着，与码头连接成一个扩展的扇面。夜很寂静，大约水手们都拥挤在临河的水上旅店里，或被亲戚本家、老表兄弟邀去围着火锅喝烈性酒去了。各处瓦脊萦绕着一片烟，空气里有种诱人的奇香。看准了一只无人的小船，他沿着一道断墙的石基上了那船。在这里回首仰望洪城临河的古老建筑，真是一种极好的享受。可惜隔得太近，面前的山和它所背负的山镇把他压在巨大的黑影里。覃飞一个人坐在船上，摸出根烟卷点燃。船主人踏着月色来了，是一对年轻夫妇。男的先上了船，轻轻放下骑在他脖子上的儿子。女子接着上了船，朦胧的月光下，覃飞觉得她长得很美，很有气质。"阿叔，想过河？"男的脸庞瘦削，但很精明。"不，我是来这里看看景致的。"覃飞回答。"难得你有这份闲心。阿叔，坐在这里不好看，把船划过去才好看哩。"说罢，男子去解缆绳，叮当当一阵响，"会划吗？反正不赶急，自己慢慢划，很好玩的。"覃飞便去摇橹。这个老兵虽孔武有力却无舟楫之能，摇得小船一个劲地在原处兜圈子。那女子笑了。她没说什么便走了过去，接过那橹，几摆几摇，便把船退出了众船的包围，退出了大山墨黑的阴影。一会儿，船和人便沐浴在月光下了。"大叔，好了，你再试试吧！"女子放下了橹说，"这里河面宽，随便怎么摇都要得。"船已到江心。这江面真宽，也许是朦胧产生的错觉，使人疑心是荡舟天湖。回首处，可以看清整个山镇的面貌，山崖上各处是星星灯火，木楼毗接，吊脚楼的木柱斜撑在山石上或干脆沉进水里，安详、静谧，使人很容易联想到火塘边竹编的摇篮和掺了橘叶放罐里炖的狗肉香来，对面大约地势较平坦开阔，山水无法界定，给人一种没有边际的感觉。年轻的父亲在给儿子剥板栗，母亲则抱着孩子，他俩细声说一些话，不时轻轻地笑。“你们俩都是本地人吧？”望着这亲密的小两口，覃飞问。女的不答话，弯着嘴唇笑了笑，朝丈夫看看，极亮的眸子在月光下一闪。“她不是。我是。”男的说。覃飞说：“是啊。我听她的话音，有点江浙的味道。”“对了。是我用这只船把她从山那边海那边接过来的。”男子回答，腼腆地笑了笑。山那边？是那桐油光过的板壁上，吊着红辣椒的人家吗？海那边？是那像秦淮河边映着灯光桨影的白墙黛瓦的人家吗？剥罢板栗的丈夫，把个小小竹篮塞进妻子的怀里，便去摇橹。他的姿势很美，特别是背光看他的剪影，肌肉发达的手臂与全身动作配合十分得体，一看就知道是个水上人。“你们家是水上人？”覃飞问。“也算是吧。”男子说。他的父亲就是靠这沅水讨生活的。有一年运桐油出沅陵下常德府，在青浪滩出了事，幸好还捡了条命回来。听他这么一说，覃飞就突然记起了些什么来。他不敢再多问，便一股脑儿抽烟。小船有一个小篷舱，活动的板门可以开启，里面照例有一间小房，放着铺盖和一些日常用品。“你们就在这船上安家吗？”覃飞便找些别的话题讲。“不，那河街上有房子，是一间旧屋，但我们马上要砌一栋新的了。”男子的话充满了自信。覃飞于是感觉有些欣慰。在陆地上有了一块属于自己的空间，可是世世代代的水上人最大的夙愿。

覃飞想，这个曾经历过无数磨难的汉子竟然还有如此的自信，那么多灾多难的洪城、多灾多难的国家就一定是还有希望的。“落雨啰。”覃飞突然一惊，原来是另一只船上一个调皮的孩子在唤。其实不是雨，而是小船已经划到一处瀑布跟前去了。洪城位置在两河交汇处，其中的一条支流是以瀑布的形式存在的。这瀑布很宽，大约有三百米，瀑布被奇特的山石分成无数小股，飞溅落下，击起水雾，远远的便有“杏雨沾衣”的感觉。覃飞很奇怪，自己这么一个戎马倥偬的赳赳武夫，为何突然变得有些多愁善感起来。他于是想起了每天都要作诗的老统领来。他也想作一首，只是一句也写不出来。但是，覃飞想，一定得感谢那一夜皎洁的月色，因其朦胧，洪城才会在他的记忆里留下完整美好的印象。

北方尚是春寒料峭，而这里，夏的脚步已匆匆来到。天晴一阵雨一阵，路边的野花红艳艳、粉嘟嘟，谢一拨又开一拨。一转眼，又一年的清明节就要到了。有一天，覃飞突然说：“五凤，你上街的话，顺便买点香纸回来。”“怎么突然想到要买香纸了？”妻子问。“我……想去看看啸天。”“嗯。”妻子点了点头，“是该去看看，他……一个人躺在那儿，也是够冷清的。”那一天下着小雨。霏霏细雨中，覃飞一级一级踩踏着石阶向擂草坡走去。荒凉的墓地里，杂草疯长。他把杂草扯开，抚摸着一块又一块新坟的墓碑。他突然听到有什么声音，吃了一惊，仔细听原来是“嘤嘤”的哭声。他转过一座坟墓——原来是一位老人蹲坐在一座不大的新坟前烧纸。“唉，崽呀，你把我们都扔下走了，叫我们怎么活呀？”老人喃喃着，说着说着，便嚎啕起来。覃飞走过去说：“大哥，莫哭，莫伤了自己的身子！”“啾啾啾啾……”老人好一阵才止住了哭泣。那人一抬头，两个都呆住了——原来，那个哭泣的老者不是别人，正是萱萱的父亲游贵生。俩人都缄默无言。好一阵，覃飞摸索着从烟盒里取出一支烟，递给游贵生：“来，抽根烟吧。”“多谢。”游贵生哆嗦着手点燃了烟，虚眼望着覃飞，“啊，老团长，你如今当上大将军了啊！”覃飞说：“什么将军不将军，我就是个地地道道的竿城人。”游贵生道：“是不是将军不说，我看你是个知书明理的人。我有些不明白的事想要问问你。”覃飞道：“有什么不明白的事，你就说吧。”游贵生道：“听说我们竿军这回是打了大胜仗的了，可我们得到了什么？不又是一座又一座的新坟，大人，你说我们这场仗打得值吗？”“敌人把枪口逼着咱，咱能不打吗？”覃飞道，“老兄，你儿子小佬真是好样的。”“好样的，好样的……”游贵生道：“可是，死神把能干活的人都捉走了，市镇、村庄和田园都荒芜了，我们该怎么办啊？”覃飞说：“老兄，我对不起你，我没能保护好你的儿子。”“这不能怪你。”游贵生说，“这一仗，你也把宝贝儿子也赔上了。当初，我看走了眼，啸天，才真是好样的。”“只是，当年我把你们害了……也把我儿子给害了。”覃飞说着，有些哽咽，“老兄，你……不记恨我吧？”“不记恨了，都过去了，都过去了。”

两个老人于是边抽烟，边默默地望着空旷的远山。远山，一只不知名的鸟在叫，声音有些凄楚……

细雨霏霏，一顶滑竿晃悠悠行进在弯曲的山路上——1947年早春，一个春寒料峭的日子，陈玉轩从四川印江回到阔别多年的故乡竿城。

抗战胜利后不久，国民党政府准备由重庆还都南京，陈果夫请蒋介石释去对陈玉轩的囚禁，准予返回湘西——一支著名骁勇部队曾经的最高统帅回到竿军的诞生地。1937年8月三万竿军被改编为34师奔赴抗日前线，参加淞沪嘉善作战，血战七天七夜，战斗十分惨烈：四个团长受伤，四个团副死去三个伤一个；十二个团长死去七个伤五个；连排长死去三分之二，负伤三分之一。该师7000湘西军人牺牲了4000，但日本鬼子也在湘西军人的打击下遭受重创，死去2000多人……那些被打残的湘西士兵，回到故乡，舔干了自己的伤口，又重新开赴前线——1938年4月整编后的几支湘西革屯军分别调入暂五师、暂六师参加长沙会战、雪峰山湘西会战，血洒疆场，为国捐躯。这支骁勇部队从极盛时期的三万余众到最后全军覆没……像划过夜空的闪亮流星，竿军的历史由此画上了句号。

山城用红色砂岩垒砌成的古老城墙越来越近了，滑竿的行进速度明显地放慢下来。走进街巷，处处是白色经幡——在这短短数年间，这个小小的石头城几乎每一个家庭都丢失了自己的子女。石板街上的枯叶一片狼藉，随风旋转，像清明时节纷纷扬扬的纸钱。看着想着，陈玉轩的眼眶里便充溢着泪水。向晚时分，陈玉轩被滑竿抬回了他在竿城的家。他神色憔悴、疲惫。原本个头就小，那件大号旧呢军衣显得更加臃肿，其形象有如凤凰城暮春三月高台木偶戏里的角色——一根孤木外裹蟒袍甲胄。谁能想象他便是当年一统湘西、率兵万众的"湘西王"？房屋不认得自己的主人，主人似乎也不认得自己的房屋了。这地方当初叫"陈家花园"，坐落在小城西隅的笔架山上，背倚月城，门前石阶数百级，宽两丈，沿陡峭山麓加筑幽墙地势更显其高。一排可供数人合抱的梧桐树春绿秋紫倍添豪华气势。进头门，精致木楼数间高低错落，迴廊花径相迭相通，雨不打伞日不戴笠。庞大的花园占据整个山麓。山麓南北走向，至北临江建有一亭，无遮无掩放眼遍览江山奇景，亭上有主人颜体匾额题曰"聊天一楼"。陈玉轩一从滑竿上下来，便踏到了从石阶缝隙里钻出蔓延勾连盘缠在一起的马鞭草。一种凄苦的失落情绪油然占满心头。一个老者的身影从结满蛛丝的大门里跌跌撞撞奔出来。陈玉轩知道那是自己的老管家陈梦杰。这位长者当初负责整个大院里外一应事务：放账、收租、给诸位妻妾分放月份钱、年节应酬、日用开销、添置家什、管理花园……事虽细微，铺排指点都也红火一时，精神矍铄有如后生。如今看那跌撞步态已非当年，廉颇老矣！"陈老统、陈老统……"他的声音还如当初那样热烈。他奔下石阶先跪地一拜，被扶起时便一把抱住主人老泪纵横："可盼着您哪。今儿倒好，老统领您终究回到家了。"回到家了。是的！可眼前的家就是那个夜夜缠绕在梦境里的家吗？这是个什么样的家啊！金碧辉煌的院门早已暗淡无光。油漆斑驳石灰瓦垛脱落残缺。墙头长着枯索的狗尾草，麻雀在那里筑窝，而燕子也许已多年不来造访那建在门楼下的旧巢了，白泥变成了黑褐色。院内的木楼曾每年用桐油光过，如今也换上了岁月黑灰的色彩。花园里疯长着乱草。通往"聊天一楼"的道路已被这些荒草埋没。几处花坛则如荒凉的坟冢。真是四壁萧然，满眼凄凉！但这到底是自己的家，是自己唯一可赖以依存的归宿。

自从1939年他离开竿城赴重庆面见蒋介石据理陈词，只因不愿钻蒋设置的

“狗洞”而被扣押软禁于四川南川，至今已七个年头。这七年里终日被各种身份的特务严密监视，穷愁交加，所历生活之高压皆梦想所不及。其后数年，他一直靠悉心研制、销售弹棉机以维持生计。当时一位王姓湘西旧友曾来信劝他迁居南岳。陈玉轩在回信中说：“迁居南岳之议自是吾兄爱护之，诚然湘局变化去年夏已料及之，而薛岳不意冰山之不可靠见日即消。轩纵无事决不愿向其低首、丧失人格，区区苦衷兄必能见谅也。”一切飞来横祸皆因薛岳而起。薛岳既然主持湘政，陈玉轩又不愿低头，自然得久久苦度那难熬的流落他乡寄人篱下的生活。正如他后来在一则日记里所说：“予数载以来所处之困苦，在旁观皆为予感叹昔者。好在长夜终有尽头。抗日胜利，薛岳离湘，自己还是从南川辗转印江，回到了家山，没有客死他乡。”

这一夜，虽是睡在充满着霉气的破旧木屋里，陈玉轩却感到分外的安然，憩静在梦中，像是又闻到了文庙里交枝的两株大桂花树醉人的浓香。纵穷愁交加，赖何以处之？他总结了一句话——知命乐天而已。他决计以知命乐天的态度在家乡安度暮年。妻妾几房、随从数众——荒凉冷落的陈家花园又热闹喧腾起来。“陈老统。”老管家忙碌了几天脸上倒见红润起来。他拿着一沓纸呈交给主人，说：“这是近期要做的房屋修缮家具添置、伙食采买月份薪水的开销预算，请您老过目。”陈玉轩是时正在吃早点：一碗玉米稀饭、几个油炸灯盏窝。他很久没有吃到这种家乡口味了，吃得津津有味。他接过单子看到的总计是五位数字。他长长地叹息了一声。“老统，我可是抠了又抠算了又算，这是最省俭的了。”管家忙作解释。“我晓得。一屋老小，百废待兴，哪有个不花钱的？”陈玉轩放下碗筷，躺倒在木靠椅上，“我只是在想这些花销哪儿有个出处。”老管家不再作声。是啊，哪有个出处？他知道老统领这些年在外流寓，囊空如洗，在南川时办了个“三一纺织厂”，却不善经营，连年亏损，还是在迫不得已时斗胆致函蒋介石、何应钦、陈果夫和张治中等要求索价退回薛岳提走他的一部私人所赠电台。经陈果夫多方设法，蒋批下七万元遂解燃眉之急。如今又过几载，自然已用空耗尽，想再寻一处索赔已是师出无名了。“老统领，账单就先放在您这里。您老慢慢计划，我也想想主意。”管家陈梦杰告辞走了。他不想催逼太紧。厢房里又变得寂静沉闷。“唉！”陈玉轩长长叹了一口气。陈玉轩被这样一个小小的问题难住了好几天，往昔指挥万马千军攻防驻守、批阅文牍经营湘西千里疆域似乎也没有这么难。几个不眠之夜后，他决计仍捡起自己的“老本行”。他把管家陈梦杰叫了来：“陈老，你马上跟我出去一趟。”陈玉轩已经换上了一件旧对襟衣。“好的。我就吩咐备轿。”“不用了。”陈玉轩摆了摆手，“不远，就去河边上走走。”管家有些不解地说：“河边风大，您老又刚刚行远路回来，身体恐怕……”“我的身体没事的。”陈玉轩故意有力地活动了几下身子骨，而后神秘地说，“告诉你，我将要采取一个重要行动。”陈梦杰不知他所说的“重要行动”为何事，一路上都在想：前些时候凤凰街上闹腾过好一阵子，说是国民党政府要搞大竞选。陈老统莫非是想要活动个省府委员当当？心里这么想，却不敢乱问。他知道老统的脾气，怕挨骂。

城北面有一条绕城长河叫沱江，是沅水的支流，水极清，是从极高远的山村里来。江边有村寨、木楼；有浣纱的苗女白白的手、白白的脚浸泡在透明的水里；江上有木排、竹筏，有歇着鸬鹚的扁担船——这一切浪漫处颇适于作画吟诗。陈玉轩也是爱作诗的，诗名虽不及本城的星六先生（星六先生跟柳亚子交情颇深，是南社的诗友）。只是今天他没有那份雅兴。陈玉轩说：“明早，我俩去五辆车看看。”五辆车，因为有巨大的五辆水车而得名。沱江两岸的山民很早就学会了利用沱水巨大的动力。他们在江上用巨大的石块筑起一道又一道拦江坝。在坝的两岸竖架起筒车和碾房——这些东西虽说也是极富审美价值而被墨客骚人入诗入画，但创造者的本意却是为的生计。春早的山垅里，野花刺鼻的香，各处都是开始忙碌的农人。收罢菜籽的水田，蓄上水，经过一段时间的浸泡，在阳雀的啼唱声中便可以开犁了。那是农家一年间最忙碌也最兴奋的时刻。陈玉轩来到一间破旧的水碾房。他来，是怀着生命的本体意识。这碾房的构造不超乎通常的格局：几排“人”形屋架，上盖茅扇。石坝将截获的水流逼入小渠，小渠从碾房下通过转动巨大的木制涡轮，涡轮通过中心轴带动碾房上的石轮，石轮在石槽中不停滚动用于碾米、碾包谷、碾荞……当然也可设置一些附加设备对原料作再加工，用于擀面、轧粉。陈玉轩此行的目的是：探求如何借用沱江巨大的自然动力来弹棉花，以使自己在南川开创的未竟事业在故乡完善并发扬光大。“好啊！我看准能成功！”陈玉轩因兴奋而变得容光焕发。是时，他正蹲在碾槽边趁巨大石轮离去而尚未复来的间隙，抓起一把新米拣一粒放在嘴里嚼嚼，而后站起身拍了拍手上的糠灰，“要是把棉花跟牛毛混纺起来做帽子那一定会很暖和。梦杰，我要办一座弹花厂、一家纺织厂。”说话时，陈玉轩眼光闪亮，“这样，一切便全解决了。我们的生活都可以重来。”“陈老统您说一切都解决了，我看还没解决呀！”陈梦杰跟在后头，忧郁地说，“弹花厂、纺织厂还不知是猴年马月的事。您要想想眼下怎么办，吃什么，穿什么，办厂得花多少钱。这样搞那不是癞子头上又添霜！”陈玉轩停住了，过一阵才神情严肃地说：“这件事我不是没想过。办实业得花血本这没说的，只是本钱要下得准。老陈，我想把黄丝桥老家那边的田产卖了，另外还有乾州那边的房子也……”这话说者和听者都会觉得未免太凄凉！为办实业，奔波辛苦且不说，陈玉轩还得处处留神谨慎，既要将田地房屋变卖出去又不能露了“湘西第一大家”已濒临山穷水尽的老底。硬充阔气、妄说大话，难为他八十岁学吹鼓手，到老了还学做戏当“演员”。陈梦杰看着在破旧碾坊里转悠的老统领枯瘦单薄的身影，完全想不起这位曾经风云一时的“湘西王”当年意气风发的英姿了。“回到家乡，我的诗性又起来了。”陈玉轩指着碾坊歪斜木门两边的柱子，说，“开张的时候，我打算在这里贴一副对联：不羞老圃秋客淡，藐看寒花晚节香。你看看，这对联怎么样？”“不错，好诗，好对子。”管家赞道。“哈哈哈哈。”陈玉轩朗声大笑，“老陈，你不是故意给我灌米汤吧？”

俩人谈兴正浓，忽然山溪夹垅里隐隐传来一阵凄凉的呼喊声。那声音渐渐清晰，是一个女声与童声含混的交互应答：“柄儿啊，你回来吧——”“我回来啦——”“柄儿啊，你回来吧——”“我回来啦——”陈玉轩支起半边身子：“什么声？”“是溪边招魂的。”管家回答。感觉晦气，陈玉轩的脸色便有些不悦。唤魂的声音越来越近，越来越清晰，而且陡然放大了。陈玉轩感到背脊发凉，打个激灵。他看见碾坊旁小溪的对面茅草路上，一个手提黄色油纸灯笼的妇人和一个男孩子正慢慢走过来。“柄儿啊，你回来吧——”“我回来啦——”人影越走越近，声音也越发凄切。陈玉轩问：“应答的孩子不是好好的吗？还招魂为的什么？”“老统，莫管她！”管家说，“竿城人都管这老妪叫癫婆。他的大儿是在嘉善死掉的，尸骨没回来。都死八九年了，她就一直这样疯疯癫癫的……”陈玉轩听罢，鼻子一酸，禁不住潸然泪下。“跑到这荒郊野岭来喊，未必有什么讲究？”陈玉轩用手去擦泪，不解地问。“也没什么特别讲究。”管家说，“只是这后头坡有一片坟，也许这坡上埋的有她儿子的战友。”“哦。”陈玉轩提脚便走，“老陈，我们到山坡去看看。”陈梦杰跟着老统领沿着溪边的小路走，转过一处山弯，一片白茫茫的世界突然出现在眼前。小溪两边的坡头上，处处是陈旧的或刚刚堆垒起的坟茔，处处飘扬着白色的经幡。又走近些，便见有很多人在挂坟。孤儿寡母，哀声动地。那时正是三月，满坡满岭的白色刺莓花全开了，粉嘟嘟的，像召唤亡灵的经幡。粉蝶飞舞如纸钱旋转。广袤的坡地恰如一座白色的大祭坛。陈玉轩心头一震，呆住了。他的耳畔突然听到一阵阵“嗡嗡”之声，这声音越来越近，越来越响。他看见一些挂坟的人开始往坡下奔跑，速度越来越快，人数越来越多，声音越来越响。“这是为什么？”陈玉轩有些惊诧。“也许，他们看到是你老统领回到家乡了。”管家说，“是乡亲们欢迎您来了。”陈玉轩的嘴角微微动了一下，他没有笑。管家说罢，却突然发觉有些不对劲。

他看见那些呼号着涌过来的人群，一个个衣衫褴褛，而且眼睛发绿。他们疯狂地奔跑，手中提着各种各样的杂色武器：鸟铳、柴刀、烧火棍子、镰刀、斧头……仔细一听，他们全都大声呼喊着："还我儿子啊，还我丈夫啊！""还我儿子啊，还我丈夫啊！""还我儿子啊，还我丈夫啊！"管家急忙用手护住老统领。陈玉轩却一把推开了他。面对如浪涛般汹涌而来的人群，头发花白、身材枯槁的老统领没有逃避，只是全身哆嗦着一把跪下了，跪倒在溪边的石板路上。面对父老乡亲，他跪在了黄澄澄的大太阳下。陈玉轩老泪纵横，长跪不起。但晃动的人流和喧嚣突然消失了。陈玉轩惊讶地抬头看，眼前空空如也。难道这全是幻觉？不对呀，分明还是有喧闹声，有爆竹声，以及震颤人心的铓锣声。

陈玉轩急忙爬起来，追寻着声音踉踉跄跄向身边的一处斜坡攀爬上去。气喘吁吁地来到山坳上，他看见了弯弯的清澈的沱江。沱江河边有一个巨大的山洞。洞门口的石壁上藤蔓纠缠。嗨喝嗨喝的号子声中，一拨赤裸着上身的健壮汉子正从这个巨大的山洞里走出来。他们脸庞黝黑，胳膊粗壮，身板孔武有力。他们齐刷刷举着双手，共同托举出一条描龙绘凤的大木船。这船当地人称之为"母船"。先一年的端午节后，龙舟竞渡罢，水手们会把那条参加竞渡仪式的大船——"母船"安放进江边的巨大洞穴供奉，待新一年沅水再一次涨端午水的时候，再隆重地将"母船"请出。后生们托举着"母船"出了大洞，将其放置在一处有如祭坛的河边大石头上。石头前的河湾里停泊着数百条大大小小的木船，场面蔚为壮观。年轻壮实的水手呈扇形跪立于"母船"周遭。一个巫师领头跳起极原始的湘西土著祈福舞蹈。舞者列成两排，从山坡上一直排到湖畔。他们身披麻草，个个脸上涂着黑色的锅烟，非兽非神非鬼般蹦蹦跶跶，滑稽而隆重。祈福后，一个老者将一把系着红绸的长桨递交给领头的后生。后生接桨，把桨高高指向蓝天——一年一度的端午佳节又要到了，后生们得开始进行龙舟竞渡的演练。

不管是风调雨顺，不管是饥馑荒年；不管是太平盛世，也不管是战乱频仍，每到这个时候，河湾里总会响起只有端午时节才会出现的激越奔腾的鼓点。

2012年凤凰—2020年深圳

（全篇完）